BRIGITTE RIEBE Die Pestmagd

Über den Roman:

Die schöne und rätselhafte Johanna Arnheim wird nach dem Tod ihres Mannes von ihrem Schwager umworben. Als sie ihn zurückweist, schlägt seine Liebe in Hass um. Durch seine Verleumdung wird sie des Gattenmordes angeklagt. Johannas Schicksal scheint schon besiegelt, bis der weit gereiste Mediziner und Pest-Spezialist Vincent de Vries ihren Freispruch erwirkt. Unter einer Bedingung: Sie soll in seinen Dienst treten und gegen das große Sterben im Kölner Pesthaus kämpfen. Doch schon bald reißen alte Wunden auf, denn Johanna und Vincent haben sich einst geliebt, bis sie durch ein fatales Missverständnis getrennt wurden. Wird es Ihnen gelingen, die Geschehnisse von damals zu überwinden? Während die Pest weiterhin unerbittlich in der Stadt wütet, wird immer mehr aus Johannas geheimnisvoller Vergangenheit bekannt, und für sie und Vincent beginnt ein Wettlauf mit der Zeit …

Über die Autorin

BRIGITTE RIEBE ist promovierte Historikerin und arbeitete zunächst als Verlagslektorin. Zu ihren bekanntesten historischen Romanen zählen *Pforten der Nacht,* die beiden erfolgreichen Jakobsweg-Romane *Straße der Sterne* und *Die sieben Monde des Jakobus* sowie *Die Braut von Assisi* über das Leben des heiligen Franziskus. Die Autorin lebt mit ihrem Mann in München.

Brigitte Riebe

Die Pest Magd

Historischer Roman

DIANA

Von Brigitte Riebe sind im Diana Verlag erschienen:

Straße der Sterne
Die Hüterin der Quelle
Die sieben Monde des Jakobus
Liebe ist ein Kleid aus Feuer
Auge des Mondes
Die Sünderin von Siena
Palast der blauen Delphine
Pforten der Nacht
Die Hexe und der Herzog
Schwarze Frau vom Nil
Die Prophetin vom Rhein
Die Braut von Assisi
Die Pestmagd
Die geheime Braut
Die Versuchung der Pestmagd

MIX
Papier aus verantwortungsvollen Quellen
FSC® C014496

Verlagsgruppe Random House FSC® N001967

3. Auflage
Taschenbucherstausgabe 11/2013

Redaktion: Herbert Neumaier
Umschlaggestaltung: t.mutzenbach design, München unter Verwendung der Originalcovergestaltung von Christina Krutz; © Victoria Hall (After Raphael Part I, 2004)/VG Bild-Kunst, Bonn 2012, Private Collection/The Bridgeman Art Library
Vorsatz: © akg-images
Satz: Buch-Werkstatt GmbH, Bad Aibling
Druck und Bindung: GGP Media GmbH, Pößneck
Printed in Germany

ISBN 978-3-453-35544-6

www.diana-verlag.de
Besuchen Sie uns auch auf www.herzenszeilen.de
Auch als E-Book erhältlich

Für Babsi

Wer fürchtet sich vorm schwarzen Mann?
Niemand!
Wenn er aber kommt?
Dann laufen wir davon …

Kinderspiel, weit verbreitet in Europa

PROLOG

FREIBURG, APRIL 1525

Sah sie nicht aus, als wäre sie dem Teufel soeben von der Forke gesprungen? In der Linken das kopflose Huhn, die Brüste vom schlampig geschnürten Mieder halb entblößt und von rostigen Sprenkeln übersät, zu Füßen eine schimmernde Blutlache?

Die Rote, wie sie allgemein im Badehaus genannt wurde, lachte, als sie den entsetzten Blick auf sich spürte.

»Was glotzt du so?«, rief sie. »Blut bedeutet Leben. Wir werden endlich wieder frisches Fleisch zu essen haben – und für eine kräftige Suppe reicht es auch!«

Die andere nickte, musste plötzlich zu Boden starren.

Alles in dem niedrigen Raum erschien ihr auf einmal ungeschlacht und roh. Und diesem Weib wollte sie das Wertvollste anvertrauen, das sie besaß?

»Mit deinem Leben bürgst du mir für ihn«, stieß sie hervor, weil diese schreckliche Unruhe in ihr immer stärker wurde. »Sollte ihm auch nur das Geringste zustoßen, so werde ich dich …«

Das kopflose Huhn flog zu Boden.

»Ich liebe ihn, als hätte ich ihn aus mir herausgepresst, das weißt du ganz genau.« Die Stimme der Roten war ungewohnt weich. »Bei mir ist er in den allerbesten Händen. Du kannst dich ungeniert amüsieren gehen.« Der Ton hatte erneut an Schärfe gewonnen. Und noch etwas hörte sie daraus – unverbrämte Genugtuung, dass es nun endlich auch sie erwischt hatte. »Ist er denn auch spendabel, dein reicher Freier? Ich kenne diese Herrlein zur Genüge, das kannst du mir glauben! Frag mich ruhig alles, was du wissen willst! Eine ehrlichere Auskunft wirst du nirgendwo sonst bekommen.«

Was hätte sie darauf nicht alles antworten können!

Dass der Liebste, der sie erwartete, eiskalte Hände hatte? Dass ihr Höllenqualen bevorstanden anstatt leidenschaftlicher Umarmungen? Dass sie keineswegs vorhatte, ihre Grundsätze zu verraten, sondern sie im schlimmsten Fall mit in den Tod nehmen würde?

Stattdessen blieb sie stumm und tastete nach den restlichen Münzen in ihrer Rocktasche. Sollte sie der Roten noch mehr Geld anbieten? Sie verwarf den Einfall im nächsten Augenblick. Das Geld würde sie bitter nötig haben, wollte sie nicht in der Gosse landen. Zudem konnte sie es sich nicht leisten, dass die Rote misstrauisch wurde. Sie vertraute ihr nicht, hatte ihr niemals vertraut – und doch blieb ihr keine andere Wahl.

Das Stechen in ihren Gliedern wuchs sich immer mehr zu einem scharfen Brennen aus. Sie musste zusehen, dass sie das Haus am Rand der Stadt erreichte, wo ihresgleichen die letzte Zuflucht finden konnten.

»Ich schaue noch einmal nach ihm«, sagte sie leise.

»Dann pass bloß auf, dass er nicht wach wird, sonst geht das Geflenne wieder los. Und ich hab jetzt keine Zeit, ihn stundenlang zu trösten.« Die Rote bückte sich nach dem Huhn, zog einen Stuhl heran und begann es zu rupfen.

Leise öffnete sie die Tür.

Im Schlaf ähnelte er seinem Vater noch mehr als sonst. Als ob eine unsichtbare Hand die Weichheit der Kinderzüge verwischt hätte, um schon jetzt heraufzubeschwören, wie er später einmal aussehen würde. Die hohe Stirn, in die verschwitzte dunkle Locken fielen. Die Nase, gerade und kühn, die vollen Lippen, die ebenso schmelzend lächeln konnten, wie sich im nächsten Augenblick mürrisch verziehen, sollte etwas nicht nach seinem Willen gehen. Er war ein kleiner Kämpfer, einer, der sich nichts gefallen ließ, obwohl er ihr gerade erst bis zur Hüfte reichte. Vielleicht war er schon so geboren, vielleicht aber hatte ihn erst das harte Leben, das sie ihm zumuten musste, dazu gemacht.

Jakob war alles, was sie hatte. Ihr Schatz. Ihr Leben.

Die Vorstellung, ihn ausgerechnet hier zurücklassen zu müssen, ließ ihr Herz schwer vor Kummer werden.

Die Kammer war eng und ungelüftet, das Stroh zu selten gewechselt worden. Ohnehin hatte sie zu lang gezögert, in der aberwitzigen Hoffnung, das Unausweichliche doch noch abwenden zu können. Vielleicht würden sie beide ja verschont werden. Vielleicht flog der Todesengel an ihnen vorbei, ohne sie mit seinen schwarzen Schwingen zu berühren. Vielleicht war das Schicksal ihnen gnädig und ausgerechnet sie würden ungeschoren davonkommen …

Doch seit ein paar quälenden Stunden wusste sie, dass alle Gebete vergebens gewesen waren. Sie machte einen Schritt auf ihn zu, den letzten, den sie sich erlauben durfte.

Er lag auf dem Rücken, die Hände zu Fäusten geballt, als müsste er sich sogar im Traum unsichtbarer Gegner erwehren. Vielleicht würde er schon bald ganz allein auf der Welt sein und gegen alle Feinde ohne ihre Hilfe bestehen müssen.

Ein Schluchzen stieg in ihr auf, obwohl sie sich fest vorgenommen hatte, nicht zu weinen. Ein schmerzlicher Laut kam aus ihrer Kehle.

»Mama«, sagte Jakob, schlug die Augen auf und sah sie munter an, als hätte er nur auf sie gewartet. »Da bist du ja endlich! Aber warum weinst du denn?«

Seine Ärmchen streckten sich ihr entgegen, wie sie es tausendmal zuvor getan hatten, sie aber drehte sich auf dem Absatz um und stürzte wortlos aus der Kammer. Vorbei an der Roten mit dem toten Huhn auf dem Schoß, die schmale Treppe hinunter, hinaus aus dem Haus, wo die beißende Kälte der sternenklaren Februarnacht sie empfing.

In ihren Ohren dröhnte noch immer sein Schrei, den sie niemals mehr vergessen würde.

Erstes Buch

Die Taube

EINS

KÖLN 1540

Sie hörte das Pfeifen des jungen Zimmermanns, der den Balken sinken ließ und ihr hinterherstarrte, und sie begann zu lächeln. Dass die Männer ihr nachschauten, daran war Johanna gewohnt. Angefangen hatte es in jenem Sommer, als ihre Brüste sprossen und der Oheim es so auffällig eilig gehabt hatte, die bucklige Gewandschneiderin ins Haus zu bestellen, um seinem Mündel gleich drei Kleider auf einmal nähen zu lassen. Die begehrlichen Blicke waren trotzdem nicht weniger geworden – ganz im Gegenteil.

Damals wie heute ruhten sie wohlgefällig auf der schlanken, hochgewachsenen Gestalt, wenngleich Johannas zum Zopf geflochtene Haare nach dem Abscheren nicht mehr flachsblond, sondern in einem dunkleren Honigton nachgewachsen waren. Die Zeit war gnädig mit ihr umgegangen, hatte ihre Haut bis auf ein paar Fältchen um die Augen glatt gelassen und die Lippen rosig. Seit sie vor einigen Wochen das düstere Witwenschwarz abgelegt hatte, fühlte sie sich an manchen Tagen fast wieder jung.

Nicht einmal das Halsband, ohne das sie nie das Haus verlassen hätte, änderte etwas daran. Inzwischen hatte sie sich so sehr daran gewöhnt, dass es ihr beinahe zur zweiten Haut geworden war. Nur manchmal, wenn sie es vor dem Schlafengehen löste und in die Lade zu den anderen legte, die sich dort im Lauf der Jahre angesammelt hatten, drohte die alte Furcht sie erneut zu überfallen.

Und jetzt gab es keinen Severin mehr, der diese Furcht in die Flucht hätte schlagen können.

Johanna würde den Verstorbenen niemals vergessen, dazu war der Glasmaler zu einzigartig gewesen. Ein liebevoller Ehemann, der der Fremden nicht nur seinen ehrlichen Namen geschenkt, sondern auch ihr Geheimnis wie einen Schatz gehütet hatte. Sein qualvolles Sterben, für das es keine Linderung gab, hatte sie im letzten Stadium ganz krank gemacht. Bei allem Schmerz, als er schließlich für immer die Augen schloss, verspürte die Trauernde auch tiefe Erleichterung, dass sein Leid endlich vorüber war.

Womit sie allerdings nicht gerechnet hatte, war das Gewicht der Einsamkeit, das sie wie ein Bleilot traf. Die innere Unruhe, die Johanna schon von früher kannte, setzte ein, nachdem Begräbnis und Leichenschmaus vorüber waren und eine bislang ungewohnte Form von Alltag Einzug in das stattliche Haus in der Mühlengasse halten sollte. Anfangs ließ sich die Unruhe noch halbwegs übertünchen von zahlreichen Entscheidungen, die es zu treffen galt: den Verkauf der Werkstatt an den neuen Meister, die Entlohnung der Gesellen, das Eintreiben unbezahlter Forderungen.

Als schließlich alles abgewickelt war, staunte sie, wie wenig Bares sie in Händen hielt. Sei es, dass man die Witwe absichtlich übers Ohr gehauen hatte, sei es, dass Severin zu vertrauensvoll gegenüber Zulieferern und Kunden gewesen war, das erwartete Vermögen war jedenfalls zu einem verblüffend übersichtlichen Silberhaufen zusammengeschmolzen, den sie für Notzeiten in einer Geldkatze verwahrte.

Zum Glück war ihr wenigstens das Haus zur Lilie geblieben, wie alle in Köln es wegen der aufgemalten Blüte an der Frontseite nannten, mit dem stattlichen Giebel, vor allem jedoch dem geräumigen Kellergewölbe, in dem sie den Weinhandel fortsetzen konnte, den Severin vor einigen Jahren als Zubrot begonnen hatte. Damals hatte sie ihn noch geneckt wegen seiner Bemühungen, für alle Fälle vorzusorgen.

»Die Zukunft gehört uns nicht«, hatte sie gesagt. »Das hab ich am eigenen Leib erfahren müssen. Keiner weiß, was das Schicksal ihm bestimmt hat. Warum kümmerst du dich nicht lieber um deine Glasbilder, anstatt dich mit sperrigen Fudern und undichten Schläuchen herumzuplagen?«

»Weil die Kölner immer Wein trinken werden«, hatte seine trockene Antwort gelautet. »In guten Zeiten zum Feiern, in bösen zum Trost, während sie am Glas zu sparen beginnen, sobald es eng wird. Außerdem hab ich gute zehn Jahre mehr als du auf dem Buckel. Muss ich also vor dir gehen, so bleibt dir etwas, was niemand dir nehmen kann. Ebenso wie das Haus, das du nach meinem Ableben testamentarisch in den Schreinsbüchern umschreiben lässt.« Sein Blick war plötzlich ernst geworden. »Du hast das Schriftstück doch an einem sicheren Ort aufbewahrt?«

»Hab ich. Genauso wie du es mir empfohlen hast. Aber du darfst nicht sterben, Severin«, hatte sie protestiert. »Noch viele, viele Jahre nicht, das musst du mir bei der heiligen Ursula versprechen!«

»Hast du nicht eben selbst gesagt, dass keiner weiß, was ihn erwartet? Aber ich will ja leben, meine Schöne, leben mit dir – und gut sollen wir es dabei haben, wie im Paradies. An meiner Seite wirst du dich niemals sorgen müssen. Das hab ich dir damals in Freiburg versprochen, als du dich mir anvertraut hast, und das werde ich halten, bis über den Tod hinaus!« Sein Kuss hatte ihre Lippen verschlossen und weitere Einwände damit verhindert.

Warum kam ihr ausgerechnet jetzt diese Szene wieder in den Sinn? Den ganzen Morgen über hatte sie schon an Severin denken müssen. Innerlich bewegt, wäre Johanna beinahe der Korb aus der Hand geglitten, in den die dicke Händlerin am Fischmarkt den Salm gelegt hatte. Sie hatte ihn für Sabeth gekauft, weil die alte Dienerin so große Freude am Essen entwickelte, seitdem ihr Gedächtnis von Monat zu Monat immer löchriger wurde. Gedämpfter Lachs gehörte zu ihren Lieblingsspeisen. Kaum drang der verheißungsvolle Geruch in ihre Nase, wurden Sabeths Augen ganz blank vor Freude, und mit den blau geäderten Händen rieb sie sich erwartungsvoll den Bauch, wie es sonst nur kleine Kinder taten.

Angstvolles Fiepen holte Johanna in die Gegenwart zurück.

Zwei Hunde schossen an ihr vorbei, magere, braunfleckige Tiere, das eine betagt, das zweite kaum dem Welpenalter entwachsen, die offensichtlich um ihr Leben rannten. Dann hörte sie hinter sich das Knallen der nagelbesetzten Peitsche, das den Hundefänger ankündigte. Der klobige Joost, einer der Gehilfen des Scharfrichters und damit als Goldgräber für das Leeren der Latrinen in ihrem Viertel zuständig, war ihr von Herzen zuwider. Was nicht davon rührte, dass sie sich vor seiner Arbeit geekelt hätte, sondern weil ihr die Art und Weise missfiel, wie er sie ausführte – schlampig und prahlerisch.

Unwillkürlich beschleunigte sie ihre Schritte und hoffte, dass die beiden Hunde heil davonkommen würden. Sie hielt nichts von Leuten, die sich Handschuhe aus Hundeleder nähen ließen, weil diese angeblich besonders weich ausfielen. Ebenso wenig von solchen, die sich Katzenfelle über die Schultern warfen, um rheumatischen und anderen Beschwerden vorzubeugen. Seit einigen Wochen ließen sich kaum noch Samtpfoten auf den Gassen von St. Laurenz sehen, das war ihr aufgefallen. Inzwischen dämmerte kein Morgen, an dem Johanna nicht erleichtert aufgeatmet hätte, sobald Mieze, ihre schöne Weiße mit dem pechschwarzen Fleck neben dem Schnäuzchen, laut miauend ihre Milch einforderte.

Schweiß rann ihr den Rücken hinunter, als sie endlich die Haustür erreicht hatte. Dieser Sommer war mörderisch, versengte nach einem viel zu trockenen Frühjahr den Wald und hatte das Korn auf den Feldern vor der Zeit dürr werden lassen. Sogar der Rheinpegel stand ungewöhnlich tief, und in den städtischen Pützen sank das Wasser. Die ganze Stadt litt unter wachsender Gereiztheit, die bei der kleinsten Gelegenheit Funken schlagen konnte. Am liebsten wäre sie sofort zu Sabeth gelaufen, um ihr den Salm zu zeigen und sie zum Lächeln zu bringen, aber sie wurde bereits von zwei Männern erwartet, ihrem Schwager Hennes und Hermann Weinsberg, dem jungen Rektor der Kronenburse.

»Ich warte schon eine halbe Ewigkeit«, rief Hennes mürrisch. »Hast du deine alte Vettel angewiesen, mich nicht reinzulassen? Wie lausiges Bettlerpack musste ich draußen warten.«

Johanna mochte es nicht, wenn er so über Sabeth redete, die sein Klopfen womöglich nur überhört hatte, weil sie immer mehr in ihrer eigenen Welt lebte, und ließ den Vorwurf unkommentiert.

Stattdessen wandte sie sich lächelnd dem Rektor zu.

»Ich könnte ebenso gut später wiederkommen, falls es Euch jetzt nicht genehm sein sollte«, sagte Hermann Weinsberg, und sein rundliches Gesicht überzog sich mit zarter Röte, wie nahezu jedes Mal, wenn er sie ansprach. »Obwohl meine Herren Studenten schon sehr, sehr durstig sind.« Er deutete auf den Leiterwagen hinter sich. »Zehn Schläuche würde ich gerne mitnehmen. Aber natürlich nur, falls es keine zu großen Umstände macht.«

Zu Severins Lebzeiten hatte er stets einen Burschen zum Weinholen geschickt, doch nun, da er es ausschließlich mit ihr zu tun hatte, wollte er es sich offenbar nicht nehmen lassen, persönlich zu erscheinen. Sie musste die wenigen Vorteile genießen, die die Witwenschaft ihr bot. Nachteile brachte sie ohnehin mehr als genug.

Johanna nickte dem Rektor aufmunternd zu, schloss auf und ging in den Keller voran. Weinsberg und Hennes folgten ihr, der Schwager leise fluchend, weil ihm nun nichts anderes übrig blieb, als dem Rektor beim Tragen der Schläuche behilflich zu sein.

Unten war es trocken und wegen des dicken Mauerwerks angenehm kühl. Das Gewölbe war hoch genug, dass auch ein großer Mann bequem aufrecht stehen konnte und noch immer ausreichend Luft über sich hatte. Durch vier quadratische Öffnungen, die Severin eigens aus dem Stein hatte schlagen lassen, fiel von oben Tageslicht herein, was ein umständliches Anzünden von Talglichtern oder Fackeln ersparte. Von Anfang an hatte sie sich hier wohlgefühlt, vielleicht weil man nirgendwo sonst so deutlich spüren konnte, wie solide das Fundament war, das das Haus zur Lilie trug.

An den Wänden aufgereiht standen die Fässer, die Johanna vom Deutzer Kloster geliefert bekam. Severin hatte vor Jahren diese Verbindung hergestellt, und sie war mehr als erleichtert gewesen, dass Abt Pirmin sie nach dem Tod des Gatten ihr gegenüber neu bekräftigt hatte. Nicht alle mochten es, wenn Frauen ihre Geschäftspartner waren, obwohl diese es in Köln sogar zu eigenen Gaffeln gebracht hatten. Allerdings hatte der Abt Johanna bei der letzten Zusammenkunft seltsam eindringlich gemustert und dann fast schon penetrant nach Kindern ausgefragt. Als sie wahrheitsgemäß verneinen musste, wollte sein Kopfwiegen gar kein Ende mehr nehmen.

»So habt Ihr Euch in Eurer misslichen Lage um jeglichen Trost gebracht«, hatte er über seinen Büchern sitzend gemurmelt, neben sich Abakus, Tintenfässchen und Gänsefeder. »Es tut den Weibern nicht gut, wenn sie unfruchtbar bleiben. Denn zum Gebären sind sie nun mal gemacht. So und nicht anders hat der allmächtige Schöpfer es gewollt.«

Johanna hatte alles darangesetzt, das Kloster so schnell wie möglich zu verlassen, um bloß nicht seinen Unmut auf sich zu ziehen. Doch seitdem hallten seine Worte jedes Mal in ihr wider, sobald sie den Zapfhahn aufdrehte. Die ersten drei Schläuche, die Weinsberg mitgebracht hatte, füllten sich zügig, doch beim vierten versiegte der Strahl bereits im ersten Drittel.

»Der himmlische Saft wird dir doch nicht etwa ausgehen, Schwägerin?«, rief Hennes, der jede ihrer Bewegungen mit Argusaugen beobachtete. »Was mich persönlich freuen würde. Du weißt ja, für welche Verschwendung ich deinen Handel halte. Was ließe sich nicht alles mit diesem herrlichen Gewölbe anfangen!«

Johanna musterte ihn kühl.

Konnte eine Mutter zwei so unterschiedliche Söhne hervorbringen wie Severin und Hennes Arnheim? Der eine großzügig, weltoffen und voller Mitgefühl, der andere ein Geizhals, stets auf den eigenen Vorteil bedacht. Seit dem Tod des Bruders schien er nur noch ein einziges Anliegen zu haben: auf welche Weise auch immer an die Nutzung der Gewölbe für seine Felle zu kommen. Er galt als bester Kürschner der Stadt, doch allein die Vorstellung, unter sich ein Heer toter Tiere zu wissen, verursachte Johanna Grausen.

»Alles bleibt genau so, wie es ist«, sagte sie kurz angebunden. »Nichts anderes hätte Severin gewollt.«

Auch der Strahl aus dem nächsten Fass rann dünner, als ihr lieb sein konnte. Ihre Vorräte neigten sich unübersehbar dem Ende zu. Was bedeutete, dass sie eine Begegnung mit Abt Pirmin nicht länger aufschieben konnte.

Hermann Weinsberg räusperte sich unbehaglich.

»Ich bereite Euch doch Umstände«, sagte er, sichtlich bedrückt, »was ich von Herzen bedaure. Aber Euer Wein vom Kloster St. Heribert mundet uns allen in der Börse nun einmal am allerbesten …«

Johanna stieß einen spitzen Schrei aus. Eine fette Ratte rannte zwischen den Fässern entlang, bis sie in einem Mauerloch verschwand.

»Da müssen auf der Stelle brauchbare Fallen her!«, rief Hennes aufgebracht. »Wozu fütterst du eigentlich dein dreistes Katzenvieh durch, das einem schon die Krallen in die Haut gräbt, wenn man es nur streicheln möchte?«

Weil Mieze einen ebenso guten Geschmack hat wie ich, dachte Johanna. Und sie wie ich den Tod an deinen Händen riecht.

»Die haben wir bereits«, sagte sie, zum Rektor gewandt, als wären sie nur zu zweit. »Üppig bestückt mit Käse, der den giftigen Eisenhutsud vom Apotheker wie ein Schwamm aufgesogen hat. Gestern haben wir drei von ihnen erledigt, heute Morgen waren es bereits vier. Aber es scheinen immer mehr zu werden. Die ganze Stadt ist voll von ihnen, als würden sie einem unsichtbaren Quell entspringen.« Sie rang sich ein kleines Lächeln ab. Johanna mochte diesen höflichen, ein wenig unbeholfenen jungen Mann, dem es in ihrer Gegenwart so leicht die Sprache verschlug. »Ihr bereitet mir niemals Umstände, Rektor. Das solltet Ihr wissen.«

Weinsberg wirkte erfreut, während er seine Münzen hervorkramte, die sie in ihrer eingenähten Rocktasche verschwinden ließ. Er lehnte die unwillig angebotene Hilfe des Kürschners ab und schleppte die schweren Schläuche eigenhändig nach oben, als wollte er unter Beweis stellen, wie viel männliche Kraft in ihm steckte.

Johanna ging zur Treppe, weil sie das Alleinsein mit Hennes in letzter Zeit nach Möglichkeit vermied. Da war etwas in seinem Blick, das ihr nicht gefiel, etwas Flehendes und zugleich Drängendes, das ihr mehr zusetzte als alle Worte. Der Kürschner war seit Jahren verwitwet und kinderlos. Nichts sprach also dagegen, dass Hennes erneut um eine Frau warb, doch sie war die Letzte, die seine Einsamkeit versüßen wollte.

»Bader Weißenburg soll übrigens das Aufgebot bestellt haben«, sagte er in ihrem Rücken. »Hast du auch schon davon gehört?«

Das kann nicht sein!, hätte sie beinahe geschrien, aber sie biss sich gerade noch rechtzeitig auf die Lippen.

»Woher willst du das wissen?« Ihre Stimme war nicht ganz sicher.

»Von der Kranzmacherin. Und die hat es im Waschhaus von der krummen Berta gehört, die ja sogar die Mäuse husten hört, wie wir alle wissen.« Sie hörte, wie er die Luft genüsslich zwischen den Zähnen einsog. »Die Braut ist blutjung, keine siebzehn Jahre alt. Du kennst sie, es ist Ennelin, die Tochter des Apothekers. Die Leute behaupten sogar, sie sei bereits sehr schwanger.« Er lachte gepresst. »Scheint ganz so, als versuche der Bader den Verlust seines Sohnes durch einen Stall frisch gezeugter Bälger wettzumachen.«

Wider Willen fuhr Johanna nun doch zu ihm herum.

Sein Mund hatte auf einmal einen lüsternen Zug bekommen. Und war ihr schon einmal aufgefallen, wie stark sein hellbraunes Haar inzwischen aus der Stirn zurückwich?

Hennes kam näher, eine Hand ausgestreckt. Schweißperlen standen auf seiner Oberlippe.

»Warum machst du es uns nur so schwer?«, sagte er leise. »Wo wir es doch zusammen so gut haben könnten. Steht nicht schon in der Heiligen Schrift, dass der Bruder für die Witwe seines Bruders sorgen soll? Ich wäre dazu bereit, Johanna, mit Freuden, das weißt du, und ich würde sogar darüber hinwegsehen, dass du früher …«

Sie wich zurück.

»Niemals!«, rief sie. »Niemals – hörst du?«

Sie drehte sich um, packte den Korb mit dem Salm und rannte die Treppe nach oben. Hinter sich hörte sie Hennes heraufstapfen, schwerfällig und wutentbrannt.

❦

Der Fisch schmeckte seifig, obwohl Johanna ihn wie sonst auch zubereitet hatte, und er schien beim Kauen im Mund immer mehr anstatt weniger zu werden. Es musste an ihr liegen, denn Sabeth strahlte, schob die Bissen zwischen den ihr verbliebenen Zähnen andächtig hin und her und löffelte dabei so zügig, dass ihr Teller bald leer war.

Dann ließ sie sich zurücksinken und schloss die Augen.

»Er hat dir wehgetan«, sagte sie zu Johannas Überraschung nach einer Weile. »Das darf er nicht. Er soll dir nicht wehtun!«

Woher wusste sie das? Hatte sie Hennes doch absichtlich vor der Tür stehen lassen? Aus ihrer Abneigung gegen Severins älteren Bruder hatte Sabeth schon zu dessen Lebzeiten keinen Hehl gemacht.

»Du musst keine Angst haben«, sagte Johanna beschwichtigend. »Er kann uns nichts tun. Dafür sorge ich.«

Die wässrigen Augen gewannen an Schärfe.

»Er will dich. Und das Haus. Aber das darfst du ihm nicht geben. Weil doch Severin es dir geschenkt hat, der gute Junge …« Sabeth begann sich zu wiegen. Speichel rann aus ihrem Mund. »Ich wünschte, er käme bald zurück. Er wird doch heimkommen? Wann kommt er nur endlich, mein lieber, mein allersüßester Severin …« Das Nuscheln wurde immer unverständlicher. Der kurze helle Moment von eben schien vorüber zu sein.

Also leider doch kein blauer Tag, dachte Johanna.

Vor ein paar Monaten hatte sie sich angewöhnt, diese Unterscheidung zu treffen. An blauen Tagen konnte man fast glauben, der Sabeth von früher gegenüberzusitzen, einer Frau mit scharfen Augen, losem Mundwerk und einem großen Herz, die für fast alles eine Lösung wusste.

Gearbeitet hatte sie bis zum Umfallen; kein Dienst für die Familie Arnheim war ihr jemals zu viel gewesen. An grauen Tagen dagegen übernahm eine Person das Ruder, die Johanna noch immer ziemlich fremd war: mal weinerlich und voller Ängste, dann wieder rasch aufbrausend, grob und ausfallend, bisweilen sogar gewalttätig.

Eine, die sie beileibe nicht ständig um sich haben mochte.

Und die sie doch niemals fortschicken würde.

Nein, nicht nur für sich brauchte sie das Haus zur Lilie wie die Luft zum Atmen. Auch für Sabeth sollte es bis zuletzt Schutz und Heimat sein, das hatte Johanna sich vorgenommen.

»Niemand wird uns das Lilienhaus wegnehmen«, sagte sie mit Nachdruck, obwohl sie nur wenig Hoffnung hatte, dass ihre Worte Sabeth jetzt erreichten. »Es gehört mir. So ist es laut Severins Testament nun in den Schreinsbüchern festgehalten. Und das kann keiner ändern, auch ein Hennes Arnheim nicht.«

Inzwischen war Sabeths Wiegen so heftig geworden, dass Johanna Angst bekam, die Alte würde im nächsten Moment vom Stuhl kippen und auf dem harten Boden aufschlagen. Ein Knochenbruch war das Letzte, was sie beide jetzt gebrauchen konnten.

»Soll ich dich in deine Kammer bringen, damit du dich ausruhen kannst?«, fragte sie. »Danach wird es dir besser gehen.«

Der Kopf mit dem silbernen Knoten bewegte sich unmerklich.

War das als Zustimmung zu werten? Und selbst wenn nicht, was blieb Johanna anderes übrig, als sie ins Bett zu bringen, wenn sie anschließend hinüber nach Deutz wollte?

Entschlossen zerrte sie die alte Frau vom Stuhl und war nicht zum ersten Mal darüber erstaunt, wie schwer dieses Bündel aus Haut und Knochen sich doch machen konnte. Wie ein Mehlsack hing Sabeth an ihr, und es kostete Mühe, sie das kurze Stück über den Flur zu schieben. Jahrzehntelang war Sabeths Stube unter dem Dach gewesen, überhitzt im Sommer, feucht und klamm in den Wintermonaten, aber Johanna brachte es schon seit Monaten nicht mehr fertig, sie die steile Stiege hinaufzuhieven.

Jetzt schlief die alte Dienerin in dem kleinen Zimmer, in dem Severin früher am liebsten gezeichnet hatte, und noch immer glaubte Johanna nach all der Zeit eine zarte Spur seines Geruchs wahrzunehmen. Und noch jemand schien diesen Ort ganz besonders zu mögen: Mieze, die sich auf der dünnen Decke gemütlich zusammengerollt hatte und beim Hereinkommen der beiden Frauen nur schläfrig ein Auge öffnete.

»Der andere hat dich auch nicht verdient«, murmelte Sabeth, während Johanna ihr aus den Pantinen half und die Katze ans Fußende vertrieb, wo sie sich sogleich abermals einkringelte. »Kein schlechter Kerl und recht ansehnlich dazu, aber schwach, leider viel zu schwach …«

Sabeth ließ sich nach hinten sinken, schloss die Lider und lag auf einmal da wie tot. Doch schon nach ein paar

Momenten klaffte ihr Mund auf, und deftiges Schnarchen ertönte.

Sie weiß von uns, dachte Johanna, nachdem sie die Tür einen Spalt offen gelassen hatte, damit die Katze ungehindert rauskonnte. Sie muss uns gehört haben – all meine Vorsicht hat nichts genützt. Aber wäre es nicht noch viel gefährlicher gewesen, sich nachts zu ihm in die Badestube zu stehlen?

Dabei hatte sie sich nichts vorzuwerfen, denn Severin hätte niemals gewollt, dass sie sich lebendig begrub.

»Du sollst leben, versprich mir das!«, waren seine letzten Worte an sie gewesen. »Nichts wünsche ich mir mehr, als dich glücklich zu wissen.«

Doch da gab es eben die Nachbarn, vor allem jedoch die Mitglieder seiner Gaffel, die peinlich genau verfolgten, ob sie sich wie eine ehrbare Witwe benahm. Wie leicht es doch war, als Frau ins Gerede zu kommen! Und was dann geschehen konnte, wollte Johanna nicht noch einmal erleben müssen. Allein daran zu denken tat weh. Hennes hatte ihren inneren Frieden empfindlich gestört. Ob er wusste, wie tief er sie getroffen hatte?

Nichts durfte der Schwager davon erfahren, das beschloss sie in diesem Augenblick.

Sie liebte Ludwig nicht, aber sie hatte seine Nähe ebenso genossen wie die nächtlichen Umarmungen. Er tat ihr gut, dem Körper ebenso wie ihrer Seele. Und er hatte sie an früher erinnert – an das wenige aus ihrer Vergangenheit, an das sie bisweilen noch gern dachte.

Ganz unbefangen war sie das erste Mal zu ihm ins

Badehaus gekommen, damals, als sie sich den Knöchel so böse gezerrt hatte, dass sie nur noch humpeln konnte. Er wog ihren Fuß prüfend und behutsam zugleich in seinen großen Händen, und plötzlich waren alte Bilder in ihr aufgestiegen.

»Ihr braucht Arnikaumschläge«, hatte er gesagt und die Augen nicht mehr von ihr lösen können, als sei sie ihm erst jetzt aufgefallen. Die Wärme seines Blicks war in sie geflossen wie ein heilender Strom. Ich lebe, hatte sie überrascht gedacht. Ich kann noch immer begehrt werden und selbst begehren. »Die zuverlässig gewechselt werden sollten. Und Ruhe, damit die Verletzung heilt. Ich denke, ich sollte mich in nächster Zeit um Euch kümmern.«

Schon halb im Gehen überprüfte Johanna jetzt im kleinen Silberspiegel den Sitz des Halsbandes und tupfte sich ein wenig Rosenessenz hinter die Ohren. Was niemals schaden konnte, nicht einmal bei einem Mönch. Das verschwitzte Kleid hatte sie gegen eines aus hellblauem Leinen mit eng anliegendem Mieder und gebauschten Ärmeln vertauscht, die sie stattlicher wirken ließen. Die Münzen, die sie zum Bezahlen brauchen würde, waren aus der Geldkatze in ihre Rocktasche gewandert. Fast jedes ihrer Gewänder hatte eine solche, ein Umstand, den sie aus alten Zeiten beibehalten hatte.

Dann nahm sie ihren Korb und verließ das Haus.

Kaum hatte sie einen Fuß vor die Tür gesetzt, legte sich drückende Hitze wie ein Gewicht auf sie. Sie hatte gehofft, dass ihr beim Gehen andere Gedanken kommen würden, aber leider war es ganz und gar nicht so. Mit jedem Schritt kam Ludwig ihr in den Sinn, sein Lachen, die Art, wie er den Becher an den Mund setzte und voller Lust trank. Seine helle, freundliche Stimme, die so gut zu locken und zu schmeicheln wusste.

Wie hatte sie nur so töricht sein können zu glauben, alles würde auf ewig weitergehen! Sie wusste doch, dass ihr Geliebter von eigenen Kindern träumte, einem neuen Erben, dem er eines Tages alles übergeben könnte, was er mühsam aufgebaut hatte. Immer wieder hatte er die Sprache darauf gebracht, wenn sie liebessatt nebeneinander geruht hatten.

»Wunderschön bist du«, hatte er gemurmelt und seine Hände auf ihren nackten Bauch legen wollen, was sie wie immer rasch abwehrte. »Von mir aus könnten die Kerzen ruhig brennen bleiben, aber ich spüre auch so, dass du wie gemacht bist zum Lieben und Gebären.«

»Du hast doch schon einen Sohn«, hatte sie eingewendet. Den schlanken jungen Mann hatte sie einmal im Badehaus gesehen. Allerdings war er wortkarg gewesen und sehr schnell wieder verschwunden.

»Christian?«, hatte Ludwig heftig entgegnet. »Der ist für mich gestorben!« Mehr war aus Ludwig zu diesem Thema nicht herauszubekommen. »Nein, ich möchte noch einmal ganz von vorn anfangen. Und dieses Mal alles richtig machen. Eine Frau, einen Stall voller Kinder, und am allerliebsten mit dir …«

»Severin ist doch kaum unter der Erde«, hatte ihre Ausflucht gelautet, der er sich schließlich zähneknirschend beugte. Sie hatte gewusst, dass sie auf Zeit spielte, und doch gehofft, dass Ludwig ihr mehr vertrauen würde – ausgerechnet ihr, die doch ein zähes altes Bündel aus Lügen und Ungesagtem mit sich herumschleppte …

Johannas Fuß stieß unvermittelt an etwas Lebloses, und sie erstarrte. Außer ihr war niemand auf dem Buttermarkt, wo die Händlerinnen ihre Stände längst geleert hatten, weil ihnen sonst in der Hitze die Ware in fettigen Strömen davongeflossen wäre.

Dass der Mann tot war, erkannte sie sofort.

Er trug Lumpen von undefinierbarer Farbe. Nur ein Restchen Rot am verblichenen Wams zeigte, dass dieses einst von guter Qualität gewesen sein musste. Sein flächiges Gesicht war qualvoll verzogen, der Mund wie zu einem letzten Schrei geöffnet. Beide Hände lagen auf den Leisten.

Johannas Blick flog zu seinem Hals, doch der erschien ihr unversehrt. Aber war da nicht hinter seinem Ohr eine schwärzliche Beule, aus der übler Gestank drang?

Alles in ihr schrie nach sofortiger Flucht, aber sie zwang sich dazu, den Toten zu umrunden, um mehr erkennen zu können.

Er hatte tatsächlich eine Wunde hinter dem Ohr, die sich entzündet haben musste, doch das war nicht das, was sie befürchtet hatte – was freilich noch gar nichts zu bedeuten hatte, wie sie sehr wohl wusste. Die, die keinerlei äußere Anzeichen aufwiesen, waren am übelsten dran, das hatte sie bittere Erfahrung gelehrt. Krepiert waren sie neben ihr binnen dreier Tage, glutheiß, wie verzehrt von einem Fieber, gegen das kein Kraut gewachsen war und das alle Organe wie mit einer Feuerzunge fraß.

Johanna sah sich nach allen Seiten um. Vom Heumarkt her sah sie zwei Männer kommen, die direkt auf sie und den Toten zuhielten, Anlass für sie, ohne noch einmal anzuhalten direkt zur Anlegestelle zu laufen.

Wenn der Unbekannte tatsächlich an der Seuche gestorben war, würde man ihn vermutlich schnellstens beiseiteschaffen lassen. Der Rat konnte sich nicht leisten, dass ungute Gerüchte die Runde machten und die Menschen der Stadt in Angst und Schrecken versetzten. Der große Fluss glitzerte friedlich im Sonnenschein, und dennoch war es Johanna, als wäre alles um sie herum plötzlich dunkler geworden.

Was, wenn der Tote nicht der erste war und die Ratsherren längst Bescheid wussten, aber nach außen hin bislang noch Schweigen bewahrten, um Panik zu vermeiden? Und sie ihre Maßnahmen ohne großes Aufsehen bereits in Gang gesetzt hatten?

Die auffällig dezimierten Katzen kamen ihr in den Sinn. Die Aktivitäten des Hundefängers. Die Invasion der Ratten, sogar in ihrem eigenen Haus, als wollten sie mit aller Macht ihre Verstecke verlassen und das Weite suchen.

War das Unaussprechliche zurück in Köln?

Mit einem Seufzer bestieg Johanna den Nachen, in dem bereits ein Mann hockte, der ihr freundlich zunickte. An dem verblichenen gelben Hut, den er in seinen Händen drehte, erkannte sie, dass er zu der jüdischen Gemeinde gehören musste, die auf der anderen Rheinseite eine neue Heimat gefunden hatte.

Sie nickte kurz zurück, noch immer im Bann des erschreckenden Fundes.

»Ihr seid doch die Witwe Arnheim«, hörte sie den Mann sagen, als der Nachen abgelegt hatte. »Ich kannte Euren Mann. Wie sehr muss es Euch schmerzen, ihn schon so früh zu verlieren!«

Erstaunt sah sie ihn an.

Er war jünger, als sie im ersten Moment gedacht hatte. Der lange dunkle Bart hatte sie zunächst in die Irre geführt.

»Ich habe Euch zusammen gesehen«, fuhr er fort. »Auf dem Fischmarkt. Ganz verliebt hat er Euch an sich gedrückt, als wollte er Euch niemals wieder loslassen. Da wusste ich, dass Ihr seine Frau sein müsst.«

»Ihr habt Geschäfte mit Severin gemacht?«, fragte Johanna. Kein Wort hatte ihr Mann je über einen Juden aus Deutz verloren, aber wie sie nach seinem Tod hatte erkennen müssen, hatte er offenbar so manches für sich behalten. Ob es noch weitere Außenstände gab, von denen sie nichts wusste? Plötzlich wäre es ihr lieber gewesen, statt des Wassers festen Boden unter den Füßen zu wissen.

Ihrem wachsamen Gegenüber war die plötzliche Abwehr nicht entgangen.

»Einige Male«, sagte er mit feinem Lächeln. »Und keiner von uns musste dabei den Kürzeren ziehen. Eines davon tragt Ihr gerade am Leib, das schönste lichtblaue Leinen, das Mendel ben Baruch wohl jemals in seinem Lager hatte. Euer Mann hat wahrlich eine gute Wahl getroffen!«

Scham stieg in ihr auf. »Es tut mir leid«, sagte sie. »Ich wollte Euch nicht kränken. Es ist nur, dass mich gerade etwas bis ins Mark erschreckt hat …« Sie verstummte.

»Der Tote vom Buttermarkt«, flüsterte Mendel und lugte zum Ruderer, den ihre leise Unterhaltung jedoch nicht zu interessieren schien. »Ihr habt ihn also auch gesehen?«

Sie nickte.

»Deshalb seid Ihr so bleich«, fuhr er fort. »Wahrlich kein schöner Anblick, da kann ich Euch nur beipflichten.«

»Für einen Moment dachte ich …« Sie schwieg erneut. Wie kam sie dazu, einen Fremden in ihre schlimmsten Befürchtungen einzuweihen?

Mendel hatte sich erhoben und streckte ihr die Hand entgegen, um ihr beim Aufstehen behilflich zu sein.

»Wir sollten beten, dass Ihr nicht recht behaltet.« Seine Stimme war nur noch ein Wispern. »Sonst geht aufs Neue die große Angst in meinem Volk um, jetzt, wo wir gerade ein wenig zur Ruhe gekommen sind.«

»Was meint Ihr damit?«, fragte sie, obwohl sie die Antwort bereits kannte. Diese hässlichen alten Geschichten über vergiftete Brunnen und geschändete Hostien machten nicht nur in winterlichen Spinnstuben noch immer die Runde, auch wenn Johanna sie nie gern gehört hatte. Aber sie sah plötzlich vor sich, wie die Augen derer geglitzert hatten, die das Ausmalen dieser Schandtaten bis in alle Einzelheiten genossen, und sie sah das Zucken der Münder, die geifernd Rache und härteste Strafen forderten.

»Damals hat es unsere Gemeinde nicht weniger schwer getroffen als die Christen. Aber wie viele unschuldige Juden mussten ihr Leben lassen, nur weil man Sündenböcke für das Unfassbare gesucht hat«, sagte er. »So viele wurden getötet, und die anderen hat man vertrieben. Meint Ihr, die Menschen hätten sich von Grund auf geändert? Ich fürchte, diese Hoffnung kann ich nicht mit Euch teilen.«

Johanna raffte ihren Rock und sprang ans Ufer. Mendel folgte ihr. Der vorgeschriebene Hut saß inzwischen wieder korrekt auf seinem Kopf.

»Ihr wollt zum Kloster.« Keine Frage, wie sie am Tonfall erkannte, sondern eine Feststellung.

»Könnt Ihr Gedanken lesen?« Sie drehte sich zu ihm um.

Die Spur eines Lächelns.

»Wo denkt Ihr hin! Ich bin nur Eurem Mann auf dem gleichen Weg begegnet. So sind wir überhaupt ins Gespräch gekommen. Das Kloster steht unter der Verwaltung des Erzbischofs, der in guten Zeiten stets schützend die Hand über seine Juden gehalten hat.«

»Aber jetzt *sind* doch gute Zeiten«, entfuhr es Johanna, obwohl ihr Gefühl gerade etwas ganz anderes sagte.

»Dann lasst uns beten, dass sie noch lange anhalten mögen!« Mendel ben Baruch zog seinen Hut und bog nach links ab, zu der kleinen Siedlung, die sich ans Rheinufer schmiegte.

Noch nachdenklicher als zuvor setzte Johanna ihren Weg fort, und jetzt bereute sie es, so überstürzt aufgebrochen zu sein. Wäre es nicht ratsamer gewesen, Abt Pirmin eine Botschaft zukommen zu lassen, um ihren Besuch anzukündigen?

Er konnte durchaus launisch reagieren, das war ihr aufgefallen, ein großer, asketisch wirkender Mönch, wie gebeugt unter der Last seines Amtes. Severin war gut mit ihm ausgekommen, wie er ihr immer wieder versichert hatte, und es war ihm offenbar sogar gelungen, dem Abt hin und wieder ein Lachen abzuringen. In ihrer heutigen Verfassung rechnete Johanna sich keine großen Chancen aus, dieses Kunststück ebenfalls zu bewerkstelligen. Sie beschloss, freundlich und besonnen aufzutreten, eine Frau, die des Vertrauens würdig war, Geschäfte mit ihr zu machen.

Der Pfortenbruder erkannte sie gleich wieder und schenkte ihr ein scheues Lächeln, was Johanna als gutes Zeichen deutete. Er ließ sie ein und bat sie, nebenan in einem kleinen, weiß gekalkten Raum zu warten, der für Besucher diente.

Schneller als gedacht erschien Abt Pirmin, die Stirn gerunzelt, das hagere Gesicht unwillig verzogen, als habe sie ihn gerade bei etwas Wichtigem gestört.

»Ich weiß, Ihr habt zu tun, ehrwürdiger Vater«, begann sie höflich, »und will Euch daher auch gar nicht lange behelligen. Aber der Wein, den mein Mann und ich von Euch bezogen haben, geht zur Neige, und da musste ich einfach …«

Eine abrupte Geste ließ Johanna verstummen.

»Ihr habt Euch umsonst hierher bemüht, Witwe Arnheim«, sagte der Abt barsch. Sein Blick glitt an ihr entlang, und er war alles andere als freundlich. »Ich darf doch wohl annehmen, dass Ihr das noch immer seid.«

Das Kleid! Sie hatte den Fehler begangen, nicht wie beim letzten Mal in Tiefschwarz aufzutauchen. Besonders ihr sommerlicher Ausschnitt schien ihn zu irritieren. Hätte sie nicht besser ein Brusttuch umlegen sollen, um seine Augen nicht in Versuchung zu führen?

»Die Hitze«, sagte Johanna entschuldigend, ärgerte sich aber im gleichen Augenblick, dass sie sich vor ihm rechtfertigte. Die Trauerzeit war vorüber. Niemand durfte ihr weitere Vorschriften machen. »Dieser Sommer bringt uns alle noch um. Doch dem Wein wird er guttun, nicht wahr? Vermutlich wird die neue Ernte süffiger ausfallen denn je.«

»Ihr kommt gleich auf den Punkt, das soll mir recht sein.«

Die dünnen Finger des Abts, die er ineinander verschränkte, waren tintenbraun, wie sie es von Severin kannte, wenn er lange über seiner Buchhaltung gebrütet hatte. Ob Pirmin die halbe Nacht durchgeschrieben hatte? Vielleicht fehlte ihm ja ausreichend Schlaf, und er war deshalb verstimmt.

»Wir erwarten nur eine geringe Ernte«, fuhr der Abt in gereiztem Ton fort. »Hoch in der Qualität, falls der Allmächtige uns gnädig gestimmt ist, doch karg im Ertrag. Wie dem auch sei, was das Kloster nicht selbst benötigt, geht direkt an den erzbischöflichen Hof – jeder einzelne Tropfen.«

Johanna brauchte ein paar Augenblicke, um sich zu fassen.

»Soll das heißen, dass Ihr mir nichts von der neuen Ernte verkaufen werdet?«, fragte sie ungläubig.

Grimmiges Nicken. Mehr gab es offenbar für ihn nicht dazu zu sagen.

Fieberhaft begann sie zu überlegen.

Die letzten Tage des Augusts waren angebrochen, was bedeutete, dass die Weinlese bevorstand. Wie sollte sie es da noch anstellen, mit anderen Klöstern ins Geschäft zu kommen, die Weingärten in und um Köln besaßen? Die Weißen Frauen am Blaubach beispielsweise, die Kartäusermönche unterhalb der Ulrepforte oder die Benediktiner von St. Pantaleon? Sicherlich konnten sie alle auf bewährte Abnehmer zurückgreifen, denn Johannas Weinhandel war ja nur einer unter vielen in Köln. Doch die meisten Konvente hatten Severin vermutlich gekannt, dessen Kunst auch jenseits der Mauern Kölns verehrt und bestaunt wurde. Vielleicht würde der Name des verstorbenen Glasmalers Türen und Herzen öffnen. Bis dahin konnte sie die Kunden auf die neue Lieferung vertrösten, vorausgesetzt, sie sprangen ihr einstweilen nicht ab.

»Dann seid so gut und lasst den braven Schröter Helmroth ganz schnell drei mittelgroße Fässer anliefern«, sagte sie mit bemühtem Lächeln. »Damit mir meine Kunden nicht untreu werden.«

Pirmins starre Miene verriet nichts Gutes.

»Habt Ihr denn nicht verstanden?«, bellte er. »Es gibt keinen Wein vom Kloster St. Heribert mehr, weder jetzt noch künftig. So und nicht anders hat Seine Exzellenz entschieden. Und jetzt entschuldigt mich. Wichtige Pflichten rufen.«

Mit großen Schritten verließ er den Raum und ließ Johanna, die ihm stumm nachstarrte, in einer eigentümlichen Mischung aus Ohnmacht und jäh aufsteigendem Zorn zurück.

Sie hatte alle Zimmer mit Beifuß ausgeräuchert und sich danach von Kopf bis Fuß gewaschen. Jetzt brannte nur noch eine einzige Kerze, wie immer, wenn sie Ludwig erwartete. Auf dem Tisch stand ein Krug mit Wein. Ihm wie sonst Brot und Schinken anzubieten hatte sie nicht über sich gebracht. Alles sah beinahe so aus wie immer – und dennoch war nichts wie bisher.

Johannas Hände fühlten sich feucht an, und obwohl sie verschwenderisch mit Rosenessenz umgegangen war, erschien ihr der eigene Körper ebenso muffig wie der ganze Raum. Für ein paar Augenblicke hatte sie sogar erwogen, die alte Sybe, die am Kreidemarkt ihre Liebeszauber vertrieb, zu Rate zu ziehen, aber was konnte das schon helfen?

Vorhin hatte sie lauten Donner gehört. Vielleicht würde ein Regenguss die dräuende Hitze endlich vertreiben.

Sabeth war den ganzen Abend über quengelig gewesen wie ein übermüdetes Kind, das die Augen kaum noch offen halten konnte, und hatte sich dennoch nur mit großer Mühe in ihre Kammer bugsieren lassen. Johanna ertappte sich dabei, wie sie unwillkürlich auf Zehenspitzen ging, nachdem sie das Fenster weiter geöffnet hatte, und rief sich mit einem bitteren Lachen zur Vernunft. Wenn stimmte, was Hennes behauptet hatte, war es gleichgültig, ob jemand den Bader bei ihr entdeckte. Aber konnte ihr Geliebter tatsächlich die Stirn besitzen, sie derart dreist anzulügen?

Als sie das vereinbarte Klopfen hörte, nahm sie die Kerze, lief die Treppe hinunter und ließ ihn ein.

Ludwig hatte getrunken, das roch sie, als er sie küssen wollte, und sie drehte den Kopf schnell zur Seite, was ihn zu verblüffen schien.

»Ich bin spät dran, ich weiß«, sagte er ein wenig schwerfällig, »aber du kannst dir nicht vorstellen, was heute alles los …«

»Willst du das ganze Haus aufwecken?«, unterbrach sie ihn. »Komm mit nach oben! Dort sind wir ungestört.«

Johanna stieg vor ihm die Treppe hinauf. In früheren Zeiten hätte er jetzt spielerisch ihr Gesäß gepackt oder sie auf andere Weise geneckt, heute aber folgte er ihr stumm.

»Willst du etwas trinken?« Die Zunge lag ihr seltsam schwer im Mund.

»Ja, gib mir Wein, den kann ich heute gut gebrauchen«, sagte er, wartete, bis sie eingeschenkt hatte, und trank.

Johanna setzte sich auf das Bett und musterte ihn.

Er schien an Gewicht verloren zu haben in den letzten Wochen, was ihm stand. Sein Gesicht kam ihr straffer vor, sogar die sonst so gefurchte Stirn wirkte glatter. Mit einem Mal erschien er ihr um Jahre verjüngt. Konnte die Liebe zu einem blutjungen Mädchen solche Wunder bewirken?

Ein guter Hahn wird niemals fett.

Der anzügliche Spruch, den Frauen sich gern im Badehaus zuraunten, kam ihr plötzlich ins Gedächtnis.

»Du siehst müde aus«, sagte er schließlich. »Und ein wenig traurig, habe ich recht? Dagegen weiß ich doch die richtige Medizin.«

Als er sie an sich zog, spürte sie die vertraute Wärme und war auf einmal den Tränen nah. Seine Hände fuhren über ihren Rücken und das Gesäß. Bald würden sie ihre Brüste kosen, in die er sich vom ersten Moment an verliebt hatte, wie er ihr einmal lachend gestanden hatte. Wie einfach und verlockend wäre es gewesen, die Augen zu schließen und sich diesen Händen ganz zu überlassen! Doch etwas in Johanna wehrte sich dagegen, obwohl sie sich im gleichen Atemzug danach sehnte.

Ludwig war kein Heiliger, genau das hatte ihn so anziehend für sie gemacht. Wenn sie ihn jetzt fortschickte, war sie wieder allein. Er hatte sie gehalten, getröstet und gewärmt, anders als Severin, aber durchaus wirkungsvoll.

Bei ihm hatte sie sich niemals verlassen gefühlt.

»Nimm dein Halsband ab!«, hörte sie ihn murmeln, während sie seine wachsende Erregung spürte, die sie allerdings ernüchterte. »Nur ein einziges Mal! Tu es für mich – heute. Dann wüsste ich, dass du mir ganz vertraust.«

»Du willst heiraten?«, fragte sie, anstatt seiner Bitte nachzukommen.

»Woher hast du das?« Ludwig ließ die Arme sinken und starrte sie an.

»Was spielt das für eine Rolle?«

»Wer hat es dir gesagt?«, beharrte er. »Ich will es wissen!«

»Hennes«, erwiderte sie ruhig, obwohl sie ihr Herz hart gegen die Rippen klopfen spürte. »Mein Schwager.«

»Diese Ratte!« Er war aufgesprungen, lief zum Fenster. »Das hat er doch nur getan, um uns zu entzweien.«

»Mag sein. Aber wann genau hattest du vor, es mir zu eröffnen?« Ihr Tonfall war auf einmal eisig. »Nachdem du mich wie gewohnt beschlafen hast? Anlässlich des feierlichen Hochzeitszugs? Wenn das ganze Viertel anrückt, um euch Glück zu wünschen? Oder vielleicht noch etwas später?«

»Es wird …« Er räusperte sich. »Es wird keine große Hochzeit geben. Denn die Braut …«

»… ist schwanger. Was mir ebenfalls bekannt ist. Ihr solltet euch in der Tat beeilen. Sonst wird das Gerede in der ganzen Stadt kein Ende nehmen.«

»Wie kannst du nur so etwas glauben!« Zorn und Verlegenheit stritten sich in seinem Gesicht. »Du weißt doch, die Leute haben immer etwas zu tratschen …«

»Die Wahrheit, Ludwig!«, forderte sie. »Das bist du mir schuldig.«

Er wich ihrem Blick aus. Schließlich, wie unter Qualen, hob er seinen Kopf und sah sie an.

»Gut, die Kleine ist tatsächlich schwanger und schon ziemlich weit dazu, aber das hat doch nichts zu bedeuten! Ich brauche nun mal eine Frau, die mein Haus mit mir teilt und meine Kinder zur Welt bringt, und zu beidem warst du ja nicht bereit. Aber Ennelin ist selbst noch ein halbes Kind, das die Welt ebenso wenig kennt wie die süßen Freuden der Liebe – und in beidem keineswegs mit dir zu vergleichen.« Bittend streckte er seine Hände aus. »Für uns muss sich doch gar nichts ändern! Ich komme weiterhin unbemerkt zu dir, küsse und kose dich, bis dir die Sinne vergehen. Jetzt wird sie ohnehin erst einmal dick und schwerfällig, da werd ich sie nicht mehr anfassen, und sobald das Kind die ersten Wochen überlebt, wird mir schon eine gute Ausrede einfallen …«

Sie hob die Hand und schlug ihm hart ins Gesicht.

»Ich kann verstehen, dass du verärgert bist«, sagte er, unsicher lächelnd. »Aber du wirst wieder ruhiger werden, glaub mir! Und dann können wir …«

»Geh!«

Verdutzt sah er sie an. Jetzt erst schien er zu begreifen, wie ernst es ihr war. Ludwig machte ein paar Schritte, dann blieb er stehen.

»Die Tür zu meinem Herzen steht dir immer offen«, sagte er leise. »Egal, was auch geschehen mag: Mit dir hab ich Dinge erfahren, meine Jo, die ich niemals zuvor erlebt habe.«

»Geh endlich!« Jetzt schrie sie. »Und nenn mich nie wieder bei diesem Namen, sonst wirst du mich kennenlernen!«

Er zog die Schultern hoch, schüttelte den Kopf, ungläubig und verletzt zugleich, und verließ den Raum.

Johanna ließ sich auf das Bett sinken.

Dann hörte sie, wie unten die Haustür ins Schloss fiel. Sie hatte plötzlich das Gefühl, nicht genug Luft zu bekommen. Ihre Hände fuhren zum Hals, lösten das enge Band.

Die Haut darunter war so heiß, als ob sie in Flammen stünde.

»Ihr habt zugelegt, Rheinmeister. Das ist nicht zu übersehen.« Obwohl Hennes sich bemühte, sachlich zu klingen, war die Genugtuung in seiner Stimme nicht ganz zu überhören.

Rutger Neuhaus musterte ihn kalt. Jeder wusste, dass sein älterer Halbbruder der bischöfliche Kanzler Bernhard vom Hagen war, einer der mächtigsten Männer in Köln – er aber bloß ein Bastard, dem reichen Schwertfeger Neuhaus von seiner untreuen Frau als Kuckucksei ins eheliche Nest gelegt. Rutger hatte die vergangenen zwanzig Jahre genutzt, um den Wohlstand der Familie Neuhaus durch geschickte Häuser- und Grundstückskäufe weiter zu mehren. Man munkelte, inzwischen gehöre ihm halb Köln, doch der Makel seiner Geburt schien noch immer auf seiner Stirn zu brennen.

»Ich bin schließlich ein Mann, kein Hänfling«, sagte er schließlich. »Und wenn Ihr Euer Handwerk versteht, so dürften ein paar ausgelassene Nähte doch wohl keine Schwierigkeit bereiten.«

»Ausgelassene Nähte! Solchen Pfusch werdet Ihr vergeblich bei mir suchen«, rief Hennes. »Ich verstehe mich aufs Federn, das sind schmale Lederstreifen, so geschickt in den Pelz eingebracht, dass man vom Auslassen gar nichts bemerkt. Deshalb hab ich Euch ja vor Jahren Iltis empfohlen und nicht das günstige Grauwerk, mit dem man besser Frauenhandschuhe füttert. Ich weiß schon, wovon ich rede. Und jetzt dreht Euch bitte einmal langsam um die eigene Achse, damit ich Euch von allen Seiten sehen kann!«

Rutger Neuhaus folgte der Aufforderung. Seine Miene allerdings verriet Unwillen.

»Seid Ihr endlich fertig?«, sagte er dann. »Ich hab schließlich nicht den ganzen Tag Zeit.«

»Das bin ich.« Hennes half ihm aus dem Pelz. Rutgers Stirn war schweißbedeckt. Das Hemd hatte unter den Achseln dunkle Flecken abbekommen. »Ihr könnt den Mantel Ende der Woche abholen lassen ...«

»Welch unerträgliche Hitze!«, rief Neuhaus und fächelte sich Luft zu. »Hier in diesem elenden Schuppen steht sie ja geradezu!«

Nicht zum ersten Mal, dass er sich über Arnheims Werkstatt beklagte. Am Duffesbach gelegen wie viele Färber- und Gerberbetriebe, die alle die Nähe des Wassers für ihr schmutziges Handwerk brauchten, ließ sie in der Tat Geräumigkeit und jeden Anflug von Vornehmheit vermissen.

»Ginge es nach mir, so wüsste ich längst den idealen Ort, um meine kostbaren Felle zu lagern«, stieß Hennes hervor. »Dort bräuchtet Ihr auch nicht zu schwitzen. Aber meine Schwägerin ist ja so stur, dass ich ...« Er verstummte.

»Die Witwe Arnheim?« Rutgers Stimme hatte plötzlich einen wachen Unterton. »Sie war erst letzte Woche bei mir. Um sich das Recht auf Weinausschank verlängern zu lassen.«

Hennes nickte bekümmert.

»Und ich wette, Ihr habt es ihr prompt gewährt«, sagte er. »Johanna bekommt nämlich immer, was sie will. Leider!«

»Noch nicht. Sie muss erst den Besuch des Visierers abwarten, der nach den Richtlinien der Weinschule überprüft, ob in ihrem Geschäft auch alles seine Ordnung hat.«

Hennes begann fieberhaft zu überlegen. Er ging ein Risiko ein, wenn er sich jetzt zu weit vorwagte, aber durfte er solch eine Gelegenheit ungenutzt verstreichen lassen?

»Warum seht Ihr Euch nicht noch weiter bei mir um?«, fragte er langsam. »Ich hätte dort hinten zum Beispiel eine frische Lieferung Blaufüchse auf Lager, die in Qualität und Maserung ihresgleichen suchen. Vielleicht würde ja Euer Weib …«

»… die alt und fett geworden ist und genügend Rauchwerk bis ans Ende aller Tage besitzt«, fiel Rutger ihm ins Wort. »Bela dagegen, die blonde Kleine vom Haus am Berlich, könnte für kalte Tage sehr wohl etwas Warmes gebrauchen.«

Beide starrten sich an.

Der Mund Arnheims war plötzlich staubtrocken. Da war es wieder, jenes Pfeifen in seiner Brust, das ihm schon mehrmals Angst eingejagt hatte. Kürschner galten als besonders anfällig für Lungenkrankheiten, weil sie bei ihrer Arbeit ständig Staub und faule Dämpfe einatmen mussten. Deshalb galt ihr Handwerk ja auch als unsauber, wenngleich sich damit gutes Silber verdienen ließ und sie einen Löwen im Siegel führen durften.

Natürlich kannte er die kleine Hure nur zu gut, die unter ihm gestöhnt und geschrien hatte, als sei er der Erlöser höchstpersönlich. Seitdem sie im Frauenhaus ihre Dienste anbot, ließ er die restlichen Dirnen unberührt. Mal gab sie sich als Kind, dann wieder überraschte sie mit raffinierten Liebesspielen, die ihm die Fassung raubten. Keine andere im Haus am Berlich besaß diese fatale Mischung aus Unschuld und Verworfenheit, die ihn schier um den Verstand brachte.

Wie hatte er nur glauben können, er sei ihr Lieblingsfreier!

Bela besaß wahrlich genügend Auswahl, um sich den reichsten und mächtigsten unter all ihren Beischläfern herauszupicken.

»In diesem Fall würde ich zu Silberfuchs raten«, sagte Hennes, obwohl ihm die Worte nur mühsam über die Zunge kamen. »Zu hellem Haar – ein einziges Gedicht. Ich könnte die Felle zu einer kurzen Schecke verarbeiten, die der Beschenkten nichts als Freude bereitet. Darauf könnt Ihr wetten!«

Er brauchte nicht einmal Maß zu nehmen. Belas unwiderstehliche Formen waren für immer in seinem Gedächtnis eingebrannt.

Rutger Neuhaus stand plötzlich so nah vor ihm, dass er jede Linie in seinem Gesicht sehen konnte. Die schweren Lider, die Genuss und Ausschweifung verrieten; die scharfen Falten um Nase und Mund, die von Hochmut und raschem Aufbrausen kündeten; die Furchen auf der Stirn, Zeichen schlafloser Nächte und vieler Grübeleien. Jetzt schien Neuhaus innerlich vor Wut zu kochen, wenngleich seine Miene nichts davon verriet.

»Du glaubst doch nicht etwa, ich könnte bestechlich

sein?«, sagte er leise und scharf zugleich. »Dann freilich hättest du einen kapitalen Fehler begangen, Arnheim!«

»Wie kommt Ihr darauf?« Die Hände des Kürschners flogen nach oben, um gleich darauf wieder kraftlos zu sinken. Der Rheinmeister war ins Du verfallen, keine vertrauliche Anrede, wie Hennes klar war, sondern offene Herabstufung, die ihn auf seinen minderen Rang verweisen sollte. Er hatte alles verdorben! Warum nur war ihm nichts Klügeres eingefallen? Inzwischen schwitzte er am ganzen Körper, fühlte sich stinkend und klebrig, als hätte er wie in seinen Gesellentagen den ganzen Tag Fehfelle in der Trampeltonne gestampft, um sie geschmeidiger zu machen. »Ich wollte lediglich zum Ausdruck bringen, wie sehr ich Euch und Euer wichtiges Amt zu schätzen weiß und daher …« Ratlos hielt Hennes inne.

Der Rheinmeister hatte die Felle zu streicheln begonnen, vorsichtig und behutsam, als handelte es sich um lebende Tiere.

»Wie weich sie sind«, sagte er, um einiges freundlicher. »Und haben doch den Tod schon geschmeckt. Wenn man es recht betrachtet, sind sie um einiges wertvoller als wir. Denn zieht man uns Menschen den Balg über den Kopf, bekommt hinterher keiner von ihm einen warmen Bauch.« Seine Hand fuhr ans Kinn. »Deine Schwägerin stammt nicht von hier, richtig?«

In Hennes begann ein Fünkchen Hoffnung zu glimmen.

»Aus Freiburg, soweit ich weiß«, sagte er. »Aber so ganz sicher kann man bei Johanna niemals sein. Sie dreht die Wahrheit, so wie sie sie braucht.«

»Und dein Bruder? Der tote Glasmaler? Hat der zu seinen Lebzeiten denn nichts über sie erzählt?«

»Severin?«, sagte Hennes mit bitterem Lachen. »Dem hat sie doch von Anfang an den Kopf verdreht, bis er Schwarz nicht mehr von Weiß unterscheiden konnte! Wachs war er in den Händen dieser Hexe, ihr ausgeliefert auf Gedeih und Verderben. Bis sie in unser Leben platzte wie ein Unwetter an einem Sommertag, hatte nichts uns Brüder jemals entzweit. Doch von da an war alles anders. Kein gutes Wort hatte Severin mehr für mich, und in seinem Testament hat er sie zur Alleinerbin gemacht. Das Haus zur Lilie gehört jetzt ihr. Und ich, sein einziger Bruder, bin leer ausgegangen.«

»Du könntest sie zur Frau nehmen«, schlug Rutger vor. »Und damit viele Schwierigkeiten auf einmal lösen. Gefällt sie dir nicht? Oder hat sie dich schon abgewiesen?«

Hennes senkte den Blick. Doch nicht rasch genug.

»Sie will dich nicht, verstehe«, sagte der Rheinmeister. »Es sei denn, sie gerät möglicherweise in Not und braucht mehr als alles andere eine helfende Hand.« Es hörte sich an, als würde ihm diese Idee gefallen.

»Johanna ist dickköpfig und eigensinnig. Da müsste …«

»… die Not schon sehr bitter sein, willst du sagen?« Die Hand des Rheinmeisters lag wieder auf den schimmernden Fellen. »Wie gut könnte solch ein Pelzkragen Bela stehen, meinst du nicht auch? Ein breiter, üppiger Kragen, aus dem ihr weißer Hals wie eine zarte Blume wächst. Vielleicht dazu noch ein Häubchen aus Fell anstatt des roten Hurenschleiers, den sie längst überhat? Wer könnte dem schon widerstehen!«

Hennes war zu ihm herumgefahren.

»Das Lilienhaus«, flüsterte er. »Dafür würde ich sogar meine Seele geben.«

»Dann pass bloß auf, dass der Teufel dich nicht beim Wort nimmt!« Rutger Neuhaus versetzte dem Kürschner einen spielerischen Stoß. »Sagt man nicht, er habe derzeit besonders spitze Ohren? Ich muss jetzt zurück zur Weinschule. Die anderen Rheinmeister erwarten mich.«

»Und die Pelze?«

Neuhaus zog die Stirn kraus.

»Kann ich Bela vorschreiben, was sie auf der nackten Haut trägt, wenn die kalten Tage kommen?«, sagte er nachdenklich. »Der Sommer wird bald vorbei sein. Dann stirbt das Licht. Ich denke übrigens, sie wartet nicht allzu gern.«

Die Flohstiche hatten sich entzündet. Leise fluchend schlüpfte Vincent de Vries aus seinen Stiefeln und begann sich die Fersen zu kratzen. Schon gestern hatte er die muffige Schlafkammer, in die die Wirtin ihn nach langem Palaver geführt hatte, mit Misstrauen betrachtet und ihren Beteuerungen, das Stroh sei frisch aufgeschüttet und sie habe die Magd erst am Vortag alles auswischen lassen, nicht einen Augenblick geglaubt. Das war es, was er an seinen Reisen quer durch Europa am meisten hasste: unterwegs überall von Läusen, Wanzen oder Flöhen befallen zu werden, die wieder loszuwerden aufwendig und mühsam war.

In seinem neuen Haus in Köln sollte all das Ungeziefer

ausgesperrt bleiben, das beschloss er, während sich das Jucken an den Beinen zu unangenehmem Brennen steigerte. Er schlüpfte zurück in die Stiefel. Als Erstes würde er sich hier nach einer tüchtigen Magd umsehen, die für Reinlichkeit und Ordnung sorgen sollte. Am besten eine reifere Frau, kein junges Ding, damit sie sich bloß nicht wieder in ihn verguckte wie jene verträumte Sanne in Heidelberg, die bittere Tränen geweint hatte, als er ihr eröffnen musste, dass ihre Gefühle einseitig waren und er nicht daran dachte, sie jemals zur Frau zu nehmen.

Ob wohl die Fähre ans rechte Rheinufer noch lange auf sich warten ließ? Inzwischen waren seine Stute und er wenigstens nicht mehr die Einzigen an der Anlegestelle, was ihn hoffen ließ. Eine Frau, die einen Esel am Halfter führte, kam langsam näher. Niemals zuvor hatte er ein beladeneres Tier gesehen. Der Esel schwankte unter Kisten und Kästen, die abenteuerlich auf seinem Buckel aufgetürmt waren. In einem Weidenkäfig hockte ein schwarzer Hahn, der seinen Kamm reckte. In einem provisorischen Gitterbehältnis hatten sich zwei sandfarbene Frettchen eingekringelt.

Die Frau musterte ihn ungeniert. Vor ihrem Bauch baumelte eine große Stofftasche, ebenso fleckig und abgewetzt wie das rote Kleid, das sie trug.

»Ihr wollt auch nach drüben?« Ihr fleischiges Kinn deutete zum anderen Ufer. »Hinüber ins schöne, reiche Köln? Dann wären wir ja schon zu zweit.«

Vincent nickte.

Eine abgetakelte Hübschlerin, war sein erster Gedanke, die irgendwie zu Geld gekommen sein musste. Vor Jahren mochte sie durchaus anziehend gewesen sein mit ihren vollen Brüsten, den geraden Schultern und den lebhaften dunklen Augen. Doch inzwischen hatten sich bittere Linien um ihren Mund eingegraben, die Haare waren scheckig gefärbt, und in den Rillen ihres kräftigen Halses saß alter Schmutz. Nicht einmal das Wangenrot war echt, sondern entpuppte sich beim näheren Hinsehen als schlampig aufgetragenes Karmin.

Zu seiner Überraschung wirkte sie plötzlich leicht verlegen, als habe sie seine Gedanken erraten.

»Wenn man lange unterwegs ist, muss man eben gewisse Abstriche machen«, sagte sie geziert und zupfte an ihrem Rock, als könnte sie damit Schmutz und Straßenstaub abschütteln. »Das Wichtigste ist, dass meine Schätze sicher ans Ziel kommen.« Sie klopfte an eine der Kisten. »Jede einzelne von ihnen ist ein kleines Vermögen wert. Ich muss verrückt geworden sein, Euch das alles zu erzählen! Aber Ihr habt ehrliche Augen. Dafür habe ich einen Blick. Ihr werdet mir nichts wegnehmen.«

»Euer Esel braucht dringend Wasser«, erwiderte Vincent. »Sonst werdet Ihr nicht mehr lang Freude an ihm haben. Seht Ihr nicht, dass ihm schon Schaum vor dem Maul steht? Allerdings ist er so überladen, dass er kaum den Kopf senken kann. Wenn Ihr wollt, kann ich die vordersten Kisten abladen helfen …«

»Untersteht Euch!« Die Stimme war plötzlich schrill. »Ihr fasst mir nichts an, verstanden! Vielleicht ist es mit Eurer Ehrlichkeit ja doch nicht so weit her, wie ich eben noch dachte.«

»Seid unbesorgt.« Vincent klopfte auf seine Satteltaschen. »Hier drin steckt alles, was ich brauche.« Dann berührte er seine Stirn. »Und der Rest ist hier drin. Mehr ist für mein Handwerk nicht nötig.«

Er konnte förmlich sehen, wie es in ihr arbeitete, tat aber nichts, um ihr auf die Sprünge zu helfen. Inzwischen hatte der durstige Esel das Wasser gewittert und machte ein paar tapsige Schritte in Richtung Ufer.

»Dann seid Ihr wohl ein ...«, begann sie und stieß einen spitzen Schrei aus, als der Esel abrupt den Kopf senkte und eine Kiste dabei gefährlich ins Rutschen geriet.

Vincent machte einen beherzten Satz nach vorn, bekam sie gerade noch zu fassen und zerrte sie zurück.

»Seht Ihr jetzt, was ich gemeint habe?«, rief er. »Ich nehme sie herunter, wie vorgeschlagen, und helfe Euch anschließend beim Aufladen.«

Der Esel trank voller Hingabe. Aus der Nähe war sein Fell stumpf, die Hinterbeine waren mit Kot beschmiert. Vincent spürte, wie Zorn in ihm aufstieg. Tiere waren für ihn Gefährten, die gute Behandlung verdienten.

»Ihr solltet ihm kräftiges Futter geben«, sagte er, »ihn gründlich säubern und danach eine ganze Weile ausruhen lassen. Das hat er verdient.«

»Will ich ja«, sagte sie. »Sobald wir die richtige Unterkunft gefunden haben. Ihr kennt Euch nicht zufällig in der Stadt aus – mit Eurem klugen Kopf, in dem angeblich so viel steckt?«

»Ich bin hier ebenso neu wie Ihr«, sagte er. »Seht Ihr dort drüben?« Er wies zum anderen Ufer. »Die Fähre hat abgelegt.« Er packte die beiden Kisten und lud sie dem Esel wieder auf, der angesichts der neuerlichen Last kläglich zu schreien begann.

Sie murmelte Unverständliches, nestelte an ihrem Kleid herum und versuchte, sich mit einem fleckigen Tuch den Schmutz vom Handrücken zu wischen. Dann zog sie eine Tonflasche aus ihrer Tasche und bot sie Vincent an.

Rasch lehnte er ab.

»Diese Hitze bringt einen schier um«, sagte sie, nachdem sie getrunken und sich mit der Hand den Mund abgewischt hatte. »Und was sie nicht alles schon angerichtet hat! Den ganzen Weg hierher – nichts als verbrannte Felder und braune Wälder. Sogar die Trauben am Stock sehen ganz verhutzelt aus. Und so viele verendete Tiere, die ich unterwegs gesehen habe! Da wird es den Menschen schon bald nicht viel besser ergehen. Es sei denn …« Ihr Gesicht verzog sich listig. »… sie vertrauen sich Itas magischen Elixieren, ihren unübertroffenen Tinkturen und geheimen Kräutermischungen an.«

»Das also ist Euer Geschäft?« Vincent klang ungerührt.

»Wie Ihr das sagt – als ob es nichts wäre!«, fuhr sie auf. »Es ist eine Gabe, die ich besitze. Habt Ihr denn eine Vorstellung, wie viele Verzweifelte ich schon vor dem sicheren Tod gerettet habe? Hundert und mehr Hände würden nicht ausreichen, um sie alle aufzuzählen.«

Ihre hochtrabenden Worte langweilten Vincent, und er war erleichtert, dass die Fähre anlegte und sie endlich einsteigen konnten. Wie vielen solcher Scharlatane war er auf seinen Reisen schon begegnet? Kläglichen, gescheiterten

Existenzen, die sich vollmundig rühmten, heilen zu können, und doch nur von der Angst der Menschen lebten.

Aber war er selbst denn etwas viel Besseres als sie?

Er durfte sich Medicus nennen, hatte in Gent, Basel und Lyon studiert und seitdem über viele Jahre praktische Erfahrungen im Umgang mit Kranken erworben. Doch was wusste seine Zunft wirklich? Die meisten Vorgänge im menschlichen Körper waren ihren Mitgliedern noch immer ein Geheimnis. Sie waren Suchende, keine Wissenden, durften allenfalls winzige Erfahrungsinseln in einem Meer voller ungelöster Rätsel für sich beanspruchen. Sie konnten Knochen schienen und einfache Krankheiten kurieren. Doch schon Halsbräune, Lungenkrankheiten oder gar Blutvergiftung bedeuteten sehr rasch das Ende ihrer Weisheit, von Epidemien oder gar Seuchen, wie er sie immer wieder erlebt hatte, ganz zu schweigen. Vincent de Vries hatte lernen müssen, bescheiden zu werden. Doch seine Neugierde, mehr, ja alles zu erfahren, brannte noch ebenso stark wie in Jugendtagen.

Der Esel schien dank des ausgiebigen Saufens neue Kräfte bekommen zu haben und begann trotz seiner Last die Stute zu bedrängen, was Vincent zum Lächeln brachte. Trotzdem scheuchte er ihn beiseite, weil er in seinem neuen Zuhause kein Maultierfohlen aufziehen wollte.

»Sie verstehen sich, die beiden.« Itas Stimme klang anzüglich. »So und nicht anders ist es auch bei den Menschen. Das Fleischliche ist nun einmal der stärkste Trieb. Auch wenn er uns ins tiefste Verderben stürzt. Wir können einfach nicht davon lassen.« Sie hob den Arm, als wolle sie Vincent berühren.

Ihre Augen hatten auf einmal einen seltsamen Glanz. Und ging von ihr nicht ein schweflig-süßlicher Geruch aus, der ihn an schlimme Erlebnisse erinnerte, die er am liebsten für immer vergessen hätte?

Plötzlich wollte Vincent nur noch weg.

Kaum hatte die Fähre das rechte Rheinufer erreicht, trieb er die Stute herunter und hob die Hand zu einem flüchtigen Gruß. Dann saß er auf und gab dem Pferd die Sporen.

»Ich weiß ja noch nicht einmal Euren Namen«, rief Ita ihm hinterher. »Wollt Ihr ihn mir nicht zum Abschied verraten? Wir sehen uns doch bestimmt einmal wieder in dieser schönen, reichen Stadt!«

Doch Vincent ritt unbeirrt weiter, ohne sich noch einmal nach ihr umzudrehen.

❦

Der Visierer, den die Weinschule ihr geschickt hatte, war überraschend jung, aber offenbar immun gegen weibliche Reize. Das hatte Johanna schon nach wenigen Augenblicken herausgefunden. Alles Lächeln und Kokettieren ihrerseits ließen ihn unberührt. Nicht einmal das blaue Kleid, das ihr so gut stand, schien ihn zu beeindrucken. Ob er womöglich Männern zugetan war, eine Schwäche, die als Sünde und Verbrechen gebrandmarkt wurde und doch in Köln im Verborgenen blühte?

Bei näherer Betrachtung fand sie ihn recht hässlich. Seine hellen Augen lagen tief in einem feisten, aufgeschwemmten Gesicht, und ein stattlicher Bauch, der eher einem Sechzigjährigen angestanden hätte, wölbte sich unter seinem Wams.

»Ihr führt jetzt also diesen Weinhandel nach dem Ableben Eures Mannes?«, fragte er mindestens zum dritten Mal, während er schwerfällig von Fass zu Fass watschelte. Er hieß Melchior Strosch, ein Name, der ebenso wenig ansprechend war wie seine Erscheinung.

»Das tue ich«, wiederholte sie geduldig. »Alles ist genau so, wie Severin es eingerichtet hat. Mein Mann war ein berühmter Glasmaler, müsst Ihr wissen …«

»Und was ist das?«, unterbrach Strosch sie grob.

»Eine Rattenfalle. Eine von Dutzenden, die ich aufstellen musste. Diesen Sommer gibt es eine solche Menge von ihnen wie niemals zuvor. Das werdet Ihr sicherlich auch anderswo gehört haben.«

Er gab ein Brummen von sich, das sie nicht zu deuten wusste. Seine Schweinsäuglein irrten weiterhin suchend umher.

Ahnte er, dass die Fässer nahezu leer waren? Oder wonach sonst schaute er aus?

Johanna beschlich ein beklemmendes Gefühl.

Die letzte Nacht hatte sie kaum geschlafen, obwohl ihre Füße wund gelaufen waren von all den Bittgängen, die sie mittlerweile unternommen hatte. In keinem der Klöster, in denen sie vorgesprochen hatte, war sie erfolgreich gewesen. Niemand wollte ihr Wein verkaufen, und auch, sich auf Severin zu berufen, hatte nichts daran geändert. Jetzt blieb als letzte aller Möglichkeiten nur noch der Konvent der Weißen Frauen, den sie dieses Mal in tiefschwarzer Witwentracht aufsuchen würde, um die Herzen der frommen Augustinerinnen zu rühren. Schlug allerdings auch dieser Versuch fehl, musste sie sich auf den Weg machen, um im weiteren Umkreis von Köln neue Quellen aufzutun.

Allein der Gedanke daran ließ blanke Verzweiflung in ihr aufsteigen. Die Hitze hatte weiter zugenommen. Stadt und Land ächzten unter der drückenden Schwüle. Der Magistrat hatte Verordnungen erlassen, die die Abgabe von Wasser aus den öffentlichen Pützen reglementierten. Seit Menschengedenken war der Rheinpegel nicht mehr so tief gestanden. Und die Weinlese rückte mit jedem Tag näher. Wie sollte sie sich da auf den Weg ins Ungewisse machen und Sabeth und das Lilienhaus für unbestimmte Zeit zurücklassen?

Johanna nahm all ihre Kräfte zusammen und schenkte dem Visierer ein strahlendes Lächeln, das er allerdings geflissentlich ignorierte.

»Ihr besitzt ein Pferd, wie ich doch annehmen darf?«, sagte Strosch unvermittelt.

»Ein Pferd? Nein, ich habe leider kein Pferd.«

»Das allerdings könnte in der Tat prekär werden.«

Sie starrte ihn verständnislos an. »Was wollt Ihr damit sagen?«

»Nun, die Weinschule hat einhellig beschlossen, den Eintritt in die Bruderschaft vom Besitz eines Pferdes abhängig zu machen.« Seine Stimme troff vor Selbstzufriedenheit. »Eine Maßnahme, um das Eindringen niederer Elemente zu verhindern, wenn Ihr versteht.«

Sie spürte, wie ihre Resignation in Zorn umzuschlagen

drohte. Was bildete sich dieses wandelnde Fass auf zwei Beinen eigentlich ein, so mit ihr zu reden!

Johanna reckte sich. Ihre Augen sprühten Blitze.

»Dann ist es ja gut, dass ich nicht unter diese Verordnung falle«, sagte sie. »Denn mein Gatte Severin Arnheim gehörte bereits seit vielen Jahren zur Bruderschaft.«

Seine groben Hände begannen aufgeregt zu wedeln.

»Genau da liegt der Hase im Pfeffer«, sagte er. »Denn Euer Mann ist tot, wenn ich richtig verstanden habe.«

Sie hätte ihn umbringen können – mit bloßen Händen.

»Das habt Ihr.« Ihre Stimme klang kalt. »Aber ich bin seine Witwe und …«

»Eben für Witwen wie Euch gelten diese neuen Bestimmungen. Wir müssen uns davor schützen, Bedürftige in Positionen zu hieven, denen sie auf Dauer nicht gerecht zu werden vermögen. Wir können uns kein Bettlerpack in unseren Reihen leisten, wie Ihr sicherlich verstehen werdet.« Sein feister Körper schien vor Erregung zu vibrieren. »Deshalb kann ich die Schankgenehmigung heute leider nicht verlängern. Präsentiert mir ein passables Pferd – dann könnte ich alles noch einmal in aller Ruhe neu überdenken.«

Die Wut, die in ihr aufstieg, ergriff immer mehr Besitz von Johanna. Sie wollten sie also kleinmachen, dazu bringen, aufzugeben!

Ob Hennes hinter alldem steckte? Er gierte nach dem Haus. Und er wollte sie haben. Aber wäre er zu solchen Schritten imstande?

Johanna überlief es kalt.

Was wusste sie schon von ihrem Schwager? All die Jahre hatte sie sich von Hennes ferngehalten, weil er ihr von Anfang an unangenehm gewesen war. Sie hatte ja Severin gehabt, der sie geschützt und geliebt hatte. Doch jetzt stand sie ganz ohne männlichen Schutz da, in schwierigen, unübersichtlichen Zeiten, die sie ohne Hilfe und Beistand überstehen musste.

Wie lange lief eigentlich die offizielle Einspruchsfrist gegen den neuen Eintrag in den Schreinsbüchern? Einen Monat? Oder waren es sogar zwei? Nach Severins Tod war sie mit so vielem beschäftigt gewesen, dass sie nicht gleich die Kraft besessen hatte, die amtliche Änderung vornehmen zu lassen. Ihr Kopf war wie leer. Aber musste sie nicht gerade jetzt all ihren Verstand zusammennehmen?

Plötzlich bereute sie, dass sie Ludwig fortgeschickt hatte. Und wenn er tausendmal seine Ennelin heiraten und zur Mutter machen würde – jetzt hätte sie einen Freund, der ihr zur Seite stand, dringender denn je brauchen können.

»Geht jetzt!«, sagte sie. »Verlasst meinen Keller! Ihr werdet von mir hören, seid ganz gewiss.«

Johanna wartete, bis des Visierers schwere Schritte auf der Treppe verklungen waren. Dann sank sie vor einem der Fässer zusammen, barg den Kopf in beiden Händen und lauschte dem ängstlichen Schlagen ihres Herzens.

❦

In der dritten Badestube hatte Vincent de Vries endlich Glück. Die erste war geschlossen gewesen, die zweite so verdreckt, dass er es nicht über sich gebracht hatte, in eine der Wannen zu steigen, sondern sich so schnell wie möglich wieder davonmachte.

Der Bader, ungefähr in seinem Alter, wie er schätzte, war ein kräftiger Mann mit wachen braunen Augen, die ihn eingehend musterten, als er in der Abziehkammer aus seinen Kleidern schlüpfte. Er reichte Vincent ein Tuch, damit er seine Blöße bedeckte, und führte ihn in die Badestube mit den Schwitzbänken.

»Hab gerade frisch eingeheizt«, sagte er, während Vincent es sich auf den Holzbrettern bequem machte. »Und jetzt herunter mit dem Tuch! Hernach werdet Ihr Euch wie neugeboren fühlen.«

Er wartete eine Weile, bis Vincent sich an die Temperatur gewöhnt hatte, der dann das warme Wasser, das er auf der Haut spürte, als eine wahre Wohltat empfand. Zuerst zog der Bader ihm ein Bündel aus Birkenzweigen über Beine und Arme, danach schlug er ihm damit fest auf Rücken und Gesäß. »Jetzt werden Eure Poren aufgehen, dass es eine reine Freude ist!«, rief er dabei.

Der Mann verstand sein Geschäft, wie Vincent einräumen musste. Er spürte, wie Staub und Schmutz der Reise wichen – und alles Ungeziefer mit dazu, wie er nur hoffen konnte.

»Die Flöhe haben Euch ja ordentlich zugerichtet«, hörte er den Bader sagen. »Ich geb Euch nachher ein Pulver mit, um dem Rest von ihnen den Garaus zu machen. Ludwig Weißenburgs Spezialmischung. Die hat schon so manchem geholfen.«

»Ihr verrichtet die ganze Arbeit allein?«, fragte Vincent erstaunt, denn die Räumlichkeiten waren alles andere als beengt.

»Wo denkt Ihr hin!«, widersprach der Bader. »Manchmal ist es hier so voll, dass man kaum noch Luft bekommt. Mein Knecht hat nur heute vom Saufen einen schweren Schädel, und die Magd hilft gerade meiner Frau. Die kann später ja auch mittun …« Er verstummte plötzlich.

»Sie ist doch nicht krank?«, fragte Vincent.

»Nur schwanger – und das zum ersten Mal. Da machen sie alle Zicken. Deshalb bin ich auch heilfroh, dass heute kein großer Andrang herrscht und ich bald nach Hause komme.« Er deutete auf die gegenüberliegende Tür. »Seid Ihr so weit? Dann kann es weitergehen.«

Im eigentlichen Baderaum stand ein voluminöser Ofen mit einem Haufen Steinen obenauf. Vincent nahm auf einer gestuften Holzbank ganz unten Platz, während Weißenburg die erhitzten Steine mit Wasser übergoss und der Dampf auf Vincents Haut Schweißperlen bildete.

»Ihr solltet Euch hinlegen«, rief der Bader. »Wenn Ihr mögt, auch gerne eine Stufe höher. Dann werde ich einen zweiten Guss riskieren.«

Er wiederholte die Prozedur, bis Vincent zu japsen begann.

»Ich denke, Ihr seid reif zum Waschen.« Er spülte Vincent mit lauwarmem Wasser ab, dann rieb er ihn mit einem Schwamm ab. »Ich verwende Rebenasche anstatt Seife aus Rindertalg, die meist übel riecht«, rief er dabei. »Noch nach Tagen werdet Ihr nicht stinken, das verspreche ich Euch!

Wollt Ihr noch, dass ich Euch die Haare schneide oder den Bart stutze?«

»Beides«, sagte Vincent. »Ich muss nämlich möglichst manierlich aussehen.«

Als er wieder in seinen Kleidern steckte, fühlte er sich so wohl wie schon lange nicht mehr. Plötzlich begann er sich auf die neue Aufgabe zu freuen, die vor ihm lag, auch wenn er wusste, dass sie nicht einfach werden würde. Die letzten Jahre waren eine ständige Flucht gewesen, auf der er vor sich selbst davongelaufen war. Vielleicht ist Köln, dachte er, der richtige Ort, um endlich zur Ruhe zu kommen.

»Ich werde wiederkommen«, sagte er, als es ans Bezahlen ging. »Schon sehr bald. Ihr führt ein Badehaus ganz nach meinem Geschmack.«

»Das freut mich zu hören«, sagte Weißenburg. »Wollt Ihr Euch dauerhaft in Köln niederlassen?«

»Genau das habe ich vor. Aber die Entscheidung liegt nicht allein bei mir.«

»Dann hoffe ich, dass Ihr Euch nicht von üblen Schwätzereien beeinflussen lasst.« Der Bader klang plötzlich bedrückt. »Es gibt da gewisse Kreise in der Stadt, die mir nichts Gutes wünschen. Meine Stuben stehen nämlich den Mädchen aus dem Frauenhaus am Berlich ebenso offen wie den Mitgliedern der nobelsten Gaffeln. Ob arm, ob reich, ob fromm oder sündig – auf meinen Lattenrosten gibt es keinen Unterschied.«

»Seid ganz unbesorgt! Ich habe in allem meinen eigenen Kopf«, sagte Vincent. »Schon immer. Auch wenn ich mir damit nicht nur Freunde gemacht habe.«

Die beiden Männer tauschten einen langen Blick.

»Verratet Ihr mir Euren Namen, damit ich weiß, auf welchen Kunden ich mich freuen kann?«, sagte Weißenburg.

»Ich bin Vincent de Vries und freue mich, Euch getroffen zu haben.«

Beschwingt verließ er die Badestube und eilte zurück zu dem kleinen Gasthaus, wo er seine Stute untergestellt hatte. Erst jetzt, nachdem er von Kopf bis Fuß sauber war, war er auch bereit, sein neues Haus zu betreten. Es lag recht nahe in der Marzellenstraße, unweit der wichtigsten Bursen, wo er seine Lehrtätigkeit beginnen sollte.

Sogar die Stute schien zu spüren, dass das Ziel bald erreicht war. Sie ließ sich brav am Halfter führen und wieherte ab und zu.

Vincent studierte die Gesichter der Entgegenkommenden. Welchen von ihnen würde er bald als Patienten begrüßen dürfen? Das Recht auf eigene Praxis hatte er sich in langen, äußerst schwierigen Briefwechseln ausbedungen, und es war ihm schließlich gewährt worden. Gespannt fragte er sich, welche Fälle wohl auf ihn warteten.

Vincent begann zu pfeifen, so gut gelaunt war er, doch plötzlich erstarrte er. Vor ihm ging eine schlanke junge Frau, auf deren Rücken ein dicker blonder Zopf tanzte.

Vincents Füße schienen wie festgeklebt auf dem Boden, und das Herz schlug ihm bis zum Hals. Da drehte die Frau sich plötzlich halb um.

Sie war es nicht. Sie konnte es nicht sein, sonst hätte die Zeit stehen geblieben sein müssen. Und dennoch hatte sich für ein paar Lidschläge diese wilde, diese wahnsinnige Hoffnung in ihm geregt.

War er denn noch immer nicht kuriert? Lief er wie damals seinen Hoffnungen und Träumen hinterher – nach all den langen Jahren?

Er hatte plötzlich einen schalen Geschmack im Mund und beschleunigte seine Schritte. Jetzt konnte es ihm gar nicht schnell genug gehen, sein Ziel zu erreichen. Erst wenn die Wände seines neuen Zuhauses ihn schützend umschlossen, würde er hoffentlich aufatmen können.

ZWEI

Von der Morgensuppe brachte Johanna nur ein paar Löffel hinunter. Dabei schien sie Sabeth heute ausnahmsweise gelungen zu sein und schmeckte weder angebrannt noch versalzen wie leider so oft in letzter Zeit. Noch kurz vor seinem Tod hatte Severin die Steinumrandung des Feuers höher gemauert, damit sich kein fliegender Funke verirren konnte. Trotzdem überfiel Johanna jedes Mal Unbehagen, sobald sie die Alte ungeschickt an der Herdstätte hantieren sah. Aber durfte sie Sabeth alles abnehmen, was diese früher mühelos erledigt hatte?

»Du magst wieder einmal nicht essen, was ich uns gekocht habe.« Den wässrigen Augen war offenbar nichts entgangen.

»Was für ein Unsinn!«, widersprach Johanna. »Aber in meinem Magen liegt ein Riesenkloß. Ich muss gleich zu den Nonnen betteln gehen. Und du weißt ja, das Betteln liegt mir nicht.«

Sabeth schob ihren Holzlöffel ruhelos auf dem Tisch hin und her.

»Soll ich mitkommen?«, bot sie an. »Ich könnte dir vielleicht helfen.«

Johanna musterte sie erstaunt. Für einen Augenblick erschien ihr der Vorschlag gar nicht so abwegig. Die Augustinerinnen waren bekannt für ihre Armenfürsorge, und der

Anblick einer verwirrten Alten würde sie unter Umständen milder stimmen.

Dann jedoch verwarf sie den Gedanken wieder. Wer konnte schon wissen, was auf dem Weg dorthin geschehen würde? Ein Vogel, der zufällig zu tief flog, ein schreiendes Kind, jemand, der ihnen aus Versehen zu nah kam – und Sabeth würde sich im Handumdrehen in ein wimmerndes Bündel verwandeln oder zur Furie werden, die trat, nach allem schlug, was sich bewegte, und sich kaum wieder beruhigen ließ.

»Du hilfst mir am meisten, wenn du das Haus hütest, solange ich fort bin«, sagte Johanna, so bestimmt sie nur konnte. »Hände weg vom Feuer, versprich mir das! Und lass niemanden rein, vor allem nicht Hennes, auch nicht, wenn er bettelt oder droht.« Ihre Stimme wurde weich. »Mieze wird einstweilen auf dich aufpassen. Ich weiß doch, wie gut ihr zwei euch versteht!«

Die Katze erhob sich, machte einen Buckel und schmiegte sich an Sabeths magere Waden.

Die Alte nickte, als habe sie jedes Wort verstanden.

»Wieso bist du heute denn ganz in Schwarz?«, fragte sie unvermittelt, während ihr Blick in unerreichbare Fernen driftete. »Ist jemand gestorben, den ich auch kenne?«

Johanna legte die Hand behutsam auf den schmalen, silbernen Schädel. »Keine Angst«, murmelte sie, »die Weißen Frauen werden uns schon nicht im Stich lassen!«

Ihre vorgetäuschte Zuversicht schwand allerdings rasch. Draußen stach die Sonne giftig auf sie herab. Unter dem steifen Barchant begann Johanna heftig zu schwitzen und wusste sich bald nicht anders zu helfen, als die Haube abzustreifen und ihren Weg barhäuptig fortzusetzen. Bei jedem Schritt spürte sie das Gewicht der Silberstücke in der eingenähten Tasche, die beim Gehen an ihren Schenkel schlugen. Sie hatte ihre Geldkatze geplündert und dabei feststellen müssen, wie sehr der kleine Schatz in den vergangenen Monaten zusammengeschmolzen war. Reparaturen am Haus, dazu die fehlenden Einnahmen beim Ausschank, weil die Fässer nahezu leer waren – sie musste dringend wieder an Geld kommen.

Welchen Preis würden die Weißen Frauen für ihren Wein verlangen, sollte sie überhaupt mit ihnen ins Geschäft kommen? Wie hoch er auch sein mochte – ihr würde nichts anderes übrig bleiben, als darauf einzugehen, um Sabeths und ihre Zukunft zu sichern.

Aber was nützte das alles, solange sie kein Pferd besaß! Sie gab sich Mühe, nicht an die feiste Visage des Visierers zu denken, die sie seit Tagen bis in die Träume verfolgte. Eins nach dem anderen, befahl sie sich. Du wirst einen kühlen Kopf bewahren. Schließlich hast du schon so manch andere schwierige Situation gemeistert.

Bis zur Hochpforte floss der Duffesbach, den sie inzwischen erreicht hatte, offen und so flach, dass man ihn mühelos durchwaten konnte. Eine Schar Kinder spielte im Wasser, schreiend und juchzend, während sie sich übermütig bespritzten. Ein paar Frauen knieten am Ufer, schrubbten ihre Wäsche und schwatzten dabei.

Johanna zog die Schuhe aus, raffte ihre Röcke bis über die Knie und watete langsam ans andere Ufer. Eine alte

Wäscherin schien das strenge Witwenschwarz Johannas zu erschrecken. Sie bekreuzigte sich und verschränkte, als sei das noch nicht genug, die Finger zum Bannzeichen. Dann senkte sie den Kopf und widmete sich weiter ihren Laken.

Als Johanna endlich vor der Pforte von St. Maria Magdalena stand, geriet ihr Mut erneut ins Wanken. Sie hatte die Priorin als gedrungene Frau mit tiefer Stimme in Erinnerung, die sehr genau wusste, was sie wollte. Beim letzten Besuch war Mutter Christina zunächst abweisend, ja fast feindselig gewesen. Erst Severins Name hatte schließlich eine Spur von Freundlichkeit in ihre strengen Züge gezaubert.

»Versprechen kann ich nichts.« Mit diesen Worten hatte sie Johanna entlassen. »Doch Ihr mögt erneut anfragen, wenn Ihr denn unbedingt wollt. Der Herr sei mit Euch!«

Johanna strich ihr Kleid glatt und zwängte die schwarze Haube zurück auf den Kopf, bevor sie anklopfte. Die Pförtnerin ließ sie eintreten und im Kreuzgang warten. Nach wenigen Augenblicken eilte die Priorin auf sie zu, im weißen Habit der Nonnen dieses Konvents.

»Scheint, als sei der Himmel Euch gewogen.« Mutter Christina machte sich nicht die Mühe zu lächeln, aber sie wirkte weniger knurrig. »Einer unserer Abnehmer ist plötzlich verstorben, und seine Erben wollen die Stadt verlassen. Ich könnte Euch also tatsächlich ein Dutzend Fässer Wein in Aussicht stellen, vorausgesetzt, die Lese fällt so aus, wie wir alle hoffen.« Eine längere Pause. »Jetzt, da Ihr Euch offensichtlich Eures Witwenstandes erneut besonnen habt.«

Johanna fühlte sich so erleichtert, dass ihr fast schwindelig wurde.

»Das würdet Ihr?«, stieß sie hervor. »Ihr ahnt ja nicht, wie glücklich Ihr mich …«

Ein Handzeichen brachte sie zum Verstummen.

»Lobe den Tag niemals vor dem Abend!«, sagte die Priorin barsch. »Diesen Rat hat mein Vater mir einst mit auf den Weg gegeben. Ich betrachte übermäßigen Weingenuss ohnehin als Unsitte. Und dass Ihr als Witwe Euer täglich Brot damit verdienen müsst, missfällt mir noch mehr.« Ihr Blick wurde eine Spur milder. »Ihr seht müde aus und bedrückt, meine Tochter. Scheint schwierig zu sein, sich allein durchzuschlagen. Wieso vertraut Ihr Euer Seelenheil nicht lieber einer frommen Gemeinschaft an? Dann wären all Eure Sorgen vorbei.«

»Ich – und eine Nonne?« Johanna schüttelte den Kopf. »Dazu tauge ich leider nicht.«

»Das hat schon manch eine vor Euch gesagt und ist schließlich doch zur treuen Magd des Herrn geworden. Menschen können lernen, Witwe Arnheim! Dazu sind wir schließlich auf der Welt.«

»Außerdem trage ich die Verantwortung für Severins Erbe und muss für eine kranke alte Frau sorgen.« Johanna ließ sich nicht beirren. »Nein, ich werde auch weiterhin so leben wie bisher.« Sie sah die Priorin furchtlos an. »Wollen wir das Geschäftliche gleich regeln, Mutter? Ich könnte auf der Stelle eine Anzahlung leisten, falls Ihr das wünscht.« Und würde mich um einiges sicherer fühlen, setzte sie stumm für sich hinzu. Von den Schwankungen und Launen hinter Klostermauern habe ich inzwischen nämlich mehr als genug!

Mutter Christina schien nachzudenken, schließlich jedoch schüttelte sie den Kopf. »Wie soll ich jetzt schon den Preis bestimmen? Kommt nach der Weinlese wieder! Dann kann ich Euch Genaueres sagen.«

Ganz und gar nicht die Antwort, auf die Johanna gehofft hatte.

»Und was, wenn Euer Wein dann zu teuer für mich ist?«, bohrte sie weiter, weil sie unbedingt wissen musste, woran sie war. »Dann stehe ich am Ende womöglich doch mit leeren Händen da.«

»Eine ehrbare Witwe verdient unsere Unterstützung.« Ein kurzes Zögern. »Wenn Ihr unbedingt wollt – gebt mir fünf Gulden als Anzahlung und schlaft ab jetzt wieder gut!«

Auf dem Rückweg waren Johannas Beine spürbar leichter, und selbst das schwere Gewand störte sie nicht länger. Am Duffesbach musste sie einem Reiter ausweichen, der sein Pferd durch das seichte Wasser trieb und dann rasch im Gewirr der Gassen verschwunden war. Die Tropfen auf dem schwarzen Kleid waren ihr gleichgültig. Mit einem Lächeln schaute sie ihm hinterher, den Pferdegeruch noch in der Nase.

Rösser hatte sie bislang lieber aus sicherer Entfernung bestaunt. Es lag Jahre zurück, dass sie zum letzten Mal geritten war – und das damals nicht aus freien Stücken, sondern um ihr Leben zu retten. Severin hatte nie ein eigenes Reittier besessen. Für seine Reisen hatte er sich stets Pferde aus dem Stall eines befreundeten Kaufmanns ausgeliehen. Und jetzt sollte sie ein eigenes Pferd anschaffen, wie die Weinschule es verlangte? Solch ein Kauf würde ein neues tiefes Loch in ihre Ersparnisse reißen. Außerdem müsste sie für Futter sorgen, weitere Ausgaben, die sie in ihren Berechnungen nicht berücksichtigt hatte.

Aber hatte sie denn eine Wahl?

Das Lilienhaus besaß zum Hof hin einen alten Stall. Allerdings hatte sie dort den Rest von Severins Gerätschaften abgestellt, die sie nun anderweitig unterbringen müsste, um ausreichend Platz zu schaffen. Ein Pferd musste bewegt werden, brauchte Hufe, Zaumzeug und Sattel. Es konnte krank werden und damit neue Kosten verursachen. Doch die Vorstellung, diesen Melchior Strosch erblassen zu sehen, weil sie eben doch zustande brachte, was der Visierer ihr niemals zugetraut hatte, erschien Johanna als überaus verlockend. Und würde sie damit nicht auch Hennes beeindrucken und in die Schranken weisen können?

Jetzt ertrug sie die lästige Haube keinen Augenblick länger. Sie riss sie sich vom Kopf und stopfte sie in ihren Gürtel. Sollte sie ihren Plan nicht am besten sofort in die Tat umsetzen?

Johanna schmunzelte, als sie über einen großen Stein stolperte und heftig mit den Armen rudern musste, um nicht auf die Nase zu fallen. Ihre Füße waren offenbar noch schneller als der Kopf gewesen, denn sie war bereits unterwegs zum Neumarkt, wo heute der allwöchentliche Rossmarkt abgehalten wurde.

*

»Bleibt mir bloß vom Hals mit Eurem Purgieren – ich habe die Nase davon endgültig voll!«, hörte Vincent de Vries durch den Flur schallen, als er sich den Gemächern des Erzbischofs näherte.

»Aber Ihr braucht den Trank, um Euch zu erleichtern, Exzellenz.« Ein Bass, laut und beschwichtigend. »Nur so könnt Ihr wieder gesund werden. Mein Pflanzenbuch sagt …«

»Euren widerlichen Sud aus der Scheißwurz könnt Ihr ab jetzt selber saufen!«, schrie eine empörte Männerstimme. »Ich bin diese schlaflosen Nächte leid – habt Ihr mich verstanden? Hab wahrlich andere Dinge zu tun, als ständig mit geblähtem Leib über dem Abtritt zu hängen und mich nach allen Seiten zu entleeren!«

Der magere Kleriker an Vincents Seite verdrehte die Augen.

»Er ist nicht immer so, müsst Ihr wissen«, sagte er entschuldigend. »Nur wenn die Nächte ihm wieder einmal besonders übel mitgespielt haben. Sein Leiden raubt ihm den letzten Nerv, macht ihn dünnhäutig und übellaunig. Früher hat der Erzbischof gescherzt und gelacht, doch das ist lange vorbei. Hoffentlich schafft Eure Kunst endlich Abhilfe. Das würde ich Seiner Exzellenz von Herzen wünschen – und uns allen, die ihm dienen, mit dazu.«

»Dann bringt mich zu ihm!«, verlangte Vincent. »Ich muss meine Patienten schließlich erst zu Gesicht bekommen, bevor ich sie kurieren kann.«

Er war frisch rasiert, trug ein neues Hemd und hatte sein bestes Wams aus blauem Samt hervorgekramt, um seriös und gediegen zu wirken, obwohl Kleidung ihm sonst reichlich gleichgültig war. Der venezianische Quecksilberspiegel hatte sein Bild zurückgeworfen: ein Mann in den besten Jahren, das dunkle Haar von Silberfäden durchzogen, die Kinnpartie noch immer fest, dazu sinnliche Lippen in einem schmalen, markanten Gesicht.

Die Folgen endloser Wanderschaft entdeckte man erst, wenn man genauer hinsah, an den Schatten um die Augen, dem resignierten Zug um die Nasenflügel, der steilen Falte zwischen den Brauen, die sich vertiefte, sobald er sich ärgerte. Einer, der Sand in den Schuhen hatte, wie man im Volksmund gern über Heimatlose sagte. Jemand, der bislang nirgendwo richtig angekommen war. Vincent hatte lernen müssen, die Vergangenheit hinter sich zu lassen. So und nur so konnte er seine Arbeit verrichten und Ekel und Furcht überwinden, die ihm wieder zu schaffen machten. Deshalb hatte er es heute bis vor diese Tür in der Trankgasse geschafft, wo der Erzbischof residierte, wenn er sich in Köln aufhielt.

Ein Neubeginn – er war bereit dazu.

Die Knöchel des mageren Klerikers schlugen gegen das Holz.

»Der neue Leibarzt.« Sein Begleiter verneigte sich, als von innen geöffnet wurde, und trat einen Schritt zurück, um ihm den Vortritt zu lassen. »Vincent de Vries aus Heidelberg, wie Seine Exzellenz es angeordnet hat.«

Spannung schlug ihm beim Eintreten entgegen, das war das Erste, was Vincent registrierte. Der Raum war groß und sparsam möbliert; es gab einen Tisch, mehrere Stühle, zwei Truhen aus dunklem Holz. Allerdings waren die Kerzenleuchter aus schwerem Silber getrieben, und die Wandvertäfelung bestand aus feinstem Vogelahorn. Der Mann in der Mitte, der auf seinem gepolsterten Sessel mehr lag denn saß, als hinderten ihn unerträgliche Schmerzen an einer aufrechten Haltung, musste Hermann von Wied sein. Links von ihm stand ein hagerer Bärtiger mit Adlernase, der dem Besucher finster entgegenstarrte, rechts ein beleibter Mann in vorgerücktem Alter, grauhaarig und leicht gebückt, dessen Miene nicht zu deuten war.

»Tretet näher!« Spinnendünne Hände wedelten durch die Luft. »Für Euer Kommen hättet Ihr keinen günstigeren Zeitpunkt wählen können!«

»Wie darf ich das verstehen, Eure Exzellenz?«, fragte Vincent, während er der Aufforderung nachkam.

»Nun, derzeit fühle ich mich dem Tod näher als dem Leben«, krächzte der Erzbischof. »Malträtiert von einer Schar nichtsnutziger Quacksalber, die ihre sinnlosen Experimente mit mir getrieben haben.« Der Bärtige, der sich bei diesen Worten offensichtlich angesprochen fühlte, stieß ein missbilligendes Brummen aus, was den Sprechenden kurz innehalten ließ, bevor er fortfuhr: »Deshalb hab ich sie jetzt auch alle miteinander zum Teufel gejagt – bis auf unseren Medicus Longolius neben mir, der allerdings entschlossen scheint, mich weiterhin zu traktieren.«

»Ihr seid sehr krank, Exzellenz«, wandte Longolius ein. »Und alles, worum es mir geht, ist Euch wieder gesund zu machen. Ihr leidet an einem Überfluss der schwarzen Milzgalle, deshalb erscheint mir das Purgieren nun einmal die beste aller …«

Hermann von Wied rappelte sich mühsam auf.

»Nicht schon wieder dieses Wort!«, verlangte er. »Und hütet Euch ja, von Aderlass oder Blutegeln zu sprechen, sonst verliere ich auf der Stelle die Fassung!«

»Ihr habt Euch übernommen«, schaltete sich nun der grauhaarige Mann ein. »Die Sorgen um das Erzbistum, die Querelen mit der aufsässigen Bürgerschaft, all die Kümmernisse um Klerus und Klöster – das war einfach zu viel! Ihr müsst Euch schonen, wieder zur Ruhe kommen.«

Vincent beugte sich über den Erzbischof.

»Als Erstes würde ich Euch jetzt gern untersuchen, Exzellenz«, sagte er, obwohl ihm die erweiterten Gefäße auf dessen Wangen bereits erste aufschlussreiche Anhaltspunkte lieferten. »Am liebsten unter vier Augen. Könnt Ihr das einrichten?«

»Ich bin Bernhard vom Hagen, Kanzler seiner Exzellenz«, sagte der Grauhaarige, und man hörte, dass er gewohnt war, zu befehlen. »Zusammen mit Leibarzt Gisbert Longolius werde ich Eurer Diagnose beiwohnen.«

Eine Prüfung, dachte Vincent.

Nichts Neues für ihn, wenngleich er den ungestörten Kontakt zum Patienten bevorzugte. Longolius machte auch keinerlei Anstalten, sich zurückzuziehen. Ein Landsmann, wie Vincent sogleich am singenden Tonfall erkannt hatte, den auch er bis heute nicht ganz abgelegt hatte. Dann musste die Untersuchung eben in Anwesenheit der beiden Männer vonstattengehen, die ihm bei allem, was er tat, ganz genau auf die Finger schauen würden.

»Reicht mir Eure Hand, Exzellenz!«, sagte er und drehte

sie um, nachdem Hermann von Wied nur zögerlich seiner Aufforderung nachgekommen war.

Auf beiden Daumenballen entdeckte Vincent verräterische rote Flecken, und die Haut war überaus warm, was er bereits erwartet hatte. Unübersehbar die Weißnägel an allen Fingern, die leicht gewölbt und von Rillen durchzogen waren. Trotz der Hitze trug der Kranke eine rote Kappe mit breiter Brokatbordüre. Ob sein Haupthaar altersmäßig spärlicher wuchs oder das Leiden es so stark gelichtet hatte, würde später herauszufinden sein.

»Und jetzt die Zunge«, sagte Vincent. »Heraus mit ihr!«

Der Erzbischof zögerte abermals, dann streckte er sie heraus.

Sie hatte die Farbe reifer Erdbeeren, zeigte aber keinen Stich ins Bläuliche, was Vincent beruhigte.

»Als Nächstes möchte ich Euren Bauch abtasten«, sagte er.

»Ist das wirklich nötig?« Die Lider des Erzbischofs begannen zu flattern.

»Ich werde behutsam sein, das verspreche ich.« Vincent schob den steifen Mantel ein wenig zur Seite. Das Untergewand war aus Seide und so dünn, dass er die pralle Wölbung des Leibs erspüren konnte. Der Brustkorb war eingefallen wie bei einem Greis. Dafür stand der Bauch wie eine Kugel hervor, war hart und überaus empfindlich, wie er registrierte, denn der Kranke verzog selbst bei sanftester Berührung das Gesicht.

»Habt Ihr in letzter Zeit stark an Gewicht verloren, Exzellenz?«, fragte Vincent weiter.

»Ja, ich denke schon. Jedenfalls hängen die Messgewänder an mir wie ein nasser Sack.«

»Euer Appetit lässt schon seit Längerem zu wünschen übrig?«

»Ich esse wie ein Spatz. Und alles, was auf meinen Tisch kommt, erscheint mir unerträglich salzig. Dabei schwört mein Leibkoch Stein und Bein, er würde das Salzfass kaum noch anrühren. Ich werde ihn entlassen müssen, wenn er so weitermacht. Dieser Fraß ist unzumutbar!«

Vincent nickte. Das Krankheitsbild rundete sich für ihn mehr und mehr.

»Eines noch: Plagt Euch nächtlicher Juckreiz, der Euch den Schlaf raubt?«

»Woher wisst Ihr das? Dieses Jucken gehört zum Allerschlimmsten, was ich erleiden muss. Bin schon ganz schorfig geworden vom ständigen Aufkratzen. Aber sosehr ich auch um Beherrschung ringe – nachts führen meine ungehorsamen Hände offenbar ein Eigenleben.«

Vincent begann zu lächeln.

»Davon werdet Ihr bald befreit sein«, sagte er. »Und auch Müdigkeit und Schwäche werden nach und nach verschwinden. Allerdings müsst Ihr tapfer mitarbeiten, um Eure Gesundheit zurückzugewinnen, und auch ein wenig Bitterkeit ertragen, denn allein Bitteres vermag Euer Befinden zu verbessern.«

»Was sollen all diese Versprechungen?«, wandte Longolius mit giftigem Unterton ein. »Das Leiden des Erzbischofs …«

»… sitzt nach meinem Dafürhalten eindeutig in der Leber«, unterbrach ihn Vincent. »Ein wichtiges Organ, das, einmal gestört, eine Vielzahl von Beschwerden hervorrufen kann. Und ein gefährliches dazu, weil man erst etwas spürt, wenn die Erkrankung schon fortgeschritten ist. Sollte es einen Überschuss geben, dann den an gelber Galle. Manche wollen uns glauben machen, allein der Anblick eines gelbäugigen Wiesels könne Heilung herbeiführen, aber ich halte mich lieber an Bewährtes: zunächst an Leberblümleinblüten, kalt aufgegossen und abgeseiht, kombiniert mit Rettichwasser, vor allem aber an den gelben Saft des Schöllkrauts, vermischt mit Anissamen, allmorgendlich auf nüchternen Magen genossen.«

Er redete schneller, jetzt offenbar ganz in seinem Element.

»Sollte die Besserung nicht rasch genug vorangehen, können wir zudem einen Sud aus Mariendistel hinzuziehen, der besonders entgiftend und zugleich stärkend wirkt. Wenn Exzellenz dann noch Fettes und Schweres an der Tafel meiden, auf feurige Saucen und scharfe Gewürze verzichten und nach dem Genuss der Hauptmahlzeit einen feuchten Leberwickel im Liegen wirken lassen, müsste schon sehr bald Linderung eintreten. Allerdings sollten Exzellenz sich nicht aufregen, da hat Kanzler vom Hagen genau ins Schwarze getroffen. Denn die Leber ist ja auch als Sitz der Gefühle bekannt – da kann jedes Übermaß schädlich sein.«

»Seid Ihr endlich fertig?«, sagte Longolius säuerlich. »*Hepatica nobilis, Raphanus sativus* und *Chelidonium maju*s sind selbstredend in meinem Pflanzenbuch aufgeführt und alles andere als Wundermittel.«

»Das ist mir bekannt. Entscheidend sind Dosierung und Zusammenstellung. Wieso sich mit sprödem Latein aufhalten?« Zu Vincents Überraschung begann Hermann von Wied bei den letzten Worten geradezu euphorisch zu nicken. »Was der Erzbischof jetzt am dringlichsten braucht, sind Taten.«

»Wie recht Ihr habt, Medicus de Vries!«, rief der Kranke. »Sucht daher so rasch wie möglich die Apotheke an den Vierwinden auf der Hohen Straße auf, um Euch mit allem einzudecken, was Ihr benötigt – die beste Offizin in ganz Köln. Zudem ist Wenzel Mechthus, der sie führt, ganz nach meinem Geschmack – ein Mann, der das Wort Gottes ebenso liebt wie ich!«

Der Kanzler verdrehte bei diesen Worten die Augen gen Himmel, als ob jemand ihm in den Bauch geboxt hätte. Ob er etwas gegen den Apotheker hatte?

Vincent beschloss, sich nicht darum zu kümmern, und verneigte sich leicht.

»Das muss ich nicht, mit Verlaub, Euer Exzellenz! Die wichtigsten Kräuter führe ich stets mit mir. Wenn Ihr gestattet, werde ich Eure Medizin eigenhändig zusammenstellen und sie Euch danach umgehend zukommen lassen. Wir sollten keine kostbare Zeit verlieren!«

Gisbert Longolius' Augen sprühten Blitze, während der schweigsame Bernhard vom Hagen überraschend zufrieden wirkte.

Vincent überlegte rasch. Sich schon am ersten Tag am Hof einen erbitterten Feind zu machen erschien ihm ebenso sinnlos wie kräftezehrend.

»Lasst uns nicht uns gegenseitig bekriegen, Longolius, sondern lieber Hand in Hand arbeiten! Was haltet Ihr von diesem Vorschlag? Sowohl für die Gesundheit des Erzbischofs als auch bei der Unterweisung der Studenten in der medizinischen Burse, die uns beiden ab jetzt gemeinsam obliegt. Ihr müsst aus Antwerpen stammen, habe ich recht? Oder sollte mein Ohr mir einen Streich gespielt haben?«

»Utrecht«, verbesserte Longolius, der mit einem Mal viel weniger grimmig aussah. »In dieser schönen Stadt wurde ich geboren.«

»Und ich erblickte in Gent das Licht der Welt, habe aber meine Heimatstadt seit Jahren nicht mehr gesehen. Also, was meint Ihr, Landsmann? Schlagt ein!« Er hielt ihm die ausgestreckte Rechte entgegen.

Unsicherheit und Widerwillen stritten sich im Gesicht des Leibarztes, schließlich aber überwand er sich und schlug ein.

»Da hätte ich doch gleich noch eine äußerst wichtige Frage, Medicus de Vries.« Er klang plötzlich ängstlich. »Was haltet Ihr von *Sanguisorba minor*, auch Pimpinelle genannt, als wirksamem Mittel gegen die Pest? Oder seid Ihr eher von der Wirkkraft des Bisamapfels überzeugt, der am besten vor Ansteckung schützen soll, wie einige behaupten?«

Eine kalte Hand griff nach Vincents Herz.

Köln sollte ein Neuanfang für ihn sein und der Posten eines erzbischöflichen Leibarztes der Beginn eines sicheren, ruhigen Lebensabschnitts. Lösten all diese Hoffnungen sich nun auf, noch bevor er die Stelle richtig angetreten hatte?

»Ist Eure Frage theoretischer oder eher praktischer

Natur, Longolius?«, fragte er und war froh, dass seine Stimme halbwegs gelassen klang.

Der Gefragte öffnete den Mund und schloss ihn wieder, als fehlte ihm plötzlich die Kraft oder der Mut für eine Antwort.

An seiner Stelle ergriff der Erzbischof das Wort.

»Wir brauchen Eure Hilfe, Medicus de Vries«, sagte er. »Ich bin sicher, wir haben den richtigen Mann nach Köln geholt.«

Die Luft flirrte vor Hitze, als Johanna atemlos den Neumarkt erreicht hatte, doch als sie sich umschaute, sank ihre freudige Neugierde rasch in sich zusammen. Sie war zu spät gekommen.

Nur noch ein jämmerlicher Rest Pferde stand zum Verkauf bereit, alles andere als kräftige, gesunde Tiere, wie sie gleich sah, als sie näher kam. Einer hellen Stute, die ihr von Weitem einigermaßen tauglich erschienen war, lief bei eingehender Betrachtung übel riechender Schleim aus den Nüstern, und ihr Blick war glasig.

»Was für ein wunderbares Ross!«, versicherte der Händler vollmundig, als er Johannas Zögern bemerkte. »Gehorsam, geduldig und genau im richtigen Alter.«

»Für mich sieht sie aus, als ob sie bald sterben würde«, sagte Johanna.

»Was redet Ihr da! Sie kann noch gern zwanzig Jahre leben. Ihr wollt sie als Reittier?«

Johanna schüttelte den Kopf und ging weiter, doch auch

der braune Wallach, den sie anschließend in Augenschein nahm, hatte einen seltsamen Husten, und sein Rücken wirkte eingefallen.

»Er braucht nur ein wenig Ruhe und eine liebevolle Hand.« Jetzt schien der zweite Pferdehändler entschlossen, sein Geschäft mit ihr zu machen. »Dann werdet Ihr viel Freude an ihm haben. Dazu ein günstiger Preis. Schlagt ein: hundert Gulden und er gehört Euch!«

Johanna erschrak. Das war deutlich mehr, als sie sich vorgestellt hatte – und das bei einem Tier, das so klapprig wirkte, dass es kaum zum Arbeiten taugen würde. Mutlos rieb sie an ihrem Kleid herum, das inzwischen voller Heu- und Strohreste war. Wie eine Vogelscheuche musste sie aussehen. Eine Vogelscheuche, die sich so verloren fühlte, dass sie Angst hatte, im nächsten Augenblick vor allen in Tränen auszubrechen.

»Lasst Euch nicht beirren!«, hörte sie plötzlich eine Männerstimme neben sich sagen. »Das hier sind alles Halsabschneider und Betrüger – und ihre Rösser nichts als kranke Klepper.«

Johanna fuhr herum und schaute in die braunen Augen von Mendel ben Baruch.

»Aber ich brauche doch ein Pferd!«, stieß sie hervor. »Und das so schnell wie möglich. Sonst darf ich nach den Bestimmungen der Weinschule meinen Handel nicht weiterführen.«

»Und ich dachte, sie schikanieren bloß mein Volk«, sagte Mendel kopfschüttelnd.

»Jetzt habe ich, nachdem der Deutzer Abt mich so

schmählich im Stich gelassen hat, mit Müh und Not endlich ein Kloster aufgetan, das mir Wein verkaufen will, aber ohne Pferd ist diese Zusage nichts wert.«

»Ihr braucht ein Pferd? Dann sollt Ihr Euer Pferd auch bekommen.«

Johannas Augen ruhten fragend auf seinem Gesicht.

»Ich kenne da ein paar Viehjuden, die womöglich weiterhelfen können«, sagte er. »Natürlich ist es immer günstiger, wenn man genügend Zeit hat und sich ein Geschäft in aller Ruhe überlegen kann. Aber wenn nötig, muss es eben schnell gehen.«

»Aber wie soll ich denn zu Euren Viehjuden …«

»Das überlasst mir!«, unterbrach er sie. »Ihr wohnt doch im Haus zur Lilie in der Mühlengasse?«

»Woher wisst Ihr das?«

»Euer verstorbener Mann hat es mir einmal erzählt«, sagte Mendel knapp. »Wir kamen darauf, weil gleich nebenan das frühere Judenviertel lag. Ihr besitzt einen Stall?«

Johanna nickte. »Den ich natürlich erst ausräumen und herrichten müsste«, sagte sie, »bevor er ein Tier beherbergen kann.«

»Dann tut das!« Seine Stimme klang besorgt. »Ihr seid Euch bewusst, dass ein anständiges Pferd seinen Preis hat? Denn ich habe nicht vor, Euch eine Mähre anzuschleppen.«

»Ich habe einiges zurückgelegt. Reichtümer allerdings sind es keine.«

»Um die sechzig Gulden müsstet Ihr wohl rechnen, womöglich auch ein wenig darüber.«

»Damit könnte ich leben«, sagte sie.

»Dann werde ich zusehen, was sich machen lässt.« Er zog ein Tuch aus seinem Mantel und rieb sich damit die Stirn trocken. »Wie viel Zeit bleibt uns noch?«

Er hatte *uns* gesagt.

Johanna spürte, wie eine Welle der Erleichterung in ihr aufstieg. Sie mochte diesen bärtigen Fremden, der ihr vertrauter erschien als andere, die sie schon lange kannte. Severin war offenbar näher mit ihm bekannt gewesen, auch wenn er niemals darüber gesprochen hatte. Ihr Mann war ein guter Menschenkenner gewesen. Auf sein Urteil hatte sie sich immer verlassen können.

»Leider nicht mehr als zwei, drei Tage«, erwiderte sie. »Eine einzige Woche haben sie mir gewährt. Und die ist fast verstrichen.« Die Münzen in ihrer Tasche schienen plötzlich schwerer. »Sollen wir ein Stück beiseitegehen, damit ich Euch das Geld …«

Mitten im Satz hielt sie inne. Ihr Herz klopfte bis zum Hals. Im Kopf spürte sie ein hartes Pulsieren.

Diese Frau dort drüben mit den schlecht gefärbten Haaren und dem schmutzigen roten Kleid, die zwischen den Pfosten stand und zu ihr herüberstarrte – das konnte, das durfte nicht sein! Sie war Teil einer Vergangenheit, die Johanna unter Schmerzen abgestreift hatte, gehörte zu jenem früheren Leben, das mit dem heutigen nichts zu tun hatte. Viele Jahre war es her, seit sie im heftigen Streit auseinandergegangen waren, doch Johanna hatte plötzlich wieder jenen unverwechselbaren Geruch nach Schweiß und billigen Duftölen in der Nase, der stets mit dieser Frau verbunden gewesen war.

»Was ist mit Euch, Witwe Arnheim?«, hörte sie Mendel fragen. »Ihr seid ja auf einmal kreidebleich! Wollt Ihr Euch setzen? Oder soll ich Euch einen Becher Wasser holen?«

»Nein, nein«, sagte sie schnell und rieb sich die Augen. »Es ist nichts. Nur diese Hitze. Mir war plötzlich schwindelig.«

Johanna zwang sich, den Blick zu heben und hinüberzuschauen. Doch die Frau im roten Kleid war verschwunden, als habe sie es niemals gegeben – ein Albtraum, der sich hoffentlich nie mehr wiederholen würde.

»Ihr bezahlt, sobald Ihr Euch für das Pferd entschieden habt«, sagte Mendel ben Baruch. »So halte ich es mit meinen Geschäften.« Er wiegte den Kopf. »Zwei, drei Tage sind eine echte Herausforderung, doch ich denke, wir können sie bewältigen. Sorgt Ihr einstweilen für die Unterbringung! Um den Rest kümmere ich mich.«

»Wieso tut Ihr das alles?«, fragte Johanna leise. »Ihr kennt mich doch kaum!«

In der ruhigen Tiefe seiner dunklen Augen glomm ein Licht.

»Ihr seid die Witwe eines besonderen Mannes«, sagte Mendel. »Genügt Euch das fürs Erste als Antwort?«

Die junge Braut strahlte über das ganze Gesicht, als die Gratulanten nach und nach im Baderhaus eintrudelten. Selbst ihr Vater Wenzel Mechthus, Inhaber der Apotheke an den Vierwinden, blickte nicht mehr ganz so verbissen drein wie in den vergangenen Wochen, während seine

Frau Grete weiterhin die Lippen zusammenkniff und ihren Unmut offen zur Schau stellte. Ennelin hatte einen Blütenkranz im Haar und trug ein sommerliches grünes Kleid, das mit der breiten Borte unter dem Busen ihren Bauch ungeniert den Blicken preisgab. Erhitzt wirkte sie, leicht aufgelöst, schien sich aber nicht darum zu kümmern, dass Anzüglichkeiten durch den Raum flogen, die den beiden Frischvermählten galten.

»Ein Strohkranz im Haar wäre angebrachter gewesen«, hörte sie eine Frau murmeln. »Denn von Jungfernschaft kann ja hier wohl kaum die Rede sein.«

»Hast dir ja reichlich Zeit gelassen, Bader«, bekam der Bräutigam zu hören. »Noch ein wenig länger – und der Priester hätte die Taufe gleich anschließen können.«

»Trink lieber auf unser Wohl, anstatt weiterhin dumme Reden zu schwingen!«, konterte Ludwig. »Außerdem brutzelt im Hof gerade ein saftiges Ferkel am Spieß. Darum solltest du dich kümmern!«

»Ich hatte schon befürchtet, du lässt meine Tochter im Stich«, sagte Mechthus halblaut. »Ich weiß seit Langem, dass Ennelin sich in dich verguckt hat, trotz der Jahre, die euch trennen – wiewohl ich ihr einen Mann gewünscht hätte, der die Heilige Schrift mehr liebt als du.«

»Die Augen ausgeweint hat sie sich, weil sie geglaubt hat, du wolltest nichts mehr von ihr wissen«, keifte Grete, die näher trat. »Einen Schatz wie sie hast du gar nicht verdient.«

»Ludwig Weißenburg lässt niemanden im Stich.« Der Bader schälte sich aus seiner Schecke, als sei ihm plötzlich zu heiß geworden. »Schon gar keine Schwangere, auch wenn er kein Gelehrter ist, der über den Büchern schwitzt. Mach dir keine Sorgen, Schwiegermutter! Ich werde für Ennelin ebenso sorgen wie für unser Kind, das hoffentlich gesund zur Welt kommt.« Er drehte sich nach seiner jungen Frau um. »Ginge es nach mir, so sollte es lieber heute als morgen geboren werden.«

»Wir beide sind fast im gleichen Alter«, sagte Mechthus zu Ludwig und drängte sein Weib zur Seite. »Keine jungen Böcke mehr, die sich noch die Hörner abstoßen müssen, sondern Männer, die das Leben kennen. So zähle ich auf dein Wort und will glauben, wie ernst es dir mit Ennelin ist. Mein Kind ist mein größter Schatz, fromm, ehrlich, von Herzen gut. Deshalb war ich ja auch so großzügig bei der Mitgift.«

»In meinen Augen ein Fehler«, rief Grete. »Er ist das Mädchen doch gar nicht wert – bei dem Leben, das er führt.«

»Die Mitgift ist hoch, weil ich möchte, dass es unserem Mädchen auch künftig an nichts fehlen soll«, beharrte der Apotheker. »Vielleicht besinnt er sich ja noch und lässt sich durch Ennelin auf den rechten Weg führen. Wieso kümmerst du dich nicht endlich um die Gäste?«, fuhr er seine Frau an. »Sollen sie an diesem Freudentag vielleicht verhungern und verdursten?«

»Wozu gibt es Mägde?«, schnappte sie zurück. »Sieht so vielleicht die Zukunft unseres Kindes aus? Buckeln und dienen – und das bei einem Mann, der ihr Vater sein könnte?« Doch sie fügte sich mit Leichenbittermiene und ging widerstrebend.

Mechthus schien erleichtert, als sie endlich verschwunden war.

»Wo steckt eigentlich Christian?«, fragte er. »Ich sehe deinen Sohn hier nirgendwo. Weil du ihm deine Hochzeit verschwiegen hast? Oder will er die junge Stiefmutter brüskieren, indem er einfach wegbleibt?«

»Mein Sohn ist für mich tot.« Ludwigs Stimme war plötzlich hart. »Wie oft soll ich das noch sagen? Mein einziges Kind strampelt dort drüben im Leib deiner Tochter.« Er packte einen Becher, hob ihn hoch und stieß mit dem Apotheker an. »Auf die Liebe! Und das Leben!«

Viele Nachbarn waren mit kleinen Geschenken gekommen, wie es üblich war, hatten Kuchen, einen Brotlaib, Samenkörner und Mehl mitgebracht, wenngleich ihre Gaben angesichts der herrschenden Dürre magerer als gewöhnlich ausfielen. Aber noch etwas anderes hatte sie hierhergetrieben: blanke Neugierde, um sich in Ruhe bei dem ungleichen Paar umzusehen. Weißenburg war ein Mann, der den Frauen gefiel, wenngleich der Baderberuf ihn in den Augen anderer eher anrüchig wirken ließ. Vielen hatte er schon geholfen, Glieder wieder eingerenkt, Warzen den Garaus gemacht oder faule Zähne gezogen. Doch man tuschelte, er wisse auch auf andere Weise zu Geld zu kommen, indem er seine Schwitzkammern regelmäßig den Huren vom Berlich zur Verfügung stelle und dort seit dem Tod seiner Frau vor einigen Jahren heimliche Orgien veranstalte, die er sich fürstlich entlohnen lasse.

Dass er sich ausgerechnet die schüchterne Apothekertochter zum Heiraten ausgesucht hatte, war im ganzen

Viertel auf Kopfschütteln gestoßen. Ihr und ihren Eltern war lange nachgesagt worden, dass sie mit den Evangelischen sympathisierten, heimlich Bibelstunden abhielten und den Ablasshandel öffentlich verdammten – wie konnte das zu einem Ludwig Weißenburg passen, der kaum einen Fuß in die Kirche setzte? Doch die beiden schienen sich zu verstehen, suchten immer wieder den Blick des anderen, und als Ennelin an ihm vorbeiwollte, um neuen Wein für die Gäste zu holen, ließ Ludwig sie erst nach einem innigen Kuss wieder gehen.

Die Unterhaltung geriet ins Stocken, als plötzlich Hennes Arnheim auf der Schwelle stand, über dem Arm einen schmalen Kragen aus gelbbraunem Fell.

»Ich wollte an diesem besonderen Tag persönlich gratulieren«, rief er und schien hocherfreut, als viele Köpfe zu ihm herumfuhren. »Wo steckt sie denn, die anmutige Braut?«

Ennelin wurde von einigen jungen Frauen zurück in die Stube gebracht. Ihre blassblauen Augen weiteten sich bei seinem Anblick vor Überraschung.

»Die richtige Ergänzung zu Eurem Haar!«, rief der Kürschner und drapierte das Fellstück geschickt um den Hals der Braut. Seine großspurige Geste wandte sich an alle Anwesenden. »Seht Ihr, wie die Augen plötzlich zu leuchten beginnen?«

»Aber wie kommt Ihr denn nur dazu?« Ennelin war tief errötet und drehte ihren neuen Ring mit dem Karfunkelstein, als könne sie sich an ihm festhalten. »Ein so kostbares Stück!«

»Feinstes Murmeltier«, bekräftigte Hennes. »Als würde

es schon immer auf Euch gewartet haben. Wie auch hätte ich geizig sein können, wo doch so vieles uns verbindet?«

Ludwig packte ihn am Arm und zog ihn ein Stück beiseite.

»Lasst sie in Ruhe!«, murmelte er. »Was wollt Ihr überhaupt von meiner Ennelin?«

»Kommt mit nach draußen, wenn Ihr den Mumm dazu habt«, verlangte Hennes. »Oder wollt Ihr gar nicht erfahren, was mit Eurer Kebse ist?«

Ludwig blieb stumm, bis sie im Hof angelangt waren. In der einen Ecke scharten sich alle um den Spieß, die andere hatten die beiden Männer ganz für sich.

»Johanna und ich, das geht Euch gar nichts an …«

»Wusste ich es doch! Ihr gebt also zu, Johannas Liebhaber zu sein!« Hennes klang höchst zufrieden. »Zu leugnen hätte Euch ohnehin nichts genützt. Heimliche Unzucht im Trauerjahr, so nennt man das wohl.«

»Was wollt Ihr von mir? Geld?«

Hennes trat einen Schritt zurück. »Davon habe ich mehr als genug. Ihr scheint ja jetzt regelrecht im Glück zu schwimmen: ein blutjunges Weib, ein reicher Schwiegervater dazu, schon bald den Erben in der Wiege – was kümmert Euch da noch das Schicksal der Frau, die Ihr beschlafen habt?«

»Was ist mit Johanna?«, rief Ludwig aufgebracht. »Redet!«

»Nun, es geht abwärts mit ihr, seit Ihr sie verlassen habt. Sie hat kaum noch Wein, womöglich wird sie ihren Ausschank ganz schließen müssen und was soll dann aus ihr werden? Dabei könnte alles ganz anders sein, wäre sie nicht so dickköpfig. An meiner Seite müsste Johanna niemals Not leiden.«

»Sie würde lieber sterben, als an Eurer Seite leben«, rief Ludwig. »Das weiß ich ganz genau.«

»Vielleicht wird sie ihre Meinung doch noch ändern müssen, sobald der letzte Heller ausgegeben ist. Manche Weiber brauchen die Rute, bevor sie kriechen lernen.«

»Wie widerlich Ihr seid! Ein Ungeheuer!«

»Das sagt der Richtige! Soll ich hineingehen zu Eurer schwangeren kleinen Braut und ihr erzählen, wie Ihr es mit der Witwe Arnheim getrieben habt?«

»Verlass mein Haus, und nimm deinen räudigen Pelz mit! Solltest du aber noch einmal wagen, einen Fuß über meine Schwelle zu setzen …«

Der Kürschner stand auf einmal so nah vor Ludwig, dass der Bader seine Ausdünstungen riechen konnte. Er trägt den Tod mit sich, hatte Johanna mehrmals über ihren Schwager gesagt. Tausendfach! In diesem Augenblick begriff Ludwig, was sie damit gemeint hatte.

»Was dann, Bader?«, zischte Hennes. »Wirst du mich dann etwa töten?«

Sein Lachen klang hohl in Ludwigs Ohren.

In der Vorstellung war es ganz einfach gewesen, doch als Johanna schließlich im Stall stand, wusste sie, weshalb sie so lange einen großen Bogen um ihn gemacht hatte. Alles hier erinnerte sie an Severin, jeder Gegenstand, den sie in die Hand nahm, hatte mit ihm zu tun gehabt. Dort drüben lag seine Glaspalette mit dem Spachtel, daneben standen die hölzernen Behälter, in denen seine Pinsel steckten. Wie oft hatte er ihr von Rinds- und Marderhaar vorgeschwärmt, ihr die Unterschiede zwischen einem Halbschlepper, den man zum Auftragen der Buntfarben brauchte, erklärt und einem Stumpfpinsel, mit dem man Flächen aufhellen konnte.

Plötzlich meinte sie wieder seine Stimme zu hören, die immer besonders fröhlich geklungen hatte, sobald er über das Glasmalen erzählte. Mit jeder Pore war er seiner Kunst verpflichtet gewesen, hatte nach immer neuen, immer noch besseren Möglichkeiten gesucht, sich in ihr auszudrücken. Jetzt wünschte Johanna, sie hätte damals besser aufgepasst und seine Ausführungen nicht nur an sich vorbeirauschen lassen. Nach und nach kamen ihr wieder Einzelheiten in den Sinn, an die sie lange nicht mehr gedacht hatte: Severins kräftige Finger, die so überraschend behutsam Gänsekiel oder Stahlfeder führen konnten, um Lichter im Glas aufzusetzen. Seine Freude, als das Silbergelb, mit dem er lange experimentiert hatte, endlich so leuchtend und transparent geworden war, wie er es sich vorgestellt hatte.

Er hatte es geliebt, wenn sie ihm beim Arbeiten zugesehen hatte, sie seinen Schutzengel genannt, der ihm die besten Ideen eingab. Johanna freilich hatte dabei meist das Gefühl beschlichen, überflüssig zu sein, ja ihn sogar zu stören, auch wenn er heftig dagegen protestierte, sobald sie es erwähnte. Glas war Severins Welt gewesen, etwas, das ihm ganz allein gehört hatte. So hatte sie es stets zu seinen Lebzeiten gehalten und sich am liebsten vom fertigen

Werk überraschen lassen, das sie dann ebenso ehrfürchtig bestaunte wie jene, die ihn kaum oder gar nicht kannten.

Mit wachsender Ratlosigkeit schaute sie sich nach allen Seiten um. Der Stall war kleiner und niedriger als in ihrer Erinnerung. Was sollte sie tun, wenn Mendel ben Baruch jetzt ein großes Ross brachte, das sich hier kaum rühren konnte?

Die freudige Aufgeregtheit des gestrigen Tages sank in sich zusammen, und plötzlich fühlte Johanna sich wieder hilflos. Selbst wenn sie den Forderungen der Weinschule entsprechen konnte und ihr Ausschank weiterhin genehmigt wurde – was für neue Schikanen mochten sich die Rheinmeister und ihre Visierer schon bald ausdenken?

Um auf andere Gedanken zu kommen, machte sie sich energisch ans Ausräumen. Das viele Bruchglas, das hier noch herumlag, packte sie in zwei Holzkisten, die sie irgendwann verschenken würde. Ähnliches galt für Spatel und Pinsel. Nur ein paar ganz feine Radierpinsel wollte sie zur Erinnerung aufbewahren, ebenso wie die Lichterhölzchen, die Severin so meisterlich zu führen gewusst hatte. Von den Glasschmelzfarben gab es nur noch einen verschwindenden Rest, das meiste davon eingetrocknet, das konnte niemand mehr gebrauchen und gehörte ins Feuer.

Ganz hinten in einer Ecke entdeckte sie schließlich einen bauchigen Tontopf. Als Johanna den Deckel öffnete, stieg ihr ein stechender Geruch in die Nase, der sie zurückfahren ließ. Hastig verschloss sie ihn.

Plötzlich fiel ihr alles wieder ein: Es handelte sich um Flusssäure zum Ätzen von Glas und Metall, unabdingbar in der Glaskunst, aber höchst giftig. Sabeth durfte sie um keinen Preis in die Hände fallen. Deshalb hatte sie das Gefäß nach Severins Tod ja auch in den Stall verbannt.

Doch wohin jetzt damit? Wegschütten kam nicht infrage. Jeder, der in Berührung mit der Säure kam, konnte sich verätzen und daran zugrunde gehen. Deshalb trugen die Glasmaler bei der Arbeit mit ihr ja auch stets feste Lederhandschuhe und schützten sich mit Atemmasken – und trotzdem kam es immer wieder zu folgenschweren Unfällen.

Johanna begann den Stall auszufegen. Vielleicht fiel ihr dabei ein, wie sie das gefährliche Gut am besten loswerden konnte. Blut stieg in ihre Wangen, so munter tanzte ihr Besen, und als sie schließlich damit fertig war, glühte sie am ganzen Körper. Jetzt sehnte sie sich nach einem Bad, doch die Vorstellung, all das Wasser dafür vom Brunnen herschleppen zu müssen, rückte diese verlockende Vorstellung in weite Ferne. Sabeth konnte sie nicht um Hilfe bitten, die litt heute an einem ihrer grauen Tage, war wütend und verzweifelt zugleich, weil sie offenbar spürte, wie ihr alles mehr und mehr entglitt. Außerdem wurde das Nass der Kölner Pützen derzeit für dringendere Dinge gebraucht.

Danach schüttete Johanna das Heu, das sie bereits angekarrt hatte, in den Futtertrog und füllte, obwohl es eigentlich viel zu früh war, den Wassereimer bis zum Rand. Um sich ein wenig Luft zu verschaffen, lockerte Johanna ihr Mieder und zog den Rock nach oben. Sie lehnte sich an die Mauer und schloss die Augen.

»Störe ich?« Mendel ben Baruch hatte die Stalltür einen

Spalt weit aufgestoßen. »Aber da ist jemand, der Euch unbedingt begrüßen möchte.«

Blitzschnell war der Rock wieder unten, und Johanna überzeugte sich, dass auch das Mieder nicht zu viel preisgab.

»Das Pferd!«, rief sie und lief hinaus. »Ihr habt es tatsächlich geschafft!«

»Was haltet Ihr von ihr?«

»Eine Stute?« Johanna umrundete das Tier.

»Ja, ein Schwarzwälder Kaltblut. Einer meiner Glaubensbrüder aus Andernach hat sie erst vor ein paar Monaten im Breisgau gekauft. Ich musste ihn ordentlich beschwatzen, bis er bereit war, sich wieder von ihr zu trennen.« Er zog die Stirn kraus. »Gefällt sie Euch etwa nicht?«

»Sie ist wunderschön.« Behutsam berührte Johanna die Mähne, die ebenso hell war wie der üppige Schweif. Der dunkle Rücken erschien ihr kräftig und gesund. »Und zum Glück nicht so groß, wie ich schon befürchtet hatte. Es ist nur, weil Ihr gerade den Breisgau erwähnt habt ... Dort bin ich meinem Mann begegnet, bevor er mich mit nach Köln genommen hat.«

Die Stute spitzte die Ohren und begann zu wiehern.

»Sie scheint Euch zu mögen«, sagte Mendel. »Ich denke, Ihr werdet gut miteinander auskommen. Diese Rasse ist zäh und genügsam, braucht wenig Futter und eignet sich sowohl zum Reiten als auch zum Fuhrbetrieb. Ich schätze, sie wird um die acht Jahre alt sein. Das jedenfalls hat die Prüfung der Zähne ergeben. Ihr könnt also noch lange etwas von ihr haben.«

»Wie teuer soll sie denn sein?«, lautete Johannas bange nächste Frage.

»Sechzig Gulden. Es bleibt bei diesem Preis.«

»Aber der Sattel … und das Zaumzeug …«

»Sind mit dabei. Beides nicht mehr neu, aber noch immer gut zu gebrauchen.«

Johanna starrte ihn überrascht an. Dann begann sie zu lächeln. »Ich dachte schon, ich hätte alles verloren, doch jetzt habe ich wieder neue Hoffnung. Kommt mit ins Haus, damit ich meine Schulden begleichen kann! Einen kleinen Rest Wein gibt es auch noch. Um unser Geschäft zu besiegeln.«

Er hatte sich nicht von der Stelle gerührt, das fiel ihr auf.

»Natürlich muss zuerst das Pferd in den Stall«, sagte Johanna. »Das Absatteln bringe ich wohl allein zustande. Aber wie man Zaumzeug und Sattel dann wieder richtig anlegt …«

»Das kann ich Euch gern zeigen. Morgen gegen Mittag, nach dem Markt, wenn es Euch recht ist.« Mendel ben Baruch griff nach dem Halfter und führte das Pferd nach drinnen. »Mein Freund hat sie Peppi genannt. Aber vielleicht fällt Euch ja noch ein anderer Name ein.«

Er sah zu, wie sie der Stute Sattel und Zaumzeug abnahm. Danach ließen sie sie in Ruhe fressen und saufen.

»Ihr solltet sie anbinden«, sagte er. »Auch für sie ist schließlich alles hier ganz neu.« Er zog einen stabilen Strick aus seinem Mantel. »Vielleicht dort an dem Pfosten, dann kann sie sich noch genügend bewegen.«

»Ihr habt an alles gedacht«, sagte Johanna, während er den Knoten schlang, den Severin einst auch ihr beigebracht hatte. »So umsichtig war nur mein verstorbener Mann.«

»Schade, dass meine Frau Euch jetzt nicht hören kann! Miriam ist da nämlich oft ganz anderer Meinung.«

»Eines noch«, sagte Johanna. »Jener Tote am Buttermarkt ... habt Ihr noch irgendetwas über ihn erfahren?«

»Nein«, sagte Mendel, und seine Miene änderte sich abrupt. »Scheint, als hätte Köln noch einmal Glück gehabt.«

»Und warum schaut Ihr dann auf einmal so bedrückt drein?«

»Mein Freund aus Andernach ... Da gab es ein paar seltsame Todesfälle. Menschen, die innerhalb von Tagen an Husten und hohem Fieber gestorben sind. Die Angst geht dort um. Deshalb ist er mit seiner Familie auch zu uns nach Deutz gekommen. Und deshalb gehört Peppi nun Euch.«

Johanna schluckte, ließ sich aber die jäh aufkeimende Furcht nicht anmerken. »Gehen wir?«, fragte sie. »Oder wollt Ihr mein Geld nicht mehr haben?«

»Ihr bittet mich wirklich ins Haus?« Seine Hand berührte den spitzen Judenhut. »Fürchtet Ihr denn gar nicht das Gerede der Nachbarn?«

»Täte ich das, dann wäre ich wohl schon tot und begraben. Oder ich steckte im Frankenturm bei den gefräßigen Raben.« Sie bückte sich, griff nach dem Topf mit der Flusssäure und hob ihn hoch.

»Was ist das?«, fragte er.

»Etwas, was ich schleunigst wieder loswerden muss«, sagte Johanna. »Doch bis es so weit ist, kommt es erst einmal in ein gutes Versteck.«

Er musste seine Anspannung loswerden, und was wäre besser dazu geeignet gewesen als ein Besuch im Haus am Berlich?

Eigentlich verabscheute Hennes das schäbige Holzgebäude mit den klapprigen Fensterläden, das schon von außen nach Ärmlichkeit und Verfall roch. Im Winter war es dort viel zu kalt. Einzig in der großen Stube, die zum Mustern der Mädchen diente, bollerte ein Ofen, während die Hurenkammern nur durch winzige Löcher, durch die dessen Wärme drang, beheizt wurden. Man musste sich auf armseligen Strohlagern wälzen, die weiß was für Ungeziefer beheimateten – und trotzdem zog es ihn immer wieder hierher.

Frieren musste er heute allerdings nicht, ganz im Gegenteil. Die Hitzeglocke, die schon wieder über der Stadt lag, obwohl sich erst am Vorabend ein heftiges Unwetter entladen hatte, machte sich in der Stube noch unerträglicher bemerkbar als draußen. Außer dem Betreiber Conrat Wolter waren nur zwei andere Gäste da: ein großer, stark behaarter Fuhrknecht, der gerade am Würfeln war, und Hermann Weinsberg, der bei Hennes' Anblick den Blick beschämt in den Bierkrug senkte.

Johannas stiller Verehrer, dachte Hennes. Wie aufschlussreich! Leider kann ich ihr nichts davon erzählen, ohne selbst im schlechten Licht dazustehen. Ob sie ihn um Hilfe angehen wird?

Nach kurzem Überlegen schloss er diese Möglichkeit aus. Johanna war zu stolz, um sich an einen solchen Mann zu wenden. Lieber würde sie Beschränkung und Not in Kauf nehmen, eine Vorstellung, die ihm sehr gefiel.

Er spürte, wie seine Geilheit wuchs.

Zwei der Mädchen saßen spärlich bekleidet beim Fuhrknecht. Für sie hatte er nur einen gelangweilten Blick, während ihn gleichzeitig der Gedanke an Belas saftiges Fleisch halb zur Raserei trieb. Die kleine Hure hatte ihn für andere käufliche Weiber verdorben, das wusste er. Und dann gab es noch Johanna, die er gerade so begehrte, weil sie unerreichbar für ihn war.

Doch als er den Hurenwirt nach Bela fragte, erhielt er eine Abfuhr.

»Sie hat schon einen Freier«, erklärte Conrat Wolter. »Warum nimmst du nicht die Schwarze Marusch? Die hat die schönsten Brüste von allen hier und ist gerade frei.«

Das Mädchen erhob sich pflichtschuldig und zerrte ihr Hemd nach unten, bedeckte sich aber schnell wieder, als Hennes den Kopf schüttelte.

»Bela und keine andere.« Er begann zu schwitzen, als käme er gerade von der Trampeltonne. »Dann warte ich eben. Ewig wird es ja wohl nicht dauern. Und heute will ich ihr Schlafmann sein. Ich bezahle für die ganze Nacht.«

Conrat stand auf und kam mit einem Weinkrug zurück, doch Hennes schüttelte abermals den Kopf. Er wollte nüchtern bleiben, um das sündige Weib mit allen Fasern zu spüren. Außerdem war die Kleine trickreich. Passte man nicht genau auf, ersann sie im Nu neue Listen, um noch mehr für ihre Liebesdienste herauszuschlagen.

»Deinen überteuerten Essig kannst du allein saufen«, sagte Hennes grob. »Bin es leid, dass mir jedes Mal der Magen in Flammen steht, sobald ich davon getrunken habe.«

»Du bist der Einzige, der sich beschwert«, blaffte Conrat zurück und lugte dabei zu den anderen Freiern. »Wer bei mir huren will, der muss auch Wein bestellen, so lautet nun mal die Regel. Passt mir ohnehin nicht, was du hier mit Bela veranstaltest. Ich sorge für die Kleidung der Mädchen, ich gebe ihnen zu essen und ein Bett zum Schlafen. Mit diesem noblen Rauchwerk setzt du ihr nur Flausen in den Kopf. Wozu braucht eine Dirne Pelze? Um ihr Handwerk ordentlich auszuüben garantiert nicht!«

Hennes' Magen rebellierte, als ob er gerade zwei Liter von dem ungenießbaren Gesöff zu sich genommen hätte. Natürlich hatte er Kragen und Häubchen aus Silberfuchs ins Haus am Berlich abgeliefert. Doch von Bela war bislang keine Reaktion gekommen.

»Das ist ganz allein meine Sache«, sagte er säuerlich. »Zähl du lieber deine Hurenheller, das ist dein Geschäft! Wann ist sie endlich frei?«

»Das kann dauern. Geh inzwischen ein paar Runden spazieren!«, schlug Conrat vor. »Oder würfle mit uns. Ich mag es nicht, wenn bockige Kerle unbeschäftigt herumhängen.«

»Ich lass mir von dir doch keine Vorschriften machen!«, begehrte Hennes auf. »Ich tu genau das, was ich will. Bei all dem schönen Silber, das ich schon bei dir gelassen habe …«

»Sieh an, der Arnheim!« Rutger Neuhaus stand plötzlich in der Stube, das Hemd noch halb aus der Hose hängend, das er sich jetzt nachlässig in den Bund stopfte. »Willst du sehen, wie der Pelz unserer Schönen steht?« Ein raues Lachen. »Bela – der Kürschner ist da!«

Sie war barfuß und trug nur ein zerschlissenes Leinenhemd, das ihren Körper mehr zur Schau stellte als verhüllte. Das helle Haar war verstrubbelt, als hätte es tagelang keinen Kamm mehr gesehen, ihr Gesicht rosig und entspannt. Um den Hals hatte sie nachlässig den Silberfuchs geschlungen, den sie so selbstverständlich trug, als wäre sie mit ihm zur Welt gekommen.

Hennes starrte sie an wie eine Erscheinung.

»Gefällt dir, was du siehst?«, fragte Bela gurrend und warf die Locken zurück. »Für das Mützchen ist es heute leider viel zu heiß, aber ich könnte dir noch mehr zeigen, wenn du nur ein bisschen netter zu mir wärst.«

Hennes' Kehle war plötzlich staubtrocken. Er spürte den spöttischen Blick Rutgers auf sich lasten und fühlte sich ausgeliefert in seiner offenkundigen Geilheit.

»Was meinst du damit?«, krächzte er.

»Das will ich dir sagen. War da nicht auch noch von einer Schecke aus Silberfuchs die Rede?« Bela steckte sich den Zeigefinger in den Mund und begann hingebungsvoll daran zu saugen. »Bring sie mir – dann werde ich so unartig sein, wie du es noch nie zuvor erlebt hast.«

»Aber ich will dich doch jetzt«, stammelte Hennes. »Und zwar die ganze Nacht. Deshalb bin ich hier.«

»Ich fürchte, unsere Kleine hat für heute mehr als genug.« Rutger Neuhaus klopfte dem Kürschner gönnerhaft auf den Rücken. »Ich war schließlich über Stunden mit ihr zusammen, und das fordert seinen Preis. Nein, ein wenig Ruhe solltet Ihr ihr schon gönnen!«

Die junge Frau begann silberhell zu lachen, als habe Neuhaus einen köstlichen Witz gerissen.

»Entscheidet Euch für eine andere – oder kommt mit mir, denn ich weiß etwas, das Euch interessieren könnte«, fuhr er fort. »Das liegt allein bei Euch!«

»Aber Bela …«

Sie hob die Hand zu einem flüchtigen Winken. Dann drehte sie sich um, und bevor sie nach oben verschwunden war, gönnte sie ihm einen letzten Blick auf ihre festen Hinterbacken, die sich unter dem dünnen Stoff abzeichneten.

»Sie ist und bleibt nun mal mein bestes Pferd im Stall.« Der Hurenwirt hob bedauernd die Schultern. »Wenn Bela Ruhe will, bekommt sie die auch. Sie wird morgen alles wieder wettmachen, doppelt und dreifach, das weiß ich.«

Grollend verließ Hennes mit Rutger das Haus am Berlich. Zum Glück war es draußen inzwischen dunkel, was ihm entgegenkam, denn er blieb stets darauf bedacht, dass seine Besuche hier möglichst unbemerkt blieben. Von Weinsberg drohte keine Gefahr, da war er sich sicher. Der junge Rektor war zu sehr um seinen eigenen Ruf besorgt, um etwas auszuplaudern, und was jenen Fuhrknecht betraf, so stand der zu tief unter ihm, um ihm schaden zu können.

»Ihr treibt ein gefährliches Spiel, Kürschner«, sagte Neuhaus, der neben ihm ging.

»Und was ist mit Euch?«, fuhr Hennes gereizt herum. »Ich bin schließlich Witwer, der tun und lassen kann, was er will. Ihr dagegen habt ein Weib.«

»Wer redet denn davon?« Neuhaus klang amüsiert. »Ich weiß, dass Ihr Melchior Strosch Geld angeboten habt, was der Visierer mir selbstredend sofort weitergetragen hat. Arnheim, Arnheim, was denkt Ihr Euch denn nur! Der Mann würde doch niemals so töricht sein, seine Position aufs Spiel zu setzen. Der Arm der Kölner Weinschule ist lang. In dieser Stadt geschieht nichts, was wir nicht erfahren.«

»Aber ich wollte doch nur …«

»Das Silber hättet Ihr ganz umsonst investiert. Eurer Schwägerin fehlt ein Pferd, und solange die schöne Johanna kein solches vorweisen kann, bleibt ihr Ausschank ohnehin geschlossen.«

»Dann wird sie nichts verdienen.« Hennes' Miene hellte sich auf. »Was bedeutet, dass sie das Haus zur Lilie auf Dauer nicht halten kann …«

»Nicht ganz so schnell!«, sagte Neuhaus. »Sie ist offenbar eine Kämpferin, wusstet Ihr das nicht?«

»Heißt das, Johanna …«

»Die Weißen Frauen am Duffesbach haben der ehrbaren Witwe Arnheim mehrere Fässer in Aussicht gestellt, falls die Lese ordentlich ausfällt. Auch diese Nachricht hat uns inzwischen erreicht. Treibt Johanna jetzt noch das verlangte Pferd auf, so sind uns die Hände gebunden.« Er senkte die Stimme zu einem vertraulichen Flüstern. »Dann werdet Ihr eine neue Strategie ersinnen müssen, um an das Lilienhaus zu kommen, Kürschner. Darauf solltet Ihr Euch beizeiten einstellen.«

Aus dem Dunkel eines Eingangs löste sich eine Männergestalt, die ihnen folgte. Rutger Neuhaus bemühte sich zwar, so zu tun, als habe er nichts bemerkt, drehte sich jedoch beim Gehen immer wieder um, als wollte er sich vergewissern, ob der Verfolger noch da war.

»Da geht uns jemand nach«, sagte Hennes. »Kennt Ihr ihn?«

»Ach was«, beschwichtigte ihn Neuhaus. »Das bildet Ihr Euch nur ein.«

Schließlich blieb er stehen.

»Unsere Wege trennen sich hier«, sagte er. »Bleibt wachsam und haltet die Augen offen! Mehr kann ich Euch zum jetzigen Zeitpunkt nicht raten.«

Der Unbekannte pfiff kurz, dann lang, schließlich wieder kurz.

Ein Zeichen, dachte Hennes. Eine Art Signal. Aber was mag es zu bedeuten haben?

»Und sorgt dafür, dass Bela beizeiten zu ihrer Schecke kommt!«, fuhr Neuhaus fort. »Ihr wisst ja, sie kann sehr schnell die Laune verlieren.«

Geschmeidig war der Rheinmeister um die nächste Ecke gebogen. Kurz darauf folgte ihm die Gestalt im dunklen Umhang.

Das Pfeifen hatte etwas in Hennes lebendig werden lassen, eine lang vergessene Erinnerung, die aber zu schwach war, um sie greifen zu können.

Kannte er den Mann?

Ihm war auf einmal, als ginge eine innere Tür einen Spaltbreit auf. Dann jedoch schloss sie sich wieder. Ohnehin wusste er kaum noch, was er denken, geschweige denn tun sollte. Dieser Tag, den er als Triumph geplant hatte, drohte in Niederlage und Resignation zu ersticken.

Langsam machte er sich auf den Weg nach Hause. Er würde Johanna in die Knie zwingen, das schwor er sich. Er wusste nur noch nicht genau, wie.

Sie näherte sich dem Pferd von der Seite, langsam und vorsichtig, wie Mendel ben Baruch es ihr empfohlen hatte, und stellte ihr Öllicht auf einem Balken ab. Jetzt, da sie mit dem Tier allein war, fühlte Johanna sich um einiges unsicherer, aber das würde sich nach und nach legen, daran glaubte sie ganz fest.

»Peppi«, sagte sie leise und spürte dabei, wie schwer ihr dieses Wort über die Lippen wollte. »Peppi – was haben sie sich nur dabei gedacht! Ich glaube, wir müssen tatsächlich ganz schnell einen neuen Namen für dich finden.«

Die Stute stellte die Ohren auf, dann streckte sie den Kopf vor und weitete die Nüstern.

»Scheint mir, als wärst du damit einverstanden.« Johanna kam noch ein Stück näher, die Hand ausgestreckt, mit der Innenseite nach oben.

Die Stute schnupperte ausführlich, dann nahm sie die angebotene Karotte zwischen die Zähne und begann zu kauen.

Johannas Blick ruhte auf der hellen Mähne, den blanken Augen, dem glänzenden Fell.

»Was hältst du zum Beispiel von Rosa?«, fragte sie schließlich und zog die zweite Karotte aus ihrem Rock, die ebenso schnell zwischen den großen Zähnen verschwand wie ihre Vorgängerin.

Warmer Pferdeatem streifte ihre Haut.

»Rosa – das gefällt dir? Mir auch. Dann werde ich dich ab jetzt so nennen.«

Erst jetzt wagte sie, die Stirn des Tiers zu berühren. Die Stute ließ es sich gefallen, auch dass sie sie zwischen den Ohren kraulte, was ihr besonders zu gefallen schien.

»Wir beide werden schon miteinander auskommen, meine Rosa.« Johannas Stimme war leise und ruhig.

Zu ihrer Überraschung legte die Stute den Kopf auf ihre Schulter und schloss die Augen.

Ein Glücksgefühl durchflutete Johanna. Ängste und Sorgen waren plötzlich vergessen. Nicht einmal jener Albtraum aus scheckigem Haar und rotem Kleid quälte sie länger. Wie von selbst schlossen sich auch ihre Lider, bis ein Knarzen sie in die Gegenwart zurückbrachte.

Die Stalltür – hätte sie sie besser von innen verriegeln sollen?

»Schönes Pferdchen«, sagte eine Frauenstimme. »Und auch das Haus gefällt mir ausnehmend gut. Ich sehe, du hast dein Glück gemacht, Johanna. Da wirst du ja sicherlich bereit sein, ein wenig davon abzugeben. Denn nicht alle haben es seitdem so gut wie du gehabt.«

Der Albtraum war zurück – das rote Kleid, das gefärbte Haar, jene unverwechselbaren Züge, grober und gedunsener als damals, aber zweifelsohne Itas Gesicht.

»Ja, wir sind beide nicht jünger geworden«, sagte Ita mit einem knurrigen Lachen, als könnte sie direkt in Johannas Kopf schauen. »Und auch die Welt ist keinen Deut besser als früher. Wir müssen uns nach dem Wind drehen, wollen wir überleben. Wer hätte gedacht, dass wir uns einmal im schönen Köln wiedertreffen! Das muss gefeiert werden, findest du nicht?«

»Was willst du?«, sagte Johanna.

»Das hab ich dir eben doch schon verraten. Ein kleines Stück vom großen Kuchen.« Ita lachte erneut. »Nun ja, wenn du mich schon so fragst: So klein muss das Stück eigentlich gar nicht ausfallen.« Ihr Kopf ruckte vor und zurück wie der eines Raubvogels.

»Wie bist du hierhergekommen?« Johanna hatte das Gefühl, nicht mehr genügend Luft zu bekommen.

»Eine lange, verschlungene Geschichte!«, rief Ita. »Jetzt bin ich da, genügt das nicht?«

»Du bist noch immer eine …«

»Nein!«, unterbrach Ita sie. »Das ist für immer vorbei. Ich hab jetzt ein ordentliches Gewerbe, ja mehr noch – ich besitze eine Gabe. Stell dir vor, ich kann heilen! So ziemlich alles, woran Menschen leiden.« Sie schnitt eine Grimasse. »Leider sind viele undankbar und bezahlen nur zögerlich. Auch wenn ich sie von ihrem Leiden erlöst habe.« Ihr breites Lachen entblößte eine Zahnlücke im rechten Oberkiefer. »Aber damit ist es ja nun vorbei. Wo ich dich endlich wiedergefunden habe!«

»Ich glaube, da irrst du dich.« Johanna nahm all ihre Kraft zusammen. »Ich werde dir gar nichts geben, hast du verstanden? Wie sollte ich, nach allem, was du getan hast?«

»Ich glaube, *du* irrst dich ganz gewaltig.« Itas Lippen waren schmal geworden. »Du wirst bezahlen, und nicht zu knapp, so sieht es aus. Ich war deine Hilfe, deine Stütze in schweren Zeiten. Alles hab ich für dich getan. Jetzt bist du an der Reihe, Johanna. Oder willst du, dass die ganze Stadt erfährt, was du einst im schönen Breisgau getrieben hast?«

Eine Weile war es still im Stall. Nur Rosa stieß ein tiefes Brummen aus.

»Ich kann dir nicht helfen, selbst wenn ich wollte. Mein Mann ist tot. Ich selber stecke in großen Schwierigkeiten …«

»Und wenn schon!«, blaffte Ita. »Dann sieh zu, dass sich das Blatt rasch wendet! Ich habe vor, mich hier niederzulassen. Dafür brauche ich Startkapital. Du kannst mich monatlich unterstützen, falls dir das lieber ist. Doch bleibt der Geldsegen aus, werde ich reden.« Jetzt wurde ihr Lächeln tückisch. »Und du weißt, dass ich stets halte, was ich versprochen habe. Also, wann soll ich wiederkommen?«

Niemals, hätte Johanna am liebsten geschrien. Du hast mir das Herz gebrochen, mir das Liebste geraubt. Zur Hölle mit dir, Ita! Das ist der einzige Ort, an den du gehörst.

Ihre Stimme war dünn, als sie sich schließlich zu einer Antwort zwang. »Komm in drei Tagen wieder! Sobald es dunkel ist. Ich werde sehen, was sich machen lässt.«

»Du wirst mich doch nicht enttäuschen, kleine Jo?«, gurrte Ita. »Du weißt genau, wie sehr ich es hasse, enttäuscht zu werden.«

Der Wein kreiste in seinem Schädel, und plötzlich bereute Vincent de Vries, dass er drei Becher viel zu rasch hintereinander geleert hatte. Aber wie hätte er den Bader auch zurückweisen können, der ihn in sein Haus gezogen und zum Anstoßen geradezu genötigt hatte?

Ein seltsames Paar, dieser stattliche, lebenserfahrene Ludwig Weißenburg und das schmale rotblonde Mädchen, das seine Tochter sein könnte. Mit den roten Flecken auf ihren bleichen Wangen und dem Bauch, der sich bereits sichtbar wölbte, hatte sie ihm fast leidgetan. Sie kam ihm vor wie ein verschüchtertes Kind, das in die Gewänder der Mutter geschlüpft war, um Hochzeit zu spielen.

»Es wird doch leben und gesund sein?«, hatte sie Vincent flüsternd gefragt, nachdem sie erfahren hatte, dass er Medicus war und der neue Leibarzt des Erzbischofs noch dazu. »Ihr müsst mir helfen! Es hängt so vieles für uns davon ab.«

Jede Geburt war ein Wagnis auf Leben und Tod, das hatte sein Beruf ihn gelehrt. Ennelin hatte kaum Fleisch auf den Rippen, und das Becken schien ihm reichlich schmal. Alles war möglich: Das Kind konnte falsch liegen, im Geburtskanal stecken bleiben, heftigste Blutungen auslösen, die zum Tod der Mutter führten – was hatte er nicht schon an Furchtbarem erleben müssen!

»Kümmert Euch beizeiten um eine erfahrene Hebamme!«, hatte er gesagt. »Die wird Euch beistehen …«

»Aber das ist nicht genug. Diese Weiber wissen nichts. Ich brauche Eure Hilfe, Medicus, bitte!« Ihre zarten Hände hatten sich plötzlich mit erstaunlicher Kraft an seinen Ärmel geklammert. »Lasst mich nicht im Stich, wenn meine Stunde gekommen ist! Ich habe so viel vor mit diesem Kind. Rechtschaffen soll es werden, fromm, dem Wort Gottes von Herzen zugetan.«

»Meine Kleine hat recht.« Ludwig hatte sich eingeschaltet. »Ich wünsche mir dieses Kind mehr als alles andere auf der Welt. Und sollte es tatsächlich ein Sohn sein …« Mit einer raschen Bewegung hatte er sich abgewandt.

»Nun, Geburten gehören nicht zu meinem Spezialgebiet«, hatte Vincents diplomatische Antwort schließlich gelautet. »Doch wenn es in meinen Möglichkeiten steht, werde ich mich zu gegebener Zeit gerne um Euch kümmern …«

Ennelin war ihm plötzlich am Hals gehangen, stammelte, lachte und weinte in einem.

»Das werde ich Euch niemals vergessen, Medicus de Vries!«, hatte Ludwig gerufen. »Hattet Ihr neulich nicht gesagt, dass Ihr eine anständige, reife Frau sucht, die Euch den Haushalt führen soll? Da wüsste ich genau die Richtige für Euch.«

Auf dem Heimweg schwankte Vincent plötzlich leicht.

Zu Hause würde er geschwind den Rest der Suppe löffeln, die er sich gestern gekocht hatte, so ziemlich das einzig Essbare, das er neben gebratenem Fleisch und Haferbrei zuzubereiten wusste. Falls er diese Abfolge nicht im Abstand von zwei Tagen wiederholen wollte, brauchte er dringend jemanden, der für abwechslungsreiche Kost, vor allem aber für Ordnung in Haus und Küche sorgte. Warum sich also nicht auf die Empfehlung Weißenburgs verlassen? So wie sich die Arbeit am bischöflichen Hof anließ, konnte er eine helfende Hand im Haushalt gut gebrauchen, zumal er binnen Kurzem auch noch regelmäßig Unterricht an der Burse halten sollte.

Er würde ihm die Frau vorbeischicken, hatte der Bader

beim Abschied versprochen und dann seine Ennelin stürmisch an sich gezogen, während Vincent schleunigst das Weite gesucht hatte.

Es war noch immer so warm, dass ihm das Hemd am Körper klebte. Am liebsten hätte er es schon auf der Straße abgestreift. Auch die Bewohner der umliegenden Gebäude schienen unter der nächtlichen Schwüle zu leiden. Viele Fenster standen offen, um selbst die kleinste Brise zu nützen. Als er an einem Wirtshaus vorbeiging, hörte er die schweren Stimmen Betrunkener.

Aus einem Fenster im ersten Stock gegenüber kam so herzzerreißendes Schluchzen, dass Vincent unwillkürlich stehen blieb.

»So rede doch, Mama!« Eine junge Stimme, dünn und verzweifelt. »Warum sagst du denn nichts mehr?«

»Kann ich helfen?«, rief er hinauf.

Es dauerte nur ein paar Augenblicke, dann erschien ein verweintes Gesicht am Fenster.

»Meine Mutter ist sehr krank. Schon seit Tagen. Heute aber ist es noch schlimmer geworden.« Das Mädchen mochte fünfzehn sein, höchstens sechzehn. Wenn sie so wenig zu essen hatten, war das Alter manchmal schwer zu schätzen.

»Seid ihr beide allein?«, fragte er.

»Ja, und jetzt weiß ich nicht mehr, was ich tun soll.«

»Warte – ich bin gleich bei dir!«

Die Tür war nur angelehnt. Vincent stieß sie auf und rannte die Treppe hinauf. Er erschrak vor dem Gestank, der ihm entgegenschlug. Die Kranke lag auf einem Strohlager, offensichtlich bereits im Delirium.

»Sie ist glühend heiß«, murmelte das Mädchen. Wirre blonde Locken umrahmten ein schmales, wohlgeformtes Gesicht. Wäre sie gewaschen und frisiert gewesen und hätte sie statt ihrer Lumpen ein anständiges Kleid getragen, sie hätte ohne Weiteres als junge Schönheit durchgehen können. »Obwohl ich sie schon die ganze Zeit mit nassen Lappen gekühlt habe. Und seht doch nur – unter den Achseln ist sie ganz geschwollen!«

»Gib mir ein Tuch!«, befahl Vincent, obwohl er bereits ahnte, dass er zu spät gekommen war. »Wie heißt du?«

»Nele.« Sie reichte ihm ein Stück Leinen. »Und meine Mutter heißt Maria.« Er schob das Hemd der Kranken zur Seite, legte das Tuch auf die Schwellungen und betastete sie behutsam. Selbst in ihrer Agonie schien die Frau sich schmerzerfüllt zu verkrampfen.

»Wie lange hat sie schon diese Beulen?«, fragte er.

»Drei Tage, glaube ich. Vielleicht auch vier. Zuerst hatte sie nur Schüttelfrost. Dann hab ich die Schwellungen irgendwann beim Waschen entdeckt.«

Die Beulen waren klein und steinhart. Die Chancen, dass sie sich von selbst öffnen würden, damit verschwindend gering. Und er hatte nichts Geeignetes bei sich, um diesen Vorgang zu beschleunigen.

Die Mädchenaugen hingen an seinem Gesicht. »Muss sie sterben?«, fragte Nele angstvoll.

Die Wahrheit war furchtbar, doch er musste sich ihr stellen. Alle in der Stadt mussten das, sollte sich bewahrheiten, was er vermutete.

»Sie war bei der Tante in Andernach«, erzählte Nele.

»Ein Fuhrwerk hat sie zurück mit nach Köln genommen. Schon am Morgen danach fühlte sie sich müde und schlapp. Dann kam das Fieber. Bisher hat die Nachbarin nach uns gesehen und Essen gebracht …«

»Eure Nachbarin war auch bei Maria?«, unterbrach sie Vincent.

»Jeden Tag. Bis heute. Als Lisi aber sah, wie schlecht es Mama geht, hat sie an der Tür kehrtgemacht und sich geweigert hereinzukommen.«

Kluge Nachbarin, dachte Vincent. Aber ob ihr das noch genützt hat?

Die Kranke stieß ein Stöhnen aus. Dann klaffte ihr Mund weit auf.

»So helft Ihr doch!«, schrie Nele. »Seht Ihr denn nicht, wie sie leidet?«

»Ich fürchte, das kann ich leider nicht.« Lange schon hatte Vincent sich nicht mehr so mutlos gefühlt: ein Medicus, der keinerlei Macht hatte, die Seuche zu bannen. Was der Erzbischof und Longolius ihm bei seinem Besuch enthüllt hatten, waren Ängste und Vermutungen gewesen, die er mit klugen Argumenten beiseitezuschieben gewusst hatte. Doch was er hier direkt vor sich sah, überstieg selbst die schrecklichsten Befürchtungen.

»Und warum nicht?« Das Mädchen schien wie von Sinnen.

»Es ist die Pest, Nele«, sagte er langsam. »Diese schwarzen Beulen sprechen eine eindeutige Sprache.«

Er kannte die Stimmen der Nacht. Jahrelanges Umherziehen hatten sie ihn gelehrt. Doch während er sie als Kleiner verängstigt wahrgenommen hatte, stets voller Furcht vor der nächsten Ohrfeige oder einem Schlag in den Bauch, der ihm die Luft nahm, konnte er ihnen nun in Ruhe lauschen.

Es hatte Tage gegeben, an denen der Alte ihm das Kunststück wieder und wieder vormachen musste, und er hatte schon geglaubt, es niemals zu lernen. Doch immer wenn er dachte, an seine Grenzen gelangt zu sein und nicht mehr weiterzukönnen, stellte er fest, dass er stärker, schneller und geschickter geworden war.

Der Zorn spornte ihn an. Nach und nach wurde er sein bester Freund.

Seit er das verstanden hatte, machten ihm Niederlagen nicht mehr so viel aus, und auch die unweigerlichen Schläge und Bestrafungen nahm er in Kauf.

Sie alle waren nichts als Etappen zu seinem nächsten Sieg. Sie gaben ihm die Kraft, zu töten und aus seinem Gefängnis auszubrechen.

Dass der Alte als Erster daran glauben musste, lag auf der Hand. Noch heute hatte er dessen Gesicht mit den aufgerissenen Augen vor sich, in denen ein Erstaunen lag, das ihn nach wie vor belustigte.

Wie grob und direkt er damals noch vorgegangen war!

Inzwischen hatte seine Kunst sich verfeinert. Wenn er es darauf anlegte, blieben keinerlei Spuren zurück, es sei denn, er wollte sie absichtlich hinterlassen. Und noch andere verbrecherische Fertigkeiten hatte er erlernt, mit denen sich das Leben erträglicher machen ließ, anstatt es mit Arbeit zu verderben: Falschspielerei, Diebstahl, Raub, wenn es denn sein musste. Nicht einmal vor Hostienschändung war er zurückgeschreckt.

Sein Aussehen kam ihm dabei zu Hilfe. Er war groß und dunkel, hatte geschmeidige Glieder und einen hungrigen roten Mund, den Mädchen und junge Frauen begierig anstarrten. Die markante Nase ließ ihn wie einen Edelmann erscheinen. Allerdings sang in seinen Augen eine gefährliche Wut, die sie eisgrün wie einen Wildbach nach der Schneeschmelze machten. Und dann gab es da ja auch jene Narben auf seiner Brust. Sie hatten ihm seinen Spitznamen eingetragen, den er normalerweise nur preisgab, wenn er jemanden zu Tode erschrecken wollte.

Keine von ihnen ahnte, wie einsam er war.

Ob er eine in irgendeiner Scheune nahm oder seine Heller im Frauenhaus ließ, immer umgab ihn Einsamkeit wie ein dichter Kokon, durch den niemand gelangte.

Einmal nur war es anders gewesen, ganz am Anfang seiner Suche, in Freiburg, wo er einer Bäckerstochter begegnet war, deren Vater etwas wusste, was ihm weiterhelfen konnte. Die blonde Schelke mit ihren blitzeblauen Augen hatte ihn geneckt und gekitzelt, sich schließlich von ihm küssen lassen und wäre womöglich sogar bereit gewesen, ihn heimlich in ihre Kammer zu schleusen.

Er aber hatte sie warten lassen und es sich stattdessen im Heu bequem gemacht.

Er suchte eine andere Frau. In der Nacht träumte er von ihr, spürte, wie sie ihn in die Arme schloss, lachend, warm und duftend, und im Morgengrauen fuhr er aus dem Schlaf hoch, während sein Traum verblasste. Für ein paar Augenblicke war alles wieder wie früher gewesen. Geborgen hatte er sich gefühlt, sicher und geliebt – bis erneut ätzend der Zorn in ihm emporschoss.

Wie hatte sie ihn verlassen können, einem Dasein ausliefern, so unwürdig und kläglich, dass er zweimal versucht hatte, ihm ein Ende zu setzen?

Seitdem war er auf der Pirsch, ein Jäger, der die Fährte des Wildes immer wieder verlor, bis starke neue Duftnoten ihn abermals auf die richtige Spur brachten. Der große Fluss, an dem er entlangzog, war seine Lebensader, so kam es ihm jedenfalls inzwischen vor. Er trieb ihn voran, schenkte ihm Nahrung und Schutz, so lange, bis er das Ziel erreicht haben würde – und wenn ihn sein Weg bis an die Mündung führen würde.

Die Städte und Orte, die er durchquerte, bedeuteten ihm nichts; ebenso wenig wie die Menschen, die sie bewohnten. Gaben sie ihm freiwillig, was er brauchte, ließ er sie in Frieden; verweigerten sie jedoch, was er verlangte, hatten sie die Folgen zu tragen.

Er hasste sie für ihre Häuser und Felder, für die kleinen Gärten, in denen sie Gemüse zogen, für ihre Kinder, die vergnügt vor der Tür spielten. Am liebsten hätte er ihnen ein großes Feuer geschickt, damit auch sie die Qualen spürten, die ihn von innen her zerfraßen. Manchmal zündete er eine Scheune an, um sich Erleichterung zu verschaffen, und auch eine Hütte am Waldrand mit einer quengeligen Alten, die ihm die falschen Fragen stellte, hatte schon daran glauben müssen.

Doch hier, in Andernach, war alles anders.

Eine dunkle Wolke schien über dem Ort zu hängen. Es stank nach Eiter und Fäulnis, und einige der Karren, die ihm im Schutz der Nacht begegneten, waren voller Leichen.

Keiner sprach das Wort aus, doch er wusste auch so, woran er war. Das große Sterben – es hatte ihn schon einmal gestreift, aber er hatte überlebt.

Doch zu welchem Preis?

Damals war sein Leben ins Schlingern gekommen. Damals hatte er alles verloren, was es lebenswert gemacht hatte.

Die Schuldige würde dafür bezahlen, das war es, was ihn vorantrieb. Er würde sie finden.

Er würde sie töten.

DREI

Sabeths Haarknoten hatte sich in feine Silbersträhnen aufgelöst, die über ihren Rücken flossen, so energisch traktierte sie mit der Bürste den Kupferkessel, der zwischen ihren Beinen klemmte. Tief in sich versunken summte sie vor sich hin. Für einen Augenblick genoss Johanna diesen Anblick, der sie an glückliche Tage erinnerte. So war die alte Dienerin früher stets gewesen: gut gelaunt, voller Lebenskraft, unermüdlich bei der Arbeit. Dann jedoch fiel Johannas Blick auf den bauchigen Tontopf, der neben Sabeth stand, und sie erstarrte.

»Was tust du da?« Mit einem Satz war sie bei ihr, riss den Topf in die Höhe und schnupperte daran. »Woher hast du dieses Teufelszeug?«

»Teufelszeug?« Sabeths Zunge schnellte hervor wie eine flinke hellrote Schlange. »Damit macht man Kupfer so glänzend wie Gold – schau doch!«

Johannas wild schlagendes Herz beruhigte sich nur langsam. Gottlob war es nicht die ätzende Flusssäure, wie sie im ersten Schreck befürchtet hatte, sondern tatsächlich nur Essig, der in einem ganz ähnlichen Gefäß schwappte. Sie lief hinüber zur Speisekammer, wo sie die gefährliche Substanz hinter den Schmalztöpfen auf dem obersten Regal versteckt hatte. Sabeth, die ihr kaum bis ans Kinn reichte, war viel zu klein, um dort hinaufzukommen, zumindest war Johanna bislang davon ausgegangen. Doch wer konnte schon wissen, was der Verwirrten eines Tages noch einfallen würde?

Johanna streckte sich, bis sie den Topf erreichte, holte ihn herunter und wog ihn nachdenklich in den Händen.

Wohin damit?

Am besten wäre es gewesen, ihn zu vergraben, so tief, dass kein Tier oder gar Mensch daran zu Schaden kommen konnte. Doch wo war der geeignete Ort dafür?

Sie war ins Grübeln verfallen und schreckte erst wieder hoch, als Sabeth ihre Schulter berührte.

»Dein Liebchen ist da«, flüsterte sie mit schelmischem Lächeln. »Hab mir doch gleich gedacht, dass er es nicht lange ohne dich aushalten wird!«

Ludwig? Das konnte, das durfte nicht sein!

Irgendetwas in Johanna wurde trotzdem hell. Sie machte sich lang, stellte den Topf wieder zurück auf das Holzbrett und schob ihn bis ganz hinten an die rissige Wand. Dass Sabeths wasserblaue Augen ihr dabei neugierig folgten, missfiel ihr, aber was hätte sie daran jetzt noch ändern können?

Erst als sie ihren Rock glatt strich, bemerkte sie den fetten Rattenkadaver, der in der Holzfalle lag. Jetzt trauten sie sich schon bis herauf ins Erdgeschoss! Sie würde noch mehr Gift auslegen müssen, damit sie künftig vor ihnen sicher waren.

»Was willst du?«, sagte Johanna, als sie vor Ludwig stand. Seltsamerweise fiel es ihr schwer, unfreundlich zu sein, obwohl er nichts anderes verdiente. Der Bader hatte sie belogen und hintergangen, und dennoch vermisste sie ihn. Das wurde ihr bei seinem Anblick schmerzlich bewusst. War es die helle Morgensonne, die durch die Scheiben schien, der warme, leicht süßliche Duft der Morgensuppe, der noch in der Luft hing, oder die Einsamkeit, die von Nacht zu Nacht unerträglicher auf ihr lastete – was hätte sie jetzt nicht darum gegeben, die Zeit einfach zurückdrehen zu können!

»Dir einen Vorschlag unterbreiten«, sagte er rasch. »Und ich hoffe, du hörst ihn dir wenigstens an.«

Sein Haar war strubbelig, als sei er gerade erst aus dem Bett gekrochen. Zudem verströmte er einen Geruch, der ihr fremd war. Ein neues Kräuterelixier, das er an sich erprobte? Oder lag es daran, dass er noch vor Kurzem mit seinem jungen Weib den Freuden der körperlichen Liebe gefrönt hatte?

Eifersucht schoss Johanna durch den Leib wie ein glühender Pfeil.

»Hatte ich mich nicht klar und deutlich ausgedrückt?«, sagte sie spitz. »Ich will dich nicht mehr in meinem Haus sehen. Soll ich es dir vielleicht aufschreiben, damit du mir endlich glaubst?«

»Es gibt Zeiten, in denen man es sich leisten kann, stolz zu sein, und andere, in denen man die Hilfe von Freunden besser nicht ausschlagen sollte«, erwiderte Ludwig. »Ich habe gerade das Blatternhaus gepachtet, eine große Investition, doch ich hoffe, sie wird sich auszahlen. Deshalb sind mir finanziell ein wenig die Hände gebunden.«

»Was hat das mit mir zu tun?«

»Warte, ich bin noch nicht fertig! Wäre es anders, ich

könnte und würde dich unterstützen. Denn ich habe von deinen Schwierigkeiten gehört …«

»Die dich nichts angehen, heute weniger denn je«, unterbrach sie ihn. »Wir kommen zurecht, Sabeth und ich. Sonst noch was?«

Seltsamerweise fiel ihr plötzlich wieder der Traum ein, der sie vor zwei Tagen schweißgebadet hatte erwachen lassen: eine wutentbrannte Äbtissin, die Ruten auf Johannas nacktem Rücken zerschlagen hatte, anstatt ihr den zugesagten Wein zu verkaufen – aber das waren sicher bloß Ängste, weil der Deutzer Abt sie so unfreundlich abgewiesen hatte.

»Von deinem Schwager weiß ich, dass dein Ausschank gefährdet ist. Da dachte ich …«

»Ich hab mir stets zu helfen gewusst.« Johanna reckte ihr Kinn. »Und dazu habe ich weder einen Hennes gebraucht noch jemanden wie dich.« Beim Reden spürte sie, wie tief ihre Enttäuschung saß. »Geh lieber eine Wiege schnitzen! Oder falte schon mal die Windeln für dein Ungeborenes! Dir wird schon etwas einfallen, womit du dir die Zeit vertreiben kannst.«

»Hör auf, so abfällig daherzureden!« Ludwig hatte ihr Handgelenk gepackt und zog sie so grob zu sich heran, dass sie aufschrie. »Du kannst mir nicht verbieten, dass ich mir Sorgen um dich mache. Denn genau das tue ich, Johanna! Dein gottverdammter Dickschädel wird dich eines Tages noch in Teufels Küche bringen.« Sein Griff war eisern. Es gelang ihr nicht, sich freizumachen. »Du hörst mir jetzt zu, verstanden?«

Ein widerwilliges Nicken.

»Gut.« Er ließ sie los.

Johanna rieb sich das Gelenk. »Aber komm gefälligst zur Sache!«

»Es gibt einen neuen Kunden in der Badestube, erst jüngst nach Köln gekommen, ein Herr aus allerbesten Kreisen. Der braucht eine Frau, die bei ihm im Haus nach dem Rechten sieht.«

Johanna öffnete den Mund zu einer Entgegnung, doch er ließ sie nicht zu Wort kommen.

»Bevor du ablehnst, hör dir wenigstens an, um wen es sich handelt: einen hochgelehrten Medicus, den neuen Leibarzt unseres Erzbischofs. Es geht ums Kochen, die Instandhaltung seiner Kleidung, um ein sauberes, gemütliches Zuhause. Die weibliche Hand sozusagen, die ein paar Stunden am Tag Ordnung und Klarheit in sein Dasein bringt. Er ist auf der Suche nach einer Witwe mit gutem Leumund, da hab ich sofort an dich gedacht. Vielleicht kann dir sogar die Alte zur Hand gehen, wenn sie gerade einen hellen Moment hat. Geld scheint nämlich keine Rolle zu spielen. Im Gegenteil, ich habe ihn bislang als ausnehmend großzügig erlebt.« Er stieß einen Seufzer aus. »Wenn du also halbwegs klug verhandelst, könntest du einen Teil deiner Sorgen auf einen Schlag los sein.«

Die ruhige Tiefe seiner braunen Augen schien bis in ihr Innerstes zu dringen. Johanna spürte, wie ihr Widerstand zu schmelzen begann. Doch so leicht würde sie es diesem Ludwig Weißenburg nicht machen. Er sollte zu spüren bekommen, was er ihr mit seiner Feigheit angetan hatte.

»Wenn er so großartig ist, wie du behauptest, warum hat er dann kein angetrautes Weib?«, fragte sie. »Oder ist er derart abstoßend, dass man Angst vor ihm haben muss?«

»Ersteres fragst du ihn am besten selbst. Er scheint übrigens im ganzen Reich herumgekommen zu sein. Da lernt man, vorsichtig zu sein, gerade wenn man ein ansehnlicher Kerl ist wie er und im besten Alter noch dazu.«

Behalt deinen dahergelaufenen Medicus für dich!, hätte sie ihm am liebsten entgegengeschleudert. Du klingst ja fast, als wolltest du ihn mir andrehen! Und dein schwangeres Kindweib kannst du auch gleich zum Teufel schicken. Mit jedem Wort reißt du meine kaum verschorften Wunden wieder auf.

Dann jedoch erschien Itas Gesicht vor ihr, und bevor sie sich versah, war plötzlich Dunkel in ihrem Inneren aufgezogen. Wie eine Zecke saß sie ihr auf der Haut, erpicht auf den letzten Blutstropfen, den sie ihr aussaugen konnte. Es würde einiges kosten, sie wieder loszuwerden – falls das überhaupt möglich war. Außerdem ging es ja nicht um sie allein, sondern auch um Sabeth, die jetzt wie ein verlorenes Kind auf dem Hocker schaukelte und die Welt um sich vergessen zu haben schien, um Mieze, die ihr um die Beine strich, als würde sie ihre innere Zerrissenheit spüren, und um die neue Stute, die ein dickes Loch in ihre Ersparnisse gerissen hatte und nun ebenfalls gefüttert und versorgt werden musste.

»Also?«, fragte Ludwig. »Was soll ich ihm nun sagen?«

In Johannas Kopf begann es zu hämmern, so stark war ihr innerlicher Widerstand. Jetzt einzulenken erschien ihr wie eine Niederlage, aber hatte sie denn eine andere Wahl?

»Wo wohnt er denn, dein formidabler Leibarzt?« Sie spuckte jedes Wort aus wie eine verfaulte Frucht.

»In der Marzellenstraße.« Ludwigs Gesicht entspannte sich. »Das gelbe Haus mit der Brandmauer. Kannst du gar nicht verfehlen. Zudem hat er an der Tür sein Schild angebracht, etwas mit einer Schlange, reichlich seltsam, wenn du mich fragst. Aber er wird schon wissen, was er tut. Übrigens scheint er es mit einer Hilfe eilig zu haben. Der Erzbischof will ihn offenbar ständig in seiner Nähe haben, da bleibt ihm kaum noch Zeit für anderes.«

»Falls du glaubst, ich könnte hier alles stehen und liegen lassen …«

»An deiner Stelle würde ich zugreifen, bevor er sich für eine andere entscheidet. Aber das musst du selbst wissen.«

»Warum tust du das für mich?«, fragte sie leise. »Jetzt, da wir für immer getrennte Wege gehen?«

Sabeths selbstvergessenes Wiegen endete abrupt. Sie schien sogar den Atem anzuhalten, um bloß nichts zu verpassen.

Ludwigs Blick wurde weich. »Weißt du das denn nicht, Johanna?«, fragte er.

In der untersten Truhe fand Vincent, wonach er gesucht hatte. Sein stummer Dank ging an den freundlichen Kaufmann aus Heidelberg und dessen pickeligen Sohn, die auf ihren Wagen den Rest seines Hausstandes sicher nach Köln gebracht hatten. Für einen Augenblick erinnerte er sich an die Frau mit dem geplagten Esel, die sich ihm gegenüber am Rheinufer so großspurig als Heilerin ausgegeben hatte.

Er hatte ihr nicht die ganze Wahrheit gesagt. Was er besaß, war durchaus mehr, als in ein paar Satteltaschen ging: kostbare Bücher und Schriften, unbezahlbare Salbenrezepturen und Kräutermischungen, vor allem jedoch ein paar Briefe, für die er einst seine Seele gegeben hätte, dazu das umfangreiche Werk über die Franzosenkrankheit, an dem er schon seit Jahren emsig schrieb – aber was ging das eine wie diese an? Langjährige Erfahrung hatte ihn gelehrt, dahergelaufenen Frauenzimmern gegenüber besonders vorsichtig zu sein. Die Lederhandschuhe und seine alte Maske – zum Glück unversehrt.

Ein schwacher Geruch nach Räucherwerk stieg ihm in die Nase, als er die brüchig gewordenen Leinenbänder am Hinterkopf verknotete. Das sperrige Ding saß ihm reichlich stramm auf der Nase und engte zudem sein Gesichtsfeld ein. Aber hatte es ihm nicht in schweren Zeiten gute Dienste geleistet? Das würde es nun abermals tun müssen, obwohl er inständig gehofft hatte, hier in Ruhe unterrichten zu können und endlich seine Forschungen abzuschließen, sobald er einen geeigneten Wundarzt für das Praktische aufgetrieben hätte.

Trotzdem fühlte er sich erleichtert, nachdem er die Maske wieder abgelegt hatte, um die restlichen Utensilien einer Prüfung zu unterziehen: das scharfe, leicht gekrümmte Messer für den Aderlass, mit dem sich auch überreife Beulen aufschneiden ließen, und das Räucherwerk, mit dem die schlimmsten Ausdünstungen in den befallenen Häusern vertrieben wurden. Von all den Arzneien, die bei einem Ausbruch der Seuche als Heilmittel gehandelt wurden, hielt Vincent denkbar wenig, egal wie lautstark sie auch angepriesen wurden. Sie füllten lediglich die Taschen derer, die sie verkauften, den Kranken vermochten sie kaum oder gar nicht zu helfen.

Im Stehen schlang er den Rest des kalten Breis hinunter, ohne dabei satt zu werden. Ein weiterer Umstand, den er schleunigst ändern musste. Sein Gewand saß bereits locker, und in den Gürtel hatte er zwei neue Löcher schlagen müssen, damit er ihm nicht von den Hüften rutschte. Ein bitteres Lachen blieb ihm in der Kehle stecken: Da war er endlich als Leibarzt des Erzbischofs in Köln gelandet – und die launische Frau Fortuna bestrafte ihn mit einem Aufflackern jener Seuche, die ihn bislang verschont hatte.

Vincent packte seine Tasche.

Köln würde einen Medicus gut gebrauchen können, der angesichts von Bluthusten und schwarzen Beulen, die Gesunde wie Kranke in Todesangst versetzten, nicht gleich den Kopf verlor. Anderseits gab es nur einen einzigen sicheren Weg, um zu überleben – so schnell und so weit wie möglich zu flüchten.

Doch Nele und ihre kranke Mutter warteten auf ihn. Und er wäre nicht Vincent de Vries gewesen, hätte er sich nicht um die beiden gekümmert.

Als er das Haus verlassen hatte, wunderte er sich, dass die Gassen so leer waren, als zögerten die Menschen, nach draußen zu gehen. Obwohl die Gebäude niedriger und ärmlicher wurden, je näher er St. Ursula kam, lag etwas

Friedliches über der morgendlichen Stadt. Für einen Augenblick wünschte Vincent sich, die Frau mit den verräterischen Beulen sei nichts als ein Nachtmahr gewesen, den die ersten Strahlen der Sonne vertrieben hätten.

Er war eindeutig auf dem richtigen Weg. Die Taverne mit dem verrosteten Einhorn als Wirtshausschild war ihm schon in der Nacht aufgefallen. Jetzt stand die Tür offen, und die dralle Wirtin mit einer fleckigen Schürze beäugte ihn neugierig.

Vincent ließ sich nicht ablenken. Schräg gegenüber war im ersten Stock das Fenster, von dem aus Nele ihn zu Hilfe gerufen hatte. Er überquerte die Gasse, stieß die Haustür auf und legte schon im Treppenhaus die Pestmaske an. Dann streifte er seine Handschuhe über.

»Ich bin es, der Medicus«, rief er beim Hinaufsteigen. »Du musst keine Angst haben!«

Keine Antwort, was ihn zunächst nicht verwunderte.

Vielleicht hockte die Kleine wie gelähmt neben der Sterbenden. Oder die Mutter war bereits tot, und Nele hatte sich in einen Winkel verkrochen, um ihren Tränen freien Lauf zu lassen. Er wusste nicht, wie er sie trösten könnte – für das, was ihr gerade widerfuhr, gab es keinen Trost. Wenn sie großes Glück hatte, würde die Seuche sie verschonen, doch insgeheim befürchtete er, auch bei ihr die verräterischen Schwellungen entdecken zu müssen.

»Wo bist du, Nele?«, rief er, als er die Tür zum Krankenzimmer erreicht hatte. »Ich bin zurück, um dir zu helfen.«

Alles blieb still, und plötzlich überfiel Vincent ein seltsames Gefühl. Was mochte hier geschehen sein?

Er stieß die Tür auf, stürzte ins Zimmer. Das Strohlager, die schmutzigen Lumpen, zwei umgeworfene Krüge, Spinnweben und Scherben – das war alles, was er vorfand.

Keine Sterbende, keine Leiche, nirgendwo ein verängstigtes Mädchen.

In der angrenzenden Kammer sah es nicht anders aus. Als er den Fuß in einen Lumpenhaufen stieß, traf er auf etwas Lebendiges. Laut quiekend suchte eine große Ratte das Weite. Vincent schickte ihr einen Fluch hinterher. Wo immer diese Tiere waren, folgte auch die Seuche – und in größeren Städten waren sie nahezu überall anzutreffen.

Wo waren Nele und ihre todgeweihte Mutter hingekommen?

Nachdenklich ging Vincent zum Fenster, schaute hinaus. Die Wirtin von gegenüber starrte unverwandt herüber und verschwand dann plötzlich nach drinnen, als sie gemerkt hatte, dass er sie beobachtete. Wenn sie so gerne herumspionierte, konnte ihr kaum entgangen sein, was sich hier abgespielt hatte.

Plötzlich wollte Vincent nur noch ins Freie und sich Gewissheit verschaffen. Er lief zur Tür, die er anstieß, damit sie sich weiter öffnete, als ihm plötzlich auf dem schäbigen Holz etwas auffiel: drei tiefe Kratzer, nebeneinander gesetzt. Auf den ersten Blick hätte man denken können, ein Luchs oder eine große Wildkatze hätten hier ihre Krallen geschärft – aber welches scheue Waldtier schlich schon in eine dicht besiedelte Gegend, um dort seine Spuren zu hinterlassen?

Maske und Handschuhe zog er im Gehen ab und verstaute sie in seiner Tasche. Dann überquerte er die Gasse und betrat die Taverne »Zum goldenen Einhorn«.

Der Raum wirkte niedrig und düster, die schweren Holztische waren leer, bis auf einen, an dem trotz der frühen Stunde zwei Männer in dunklen Umhängen zechten. Die Wirtin machte sich an einem Weinfass zu schaffen, um Vincent, so sein Eindruck, nicht gleich ins Gesicht sehen zu müssen. Er ließ sich davon nicht abschrecken, sondern trat so nah heran, dass sie sich unwillkürlich umwandte.

»In dem Haus dort drüben lag noch vor Kurzem eine Frau im Sterben, und ein Mädchen hat bitterlich um seine Mutter geweint«, begann er ohne Umschweife. »Jetzt sind die Räume verılassen. Habt Ihr eine Ahnung, wo die beiden sein könnten?«

»Ich kümmere mich nicht um fremde Angelegenheiten«, erwiderte sie. »Und bin stets gut damit gefahren.« Aus der Nähe sah man, dass sie älter war, als er zunächst gedacht hatte. Sie sah ihn unter schweren Lidern an und stank aus allen Poren nach billigem Fusel. Offenbar gehörte sie selbst zu ihren besten Kunden.

»Mir wäre keine Wirtin bekannt, die nicht bestens Bescheid über ihre Nachbarschaft gewusst hätte.« Vincent blieb beharrlich. »Und ich bin, wie Ihr mir glauben könnt, schon weit herumgekommen. Also, was ist mit Nele und ihrer Mutter? Wenn Ihr etwas beobachtet habt, dann heraus damit!«

Sie schüttelte den Kopf, als wollte sie ihn loswerden. Er aber rührte sich nicht von der Stelle.

»Hat jemand die Kranke fortgeschafft?«, drang er weiter in

sie. »Vielleicht die Nachbarin? Die kennt Ihr doch sicherlich ebenfalls! Ist sie etwa auch krank geworden? Und wo steckt Nele? Hat sie bei Euch Zuflucht gesucht?« Plötzlich spürte er eine schwere Hand auf seiner Schulter und fuhr herum.

»Wenn Fygen nicht reden will, dann wird sie schon ihre Gründe dafür haben.« Vincent starrte in ein finsteres Männergesicht. Das rechte Auge war stechend blau, das linke milchig. »Und du lässt sie gefälligst in Ruhe, verstanden?«

»Genau das kann ich leider nicht«, erwiderte Vincent ruhig. »Die Frau, von der ich spreche, braucht dringend meinen Beistand. Außerdem muss man sie isolieren, damit nicht noch weitere Menschen erkranken.« Mit Absicht hatte er das Wort »Pest« vermieden, um keine Panik zu erzeugen. »Und was das Mädchen betrifft, so sollte man …«

Der Mann im dunklen Umhang trat ein paar Schritte zurück, was Vincent verblüffte, ebenso wie das seltsame Geräusch, das dabei ertönte. Eine alte Erinnerung stieg in ihm hoch. So klangen doch nur die Siechenklappern, die Gesunde vor den Aussätzigen warnen sollten …

Leider begriff er viel zu spät, was der andere vorhatte. Der senkte nämlich den Kopf und rammte ihn ihm wie ein Stier in den Brustkorb. Der Schmerz, der in ihm aufflammte, war unerwartet stark und machte ihn wütend. Er ließ seine Tasche fallen, um sich zu wehren, doch seine Arme fühlten sich merkwürdig kraftlos an, und seine Schläge verfehlten zumeist ihr Ziel.

Inzwischen war auch der zweite Mann ganz nah bei ihm. Eine dunkle Kapuze verhüllte seinen Kopf, aber Vincent glaubte, für einen Augenblick etwas auf dessen Wange zu erkennen, was ihn verblüffte. Die Fäuste des Mannes waren groß und flink. Vincent stieß einen schrillen Laut aus, als sie auf ihn niederprasselten. Die beiden Männer schienen bestens aufeinander eingespielt zu sein, als ob sie nicht zum ersten Mal gemeinsam über jemanden herfielen. Jetzt gab es nur noch ein wildes Durcheinander von Armen, Beinen und Fäusten, die mit vereinter Kraft auf ihn losgingen.

Dabei vergaß Vincent irgendwann seine Deckung. Ein weißes Licht zuckte vor seinen Augen auf, als ein Fuß seine Hoden traf. Er spürte, wie seine Atemzüge als lang gezogenes Stöhnen aus seinem Körper wichen. Ein zweiter Tritt, diesmal an seine Schläfe, ließ das weiße Licht schwarz werden.

Dass jemand heimlich um seinen Lagerschuppen herumschlich, hatte Hennes schon seit Längerem vermutet. Fußspuren waren ihm aufgefallen, die von keinem Tier stammen konnten, und herumliegende Abfälle, für die es keinerlei plausible Erklärung gab. Nicht weit entfernt lag das Melatenhaus, einst von allen gemiedene Heimstätte der Leprosen. Genau dieser Umstand hatte ihn damals veranlasst, den Lagerschuppen zu erwerben. Inzwischen jedoch hatten die Verhältnisse sich geändert. Nun sollte sich dort räuberisches Gesindel eingenistet haben, so Gerüchte, die in der Stadt kursierten, erpicht auf alles, was sich zu Geld machen ließ. Hennes hatte prompt reagiert, die Schlösser ausgewechselt und sogar verdreifacht – aber was hatten diese Vorsichtsmaßnahmen genützt?

Jemand hatte sie allesamt nachts brachial aufgestemmt und sich Eintritt verschafft. Schonungslos offenbarte ihm das Morgenlicht, dass sein Pelzlager ungebetenen Besuch gehabt hatte. Der ordentliche Stapel mit Fuchsfellen war umgestoßen; überall auf dem gestampften Boden lagen rötliche und silbrige Bälge wüst durcheinander. Auch das kostbare Luchs- und Hermelinrauchwerk lag verstreut herum.

Im ersten Augenblick hätte Hennes am liebsten losgeheult, so groß war sein Entsetzen. Dann jedoch stieg eisige Wut in ihm auf. Einzig und allein Johanna war schuld daran, dass ihm das widerfahren war, weil sie ihm hartnäckig das Lilienhaus verweigerte, wo seine Schätze sicher und geschützt lagern könnten.

Während Hennes schwitzend versuchte, das Chaos zu beseitigen und sich einen Überblick zu verschaffen, was gestohlen worden war, spürte er, wie ihn eine Woge von Rachegefühlen überflutete. Er würde es ihr heimzahlen. Klein wollte er sie sehen, verzweifelt, ganz und gar am Boden – dann würde sie endlich begreifen, was sie ihm angetan hatte.

Eine Vorstellung, die ihn berauschte, stärker als der Wein, dem er bisweilen zusprach, zunehmend widerwillig allerdings wegen der Folgen. Denn er befürchtete stets, die Kontrolle zu verlieren, sobald er betrunken war, und das wollte und konnte er sich nicht leisten. Einzig in Belas Armen gelang es ihm, sich ohne Reue zu vergessen, kostbare Augenblicke, die leider rar geworden waren, seit Rutger Neuhaus ihm in die Quere gekommen war.

Er hatte begonnen, vor sich hinzumurmeln, weil er sonst

innerlich geplatzt wäre, als er plötzlich ein Hüsteln hinter sich hörte. Hennes fuhr herum, in einer Hand noch den roten Fuchspelz, den er gerade aufräumen wollte.

»Ihr seid Hennes Arnheim?«, fragte die Frau. »Dann seid Ihr genau der, nach dem ich gesucht habe.«

»Was wollt Ihr?«, erwiderte er knapp. Auf den ersten Blick sah sie ganz und gar nicht nach einer vielversprechenden Kundin aus. »Wie habt Ihr mich überhaupt gefunden? Dies hier ist nicht der passende Ort für Besuche.« Feindselig musterte er sie. Gehörte sie womöglich zu jenen, die ihn bestohlen hatten?

Sie gab ein kurzes Schnauben von sich.

»War nicht sonderlich schwierig.« Das füllige Gesicht verzog sich zu einem Lächeln, das früher einmal schmelzend gewesen sein mochte. »Wenn man die richtigen Fragen stellt, bekommt man in der Regel auch die richtigen Antworten. Hier sind wir ungestört. Allein das zählt.« Ihr Blick flog durch den Lagerschuppen, schnell und prüfend. »All diese Kostbarkeiten gehören Euch? Dann müsst Ihr ein reicher Mann sein.«

»Mein Lager – ja«, sagte Hennes, wider Willen geschmeichelt. »Aber leider nicht der richtige Ort, um Rauchwerk aufzubewahren. Viel geeigneter wäre ein trockenes Gewölbe, in der Stadt gelegen, wo man sich sehr viel weniger Sorgen um Ungeziefer und unerwünschte Eindringlinge machen müsste …« Er biss sich auf die Lippen. Wie kam er dazu, sein Innerstes vor einer Fremden auszubreiten?

»Ihr seid bestohlen worden?«, fragte sie weiter. »Eben erst? Welch unglaubliche Dreistigkeit!«

»Wie kommt Ihr darauf?« Sein Misstrauen flackerte erneut auf.

Sie gab ein kurzes dunkles Lachen von sich, das ihn seltsamerweise erregte.

»Ein tüchtiger Kürschner wie Ihr würde wohl kaum seine wertvolle Ware so bunt durcheinander auf den Boden werfen. Habe ich recht?« Ihre Lippen wurden schmal. »Konntet Ihr das Gesindel schon dingfest machen?«

Hennes schüttelte den Kopf.

»Aber ich ahne, wo ich suchen sollte«, sagte er. »Allerdings muss man auf der Hut sein. Denn wenn es sich tatsächlich um jene handelte, die ich verdächtige – die schrecken vor nichts zurück.«

Sie kam ein paar Schritte näher. Ihr roter Rock raschelte beim Gehen, und ein paar bunte Glasketten, die zwischen ihren Brüsten baumelten, klimperten. Ihr Haar war nachlässig goldrot gefärbt und ließ reichlich Grau durchschimmern, das breite Gesicht hatte seine straffen Konturen verloren. Und dennoch strahlte sie etwas aus, was er sonst nur von den Frauen am Berlich kannte, die ihre Körper feilhielten: derbe, unverhohlen zur Schau gestellte Sinnlichkeit, die wie ein Angebot wirkte, dem er sich nur schwer entziehen konnte.

»Ein ganzer Kerl wie Ihr hat doch keine Angst vor ein paar schäbigen Langfingern, oder?«

Ihr Dialekt war langsam und umständlich, obwohl er in seiner Schwerfälligkeit durchaus ansprechend wirkte. Seltsamerweise erschien er Hennes vertraut.

Wo hatte er ihn schon einmal gehört?

Nach einigem Nachdenken war er sich plötzlich sicher: Genauso hatte anfangs auch Johanna geredet während ihrer ersten Monate in Köln, bis sie nach und nach die heimische Sprechweise angenommen hatte …

Zufall? So viele Zufälle gab es doch gar nicht!

Mit wachsender Neugierde starrte er sie an. »Was wollt Ihr von mir?«, wiederholte er. »Was hat Euch nach Köln geführt? Und wer seid Ihr überhaupt?«

Sie lachte abermals, aber ihre dunklen Augen blieben dabei hart.

»So viele Fragen auf einmal!«, rief sie. »Dann lasst mich bei der letzten und einfachsten beginnen: Ich bin eine alte Freundin Eurer Schwägerin, der ehrbaren Witwe Arnheim. Auch wenn sie sich heute nicht mehr so gern daran erinnert.« Sie hielt kurz inne. »Weil sie womöglich ganz so ehrbar niemals war.«

Jetzt besaß sie seine ungeteilte Aufmerksamkeit.

»Was wollt Ihr damit sagen?«, presste er hervor. Jahrelang hatte er auf solche Nachrichten gehofft. Wurden seine heimlichsten Träume gerade erhört?

»Nun, ich kenne Johanna von früher. Als sie noch Suter hieß. Und heilfroh sein konnte, in der Freiburger Badestube ihr Auskommen zu finden.«

Das wurde ja immer besser! Severin hatte sich also unterwegs eine billige Bademagd aufgegabelt und sie als rechtschaffene Braut mit nach Köln gebracht. Da war es freilich kein Wunder, dass er wie auch Johanna so schweigsam gewesen war, wenn es um ihre Vergangenheit ging.

»Sie hat … männliche Kunden bedient?«, fragte er begierig weiter.

»Johanna war blond, jung und äußerst anstellig. So etwas gefällt vielen Männern.« Die Mundwinkel der Fremden verzogen sich verächtlich. »Manche kamen sogar von weit her, um sich in ihre kundigen Hände zu begeben. Alle konnten gar nicht genug von ihr bekommen. Bestimmte Fähigkeiten sprechen sich eben schnell herum.«

Seine Schwägerin, die ihm gegenüber so stolz und unnahbar tat – eine ehemalige Winkelhure! Beim Gedanken, was sich mit diesem kostbaren Wissen alles anfangen ließ, schoss ihm der Geifer in den Mund.

Die Miene der Frau verschloss sich plötzlich, als habe sie zu viel preisgegeben.

»So redet weiter!«, beschwor er sie. »Ich muss alles über Johanna erfahren.«

»Vielleicht ein anderes Mal.« Sie klang deutlich kühler. »Sobald ich mich richtig in Eurer schönen Stadt eingerichtet habe.« Ihr Blick wurde fordernd. »Vielleicht könntet Ihr mich dabei unterstützen? Ja, das würde mir in der Tat sehr gefallen.«

Hennes war jäh ernüchtert. War sie gekommen, um Geld zu fordern? Oder wollte sie ihn lediglich ausspionieren? Der Anblick so vieler Pelze löste in manchen Frauen eine Gier aus, die sich kaum noch stillen ließ.

Zu seiner Verblüffung schien sie seine geheimsten Gedanken zu lesen, als könnte sie nach Belieben in seinem Kopf herumspazieren.

»Mir scheint, Ihr habt mich gründlich missverstanden,

Meister Arnheim«, sagte sie und klang auf einmal wieder sanft und verbindlich. »Mein Geschäft ernährt mich bestens – selbst eine stattliche Kinderschar könnte noch spielend satt werden, auch wenn der Herrgott offenbar etwas anderes mit mir vorhatte. Doch um meine Profession in Köln auszuüben, fehlen mir leider noch die geeigneten Räumlichkeiten.« Sie stieß einen tiefen Seufzer aus. »Noch ein paar weitere Nächte in diesem verwanzten ›Roten Bär‹ – und ich verliere den Verstand!«

»Da seid Ihr wahrlich in einer üblen Spelunke gelandet«, rief Hennes eifrig. »Es gibt andere Gasthäuser in Köln, bessere …«

»Kein Gasthaus!«, unterbrach sie ihn scharf. »Das ist auf Dauer nichts für mich. Nein, ich brauche etwas, das ich mieten kann, ein kleines Haus, ein paar saubere Räume, etwas Seriöses, wo die Leute gerne hingehen, um Erlösung zu finden – und natürlich bezahlbar.« Wieder dieser metallische Blick, der ihm durch und durch ging. »Unter Euren gut bestallten Kunden müsste doch jemand sein, der so etwas zu einem anständigen Preis anzubieten hat!«

Erlösung? Was meinte sie damit? Erneut flackerte sein Misstrauen auf, als hätte man eine brennende Fackel in einen Strohballen gestoßen. Wenn sie schon nicht zum Diebesgesindel gehörte, dann vielleicht zu jenen, die sich auf den ehemaligen Mönch aus Wittenberg beriefen, dessen ketzerische Lehren eine neue Religion geworden waren, die das Reich spaltete?

»Seid Ihr etwa eine Protestantische?«, entfuhr es Hennes. »Dieses gotteslästerliche Pack hat in unserer frommen

Stadt nichts zu suchen. Ein paar von ihnen sind gottlob schon im Feuer verreckt. Und so soll es auch all den anderen ergehen, die sich heimlich oder öffentlich gegen die heilige Mutter Kirche versündigen.«

»Wo denkt Ihr hin!« Ihr ganzer Körper schnellte zurück und verriet, wie vorsichtig sie angesichts seiner heftigen Worte plötzlich geworden war. »Mit diesen religiösen Fanatikern hab ich nichts zu schaffen – obwohl kaum jemand besser weiß als ich, wie viele Dinge es zwischen Himmel und Erde gibt.« Sie streckte ihm ihre Hände entgegen. »Was seht Ihr? So redet schon!«, drängte sie.

»Nun, zehn kräftige weibliche Finger«, sagte er, »denen man ansieht, dass sie zupacken können. Nicht ganz sauber, wenn Ihr mir diese Offenheit vergebt, aber durchaus ansehnlich …«

»Ihr habt nicht die geringste Ahnung? Dann werde ich Euch jetzt auf die Sprünge helfen.« Sie hatte die Hände wieder zurückgezogen und wedelte mit ihnen durch die Luft. »Sie können Leben schenken, versteht Ihr jetzt?«

»Dann seid Ihr eine Wehmutter?«, riet Hennes.

»Nein, unschuldigen Bälgern helfe ich gewiss nicht auf diese grausame Welt!« Sie warf den Kopf in den Nacken. »Aber ihre Mütter in Not wenden sich an mich ebenso wie die Väter, die vor Sorgen und Gram nicht mehr ein noch aus wissen. Selbst jene, die schon alle Hoffnung verloren hatten, weil Gottes Zorn sie mit fürchterlicher Krankheit geschlagen hat, können endlich wieder aufatmen. Deshalb bin ich nach Köln gekommen: um Hoffnung und neuen Mut zu säen.«

Mit leicht geöffnetem Mund starrte Hennes sie an.

»Nun schaut doch nicht so begossen drein wie ein Schafsbock, wenn es donnert!«, rief sie. »Mein Name ist Ita, das wolltet Ihr doch vorhin wissen – und ich bin landauf, landab als begnadete Heilerin bekannt.«

Plötzlich hielt es Johanna keinen Augenblick länger in der stickigen Stube aus. Sabeth hatte sie nach oben in die Kammer bugsiert, was schwierig genug gewesen war, denn auf den blauen Morgen, der so vielversprechend begonnen hatte, war ein mehr als dunkelgrauer Mittag gefolgt: Die Alte hatte sie von einem Augenblick zum anderen nicht mehr erkannt, um sich getreten und gespuckt, weil sie sich plötzlich bedroht fühlte. Nur Mieze, die unverzagt auf ihren Schoß gesprungen war, um sich dort in Seelenruhe einzukringeln, hatte schließlich das Kunststück fertiggebracht, sie wieder zu beruhigen.

Inzwischen schlief Sabeth wie ein Stein, den Mund weit offen, laut röchelnd wie ein Schröter, der seinen Rausch ausschnarcht. Es wurde von Tag zu Tag gefährlicher, sie allein im Haus zu lassen, das war Johanna klar, aber sie musste einfach ins Freie, bevor sie sich auf ihren schwierigen Gang zum Haus mit der Brandmauer machen würde.

Eigentlich hatte sie nur kurz auf die Gasse gewollt, um etwas frische Luft zu schnappen, dann jedoch entschied sie sich anders und lief in den Stall. Rosa begrüßte sie mit leisem Wiehern, als warte sie bereits. Johanna lehnte sich gegen die Stute, kraulte ihr ausgiebig Hals und Ohren, bis sie zunächst zart, dann jedoch energischer mit dem Maul angestupst wurde.

»Du willst auch raus?«, sagte Johanna. »Aber ich bin eine halbe Ewigkeit nicht mehr geritten und selbst damals alles andere als gut. Wollen wir zwei es trotzdem miteinander versuchen? Dann musst du mir versprechen, ganz friedlich zu sein und viel Geduld mit mir zu haben!«

Sie begann Rosa zu satteln, was ihr erst nach einer Weile und nicht ohne Mühe gelang, nahm das Halfter und führte sie hinaus.

Jetzt am Rhein entlangzutraben müsste herrlich sein!

Allerdings kam Johanna dabei Abt Pirmin in den Sinn, mit dessen Weigerung, ihr wie gewohnt von seinem Wein abzugeben, all die Schwierigkeiten begonnen hatten, mit denen sie nun zu kämpfen hatte. Nein, sie hatte keine Lust, hinüber nach Deutz zu glotzen, wo die Mönche jetzt bei der Weinlese waren, ohne ihr später etwas von dem Gekelterten abzutreten.

Da traf es sich gut, dass die Stute ohnehin nach links drängte, in Richtung der Breiten Straße, indem sie Johanna eher gängelte, als sich von ihr führen zu lassen. Sie schoben sich durch das dichte Gedränge, das dort herrschte, bis sie schließlich in der Ehrenstraße angelangt waren, die weit weniger belebt war. Jetzt erst wagte Johanna, in den Sattel zu steigen, und starrte, nachdem es gelungen war, zunächst verzagt hinunter. Obwohl Rosa kein großes Pferd war, erschien Johanna der ungewohnte Sitz sehr hoch. Sie klammerte sich an die Zügel, weit nach vorn gebeugt, und krampfte vor Anspannung die Zehen in den Pantinen zusammen. Wahrhaftig kein geeignetes Schuhwerk zum Ausreiten! Sie musste sich erst an den Gedanken gewöhnen, ein Pferd zu besitzen.

Rosa machte zunächst keinen Schritt voran. Erst als Johanna sich an das erinnerte, was Severin ihr vor langer Zeit eingeschärft hatte – Oberkörper zurück! Fersen tiefer! –, setzte sie sich in Bewegung, und das ziemlich hurtig. Die Breite Straße blieb hinter Ross und Reiterin zurück, die in die Ehrenstraße einbogen und schließlich auf das Ehrentor zuhielten.

Johanna bekam plötzlich einen trockenen Mund. Das war der Weg, den auch der Armesünderkarren nahm, wenn er Verurteilte hinaus zum Rabenstein brachte. Dort stand der Galgen, dort fanden auch die ehrenhafteren Hinrichtungen durch das Schwert statt. Zwei Protestanten waren hier vor Jahren den grausamen Feuertod gestorben; einen von ihnen, Peter Fliedenstein, hatte Severin zu seinen besten Kunden gezählt.

Eine Krähe begann heiser über ihr zu krächzen, eine zweite fiel ein. Die beiden flogen zur rechten Turmspitze des Ehrentors, wo sie sich niederließen. Sagte man nicht, die Seelen der Gehängten kehrten als Krähen zum Ort ihres gewaltsamen Todes zurück?

Johanna hätte plötzlich am liebsten auf der Stelle kehrtgemacht, doch Rosa schien kein Halten mehr zu kennen, stürmte weiter, in einem wilden, fröhlichen Galopp, bei dem die ungeübte Reiterin sich alsbald aufs Schmerzlichste ihrer Kehrseite bewusst wurde.

»Willst du wohl stehen bleiben?«, rief sie zunehmend verzweifelt. »Bleib stehen, Rosa – brr!«

Sie galoppierten durch das Tor, das tagsüber unbewacht war und erst bei Sonnenuntergang geschlossen wurde. Die Stute wieherte und hätte ihren Lauf wohl unverdrossen fortgesetzt, wären nicht plötzlich zwei Männer von links und rechts in den Weg gesprungen. Vor Schreck begann Rosa auszuschlagen, was Johanna ebenso in Panik versetzte wie der Anblick der beiden: Sie waren in dunkle, lange Umhänge gehüllt, an denen eine Klapper angenäht war.

Leprose – Unberührbare!

Johanna machte sich steif und wich zurück, so weit es ihr der Sitz im Sattel erlaubte.

Der Ältere hatte ein totes Auge, das ihr milchig entgegenstarrte; der Jüngere trug auf seiner Wange drei tiefe Narben, als hätte eine große Katze ihn gezeichnet.

»Wen haben wir denn hier?« Der Einäugige packte die Zügel. »Und so ganz allein unterwegs!« Beim Grinsen entblößte er lange, gelbliche Zähne.

»Wolltest du uns dein hübsches Ross persönlich abliefern?« Das Narbengesicht spitzte anerkennend die Lippen. »Dann nehmen wir dieses Geschenk natürlich freudig an.«

»Hände weg!«, verlangte Johanna. »Ihr seid Sieche, und es ist euch verboten, Gesunde zu berühren, das wisst ihr ganz genau! Wenn ich euch beim Magistrat anzeige, werdet ihr hart bestraft.«

Wie dünn und zittrig ihre Stimme klang!

Die beiden Männer lachten.

»Wer muss nun mehr Angst haben, du oder wir?«, fragte der Einäugige. »Menschen, denen man alles genommen hat, kann man mit nichts mehr schrecken, das solltest du dir merken. Also denk dir gefälligst etwas Neues aus!«

»Ihr dürft mich nicht festhalten!«, rief Johanna, der immer jämmerlicher zumute wurde. »Lasst mich gehen!«

»Warum sollten wir das?«, fragte der Einäugige. »Nenn uns einen einzigen vernünftigen Grund! Warum legst du nicht erst einmal dein Halsband ab? Dann können wir uns besser unterhalten.«

Bis auf das blinde Auge und die seltsamen Narben erschienen die beiden ihr unversehrt. Allerdings konnten ihre Umhänge vieles verdecken. Siech oder gebrechlich wirkten die beiden jedoch keineswegs. Warum hatten sie sich dann wie Unberührbare ausstaffiert?

In wessen Gewalt war sie hier geraten? Johannas Gedanken überschlugen sich.

Dort drüben lag das Melatenhaus, ein Gebäudekomplex, unweit von Hennes' Pelzlager, der mehrere Häuser und ein verfallenes Kirchlein umfasste, von einer starken Mauer umgeben. Hieß es nicht, eine räuberische Bande habe dort seit einiger Zeit Unterschlupf gefunden? Daran hätte sie vor ihrem Ausritt besser denken sollen! Sie beschloss, zukünftig genauer zuzuhören, wenn solche Gerüchte die Runde machten. Angeblich sollten auch noch ein paar Sieche in dem alten Gemäuer hausen – ob Leprakranke oder nicht, den ganzen Ort umgab eine unheimliche, gefährliche Aura, die ihr Gänsehaut machte.

»Mein Schwager erwartet mich«, stieß sie mit dem Mut der Verzweiflung hervor. »Hennes Arnheim, der Kürschner. Er wird Verdacht schöpfen, wenn ich nicht bald bei ihm auftauche. Und dann gnade euch Gott!«

»Der geizige Pelzscherer ist dein Schwager?«, rief der Einäugige. »Dann kennt er uns bereits, wenngleich noch nicht von Angesicht zu Angesicht. Doch das können wir ganz schnell ändern …«

»Du bist die Witwe Arnheim?« Das Narbengesicht trat einen Schritt zurück und legte den Kopf in den Nacken, um sie besser betrachten zu können.

Er war jung und kräftig, hatte stumpfes blondes Haar, das ihm in die Stirn hing, und braune Augen. Etwas in seinem Gesicht ließ eine vertraute Saite in Johanna anklingen. Die Nase, der Mund, die Art, wie er beim Reden mit der Zungenspitze die Lippen befeuchtete – so mochte der Bader vor rund zwanzig Jahren ausgesehen haben.

»Und du musst Christian Weißenburg sein«, entfuhr es ihr. »Dann ist der Bader dein Vater!«

»Ich habe keinen Vater mehr«, sagte das Narbengesicht dumpf. »Er hat mich verstoßen – dich doch auch! Oder leistest du ihm noch immer Gesellschaft, während er in der Bettkammer sein junges Gespons hernimmt? Manche alte Weiber sollen das ja mögen!«

Die Grobheit seiner Ausdrucksweise verwandelte Johannas Angst in Zorn. Was maßte er sich an, so daherzureden? Und woher wusste er überhaupt über Ludwig und sie Bescheid?

»Er schämt sich seines Sohnes, der zum Dieb und Räuber geworden ist«, versetzte sie. »Dabei hätte er sich so sehr gewünscht, stolz auf ihn sein zu können.«

»Was weißt du schon!« Christian versetzte der Stute einen wütenden Schlag gegen die Vorderbeide. »Gar nichts!«

Rosa legte die Ohren an und bleckte die Zähne.

Als ein zweiter, noch härterer Schlag von hinten kam, für den der Einäugige verantwortlich war, stieg sie. Johanna rutschte nach vorn und versuchte verzweifelt, sich im Sattel zu halten und das Gleichgewicht zu bewahren, indem sie sich mit beiden Händen an der Mähne der Stute festklammerte. Dabei rutschten ihr die Pantinen von den Füßen und fielen polternd zu Boden.

Rosa, liebe, liebe Rosa, beschwor sie sie flehentlich im Stillen. Wirf mich bloß nicht ab – ich bitte dich!

Endlich berührten die Hufe wieder den Boden.

Die beiden Männer waren zunächst zurückgewichen, jetzt jedoch näherten sie sich erneut. Angstvoll drückte Johanna ihre linke Ferse fest in Rosas Flanke und zerrte am linken Zügel, den sie wieder in die Hand bekommen hatte. Da wendete die Stute und begann, in Richtung Stadt zu galoppieren.

»Wie klug du bist!«, rief Johanna erleichtert. »Schnell, meine Rosa, lauf, so schnell du nur kannst!«

Erst nach einer Weile wagte sie sich umzudrehen.

Von den beiden dunklen Gestalten, die sie eben noch in Angst und Schrecken versetzt hatten, war nichts mehr zu sehen.

Als Vincent wach wurde, brummte sein Schädel derart, dass er sofort wieder die Augen schloss. Er lag hart, verdammt hart, das spürte er, und die Sonne schien ihm unbarmherzig ins Gesicht.

Er betastete seinen Hinterkopf, dann die Schläfen und fand nur unter dem linken Auge eine kleine Stelle mit getrocknetem Blut, was ihn aufs Erste beruhigte.

Es gelang ihm, sich halb aufzurichten, obwohl es sich noch immer anfühlte, als wütete ein Bienenschwarm in seinem Kopf.

Während seiner Ohnmacht mussten sie ihn nach draußen geschleift haben. Hatten sie ihn dabei auch gleich noch bestohlen?

Seine Hand fuhr zu dem Riemen, an dem seine Geldkatze befestigt war – und fand nur noch einen Lederstummel. Offenbar hatten sie die günstige Gelegenheit genützt. Freilich würde ihre Beute nicht sonderlich groß ausfallen. Er hatte nur ein paar Münzen eingesteckt, bevor er das Haus verlassen hatte. Um vieles schlimmer wäre es, wenn sie seine Tasche …

Plötzlich brach ihm der Schweiß am ganzen Körper aus.

»Er ist nicht tot, ich hab es dir doch gesagt! Er war doch nur betrunken«, hörte er eine Kinderstimme rufen, und zwei kleine Jungen stoben kreischend davon.

Noch im Sitzen schaute Vincent sich um, soweit sein malträtierter Schädel es ihm erlaubte, bis er schließlich einen Seufzer der Erleichterung ausstieß.

Dort drüben stand die Tasche, äußerlich unversehrt. Ein Anblick, der Leben in seine schlaffen Glieder brachte. Langsam kam Vincent auf die Beine und versuchte ein paar vorsichtige Schritte.

Als er sich nach der Tasche bückte, überfiel ihn abermals Übelkeit, die aber verflog, sobald er wieder aufrecht stand. Er öffnete die Tasche. Alles war noch da, wenngleich offenbar wild durchwühlt. Doch schnell merkte er, dass das scharfe Messer verschwunden war, mit dem er so gern gearbeitet hatte.

Ein neues in solcher Qualität wiederzubeschaffen würde nicht einfach sein – dabei hatte er es jetzt so dringend nötig.

Nun endlich kam der Zorn.

Die beiden Kinder, die weggerannt waren, brauchte er nicht zu verdächtigen. Ihm war klar, wo die Diebe zu suchen waren.

Vincent lief die Gasse zurück, musste aber feststellen, dass die Tür »Zum goldenen Einhorn« verschlossen war. Die Fenster aus trübem, grünlichem Glas waren zwar sehr schmutzig, trotzdem war es ihm, als hätte sich drinnen etwas bewegt.

»Macht sofort auf, Wirtin Fygen!« Er hämmerte gegen die wurmstichige Tür. »Wenn Ihr mit Euren Gästen so umgeht, werdet Ihr in große Schwierigkeiten geraten. Gebt mir wenigstens mein Messer zurück! Das taugt nicht zum Halsabschneiden, sondern kann Leben retten!«

Ein dunkler Schatten, der lautlos verschwand. Alles blieb still.

Abermals schlug er gegen die Tür, obwohl er inzwischen genau wusste, dass die Wirtin nicht einmal im Traum daran dachte zu öffnen.

»Ich komme wieder«, rief Vincent. »Zwischen uns beiden ist noch lange nicht das letzte Wort gewechselt.«

Allmählich wurde er wieder ruhiger. Obwohl ihm noch immer leicht schwindelig war, gab es jetzt nur einen Weg für ihn – zum Palais des Erzbischofs in der Frankgasse.

Die kurze Strecke dorthin erschien ihm dreimal so lang wie beim letzten Mal. Die Zunge klebte ihm am Gaumen, und vor den Augen hatte er ein seltsames Flimmern, das stärker wurde, je mehr er sich anstrengte.

Die Doppelwache vor dem Tor wollte ihm den Zutritt verwehren. Jetzt erst schaute Vincent an sich hinunter und bemerkte den Schmutz und den Straßenstaub, die überall an ihm hafteten.

»Ich bin unter die Räuber gefallen«, rief er. »Aber das ist bei Weitem nicht das Schlimmste, was einem zustoßen kann! Lasst mich auf der Stelle zu Seiner Exzellenz, sonst werdet Ihr es zu büßen haben!«

Widerwillig gaben die beiden Männer den Weg frei. Heute konnte Vincent die Treppen, die nach oben führten, nicht im Laufschritt nehmen, sondern musste sie langsam Schritt für Schritt hochsteigen.

Aber auch im ersten Geschoss wollte man ihn aufhalten.

»Ich muss zum Erzbischof!« Vincent versetzte dem mageren Kleriker, der ihm den Weg versperren wollte, einen ungeduldigen Rempler.

»Seine Exzellenz ist im Gebet! Niemand darf ihn jetzt ...«

Da hatte Vincent die Tür schon aufgerissen und stolperte in das erzbischöfliche Gemach.

Hermann von Wied ließ das Brevier sinken, in dem er

offenbar gerade gelesen hatte. Ein Fenster stand angelehnt. Warmer Wind wehte die Geräusche der Stadt herein.

»Wie darf ich Euren Besuch verstehen, Meister de Vries?«, sagte der Erzbischof säuerlich. »Sollte es übertriebene ärztliche Besorgnis sein, die Euch schon so bald wieder zu mir treibt – in diesem Aufzug?« Missbilligend glitten seine Augen über die ramponierte Kleidung des Medicus.

»Davon kann nicht die Rede sein«, sagte Vincenz. »Ich habe Euch etwas so Wichtiges mitzuteilen, dass mir keine Zeit mehr blieb, mich umzukleiden, nachdem ich überfallen und beraubt wurde.« Wie gern hätte er nach etwas zu trinken gefragt, doch dazu war auch noch später Zeit.

»Ist Euch etwas zugestoßen …«

Mit einer ungeduldigen Geste brachte Vincent den Erzbischof zum Schweigen. »Die Pest ist in der Stadt. In der Nacht hab ich eine schwer Erkrankte besucht, deren Tochter mich zu Hilfe gerufen hat. Doch heute, als ich nach ihr sehen wollte, war sie verschwunden – ebenso wie das Mädchen.«

Überraschend behände sprang Hermann von Wied auf.

»Nicht dieses Wort, ich bitte Euch!« Beschwörend wedelte er mit den Armen, als könnte er damit alles Unliebsame vertreiben. »Ihr müsst Euch irren. Ihr irrt Euch ganz bestimmt!«

Vincent schüttelte den Kopf.

»Die Symptome sind unverwechselbar. Dazu bin ich dieser furchtbaren Seuche schon zu oft begegnet«, sagte er grimmig, »auch wenn die Pest mich bislang aus unerfindlichen Gründen verschont hat. Sie wird nicht besser, wenn man sie totschweigt – ganz im Gegenteil! Ihr müsst auf der Stelle Maßnahmen ergreifen, um Eure Stadt zu schützen. Sonst hebt das große Sterben an!«

»Dazu bräuchten wir allerdings erst einmal die Leiche.« Bernhard vom Hagen war aus einem Nebenraum getreten. »Aber die habt Ihr ja offenbar nicht aufzuweisen, wenn ich mich nicht irre, Medicus de Vries. Trotzdem solltet Ihr alles abblasen, Exzellenz. Diese Delegation darf Köln nicht betreten!«

Unwillig starrte Vincent ihn an.

Dieser Mann gab ihm Rätsel auf. Äußerlich wirkte er untadelig, ein Adeliger vom Scheitel bis zur Sohle. Man munkelte, dass Hermann von Wied seinem Kanzler großes Vertrauen entgegenbrachte, ja, sich von ihm in wichtigen politischen Fragen sogar lenken und leiten ließ. Vom Hagen galt als besonnen und klug. Wie konnte er in diesem heiklen Fall so unvernünftig daherreden?

»Eine einzige Pestleiche kann großes Unheil anrichten.« Vincent zwang sich dazu, nicht aufzubrausen. »Denn die Seuche wird sich rasend schnell verbreiten …«

»Kein Sterblicher weiß, wie genau das geschieht«, fiel der Erzbischof ihm ins Wort. »So ist es doch, Meister de Vries?«

Vincent nickte widerwillig.

»Eure Zunft streitet noch immer, ob es vergiftete Miasmen sind oder ungünstige Sternenkonstellationen, die zum Ausbruch führen. Je öfter man fragt, desto mehr Antworten erhält man.« Hermann von Wied legte die Fingerspitzen aneinander.

»Wir haben keine Zeit mehr, Theorien zu diskutieren«, sagte Vincent grimmig. »Ich weiß, dass die Ansteckungsgefahr wächst, je enger Menschen zusammenleben – und Köln ist eine große, dicht bevölkerte Stadt!«

»Habt Ihr dabei nicht das Wichtigste vergessen?« Hermann von Wied stand plötzlich nah vor ihm. »Gott den Allmächtigen, der unser aller Schicksal lenkt!« Sein Gesicht verzerrte sich, als er weitersprach. »Der Zustand, in den Seine heilige Kirche geraten ist, muss Ihm missfallen, dessen bin ich gewiss. Doch im Geheimen hat sich eine Gruppe Rechtschaffener zusammengetan, um diesem Übel Einhalt zu gebieten. Sehr bald soll sie in Köln eintreffen. Vielleicht kann sie sich eines Tages mit jenen verbinden, die auch hier bereits an das Wort glauben.«

»Köln ist und bleibt die Stadt der heiligen Ursula und der Heiligen Drei Könige«, warf der Kanzler mit seltsamem Unterton ein. »Eine fromme Stadt. Eine katholische Stadt! Ihr müsst diese unseligen Religionsgespräche absagen, Exzellenz. Lasst die entsprechenden Schreiben verfassen!«

»Das kann und das werde ich nicht.« Der Erzbischof sprach plötzlich wie im Fieber. »Zu viel steht für uns alle auf dem Spiel. Und habt Ihr nicht vorhin selbst gesagt, dass ohne Leiche nichts unternommen werden sollte?«

Vincent spürte, wie sein Zorn zurückkehrte.

»Leichen verschwinden nicht von selbst«, sagte er. »Da müssen Lebende ihre Hände im Spiel gehabt haben. Irgendwo liegt diese arme tote Frau – und kann, bevor man sie verscharrt, mit ihrem infizierten Leichnam vielen anderen den Tod bringen. Wer sagt uns übrigens, dass sie die

Einzige ist?« Herausfordernd schaute er die beiden Kirchenmänner an. »Gab es bereits zuvor Nachrichten über Erkrankte? Die Wahrheit, wenn ich bitten darf!«

Hermann von Wied senkte den Blick, der Kanzler dagegen starrte ihn aus kalten grauen Augen an.

»Ein Fremder auf dem Buttermarkt«, sagte er schließlich säuerlich. »Allerdings liegt das schon eine Weile zurück. Euer Kollege Longolius wollte sich damals übrigens mit seiner Diagnose nicht festlegen.«

»Ihr habt demzufolge nichts unternommen?«, rief Vincent.

»Nein«, sagte der Erzbischof. »Außer den Mann schnell begraben zu lassen.« Er berührte seinen Bauch. »Hab ich Euch schon gesagt, dass ich tatsächlich erste Linderung verspüre, seit ich mir Eure Mittel zuführe? Zum ersten Mal seit Monaten bin ich zuversichtlich, das lästige Leiden besiegen zu können. Ich wünsche mir, dass Ihr den Studenten ähnlich Nützliches in Euren Vorlesungen beibringt.«

Er hatte den Erzbischof gründlich unterschätzt. Überrascht musterte er ihn. Scheinbar nebenbei hatte von Wied Vincents Verpflichtung ins Spiel gebracht, an der Universität zu unterrichten. Wer das als Medicus tat, durfte die Stadt bei Seuchengefahr nicht mehr verlassen, so lauteten die gültigen Verträge.

»Ich werde in mich gehen«, sagte Vincent, »und einer gründlichen Prüfung unterziehen müssen, ob Köln tatsächlich der richtige Ort für mich ist. Noch habe ich keinen Fuß in die Burse gesetzt. Ob sich daran etwas ändern wird, hängt nicht allein von mir ab.«

»Ihr redet sehr frei und direkt.« Die Augen des Kanzlers wurden noch eine Spur kälter.

»Dafür bin ich bekannt«, sagte Vincent ruhig. »In meinem Fach ist es wichtig, rasch zur Sache zu kommen. Nur so verliert man keine kostbare Zeit.«

»Aber Ihr dürft Köln nicht wieder verlassen, Meister de Vries!«, rief der Erzbischof beunruhigt. »Nur Ihr könnt mich wieder gesund machen, das weiß ich.«

»Dazu muss ich allerdings am Leben bleiben.« Vincent deutete eine Verneigung an und strebte zur Tür. »Und genau das habe ich vor.«

»Halt!«, rief vom Hagen. »Was sind Eure Forderungen? Ihr seht doch, wie dringend Seine Exzellenz nach Eurer Hilfe verlangt!«

Vincent hielt an der Schwelle inne.

»Ihr müsstet nach dem Mädchen suchen lassen – Nele ist sein Name. Ich kann Euch beschreiben, wo sie mit ihrer Mutter gelebt hat. Und die Wirtin der Spelunke gegenüber ist unbedingt eingehend zu befragen, denn die weiß mehr, als sie zugibt. Ist erst einmal das Mädchen gefunden, so wissen wir auch, was mit der Mutter geschehen ist, und können gezielt vorgehen.«

»Das klingt wie eine Nadel im Heuhaufen suchen«, sagte der Kanzler unwillig. »Irgendein verlaustes Kind im großen Köln ausfindig machen – wie sollte das gehen? Wenn Ihr mich fragt, so ist es nahezu unmöglich, dass wir erfolgreich sein werden.«

»So nehmt Ihr lieber billigend in Kauf, dass Eure Bürger in ein paar Tagen wie die Fliegen sterben? Dann legt nur weiterhin die Hände in den Schoß und lasst dem Unheil freien Lauf – aber ohne mich!« Die Wucht von Vincents Worten hing wie eine dunkle Wolke im Raum.

»Wartet!« rief der Erzbischof. »Wir werden tun, was Ihr verlangt – aber Ihr müsst bleiben!«

Wie sehr er gehofft hatte, in der Kirche ruhiger zu werden!

Hennes Arnheim starrte auf seine roten Hände, die vom Scheuern noch immer brannten. Groß und klobig kamen sie aus den Ärmeln des frischen Hemds hervor, das er nach seiner gründlichen Wäsche angelegt hatte, ebenso wie das braune Wams und die gerafften Hosen, in denen er sich freilich wie ein Stutzer vorkam.

Viel zu lange kniete er schon auf einer der harten Holzbänke von St. Laurentius und versuchte, sein aufgewühltes Inneres zu besänftigen. Doch wie sollte er das bewerkstelligen, wenn seine Blicke immer wieder von den Seitenflügeln des Altars angezogen wurden, auf denen die Martyrien der Apostel so lebendig dargestellt waren, dass man sie beinahe im Todeskampf schreien hörte?

Der Tod war ihm vertraut, wenngleich unter seinen Händen nur Tiere gestorben waren. Johanna behauptete, er sei ihm in alle Poren gekrochen, egal, wie sehr er Schwamm und Bürste bemühe. Ein einziges Mal hatte sie ihm das entgegengeschleudert, im Zorn, und sich danach sogar entschuldigt, doch er brauchte ihr nur ins Gesicht zu sehen, um zu wissen, dass es ihr jedes Mal in den Sinn kam, sobald er sich ihr näherte.

Abermals ließ er jenen süßen Schmerz zu, den er erstmalig gespürt hatte, als er von Severins Tod erfahren hatte. Nun ist sie frei – frei für mich, hatte er damals gedacht, überzeugt davon, dass Johanna nach der Trauerzeit seinem Werben nachgeben würde.

Inzwischen wusste er, dass alle seine Hoffnungen vergebens gewesen waren. Niemals würde Johanna ihn erhören, nicht einmal wenn er sie damit konfrontierte, was Ita ihm im Pelzlager enthüllt hatte. Ein Wissen allerdings, das sich auf andere Weise gut einsetzen ließ und ihn auf dem Weg zum Lilienhaus ein gutes Stück weiterbringen konnte.

Genau deshalb war er heute hier. Hennes schlug das Kreuzzeichen und erhob sich.

Die kleine Tür im Chor des Kirchenschiffes zog ihn wie magisch an. Langsam ging er auf sie zu, sammelte sich, klopfte schließlich an.

»Herein!«, hörte er jemanden rufen.

Er ballte kurz die Fäuste, um seine Anspannung zu mindern, dann trat er ein.

Der Schreinsmeister, der die Liegenschaftsurkunden verwaltete, war kahl und nahezu bucklig, als hätten ihn die langen Jahre am Schreibpult vorzeitig altern lassen.

»Ihr wünscht?« Er blinzelte zu Hennes auf.

Der Kürschner räusperte sich. Der Raum war größer, als er zunächst vermutet hatte. An allen Wänden standen solide Holztruhen, Schreine, wie sie in Köln genannt wurden, die meisten verschlossen, einige jedoch waren geöffnet.

»Ich bin Kürschnermeister Hennes Arnheim«, begann er. »Und es geht um das Anwesen in der Mühlengasse.

Mein Bruder Severin Arnheim, seines Zeichens Glasmaler, ist vor knapp einem Jahr verstorben.« Plötzlich wusste er nicht mehr, was er sagen sollte.

»Und weiter?«

»Ich … ich meinerseits erhebe Anspruch auf das Anwesen.« Jetzt war es endlich heraus.

Der Schreinsmeister erhob sich ächzend, ging nach hinten und begann, in einer der Truhen zu kramen.

»Hier haben wir es ja!« Er schwenkte einen rindsledernen Umschlag, dem er ein Pergament entnahm, als er wieder am Pult angelangt war. »Anwesen Mühlengasse, wegen seiner auffälligen Bemalung auch als Lilienhaus bekannt.«

Hennes nickte beklommen.

Der Blick seines Gegenübers bekam etwas Erstauntes, als er weiterlas.

»Wie kommt Ihr dazu, Anspruch darauf zu erheben?«, fragte er. »Laut Testament des Verstorbenen geht das Anwesen an die Witwe Johanna Arnheim, geborene Suter.« Er schlug mit der Hand auf das Pergament. »Hier steht es schwarz auf weiß.«

Hennes nickte ungeduldig.

»Das ist mir durchaus bekannt«, sagte er rasch. »Aber heißt es nicht im Gesetz, dass binnen Jahresfrist Einspruch eingelegt werden kann?«

»So ist es«, bestätigte der Schreinsmeister.

»Dann nehme ich hiermit dieses Recht in Anspruch.«

»Was Euch allein nicht viel nützen wird.« Er klang so müde, als hätte er diesen Satz schon viele Male gesagt.

»Was soll das heißen?«

»Nun, Ihr müsst schon gewichtige Gründe anbringen, warum die Bestimmungen des Testaments ausgesetzt werden sollten.«

»Die habe ich!«, rief Hennes. »Wie ich erst kürzlich erfahren habe, hat meine Schwägerin vor ihrer Verheiratung in einem Badehaus gearbeitet. Im Süden, in der Stadt Freiburg.«

»Und weiter?« Der Schreinsmeister wirkte gelangweilt.

»Versteht Ihr denn nicht? Sie war … Männern für Geld zu Willen. Die Witwe Arnheim will mich um mein Erbe betrügen. Sie ist eine ehemalige Winkelhure.«

Der Schreinsmeister zuckte die Achseln.

»Selbst wenn Ihr dafür Beweise hättet«, sagte er, »so würde dies nicht ausreichen, um das Testament anzufechten. Jene angeblichen Verfehlungen sind in einer anderen Stadt geschehen und liegen Jahre zurück. Für uns hier in Köln ist das unerheblich. In zwei Wochen geht das Haus in der Mühlengasse an Johanna Arnheim. So und nicht anders wird es geschehen.«

»Das könnt Ihr nicht machen!« Die Enttäuschung, die Hennes angesichts dieser Worte überfiel, war übermächtig. »Ich brauche das Haus. Mir allein steht es zu. Ich bin der einzige Bruder!«

Sein Blick flog über all die Truhen. Auf den ersten Blick hätte man denken können, sie beherbergten lediglich gegerbte Tierhäute, die irgendjemand beschrieben hatte, doch wie viele ähnliche Schicksale mochten in ihnen verborgen sein!

»Und Johanna Arnheim war des Verstorbenen Frau.« Der Schreinsmeister klang nicht länger gelangweilt, sondern inzwischen leicht gereizt. »Soll die Witwe unversorgt zurückgelassen werden? Dann müsste sie ja der Stadt zur Last fallen!«

»Aber Johanna hat es nicht verdient«, rief Hennes, der immer verzweifelter wurde. »Sie hat ihn nicht geliebt, keinen einzigen Tag! Hätte sie sich sonst schon bald nach seinem Tod einen Buhlen gesucht? Ja, da staunt Ihr! Die einstige Winkelhure hat ihr gotteslästerliches Treiben auch in unserer frommen Stadt fortgesetzt.«

In den Augen des Schreinsmeisters glomm ein Funken Interesse auf.

»Behauptungen, die nur schwer zu beweisen sind«, murmelte er. »Denn ich wette, Ihr wart während des schändlichen Treibens nicht persönlich zugegen. Um das Testament des Verstorbenen anzufechten, bräuchtet Ihr andere, stärkere Argumente.«

»Welcher Art?«, rief Hennes.

»Nun, wenn jene Johanna beispielsweise versucht hätte, Eurem Bruder nach dem Leben zu trachten. Oder, schlimmer noch, schuld an seinem Tod wäre. Das wären solche Argumente.«

»Severin ist sehr schnell gestorben. Unter schrecklichen Qualen. Und niemand wusste genau, woran er eigentlich erkrankt war. Meint Ihr das?«

Der Schreinsmeister wiegte nachdenklich seinen kahlen Kopf.

»Beweise, Kürschner Arnheim«, sagte er nachdenklich.

»Bringt mir Beweise, dann kann ich möglicherweise etwas in Eurem Sinn bewirken. Allerdings solltet Ihr Euch beeilen. Denn die Einspruchsfrist läuft, wie gesagt, in vierzehn Tagen ab.«

Wäre er nicht so hungrig und übermüdet gewesen – niemals hätten sie ihn überwältigen können. Doch die Schrecknisse von Andernach hatten sich tief in ihn eingegraben und ihn verfolgt, sosehr er sich auch bemüht hatte, sie schnellstmöglich hinter sich zu lassen.

Auf einmal war es gewesen, als meide ihn das Glück. Nirgendwo ein unbewachter Bauernhof, wo er schnell und gefahrlos an Nahrung kommen konnte. Er musste an die Münzen gehen, die er als eiserne Reserve in seinem Wams eingenäht hatte, und jede einzelne, die er ausgab, schmerzte ihn wie eine offene Wunde.

Deshalb nahm er nur das Nötigste zu sich, noch immer überzeugt davon, dass schon bald ein lohnendes Ziel auf ihn warte – was jedoch ausblieb. So wurde er nicht nur immer missmutiger, sondern auch langsam und unaufmerksam.

Nur deshalb hatten sie ihn überwältigen können.

Es waren zwei gewesen, offenbar bestens aufeinander eingespielt: einer mit einem zerstörten Auge, der andere, jüngere mit einem seltsamen Narbenmuster auf der Wange. Von hinten waren sie herangeschlichen, hatten ihn umzingelt und so schnell einen Strick um seine Hände geschlungen, dass ihm nur noch die Beine und Füße zur

Gegenwehr blieben. Die freilich hatten sie reichlich zu spüren bekommen.

Dem Einäugigen hätte er um ein Haar die Nase gebrochen, und der Narbige trug ein dickes Veilchen am rechten Auge davon. Er aber war ihr Gefangener. Jeder Muskel, alle Knochen taten ihm weh, so erbarmungslos hatten sie auf ihn eingeprügelt.

Danach hatten sie ihm die Augen verbunden und ihn mitgeschleift. Über Stunden ließen sie ihn in einem dunklen, stinkenden Raum liegen, ohne Wasser oder Essen, den Mund mit einem ekelhaften Knebel verschlossen, der ihn zwang, äußerst vorsichtig zu atmen, wollte er nicht an seinem Erbrochenen ersticken.

Es musste schon auf den Abend zugehen, als sie endlich zurückkamen.

»Ein einziger falscher Laut«, sagte der Einäugige, während er ihm den Knebel herauszog, »und wir schneiden deine Zunge heraus. Dann sind wir für immer die Gefahr los, dass du Lärm machst.« Zur Untermalung seiner Drohung fuchtelte er mit einem Messer herum, das leicht gebogen war und im letzten Sonnenlicht silbrig glänzte.

Vom Knebel befreit, spuckte er auf den Boden, röchelte, rülpste.

»Lasst mich gehen!«, sagte er. »An einem wie mir werdet ihr nicht viel Freude haben.«

»Kommt ganz darauf an!« Der mit den Narben grinste. »Dein Ranzen war schon mal vielversprechend: gezinkte Würfel, dreifache Kartenblätter zum Abzocken, ein Elixier, mit dem man Leute schneller trunken machen kann, zwei scharfe Messer, die du, wie ich wette, äußerst geschickt einzusetzen weißt.« Er versetzte ihm einen Hieb auf den Arm. »Mir scheint, du bist einer von uns. Außerdem bist du jung und geschmeidig, wenngleich vielleicht ein wenig mager. Aber das können wir rasch ändern. Hungern musst du bei uns jedenfalls nicht!«

Der Narbige hielt ihm einen Krug an den Mund, aus dem er gierig trank, bis er ihm weggerissen wurde. Bier rann ihm über das Kinn.

»Wer seid ihr?«, stieß er hervor.

Die beiden Männer lachten.

»Ein paar Menschen, vor denen eine ganze Stadt Angst hat«, sagte der Einäugige. »Siechenbande, so nennen sie uns, weil wir das alte Melatenhaus in Beschlag genommen haben. Die Angst vor den Aussätzigen steckt allen noch tief in den Knochen. Und das wissen wir uns zunutze zu machen.«

»Ihr seid Unberührbare?«

»Lediglich in ihren Augen«, sagte der Narbige. »Und das soll auch so bleiben. Man sieht uns kaum. Man hört uns kaum. Bis sie sich von ihrem Schrecken erholt haben, sind wir längst wieder verschwunden. Also, was ist: Können wir dich losmachen, oder willst du lieber wie eine störrische Ziege irgendwo angepflockt bleiben?«

»Bislang habe ich immer auf eigene Rechnung gearbeitet«, sagte er und versuchte, die Erinnerung an den Alten zurückzudrängen, der sich vor seinem inneren Auge melden und ihn lautstark der Lüge bezichtigen wollte. »Seit ich zwölf war. Ich bin nicht gern unter vielen Menschen.«

»Da geht es dir wie mir«, rief der Narbige. »Mein Vater hat mich gezwungen, im Badehaus zu arbeiten, als ich klein war. All diese hässlichen, wabbeligen Leiber – jedem Einzelnen hätte ich eigenhändig die Kehle durchschneiden können!«

»Wir brauchen Verstärkung«, erklärte der Einäugige. »Weiber haben wir genug, aber einen von uns haben vor ein paar Wochen die Jäger des Erzbischofs im Wald verletzt. Den Pfeil konnten wir aus seiner Brust ziehen, aber er hat es nur ein paar Tage überlebt.«

»Ich … kann nicht bei euch bleiben.« Er schüttelte sich. »Ich muss in Köln etwas erledigen – wenn ich Glück habe. Danach ziehe ich weiter.«

»Also doch lieber als störrische Ziege am Pflock.« Der Einäugige hielt den Knebel schon wieder in der Hand.

»Warte!«, rief er. »Was, wenn wir uns in der Mitte begegnen? Ich bleibe eine Weile bei euch – und danach lasst ihr mich gehen. Als freien Mann. Könnt ihr mir das versprechen?«

Sie musterten sich gegenseitig. Jeder wusste, dass der andere log. Keine schlechte Voraussetzung, um es miteinander zu versuchen.

»Mach ihn schon los!«, befahl der Narbige. »Ich bin übrigens Christian, und mein Kumpan heißt Ruch. Wer bist du?«

Er saß plötzlich aufrecht, jeder Muskel im Körper war angespannt. Vieles müsste geschehen, bis er jenen verhassten Namen wieder in den Mund nehmen würde. Sein Hemd stand offen und entblößte die tiefen Narben auf seiner Brust. Er lachte, als er ihre erstaunten Blicke sah, die sich auf ihn richteten.

»Offensichtlich bist du nicht der einzige Gezeichnete«, sagte er, an Christian gewandt. »Bei mir war es ein großer schwarzer Vogel, der näher kam, als mir lieb war. Seitdem bin ich die Krähe.«

Später saß er zusammen mit ihnen am Feuer. An Spießen brutzelten Kaninchen, es gab Bier in Hülle und Fülle und weißes Brot, von dem er kaum genug bekommen konnte, so lange hatte er es nicht mehr geschmeckt.

Wie viele es waren, konnte er noch nicht genau sagen. Zwei Frauen waren ihm aufgefallen, Marisa, eine Dunkle, Füllige, die mit Christian tändelte, und die hochgewachsene hellbraune Gerhild, die immer wieder ihm zuzwinkerte. Beide waren ihm zu alt und zu schmutzig. Aber sollten sie nur glauben, dass sie ihm gefielen!

Ruch war eine ganze Weile verschwunden gewesen; schließlich kam er kauend zurück.

»Die Kleine macht Ärger«, sagte er. »Ich musste sie leider ruhigstellen. Sie bleibt im Badehaus. Da haben wir sie am besten unter Kontrolle.«

»Hat sie wieder nach ihrer Mutter gefragt?«, erkundigte sich Christian, während ihm Fleischsaft vom Kinn tropfte.

»Hat sie. Vielleicht sollten wir sie doch zu dem Grab führen …«

»Solange wir nicht wissen, ob sie auch diese Beulen bekommt, werden wir gar nichts tun!« Christian schob Marisa grob zur Seite. »Hast du Neuhaus schon benachrichtigt? Er wollte doch unbedingt Bescheid haben!«

»Habe ich. Aber er kann erst morgen hier sein.«

»Bis dahin wissen wir mehr. Sind die Lumpen bereit?«

»Sind sie.«

»Du hast sie nicht mit bloßen Händen berührt?«

»Bin ich vielleicht lebensmüde? Sie sind in der Backstube. Wenn nötig, können sie dort bleiben bis zum Jüngsten Tag.«

Christians Blick flog zur Krähe. »Du solltest dich bald schlafen legen. Morgen hast du deinen ersten Einsatz.«

Er nickte, erhob sich und lief in Richtung des baufälligen Hauses, wo die Schlafstatt war, die sie ihm zugewiesen hatten. Dann bog er plötzlich blitzschnell nach rechts ab.

Nach wenigen Schritten stand er vor einem ebenerdigen Gebäude, dessen Dach halb zerstört war. Das musste das ehemalige Badehaus sein, in das sie das Mädchen gesteckt hatten, von dem die Rede gewesen war.

Die Fensterscheiben waren nahezu blind, als er hineinzuspähen versuchte, doch nach einiger Zeit gelang es ihm, sich an das Zwielicht zu gewöhnen. Er meinte, ein Lumpenlager zu erkennen, auf dem eine schmale Gestalt ausgestreckt lag. Ein Wirrwarr blonder Locken. Die Ahnung zarter heller Haut.

Er dachte an Schelke, die er immer sehnsüchtiger vermisste, je länger ihr Abschied zurücklag, und bekam auf der Stelle eine stramme Erektion, die erste seit Tagen.

Wer immer das Mädchen war – er würde es genau im Auge behalten.

Johanna hatte den Gang in die Marzellenstraße so lange hinausgeschoben, bis es beinahe zu spät geworden war. Irgendetwas in ihr sträubte sich mit aller Macht dagegen, obwohl sie wusste, dass es töricht wäre, sich nicht dort zu zeigen.

Aber war der Überfall vor den Toren der Stadt, dem sie nur um ein Haar entkommen war, vielleicht kein Zeichen gewesen? Demzufolge stünden ihre Unternehmungen derzeit unter keinem günstigen Stern.

Wer sagte anderseits, dass die Weißen Frauen ihre Zusage auch wirklich einhalten würden? Und welch neue Schikanen sich die Rheinmeister der Weinbruderschaft noch ausdenken konnten? Zudem war jetzt auch noch Ita in Köln, bereit, die Einzelheiten über Johannas Vergangenheit auszuplaudern, die sie am liebsten für immer begraben hätte.

Eine ganze Weile hatte sie gehofft, der Schlaf würde Sabeth so weit wiederherstellen, dass sie sie mitnehmen konnte. Nicht als Schutz, daran war schon lange nicht mehr zu denken, aber doch als Vertraute, die ihr den schweren Gang ein wenig leichter machen würde.

Doch daran war an diesem frühen Abend nicht zu denken. Sabeth hatte noch immer jenen leeren Blick, der nichts Gutes verhieß, und damit begonnen, ein Knäuel Wolle abzuwickeln, ohne zu wissen, was sie tat.

»Ich muss noch einmal kurz weg.« Voller Sorge beugte Johanna sich über die Alte. »Und du rührst mir den Herd nicht an, bis ich wieder da bin, verstanden?«

»Verstanden«, sabbelte Sabeth. »Verstanden, verstanden, verstanden …«

Resigniert trat Johanna auf die Gasse. Die Leute, die ihr entgegenkamen, wirkten müde und bedrückt. Als sie ihr Ziel halb erreicht hatte, blieb sie stehen, um ihr Äußeres einer nochmaligen Prüfung zu unterziehen.

Warum hatte sie nicht das blaue Gewand angezogen, das ihr so gut stand? In dem grünen Kleid, das schon so viele Wäschen überstanden hatte, würde sie womöglich blass wirken. Oder hätte sie doch strenges Witwenschwarz anlegen sollen, um solide und ehrbar auszusehen? Sie vergewisserte sich, dass das Halsband richtig saß.

Du sollst ihm doch bloß den Brei rühren und die Hemden flicken, sagte sie sich und setzte sich erneut in Bewegung. Und das auch nur, wenn er dir einigermaßen angenehm ist. Nimm die Stelle ruhig an – und sollte dir später zu wenig Zeit dafür bleiben, dann lässt du es eben wieder bleiben.

Ihr Atem ging schneller, nachdem sie das letzte Stück fast gerannt war, um es endlich hinter sich zu bringen.

Da stand es, das Haus mit der Brandmauer!

Inzwischen war es fast zu dunkel, um das Schild an der Tür genau zu betrachten. Sie beugte sich weiter vor. Ludwig hatte etwas von einer seltsamen Schlange erwähnt, und Johanna starrte auf den Äskulapstab, um den sich eine Schlange wand. Äskulap war in der griechischen Mythologie der Gott der Heilkunde, erzogen vom heilkundigen Kentaur Cheiron. Weil er als Arzt einen Toten zum Leben erweckt hatte, erzürnte er Hades, den Herrscher des Totenreiches, und wurde von Zeus mit einem Blitz erschlagen.

Johannas Hände wurden eiskalt.

Diese und andere Geschichten hatte ihr einst jemand erzählt, in einem anderen Leben, das ihr um ein Haar den Tod gebracht hätte. Alles in ihr drängte nach sofortiger Flucht, doch ihre Füße waren wie festgewachsen. Sie konnte nicht einmal mehr die Hand bewegen, um anzuklopfen.

Von innen wurde die Tür so plötzlich aufgerissen, dass sie vor Schreck den Mund öffnete. Doch der Schrei blieb ihr in der Kehle stecken.

Er war älter als in ihrer Erinnerung, aber da waren noch immer die dunklen Haare, die ihm in die Stirn fielen, wenngleich inzwischen silbrig durchzogen, die kühne Nase, diese leuchtenden Augen, der freche, leicht geschwungene Mund, der sie viele Male so zärtlich geküsst hatte …

»Du?«, flüsterte er, offenkundig ebenso fassungslos wie sie. »Du bist die ehrbare Witwe?«

»Vergiss es!« Endlich fand sie die Sprache wieder, wenngleich ihre Stimme so spröde klang wie die einer uralten Frau. »Ich hätte niemals herkommen sollen!«

Sie drehte sich um, doch er war schneller, packte sie und ließ sie nicht mehr los.

»Im Leben hätte ich nicht mehr damit gerechnet, dich wiederzusehen!«, sagte Vincent.

»Das wäre auch tausendmal besser gewesen!« Johannas erste Überwältigung wich mehr und mehr dem Zorn, der sie so lange vergiftet hatte. »Du hast mich in die Hölle geschickt. Ich werde alles tun, damit dir das kein zweites Mal gelingt.«

»Dich in die Hölle geschickt?« Sein Lachen war so bitter, dass sie zusammenfuhr. »*Du* hast mich doch im Stich gelassen, nachdem ich bereit war, alles für dich aufs Spiel zu setzen!«

»Wie kannst du nur so lügen!«, fuhr sie ihn an. »Aber nichts anderes warst du ja schon damals in Basel – ein feiger, gemeiner Lügner, der sich heimlich aus dem Staub gemacht hat!«

Eine Frau, die gerade vorbeiging, blieb neugierig stehen, weil Johanna so laut geworden war.

»Willst du die ganze Nachbarschaft mithören lassen?« Vincent öffnete die Tür. »Komm wenigstens herein, wenn du mich weiter zu Unrecht beschuldigen willst!«

»Über diese Schwelle setze ich keinen Fuß!«, schrie Johanna. »Und es ist mir vollkommen gleichgültig, was die Leute denken, damit du es nur weißt! Sollen sie doch alle hören, wer da in ihre Stadt gekommen ist: ein Mann, der das Schicksal eines unschuldigen Mädchens auf dem Gewissen hat!« Ihre Augen leuchteten zornig grün.

Unwillkürlich machte er einen Schritt auf sie zu, Johanna jedoch wich zurück.

»Wage es ja nicht, mich zu berühren!« Ihre Stimme überschlug sich beinahe. »Und wenn du zehnmal der Leibarzt des Erzbischofs bist: Pack deine Sachen und mach dich wieder davon! In dieser Stadt ist kein Platz für uns beide.«

Sein Gesichtsausdruck hatte sich plötzlich verändert.

»*Du* solltest Köln verlassen, Johanna«, sagte er. »Und das so schnell wie möglich. Wenn dir dein Leben lieb ist, dann lauf davon, solange du noch kannst!«

»Damit du weiter in Seelenruhe deine gemeinen Lügen verbreiten kannst?« Herausfordernd sah sie ihn an. »Das könnte dir so passen! Ich habe ein Haus, ein Pferd, jemanden, für den ich sorgen muss – ich bleibe.«

»Sag später nicht, ich hätte dich nicht gewarnt! Wenn die Anzeichen stimmen, so ist die Pest bereits in der Stadt.«

»Ach ja, die Pest«, fuhr sie auf. »Etwas anderes fällt dir nicht ein! Und wieso spricht dann niemand außer dir davon?«

»Weil die Obrigkeit Angst hat, dass die Menschen in Panik geraten«, sagte Vincent. »Aber man wird es nicht mehr sehr lange verbergen können. Ich weiß, was ich gesehen habe: die schwarzen Beulen einer Frau, die dem Tod geweiht war. Ich kenne die Seuche. Ich weiß, was sie anrichten kann.«

Johanna griff sich an den Hals, als wäre ihr das Band plötzlich unerträglich eng geworden. Dann drehte sie sich um und rannte davon, wie von einem Heer von Dämonen verfolgt.

Zweites Buch

Die Krähe

VIER

Hermann Weinsberg blickte sie so flehentlich an, dass Johannas anfänglicher Unwille zu schmelzen begann. Was konnte er schon dafür, dass sie seit Tagen weder essen noch schlafen konnte? Während sein fülliges Gesicht sich vor Verlegenheit rötete und er an seinem Kragen nestelte, als bekomme er plötzlich kaum noch Luft, schoben sich unbarmherzig Vincents Züge davor. Am liebsten hätte sie sich jetzt geschüttelt oder wäre weit weg gelaufen, um dieses quälende Bild wieder loszuwerden, doch sie wusste nur zu gut, dass alle Anstrengungen vergebens gewesen wären.

Eine Tür hatte sich geöffnet, die sie in einem anderen Leben nur unter Todesgefahr hatte schließen können. Eine Tür, durch die nun ungehindert all jene Gefühle und Empfindungen fluteten, die sie am liebsten für immer vergessen hätte.

»Ich will Euch gewiss nicht zur Last fallen«, wiederholte der Rektor zum mindestens fünften Mal. »Aber nirgendwo in Köln schmeckt eben der Wein besser als bei Euch. Meine Studenten und ich sind halb am Verdursten, besonders jetzt, wo das Glück unsere Burse zu verlassen scheint.« Er hüstelte. »Was rede ich da? Ihr habt gewiss anderes zu tun, als ausgerechnet mir zuzuhören!«

»Was ich in der Regel mit Vergnügen tue. Doch leider

sind, wie Ihr wisst, meine Fässer nahezu leer.« Warum war sie seinem Drängen überhaupt nachgekommen und hatte ihn mit hinunter in das Gewölbe genommen? Der winzige Rest, den sie ihm abfüllen konnte, lohnte den ganzen Aufwand doch kaum. »Kommt nächste Woche wieder! Bis dahin werde ich wissen, wann ich wieder ordentlich ausschenken kann.« Zur Freundlichkeit musste sie sich regelrecht zwingen. Aber gehörte Weinsberg nicht zu ihren allerbesten Kunden?

»Dann stimmt es also nicht, was man sich über Euch erzählt?«

Johannas Blick gewann an Schärfe. Man durfte ihn keineswegs unterschätzen, diesen jungen Mann aus wohlhabendem Haus, der auf den ersten Eindruck so unbeholfen und schüchtern wirken konnte! Woher wusste er von ihren Schwierigkeiten? Kursierten die Gerüchte über sie jetzt schon in der ganzen Stadt?

»Was erzählt man sich denn so?« Sie hoffte, dass es beiläufig genug klang.

Sein Fuß scharrte auf dem harten Boden. Die Schultern hatte er auf einmal bis zu den fleischigen, ein wenig abstehenden Ohren hochgezogen.

»Ihr wisst, ich halte nichts von solchem Gerede …«

Für einen Augenblick wurde ihr schwindelig. Johanna machte einen tiefen Atemzug, froh darüber, dass ihre Hände den Krug halten mussten und somit die innere Unruhe nicht verraten konnten.

»Heraus damit! Ihr seid doch mein Freund, oder sollte ich mich da etwa täuschen?«

»Und ob ich das bin!« Seine Wangen glühten inzwischen pfingstrosenrot. »Ginge es nach mir, so würde ich diesem Abt Pirmin schon Bescheid stoßen. Was er mit solch einer Absage alles anrichten kann! Unser Erzbischof hat doch genügend Wein im Keller, um eine durstige Hundertschaft zu tränken. Wie kommt er da dazu, einer ehrbaren Witwe wie Euch das Leben schwer zu machen?«

Johannas Erleichterung war fast übermächtig.

Das war es also – zum Glück nur das!

Nichts über ihr Verhältnis mit Ludwig, kein Wort über Ita, geschweige denn den neuen Leibarzt, den sie weder aus ihrem Kopf noch ihrem Herzen bekam.

»Gottlob ist der Abt des Deutzer Klosters ja nicht der einzige Herr über Kölns Weinberge«, erwiderte sie mit einem kleinen Lächeln. »Auch die Weißen Frauen von St. Maria Magdalena keltern einen süffigen Tropfen, der seinem in nichts nachsteht. Bald schon werdet Ihr Euch selbst davon überzeugen können.«

Anstatt ebenfalls zu lächeln, wie sie es erwartet hatte, schaute der Rektor auf einmal so bedrückt drein, dass sie unwillkürlich seinen Arm berührte.

»Was habt Ihr?«, fragte Johanna.

»Sorgen«, stieß er hervor. »Große Sorgen sogar. Eigentlich wollte ich Euch damit ja nicht behelligen …«

»Erzählt es mir! Den Kummer zu teilen, macht ihn leichter.«

»Vier meiner Studenten sind erkrankt«, sagte er. »Drei leiden unter starkem Fieber, der Vierte hustet sich seit gestern die Lunge aus dem Leib. Ich habe natürlich bereits

Bader Weißenburg konsultiert …« Ein seltsamer Blick, den sie nicht zu deuten wusste. War er doch besser im Bild, als sie zunächst geglaubt hatte? »Er wollte sich zu meinem Leidwesen allerdings nicht festlegen. Womöglich der Jahreszeitenwechsel, so lautete seine Diagnose – aber sagt selbst: Seit wann werden junge Männer schwach und siech wie Greise, sobald der Herbst kommt?«

Sollte sie Vincent ins Spiel bringen?

Doch dann würde der Rektor unweigerlich erfahren, dass sie sich von früher kannten. Johanna entschloss sich dagegen. Schließlich war der neue Leibarzt des Bischofs nicht der einzige Medicus in der Stadt.

»Vielleicht haben sie ja nur etwas Falsches gegessen oder getrunken«, sagte sie. »Dieser mörderische Sommer steckt uns noch allen in den Knochen. Nicht nur die aufgerissene Erde, auch wir Menschen dürsten nach Abkühlung. Selten zuvor waren die Pütze so leer, selten zuvor hat das Wasser in Köln derart abgestanden geschmeckt. Erst gestern habe ich zwei Krüge weggeschüttet, weil ich das brackige Gesöff beim besten Willen nicht hinunterbekam.«

Was ihre Übelkeit wirklich verursacht hatte, ging ihn nichts an. Es war schon schwierig genug, vor Sabeth so zu tun, als sei alles in bester Ordnung.

»Ihr meint, es liegt womöglich daran?« Seine Augen glänzten wie geschliffene Glasmurmeln. »Andere behaupten ja, Juden hätten die widerliche Angewohnheit, sich an christlichen Brunnen zu vergehen …«

»Das will ich gar nicht gehört haben!«, unterbrach ihn Johanna. Sie dachte an Mendel ben Baruch, der ihr mit der

Stute einen so großen Freundschaftsdienst erwiesen hatte. Seit Tagen war sie ihm nicht mehr begegnet. Sie hoffte inständig, dass er und seine Familie gesund und unversehrt waren. »Nur Dummköpfe plappern so etwas nach – und Ihr seid doch alles andere als ein Dummkopf! Unsere jüdischen Nachbarn trinken das gleiche Wasser wie wir. Sie sind uns niemals feindlich gewesen, auch wenn wir sie vor Jahren gezwungen haben, auf der anderen Rheinseite zu siedeln.«

Betreten schlug Weinsberg die Augen nieder. »Ihr habt ja recht«, räumte er ein. »Es ist nur, weil die Verantwortung für die ganze Kronenburse auf meinen Schultern ruht. Da kommt man eben manchmal auf die seltsamsten Ideen. Und das alles ausgerechnet jetzt, wo die neuen Studenten sich einschreiben! Da wirkt ein Haus mit mehreren Kranken doch abschreckend.«

»Ich sehe schon, die Weinlieferung ist mehr als dringlich«, wich Johanna aus, weil das Thema sie plötzlich bedrückte. Auch die junge Nachbarin vom Nebenhaus lag seit gestern im Bett, fieberte, sah elend aus und hatte sie am Morgen, als Johanna ihr Lindenblütentee und Brot bringen wollte, kaum noch erkannt. »Ich will sehen, was ich tun kann, damit Ihr rasch wieder auf heiterere Gedanken kommt.«

Bevor sie sich versah, hatte er ihre Hand gepackt. Die seine war weich und feucht, und sie glaubte, das laute Schlagen seines Herzens zu hören. Er wirkte wie ein übergroßes, verängstigtes Kind, das Schutz sucht.

»Dann ist es also noch nicht bis zu Euch gedrungen?«, murmelte er.

»Wovon sprecht Ihr? Doch nicht etwa von einem weiteren Gerücht?«, wollte Johanna spöttisch entgegnen, doch ihre Stimme klang plötzlich dünn.

Hermann Weinsberg nickte.

»Das allerfurchtbarste, sollte es auch nur eine Spur Wahrheit enthalten«, sagte er leise. »Bis jetzt sagen sie es nur hinter vorgehaltener Hand, doch das Flüstern will nicht aufhören. Das ist es, was mir so auf den Magen schlägt. Das Gerücht breitet sich von Tag zu Tag mehr aus, als erhalte es unablässig neue Nahrung. Sie sagen, die Pest sei zurück in Köln …«

Johanna zog ihre Hand zurück.

»Malt den Teufel nicht an die Wand!«, sagte sie streng. »Der Schwarze Tod ist schlimmer als die Hölle.«

Sie konnte es kaum erwarten, bis der Rektor endlich gegangen war, und nahm sich vor, beim nächsten Mal besser auf ihre innere Stimme zu hören. Auch wenn er stets ohne Murren bezahlte und sie dabei aus großen Augen sehnsüchtig anhimmelte – seit sie unverhofft Vincent in die Arme gelaufen war, wollte sie nur noch allein sein.

Sie war schon fast an der Treppe, als sie plötzlich einen schrillen Laut hörte, der ihr durch und durch ging.

Sie fuhr herum. Vor der hinteren Wand stand Mieze mit derart gespreiztem Fell, dass sie fast doppelt so groß wirkte. Sie blutete aus dem Maul und hieb mit der Tatze auf eine Ratte ein, die kaum kleiner als sie war. Das Nagetier sprang hoch, um den Schlägen auszuweichen. Dann stürzte es sich plötzlich auf die Katze und biss zu. Mieze schrie gellend und schüttelte sich, um die Ratte wieder loszuwerden.

»Gottverdammtes Drecksvieh!«

Johanna packte eine Schaufel und rannte los, doch sie war zu langsam gewesen. Blitzschnell war der nackte Schwanz zwischen den Weinfässern verschwunden. Sie ließ die Schaufel fallen, bückte sich nach der Katze, hob sie hoch. Zitternd schmiegte Mieze sich in ihren Arm und stieß dabei heisere Klagelaute aus.

»Das nächste Mal kriegst du sie«, flüsterte Johanna, während sie das weiche Fell streichelte. »Und den Rest der Brut werden wir auch noch ausrotten, das verspreche ich dir.« Aus der Nähe sah die Wunde am Mäulchen weniger dramatisch aus, doch die Katze drehte den Kopf weg, als Johanna sie dort berühren wollte. »Ich bring dich jetzt zu deiner alten Freundin – und dann haltet ihr ein gemeinsames Nickerchen. Was meinst du?«

»Sabeth?«, rief sie, als sie die Treppen hinauflief. »Sabeth, wo steckst du? Eine riesige Ratte hat gerade unsere Mieze attackiert.«

Ein Wimmern war die Antwort. Die Alte lag längs auf dem Küchenboden, die Beine seltsam von sich gestreckt.

Johanna setzte die Katze ab und kniete sich neben Sabeth.

»Was hast du?«, fragte sie besorgt. »Was ist geschehen?«

Sabeth war kaum noch zu verstehen. »Auf einmal alles nur noch schwarz. Köpfe mit großen Hörnern, Teufel überall! Stechen wollten sie mich, blenden …«

»Niemand will dich stechen, schon gar nicht irgendwelche Teufel!« Johanna nahm sie in die Arme und wiegte sie wie ein Kind. »Das hast du alles nur geträumt. Bist du hingefallen? Tut dir etwas weh?«

Die wasserhellen Augen weiteten sich. »Hab mich auf den Boden gelegt und ganz klein gemacht, damit sie mich nicht finden können.« Ihre Hand glitt zu Johannas Halsband. »Musst aufpassen, Mädchen! Sollen mich nicht brennen – so wie damals dich.«

Seltsam berührt schob Johanna die welke Hand zur Seite.

»Du weißt doch, dass du mich da nicht anfassen sollst«, sagte sie. »Wie oft hab ich dir das schon gesagt. Du musst es dir endlich merken!«

Ein Stöhnen, doch sie wusste, dass die Alte sie ganz genau verstanden hatte.

»Ich bring dich jetzt nach oben«, fuhr Johanna fort. »Und dort ruhst du dich zusammen mit Mieze aus, einverstanden?«

Der Kopf ruckelte auf dem dünnen Hals, als wäre er locker. Mühsam hievte Johanna Sabeth wieder auf die Beine, während die Katze voranlief, und zerrte sie in den ersten Stock. Dass ein ausgemergelter Körper sich so schwer machen konnte! Wenn die Alte sich sperrte, war sie unhandlicher als drei Mehlsäcke zusammen.

Danach sank Johanna in ihrer Kammer erschöpft auf das Bett. Ihre Hände fuhren zum Hals und lösten das enge Band. Es dauerte eine ganze Weile, bis sie in der Lage war, nach dem polierten Silberspiegel zu greifen. Seit ihrer Flucht aus Freiburg mied sie diesen Anblick, weil er ihr jedes Mal die Schrecknisse jener Zeit zurückbrachte. Sie hatte ihr Leben behalten – und doch das Liebste verlieren müssen, das sie jemals besaß.

Heute jedoch wich Johanna dem Anblick nicht aus.

Die Narben, die das milchige Spiegelbild zurückwarf, hatten sich in all den Jahren kaum verändert. Tief gruben sie sich in ihre zarte Haut, mussten jedem ins Auge stechen, der ihr begegnete, und Fragen aufwerfen, die sie nicht beantworten wollte. Deshalb verbarg Johanna sie seit ihrer Ankunft in Köln unter eigens dafür zugeschnittenen Bändern. Severin hatte sie die Narben auf seine Bitte hin gezeigt, und auch Sabeth kannte sie, weil sie sie einmal mit blankem Hals überrascht hatte. Sonst wusste niemand in der Stadt davon – und das sollte gefälligst auch so bleiben!

Johanna entschied sich für ein breites Band aus dunkelgrünem Samt, das gut zu dem Witwenschwarz passen würde, das sie anlegen wollte, um abermals bei den Weißen Frauen vorzusprechen.

Ob der Priorin ihr ungewöhnlicher Halsschmuck aufgefallen war? Selbst wenn, so hoffte sie, dass Mutter Christina nicht in sie dringen würde, denn eine Antwort müsste sie ihr schuldig bleiben. Eine Frau, die dem Schwarzen Tod getrotzt hatte, wurde schnell als Hexe oder Teufelsbuhlin abgestempelt. Denn wie hatte ausgerechnet ihr gelingen können, was so vielen anderen den Tod gebracht hatte?

Sie wissen nichts, dachte Johanna, während abermals Vincents Bild vor ihr aufstieg und die altbekannten Schmerzen verursachte. Nichts über die Liebe, nichts über Verrat, nichts über die Seuche, die alles verändert. Der Tod war bei Weitem nicht das Schlimmste, was einem widerfahren konnte. Ebenso elend fühlte es sich an, zu überleben und auf ewig jede Hoffnung begraben zu müssen.

»Du hast sie also noch?«, sagte die Frau, die auf einmal in der Tür stand. »Dachte ich mir schon, als ich neulich das Band an deinem Hals gesehen habe. Hättest damals vielleicht ein wenig vorsichtiger sein sollen! Wer mit dem Teufel tanzt, muss auch auf seinen glühenden Atem gefasst sein.«

»Was willst du?« Blitzschnell bedeckte Johanna ihren Hals. Doch noch immer fühlte sie sich unter Itas zudringlichem Blick nackt und ausgeliefert. »Wer hat dich überhaupt hereingelassen?«

Ita zuckte die Achseln. »Ich komme überall hin, das weißt du doch.« Breitbeinig spazierte sie in die Kammer. Ihre Röcke raschelten. Die Brüste quollen halb aus dem nachlässig geschnürten Mieder. »Hier also träumt die ehrbare Witwe Arnheim ihre keuschen Träume! Oder sind sie inzwischen gar nicht mehr so keusch?« Ihr kaltes Lächeln erlosch. »Du hältst mich hin«, sagte sie. »Und ich hasse es, hingehalten zu werden. Zumindest daran müsstest du dich doch noch erinnern.«

»Ich kann dir heute nichts geben …«

»Was ausgesprochen schade wäre«, fiel Ita ihr ins Wort. »Und zwar für dich.«

»Sobald ich meinen Ausschank wieder eröffnen kann, sieht es besser aus. Dann sollst du bekommen, was du verlangst.«

»Und wann wird das sein? An Weihnachten vielleicht?« Itas Lippen verzogen sich abfällig. »Ich will jetzt flüssig sein. Meine Ausgaben sind enorm – das Häuschen, das ich gemietet habe, all die Kräuter und Wässerchen, die es aufzufüllen gilt, damit ich gute Geschäfte machen kann, und dann brauche ich ja auch noch anständige Kleidung, damit auch die richtige Klientel zu mir findet.«

»Du hast ein Haus gemietet?«, entfuhr es Johanna. »Hier – in Köln?«

»Wo sonst?«, sagte Ita lachend. »Sollte ich vielleicht mit all meinen Kostbarkeiten auf der Straße nächtigen? Du findest mich in der Schwalbengasse, ganz nah bei St. Kolumbia. Weißt du übrigens, wer mir dabei ganz enorm behilflich war? Dein Schwager, Kürschnermeister Hennes Arnheim.«

Sie kannte Hennes! Eine kalte Faust schloss sich fest um Johannas Herz. Was hatte sie ihm schon alles erzählt? Und was würde Ita noch preisgeben, wenn sie nicht tat, was sie verlangte?

»So lange wird es gewiss nicht dauern«, sagte sie mühsam beherrscht. Die Schwalbengasse gehörte zu den berüchtigtsten Bezirken der Stadt. Früher wurde dort das Frauenhaus betrieben, das nun auf den Berlich umgezogen war. Ob Ita wusste, wo sie da gelandet war? »Die Weißen Frauen von St. Maria Magdalena sind bereits am Keltern, und sie werden mich aus ihren Beständen beliefern, sobald der junge Wein in den Fässern ist. Ich rechne damit …«

»Was geht mich das an?«, unterbrach Ita sie ungeduldig. »Die Zeiten, in denen sich alles nur um dich gedreht hat, sind endgültig vorbei. Du bist nicht mehr das blonde Lärvchen, nach dem sie alle verrückt waren.« Sie kam ihr so nah, dass Johanna unwillkürlich den Kopf wegdrehte, weil sie jene unverwechselbare Mischung aus Schweiß,

Moschus und Bosheit, die ihr von früher wohlvertraut war, nicht ertrug. »Hast doch immer nur den eigenen Vorteil im Auge gehabt. Dabei habe ich mein Leben für dich riskiert! Hast du mir das jemals gedankt?« Kräftige Finger umschlossen Johannas Handgelenk. »Abgehauen bist du – mit dem erstbesten Hurenbock, den du scharfmachen konntest, ohne auch nur einen Gedanken an mich zu verschwenden. Seitdem hast du all die Jahre hier in Köln ein schönes, sorgenfreies Leben geführt, während ich mich für jeden Bissen abstrampeln musste. Und wenn du jetzt nicht sofort eine ordentliche Anzahlung leistest, dann renne ich zum Fenster und schreie in die Welt hinaus, dass du …«

Johanna riss sich los.

»Geh hinaus!«, sagte sie mit zittriger Stimme.

»Wozu? Solltest du versuchen, mich zu betrügen …«

»Raus, oder du kriegst gar nichts!«

Ita gehorchte nach kurzem Zögern.

Mit fliegenden Händen fasste Johanna in ihr Versteck in der Mauernische. Nur noch so wenig Silber – und sie hatte doch die neue Weinlieferung zu bezahlen und musste mit Sabeth, Mieze und der Stute, die ihr anvertraut waren, einigermaßen über den Winter kommen! Jede einzelne Münze, die sie an die dreiste Erpresserin abtreten musste, tat ihr in der Seele weh. Und beging sie nicht einen riesengroßen Fehler, sich überhaupt darauf einzulassen, weil Ita immer noch mehr fordern würde?

Doch gerade jetzt konnte sie sich unliebsames Aufsehen weniger leisten denn je. Zudem brauchte sie Zeit, um nachzudenken, wie sie Ita vielleicht doch wieder loswerden konnte. Schweren Herzens nahm sie drei Silberstücke heraus und legte die Geldkatze anschließend in das Versteck zurück. Dann ging sie zur Tür und rief Ita wieder herein.

»Geht doch!«, rief diese, als sie das Silber in Johannas Hand sah. Sie griff nach den Münzen, schlug ihre Zähne hinein, um die Echtheit zu überprüfen, und nickte anerkennend, während sie sie blitzschnell in ihrem Mieder verschwinden ließ.

»Falls es dir einfallen sollte, mich ständig zu behelligen«, sagte Johanna, »so wirst du feststellen müssen, dass ich …«

Itas Nasenflügel wurden eng.

»Du hast es noch immer nicht kapiert, Johanna«, sagte sie. »Zum allerletzten Mal: Ich stelle jetzt die Bedingungen!«

Eigentlich hatte Hennes Arnheim sich nur verstohlen umsehen wollen, doch als Ita die Tür aufriss und ihn überschwänglich einlud einzutreten, ließ er sich nicht lange bitten.

»Ich wäre sonst zu Euch gekommen«, versicherte sie ihm mit treuherzigem Augenaufschlag, der in krassem Widerspruch zu ihrer aufreizenden Aufmachung stand. Sie war so luftig gekleidet, als wäre noch immer Hochsommer, und stellte ungeniert zur Schau, womit der Herr sie überreichlich gesegnet hatte. »Allerdings erst, sobald ich gänzlich eingerichtet bin. Rheinmeister Neuhaus war so freundlich, die Formalitäten ganz geschwind zu erledigen, und ich bin schon nahezu heimisch hier.«

Sie zerrte ihn nach drinnen, wo ihm abgestandener Mief und ein Potpourri scharfer Gerüche fast den Atem nahmen.

»Ja, da und dort muss natürlich noch gestrichen werden«, sprudelte sie weiter. »Und einiges werde ich rauswerfen. Doch dazu warte ich, bis die Tage kühler geworden sind. Ist eben ein altes Haus. Aber, wie Rheinmeister Neuhaus mir versichert hat, ein Haus mit allerbester Tradition.«

Beinahe hätte Hennes laut herausgelacht, doch im letzten Moment gelang es ihm, sich zu beherrschen und sogar beeindruckt zu nicken. Garantiert hatte Neuhaus mit keinem Wort erwähnt, dass hier jahrzehntelang Huren ansässig waren. Ihre Säfte und die ihrer Freier mussten so gut wie jeden Fleck des Anwesens durchdrungen haben. Deshalb war es auch so schwierig gewesen, das leer stehende Haus zu vermieten.

»Dann fühlt Ihr Euch also wohl unter diesem Dach«, sagte Hennes, dem unter der niedrigen Decke am ganzen Körper der Schweiß ausbrach, »und könnt alsbald mit Eurer Arbeit beginnen.«

»Stellt Euch vor, das habe ich bereits!« Ihr Blick bekam etwas Metallisches. »Die ersten Kunden haben schon zu mir gefunden. Dabei hängt noch nicht einmal mein Zeichen an der Tür.«

»Was wollt Ihr eigentlich verkaufen …«

»Scht!« Ihr Zeigefinger berührte seine Lippen. »Köln scheint voll von Suchenden, die meiner Hilfe bedürfen. Die ganze Stadt ist krank – krank vor Sünde. Besser hätte ich es mir nicht einmal in meinen kühnsten Träumen ausmalen können. Zum Glück bin ich in der Lage, rasche Abhilfe zu schaffen. Und das hier wird mich dabei beschützen.«

Er schreckte zurück vor dem seltsamen Ding, das sie ihm unter die Nase hielt.

»Was ist das für ein Teufelszeug?«, murmelte er.

Sie lachte kokett. »Ihr enttäuscht mich, Kürschnermeister Arnheim. Wenn einer das wissen müsste, dann doch sicherlich Ihr! Eine Eulenkralle, was sonst? Der Vogel, dem nichts entgeht, weil er in alle Richtungen spähen kann. Mein Wahrzeichen!«

Ihre ausladenden Hüften versperrten ihm den Zugang zum ersten Stock, wo früher die engen Hurenkammern gewesen waren. Als blutjunger Kerl hatte er sich hier die Hörner abgestoßen, gebeutelt zwischen Lust und Scham. Seine erste Hübschlerin war mager und griesgrämig gewesen, darauf bedacht, alles so schnell wie möglich zu Ende zu bringen. Er hätte weinen mögen, nachdem sie ihn wie ein Lumpenpaket von ihren sehnigen Schenkeln gestoßen hatte, doch ihr scharfes Vogelprofil hatte ihn daran gehindert. Mit falschem Lachen hatte er ihr die Münzen in die harte Hand gezählt – und emsig gespart, bis er sich Wochen später in einer fülligen Blonden ergießen konnte, die ihn anschließend wie eine Mutter gewiegt hatte.

Wieso kamen ihm all diese alten Geschichten auf einmal wieder in den Sinn? Weil er jahrelang nicht mehr in diesem Haus gewesen war. Und das Weib neben ihm nach Wollust und Sünde roch.

Hennes wandte sich ab.

Seine verstorbene Frau hatte sich geweigert, ihn zu berühren, nachdem sie ihm auf die Schliche gekommen war. Warum musste ihm auch noch das wieder einfallen?

»Ihr wollt doch nicht etwa schon wieder gehen?«, sagte Ita. »Ich werde Euch gewiss nicht fortlassen, bevor Ihr nicht meinen Wein der Freude genossen habt.«

»Was soll das sein?«, fragte er misstrauisch.

Sie lief voran in die Küche, die er kaum wiedererkannte, weil überall kleine Holzgefäße, Kästchen und Dosen herumstanden, aus denen Kräuterbüschel quollen. Ita schenkte Wein aus einem Krug und hielt ihm den Becher unter die Nase.

»Der Gott der schönen Dinge«, sagte sie, während ihre rechte Braue anzüglich nach oben schnellte. »So manch gekröntes Haupt würde ein Vermögen dafür geben, jetzt an Eurer Stelle zu sein.«

Der Wein roch süßlich und bitter zugleich.

»Ich bin gar nicht durstig«, sagte er ausweichend. »Außerdem wollte ich …«

»Trinkt!« Sie klang unerbittlich. »Oder wollt Ihr nicht erfahren, was die ach so keusche Johanna mir anvertraut hat?«

Er nahm einen Schluck, dann einen zweiten. Einen dritten.

Das Getränk schmeckte fremd und gefährlich, doch je mehr er trank, desto vertrauter erschien es ihm.

»Gar nicht so übel!« Hennes rülpste herzhaft.

Du bist tot, mein gallenbitteres Weib, dachte er voller Genugtuung, nachdem sich Gudas Gesicht, bleich und griesgrämig, wieder aufgelöst hatte, und ich kann so viele Frauen haben, wie ich nur will.

»Das möchte ich meinen!« Ita lachte, als hätte er einen köstlichen Witz gerissen. »Diese spezielle Substanz gibt es auch in Pillenform, die Ihr bei mir erstehen könnt, solltet Ihr Gefallen daran finden. Und Ihr findet doch Gefallen daran? Sie stammt aus dem fernen Orient und hat schon Königreiche ins Wanken gebracht.«

Hennes begann breit zu grinsen. König zu sein, ja, das gefiel ihm.

»Dann macht es Euch bequem!« Sie drängte ihn zu einem Schemel, der so niedrig war, dass er die Beine weit von sich strecken musste. Anstatt sich zu ihm zu setzen, blieb sie vor ihm stehen, den Rücken an den wurmzerfressenen Holztisch gelehnt.

»Wie geht es Euch, Kürschnermeister?«

»Gut.« Die Worte stiegen wie Perlen in ihm auf. »Sehr gut sogar.« Angenehme Wärme machte sich in seinem Körper breit. Wann war er zum letzten Mal so gelöst gewesen? Dann spürte er, wie sein Glied hart wurde. Für einen Augenblick überfiel ihn Scham, doch sie verschwand ebenso schnell, wie sie gekommen war.

Ita lachte glucksend.

»Ihr seid eben ein ganzer Kerl«, sagte sie. »Hab ich Euch das nicht schon bei unserem ersten Zusammentreffen gesagt? Dann solltet Ihr Euch allerdings auch so benehmen!«

»Was meint Ihr damit?« Plötzlich konnte er den Blick nicht mehr von ihren schweren Brüsten lösen.

»Nun, ich spreche von dem unseligen Spiel, das Johanna

mit Euch treibt«, fuhr sie fort und befeuchtete die Lippen mit ihrer Zungenspitze. Rot waren sie und leicht geöffnet. »Eine ehemalige Magdalenerin, habt Ihr das nicht gewusst? Eine Gefallene, die man in den Orden der Reue gezwungen hat. Und von solch einem Weib lasst Ihr Euch an der Nase herumführen?«

»Dann kommt sie also nicht nur aus dem Badehaus, sondern direkt aus der Gosse?«, stieß er hervor.

»Unterschätzt sie trotzdem nicht! Johanna ist listig und skrupellos. Eure Schwägerin hat es schon immer verstanden, Menschen zu benutzen und auszunehmen.«

Johanna – wie weit weg sie trotz dieser aufschlussreichen Neuigkeiten gerade war! Alles, was Hennes im Augenblick interessierte, war dieses üppige Weib, das ihm wie die Versuchung selbst erschien.

Er hob seine Hand, legte sie auf Itas Schenkel. Zu seiner Überraschung schob sie sie nicht weg. Hennes zog Ita näher heran. Sie ließ es geschehen.

»Du glaubst, sie liegt bereits am Boden«, murmelte sie, während er ihr Mieder aufnestelte, um endlich an die Brüste zu kommen, die ihn um den Verstand brachten, obwohl sie bei näherer Betrachtung so prall gar nicht mehr waren. War sie älter, als er zunächst geglaubt hatte? Und wenn schon, dann war es ihm egal! »Doch da hast du dich gründlich getäuscht. Johanna weiß sehr genau, wie man wieder aufsteht, das hat sie mehr als einmal bewiesen. Sie bekommt wieder Wein, bald sogar, hast du das gewusst?«

Ihre Hand fuhr in die Schamkapsel, die seine Bruche schmückte, und begann fachmännisch zu arbeiten.

»Die Weißen Frauen von St. Maria Magdalena werden sie beliefern – willst du das wirklich zulassen?«

Er schloss die Augen, weil die Woge von Lust, die in ihm aufstieg, so stark war, dass er Angst bekam, von ihr fortgespült zu werden. Heiß und lebendig fühlte er sich, voller Kraft und nie zuvor gekannter Männlichkeit. Guda hatte er besiegt, Bela würde er sich zurückholen, und Johanna sollte vor ihm auf die Knie fallen und um Gnade wimmern.

»Nein«, schrie er, während rote Sonnen vor ihm explodierten, »gewiss nicht. Diese tausendmal verdammte Hexe – sie wird für alles büßen!«

»Wo sind die Kranke und das Mädchen?« Die Wirtsstube vom »Goldenen Einhorn« schien plötzlich übervoll, als das Häuflein bewaffneter Männer hineindrängte.

Die Garde des Erzbischofs!

Fygen ließ das Messer sinken, mit dem sie auf einem Holzbrett ranzigen Schinkenspeck schnitt, als sie die blauen Uniformen erkannte.

»Ich weiß von keiner Kranken«, sagte sie aufsässig. »Wie Ihr seht, führe ich ein Wirtshaus und kein Spital. Aber falls Ihr einen anständigen Becher trinken wollt, seid Ihr bei mir …«

»Du sprichst mit dem Kanzler des Erzbischofs!«, unterbrach sie Bernhard vom Hagen. »Wo sind die beiden?«

»Und selbst wenn Ihr der Erzengel Michael in Person wärt: Ich habe nicht die geringste Ahnung.« Hilfe suchend spähte sie in die rechte Ecke, wo ein paar Gäste um einen Tisch saßen und zechten.

»Packt sie!« Die Stimme des Kanzlers war eisig, während zwei Gardisten die Arme der Wirtin nach hinten rissen und ein dritter ihr die Spitze eines Messers an die Kehle setzte. »Hast du deine Meinung jetzt geändert?«, fragte er drohend.

»Erbarm dich meiner, allerheiligste Madonna!«, röchelte Fygen. »Lasst ab von mir, ich flehe Euch an! So bekomme ich doch kein Wort heraus.«

Auf vom Hagens Nicken hin lockerten die Männer ihren Griff und ließen Fygen schließlich ganz los. Sie fasste sich an den Hals.

»Ich blute«, rief sie vorwurfsvoll und starrte auf ihre roten Fingerkuppen. »Eure Schergen haben mich verletzt!«

»Du wirst gleich noch mehr bluten, wenn du nicht endlich mit der Wahrheit rausrückst.«

Sie schien mit sich zu ringen.

»Also gut«, gab sie schließlich nach. »Hier bei mir waren niemals Kranke, denn ich führe seit jeher ein sauberes Haus.« Abermals wanderte ihr Blick in die Ecke, was dem Kanzler nicht entging.

»Die können dich auch nicht retten«, rief er. »Niemand kann das, wenn du nicht endlich Vernunft annimmst und redest.«

»Ja, ganz zufällig habe ich etwas von Kranken gehört«, räumte Fygen ein. »Eine ganze Familie soll es getroffen haben, mit vier kleinen Kindern. Dort drüben.« Ihr magerer Arm wies nach gegenüber. »Schon seit einigen Tagen hat man sie nicht mehr gesehen. Vielleicht, weil sie ihre Wohnung nicht mehr verlassen können?«

»Ist das da, wo auch Nele und ihre Mutter gewohnt haben?«, fragte Bernhard vom Hagen.

Fygen zuckte die Achseln.

»Muss ich jeden beim Namen kennen, der in diesen Gassen herumkriecht?«, fragte sie mürrisch. »Wenn sie trinken und dafür bezahlen, sollen sie willkommen sein. Ansonsten können sie von mir aus tun und lassen, was sie wollen.«

Einer der Gäste war aufgestanden und näherte sich dem bischöflichen Trupp, ein Hüne mit verfilztem Haar und einem milchigen Auge. Er trug einen dunklen, mehrfach geflickten Mantel, der schon bessere Tage gesehen hatte.

Bernhard vom Hagen stutzte. Gab es nicht eine alte Verordnung, die Siechen früher solche Kleidungsstücke auferlegt hatte? Aber dann würde der Mann ja wohl kaum die Frechheit besitzen, hier aufzukreuzen.

»Sie weiß nicht mehr«, sagte der Einäugige. »Wendet Euch besser an mich, wenn Ihr Näheres erfahren wollt!«

»Wer bist du?«, fragte der Kanzler.

Der Einäugige lachte.

»Was täte das schon zur Sache? Nackt werden wir geboren, und nackt kehren wir zur Erde zurück. So einfach ist das mit Geburt und Tod. Nur mit einigem Glück kann die kurze Frist dazwischen Leben genannt werden.«

»Dann weißt du etwas über diese Nele und ihre Mutter?«, bohrte vom Hagen weiter, mittlerweile mehr als unwillig. Wen hatten sie sich da nur mit dem neuen Leibarzt in den bischöflichen Palast geholt? Mochte Vincent de Vries ein begnadeter Medicus sein, der den Erzbischof von echten und eingebildeten Leiden kurieren konnte, seine Umgangsformen und vor allem seine Forderungen waren unverschämt.

»Ich werde Euch etwas zeigen, wenn Ihr unbedingt wollt«, sagte der Einäugige. »Aber behauptet hinterher nicht, ich hätte Euch nicht gewarnt!« Er schnipste mit den Fingern, als bereite er ein Kunststück vor. »Ihr seid bereit?«

Der Kanzler nickte. »Ich rate Euch allerdings, meine Geduld nicht übermäßig zu strapazieren …«

»Kommt«, unterbrach ihn der Hüne, »folgt mir!«

Sie überquerten die Gasse, die voller Unrat und Schmutz war, als sei seit Tagen nichts weggeräumt worden. Pfützen von Urin schimmerten im Sonnenlicht und erzeugten beißenden Gestank; ein paar Kohlblätter trieben darauf wie welke Schiffchen.

Unwillkürlich bedeckte Bernhard vom Hagen den Mund mit seinem Umhang. Man musste ja krank werden, wenn man in solchem Unrat lebte!

Der Hausflur war dunkel und eng. Der Einäugige klopfte an die Tür der Wohnung im Erdgeschoss.

»Jemand zu Hause?«, rief er. »Dann öffnet – ihr habt hohen Besuch!«

Erst blieb alles still, dann drang ein Wimmern zu ihnen, das allen die Haare aufstellte.

»Da ist jemand«, flüsterte der jüngste Gardist. »Es klingt beinahe wie …«

Sein Kamerad trat nach einem Nicken des Kanzlers die morsche Tür ein.

Beim Hineingehen bot sich ihnen ein Bild des Jammers. Überall Ratten, die vor den genagelten Stiefeln der Gardisten eiligst das Weite suchten. Doch sie hatten bereits ganze Arbeit geleistet. Die Augenhöhlen der toten Frau, die zwei Kinder an sich gepresst hatte, waren leer. Dem kleinen Mädchen, das im Todeskampf unter die Mutter gekrochen sein musste, fehlte ein Stück des rechten Arms. Das dritte Kind lag zusammengekrümmt im nächsten Raum, ein Junge, dessen Rippen einzeln zu zählen waren, so abgemagert war der kleine Tote.

Wieder das Stöhnen.

»Dort drüben ist noch eins.« Die Kehle des Kanzlers war plötzlich trocken. »Dort – auf dem schmutzigen Strohhaufen!«

Er lief zu der Kleinen, die zehn sein mochte oder zwölf, so genau ließ sich das nicht mehr feststellen. Das Gesicht war schmerzerfüllt, ihre Lider waren verklebt. Doch als sie unerwartet menschliche Nähe spürte, bemühte sie sich, sie aufzureißen.

»Nele?«, flüsterte sie. »Nele – wo bist du?«

Unwillkürlich streckte der Kanzler seinen Arm nach ihr aus, doch der Einäugige riss ihn zurück.

»Seid Ihr wahnsinnig geworden?«, rief er. »Seht Ihr denn nicht, was sie hat?«

»Nele, Nele, böse Nele«, jammerte das Mädchen. »Du wolltest uns doch Suppe bringen! Warum bist du nicht gekommen? Jetzt sind alle tot.«

Ihr Kopf fiel zur Seite und entblößte drei große schwärzliche Beulen am Hals. Der Gestank, den sie verbreiteten, war unerträglich. An den schmalen Leisten, die das hochgerutschte Hemd preisgab, saßen weitere Beulen, groß und dunkel.

Wie vom Blitz getroffen, wich vom Hagen zurück.

»Es gibt keine Rettung«, murmelte der Einäugige. »Der große Schnitter wiegt sie schon in seinen Armen – und vielleicht bald auch uns.«

Mit schnellen Schritten lief der Kanzler hinaus. Die Garde folgte ihm nicht minder geschwind.

»Wie lange weißt du schon davon?«, herrschte er den Mann an. »So etwas muss doch sofort gemeldet werden – damit die Behörden geeignete Maßnahmen ergreifen können.«

Der Einäugige lachte. »Was sollte das sein? Die Leichen wegschaffen lassen?«, sagte er spöttisch. »Die Räume ausräuchern? Alles verbrennen, was nicht niet- und nagelfest ist? Das Haus versiegeln – und was dann? Ihr wisst ebenso gut wie ich, wie wenig das alles nützt. Die Seuche ist stärker als wir alle zusammen. Ich *habe* Euch gewarnt, das müsst Ihr zugeben!« Seine Schneidezähne waren lang und gelb.

Wie die Mähre des Todes, dachte der Kanzler unwillkürlich und erschauerte.

»Was kümmern Euch jetzt noch eine verschwundene Kranke und ihr Mädchen?«, fuhr der Hüne fort. »Tausende werden sterben – Tausende, noch bevor das neue Jahr anbricht. Richtet das Eurem Erzbischof aus. Sagt ihm, dass der Engel der Pest sein schwarzes Siegel gesetzt hat und sein Kuss unser aller Ende bringt!«

»Wer bist du?«, fragte vom Hagen. »Ein ehrbarer Mann kannst du nicht sein, bei den ketzerischen Reden, die du führst.«

»Ein ehrbarer Mann? Lasst mich kurz überlegen!« Der Einäugige legte den Kopf schief. »Ja, Ihr habt wohl recht, denn das liegt so lange zurück, dass ich mich selbst kaum noch daran erinnern kann.« Er war schon am Weggehen. »Jetzt nennt man mich Ruch. Ein bunter Vogel, der eines Tages von Gottes barmherziger Himmelsleiter gefallen ist. Das solltet Ihr Euch merken – falls Ihr jemals wieder meiner Dienste bedürft!« Sein dröhnendes Lachen erfüllte noch die enge Gasse, als er bereits um die nächste Ecke verschwunden war.

Die Hitze tat ihrem Aussehen gut. Sie hatte Ennelins fahle Wangen gerötet und das Haar zu einem duftigen Nest aus Blond- und Kupfertönen gekringelt.

»Ludwig ist nicht da«, sagte sie. »Ich kann Euch nicht einmal sagen, wann er wiederkommt. Seit wir das Pesthaus gepachtet haben, sehe ich ihn nur noch zu den Mahlzeiten – wenn überhaupt.« Sie blies sich eine vorwitzige Locke aus der Stirn.

»Er lässt Euch den ganzen Badebetrieb allein stemmen? In Eurem Zustand?«, fragte Vincent verblüfft.

»Lini, unsere Magd, geht mir zur Hand. Aber das meiste hängt schon an mir.« Sie ließ den Korb mit der Schmutzwäsche sinken, stemmte die Hände in die Hüften und stöhnte.

»Ihr habt Schmerzen?«, fragte Vincent.

»Nicht direkt«, versicherte sie. »Aber das Kind drängt so stark nach unten, das macht mir manchmal Angst. Eigentlich dürfte es ja erst in zehn, zwölf Wochen zur Welt kommen, wenn die Wehmutter sich nicht verrechnet hat. Doch der Herr wird mir schon beistehen. Ich bete jeden Morgen und jeden Abend zu Ihm.«

»Lasst Ihr mich Euren Bauch berühren?«, fragte Vincent und legte, als sie nickte, seine Hände auf die pralle Kugel. Behutsam begann er zu tasten.

»Es wird doch gesund sein?«, fragte Ennelin bang. »Ich weiß, Gott schützt die Ungeborenen – und doch habe ich manchmal Angst!«

»Dazu müsste ich Euch gründlicher untersuchen. Und letztlich entscheidet das, wie Ihr so richtig sagt, der gütige Gott«, erwiderte Vincent. »Allerdings solltet Ihr sofort damit aufhören, so schwere Lasten zu schleppen. Ruft Eure Lini! Die soll das übernehmen.« Er hielt kurz inne. »Habt Ihr schon einmal daran gedacht, dass es auch zwei sein könnten? Für *ein* Kind ist Euer Leib schon sehr dick …«

»Zwei?«, unterbrach sie ihn. Tränen traten ihr in die Augen. »Seid Ihr sicher?«

»Sicher kann man erst sein, sobald man sie schreien hört. Aber in meinen Augen spricht einiges dafür.«

»Wisst Ihr, dass ich selbst ein Zwilling bin? Mein Brüderchen hat freilich die Geburt nicht überlebt. So bin ich alles, was meinen Eltern geblieben ist. Deshalb darf ich ihnen auch keine Schande machen! Das hab ich ihnen auf die Heilige Schrift versprochen.«

Sie schien plötzlich zu schwanken. Besorgt hielt Vincent sie an beiden Armen fest.

»Geht es wieder?«, fragte er.

»Wenigstens haben wir noch Arbeit«, sagte sie leise. »Aber wer weiß, wie lange noch? Ich habe gehört, dass der Magistrat alle Badehäuser schließen lassen will. Stimmt es wirklich, dass wir die Pest in der Stadt haben?«

Vincent nickte.

Die Nachrichten des erzbischöflichen Kanzlers waren verheerend: Nele und ihre Mutter blieben nach wie vor unauffindbar – dafür fünf Pesttote im gleichen Haus. Die Zahl weiterer Neuerkrankungen stieg sprunghaft an. Was tat er eigentlich noch immer hier? Wäre er Johanna nicht wiederbegegnet, er hätte Köln längst verlassen. Doch wie könnte er von hier fortgehen und sie in Lebensgefahr wissen?

»Euch bleibt noch immer das Pesthaus«, sagte er. »Ich fürchte, dort werdet Ihr Euch bald des Ansturms kaum noch erwehren können. In Eurem Zustand ist das allerdings nichts für Euch. Es heißt zwar, dass Schwangere seltener an der Seuche erkranken, aber ich rate Euch, das Schicksal besser nicht auf die Probe zu stellen!«

In das weiche junge Gesicht trat plötzlich ein entschlossener Ausdruck.

»Ich will dieses Kind – und wenn es zwei werden, so soll es mir noch lieber sein«, sagte Ennelin. »Ich möchte Ludwig den Sohn schenken, den er verloren hat, und zu einem guten Christen erziehen, der Gott liebt. Aber was soll ich mit jenen speziellen Gästen anfangen, wenn wir zumachen müssen? Sie haben schließlich jede Menge im Voraus bezahlt. Kommt!«

Verdutzt folgte er ihr ins Badehaus, wo sie eine Tür öffnete, die ihm bei seinen bisherigen Besuchen nicht aufgefallen war. Die Vorstellung, sich im heißen Dampf wenigstens für eine Weile zu entspannen, war bis eben fast übermächtig gewesen. Jetzt allerdings verflüchtigte sie sich augenblicklich.

»Die Verworfene Kammer«, flüsterte Ennelin und drängte ihn an eine Wand, in die kleine Gucklöcher gebohrt waren. Vincent sah auf zwei Pritschen je einen dünnen und einen stämmigen Mann unter Schichten von Leinentüchern liegen, umringt von zahlreichen Töpfen, Schalen und Flaschen. Der Dünne röchelte, während der Dicke laut schnarchte. »Dreimal am Tag bekommen sie Salzparillen, in derart heißem Wasser aufgelöst, wie sie es nur herunterbekommen. Danach müssen sie ins Schwitzbad, damit das Übel aus ihrem Körper fließen kann. Sie sind schon fast zwei Wochen da, doch Ludwig hat gesagt, es könnte noch mindestens drei weitere dauern.«

»Ihr meint doch nicht etwa die Franzosenkrankheit?«, fragte Vincent.

»Scht!« Ennelin sah sich nach allen Seiten um, als könnten sie belauscht werden. »Niemand von uns nimmt diesen Namen in den Mund. Diese beiden hochgestellten Herren leiden an Hautausschlägen, so nennen wir es hier. Ihre Familien glauben, sie befinden sich auf einer Badereise. Von mir wird niemand ein Sterbenswörtchen erfahren. Als Apothekertochter weiß ich seit Kindestagen, wie viel Verschwiegenheit zählt.«

»Mit Salzparillen und Schwitzbädern werdet Ihr sie gewiss nicht kurieren«, sagte Vincent. »Und selbst wenn Ihr sie bei lebendigem Leibe kocht – davon werden sie nicht gesund.«

»Was sollen wir ihnen dann verabreichen?« Sie starrte ihn an wie eine Erscheinung.

»Wenn ich Euch das nur mit Sicherheit sagen könnte! Seit Jahren schon studiere ich diese Krankheit und stoße doch immer wieder auf neue Ungereimtheiten.«

»Ihr müsst uns helfen!«, beschwor sie ihn. »Das ganze Geld zurückzuzahlen wäre uns im Augenblick unmöglich. Ludwig hat alles in die Instandsetzung des Pesthauses gesteckt. Ganz besessen ist er von dieser Idee. Ich soll die Stadt verlassen, damit mir nichts zustößt, aber das werde ich nicht. Mein Platz ist an seiner Seite.«

Sie kehrten in den Vorraum zurück.

»Ich werde mit ihm sprechen«, sagte Vincent. »Bader und Medicus müssen Hand in Hand arbeiten, auch wenn wir die Seuche nicht aufhalten können.«

Ennelin wollte sich nach dem Korb bücken, dann schien sie sich auf das zu besinnen, was Vincent vorhin gesagt hatte, und richtete sich wieder auf.

»Er hat sie Euch geschickt«, sagte sie beim Hinausgehen. »Werdet Ihr sie denn behalten?«

Vincent spürte, wie ihm heiß wurde.

»Ich bin nicht so dumm, wie manche Leute glauben«, fuhr sie fort, ohne ihn anzusehen. »Nur weil ich jung bin und noch nicht viel von der Welt gesehen habe. Ich kann die Bibel lesen und weiß viele Gebete auswendig.

Und ich wäre heilfroh, wenn Johanna endlich versorgt wäre.«

»So sehr liegt sie Euch am Herzen?« Seine Stimme klang plötzlich belegt.

Ennelin lachte bitter.

»Sie ist schön, das muss ich zugeben. Und sie kann die Männer verzaubern«, sagte sie. »Wie sehr ich sie darum beneidet habe! Aber es ist kein guter Zauber, der von ihr ausgeht. Ihren Glasmaler hat sie ins Grab gebracht, dessen Bruder liebeskrank werden lassen. Nicht einmal meinen Ludwig hat sie verschont. Doch zum Glück gibt es ja auch noch mich.« Sie reckte ihre Brüste. »An mir kommt sie nicht vorbei, die Witwe Arnheim!«

Ihre Kampfansage klang noch immer in Vincents Ohren, als er die Gereonsstraße erreicht hatte.

Ludwig Weißenburg und Johanna!

Hatte der Bader sie ihm als Haushälterin empfohlen, um sich ihrer bequem zu entledigen? Unwillkürlich blieb er stehen, zog ein Tuch aus dem Wams und wischte sich den Schweiß von der Stirn, als er plötzlich von hinten angerempelt wurde. Er spürte einen kurzen Schmerz an der Hüfte, stolperte und musste mit den Armen rudern, um nicht hinzufallen.

»Kannst du nicht aufpassen?«, rief er erbost. »Die Gasse ist doch breit genug für uns beide!«

Der Mann, der ihn gestoßen hatte, lief unbeirrt weiter. Dann blieb er plötzlich stehen, drehte sich um, zog die Achseln hoch und schnitt dabei eine freche Grimasse. Dunkles Haar fiel ihm lockig in die Stirn; sein Körper unter den schmutzigen Hosen und dem speckigen Wams war geschmeidig und jung. Obwohl er ärmlich angezogen war, schien er vor Lebenskraft zu strotzen.

Eine Welle von Wehmut überfiel Vincent. Wie müde und verbraucht er sich auf einmal fühlte! Die eigene Jugendzeit schien unendlich lang zurückzuliegen. Vom Heilen hatte er schon damals geträumt, auch von einer Frau, die ihn liebte, und einer eigenen Familie. Hatten Johanna und er das Glück nicht für einen Augenblick in den Händen gehalten – und es leichtfertig vertan?

Seine Kehle war plötzlich trocken, während der andere leichtfüßig davonspurtete.

»Er hat es absichtlich getan«, hörte er Ludwig Weißenburg sagen. »Das habe ich genau gesehen. Hat er Euch verletzt?«

»Es war nur der Schreck. Was macht Ihr hier?«

Der Bader zog einen Pinsel ruhig über das Holz.

»Der Tür einen frischen Anstrich verpassen, das seht Ihr doch!«

»Habt Ihr nichts Besseres zu tun? Wir haben die ersten Toten zu beklagen – bald schon könnten es sehr viel mehr sein.«

»Eben darum. Als Haus zur roten Pforte war das Haus schon vor Jahren bekannt. Genauso soll es wieder heißen und mühelos von jedermann zu finden sein.« Vincent spürte, wie der Bader ihn prüfend musterte. »Eure Laune wird sich bessern, wenn Ihr Euch erst einmal drinnen umgesehen habt. Kommt!«

Vincent folgte ihm.

Eine kleine Küche, daneben drei Kammern mit schmalen Betten. Ein Verschlag mit Truhen voller Laken und Tüchern. Alles einfach, aber sauber.

»Im Bedarfsfall kann man noch weitere Pritschen dazustellen«, sagte Ludwig. »Auch zwei Kranke in einem Bett wären denkbar. Immer noch sehr viel besser, als auf der Straße zu krepieren. »

»Ihr wollt sie stapeln wie Brennholz?«

»Wenn nötig – ja. Der erste Stock ist ganz ähnlich eingerichtet. Ich habe einiges an Silber in die Instandhaltung des Hauses gesteckt. Ich hoffe, das wird sich auszahlen.«

»Habt Ihr keine Skrupel, an der Not der Menschen zu verdienen?«

»Ihr etwa?« Der Bader fuhr zu ihm herum. »Nicht alle haben eine Familie. Wer allein ist, kann zu uns kommen und wird hier nach bestem Wissen und Gewissen gepflegt.«

»Etwa von Euch und Eurer schwangeren Frau? Hat sie nicht schon mehr als genug mit Euren speziellen Gästen zu tun?«, versetzte ihm Vincent.

»Das hat sie Euch erzählt? Ennelin ist sehr jung. Sie muss noch lernen, Dinge für sich zu behalten«, sagte Ludwig mit einer gewissen Schärfe. »Natürlich bleibt sie den Kranken fern, vor und erst recht nach der Geburt. Ich werde sie in Sicherheit bringen. Unser Kind soll leben – leben!« Jetzt schrie er.

»Ich sehe hier weder Masken noch Handschuhe«, sagte Vincent. »Das Minimum an Ausrüstung, wenn man es mit Pestkranken zu tun hat. Ihr müsst ihre Wäsche verbrennen.

Alles, womit sie in Berührung gekommen sind, kann Euch und anderen den Tod bringen.«

»Das wird Aufgabe der Pestmägde sein.« Ludwig schien sich wieder zu fassen. »Im zweiten Stock ist ausreichend Platz, um sie unterzubringen. Wenn sie im Haus wohnen, können sie sich Tag und Nacht um die Leidenden kümmern.«

»Wen wollt Ihr dazu verdingen?«, fragte Vincent. »Denn Freiwillige werden sich ja wohl kaum für diese Arbeit melden.«

»Man muss sich nicht unbedingt anstecken«, entgegnete der Bader. »Manch einen verschont die Seuche. Das habe ich immer wieder gehört. Außerdem gibt es gewisse Frauen, die keine andere Wahl haben. Darauf setze ich.«

»Und spielt dabei leichtfertig mit deren Leben?«, sagte Vincent. »Ihr wisst genau, dass gegen die Pest bislang kein Kraut gewachsen ist. So und nicht anders habe ich es an all jenen Orten erlebt, die von ihr heimgesucht wurden.«

Ludwigs Blick wurde stechend. »Wieso seid Ihr dann noch immer in Köln?«, fragte er.

Wegen Johanna, hätte Vincent am liebsten geschrien. Die du mir ins Haus geschickt und damit meine Albträume wieder zum Leben erweckt hast!

»Ich bin der Leibarzt des Erzbischofs«, erwiderte er stattdessen. »Dazu berufen, um an der Burse jungen Menschen die Heilkunst zu lehren. Wir werden gute Heilkundige brauchen bei dem, was auf uns zukommt.«

»So habt Ihr also nicht vor, Euch aus dem Staub zu machen?«

Nein, dachte Vincent zu seinem eigenen Erstaunen. Dieses Mal werde ich nicht davonlaufen.

»Ich bleibe«, sagte er knapp. »Bald wird jede Hand gebraucht werden.«

⁂

Johanna war erst ein paar Schritte weit gekommen, als ein Karren ihr den Weg versperrte. Noch bevor sie nah genug war, um zu erkennen, was zum Teil verborgen unter schmutzigem Sackleinen auf ihm lag, beleidigte ein widerlicher Gestank ihre Sinne.

Sie presste die Hand vor Mund und Nase.

»Das ist nichts für Frauenzimmer wie Euch!«, feixte Joost, der Gehilfe des Scharfrichters, der einen weiteren Sack auf den schon vorhandenen Haufen leerte. »Rattenkadaver – so weit das Auge reicht.« Er deutete auf den Mann neben sich. »Zum Glück hab ich jetzt Verstärkung erhalten. Aber selbst zu zweit werden wir der Viecher kaum Herr.«

Sein Begleiter war groß und zaundürr. Rote Pusteln bedeckten seinen Hals, an dem die Adern sich wie Stricke abzeichneten. Auf dem Kopf trug er eine löchrige grüne Kappe.

»Bin schon jahrelang als Rattenfänger unterwegs«, murmelte er. »Den Rhein rauf und runter. Doch solch eine Plage ist mir noch nie untergekommen!«

»Sie fangen damit an, die Toten aufzufressen«, rief Joost, während Johanna sich vergeblich an ihm vorbeizudrängen versuchte. »Und selbst vor Lebenden machen sie nicht halt. Kleine Kinder mögen sie offenbar am liebsten. Seid froh, dass bei Euch im Lilienhaus kein kleiner Schreihals in der Wiege plärrt! So habt Ihr eine Sorge weniger am Hals …«

»Lass mich endlich durch!«, forderte Johanna, weil sie weder sein Gerede noch den Anblick der erschlagenen Nager länger ertragen konnte.

»Und was bekomme ich dafür?« Joost drängte ihr seinen speckigen Wanst entgegen. Er roch kaum weniger streng als die übel zugerichteten Kadaver auf dem Karren. »Umsonst ist, wie man so schön sagt, nur der Tod.«

Übelkeit stieg in ihr hoch.

»Einen ordentlichen Stoß in den Bauch, wenn du mich weiter aufhältst«, sagte Johanna. »Hab meine Zeit schließlich nicht gestohlen!«

Widerwillig zog er den Karren ein Stück zur Seite, sodass sie sich gerade durchquetschen konnte.

»Früher wart Ihr nicht so übellaunig«, rief er ihr hinterher. »Fehlt Euch wohl der richtige Kerl in der Bettstatt, was? Falls Ihr Bedarf haben solltet – wir zwei stünden jederzeit zur Verfügung!«

Johanna hastete weiter.

Jetzt bereute sie, Joost nach Severins Tod ab und zu einen Becher ausgeschenkt zu haben, weil sie nicht so schnell mit all den mildtätigen Werken ihres Mannes hatte brechen wollen. Goldgräber Joost schien das allerdings gründlich missverstanden zu haben. Ab sofort würde ihre Tür für ihn geschlossen bleiben, das nahm sie sich in diesem Augenblick vor.

Obwohl Johanna sich bemühte, keine schlechte Stimmung aufkommen zu lassen, war der Tag auf einmal finsterer geworden. Müde fühlte sie sich, innerlich wie zerrissen, weil sie ständig an Vincent denken musste und sich gleichzeitig dafür hasste. Dabei sollte sie sich doch eigentlich auf das Gespräch mit der Priorin einstellen! Gewiss würde sich Mutter Christina als eine harte Nuss erweisen, sobald es ans Verhandeln ging.

Abgekämpft und mit einem seltsamen Grummeln im Magen erreichte sie schließlich die Klosterpforte. Wie beim letzten Besuch wurde sie zum Warten in den Kreuzgang geführt.

Eine kleine Ewigkeit schien zu vergehen, bis Mutter Christina mit wehenden Röcken erschien. Sie hatte die Ärmel ihrer Kutte aufgerollt, als hätte Johanna sie mitten in einer schweißtreibenden Arbeit gestört. Ihre bläulich weißen Unterarme, die offenbar seit Jahrzehnten keine Sonne mehr gesehen hatten, waren mit rostigen Sprenkeln übersät.

»Ihr?«, rief sie im Näherkommen. »Mit Euch habe ich bei Gott nicht mehr gerechnet!«

»Ihr scherzt, Mutter«, sagte Johanna, obwohl ihr bei diesen Worten mulmig zumute wurde. »Wir hatten doch vereinbart, dass ich nach der Lese wiederkommen soll. Und hier bin ich!«

»Schwester Irmin, unsere Infirmarin, ist gerade in meinen Armen gestorben – ein Bluthusten, wie ich ihn schlimmer niemals zuvor erlebt habe. Dabei ist unsere Krankenstation randvoll. Und unser kleiner Friedhof wird es auch bald sein. Sie und zwei weitere Mitschwestern sind heute von uns gegangen.«

»Das alles tut mir unendlich leid«, sagte Johanna. »Doch der Wein, den Ihr mir …«

»Welchen Wein?« Mutter Christina fixierte sie streng.

Johanna zupfte an den Bändern ihrer Haube. »Nun, der Wein, den ich von Euch bekommen soll. Ich habe ein Pferd angeschafft, wie die Rheinbruderschaft es verlangt hat, meine Fässer sind frisch geschrubbt und warten darauf, neu gefüllt zu werden.« Sie klopfte an ihren Rock, um das Gewicht der Münzen zu spüren. »Das nötige Geld habe ich natürlich dabei.«

»Von den Weißen Frauen von St. Maria Magdalena gewiss nicht.« Die Priorin wandte sich zum Gehen. »Geht nach Hause! Ihr seid umsonst gekommen. Ich muss zurück zu meinen Pflichten.«

»Aber weshalb?«, rief Johanna ihr hinterher. »Die Lese war gut, das habe ich gehört. Ihr hattet es mir doch versprochen – und meine Anzahlung …«

Blitzschnell drehte Mutter Christina sich zu ihr um.

»Wisst Ihr das denn nicht?«, fragte sie. »Für so dumm hätte ich Euch allerdings nicht gehalten.« Ihr Blick flog über das hochgeschlossene Witwenkleid. »Es reicht eben nicht aus, sich in Schwarz zu hüllen und eine brave Haube aufzusetzen. Man muss auch darunter anständig und ehrbar sein – und davon seid Ihr, wie man mir jüngst berichtet hat, weit entfernt. Hier habt ihr Euer Geld zurück!«

Man hatte sie denunziert!

Fieberhaft begann Johanna zu überlegen. Weinsberg? Der liebenswürdige Rektor würde ihr niemals schaden. Ita – es konnte nur Ita gewesen sein! Von Weinsberg abgesehen war ihr nur Ita gegenüber etwas von ihren Plänen entschlüpft. Wie sehr sie jedes Wort bereute, das sie mit ihr gewechselt hatte. Wie hatte sie nur so unbedacht und leichtsinnig sein können!

»Hört mich an, Mutter!«, sagte sie bittend, während sich die Züge der Nonne immer mehr verhärteten. »Ja, ich kenne diese Frau aus früheren, sehr schwierigen Zeiten, in denen vielleicht nicht immer alles so gewesen ist, wie es hätte sein sollen. Sie will mir schaden. Einzig und allein deshalb ist sie zu Euch gekommen. Was sie über mich erzählt, sind nichts als gemeine Lügen …«

»So wart Ihr also niemals bei den Magdalenerinnen in Basel?«, schnitt ihr die Priorin das Wort ab.

»Doch«, flüsterte Johanna. Fielen die alten Albträume jetzt erneut über sie her? »Man hat mich dazu gezwungen.«

»Ein Akt der Reue und der Gnade, für den Ihr dankbar sein solltet. Wo ist Euer weißer Schleier geblieben? Einen Schleier, den Gott verliehen hat, legt man niemals wieder ab!«

»Aber den hatte ich doch noch gar nicht genommen! Ich war nur ganz kurz im Kloster …« Sie rang um die richtigen Worte. »Dann bin ich weggelaufen.«

Wie armselig ihre Verteidigung klang! Wenn sie die Oberin erweichen wollte, musste sie es anders versuchen.

Bittend streckte Johanna die Hände aus. »Es war nicht so, wie es Euch jetzt erscheinen mag, das müsst Ihr mir glauben! Ich war blutjung, mutterseelenallein, in tiefster Not. Jene Frau aus Freiburg …«

»Welche Frau aus Freiburg?«, fragte die Oberin kühl.

»Ita war gar nicht bei Euch?«, entfuhr es Johanna. »Wer war es dann?«

Die Priorin starrte auf die rostigen Flecken, die ihre Unterarme bedeckten, als bemerkte sie sie zum allerersten Mal.

»Ein angesehener Kölner Bürger«, erwiderte sie langsam. »Kürschnermeister Hennes Arnheim. Und ich danke der allergütigsten Gottesmutter aus ganzem Herzen, dass er uns rechtzeitig die Augen geöffnet hat.«

Statuengleich saß die Weiße vor dem Lilienhaus und würdigte ihn keines Blicks. Am liebsten hätte Hennes ihr mit einem Fußtritt beigebracht, wie man ihm gegenüber zu parieren hatte, doch dann bemerkte er zu seiner Verwunderung, dass die Tür hinter der Katze nur angelehnt war.

Seine Nackenhärchen stellten sich auf. War das die Gelegenheit, auf die er schon so lange wartete?

Die Weiße verschwand nach drinnen, als er sich langsam näherte. Er stieß die Tür auf und überschritt die Schwelle.

Drinnen empfing ihn Johannas zarter Rosenduft, den ein anderer, säuerlicher Geruch überlagerte.

Etwas, das sie gerade gekocht hatte? Ihm hatte schon viel zu lange kein Weib mehr Essen zubereitet.

»Johanna!«, rief er. »Bist du da? Ich bin es, Hennes! Die Tür stand offen …«

Keine Antwort.

Sie war nicht zu Hause. Das gefiel ihm.

Aber wo steckte die Alte, die immer mehr den Verstand verlor? Ob sie gemeinsam weggegangen waren?

Kurz entschlossen betrat Hennes die Küche. Töpfe und Pfannen glänzten an ihren Haken an der Wand. Auf dem Tisch stand eine Schüssel, zudeckt mit einem Tuch, das er neugierig wegzog: frische Sülze!

Das Wasser schoss ihm in den Mund, und es hätte nicht viel gefehlt und er wäre gierig über die Schüssel hergefallen. Doch er zwang sich dazu, die Finger davon zu lassen und das Tuch fein säuberlich wieder darüber zu breiten. Dann fiel ihm die Vorratskammer ein, die gleich nebenan lag. Vielleicht warteten da ja andere Köstlichkeiten, von denen er sich bedienen konnte, ohne dass es gleich auffiel.

Unschlüssig stand Hennes vor den rauen Regalbrettern.

Säcke voll Mehl, Graupen und Grieß, zwei Töpfe mit Sauerrahm, ein paar Eier, eine Milchkanne, Eingemachtes, Zwiebeln, ein halber Laib Brot, nichts, was ihn wirklich gereizt hätte.

Er legte den Kopf in den Nacken und schielte nach oben.

Ganz an der Wand stand ein bauchiger Tontopf, der seine Neugierde weckte. Bewahrte sie darin das köstliche Griebenschmalz auf, das sie ihm früher manchmal kredenzt hatte?

Er streckte sich, um den Topf herunterzuholen, als ein Schrei ihn zusammenzucken ließ.

»Das darfst du nicht!« Sabeth rann ein Speichelfaden aus dem Mund, während sie mit erhobenen Fäusten auf ihn losging. »Verboten! Verboten! Verboten! Johanna hat gesagt …«

»Beruhig dich nur wieder!«, sagte er und stieß sie leicht

zurück. »Muss ja keiner wissen, dass ich hier war. Von mir erfährt sie es bestimmt nicht, und wenn auch du brav deinen Mund hältst, ist alles gut. Eigentlich ist das Lilienhaus ja mein rechtmäßiges Zuhause, verstehst du? Hätte diese blonde Hexe mich nicht aus dem Herzen meines Bruders vertrieben, würde ich schon längst rechtmäßig hier wohnen. Da werde ich mich ja wohl einmal in Ruhe umsehen dürfen!«

Sabeth begann zu keuchen, verdrehte die Augen.

Er war schon dabei, den Topf zurückzustellen, als er plötzlich innehielt.

»Wieso regst du dich eigentlich so auf?«, fragte er.

»Verboten, verboten«, murmelte sie und wollte ihm den Topf aus der Hand reißen. »War lange im Stall. Hat meinem guten, guten Jungen gehört.«

Severin? Was brabbelte sie da von Severin?

Mit einem Mal war Hennes hellwach. Wieso bewahrte Johanna etwas in ihrer Vorratskammer auf, das lange im Stall gestanden hatte? Und weshalb fielen der Alten schier die Augen aus dem Kopf, als er jetzt vorsichtig den Deckel hob, anstatt den Topf zurückzustellen?

Der stechende Geruch, der ihm entgegenstieg, gab ihm die Antwort: Flusssäure – Segen und Fluch für alle Glasmaler, die ständig mit dieser gefährlichen Substanz umzugehen hatten.

»Sie dringt dir in jede Pore. Du versuchst sie auszuschwitzen, doch sie hat dich längst in Besitz genommen.« Plötzlich meinte er, wieder den melodischen Bass seines toten Bruders zu hören. »Manchmal fühlt es sich an, als sei sie nach innen gekrochen, um mir die Eingeweide zu verätzen …«

Was, wenn Johanna beim Sterben ihres Mannes tatkräftig nachgeholfen hatte, wie er schon lange vermutete?

Und selbst wenn nicht, der Schreinsmeister hatte überzeugende Argumente von ihm gefordert, um die Eintragung in den Büchern zu korrigieren. Exakt solche hielt er jetzt in der Hand, gerade noch rechtzeitig, bevor die Frist ablief.

»Zu Johanna kein Wort!« Drohend baute er sich vor Sabeth auf. »Sonst wird sie sehr, sehr böse werden, die Büttel rufen und dich zu den anderen Idioten in den Bayernturm werfen lassen. Und du weißt genau, was dir dort dann blüht!« Blitzschnell zog er die Hand über seine Kehle.

Sabeths Mund schnappte auf und zu, doch sie blieb stumm. In wilder Panik starrte sie ihn an.

Hennes verschloss den Topf. Was darin schwappte, war zu wertvoll, um auch nur einen einzigen Tropfen zu vergeuden.

Wieso sich eigentlich mit den Schreinsbüchern begnügen? Wenn er wollte, konnte er jetzt Johanna mit Stumpf und Stiel vernichten. Wer würde einer entsprungenen Magdalenerin Glauben schenken, einem Geschöpf, das aus der Gosse kam?

Schließlich hatte auch Mutter Christina jedem seiner Worte aufmerksam gelauscht, nachdem er darauf zu sprechen gekommen war. Seit er Itas Wein der Freude genossen hatte, fühlte er sich ohnehin so kraftvoll und männlich, dass ihm nahezu alles möglich erschien.

Bis zur Haustür schaffte er es gerade noch, den wilden Jubel zu unterdrücken, der in ihm aufstieg. Doch kaum war er draußen auf der Gasse, musste er losrennen, um seiner Freude Luft zu machen, so schnell und mühelos, wie er es seit Lehrlingstagen nicht mehr geschafft hatte.

Rosa stieß ein Grummeln aus, als Johanna den Stall betrat. Sie lief zu der Stute, schlang die Arme um ihren Hals. Die Wärme des Pferdekörpers löste den harten Knoten, der sich in ihr gebildet hatte. Obwohl sie es sich fest vorgenommen hatte, nicht zu weinen, rannen nun doch Tränen über ihre Wangen.

»Wie soll es nur weitergehen?«, murmelte Johanna, während sie die Stute streichelte. »Mit dem bisschen Geld werden wir kaum über den Winter kommen. Wir brauchen Essen, Futter, Holz – wovon soll ich das alles bezahlen? Wieso hasst er mich nur so sehr?«

Der Gedanke an Hennes, der sie in diese Lage gebracht hatte, ließ sie laut aufschluchzen.

Die Stute stellte die Ohren auf, als verstünde sie jedes Wort.

»Vielleicht hab ich ihn falsch behandelt.« Johanna riss sich die unbequeme Haube vom Kopf. »Aber wie konnte er sich auch einbilden, jemals an Severins Stelle treten zu können!«

Ihre Ankunft in Köln kam ihr in den Sinn. Damals war sie nach dem langen Ritt so müde und schwach gewesen, dass Severin sie auf seinen Armen ins Lilienhaus tragen musste.

»Wen hast du uns denn da mitgebracht?« Eine Stimme, knarrend und unangenehm. »Wie heißt sie? Woher ist sie?«

»Meine Braut.« Severin ging an seinem Bruder vorbei. »Johanna. Aus Freiburg. Lass sie erst einmal zur Ruhe kommen! Alles Weitere wirst du zur rechten Zeit erfahren.«

Der Blick, den Hennes ihr damals zugeworfen hatte, war ebenso verblüfft wie misstrauisch gewesen.

»Eine Braut für meinen Bruder? Ich fass es nicht! Dass ich das noch erleben darf …«

Sie musste mit ihm reden, beschloss Johanna nun, und wenn es ihr noch so schwerfiel. Nur so konnte sie herausfinden, was Ita mit ihrem Gift bei ihm angerichtet hatte. Sie würde sich überwinden, zu ihm gehen und ganz freundlich sein. Vielleicht ließ er sich ja doch noch umstimmen …

Johanna nahm die Bürste und begann Rosa zu striegeln. Der muskulöse Rücken entspannte sich zunehmend unter den gleichmäßigen Strichen. Die Stute schien die Behandlung zu genießen.

»Morgen reiten wir aus«, sagte Johanna, »am Rhein entlang, damit du endlich meinen Fluss kennenlernst.« Sie legte die Bürste zurück an ihren Platz. »Aber jetzt darf ich Sabeth nicht länger warten lassen!« Sie verließ den Stall, ging über den Hof zum Haus.

Ihre Hand war nicht ganz sicher, als sie den Schlüssel in das Schloss steckte und aufsperrte.

Sie stutzte. Etwas schien im Weg zu liegen. Warum ließ sich die Tür nicht öffnen?

Sie warf sich dagegen, stemmte sie mit ihrem Körpergewicht auf.

Ein zusammengesunkener Körper.

»Sabeth!« Johanna zwängte sich hinein, kniete neben der Leblosen nieder. »Was ist denn los mit dir?«

Die wasserhellen Augen schienen jeglichen Ausdruck verloren zu haben.

»Der Teufel war hier«, flüsterte Sabeth. »Er wird uns holen – dich und mich.« Dann begann sie hemmungslos zu weinen.

Der Weg vom Melatenhaus in die Stadt war ihm inzwischen zur Gewohnheit geworden, auch wenn Christian und Ruch es nicht mochten, wenn er sich ungefragt entfernte – aber hatte er jemals um Erlaubnis gebeten, zu tun, was er tun musste?

Seitdem der Alte seinen letzten Atemzug gemacht hatte, war er sein eigener Herr, und daran würde auch diese Ansammlung seltsamer Kreaturen nichts ändern, bei denen er gelandet war. Inzwischen hatte er sich halbwegs eingelebt, kannte die allabendlichen Runden am Feuer, wo neue Befehle ausgegeben wurden, und hatte auch gelernt, durch die Nächte zu kommen, in denen Wispern und Stöhnen verrieten, wer sich in seiner Nähe mit wem paarte.

Die Blicke der Frauen, die einladend auf ihm ruhten, waren ihm nicht entgangen, doch bei näherer Betrachtung reizten ihn weder Marisa noch Gerhild. Zu tief eingegraben war Schelkes Bild in ihm: ein Mädchen, weizenblond, mit langem Zopf, der ihn kitzelte, wenn sie sich über ihn beugte. Eine schmale Nase, volle Lippen. Die Augen groß, bei Sonnenschein leuchtend blau.

Die Kleine, die noch immer im Badehaus eingesperrt war, besaß eine gewisse Ähnlichkeit mit ihr, wenngleich ihr Haar strubblig und matt war und die Wangen so schmal, dass sie ihn an ein hungriges Vögelchen erinnerte. Er ging regelmäßig zu ihr, und selbst wenn sie bislang niemals auf seine Fragen geantwortet hatte, so wusste er doch, dass sie insgeheim auf seine Besuche wartete.

Sie war nicht krank geworden – noch nicht. Und doch hielten sie sie weiterhin gefangen. Ruch, den er nach dem Grund gefragt hatte, bekam auf der Stelle schlechte Laune.

»Kümmere dich um deine eigenen Angelegenheiten!«, hatte er ihn angeraunzt. »Nele geht dich nichts an, verstanden? Beweis uns lieber endlich, dass du der Meisterdieb bist, für den du dich ausgegeben hast!«

Nele – nun wusste er, wie sie hieß. Der Name gefiel ihm.

Er brachte ihnen vier Geldkatzen, einen Beutel mit glitzernden Steinen und das Halsgeschmeide einer reichen Frau, das blutrot schimmerte, sobald ein Sonnenstrahl darauf fiel. Das brachte sie fürs Erste zum Schweigen.

Die nächsten Tage ließen sie ihn in Ruhe. So blieb ausreichend Zeit, weitere Erkundungen zu machen und sich in die Stadt abzusetzen, wenn ihm der Sinn danach stand.

Er musste sie finden – aber wie sollte er das anstellen? Köln war um einiges größer, als er sich vorgestellt hatte. Er kannte nur ihren Vornamen und wusste selbst, wie wenig das wert war. Sie konnte längst verheiratet sein oder fortgezogen. Dass sie nicht mehr am Leben war, daran mochte er nicht denken, denn es sollte doch seine Hand sein, die ihr den Tod brachte.

Er würde sie finden – er musste sie finden, sonst war sein eigenes Leben kein Kupferstück mehr wert.

Als der Rheinmeister erstmals ins Lager kam, war er gerade von seinem Streifzug zurückgekehrt. Der Tag war alles andere als ertragreich gewesen. Ein alter Kerl mit grauen Strähnen, den er sich in einer schmalen Gasse als bequemes Opfer ausgesucht hatte, trug statt der erwarteten prall gefüllten Börse nichts als abgeschnittene Lederstreifen am Gürtel. Ein anderer, der ihm schwach und hilflos erschienen war, hob die Fäuste und schlug zurück, als er ihn seines Beutels berauben wollte.

Nur weil er sich so elend fühlte, hatte er in der Nähe des Feuers ausgeharrt – und sich Dinge anhören müssen, die er sich selbst in seinen kühnsten Träumen niemals hätte vorstellen können.

Seitdem blieb er dem Rheinmeister auf der Spur. Er wusste, wo Neuhaus wohnte, und er verfolgte dessen Wege quer durch die Stadt. Binnen Kurzem war er über die Gewohnheiten des Handelsherrn im Bilde, die ihn schließlich zum Haus am Berlich führten.

Neuhaus blieb ungewöhnlich lang bei den Hübschlerinnen, was ihn erstaunte, denn seine eigenen Besuche in solchen Häusern waren bislang nie ausgedehnt gewesen. Als die Tür schließlich aufging und Neuhaus ein aufregendes blondes Wesen noch auf der Schwelle überschwänglich herzte, wusste er, dass seine Geduld nicht vergebens gewesen war.

Natürlich hatte er bestens vorgesorgt. Mochten Christian und Ruch ruhig glauben, er würde sich mit dem mickrigen Anteil zufriedengeben, den sie ihm einräumten – jemand wie er, der sich seit Kindestagen allein durchbringen musste, wusste genau, wie das Spiel lief.

Er war in den Fluss gesprungen, um sauber zu sein, hatte ein frisches Hemd angezogen und danach die eingenähten Münzen aus dem Saum des schmutzigen genestelt, das er anschließend in den Auen zurückließ.

Sein Klopfen war herrisch. Zufrieden, dass die Tür sich rasch öffnete, musterte er den Mann, der ihm misstrauisch entgegenstarrte, mit offenem Blick.

»Ich will zu der Blonden«, sagte er.

»Zu Bela? Vergiss es! Du wirst dich mit anderen begnügen müssen. Bist du neu in Köln?«

»Bin ich. Und du bist der Hurenwirt?«

»Conrat Wolter. Mein Haus ist gut bestellt.«

»Dann hol mir jetzt Bela!« Sein Fuß stieß die Tür weiter auf. Er hörte Kichern, das Geräusch von Wasser.

Seine Ungeduld wuchs.

»Hast du mich nicht verstanden?«, fragte Wolter. »Bela ist nur bestimmten Kunden vorbehalten …«

Auf seine Hände hatte er sich verlassen können – seit jeher.

Blitzschnell waren sie an Wolters Hals, umklammerten ihn, bis die Lippen des Hurenwirts bläulich anliefen.

»Bela«, wiederholte er sanft, als spräche er zu einem unartigen Kind, und lockerte seinen Griff ein wenig, sodass der andere nach Luft japsen konnte. »Und keine andere. Sag ihr, die Krähe erwarte sie!«

Es dämmerte bereits, als hart an die Tür des Lilienhauses geschlagen wurde.

Sabeth riss den Mund auf und begann loszuschreien. Mieze sprang mit einem Satz von ihrem Schoß.

Johanna strich der Alten beruhigend über den Kopf, als sie öffnen ging.

Zwei Männer standen vor der Tür, Gerichtsbüttel, wie sie an den roten Bändern erkannte, die an ihre Ärmel genäht waren.

»Ihr seid die Witwe Arnheim?«, fragte der Ältere der beiden. »Johanna Arnheim, einstmals verehelicht mit dem Glasmaler Severin Arnheim?«

»Ja, die bin ich«, erwiderte sie beklommen. »Aber was wollt Ihr denn von mir?«

»Wir müssen Euch mitnehmen.« Der ältere Büttel fasste nach ihrem Arm. »Und je weniger Aufsehen Ihr verursacht, desto besser für Euch!«

»Das muss ein Irrtum sein.« Johanna riss sich los. »Ich habe nichts verbrochen.«

Der jüngere Büttel verzog den Mund.

»Der Irrtum liegt ganz offenbar auf Eurer Seite. Gegen Euch wurde Anzeige wegen Gattenmords erstattet«, sagte er. »Jegliche Gegenwehr wäre zwecklos. Ihr könnt uns nicht entkommen. Der Grewe hat angeordnet, Euch unverzüglich in Haft zu nehmen.«

»Es fehlt so gut wie an allem, Exzellenz.« Vincent de Vries war kurz davor, in Rage zu geraten. So lange redete er schon auf den Erzbischof und dessen Berater ein – und noch immer schienen sie unbelehrbar.

»Vor allem steht bis dato jeglicher Beweis aus, dass die von Euch geforderten Mittel auch nur den geringsten Nutzen zeigen«, rief Gisbert Longolius. »Die verschiedenartigen Theorien über die Entstehung der Pestilenz …«

»Theorien?«, unterbrach ihn Vincent erregt. »Ich rede von der Praxis. Mehr als zwanzig Menschen sind schon tot. Und bald werden es zehnmal so viel sein – an einem einzigen Tag, wenn das Schicksal uns übel will. Und da scheut Ihr die Kosten für Masken, Handschuhe und Räucherwerk?«

Was tat er hier eigentlich noch?

Am besten wäre es, sein Pferd zu satteln und davonzureiten!

Aber musste er zuvor Johanna nicht noch einmal ausdrücklich warnen, trotz allem, was sie ihm angetan hatte?

»Unser Schicksal liegt allein in Gottes Hand«, sagte Hermann von Wied. »So war es – und so wird es immer sein. Wir sollten die Plage, mit der er uns derzeit bestraft, als Möglichkeit sehen, unsere Seelen zu läutern. Ja, wir sind in der Tat vom rechten Glauben abgefallen. Deshalb versuche ich alles, um die göttliche Gnade wiederzuerlangen. Wenn mir allerdings mit Vehemenz entgegengearbeitet wird …« Sein Blick glitt zum Kanzler. »So muss ich mich fragen, ob ich die richtigen Berater an meiner Seite habe.«

»Wir *mussten* das Religionsgespräch absagen«, konterte vom Hagen. »Stellt Euch vor, all die Theologen, die Ihr dazubitten wolltet, wären nach Köln gekommen – und hier erkrankt!«

»Die Anwesenheit solch großer Geister hätte unserer Stadt gut angestanden«, beharrte der Erzbischof. »Wie lange wird es nun dauern, bis ich sie wieder im Schatten des Doms versammeln kann!« Er wandte sich an Vincent. »Wir haben sieben Hospitäler, ein Melatenhaus und, wie ich hörte, ein wiedereröffnetes Pesthaus. Meint Ihr nicht, Medicus de Vries, das müsste genügen?«

»Wenn erst einmal der giftige Atem jener Seuche über die Stadt hinwegfegt, werden alle Dämme brechen«, sagte Vincent. »In Heidelberg und Ulm habe ich mit ansehen müssen, wie Menschen auf der Straße krepieren, und in Straßburg, wie angesehene Bürger zu skrupellosen Menschen werden, die vor nichts und niemandem zurückschrecken. Die Pest hebt Gesetze aus den Angeln und macht Menschen zu Bestien. Wir können diese Sturmflut nicht aufhalten, dazu sind wir zu ohnmächtig und schwach. Doch wir können Regeln aufstellen und einhalten, um sie in bestimmte Bahnen zu lenken.«

Eine Weile war es ganz still in dem behaglichen Gemach. Auf dem Tisch funkelte Rotwein in einer gläsernen Karaffe; auf silbernen Platten lud Reh- und Wildschweinbraten in dunkler Sauce ein. Vom Rhein her kam eine sanfte Brise, die allen wohltat.

Dann zerriss ein Schrei die abendliche Idylle.

»Was war das?« Hermann von Wied sprang aus seinem Sessel hoch.

»Ein Kind in Todesnot«, sagte Vincent. »Eine Frau, die über dem Leichnam ihres Mannes schier zerbricht. Ich fürchte, Ihr werdet Euch daran gewöhnen müssen, Exzellenz. Was uns allen bevorsteht, ist mehr, als Menschen ertragen können.«

»Ihr redet, als hättet Ihr die Pest schon viele Male besiegt«, sagte Longolius verdrossen.

»Die Pest kann man nicht besiegen«, erwiderte Vincent. »Zwar mag sie einen verschonen, wenngleich uns die Gründe dafür bis heute unbekannt sind. Geht sie nicht mit Bluthusten einher, überleben in manchen Fällen einige.«

»Wir werden Bittgottesdienste ansetzen«, rief der Erzbischof. »Und eine große Prozession abhalten, quer durch die ganze Stadt.«

»Damit auch noch die angesteckt werden, die bislang unbehelligt blieben?«, rief Vincent. »Wir müssen ganz im Gegenteil weitere Orte einrichten, wo die Pestkranken abgeschieden vom Rest der Bevölkerung bleiben, bis sie …«

Ein Klopfen an der Tür.

»Der Grewe schickt Euch eine Nachricht, Exzellenz«, sagte der magere Kleriker, der alle Botengänge für den Erzbischof verrichtete. »Alles in Eurem Sinn erledigt.«

»So sitzt sie jetzt also hinter Schloss und Riegel?« Hermann von Wied klang zufrieden.

»Man hat sie in den Frankenturm gebracht, wie von Euch angeordnet. Das Verhör ist für die nächsten Tage angesetzt.«

Der Erzbischof nahm einen Schluck Wein.

»Gerade in schweren Zeiten wie diesen müssen Recht und Ordnung bewahrt bleiben«, sagte er. »Wo kämen wir hin, wenn wir solch ruchlosen Weibern freie Bahn ließen!«

»Wessen wird diese denn bezichtigt?«, fragte Vincent.

»Gattenmord«, erwiderte Hermann von Wied. »Und stellt Euch vor, der Tote hat früher für mich gearbeitet! Ein ungewöhnlich talentierter Glasmaler. Vielleicht ist Euch der Name ja schon einmal untergekommen: Severin Arnheim. Er hätte wahrlich Besseres verdient, als durch die Hand seiner Frau den Tod zu finden.«

FÜNF

Als sie Lenne aus der Fragstatt zurückbrachten und auf die Pritsche warfen, wurde Johanna speiübel. Aus der lebhaften Frau mit den sprechenden braunen Augen war ein blutverschmiertes Bündel geworden, das sich angstvoll zusammenkrümmte, als befürchtete sie neuerliche Misshandlungen. Johanna konnte es kaum abwarten, bis die Henkersknechte das Turmverlies wieder verlassen hatten, dann watschelte sie zu Lenne, so schnell ihre Fußfesseln es zuließen.

»Was haben sie dir angetan?«, flüsterte sie.

Ein Stöhnen war die Antwort.

Mühsam drehte Lenne sich auf den Rücken. Wo noch am Morgen gesunde Zähne geschimmert hatten, klaffte jetzt ein blutiges Loch.

»Schpreizbirne«, röchelte sie. »Dasch näschste Mal breschen schie mir den Kiefer. Oder schie schtecken schie mir in meine …«

»Streng dich nicht unnötig an! Ich hole Wasser.«

Johanna kam mit dem Krug zurück, dessen Inhalt sie sich über den ganzen Tag teilen mussten. In kluger Voraussicht hatte sie heute nur wenige Schlucke davon getrunken. Sie griff unter ihr Kleid und riss von ihrem Hemd einen Streifen ab.

»Das Sauberste, was ich noch habe«, sagte sie, feuchtete

das Leinen an und begann, Lennes geschundenen Mund behutsam abzutupfen. Zunächst ließ Lenne es sich gefallen, dann aber stieß sie Johanna plötzlich weg.

»Jetzt musch isch alsch altesch Weib schterben«, nuschelte sie. »Misch reut jeder Tag, an dem isch ihn habe leben laschen!«

»Du hast gestanden?«, fragte Johanna erschrocken.

In fieberhaftem Stakkato hatte Lenne sich bei ihr das Elend einer freudlosen Ehe von der Seele geredet. Die Schläge, die bald nach der Hochzeit einsetzten, nachdem die Mitgift verbraucht war. Die Enttäuschung des Mannes, als sie nach Jahren ein Mädchen zur Welt brachte. Von der Dreistigkeit, mit der er wahllos Buhlschaften in der nächsten Nachbarschaft einging, bis er schließlich Gefallen am Würfeln fand und alles, was die einstmals florierende Lebzelterei abwarf, zu den Huren auf dem Berlich trug. Als die Kleine heranwuchs und er sich nachts in ihre Kammer stahl, beschloss Lenne seinen Tod. Die geliebte Tochter, die aus Scham in den Fluss gegangen war, konnte sie damit nicht mehr lebendig machen. Die Eisenhutsuppe jedoch, die sie dem Peiniger schließlich kredenzte, ließ ihn das eigene Sterben bei vollem Bewusstsein miterleben. Ihre Stimme hatte vor Genugtuung vibriert.

Jetzt würde sie das letzte Wort behalten – wenigstens ein einziges Mal im Leben!

»Nosch nischt, aber schie bringen disch daschu!« Weinend bäumte sie sich auf. »Schie haben einen schpeziellen Trunk. Jausche, Pische, Eschkremente – für Giftmischerinnen. Du schollscht nach mir die Näschte schein.«

Johanna fuhr zurück, als schlage ihr der üble Geruch schon jetzt ins Gesicht.

»Aber ich bin unschuldig!«, rief sie. »Niemals habe ich Severin auch nur ein Haar gekrümmt!«

»Dasch ischt ihnen egal«, jaulte Lenne auf. »Schwarsche Schpinnen – scho nennen schie unsch.«

Johanna wusste, dass Lenne recht hatte.

Turmmeister Meigin hatte sich ihr gegenüber bislang auf Verhöre beschränkt, die allerdings von Tag zu Tag länger und bohrender wurden, was den Schreiber, der alle Fragen und Antworten aufzuzeichnen hatte, zu immer mehr abgrundtiefen Seufzern veranlasste. Meigin hatte nach Severins Tod gelegentlich Wein bei ihr gekauft. Stets war er dabei ein wenig länger geblieben als unbedingt notwendig. Vielleicht war die steife Korrektheit, die er nun an den Tag legte, auch darauf zurückzuführen.

Doch ihre Schonfrist lief ab. Der Erzbischof erwartete Ergebnisse, das hatte Meigin ihr das letzte Mal zugeraunt. Wenn sie nicht endlich gestand, drohte die Folter.

Schwere Schritte ertönten.

Als könnte er Gedanken lesen, öffnete Meigin mit seinem klirrenden Schlüsselbund das Verlies, eine brennende Fackel in der Hand.

»Die nächste Runde, Witwe Arnheim.« Er packte Johannas Arm und führte sie hinaus. »Bleibt Ihr vernünftig, so kann ich Eure Hände ungefesselt lassen. Falls nicht, muss ich Euch unterwegs binden.«

»Wohin bringt Ihr mich?«, fragte sie bestürzt, als er sie die Treppe hinuntertrieb.

Bisher hatten alle Verhöre im Frankenturm stattgefunden, einem länglichen Raum, einige Stockwerke höher, der zwar vergitterte Fenster hatte, wo sie aber den Rhein erspähen konnte, wenn sie günstig stand. Der Fluss war ihre Zuflucht gewesen, seit sie denken konnte. Schon als Kind war sie an sein Ufer gelaufen, obwohl der Oheim es niemals gern gesehen hatte, wenn sie sich dort herumtrieb. Doch nicht einmal strengste Verbote hatten sie davon abhalten können. Jahre später war eine Fischerhütte zwischen zwei alten Platanen ihr Zufluchtsort mit Vincent geworden. Sogar das verhasste Kloster der Magdalenerinnen hatte unweit des Rheins gestanden. Blauer war er ihr in jenen Tagen erschienen, trotz der Trübnis, die auf ihr lag, wissend und uralt, eine Lebenslinie aus Wasser, die in unbekannte Fernen führte, während ihr junges Dasein viel zu früh an einem Endpunkt angekommen schien.

Sie hatte damals überlebt – sie würde auch jetzt überleben!

Tonlos murmelten ihre Lippen diesen Satz, wieder und immer wieder, während ihr Herz sich standhaft weigerte, an ihn zu glauben.

»Wohin bringt Ihr mich?«, wiederholte sie und machte sich steif.

Moder schlug ihnen entgegen. Der Boden unter ihren nackten Füßen war glitschig. Sie mussten längst zur ebenen Erde angelangt sein, wenn nicht gar tiefer.

Der Turmmeister bückte sich, stieß eine Falltür auf.

»Da hinunter?« Johanna schüttelte den Kopf. »Wollt Ihr mich etwa heimlich beseitigen?«

»Stellt Euch nicht so an! Was Euch gerade geschieht, liegt einzig und allein in Eurer eigenen Verantwortung.« Meigins Stimme klang plötzlich hart. »Beeilt Euch! Man erwartet uns.«

Der Gang war eng und niedrig. Geröll ritzte die nackten Sohlen. Das schmutzige Kleid klebte ihr am Leib wie eine zweite Haut. Die Fußfesseln rieben an der dünnen Haut über den Knöcheln und ließen sie langsam und unsicher gehen. Ein paar Mal wäre sie beinahe ausgeglitten und hingefallen.

Hörte dieser Weg tief in die Unterwelt denn niemals auf?

Allmählich wurde es trockener unter ihren Sohlen, und die Wände schienen zurückzuweichen. Sie konnte sich aufrichten und spürte, wie ihr Rücken sich dabei entspannte.

»Wir sind fast am Ziel«, hörte sie den Turmmeister sagen.

Sie vernahm, wie ein schwerer Schlüssel sich im Schloss umdrehte.

Dann wurde es auf einmal so hell, dass sie die Hände hochreißen musste, um ihre Augen zu schonen.

Über eine steinerne Treppe gelangten sie schließlich nach oben.

»Wo sind wir?«, flüsterte Johanna beklommen.

»In der Hacht«, lautete seine knappe Antwort, »dem erzbischöflichen Kerker.«

Er brachte sie in einen großen, kargen Raum mit nackten Wänden. Hinter einem langen Tisch saßen drei Männer.

Meigin verbeugte sich untertänig.

»Die Gefangene Arnheim, Euer Gnaden«, sagte er zu dem mittleren Mann, der zu Johannas Verblüffung klein wie ein Kind war und ein schwarzes Samtbarett trug. Tiefe Falten zeichneten sein schmales Gesicht. Der grüne Rock, in dem er steckte, war mit einem ausladenden Brokatkragen verziert, der die fragile Gestalt fast zu erdrücken schien. »Wir haben den alten Geheimgang genommen, wie Ihr es befohlen hattet. Niemand hat uns gesehen.«

»Wieso erscheint die Delinquentin ungefesselt zum Verhör?«

»Lediglich die Hände, Euer Gnaden. Der Weg durch den Stollen ist rau und uneben. Sie hätte hinfallen können, sich dabei verletzen und dann nicht mehr gut antworten können. Deshalb dachte ich …«

»Solch übertriebe Sorgsamkeit überlasst besser uns!«, fuhr der Kleine ihn an. »Wir werden herausfinden, ob die Angeklagte in unserer Gegenwart weiterhin so verstockt bleibt. Entfernt Euch, Turmmeister! Eure Aufgabe ist beendet.«

Johanna überfiel ein Frösteln. Was hatten diese seltsamen Worte zu bedeuten? Dass sie nicht mehr zurück in den Frankenturm musste – aber wohin dann?

Angstvoll starrte sie Meigin hinterher, bis ein ungeduldiges Räuspern sie zusammenfahren ließ.

»Ihr wisst, wer ich bin, Witwe Arnheim?«, sagte der Kleine.

Johanna schüttelte den Kopf.

»Leider nein, Euer Gnaden.« Sie benutzte, um ja nichts falsch zu machen, exakt die Anrede, die auch Meigin gewählt hatte.

»Graf Bornweg, Grewe zu Köln, persönlicher Vertreter Seiner Exzellenz des Erzbischofs.« Er schüttelte den Kopf, während er sichtlich ungehalten in den Akten blätterte. »Welch ein Aufwand, muss ich schon sagen! So viel Geschriebenes und so wenig Reue! Wie lange wollt Ihr noch im Zustand der Todsünde verharren?«

Der Grewe höchstpersönlich wollte sie vernehmen! Johanna überlief es eiskalt.

»Ich bin unschuldig, Euer Gnaden«, sagte sie. »Der Tod meines Mannes hat mich tief getroffen, aber er kam nicht unvorbereitet. Severin war krank – schon seit längerer Zeit.«

In den Augen des Grafen zeigte sich ein seltsames Funkeln, während der Mann zu seiner Rechten die Feder ergriffen hatte und eifrig mitschrieb.

»So nähern wir uns der Sache doch langsam an«, rief der Grewe. »Den Tontopf!«

Der Mann zu seiner Linken bückte sich und hievte mit ausgestrecktem Arm einen bauchigen Topf auf den Tisch. Danach wischte er sich die Hände hastig mit einem Tuch ab.

»Dieses Gefäß ist Euch bekannt?«, fragte Bornweg.

Sie mussten in der Speisekammer des Lilienhauses gewesen sein. Oder hatte Hennes sich schon des Anwesens bemächtigt und ihnen den Topf ausgehändigt?

Doch wie hätte er wissen sollen, was sich darin befand? Johannas Gedanken wirbelten wild durcheinander, bis sie plötzlich beinahe laut aufgeschrien hätte: Sabeth könnte ihn darauf gebracht haben!

Sabeth, die sie neulich erst in der Speisekammer beobachtet hatte und die voller Verzweiflung auf ihre Rückkehr wartete. Sabeth, die einfach zu lenken war, wenn man ihr nur genügend Angst einflößte.

Zu leugnen wäre zwecklos. Doch was würde geschehen, wenn sie die Wahrheit sagte?

»Ich kenne das Gefäß«, sagte Johanna. »Es hat meinem verstorbenen Mann gehört.«

»Dann wisst Ihr auch, was es enthält?«

»Man nennt es Flusssäure. Glasmaler benutzen diese Substanz, um Glas zu ätzen«, erwiderte sie.

»Folglich ist Euch auch deren Gefährlichkeit bestens bekannt?« Die Fragen kamen so schnell und hart wie Peitschenhiebe.

Johanna nickte.

»Antwortet gefälligst!«, bellte der Grewe.

»Ja«, sagte sie. »Ich weiß darüber Bescheid. Severin hat mich darauf hingewiesen. Am liebsten hätte er die Flusssäure gar nicht mehr verwendet. Ihm graute geradezu davor, sie einzusetzen. Doch was sollte er tun? Ohne sie konnte er sein Handwerk ja nicht ausüben. Nach seinem Tod hab ich den Topf auch weiter verwahrt.«

»Ausgerechnet in Eurer Speisekammer? Verratet mir den Grund! Weil er Euch schon über eine längere Zeit gute Dienste geleistet hatte?«

Mit aller Macht wollten sie sie zur Mörderin abstempeln! Mit einem Mal überfiel Johanna tiefe Mutlosigkeit.

»Warum quält Ihr mich? Das alles hab ich doch viele Male in Gegenwart von Turmwächter Meigin bereits ausgesagt …«

»Beantwortet meine Frage! Oder wollt Ihr die Ehre dieses Tribunals schmähen?«

»Ich achte die Ehre dieses Tribunals«, erwiderte sie mit zittriger Stimme. »Und ich achte das Leben aller Kreaturen, die Gott geschaffen hat. Wohin hätte ich die Substanz schütten oder verbringen sollen, ohne Mensch oder Tier zu gefährden? In den Fluss? Auf die Erde? Überall hätte sie großen Schaden anrichten können.«

»So habt Ihr Euch in übergroßer Fürsorge entschieden, sie anstatt dessen bei Eurem Mann anzuwenden?« Seine Stimme troff vor Hohn. »Habt sie dem Glasmaler Severin Arnheim ins Essen geträufelt, bis er krank wurde und schließlich den Tod fand.«

»Niemals hätte ich Severin so etwas antun können!«, rief Johanna. »Außerdem kann man niemandem heimlich Flusssäure verabreichen. Allein der Geruch würde einen schon verraten.«

»Das klingt in meinen Ohren, als hättet Ihr Euch überaus eingehend damit beschäftigt.« Das Puppengesicht des Grewen verhärtete sich weiter. »Weil Ihr nämlich ein anderes schändliches Verbrechen bereits begangen hattet – Ehebruch! War Euch der Glasmaler dabei im Weg? Musste er deshalb so jämmerlich sterben?«

»Ich war meinem Mann stets treu.« Jetzt schrie sie. »Das ist die reine Wahrheit!«

»Dann seid Ihr also mit dem Bader Ludwig Weißenburg kein unzüchtiges Verhältnis eingegangen? Obwohl er frisch verheiratet ist und seine junge Frau alsbald ein Kind zur Welt bringen wird?« Als sie aufbegehren wollte, machte er das mit einer zornigen Geste zunichte. »Versucht erst gar nicht, die Vorwürfe abzustreiten! Uns liegen Zeugenaussagen ehrbarer Bürger vor, die Euer Vergehen bis ins Detail beschrieben haben. Wie abscheulich Ihr doch seid! Er, dessen prachtvolle Fenster die Herrlichkeit Gottes rühmen, hätte wahrlich anderes verdient gehabt.«

Er wusste von Ludwig und ihr. Was sonst wusste er noch?

Eine fremde Macht schien Johanna hochwirbeln zu wollen. Verzweifelt klammerte sie sich am Tisch fest.

»Das war erst nach Severins Tod«, räumte sie schließlich ein. »Von einer Heirat des Baders war mir zu jener Zeit nichts bekannt, geschweige denn von einem Kind. Das müsst Ihr mir glauben!«

»Und selbst wenn – hätte es Euch gekümmert?«

Der Grewe war aufgesprungen und hurtig um den Tisch gelaufen. Erst jetzt schien er zu bemerken, dass er Johanna nicht einmal bis zum Kinn reichte, was ihn sichtlich irritierte. Er reckte sich, um größer zu wirken, was misslang und ihn nur noch weiter aufbrachte.

»Eine Person, der nicht einmal das Witwenjahr heilig ist? Die früher im fernen Freiburg als Badehure gearbeitet hat? Und davor bereits aus dem Kloster der Magdalenerinnen zu Basel entwichen war, anstatt dort ihre Unmoral in Reue und Buße zu sühnen?« Sein ausgestreckter Zeigefinger schnellte nach vorn, als wollte er ihr die Augen ausstoßen.

Johanna wich zurück, verhedderte sich in der Eisenkette, die ihre Fußfesseln verband, und fiel auf den Rücken. Dabei verrutschte ihr Kleid, gab die Knie und einen Teil der Schenkel frei, auf die der Winzling in einer seltsamen Mischung aus Gier und Ekel starrte.

»Ja, du bist ein durch und durch verderbtes Geschöpf«, rief er, während er sich tief über sie beugte. »Durchtränkt von Sünde vom Scheitel bis zur Sohle. Noch vor Kurzem hätte man dich zwingen können, dein teuflisches Gebräu bis zum letzten Tropfen auszusaufen, um mitzuerleben, ob und wie der gerechte Gott dich für deine Untaten bestraft.« Geschwind hangelte er nach dem Topf und hielt ihn schräg über die hilflose Johanna, als wollte er ihn über ihr ausgießen. Erst im allerletzten Augenblick schien er wieder zur Vernunft zu kommen. »Doch die Paragrafen der Carolina hindern uns an solch einem Vorgehen. Du willst noch immer nicht gestehen?«

»Ich bin unschuldig«, sagte Johanna. »Das Handwerk hat meinen Mann getötet – nicht ich!«

»Ganz wie Ihr wollt.«

Der Grewe stellte den Topf zurück auf den Tisch.

»Helft ihr auf!«, befahl er seinem Schreiber, der dieser Aufforderung eiligst nachkam. »Ich bin fertig mit ihr.«

Johannas Rücken schmerzte, als sie wieder auf die Füße kam, aber sie verzog keine Miene.

»Holt Meister Hans herein!«, fuhr der Grewe fort. »Er soll sie in die Fragstatt bringen.«

»Ihr wollt mich foltern lassen?«, rief Johanna. »Aber das dürft Ihr nicht – ich bin unschuldig – unschuldig!«

»Ich bin kaum je zuvor einem Weib begegnet, das diese Prozedur mehr verdient hätte.«

Der Graf klang abschließend, während ein großer Mann hereinkam. Sein Wams war auf der einen Seite rot, auf der anderen grün. Nagelbeschlagene Stiefel dröhnten auf dem Boden.

»Jetzt gehört sie Euch, Scharfrichter«, sagte Bornweg. »Bringt sie zum Geständnis! Unsere Geduld geht zu Ende.«

Johanna rang nach Atem, als sie kurz darauf, ohne dass sie das Gebäude verlassen hatten, in einen niedrigen Raum mit grobem Mauerwerk gestoßen wurde. Was sie hier zu sehen bekam, hätte sie nicht einmal in den schlimmsten Albträumen erwartet.

Die Stimme des Scharfrichters klang gleichgültig, als hätte er seine Worte schon viel zu oft heruntergeleiert.

»Die Streckbank«, hörte sie ihn sagen, während sie auf ein merkwürdiges Holzgestell starrte, von dem seitlich dicke Stricke herunterbaumelten. »Manchmal auch von unten zusätzlich mit Feuer betrieben. Ein Handhebelrad dehnt die Gelenke und bringt die Knochen zum Herausspringen.«

Er streckte die Hand aus. Johannas entsetzte Blicke folgten ihm.

»Spanischer Stiefel. Wird um Schienbein und Wade gelegt und dann zusammengedreht. Führt zu Knochenbrüchen und Quetschungen.«

Aus einem Eimer auf dem Boden drang mörderischer Gestank.

»Der Trunk für Giftmischerinnen. Wer das zu saufen bekommt, lebt keine zwei Tage mehr.«

Sie wandte sich ab, aber nicht schnell genug. Allein der Gestank schien ihr die Schleimhäute zu zersetzen.

Der Scharfrichter wies weiter auf einen wurmzerfressenen Holztisch.

»Daumenstock. Finger werden in eine Zwinge gespannt und durch Gewinde miteinander verbundene Backen zusammengezogen. Die Folgen sind Frakturen und bleibende Schäden.«

Johannas Finger schoben sich unwillkürlich ineinander.

Verschone mich, gütiger Gott!, betete sie stumm. Bitte lass mich entkommen!

Dann entdeckte sie das nächste Instrument des Schreckens auf einem Holzklotz.

»Spreizbirne«, erklärte der Scharfrichter. »Führt zu Kiefersperre, wenn man sie im Mund anwendet. Die Zähne brechen, irgendwann auch der ganze Kiefer. Schreien kann man trotzdem noch, und das tun sie alle hier. Das Resultat habt Ihr bei Lenne Wagner gesehen ...«

Bittend streckte Johanna ihm die gefalteten Hände entgegen.

»Ich bin unschuldig«, rief sie. »Ich kann nicht gestehen, selbst wenn ich wollte, weil es nichts zu gestehen gibt!«

»Das behaupten sie alle«, erwiderte Meister Hans ungerührt. »Ich muss Euch jetzt mit dem Folterhemd bekleiden. Zieht Euch aus! Und löst das Band von Eurem Hals!«

Der Schrecken, der bei diesen Worten in sie fuhr, war eisig wie der Kuss des Teufels. Wenn er die Male sah, die sie seit Jahren verbarg, war sie erst recht verloren!

Unwillkürlich flogen ihre Hände zum Hals.

»Das ist ganz und gar unmöglich!«, rief sie. »Ich kann das Band nicht abnehmen.«

»Dann werde ich es tun.« Er kam auf sie zu.

»Nein – das dürft Ihr nicht!« Johanna riss die Augen schreckensweit auf. »Ein Gelübde! Ich habe ein heiliges Gelübde geleistet, es bis zu meinem Tod zu tragen.«

Er schien zu überlegen, dann nickte er knapp.

»Meinethalben. Auf diese paar Tage soll es mir nicht ankommen. Und jetzt runter mit dem Kleid!«

Zitternd gehorchte sie, stieg aus Kleid und Hemd und bemühte sich, seine ungenierten Blicke zu übersehen. Ganz allein mit ihm in dieser Schreckenskammer, ihm hilflos ausgeliefert. Was, wenn er sich an ihr verging? Selbst wenn sie sich die Seele aus dem Leib schrie – niemand würde sie hier hören.

Das Folterhemd, das er ihr grob über den Kopf stülpte, bestand aus rauem Sackleinen und reichte gerade bis zu ihren Knien. Am Saum entdeckte sie ein Nest bräunlicher Flecken.

Eingetrocknetes Blut? Wem vor ihr mochten sie es gewaltsam vom Leib gezerrt haben?

»Seid Ihr endlich so weit?«, drängte der Scharfrichter. »Dann kommt!«

»Ihr bringt mich weg von hier?« Ein winziger Hoffnungsfunken glomm in Johanna auf.

»Nicht direkt.« Er drängte sie einen schmalen Gang entlang, der immer dunkler wurde, je weiter sie kamen. »Manch einer hat mich schon auf Knien angefleht, in die Fragstatt zurückgeschleift zu werden, wenn er erst einmal ein Weilchen hier verbracht hatte.«

Wovon sprach er? Was konnte noch übler sein als jene

Folterinstrumente, deren Anblick ihr bis ins Mark gefahren war?

Er ließ den Riegel an einer dicken Eisentür zurückschnappen.

»Was ist das?«, fragte sie furchtsam.

»Das Loch der Wahrheit«, sagte er. »Jetzt habt Ihr alle Zeit der Welt, um über ein Geständnis nachzudenken.« Der Scharfrichter versetzte ihr einen Stoß, der sie auf die Knie zwang.

Johanna wollte aufstehen, doch seine Hand ließ es nicht zu.

Sie hörte, wie er etwas aus seinem Gürtel zog, dann spürte sie plötzlich etwas Metallisches.

Ein Messer, das er ihr in den Hals bohren wollte?

Auf einmal fühlte sich ihr Kopf überraschend leicht an. Wie eine dicke goldene Schlange fiel ihr Zopf neben ihr auf den Boden.

Die Tür ging zu.

Pechschwarze Dunkelheit schien Johanna zu verschlucken.

❦

Belas Haut war so weich wie das Stückchen Samt, das er dem Alten stibitzt und so lange mit sich herumgetragen hatte, bis es rau und abgeschabt und das ursprünglich leuchtende Blau gräulich verblichen war.

Sein erster Diebstahl – der erste in einer unendlichen Reihe.

Nachts hatte er den Stoff heimlich hervorgeholt, um seine Wange daran zu schmiegen. Seine Tränen hatten ihn über Monate durchnässt, bis der Alte ihm auf die Schliche kam und ihn so hart verprügelte, dass die Tränen für immer versiegten.

»Wer heult, ist ein Schwächling«, hatte der Alte geschrien, während sein Stock unbarmherzig auf dem Hinterteil des Jungen tanzte. »Und für einen Schwächling hab ich mein kostbares Geld nicht verschwendet. Denn Schwächlinge gehen unter – merk dir das gefälligst!«

Damals schien der Alte ernsthaft erwogen zu haben, ihn zu verstümmeln, um den Bettelertrag zu steigern.

»Ein hübscher Junge wie du mit roten Lippen und dunklen Locken, so etwas mögen die Leute. Wenn du jetzt noch anständig humpeln würdest, einarmig wärst oder am besten sogar blind …«

Ein brennender Ast, wie zufällig ganz nah an sein Gesicht gehalten.

»Nicht die Augen!«, hatte er in wilder Panik geschrien. »Ich werde humpeln oder lernen, meinen Arm unter einer Jacke zu verbergen, damit keiner ihn sieht. Aber rühr meine Augen nicht an!«

Der Alte hatte von ihm abgelassen, grinsend, als wäre die Drohung nichts als ein übler Scherz gewesen, doch diese Idee kreiste weiterhin in seinem Kopf, lange noch, das konnte er sehen. Viele Bettler, die auf der Straße lebten, verunstalteten gezielt die Kinder, die mit ihnen unterwegs waren. Das Mitleid der Menschen war ihr tägliches Brot. Je mehr sie davon erregen konnten, desto eher wurden sie satt.

Damals hatte er Tag und Nacht vom Weglaufen geträumt. Alles hatte er versucht, um diesen Traum in die Tat umzusetzen – doch der Alte hatte ihn stets wieder eingefangen und zurückgezwungen. Seine Schläge waren unbarmherziger geworden, je älter er wurde, als hätte er, dem der Junge nun gehörte, genau gespürt, was in dem Jüngeren vorging.

»Beim nächsten Mal schlag ich dich tot.« Die Zahnstummel des Alten waren über ihm gewesen wie die zerbrochenen Fänge eines alten Wolfs. »Mit meinen Händen drück ich dir die Kehle zu, bis du blau anläufst. Dann fährst du geradewegs zur Hölle – bei den unzähligen Schandtaten, die du inzwischen schon begangen hast.«

Noch immer ganz im Bann der alten Bilder, schlug er nach Belas Fingern, die ihn zärtlich am Hals gekrault hatten.

»Du bist ja gar nicht bei mir!«, maulte sie und biss zärtlich in sein Ohr, während ihre Schenkel sich einladend öffneten. Ihr dichtes Vlies erinnerte ihn an dunklen Honig. Es schimmerte feucht, weil sie sich eben erst vergnügt hatten, doch sie reizte ihn schon wieder. »Wozu schick ich eigentlich all die anderen Freier fort, kannst du mir das sagen? Wenn deine Gedanken ständig auf die Reise gehen, anstatt hier zu sein.«

Sie hatte ihm erzählt, dass Hurenwirt Wolter langsam ungeduldig wurde, weil Stammgäste sich beklagt hätten, und das gefiel ihm ausnehmend gut. Besonders das lange Gesicht von Rutger Neuhaus bereitete ihm Spaß, der manchmal so aufgebracht zum Melatenhaus kam, dass man seine Verärgerung fast körperlich spüren konnte. Wie sie alle sprangen und eilten, wenn er bei ihnen am Feuer erschien! Stets schien er es besonders wichtig zu haben, zog sich mit Christian und Ruch in einen der alten Schuppen zurück, wo sie lange miteinander konferierten, bis er schließlich mit geschwellter Brust wieder abzog. Mochte der reiche Handelsherr sich bei der Bande als der aufspielen, der das Sagen hatte – hier, in Belas Hurenkammer, war er es, der den Ton angab.

Sich lustvoll in ihr zu bewegen ließ die Schrecknisse der Vergangenheit zusammenschrumpfen, als könnte er alles, was ihm widerfahren war, in ein Kästchen legen, es verschließen und anschließend auf dem Grund des Rheins versenken. Obwohl er schon mit einigen Mädchen und Frauen das Lager geteilt hatte, war diese junge Hure für ihn wie eine Offenbarung: unersättlich und launisch, kindlich und herrlich verdorben in einem.

Er spürte ihre Lippen auf seiner Haut, ihre freche kleine Zunge, die über seinen nackten Bauch glitt, während ihre Hände die alten Blessuren auf seiner Brust streichelten, als seien sie eine Auszeichnung für größte Tapferkeit. Bela konnte einem Mann Freuden schenken, die er niemals vergaß – und natürlich reagierte sein Körper prompt, wie sie es erwartet hatte.

»Du machst mich noch arm«, murmelte er, während sie immer tiefer glitt. »Arm und wahnsinnig in einem.«

»Genau das habe ich vor«, gurrte sie. »Wieso bleibst du nicht über Nacht? Bin ich dir das vielleicht nicht wert?«

Er lachte, schob sie weg, um sich kurz darauf abermals auf sie zu stürzen.

Ihre Handflächen, die er küsste, waren weich und warm. Er berührte ihre Brüste, sog deren Duft ein und den leicht salzigen Geruch ihrer feuchten Haut. Als er in sie drang, wurde ihr Gesicht weich, und sie begann zu stöhnen. Seine Stöße wurden härter und schneller, bis er plötzlich das Gefühl hatte, sich in ihr aufzulösen.

Dann war es auf einmal, als streife ihn ein Blitz. Schmale, ernste Mädchenzüge erschienen vor ihm. Graue Augen, die ihn prüfend musterten. Manchmal schienen sie kurz davor zu lächeln, wenn seine Stimme ertönte. Sein Ehrgeiz, sie dazu zu bringen, war geweckt. Nele – wenn sie jetzt sehen könnte, was er hier gerade trieb!

Plötzlich roch er den Schweiß und die Säfte derer, die sich vor ihm hier mit Bela gewälzt hatten. Seine Lust war erloschen. Jäh zog er sich aus ihr zurück.

»Was ist?«, fragte sie, stellte das Bein auf, gab den Blick auf ihr Schatzkästlein frei und versuchte ihn abermals damit zu erregen. »Heute schon müde? Soll ich dich wieder munter machen?«

»Besser nicht. Ich muss zurück.« Er angelte nach seiner Bruche. »Fällt schon auf, dass ich mich ständig in die Stadt schleiche.«

»Du kommst ohnehin nicht meinetwegen, das weiß ich ganz genau.« Sie schob die Unterlippe vor wie ein enttäuschtes Kind. »Ich bin nichts als ein Vorwand.«

»Was du nicht alles weißt!« Er klang plötzlich zurückhaltend.

»Ich lasse dich aber erst gehen, wenn ich endlich deinen Namen weiß«, sagte Bela schmollend, erhob sich vom Bett und hüllte sich in ein dünnes blaues Tuch, das sie eng um ihren aufreizenden Körper zog. »Und zwar deinen richtigen. ›Krähe‹ kann ich dich ja wohl kaum nennen, wenn ich in deinen Armen liege.«

»Hab ich dir nicht angeboten, dass du dir einen beliebigen aussuchen kannst?«, sagte er, während er seine Münzen auf den kleinen Tisch zählte und nach kurzem Zögern zwei weitere dazulegte. »Will, Hans, Franz, Kuno, alles, was du nur willst. Komm schon, Bela! Du bist doch sonst nicht so schüchtern – triff deine Wahl!«

»Jetzt machst du dich über mich lustig. Ich hasse dich!«

Sie trat nach ihm, spielerisch zunächst, dann aber fester. Er packte ihre Hände und hielt sie gefangen wie in einem Schraubstock, sodass sie keine Bewegung mehr machen konnte.

»Tu das niemals wieder!« In seinen Augen zuckte plötzlich eine gefährliche Wut auf. »Niemand tritt nach mir, auch du nicht, verstanden?«

Er ließ sie so abrupt los, dass sie beinahe hinfiel.

»Wie seltsam du heute bist«, versuchte sie den scherzhaften Ton von vorhin wieder aufzunehmen. Doch sein starrer Gesichtsausdruck verriet nichts Gutes. »Dann geh doch, du … Krähe! Ich werde mich auch ohne dich nicht langweilen.«

Bela lief hinaus in die Stube, wo eine üppige Frau mit scheckigem Haar gerade ihre Schätze präsentierte. Die anderen Hübschlerinnen umrundeten neugierig den Tisch, der von Kräuterbüscheln, Holzstücken, Gefäßen, diversen Beutelchen und anderen seltsamen Gegenständen bedeckt war. Sogar Conrat Wolter schien fasziniert von dem, was die Frau feilzubieten hatte.

»So eine wie Ihr hat uns in Köln schon lange gefehlt!«, rief er begeistert. »Denn natürlich hat diese hinterlistige Franzosenkrankheit auch unsere schöne Stadt arg gebeutelt. Zwei meiner besten Mädchen hab ich an sie verloren und damit bares Geld, denn die beiden wussten, wie man Männer zufrieden macht, das könnt Ihr mir glauben! Totgeschröpft und ausgeblutet hat man mir sie, ohne dass sie auch nur einen Deut genesen wären. Zum Schluss waren sie so schwach, dass sie das Bett nicht mehr verlassen konnten.«

»Ach, hört mir doch auf mit dem ganzen Purgieren, Blutabzapfen und Schröpfen«, rief die Frau. »Damit macht man keinen wieder gesund, das weiß niemand besser als ich. Schwitzen? Ja – aber nur, wenn man auch genau weiß, wie.«

Der Mann, der Bela gefolgt war, hielt plötzlich inne und starrte die Besucherin an.

Die alten Narben auf seiner Brust begannen zu brennen, als sei der schwarze Vogel erst vor wenigen Tagen über ihn hergefallen. Ein Schwindel schien ihn zu überfallen, der Dinge hervorzauberte, die er längst vergessen oder vielleicht niemals erlebt hatte.

Etwas Rotes, von dem unablässig Wasser tropfte.

Eine Kammer, deren Wände sich immer enger um ihn schlossen.

Ein Geruch, der sich tief in ihm eingenistet hatte.

Raue Hände, die ihn wegrissen.

Das Gefühl, im nächsten Moment ersticken zu müssen …

Seine Rechte glitt zur Stirn, als wollte sie etwas wegwischen.

Danach tastete er nach seiner Waffe und war erleichtert, die gebogene Klinge zu spüren, die leicht an seinen Schenkel drückte. Er hatte sie Christian gestohlen, schon in der ersten Nacht, die er ohne Fesseln im Lager verbrachte. Lange schon hatte er nach solch einem scharfen Messer Ausschau gehalten. Wer immer sich mit ihm anlegte, würde es zu spüren bekommen.

Mit einem Schlag war er in der Wirklichkeit zurück, hellwach. Mit allen Sinnen auf der Hut, als drohte im nächsten Augenblick ein gefährlicher Angriff.

Die Frau schien bei seinem Anblick kurz zu stocken, während ihr großzügig entblößter Busen sich in Wellen rötete. Dann setzte sie ein geschäftsmäßiges Lächeln auf und redete weiter, atemloser noch als zuvor.

»In meinen Händen liegt der Schlüssel zur Heilung«, sagte sie. »Unscheinbar auf den ersten Blick, doch *das* Mittel, um die bösen Blattern wieder loszuwerden.« Ihre kräftigen Finger tippten auf ein braungrünes Holzstück mit gelblichem Splint. »Vom Guajakbaum, von sehr weit her und wertvoller als pures Gold.«

»Muss man das essen?«, flüsterte die Schwarze Marusch. »Scheibchenweise? Zerrieben? Oder sich damit einreiben?«

»Wenn das so einfach wäre!«, rief die Frau. »Man nennt es auch Palo santo, ein Name, den neuerdings so einige auf den Lippen führen, aber was will das schon heißen! Natürlich bleibt die Zubereitung dieser Medizin mein Geheimnis. Man hat mir gedroht, damit ich es preisgebe, hat mich verfolgt und gejagt. Diversen Giftanschlägen konnte ich nur knapp entrinnen. Aber wie ihr seht, konnte nichts und niemand mir etwas anhaben: Hier bin ich, gesund und äußerst lebendig.«

»Was ist das da an deinem Unterarm«, fragte er. »Eine Geschwulst? Ein böses Andenken?«

Blitzschnell zog sie den Ärmel ihres Kleides nach unten.

»Ein kleiner Ausschlag. Vollkommen unbedeutend.« Ihre dichten Brauen zogen sich zusammen. »Mein Haus in der Schwalbengassen steht allen offen, die meiner Hilfe bedürfen.« Die Hübschlerinnen begannen verhalten zu kichern, was die Frau allerdings nicht weiter zu irritieren schien. »Das Zeichen der Eule führt euch zu mir. Und so wird auch meine Behandlung sein: leise und weise wie der Vogel der Nacht.« Sie schien kurz Luft zu schöpfen, dann breitete sie die Arme weit aus. »Das jedoch ist bei Weitem nicht alles, was ich anzubieten habe. Dunkelheit hat sich über Köln gesenkt: der Schwarze Tod, vor dem alle zittern.« Verschwörerisch senkte sie die Stimme. »Viele behaupten, gegen ihn sei kein Kraut gewachsen. Ich aber sage euch, sie lügen. Sie wissen nichts. Denn hier, auf diesem Tisch, findet ihr Mittel in Hülle und Fülle, um die Pest erfolgreich abzuwehren: Hyazinthstein, Bisamäpfel, Pestwurz, Gürtel aus Löwenhaut, Riechsteine, Theriak, Pimpernellwurzel, Krebsschalen, Kapaunwasser und vieles, vieles mehr. Stunden, ja ganze Tage könnte ich weiterreden. Am wirksamsten sind jedoch meine Spezialamulette, im ganzen Reich von Nord bis Süd in höchsten Tönen gepriesen. Seht ihr dieses Säckchen aus rotem Samt? Es enthält die Mischung, die Leben bewahrt. Wer es um den Hals trägt, der kann sich nicht anstecken …«

Er rannte hinaus, holte vor der Tür des Frauenhauses tief Luft.

Das marktschreierische Gelaber dieser Gescheckten hätte er keinen Augenblick länger ertragen. Außerdem trieb es ihn zurück zum Melatenhaus. Nele hatte er seit gestern Abend nicht mehr gesehen. Die Angst, dass sie doch noch erkranken könnte, obwohl es von Tag zu Tag immer unwahrscheinlicher wurde, ließ ihn nicht los.

Noch immer redete sie nicht mit ihm.

Doch wie sie ihn ansah … Nie zuvor hatte er die ganze Welt in einem einzigen Blick liegen sehen.

Bevor er allerdings zurückkehren konnte, hatte er noch weitere Badestuben abzuklappern, wie er es nun jeden Abend tat. Sie schlossen eine nach der anderen, das machte seine Suche nicht gerade einfacher.

Dass er die Gesuchte nicht im Haus am Berlich vorgefunden hatte, wie zunächst von ihm befürchtet, hatte ihn seltsamerweise beruhigt. Doch mit irgendetwas musste sie ihren Lebensunterhalt ja bestreiten. Bislang allerdings hatte er kein Glück gehabt. Wo immer er ihren Namen vorbrachte – niemand schien sie zu kennen. Diese Stadt war so groß und damit so unübersichtlich, dass ihm manchmal bang zumute wurde.

Das war wirklich etwas anderes als die Käffer, durch die er seit Kindesbeinen mit dem Alten gezogen war! Andererseits musste, wer hier seit Jahren lebte, gewisse Spuren hinterlassen haben. An diese dürre Hoffnung klammerte er sich, wenn er mutlos zu werden drohte.

Und wenn sie längst tot und begraben war?

Die Flamme der Wut, die er wie seinen kostbarsten Schatz hütete, seit er sich erinnern konnte, begann auf einmal bedrohlich zu flackern.

Das konnte, das *durfte* nicht sein!

Sie musste leben – um durch seine Hände den Tod zu finden.

❦

»Der Herr hat diese Stadt verflucht.« Angesichts der jüngsten Schreckensmeldungen schien Hermann von Wied noch tiefer in seinem Sessel zu versinken. Die Zeit der blauen Stunde war angebrochen. Schatten krochen in die Winkel seines Gemachs und machten alte Ängste wieder lebendig. Seine langen, dünnen Finger zitterten leicht. »Wir dürfen nicht länger untätig zusehen – was uns gerade widerfährt, erfordert Konsequenzen!«

»Der Magistrat hat damit längst begonnen«, erwiderte Bernhard vom Hagen. »Die Brunnen werden nachts bewacht, die Badehäuser sind so gut wie alle geschlossen. Rattenfänger durchpflügen die Gassen. In den Spitälern werden zusätzliche Pritschen aufgestellt. Ein neues Pesthaus hat jüngst eröffnet. Falls die Friedhöfe nicht mehr ausreichen, werden wir …«

»Versteht Ihr denn nicht?«, unterbrach ihn der Erzbischof. »Ich rede nicht von den Angelegenheiten des Körpers. Unsere geliebte Mutter Kirche ist krank an Haupt und Gliedern. Dafür straft uns Gott. Weil wir mutlos am Alten festhalten, anstatt Neues zu wagen.«

»Die Menschen hängen an dem, was sie kennen – ihren Heiligen, die ihnen Trost spenden. Den Reliquien, zu denen sie beten. Dem Opferstock, in den sie ihre Gaben stecken. Gerade in schweren Zeiten wie dieser bedürfen sie dieses Trostes.«

»Und wenn sie irren? Wenn wir alle irren?«

»Habt Ihr Euch nicht noch vor Kurzem energisch für Bittgottesdienste und Prozessionen ausgesprochen?«, fragte der Kanzler.

»Das habe ich. Aber es war ein Fehler. Das weiß ich inzwischen. Unser aller Leben liegt in Gottes Hand – *sola gratia.* Allein Seine Gnade kann uns erretten! Und hier in Köln denken längst viele wie ich.«

Er führte tatsächlich ungeniert im Mund, was die Lutheraner zu ihrem obersten Dogma erhoben hatten! Es gab eine Gruppe von Verirrten in der Stadt, die vom rechten Glauben abgefallen waren, gar nicht so wenige, wenn man den Spitzeln glauben durfte, die nachts die Gassen durchstreiften, um Verdächtiges aufzuspüren. Bestellt und bezahlt vom Domkapitel, das ohnehin an der Befähigung des Erzbischofs zweifelte. Wenn diese Herren, die schon jetzt an seiner Befähigung zweifelten, nun auch noch solche Worte zu hören bekämen, wären auch seine letzten Befürworter verloren. Gar nicht daran zu denken, was der Kaiser unternehmen würde, damit Köln nicht an die Protestanten fiel.

Der Kanzler rang um die richtigen Argumente.

»Höre ich da noch den aufrechten Mann, der aufjubelte, als die theologische Fakultät zu Köln Luthers Schriften verurteilte? Der zufrieden darüber war, dass die beiden Ketzer vor den Toren unserer Stadt verbrannten?«

»Der, den Ihr da hört, der ist ein reuiger Sünder, bereit, Buße auf sich zu nehmen«, erwiderte Hermann von Wied. »Ich werde über meine innere Wandlung im Dom predigen – und die, die noch nicht dem rechten Glauben anhängen, aufrütteln.«

Der Kanzler packte die Armlehnen des Sessels mit beiden Händen und beugte sich über den Sitzenden.

»Davon kann ich Euch nur dringend abraten, Exzellenz!« Sein Ton war scharf wie selten zuvor. »Wollt Ihr, dass es zu Ausschreitungen kommt? Der Ausbruch der Seuche hat die Menschen tief beunruhigt. Was die Bürger jetzt brauchen, ist eine besonnene Obrigkeit, die die richtigen Anordnungen erteilt.« Langsam erhob er sich wieder. Seine Lider waren schwer vor Müdigkeit, die Haut unter dem kurz geschnittenen Bart aschfahl. »Bis in die frühen Morgenstunden bin ich auch heute wieder mit den Ratsherren zusammengesessen. Sie sind ebenfalls äußerst besorgt, jedoch fest entschlossen, die Ordnung in unserer Stadt so lange wie möglich aufrechtzuerhalten.«

Etwas von dem, was er gesagt hatte, schien bis zu Hermann von Wied zu dringen. Seine tief liegenden Augen begannen zu flackern.

»Was ist geschehen?«, fragte er besorgt.

»Berichte über besonders dreiste Einbrüche häufen sich«, sagte der Kanzler. »In einigen Häusern liegen Schwerkranke, andere stehen bereits leer. Räuberpack soll sich dort Eintritt verschafft und alles gestohlen haben. Jetzt fürchtet die umliegende Nachbarschaft, als Nächste an der Reihe zu sein.«

»Hat man die Pesthäuser nicht mit Kreuzen gekennzeichnet?«, fragte der Erzbischof.

»Eben das ist es ja, was uns allen Sorgen bereitet. Die Einbrüche scheinen sich auf jene Häuser zu konzentrieren.«

»So lasst Wachen aufstellen! Das wird die Räuber abhalten.«

»Wachen?« Bernhard vom Hagen stieß ein bitteres Lachen hervor. »Wovon redet Ihr, Exzellenz? Eure halbe Garde hat sich über den Rhein abgesetzt, das wisst Ihr doch! Jeder, der weiß, wohin er fliehen kann, hat Köln bereits verlassen.«

»Und trotzdem werde ich diese Predigt halten und zur Reform mahnen – und wenn es meine letzte sein sollte.« Hermann von Wied schlug mit der Hand auf die Lehne seines Sessels. »Die Seele ist wichtiger als der Körper, das hat Christus uns gelehrt. Den Tod fürchte ich nicht. Nur wenn die Seele in Gefahr gerät, ist Furcht angebracht.« Er griff nach den Blättern auf dem Tischchen neben sich. »Für heute genug der Argumente! Ich muss mich weiter vorbereiten.«

»Und ich bitte Euch mit allem Nachdruck, es nicht zu tun, Exzellenz!«, erwiderte Bernhard vom Hagen nicht minder energisch und versetzte dem Tischchen, wie um seinen Argumenten Nachdruck zu verleihen, einen leichten Stoß. »Gerade erst hat Eure Gesundheit sich erfreulich verbessert. Wollt Ihr alles wieder aufs Spiel setzen? Medicus Longolius wird später seine Visite bei Euch absolvieren und Euch neue Medikamente bringen, und was Medicus de Vries betrifft, so soll er …«

»… nach der Giftmischerin sehen, die morgen hingerichtet wird«, sagte der Erzbischof. »Sie muss bei Bewusstsein sein, wenn man sie zum Galgen führt. Auch das gehört zu seinen Aufgaben, nicht nur die Studenten und mein leibliches Wohl.«

»Ihr meint die Witwe Arnheim?«

»Ich spreche von der Wagnerin. Die andere schmort in der *camera silentia.* Ich denke, sie ist bald so weit.« Er zog das Tischchen wieder näher heran. »Geht jetzt! Ich muss allein sein.«

Wie eigensinnig und verbohrt der Erzbischof doch sein konnte!

In den letzten Wochen konnte man förmlich sehen, wie die Last des Alters sich immer schwerer auf seine Schultern senkte. Die protestantische Sache ließ ihn nicht mehr los – ganz im Gegenteil. Er schien regelrecht besessen davon, ganz Köln diesem Irrglauben zuzuführen und sich nicht länger auf die zu beschränken, die ihm schon heimlich anhingen. Die Mitglieder des Domkapitels teilten diese Ansicht nicht, und es gab viele unter ihnen, die sich sehnlichst einen neuen Träger von Bischofsmütze und Stab wünschten, der das Kurfürstentum anders und besser verwaltete.

Doch was konnten sie tun? An den Kaiser appellieren?

Den Erzbischof zum Rücktritt zwingen? Ihn derart in die Enge treiben, dass seine Gesundheit nicht länger mitspielte?

Während der Kanzler das erzbischöfliche Domizil verließ, zuckten Blitze über den abendlichen Himmel. Die Gassen hatten sich geleert, die Menschen suchten den Schutz der Häuser. Die Luft war drückend, aber das war es nicht allein, was über Köln lag. Es roch nach Angst und Tod. Nach Hoffnungslosigkeit, die wie ein schleichendes Gift so rasch in der Stadt um sich griff, dass es kein Mittel gegen sie zu geben schien.

Bernhard vom Hagen zog seinen Mantel enger um sich, als die ersten Tropfen fielen, und verlangsamte unwillkürlich seine Schritte.

Seit dem Tod seiner Frau vor drei Jahren bestellte Base Hilusch sein Haus mehr schlecht als recht. Nichts drängte ihn zum Heimkommen, denn sein Dasein war trostlos geworden. Wahrscheinlich hatte sie die Küchenmägde wieder irgendetwas lustlos zusammenpanschen lassen, das er nicht minder lustlos hinunterschlingen würde, wohl Hiluschs Rache dafür, dass er sie keines näheren Blickes würdigte, obwohl ihr Einzug offenbar mit anderen Hoffnungen verbunden gewesen war. Und wenn sie sich nackt vor ihm auf den Boden werfen würde – er würde sie nicht anfassen.

Der Kanzler blieb stehen.

Ein schwarzes Kreuz aus verlaufenem Pech stach ihm ins Auge. Eine ungelenke oder nachlässige Hand hatte es zur Abschreckung auf die Haustür gepinselt.

Ein Pesthaus? Aber warum stand die Tür dann nur angelehnt?

Er zog sich den Mantelsaum vor den Mund und ging hinein. Drinnen war alles stockfinster. Ohne Fackel würde er nichts erkennen können. Notgedrungen machte er kehrt und ging wieder hinaus, als ihm plötzlich die seltsamen Zeichen am Türstock auffielen.

Seine Finger strichen darüber.

Wie von den Krallen einer großen Wildkatze, dachte er. Ein Waldtier, das hier in der Stadt nichts zu suchen hatte – wenn die Einkerbungen denn von einem Tier stammten.

Hatte er so etwas Ähnliches nicht gesehen, als sie nach dem Mädchen und seiner Mutter gesucht hatten, die beide spurlos verschwunden waren?

»Sieh an, der Kanzler Seiner Exzellenz!«, hörte er eine spöttische Männerstimme hinter sich sagen. »Hast du dich verlaufen, Bernhard?«

Widerwillig drehte er sich um.

Erst auf dem Sterbebett hatte sein Vater diesen Bastard eingestanden, der von der einfachen, aber ehrlichen Familie Neuhaus an Sohnes statt angenommen und großgezogen wurde. Bernhard hatte Rutger niemals gemocht, weder den zornigen Jüngling, der so verzweifelt nach Reichtum und Ansehen gestrebt hatte, noch den in die Jahre gekommenen, feist gewordenen Handelsherrn und Rheinmeister, der noch immer nicht satt geworden schien.

»Ich komme gerade vom Erzbischof«, sagte der Kanzler. »Und bin rechtschaffen müde.«

Rutger versetzte ihm einen freundschaftlichen Stoß.

»Lass uns einen Becher gemeinsam trinken, so selten wie wir beide zusammenkommen! Dort drüben im ›Goldenen

Einhorn‹.« Er wies auf das verbeulte Schild. »Die Taverne mag einfach sein, doch den Wein, den sie ausschenken, kann man saufen.«

Bernhard vom Hagen hatte plötzlich wieder den verschlagenen Ausdruck der Wirtin vor Augen und erinnerte sich an die seltsamen Worte des Einäugigen. Er zögerte.

»Ich weiß nicht recht. Wo so seltsames Volk verkehrt …«

»Du bist hochnäsig, großer Bruder«, sagte Rutger Neuhaus. »Solltet ihr die Menschen nicht kennen, die ihr regiert?«

»Siehst du diese Zeichen?«, fragte der Kanzler stattdessen. »Dort, am Türstock?«

»Ein Pesthaus«, sagte Rutger Neuhaus. »Eines von vielen.«

»Sieht ganz so aus, als wäre dieses Haus aufgebrochen und ausgeplündert worden wie so viele andere. Aber wieso dann diese Zeichen? Hab sie schon einmal gesehen.«

Der Jüngere trat einen Schritt vor und musterte den Türstock flüchtig.

»Ich sehe nur ein paar Kratzer«, sagte er kopfschüttelnd. »Womöglich sind sie entstanden, als sie die Toten rausgeschleppt haben. Wenn alle blind vor Angst sind, kümmert sich doch niemand mehr um dergleichen.« Seine Antwort war so schnell gekommen, dass Bernhard vom Hagen ein seltsames Gefühl beschlich.

»Weißt du vielleicht mehr darüber?« Er fasste seinen Halbbruder fest ins Auge. »Sind dir irgendwelche Gerüchte untergekommen? Du behauptest doch immer, du würdest das Gras in Köln wachsen hören!«

»Ich? Wie kommst du denn darauf? Für Gerüchte bin ich nicht zuständig. Mein Geschäft sind Wein, Gewürze und feine Stoffballen«, erwiderte Rutger mit einem schrägen Lächeln. »Wer nicht adlig geboren ist und kein Land besitzt, muss eben arbeiten, bis er in die Grube fällt: Und jetzt lass uns einen trinken, bevor wir bis auf die Haut durchnässt sind!«

Vincent de Vries legte seine Pestmaske an – und alles Raunen und Murmeln unter den Studenten erstarb. Sie befanden sich im sogenannten Saal der Artistenfakultät, wo die angehenden Mediziner zu Gast sein durften, ein Raum, so niedrig und eng, dass die Luft zum Schneiden war.

Wieso war er überhaupt hier?

Nur sein Pflichtbewusstsein hielt ihn noch an Ort und Stelle. Ein Schreiben des Erzbischofs hatte ihn in den Frankenturm beordert. Endlich, endlich würde er Johanna sehen können!

»Ich sollte heute zu euch über Anatomie oder die Säftelehre Galens sprechen.« Seine Stimme klang dumpf durch die Schichten von Papier und Leder. »Denn das steht notgedrungen am Anfang jedes medizinischen Wissens.«

Er bückte sich, zog einen beinernen Schädel aus der Kiste und legte ihn vor sich auf den Tisch.

»Doch es gibt etwas, das jeder Theorie den Garaus bereitet: jene furchtbare Seuche, die man die Pest nennt. Sie bringt den Menschen in Köln den Tod, und wenn wir gegen sie angehen wollen, so müssen wir ein paar wichtige

Grundregeln einhalten. Falls es Fragen dazu gibt – geniert euch nicht!«

Alle Gesichter waren ihm zugewandt. Rund drei Dutzend Augenpaare starrten ihn an.

Wie jung sie waren! Die Züge glatt und blank, der Ausdruck so naiv. War er selbst jemals so jung gewesen?

Vincent nahm die ledernen Handschuhe aus der Tasche und streifte sie über.

»Wir wissen noch nicht, wie die Pest sich verbreitet«, fuhr er fort. »Doch große Menschenansammlungen scheinen die Seuche zu begünstigen. Meidet sie also nach Möglichkeit!«

»Muss ich künftig auf der Straße die Seite wechseln, wenn mir Leute entgegenkommen?«, fragte ein hagerer Rotkopf.

»Solange du sie nicht berührst, kannst du bleiben, wo du bist«, erwiderte Vincent. »Es sei denn, du hörst einen schon von Weitem bellend husten. Dann solltest du allerdings sofort kehrtmachen und weglaufen, so schnell du kannst. Denn diese Art der Pest dauert höchstens drei Tage und führt stets zum Tod.« Er hob seine Hände. »Handschuhe sind nur ein unzureichender Schutz, und doch besser als gar keiner, wenn ihr mit Pestkranken in Berührung kommt. Esst nicht von deren Tellern, trinkt nicht aus ihren Bechern! Spart nicht am Leinen, falls ihr Verbände zu wechseln habt! Hebt nichts davon auf, um es zu waschen und später erneut zu verwenden! Verbrennt alles! Was im Feuer aufgeht, kann niemandem mehr schaden.«

»Was, wenn ich meine Mutter oder meinen Vater pflegen muss?« Der Fragende hatte dicke braune Locken und eine helle Stimme. »Ich kann sie doch nicht ihrem Schicksal überlassen!«

»Das sollst du auch nicht«, rief Vincent. »Die Kranken brauchen Fürsorge. Achtet darauf, dass sie viel trinken und regelmäßig essen, leichte Speisen wie Hühnersuppe oder gekochten Fisch! Unterhaltet sie, solange sie bei Bewusstsein sind! Redet, singt oder betet mit ihnen! Das wird sie ablenken.«

»Woran erkennt man, dass es die Pest ist?«, lautete die nächste Frage.

»Der Kranke wird schwach und fiebert stark. Am Hals, unter den Armen und an den Leisten bilden sich Beulen, auch Bubonen genannt, die immer stärker anschwellen. Oftmals färben sie sich dunkel, werden groß und steinhart, bis der Kranke stirbt. Daher rührt auch der Name Schwarzer Tod.«

»So ist jeder hoffnungslos verloren, an dem sich diese Beulen zeigen?« Der Rotschopf meldete sich erneut zu Wort.

Vincent nahm seine Maske ab.

»Viele sind es – allzu viele. Die inneren Organe der Befallenen sind wie vergiftet, bis sie schließlich gänzlich versagen. Doch manchmal brechen die Beulen auch auf, dann kann der Kranke sich erholen und wieder genesen.« Er zückte das Sichelmesser, das er erst gestern in der Schmiede abgeholt hatte. Bei Weitem nicht von der Qualität des gestohlenen, aber doch halbwegs brauchbar. »Man kann diesen Vorgang auch einleiten, doch dazu bedarf es großer Erfahrung. Was noch dazu nötig ist: eine scharfe Klinge, ein sicheres Auge, eine ruhige Hand. Schneidet man allerdings zu früh oder kommt man dabei zu tief, ist der Tod des Patienten gewiss.«

»Meine Großmutter hat die Pest vor vielen Jahren überlebt«, rief ein rundlicher Blonder. »Damals war sie noch ein Mädchen. Ihre Beulen brachen auf. Sie sagt, der heilige Sebastian habe sie gerettet. Nun sei sie für immer gegen die Krankheit gefeit.«

»Deine Großmutter mag recht haben«, sagte Vincent. »Auch mir sind schon Leute begegnet, die Ähnliches behauptet haben. Darauf verlassen würde ich mich allerdings nicht. Diese Seuche ist tückischer als die Schlange und stärker als ein Bär. Kein Kraut scheint gegen sie gewachsen.«

Er spürte, wie er immer unruhiger wurde. Johanna – mit jeder Faser seines Seins zog es ihn zu ihr.

In welchem Zustand würde er sie vorfinden?

Bis in die Morgenstunden hatte er über seinen Aufzeichnungen gebrütet, doch die Zeit bis zum Hellwerden wollte einfach nicht schneller vergehen. Der Frankenturm zählte zu den gefürchtetsten Kerkern Kölns. Nur ein Verlies besaß einen noch schlimmeren Ruf: die erzbischöfliche Hacht am südlichen Domplatz.

Vincent begann hastiger weiterzureden und merkte an seinen Antworten, dass die Fragen der Studenten ihn nicht mehr wirklich berührten. Dabei war es doch so wichtig, sie auf den Umgang mit der Seuche vorzubereiten!

In seinem jetzigen Zustand war er dazu nicht in der Lage. Er beschloss die Vorlesung mit einem kurzen Exkurs über Wunderheiler und Quacksalber.

»Hütet euch vor jenen, die Allheilmittel gegen die Pest aus dem Hut zaubern wollen! Das Einzige, was dabei verschwindet, sind die Münzen in eurer Geldkatze – gewiss nicht die Pestbeulen. Seid wachsam und vorsichtig! Alles Weitere liegt in Gottes Hand.«

Dann waren sie endlich fort.

Er nahm seine Tasche, in die er zu den Gerätschaften, die der Pestbekämpfung dienten, wahllos Medikamente und Stärkungsmittel gestopft hatte, und verließ die Artistenfakultät.

Von der Stolkgasse bis zum Frankenturm war es nur eine kurze Strecke, und doch waren seine Beine bleischwer, als er endlich am Rheinufer angekommen war. Anstatt sich in das Spiel der Wellen zu vertiefen, wie er es sonst so gern tat, wenn er nachdenken musste, wandte er sich nun dem Kerker zu.

Der Turmmeister öffnete ihm, als er an die untere Pforte schlug. Es war ein blasser, ausgemergelter Mann mit scharfen Zügen.

»Medicus de Vries«, sagte Vincent. »Leibarzt des Erzbischofs. Seine Exzellenz schickt mich, um nach der Gefangenen zu sehen. Ihr seid Meister Meigin?«

»Der bin ich. Endlich!« Die schmalen Lippen verzogen sich erleichtert. »Ich hatte schon ernsthafte Befürchtungen, sie würde die Nacht nicht überleben. Dabei hat Seine Exzellenz eine ordentliche Hinrichtung angeordnet, die Eindruck bei den Zuschauern hinterlassen soll. Aber wie kann das gehen, wenn die Giftmischerin halb tot ist?«

Vincent nickte knapp, darum bemüht, sich den wilden

Aufruhr in seinem Herzen, den diese Worte auslösten, nicht anmerken zu lassen.

»Man hat sie gefoltert?«, fragte er so sachlich wie möglich, während er dem Mann folgte.

»Mehrfach.« Meigin nickte bekräftigend. »Zu einem Geständnis war sie allerdings erst bereit, nachdem man ihr den Inhalt des Jauchekübels eingeflößt hatte. Noch stundenlang später hat sie gewürgt und gekotzt. Davon erholt sich keiner mehr.«

Vincents Herz weigerte sich anzunehmen, was seine Ohren hören mussten. Auf einmal war ihm selbst sterbensübel. Er atmete flach, als der Turmmeister den Riegel löste.

Das Verlies war dämmrig, obwohl draußen heller Tag war. Zwei Pritschen, nur eine davon belegt. Ein Bündel aus Lumpen, ein Nest schmutziger, wüst abgesäbelter Haare, die einmal blond gewesen mochten.

»Ich muss eine Weile allein mit ihr sein«, brachte er mühsam hervor. »Nur so kann ich sie untersuchen.«

»Wie Ihr wünscht.« Meigin zog sich zurück.

Schwerfällig wie ein alter Mann näherte sich Vincent der Pritsche.

»Johanna?«, sagte er leise. »Meine Jo – hörst du mich?«

Eine Bewegung. Er hörte Eisen klirren und glaubte, ein Stöhnen zu vernehmen. Wohin er auch schaute, überall getrocknetes Blut, auf den Armen, den Beinen, dem schmutzigen Hemd.

»Jo?« Jetzt war er nah genug. »Ich bin es, Vincent. Endlich lassen sie mich zu dir. Was haben sie nur mit dir gemacht, meine Jo? Du – eine Giftmörderin? Sie müssen wahnsinnig geworden sein.«

Er schob seine Arme unter sie, um sie behutsam umzudrehen. Wie dünn sie geworden war! Sie war so leicht wie ein Kind, schien nur noch aus Haut und Knochen zu bestehen.

Als er schließlich ihr Gesicht sehen konnte, traf es ihn wie ein Hieb.

Der Mund eine schorfige Wunde, eingetrocknete Jauchespuren an Hals und Kinn. Der Gestank, den die Gefangene verströmte, war unerträglich, doch das war es nicht, was ihn zurückzucken ließ.

Die Augen, die ihn angstvoll anstarrten, waren braun – nicht grün.

»Lenne«, nuschelte die Frau. »Lenne – nischt Johanna!«

Marisa hatte Nele ein blaues Kleid geschenkt, das zu ihren blonden Locken passte und den blassen Wangen Farbe verlieh. Sie war nicht mehr im Badehaus eingesperrt, auch wenn sie dort noch immer schlief, sondern konnte sich frei auf dem Gelände des Melatenhauses bewegen. Weglaufen allerdings war strengstens verboten, das hatte Ruch ihr unmissverständlich klargemacht, aber Nele schien daran gar nicht zu denken, sondern ging mittlerweile den Frauen beim Kochen zur Hand, wobei sie erstaunliche Geschicklichkeit bewies.

Dass sie nichts redete, störte niemanden weiter.

Die Krähe sah sie nur lächeln, wenn er in ihre Nähe

kam. Ein unsichtbares Band schien sie beide zu verknüpfen, das von Tag zu Tag fester wurde. Inzwischen kannte er all ihre kleinen Gewohnheiten. Die Geste, mit der sie sich das Haar aus der Stirn strich, die steile Falte, die zwischen ihren Brauen erschien, sobald sie ärgerlich wurde. Sie legte den Kopf schief, wenn sie überrascht war, und zog die Unterlippe mit den Zähnen ein, wie sie es vielleicht schon getan hatte, als sie ganz klein gewesen war.

Wenn Nele zum Grab ihrer Mutter ging, wurde ihr Rücken stocksteif, als brauchte sie zusätzlichen Halt. Die Mutter lag nicht auf dem kleinen Friedhof, der zum Leprosenanwesen gehörte, sondern war ein Stück davon entfernt bestattet worden. Inzwischen zierte ein provisorisches Kreuz aus zwei aufeinander gebundenen Ästen die Stelle.

Die Krähe, die ihr gefolgt war, hörte sie weinen, als sie vor dem Grab stand.

»Warum bin ich nicht bei dir?«, klagte Nele. »Wie konntest du sterben und mich hier zurücklassen?«

»Du kannst ja sprechen!«, entfuhr es ihm.

Sie fuhr zu ihm herum, die Lippen so fest aufeinandergepresst, als wollte sie sie niemals wieder öffnen.

»Keine Angst, ich werde dich nicht verraten.« Sein Zeigefinger fuhr blitzschnell über die Lippen – das alte Rotwelschzeichen für Verschwiegenheit, das allen Gaunern vertraut war. »Von mir aus kannst du so lange die Stumme spielen, wie du willst«, setzte er hinzu. »Ich weiß, wer du bist, das genügt mir.«

»Und wer bist du?«, fragte sie leise.

»Das siehst du doch! Ein Mann mit zwei gesunden Beinen, geschickten Fingern und einem Mund zum Küssen«, erwiderte er schnell.

Zu seiner Überraschung wurde sie nicht verlegen, sondern sah ihn weiterhin unverwandt an. Das blaue Kleid war ein wenig zu groß für sie, besonders am Ausschnitt. Unter ihrem Schlüsselbein sah er die bräunliche Linie einer alten Narbe, die sich weiter nach unten schlängelte.

Plötzlich war er um Worte verlegen.

»Wer bist du?«, wiederholte Nele.

»Das weißt du doch.« Sein scherzhafter Tonfall misslang. »Man nennt mich die Krähe. Alle hier nennen mich so.«

Sie schüttelte den Kopf, dann erschien die steile Falte zwischen ihren Brauen.

»Nicht böse werden!«, sagte er rasch, streckte die Hand aus und berührte ihre Stirn.

Nele ließ es sich gefallen, ohne sich zu bewegen.

»Hast du keine Angst?«, fragte sie nach einer Weile. »Davor, dass der Tod in mir steckt?«

»Der Tod steckt in uns allen. Wer das nicht weiß, ist ein Dummkopf.«

Sie lachte. Seine Antwort schien ihr zu gefallen.

Ihre warme Stirn erregte ihn auf merkwürdige Weise. Er wusste nicht, ob es Verlangen oder Zärtlichkeit war, und das machte ihn unsicher. Er zog die Hand zurück.

»Wie lange muss ich hierbleiben?«, sagte sie plötzlich. »So lange, bis ich auch tot bin?«

»Das weiß ich nicht«, erwiderte er wahrheitsgemäß. »Willst du denn fort?«

»Wie lange wirst du bleiben?«, fragte sie zurück.

»Bis ich gefunden habe, wonach ich suche.« Ihr wacher, aufmerksamer Blick ließ keine Lügen zu.

»Nimmst du mich mit, wenn du weggehst?«, fragte sie.

Die Freude, die ihre Worte in ihm auslösten, überwältigte ihn.

Er öffnete den Mund und spürte, wie die Worte sich förmlich auf seine Zunge drängten.

»Warum nicht? Ich bin Jakob«, hörte er sich zu seiner eigenen Überraschung antworten. »Auf diesen Namen bin ich getauft.«

Seine Schultern schmerzten, die Hände waren wie taub, doch die verhassten Weinfässer eigenhändig mit der Axt in Kleinholz zu verwandeln hatte Hennes sich nicht nehmen lassen. Mit dem Holz würde er ein ganzes Stück über den Winter kommen, aber das war ihm nicht das Wichtigste. Nun war endlich Platz geschaffen für seine Pelze – wie ein König war er im Gewölbe auf und ab geschritten, als wollte er jede einzelne Elle mit den Füßen in Besitz nehmen. Natürlich durfte er sich keineswegs auf dem bisher Erreichten ausruhen. Bis nicht jeder Luchs, jeder Silberfuchs sicher hier verstaut war, konnte er sich keine Ruhe gönnen.

Die ersten großen Fuhren hatte er mithilfe zweier Gesellen bereits erfolgreich bewerkstelligt. Zunächst hatten sie versucht, Johannas Ross dafür einzusetzen, doch die Stute bockte und stieg sogar, als sie vor den Karren gespannt werden sollte. Sie gaben schließlich auf und mussten ein anderes Pferd dafür verwenden.

Seitdem hasste er das Tier, versetzte ihm Püffe und Tritte, wenn er in den Stall kam, und gab ihm nur das Notwendigste zum Fressen, damit es am Leben blieb. Am liebsten hätte er ihm eigenhändig das Fell abgezogen, aber Pferdefleisch brachte kaum etwas ein, und so hatte er beschlossen, die Stute so rasch wie möglich zu verkaufen.

Die vertrottelte Alte und das Katzenvieh musste er zum Glück nicht durchfüttern. Gleich an seinem ersten Tag im Lilienhaus hatte er Sabeth ihr Bündel schnüren lassen und sie vor die Tür gesetzt, ohne sich um ihr Weinen und Jammern zu scheren. Wie ein Blitz war die Weiße hinterhergejagt.

»Geh betteln am Dom!«, hatte er der Alten nachgebrüllt. »Dort, wo du am liebsten kniest. Vielleicht findest du ja einen armen Sünder, der dir ein paar Kreuzer schenkt.«

Dennoch hatte es Tage gedauert, bis er das Haus zur Lilie ganz in Besitz nehmen konnte. Mochte die Änderung im Schreinsbuch auch auf dem richtigen Weg sein, nachdem er Johanna nun öffentlich die Maske vom Gesicht gerissen hatte, so richtig fühlte Hennes sich erst als rechtmäßiger Eigentümer, als er zum ersten Mal in ihrer Bettstatt geschlafen hatte.

Allerdings plagten ihn dort Nacht für Nacht wilde Träume, die ihn morgens zerschlagen erwachen ließen. Sein toter Bruder kam darin vor, der ihm anklagend Tierhäute entgegenstreckte oder sogar mit Fäusten auf ihn losging, als wollte er ihn wieder vertreiben. Hennes gewöhnte sich an, gleich nach dem Aufwachen eine von Ita gedrehte Pille einzunehmen, bevor er sich an seine Arbeit machte. Allerdings neigte sich der kleine Vorrat, den sie ihm mitgegeben hatte, schon bedenklich dem Ende zu.

Als es an die Tür klopfte, schrak er zusammen.

»Du?«, rief er verblüfft, als er Ita erblickte. »Was willst du?«

»Empfängt man etwa so lieben Besuch?« Ihr Lächeln wurde breiter. »Ich wollte sehen, wie du dich eingelebt hast. Und dir etwas mitbringen.« Sie hielt ihm ein Kästchen hin. »Nachschub zum Glücklichsein«, sagte sie. »Oder hast du keinen Bedarf?«

»Gib schon her!« Hennes riss ihr das Kästchen geradezu aus der Hand. »Was bin ich schuldig?«

Seit Ita ihn zu den Sternen geführt hatte, scheute er ihre Nähe. Er fühlte sich entblößt vor ihr, während sie kühl und wie unbeteiligt wirkte. Ein Bettler, dem man eine Gnade oder Gunst zuteilwerden lässt. Was bildete sich dieses alte Weib mit seinen scheckigen Haaren und den hängenden Brüsten überhaupt ein?

Bela, die Junge, Schöne, hätte ihn niemals in solch einer unsteten Gemütslage zurückgelassen. Bela – das Verlangen nach ihr drohte ihn zu überwältigen.

»Von dir will ich kein Geld«, erwiderte Ita. »Freunde wie wir erweisen sich gegenseitig Gefallen.«

Immer noch unsicher, beäugte er sie. Inzwischen stand sie schon an der Treppe, den Fuß auf der ersten Stufe, als fühle sie sich wie zu Hause.

»Du warst schon einmal hier?«, entfuhr es ihm.

Kokett schlug sie die Augen nieder.

»Nur ein paar Augenblicke. Johanna hat sich aufgeführt, als wollte ich die Luft vergiften. Bist du die alte Vettel schon losgeworden?«

Hennes nickte.

»Zeig mir das Gewölbe!«, verlangte sie.

Widerwillig führte er sie nach unten. Ita stieß einen kurzen Laut aus, als sie die Felle sah.

»Wie gut du dich schon eingerichtet hast!«, rief sie. »Jetzt haben deine Wertstücke endlich den richtigen Rahmen bekommen. Deine Kunden werden doppelt, ja dreifach kaufen, wenn du sie hier unten empfängst.«

Wollte sie, dass er ihr ein Geschenk machte? Seine Abwehr wuchs, doch Ita schien nichts dergleichen im Sinn zu haben.

»Lass uns wieder nach oben gehen!«, schlug sie vor. »Vielleicht hab ich ja noch eine kleine Überraschung für dich.«

Er folgte ihr, zögerte allerdings, als sie schnurstracks auf Johannas einstige Kammer zuhielt.

»Das ist jetzt meine Bettstatt«, rief er. »Und so gar nicht aufgeräumt …«

»Als ob mich das stören würde!« Sie lief zum Fenster, klopfte die Wand darunter ab, ging weiter zum Bett, klopfte dort abermals an die Wand, nickte und hielt auf einmal ein Mauerstück in der Hand. »Nicht schlecht gemacht, aber eben auch nicht gut genug. Auf meine Luchsaugen kann ich mich eben noch immer verlassen!«, rief sie lachend. »Bedien dich! Oder willst du das gute Silber in seinem Versteck verschimmeln lassen?«

Hennes kam näher und zog die Geldkatze heraus. »Ich werde nachher in Ruhe nachsehen«, sagte er steif.

»Weil du mir noch immer misstraust?« Ita rückte ihm so nah, dass er ihr nicht mehr entkommen konnte. »Dazu hast du keinerlei Grund! Hab ich dir nicht alles über Johanna erzählt? Hast du nicht erst durch mich über ihre Vergangenheit erfahren? Wärst du ohne mich, wo du jetzt bist?«

»Wohl kaum«, stammelte er. »Doch den Ausschlag hat erst der Topf mit der Flusssäure gegeben. Ohne ihn wäre Johanna niemals angeklagt worden.« Er hasste sich in dem Moment, in dem er es ausgesprochen hatte. Kein Wort hätte er ihr davon verraten sollen.

Warum nur besaß dieses Weib solche Macht über ihn?

»Flusssäure?«, wiederholte Ita. »Was ist das?«

Warum hatte er überhaupt damit angefangen? Jetzt musste er zusehen, wie er sie ablenken konnte.

»Etwas, das Glasmaler benutzen«, sagte Hennes. »Damit hat sie meinen Bruder vergiftet. Langsam und perfide, wie es ihre Art ist. Der Grewe wird die Wahrheit aus ihr herausprügeln lassen.«

Sie hob ihren Rock, ein Stück nur zuerst, dann immer weiter.

»Du solltest aufhören, an sie zu denken«, gurrte sie. »Hast du nicht alles bekommen, was du wolltest?«

»Hast du nicht gesagt, dass sie sich immer wieder aufrappeln kann?«

»Ja, das hab ich. Aber aus einem Verlies wie dem Frankenturm kommt selbst eine Johanna so einfach nicht wieder heraus. Sie erhält ihre gerechte Strafe, ohne dass du dir weiter den Kopf zerbrechen musst. Doch jetzt zu uns beiden!« Ihre Augen glänzten. »In den Gassen sterben die Menschen – aber wir beide sind lebendig. Warum also nicht genießen, bevor auch unsere Zeit abläuft?«

Er starrte auf ihre nackten Beine.

Schlank waren sie und erstaunlich jung. Hennes spürte, wie sein anfänglicher Abscheu zu schwinden begann. Sie war weder schön noch jung – und doch begehrte er sie.

»Nimm noch eine Pille!« Ita drängte ihm etwas Bräunliches zwischen die Lippen. »Oder besser sogar zwei.«

Er schluckte gehorsam. Wärme breitete sich in ihm aus. Er zog Ita zu sich heran und versuchte, sie zu küssen.

Blitzschnell drehte sie den Kopf zur Seite, sodass er nicht den Mund, sondern nur ihre Wange traf.

»Mir scheint, du brauchst ein Weib an deiner Seite, Hennes Arnheim«, sagte sie. »Und zwar dringend. Ein Weib, das sich so richtig um dich kümmert.«

»Ein Weib?« Vor seinen Augen schien alles zu verschwimmen. »Bist du denn kein Weib?«

Sie lachte laut.

»Und ob ich das bin!«

»Dann hab ich ja alles, was ich brauche.« Er sprach immer undeutlicher.

Ita lachte erneut.

»Du denkst, du bist bereits in den Himmel geflogen? Dann wirst du jetzt das Paradies kennenlernen.«

Hennes reagierte wie beim letzten Mal, als sie ihn berührte, nur noch schneller, noch stärker. Sein Körper schien zu vibrieren, so voller Leben und Gier fühlte er sich. Er drängte sie auf die Bettstatt, was sie sich ohne Widerstand gefallen ließ. Sie ließ zu, dass er ihr Mieder öffnete und ihre Brüste entblößte. Als er sie allerdings vollends aus dem Kleid schälen wollte, hielt sie seine Hände fest.

»Du musst nicht schon heute alles sehen«, flüsterte sie. »Das Wichtigste ist doch genug, oder etwa nicht?«

Sie hatte ihm die Hose abgestreift, bevor er es sich recht versah. Und ebenso entschieden umschlossen ihre Hände wie beim letzten Mal seine Männlichkeit.

»Du hast das Paradies versprochen«, protestierte er keuchend. »Dann musst du dein Versprechen aber auch halten!«

Für einen Augenblick war sie still.

Schließlich kam ein kehliger Laut über ihre Lippen.

»Himmel und Hölle kauft man stets im gleichen Sack«, murmelte sie, während sie ihre Schenkel öffnete und ihn in sich aufnahm. »Ich hoffe, du wirst beizeiten daran denken, Kürschnermeister.«

Die Dunkelheit war wie eine riesige Krake, die mit tausend klebrigen Fingern nach ihr griff. Severin hatte ihr von solchen Tieren erzählt, die Fischer aus der Tiefe des Meeres holten und über Steine schlugen, um das Fleisch weich und damit essbar zu machen. Es half nichts, sich in die letzte Ecke zu kauern und den eigenen Körper so fest zu umschlingen, wie sie nur konnte – die Tentakel fanden sie überall.

Längst konnte Johanna Tag und Nacht nicht mehr unterscheiden, hatte jede Vorstellung verloren, ob es draußen gerade hell oder dunkel war. Die Zeit schien zusammenzuschnurren, als wären Stunden nur ein einziger Augenblick, dann aber dehnte sie sich wieder aus wie Glas, das über einer Flamme gezogen wird.

Noch schlimmer aber war die Stille, die ihr das Trommelfell aufzwang wie ein unbarmherziges Brecheisen. In jede Ritze schien sie zu kriechen, machte sich breit, bis Johanna ein Dröhnen und Brausen zu hören glaubte, das sie halb um den Verstand brachte. Sie klopfte sich auf die Ohren, schlug sich an den Kopf, bis sie keinen anderen Rat mehr wusste, als die Stirn gegen die Mauer zu schlagen, bis sie ohnmächtig wurde.

Als sie wieder zu sich kam, war der eigene Körper ihr fremd geworden, eine juckende, lästige Hülle, die sie am liebsten abgestreift hätte. Sie aß nichts, obwohl ihre Hände nach langem Suchen ein Stück Brot ertastet hatten.

Irgendwann hatte sie auch aufgehört zu trinken.

Seitdem war das Gewitter in ihrem Kopf heller geworden, ein ständiges Rumoren und Blitzen, als würden starke Kräfte sich dort entladen. Manchmal gab es eine kurze Pause, dann sah sie Bilder und Menschen aus ihrem alten Leben.

Den Oheim, der sich über sie beugte und missbilligend den Kopf schüttelte.

Vincent, jung und strahlend, der ihr aus der Fischerhütte am Rhein entgegentrat, sie hochhob wie seinen kostbarsten Schatz und fest an sich drückte.

Severin, der ihr aufs Pferd half und sie zwang, nach vorn zu schauen, bis sie Freiburg verlassen hatten.

Sabeth, die die Katze streichelte und dabei ein Wiegenlied sang.

Kinderaugen, in denen aller Schmerz der Welt lag.

Kaum hatte sie in diese geblickt, setzte erneut das furchtbare Blitzen ein, wurden Bilder und Menschen bunt durcheinandergewürfelt, als bestünden sie aus Wachs, bis sie zu einem Haufen feixender Teufelsfratzen geworden waren, die die Hände nach ihr ausstreckten, um sie in die Hölle zu zerren.

Gab es noch Rettung davor?

Sie wollte fliehen – doch die eisernen Fußfesseln hielten sie fest.

Sie wollte schreien – doch die Zunge lag dick und schwer in ihrem Mund.

Ihre Haut schien zu brennen, selbst dann noch, als sie sich mit letzter Kraft das Folterhemd abgestreift hatte. Für ein paar Augenblicke kehrte Linderung ein, dann jedoch bohrte sich das Geröll des Untergrunds wie Nagelspitzen in ihre offenen Wunden. Sie wimmerte, unfähig, sich dagegen zu wehren.

Das Band, das sie doch seit Jahren gewohnt war, schien sich immer enger um ihren Hals zu schlingen, als sei es nicht aus Samt, sondern ein lebendiges Tier, das ihr die Luft abdrückte. Mit einem Ruck riss Johanna es sich herunter.

Sollte alle Welt die Narben doch sehen und sie zur Teufelsbuhlin stempeln! Für sie kam ohnehin jede Hilfe zu spät.

Wie ein Wurm wand sie sich am Boden, als plötzlich ungewohnte Laute an ihr Ohr drangen. Schritte?

Johanna hielt inne in ihrem sinnlosen Kriechen.

Ein schwacher Schein, an den sie kaum zu glauben wagte, bis er immer näher kam. Eine Fackel?

Das Licht erlosch. Die Dunkelheit, die nun nach Johannas Herzen griff, war unerträglich.

»Nein!« Ihr wilder Schrei zerriss die Stille.

Sie schloss die Lider, krümmte sich zusammen, dem Tod näher als dem Leben.

Die Schritte kamen näher.

Noch einmal kämpfte sie sich mit letzter Kraft zurück aus ihrer Agonie, zwang sich, die Augen wieder zu öffnen.

Da war nichts, nichts außer Schwärze, Nacht und Verdammnis.

Sie rieb sich die Augen, bis sie brannten, öffnete und schloss die Lider, als sei es ein fremder Mechanismus, der nichts mit ihr zu tun hatte.

Irgendwann trat eine Änderung ein. Zarte Umrisse, eine Ahnung, nicht viel mehr als das.

Schließlich sah Johanna den Schatten.

SECHS

Du?«, flüsterte Johanna. Im flackernden Fackellicht kniff sie die Augen zu schmalen Schlitzen zusammen. »Welche Teufel haben dich geschickt?«

»Du lebst!« Vincent zog sie hoch. »Wie erleichtert ich bin!«

Obwohl sie sich zu wehren versuchte, streifte er ihr ein geflicktes Kleid über, in dem sie fast versank.

»Geh weg!« Sie schlug nach ihm. »Fass mich nicht an! Willst du mir das Herz noch einmal aufreißen? Ich bin doch schon halb tot!« Es klang wie ein Krächzen.

Was hätte er nicht alles entgegnen können! Dass damals mit ihr an einem einzigen Tag Licht und Freude aus seinem Leben verschwunden waren? Dass er seitdem auf der Flucht war, niemals zur Ruhe gekommen, wohin er auch immer geritten war? So vielen Frauen er unterwegs begegnet war, die Sehnsucht nach der einen, die ihn schmählich verraten hatte, war unstillbar.

»Du musst mit mir vorliebnehmen«, sagte er. »Eine andere Wahl hast du nicht.« Jetzt, da ihre Nacktheit bedeckt war, fiel es ihm leichter, sie anzusehen. »Man müsste dich waschen, salben und von diesen entsetzlichen Fesseln befreien, doch dazu ist jetzt keine Zeit.«

Johannas Beine zitterten so stark, dass sie einzuknicken drohte.

»Ist es so weit?«, fragte sie leise. »Du kommst mich holen?«

Er sah, wie sie dabei ihre schrundigen Lippen benetzte, während in ihm ein Damm zu brechen drohte.

So oft hatte er sie verflucht in all den langen Jahren. Wie konnte sie etwas so Kostbares wie ihre gemeinsame Liebe leichtfertig vertun? Johanna hatte mit ihm gespielt, ihn hintergangen und verraten, obwohl er doch sein ganzes Herz vor ihr ausgebreitet hatte.

Warum aber war dann sein Mitgefühl für sie jetzt so überwältigend, dass es ihm die Kehle zuschnürte?

»Einer Menschenseele so etwas zuzufügen!« Seine Stimme war rau. »Selbst wenn du schuldig wärst – das hat mit Gerechtigkeit nichts zu tun.« Vincent griff unter ihre Achseln, um sie zu stützen. »Siehst du das Helle dort vorn?«

Johanna taumelte. Er verstärkte seinen Griff, und es gelang ihm schließlich, sie aus dem Loch zu zerren.

Sie schleppte sich voran. Viel zu bald war ihre Kraft zu Ende.

»Ich kann nicht mehr.« Erneut sank sie in sich zusammen. »Nicht einen einzigen Schritt!«

Erneut richtete Vincent sie auf.

»Gleich hast du es geschafft«, sagte er. »In der Zelle warten Wasser und Brot. Du musst dich zwingen. Sonst wirst du nicht durchstehen, was auf dich zukommt.«

»Der Galgen?«, flüsterte sie. »Ich will nicht sterben!«

Johanna fiel gegen ihn, als hätten seine Worte sie noch mehr geschwächt.

Was hatten sie nur mit ihren Haaren angestellt? Der

blonde Zopf, den er sich in jenen verzauberten Basler Wochen immer wieder um die Finger geschlungen hatte, als sei er ein kostbares Band aus Gold, war verschwunden. Stattdessen ließen schmutzstarrende Zotteln ihren Kopf schmal und verletzlich erscheinen.

Sein Zorn auf ihre Peiniger wuchs.

»Du wirst nicht sterben«, sagte er grimmig, nahm sie auf seine Arme und trug sie das letzte Stück.

Johanna war leichter als in seiner Erinnerung, sie war so mager, dass er durch den schäbigen Stoff ihre Rippen hätte zählen können. Zuerst machte sie sich stocksteif, als könnte sie die Nähe kaum ertragen, dann jedoch schien seine Körperwärme sie zu entspannen. Für einen Augenblick fiel ihr Kopf gegen seine Schulter – da entdeckte er die Narben an ihrem Hals, die wegen des geschorenen Haars sichtbar waren.

»Sind das alte Pestbeulen?«, fragte er, als er sie auf die Pritsche gleiten ließ. »Hat jemand sie dir geöffnet?«

»Zu lange her.« Ihre Hand fuhr an die verhassten Male, als wollte sie sie unbedingt verdecken. »Mein Band! Sonst muss ich noch als Hexe brennen.«

Vincent reichte ihr einen Becher.

»Trink, Johanna! Und dann streng dich an, mir zuzuhören! Viel verlangt in deinem Zustand, ich weiß. Aber es muss sein.«

Johanna wollte nippen, doch es misslang. Stattdessen lief ihr das Wasser über Kinn und Brust.

»Nicht einmal dazu bin ich mehr imstande.« Sie begann zu schluchzen. »Das haben sie aus mir gemacht!«

»Langsam, langsam!« Vincent hielt den Becher an ihre Lippen und stützte sie zusätzlich am Hinterkopf. »Lass dir Zeit, dann wird es gehen.«

Sie versuchte es von Neuem, schaffte die ersten Schlucke, schließlich leerte sie sogar den ganzen Becher.

Ein Hauch von Farbe kehrte in ihr fahles Gesicht zurück.

»Ich habe Severin nicht getötet«, sagte sie unvermittelt. »Und wenn sie mich klaftertief unter die Erde sperren – ich war es nicht! Warum glauben sie mir nicht?«

»Dafür haben deine Feinde gesorgt, ehrbare Bürger Kölns, so heißt es. Mehr war aus Turmmeister Meigin nicht herauszubekommen.« Er verschwieg, wie teuer ihn selbst das gekommen war. Und wie viel er darüber hinaus dafür bezahlt hatte, damit der Scharfrichter ihn für ein paar kostbare Augenblicke mit Johanna allein ließ.

»Das kann nur Hennes gewesen sein, Hennes Arnheim, mein Schwager. Er will an das Lilienhaus, das mein Mann mir vermacht hat.« Das Reden schien sie über die Maßen zu erschöpfen. Johanna sank halb auf der Pritsche zusammen. Dann aber rappelte sie sich wieder auf. »Aber dort leben auch Sabeth, die alte Magd, die alles vergisst, Mieze, die weiße Katze, und Rosa, meine Stute. Ohne mich sind sie hilflos. Was wird er ihnen antun, wenn ich sie nicht mehr schützen kann?«

»Ich sehe nach ihnen«, versprach Vincent. »Doch jetzt geht es um dich.« Er brach ein Stück Brot ab, reichte es ihr. »Iss! Du brauchst deinen Verstand, mehr denn je.«

»Ich kann nicht«, wehrte sie ab.

»Doch, du kannst!«, beharrte er. »Meigin hat etwas von Beweisen angedeutet, die angeblich gegen dich aufgetaucht sein sollen. Genaueres konnte oder wollte er nicht sagen. Was sind das für Beweise?«

Johanna kaute, schluckte mühsam, griff nach dem erneut gefüllten Becher und trank, um alles hinunterzuspülen.

»Ein Topf mit Flusssäure«, sagte sie. »Aus meiner Speisekammer. Weiß der Himmel, wie sie darauf gestoßen sind.«

»Flusssäure?«, wiederholte Vincent. »Was ist das?«

»Sie riecht stechend und kann Glas ätzen.« Inzwischen kamen ihre Sätze flüssiger, als schiene sie sich nach und nach wieder an das Reden zu gewöhnen. »Man darf sie nicht in die Augen oder auf die Haut bekommen, sonst stirbt man.«

»Und das hattest du ausgerechnet in deiner Speisekammer?«

»Weil ich doch nicht wusste, wohin damit! Nach Severins Tod hab ich den Topf zuerst im Stall, dann dort versteckt, bis ich eine bessere Lösung finden würde. Warum nur habe ich ihn nicht Meister Hantsch gegeben wie alles andere auch? Er hat mir die Werkstatt abgekauft.«

»Nicht ganz so schnell!«, verlangte Vincent. »Dieser Hantsch ist also Glasmaler wie dein verstorbener Mann?«

»Dietrich Hantsch, ja«, sagte Johanna. »An Severins Kunstfertigkeit wird er freilich niemals heranreichen, selbst wenn er hundert Jahre alt wird. Doch auch ohne linke Hand verrichtet er seine Arbeit ordentlich.« Sie steckte sich einen weiteren Bissen in den Mund, dann wurde ihr

Blick plötzlich starr. »Wieso fragst du mich das alles? Hat der Grewe dich geschickt, um ein Geständnis zu erzwingen? Bist du deshalb hier?«

Er packte ihre Hände und hielt sie so fest, dass sie aufschrie.

»Wenn du mir nicht traust, werde ich gehen«, sagte er. »Willst du, dass ich gehe, Johanna?«

»Nein«, murmelte sie.

»Ich habe dich nicht verstanden.«

»Nein. Aber wie sollte ich ausgerechnet dir trauen?«

»Das musst du selbst entscheiden.« Er richtete sich auf. »Soll ich gehen?«, wiederholte er.

»Nein. Nein. Bleib! Aber lass mich los, du tust mir weh!«

»Gut.« Er stand nun vor ihr. »Könnte dieser Hantsch für dich aussagen?«

»Er schätzt mich, aber er ist kein besonders mutiger Mann«, sagte Johanna. »Seit er seine linke Hand nicht mehr gebrauchen kann, regelt sein Sohn Tobias das meiste für ihn.«

»Ein Unfall?«

»Flusssäure. Trotz aller Vorsicht sind ein paar Spritzer auf seine Hand gekommen. Die Schmerzen müssen höllisch gewesen sein. Alle dachten, er würde sterben, doch er hat überlebt – allerdings mit einer lahmen Linken. ›Das ist es, was uns allen eines Tages droht‹, hat Severin immer gesagt. ›Dieses Gift macht uns krank. Und irgendwann raubt es uns das Leben.‹« Sie fuhr sich erneut an den Hals. »Mein Band«, sagte sie. »Du musst es mir holen!«

Vincent beugte sich über sie und berührte ihre Schulter.

»Weißt du, was du da gerade gesagt hast?«

Sie zuckte die Achseln. »Das mit dem Band? Oder das über Meister Hantsch …«

»Wo finde ich ihn?«, unterbrach er sie.

»In der Zeughausgasse. Wieso fragst du?«

»Weil er dein Schutzengel werden kann.« Vincent erhob sich. »Falls er dazu bereit ist. Wer sonst noch könnte für dich bürgen?«

Sie schüttelte den Kopf. »Ich weiß nicht …«

»Denk nach, Johanna! Es muss doch jemanden geben.«

»Vielleicht der Rektor der Kronenburse«, sagte sie schließlich. »Hermann Weinsberg. Seine Familie ist sehr angesehen. Ich glaube, er wäre womöglich dazu bereit.«

»Dann werde ich ihn fragen. Ebenso wie den Glasmaler«, sagte Vincent.

Schwere Schritte näherten sich langsam.

»Du willst zu Hantsch?«, fragte Johanna. »Aber ich hab ihn viele Monate nicht mehr gesprochen. Und Weinsberg, er hatte große Sorgen um seine kranken Studenten …«

»Fällt dir etwas Besseres ein?«, sagte Vincent.

»Nein. Aber geh nicht fort! Das darfst du nicht – mich hier allein lassen.« Trotz ihrer Schwäche hielt es Johanna nicht länger auf der Pritsche, als sie den Scharfrichter entdeckte, der schweigend vor der Zelle wartete. »Ich will nicht wieder zurück in dieses schwarze Nichts, das mich an Leib und Seele auffrisst. Lieber gestehe ich.«

»Einen Mord, den du niemals begangen hast?« Vincent sprach so ruhig, wie es ihm möglich war. »Dann ist dir wie Lenne Wagner der Galgen gewiss. Ich habe sie behandelt und könnte dir ganz genau beschreiben, was die Folter aus ihr gemacht hat – und was ihr nun bevorsteht.«

»Aber was soll ich denn sonst tun?« Sie klang mutlos.

»Vorerst bleibst du in dieser Zelle. Danach wirst du erneut verhört. Der Grewe ...«

»Der Grewe hasst mich«, unterbrach ihn Johanna. »Mein Tod ist für ihn schon längst beschlossene Sache. Das habe ich in seinen Augen gelesen.«

»Er hat sich nur auf diesen Aufschub eingelassen, weil er unbedingt dein Geständnis will.«

»Aber ich kann doch nicht gestehen. Ich bin unschuldig!«

»Ein Geständnis, darum kreisen all seine Gedanken – und genau damit hab ich ihn drangekriegt. Zuerst wurde ich immer ratloser, doch dann konnte ich Graf Bornweg mit seinen eigenen Waffen schlagen.«

Fragend starrte Johanna ihn an.

»Ich habe ihm ausgemalt, dass jeder verrückt wird, der zu lang in der *camera silentia* verbleibt, hermetisch abgeschottet von Licht und Geräuschen. Und ein Verrückter kann kein Geständnis mehr machen – das Einzige, was ihm schließlich einzuleuchten schien. Ein hartes Stück Arbeit, das darfst du mir glauben.« Seine Stimme wurde weicher. »Versuch ein Weilchen zu schlafen! Du wirst deine Kraft brauchen, Johanna.«

Sie lehnte sich an die Wand, schloss die Augen. Als sie sie wieder aufschlug, war er verschwunden.

In ihr war plötzlich alles wieder dunkel. Leer fühlte sie sich, wie ausgehöhlt. Sie schlang die Arme um den Leib, während der Scharfrichter von außen die schwere Tür zuzudrücken begann. Da flog im letzten Augenblick etwas durch den Spalt und landete neben ihren Füßen.

Sie bückte sich, hob es auf. Ihr grünes Samtband, einst eine Augenweide, die sie geschmückt und geschützt hatte, jetzt aber genauso armselig und besudelt war wie sie selbst.

Johanna legte es sich um den Hals und wollte nach alter Gewohnheit den Zopf beiseiteschieben, um es zu schließen. Doch war da nichts mehr außer hässlichen Stoppeln, wie Verbrecherinnen es dulden mussten.

Bitterlich begann sie zu weinen.

Das Badehaus in der Kleinen Budengasse war das letzte, das die Krähe sich aufgespart hatte. Daran vorbeigegangen war er schon einige Male, doch irgendetwas hatte ihn bislang daran gehindert, anzuklopfen und sich drinnen Gewissheit zu verschaffen.

Heute jedoch stand die Tür offen, was er als Wink des Schicksals betrachtete.

Von klein auf war ihm vom Alten eingeschärft worden, dass man auf Zeichen achten musste, wenn man überleben wollte. Allerdings war der Mann fast krankhaft abergläubisch gewesen, hatte aus Vogelflug, Steinchen am Wegesrand, Tierkot und tausend anderen ungereimten Kleinigkeiten Vorhersagen erkennen wollen, die so niemals eingetroffen waren. Dennoch hatten seine seltsamen Angewohnheiten die Sinne des Jungen geschärft, seine Augen wachsamer gemacht, die Ohren empfindsamer, die Nase feiner – Fähigkeiten, die für die harten Jahre als Bettler und Vagabund von großem Nutzen gewesen waren.

Er ging hinein. Gleich im Flur stieß er auf einen kräftigen Mann, der fluchend mehrere Zuber aufeinanderstapelte.

»Ihr seid hier der Bader?«, fragte die Krähe.

»Der bin ich.« Der Blick des Mannes flog über die starken Schultern unter der staubigen Schecke, die Beinlinge, die zahlreiche Löcher und Risse hatten und die muskulösen Beine erkennen ließen. Seine Miene bekam etwas Missmutiges. »Aber Ihr habt Euch umsonst hierherbemüht. Unsere Badestube ist geschlossen. So und nicht anders hat der Magistrat es verfügt.«

Im Hintergrund waren seltsame Geräusche zu hören, als ob jemand vergeblich von innen an eine Tür kratzte. Nach einem Tier klang es nicht. Wen mochte der Bader da eingesperrt haben?

Die Neugierde der Krähe wuchs.

»Ich bin nicht zum Baden gekommen.« Aus den Augenwinkeln sah er eine Schwangere mit einem Stoß Leinentüchern auf den Armen heranwatscheln. »Ich suche eine bestimmte Frau.« Er zögerte, sprach dann aber weiter. »Johanna heißt sie. Arbeitet sie vielleicht bei Euch?«

»Wir haben keine Johanna«, sagte der Bader eine Spur zu schnell. »Unsere letzte Magd hieß Lini – solange wir noch Geld hatten, um sie zu bezahlen.« Er bückte sich erneut nach einem Zuber.

»Kennt Ihr vielleicht eine Johanna?« Die Krähe hatte sich nicht ein Stück von der Stelle bewegt. »Sie war Bademagd. In Freiburg. Ist schon eine Weile her. Ich denke, sie ist auch in Köln bei ihrer Profession geblieben.«

Im Bücken machte der Bader der Schwangeren seltsame Zeichen.

»Lass die Herren noch nicht raus, Ennelin!«, rief er. »Du weißt doch, was ich dir eingeschärft habe! Muss ich jetzt sogar meiner eigenen Frau alles dreimal sagen?«

Die Schwangere ließ den Stapel auf einen Hocker gleiten. Zwischen zwei gefalteten Tüchern lugte die Ecke eines Buches hervor.

»Denk doch noch einmal nach, Ludwig!«, sagte sie sanft. »Es scheint ihm sehr wichtig zu sein.« Sie schwitzte und hatte dunkle Schatten unter den Augen, aber ihre Haut war rosig und glatt. Aus der Nähe sah sie trotz ihrer Schwangerschaft blutjung aus. Der Bader hatte ein halbes Kind geheiratet.

Als er wieder nach oben kam, war sein Gesicht rot angelaufen.

»Ist das alles, was Ihr an Hinweisen habt?«, fragte er schnaufend. »Damit werdet Ihr nicht sehr weit kommen. Köln ist die größte Stadt im ganzen Reich und Johanna ein ehrlicher Christenname. Wie viele Frauen leben wohl hier, die so heißen?«

»Grüne Augen und ein langer blonder Zopf«, erwiderte die Krähe. »Wenn sie wütend wird, steht eine steile Falte zwischen ihren Brauen. Und ziemlich groß, so habe ich sie in Erinnerung. Davon gibt es nicht allzu viele.« Etwas verriet ihm, dass er auf der richtigen Spur war, seinem Ziel näher als je zuvor.

Die Schwangere stieß einen Laut aus, der ihn an das Fiepen seines gescheckten Welpen erinnerte, den der Alte in einen Sack gesteckt und in den Fluss geworfen hatte, weil er eine schäbige Kupfermünze nicht abgeliefert hatte. Dann entdeckte sie die verräterische Buchecke, die herauslugte, und schob den Band unauffällig unter die Tücher.

Was bemühte sie sich da zu verbergen?

»Nicht mehr ganz jung«, fügte er hinzu und ließ die Badersfrau nicht mehr aus den Augen. »Ich muss sie finden!«

»Wozu?« Der Bader drehte sich zu ihm um. Offenbar war er dem Wein nicht abgeneigt, das erkannte die Krähe an seinen schweren Lidern und den roten Äderchen um die Nase. »Was wollt Ihr von ihr?«

»Ich bin ihr etwas schuldig.« Die Worte kamen so glatt über seine Lippen, als hätte er sie schon viele Male gesagt. Und war es in gewisser Weise nicht auch die pure Wahrheit? »Und alte Schulden sollte man begleichen, meint Ihr nicht?«

Für einen Augenblick schien der Bader zu zögern. Seine Gesichtszüge erschlafften, die Mundwinkel sanken hinab. Gleich, gleich würde er reden. So sahen sie alle aus, bevor sie einen Verrat begingen.

Dann jedoch schien er sich wieder zu fassen. »Wir können Euch nicht helfen.« Erneut wandte er ihm den Rücken zu. »Solch eine Johanna ist uns nicht bekannt. Und jetzt lasst mich meine Arbeit tun! Meine Frau wird Euch hinausbringen.«

Die Schwangere watschelte neben ihm zur Tür.

»Seid ihm nicht gram!«, sagte sie. »Er war nicht immer

so, aber das Pesthaus, das wir jüngst eröffnet haben, bringt ihn noch um den Verstand. Von Sonnenaufgang bis tief in die Nacht muss er sich darum kümmern. Nicht einmal für ein kurzes Gebet bleibt da noch Zeit. Das Haus ist jetzt schon überfüllt, und es werden immer noch mehr, obwohl Tag für Tag viele sterben. Doch die Pestmägde laufen uns davon, weil sie den Anblick nicht ertragen. Wer soll diese armen Seelen nur alle pflegen? Ich kann meinem Ludwig derzeit ja leider nicht beistehen, wie es eine christliche Hausfrau tun sollte.«

Er suchte ihren Blick, hielt ihn fest.

»Kennt Ihr Johanna?«, drang er in sie. »Ist sie Euch schon irgendwo begegnet? Bitte helft mir! Man vergisst sie nicht so leicht, wenn man sie einmal gesehen hat.«

Die Schwangere stieß einen Schrei aus. Ihr mächtiger Bauch schien auf einmal ein ganzes Stück nach links verschoben.

Im ersten Moment erschrak die Krähe, dann aber streckte er seine Hand aus und legte sie auf die Wölbung. Ungewohnt und aufregend zugleich fühlte es sich an, das ungeborene Leben zu spüren. Seltsamerweise wurden seine Augen plötzlich feucht.

Die Schwangere schien nichts gegen die Berührung zu haben. Ein zartes Lächeln machte ihr Gesicht hell.

»Manchmal strampeln sie so stark, dass ich Angst bekomme, sie boxen sich noch vor der Zeit durch die Bauchdecke«, sagte sie verschwörerisch. »Mittlerweile bin ich sicher, dass es Zwillinge sind, wie der kluge Medicus mir prophezeit hat. Ludwig hab ich freilich noch nichts davon gesagt. Wo er doch schon genug Sorgen hat.« Sie musterte prüfend die Krähe. »Was wollt Ihr von der Frau?«, fragte sie.

Er zog seine Hand zurück.

»Hat sie Euch verlassen?«, bohrte sie weiter. »Aber Ihr liebt sie noch immer? Sucht Ihr deshalb nach ihr?«

Er nickte stumm. Sollte sie doch denken, was sie wollte, Hauptsache, es brachte ihn weiter.

»Wie gut ich Euch verstehen kann! Liebe kann schmerzen«, sagte die Schwangere. »Das hab ich selbst schon erfahren müssen. Und doch ist sie es, die unsere Tage erwärmt. Ohne Liebe ist alles sinnlos. Manchmal allerdings sollte man besser …«

»Ennelin?« Der Ruf des Baders war laut und ungeduldig. »Ennelin, wo bleibst du denn? Die Herren warten.«

»Ihr hört, ich muss zurück«, sagte sie. »Ihr seid doch noch so jung. Wenn Ihr meinen Rat hören wollt, so vergesst diese Johanna! Bestimmt findet Ihr irgendwann eine andere, die Euch von Herzen liebt. Ich wünsche Euch alles Glück der Welt!« Damit war sie erstaunlich behände nach drinnen verschwunden.

Sie wusste etwas! Beinahe wäre sie damit herausgerückt. Aber warum hatte sie es dann für sich behalten? Weil der Bader nicht wollte, dass sie redete?

Dann musste er versuchen, sie allein abzupassen.

Die Krähe überquerte die Gasse und bezog Posten im Torbogen gegenüber. Von dort aus hatte er das Badehaus genau im Blick. Der Alte hatte ihm beigebracht, wie man sich unsichtbar machen konnte, eine Technik, die er jetzt anwendete. Sein staubiges Gewand schien mit der Wand zu verschmelzen, er zog den Kopf ein und machte die Augen schmal. Innerlich war er gespannt wie eine frisch aufgezogene Saite.

Eine ganze Weile geschah nichts, dann öffnete sich die Tür und spuckte drei seltsame Gestalten aus, hochgestellte Herren, ging man von ihrer Kleidung aus, denn sie trugen Schecken aus feinem Tuch, dunkle Beinkleider und neue Schuhe. Doch warum in aller Welt zerrten die drei einen Karren mit allerlei Kästen und Kasten hinter sich her und schwankten, als ob sie getrunken hätten?

Der Dickste von ihnen hielt nach ein paar Schritten inne und schob seinen Ärmel nach oben, als ob er den Stoff nicht länger mehr auf der Haut ertrüge. Er begann zu kratzen, fluchte und schimpfte, während die anderen beiden, ein Magerer und ein Großer, ihn vergebens zu beruhigen versuchten.

»Gesund machen wollte er uns, das hatte er fest versprochen«, sagte der Dicke. »Doch was ist stattdessen geschehen? Unser Silber sind wir los – die Seuche aber nicht.« Wild gestikulierend bogen sie in die Große Budengasse.

Kurz erwog die Krähe, ihnen zu folgen, verwarf diesen Plan jedoch wieder. Sie würden ihn gewiss nicht zu Johanna führen, obwohl ihre Geldkatzen ihn durchaus reizten. Seine Besuche im Haus am Berlich verschlangen mehr, als ihm lieb war. Bela schien unersättlich, nicht nur was die Lust betraf. Sein kleiner Vorrat an Kupfer- und Silbermünzen neigte sich bedenklich dem Ende zu. Natürlich hatte er längst herausgefunden, wo auf dem Gelände des Melatenhauses Christian und Ruch ihre Anteile versteckten. Es wäre ein Leichtes für ihn gewesen, sich dort zu bedienen, aber er wollte keinen Unfrieden in der Bande, solange sein Ziel nicht erreicht war. Besser also, sich bei den Einbrüchen noch gründlicher umzusehen als bisher.

Er spähte zum Himmel. Die Sonne stand deutlich tiefer. Die klammen Nächte ließen ihn inzwischen spüren, dass der Herbst fortgeschritten war. Noch war es halbwegs trocken, doch damit konnte es von einem Tag zum anderen vorbei sein. Die Winter am Rhein waren lang und unangenehm feucht, das hatte er oftmals erleben müssen, wenn er mit dem Alten durchnässt, schniefend und hustend nach einem Unterschlupf suchte.

Er hatte sich geschworen, nie wieder frieren zu müssen. Bevor der Regen einsetzte und dann zu Graupeln oder gar Schnee wurde, der bis in den April hinein liegen bleiben konnte, wollte er längst im Süden sein, frei wie ein Vogel, endlich ohne jene Zentnerlast von Hass und Rache, die sein Herz vergiftet hatte.

Ob Nele wirklich mit ihm ziehen würde? Inzwischen schien sie erschrocken über das, was da in seiner Gegenwart über ihre Lippen gekommen war. Sie ging ihm aus dem Weg und wirkte fast wieder so scheu wie am Anfang. Manchmal hatte er das Gefühl, dass jemand aus der Bande sie einschüchterte, aber er hatte keine Beweise, die das belegten, wenngleich er einmal beobachtet hatte, wie Ruch wild gestikulierend auf sie eingeredet hatte und sie schließlich weinend weggerannt war. In Nele zu dringen würde nichts bringen, dazu kannte er sie inzwischen zu gut. Aber besaß sie so viel Vertrauen zu ihm, dass sie sich von selbst öffnen würde?

Oder sollte er doch lieber Bela fragen, ob sie mit ihm ziehen würde? Bei seinem letzten Besuch hatte sie ihn so fest an sich gedrückt, als wollte sie ihn niemals wieder loslassen. Dann freilich würde er bis ans Lebensende stehlen und rauben müssen, denn wer Bela nichts zu bieten hatte, würde ihre Gunst rasch verlieren.

Sein Magen begann zu knurren. Das lange Herumlungern hatte ihn hungrig gemacht. Zudem kam aus einer Backstube der Duft nach frischem Brot, der den fauligen Gestank der Gasse überlagerte und ihm das Wasser im Mund zusammenlaufen ließ. Er war schon drauf und dran hinüberzulaufen, um sich die Taschen zu füllen, als die Tür der Badestube sich abermals öffnete: Die schwangere Baderin und ganz allein – ja, das gefiel ihm weitaus besser als ein warmer Wecken.

Ennelin war in ein Wolltuch gehüllt, das sie noch unförmiger erscheinen ließ, setzte aber ihre kleinen Füße schnell und sicher auf den unebenen Grund.

Wohin sie wohl wollte? Was auch immer ihr Ziel war, er würde es herausfinden.

Die Krähe wartete, bis die Schwangere ein Stück vorangekommen war, dann folgte er ihr geräuschlos wie ein Schatten.

Das Haus mit der gemalten Lilie an der Fassade erkannte Vincent schon von Weitem. Schlank und stolz erhob es sich über zwei Stockwerke, ein stattliches Anwesen, das mit seinen exakt gesetzten Fenstern und dem schmucken Giebel aus der Reihe der anderen Gebäude herausstach.

Beim Näherkommen sah er, dass sich von der anderen Gassenseite her ein Pferdewagen näherte, der mit Säcken gefüllt war. Der Mann, der das Gefährt lenkte, brachte den Kaltblüter zum Stehen, stieg ab und erreichte die Tür im gleichen Moment wie Vincent.

»Bin leider spät dran«, sagte er, während seine Faust gegen das Holz schlug. »Die letzte Fuhre. Dann ist endlich alles, wo es sein soll.«

Wie ein Blitz schoss ein untersetzter Mann mit gelichtetem Haar aus der Tür. Ein scharfer Geruch nach Beize und vergorenem Urin ging von ihm aus, wie Vincent ihn von den Werkstätten der Lederer her kannte.

»Wo bleibst du denn?«, raunzte der Mann. »Wenn man sich nicht einmal mehr auf die eigenen Gesellen verlassen kann! Ich hatte schon befürchtet, du wärst unter die Räuber geraten. Jetzt beeil dich gefälligst! Alles muss nach unten und dort anständig ausgebreitet werden. Den Weg kennst du ja.«

Der Geselle ging zum Wagen zurück und begann mit dem Ausladen. Mit zwei prall gefüllten Säcken auf dem Buckel verschwand er im Haus.

Jetzt erst schien Hennes den Fremden zu bemerken.

»Und was wollt Ihr?«, fragte er ungehalten, während sich eine füllige Frau mit scheckigem Haar an ihm vorbeizudrängen versuchte. »Ihr seid umsonst gekommen. Mein Geschäft im Lilienhaus ist noch nicht eröffnet.«

»Ita?« Vincent sah die Frau an. »So lautet doch Euer Name. Dass ich Euch hier treffe!«

»Der schweigsame Fremde vom Rhein mit dem leichten Gepäck!« Sie warf den Kopf in den Nacken und lachte gurrend. »Hab ich Euch nicht prophezeit, dass wir uns wiedersehen würden?« Die bunten Glasketten um ihren Hals klirrten. »Meinen Esel, um den Ihr Euch so gesorgt habt, habe ich übrigens verkauft. Brauch ihn jetzt nicht mehr, wo ich sesshaft geworden bin – und wir ein Ross im Stall stehen haben.«

»Deshalb bin ich unter anderem hier«, sagte Vincent.

Wie mochte sie ausgerechnet an Johannas Schwager geraten sein? Die beiden waren ein Paar, das verriet die besitzergreifende Art, mit der Ita die Hand auf den Arm des Mannes gelegt hatte. Mit ihren Hüften blockierte sie den Durchgang, als ob sie sich hier schon ganz als Hausherrin fühlte.

»Was soll das heißen?« Die Augen des Kürschners wurden schmal. »Wer seid Ihr? Und was wollt Ihr?«

»Medicus de Vries, Leibarzt Seiner erzbischöflichen Exzellenz.«

Die Gesichter der beiden erstarrten.

»Eines nach dem anderen. Wo ist die Magd Sabeth? Ich möchte sie sprechen.«

»Das geht leider nicht«, sagte Ita rasch, bevor Hennes den Mund öffnen konnte. »Sie schläft. Ihr war nicht wohl.«

»Dann weckt sie auf!« Vincent blieb stehen wie angewurzelt. »Ich warte solange.«

Ita und Hennes tauschten einen raschen Blick.

»Sie ist nicht mehr ganz bei Sinnen, müsst Ihr wissen«, sagte Hennes schließlich. »Eine alte Vettel, die nichts als Unsinn brabbelt und kaum noch weiß, wer sie ist. Ich kann mir nicht vorstellen, dass jemand wie Ihr …«

»Wo ist Sabeth?«, unterbrach ihn Vincent, der die offenkundigen Lügen nicht länger ertrug.

»Weggelaufen, stellt Euch vor!«, sagte Ita. »Das undankbare Ding! Dabei hat Hennes es so gut mit ihr gemeint. Und was macht sie? Stiehlt ein paar Sachen, die uns lieb und teuer waren, und verschwindet. Und das Katzenvieh gleich mit dazu.«

Vincent glaubte ihr kein einziges Wort. Dazu ruckte ihr Hals zu aufgeregt hin und her, dazu nestelte sie zu verlegen an ihrem billigen Geschmeide.

»Wir weinen ihr keine Träne nach«, fuhr sie fort. »Zum Glück hat Meister Arnheim jemanden an seiner Seite, der in diesen schweren Zeiten viel besser für sein Wohl sorgen kann.« Sie leckte sich genüsslich die Lippen. Dann wurde ihr Blick kühl und geschäftsmäßig. »Falls Ihr auch gegen die Pest vorsorgen wollt, seid Ihr bei mir in den allerbesten Händen. Die Leute bekommen nicht genug von meinen Amuletten, weil sich schon in der ganzen Stadt herumgesprochen hat, wie sicher sie wirken. Sogar aus Eurer Zunft gehören einige zu meiner Kundschaft – und sind noch alle am Leben! Ihr müsstet Euch dazu allerdings in mein Haus in der Schwalbengasse bemühen, zumindest fürs Erste.«

Hennes gab einen dumpfen Ton von sich.

»Das Pferd«, sagte Vincent, der auf einmal nur noch wegwollte. »Was soll es kosten? Ich will es kaufen.«

»Unsere schöne Stute?« Itas Stimme wurde schrill. »Die ist unverkäuflich!«

»Da täuschst du dich«, widersprach Hennes. »Aber es kommt natürlich auf den Preis an. Was wäre sie Euch denn wert?«

»Dazu müsste ich sie erst einmal sehen«, sagte Vincent.

In seiner Geldkatze schleppte er noch immer die Silbermünzen herum, die Bernhard vom Hagen ihm geradezu aufgedrängt hatte, nachdem er Lenne, die Giftmörderin, so weit wiederhergestellt hatte, dass sie im Karren zum Galgen gefahren werden konnte, um öffentlich hingerichtet zu werden. Blutgeld – so nannte er es im Geheimen. Wenn nicht ein Wunder geschah, würde Johanna die Nächste sein, die diesen Weg in den Tod anzutreten hatte.

»Folgt mir!« Der Kürschner kam aus dem Haus. »Ich bringe Euch zum Stall.«

Dort stank es zum Gotterbarmen, als sei seit Langem nicht mehr ausgemistet worden. Die Stute hatte eingefallene Flanken, aber ihre Augen waren klar. Sie wich zurück, sobald sie Hennes erkannte, und versuchte zu steigen. Vincent, der sich mit Pferden auskannte, wusste sofort, weshalb, noch bevor er das verkrustete Blut auf der Kruppe entdeckte.

»Ihr schlagt sie«, sagte er, »eine Kreatur, die Euch anvertraut ist. So etwas vergessen Pferde niemals.«

»Ach, Rösser sind doch wie Weiber! Manchmal brauchen sie eben eine feste Hand. Gefällt sie Euch?«

»Was soll sie kosten?«, fragte Vincent.

»Fünfzig Gulden. Ein Preis, wie Ihr ihn selten finden werdet.«

»Zwanzig«, sagte Vincent.

»Sie ist mehr als das Doppelte wert.«

»Beim Abdecker würdet Ihr lediglich zehn bekommen, und dorthin müsst Ihr sie über kurz oder lang bringen, wenn Ihr sie weiterhin so schlecht behandelt. Also?«

Hennes schien mit sich zu ringen.

»Vierzig«, sagte er. »Darunter kann ich nicht gehen.«

»Dreißig.«

»Fünfunddreißig«, sagte Hennes. »Sonst schlachte ich sie selbst.« Er streckte Vincent die Hand entgegen.

Der dachte an Johannas abgezehrtes Gesicht, ihre Stoppelhaare, an den Schmerz in ihren Augen, als sie vom Lilienhaus und seinen Bewohnern gesprochen hatte, die ihr am Herzen lagen. Wenn er schon nicht Sabeth retten konnte, dann wenigstens die Stute.

»Einverstanden«, sagte er, ohne die Hand des Kürschners zu berühren.

»Ihr habt das Geld dabei?« Hennes' Stimme klang gierig.

Vincent drehte ihm den Rücken zu, zog seine Geldkatze heraus und entnahm ihr die Münzen.

»Sattel und Zaumzeug bleiben hier«, sagte Hennes, nachdem er nachgezählt und das Geld eingesteckt hatte. »Es sei denn, Ihr legt noch einmal ordentlich drauf.«

»Bemüht Euch nicht!«

Vincent ergriff das Halfter, um Rosa hinauszuführen, doch der Kürschner stellte sich ihnen in den Weg.

»Ich weiß noch immer nicht, wer Euch geschickt hat«, sagte er mit falschem Lächeln.

Vincent atmete tief aus, während Rosa die Zähne bleckte und dem Kürschner einen Schulterrempler versetzte, der ihn zur Seite weichen ließ und den Weg für die beiden frei machte.

»Ich komme im Auftrag von Johanna Arnheim, Eurer Schwägerin, die schuldlos im Kerker sitzt«, sagte Vincent, worauf die Miene des Kürschners gefror.

Wieder auf der Gasse angelangt, überkamen den Medicus allerdings Bedenken. Sein eigenes Pferd hatte er mit Not und Mühe in der Nachbarschaft unterstellen können, weil das Haus an der Marzellenstraße keinen Stall besaß, und nun musste er für ein weiteres aufkommen, das noch dazu in denkbar schlechtem Zustand war. Im Tageslicht sah man erst richtig, wie struppig und vernachlässigt die Stute war und wie scharf die Rippen unter dem Fell hervorstachen. Ihre Wunden waren beträchtlich. Hennes musste sie gezielt misshandelt haben. Außerdem schien sie leicht zu lahmen, was bedeutete, dass man nach einem Hufschmied Ausschau halten musste.

Dabei hatte Vincent erst einen Teil von Johannas Anliegen erfüllt. Wie er die alte Dienerin finden sollte, war ihm ein Rätsel. Zudem lag der Besuch beim Glasmaler wie ein Bleilot auf seiner Seele. Der Rektor der Kronenburse, den er bereits um Hilfe gebeten hatte, war sofort einverstanden gewesen, für Johanna zu bürgen. Offenkundig war Weinsberg heimlich in sie verliebt, so geschwitzt und gestammelt wie er hatte, als er sich dazu erbot. Das hatte Johanna ihm verschwiegen. Was aber, wenn Hantsch es schlichtweg ablehnte, vor dem Grewen zu erscheinen?

Vincent spürte, wie Rosa in seinen Nacken blies, als wollte sie ihm Mut machen. Er drehte sich zu ihr um, tätschelte ihren Hals, was sie zu mögen schien, und setzte mit ihr seinen Weg in die Hohe Straße fort.

Unterwegs fiel ihm auf, wie verwahrlost die Stadt wirkte. Überall auf den Gassen türmte sich der Müll, die schmalen Rinnen unter den Häusern, für den Abfluss gedacht, standen voller Urin. Die Schar der Bettler schien sich innerhalb weniger Wochen verdreifacht zu haben. Überall wurden ihm schmutzige Hände flehentlich entgegengestreckt, doch anders als sonst, wo er stets gern kleine Almosen verteilte, wich er ihnen heute aus, weil er sich vor Ansteckung fürchtete. Grund dazu gab es reichlich. So viele Häuser, die bereits ein Pechkreuz auf der Tür trugen!

Warum hatte er nicht seine Maske aufgesetzt und die Handschuhe angezogen? Wenn die Seuche weiterhin so wütete, konnte man ohne Schutz das Haus bald nicht mehr verlassen.

Als er endlich die Apotheke an den Vierwinden betreten hatte, atmete er auf. Die Offizin war sauber ausgefegt und geräumig und an der Längsseite mit einem nahezu deckenhohen Regal ausgestattet, das unzählige Holzschübe aufwies. Eine Tür führte weiter nach hinten in die Materialkammer, wo getrocknete Kräuter ein ganz eigenes Duftpotpourri verströmten. Für einen Augenblick meinte Vincent von dort eine weibliche Stimme zu hören, die ihm bekannt vorkam, dann jedoch war sie verstummt.

Wenzel Mechthus, der Apotheker, nickte ihm zu, während er weiter mit einem anderen Kunden verhandelte, einem großen stattlichen Mann, der seinen Judenhut abgenommen und vor sich auf die Theke gelegt hatte.

»Seit gut drei Tagen will sie nicht mehr essen«, sagte er. »Das gefällt mir gar nicht. Meine Miriam hat immer einen guten Appetit gehabt. Jetzt aber verweigert sie alle Speisen.«

»Fiebert sie?«, fragte Mechthus.

»Das tut sie. Und sie klagt über Kopf- und Gliederschmerzen. Sie sagt, sie sei unendlich müde, obwohl sie auch tagsüber viele Stunden schläft. Ich erkenne sie gar nicht wieder, so munter und lebendig wie sie immer war!«

»Dann solltet Ihr besser einen Medicus rufen. In diesen Zeiten, wo so viele krank …«

»Einen Medicus?« Der Mann lachte bitter. »Wollt Ihr Euch über mich lustig machen? Der Einzige, den wir in der Gemeinde hatten, ist vor zwei Jahren nach Aachen gezogen. Und wer von den christlichen Ärzten würde sich unser jetzt schon annehmen, da die Pest in der Stadt wütet? Wir können ja schon froh sein, wenn man uns nicht das Haus unterm Hintern ansteckt.« Er beugte sich weiter über die Theke. »Ihr seid meine einzige Hoffnung, Apotheker. Ihr müsst meiner Miriam helfen, ich bitte Euch!«

»Nun, dazu müsste ich noch mehr wissen«, sagte Mechthus zurückhaltend. »Gibt es weitere Veränderungen an ihr?«

»Und ob es die gibt! Sie stöhnt und weint und kratzt sich, als wollte sie sich die Haut in Fetzen herunterreißen. Was mich am meisten beunruhigt, sind die roten Flecken und Bläschen, die ihren ganzen Körper bedecken.«

»Rote Flecken?« Der Apotheker wich ein Stück zurück. »Und da kommt Ihr hierher …«

»Sehen sie aus wie ein Sternenhimmel?«, mischte Vincent sich ein.

Der Jude nickte.

»Sie hat sie überall, auch auf dem Kopf?«

»Woher wisst Ihr das? Dort sind ganz besonders viele.«

»Weil ich Medicus bin«, sagte Vincent. »Ihr müsst keine Angst haben«, sagte er, an Mechthus gewandt. »Seine Frau ist nicht an der Pest erkrankt, sondern hat die wilden Blattern.«

»Die befallen doch sonst nur Kinder!«, rief der Apotheker.

»Es gibt durchaus Ausnahmen, und Erwachsene leiden noch stärker unter dieser Krankheit.« Der Jude hing an seinen Lippen. »Verschafft Eurer Miriam Kühlung mit kalten Güssen oder Quarkumschlägen! Tupft die Pusteln mit Essigwasser vorsichtig ab und lasst Euch zusätzlich vom Apotheker eine Zinktinktur abfüllen, die kann die Heilung beschleunigen!«

»Sie muss nicht sterben?«

»Ganz gewiss nicht. Die wilden Blattern sind lästig und schmerzhaft, aber daran stirbt man nicht«, versicherte Vincent.

»Und wenn diese Blattern auch mich befallen?«

»Durchaus möglich, denn sie fliegen wie der Wind von einem zum anderen. Aber bis dahin wird Eure Frau hoffentlich wieder gesund genug sein, um Euch zu pflegen, sollte es notwendig werden«, sagte Vincent.

Mechthus füllte die Tinktur in ein kleines Gefäß, verschloss es und reichte es dem Mann. Der bezahlte, nahm seinen gelben Hut und drehte sich plötzlich um.

»Verratet Ihr mir noch Euren Namen?«, fragte er. »Ich möchte zu gern wissen, wem ich meine ungeheure Erleichterung zu verdanken habe.«

»Medicus de Vries«, sagte eine helle Stimme, bevor Vincent antworten konnte. Plötzlich stand Ennelin neben dem Apotheker, die Hände schützend auf dem gewölbten Bauch. Sie hatte die rötlichen Haare ihres Vaters, seine hellen Augen und den energischen Zug um den Mund, der bei ihm schon ins Bittere geglitten war. »Bei ihm seid Ihr in allerbesten Händen, das weiß ich. Auch mir hat er wertvolle Ratschläge erteilt.«

Der Jude lächelte.

»Und ich bin Mendel ben Baruch, Tuchhändler aus Deutz. Falls Ihr einmal einen besonderen Stoff braucht, scheut Euch nicht, über den Rhein zu mir zu kommen!« Er ging hinaus.

»Medicus de Vries«, sagte Mechthus, »Leibarzt Seiner Exzellenz, von dem die ganze Burse spricht! Wie ich mich freue, Euch in meiner Offizin begrüßen zu dürfen.« Sein Lächeln bekam etwas leicht Gequältes. »Wenngleich es gedauert hat, bis Ihr den Weg zu mir gefunden habt.«

»Aber jetzt bin ich da«, sagte Vincent. »Darf ich Euch gleich meine Bestellung überreichen?«

Überrascht schaute der Apotheker auf, nachdem er die Liste studiert hatte. »Ihr wollt Pipetten und kleine Glaszylinder? Wozu?«

»Überlasst das ruhig mir! Wird wohl ein Weilchen dauern, bis Ihr mir alles zusammengestellt habt, was ich brauche.«

Die Krähe hatte beobachtet, wie einige Männer sich nach und nach in Stellung brachten, nachdem der Jude die Apotheke betreten hatte. Im Gegensatz zu ihm beherrschten sie keineswegs die Kunst, sich unsichtbar zu machen, sondern klebten auffällig wie dicke Schmeißfliegen an den Hauswänden. Jeder konnte sie sehen, doch das schien sie nicht weiter zu stören.

Langsam jedoch wurden sie ungeduldig, verständigten sich mit Zeichen oder tauschten kurze Sätze aus.

»Und wenn er dort drinnen übernachtet?«

»Irgendwann muss er wieder rauskommen – und dann ist er fällig.«

Sie hatten es auf den Mann mit dem gelben Hut abgesehen, das war der Krähe von Anfang an klar gewesen. Er selbst war bislang nur selten mit Juden in Kontakt gekommen, und wenn ja, dann hatte er sie in guter Erinnerung behalten. Den dicken Rabbiner zum Beispiel, der ihm in Weil ein warmes Brot geschenkt hatte, als der Hunger ihm ein Loch in den Bauch brannte. Das schöne Mädchen mit den dunklen Locken, das er in Schaffhausen schluchzend vor einem seltsamen Grab vorgefunden und ein wenig getröstet hatte, bevor der Alte ihn entdeckt, belfernd weitergezerrt und erneut zum Betteln gezwungen hatte. Die Juden waren in der Minderzahl und vielerlei Anfechtungen ausgesetzt, nicht viel anders als er, der dies seit Kindertagen immer wieder erleben musste, nur weil er seinen Vater niemals gekannt und seine Mutter ihn für ein paar Kreuzer verraten hatte.

Was die Badersfrau wohl in der Apotheke zu schaffen hatte? Um sich ein Pulver zusammenrühren zu lassen, dazu war sie eindeutig schon zu lange verschwunden. Eine Weile nach ihr war der Mann mit der abgeschnittenen Geldkatze eingetroffen, der sich schon einmal als unbrauchbares Opfer erwiesen hatte. Auch ihn schien die Apotheke verschluckt zu haben, als verberge sich in ihrem Inneren ein gefräßiges Maul.

Die Krähe schaute sich prüfend um. Ein Stück entfernt wartete das Pferd des Fremden, eine Stute, so klapprig, als wäre sie kurz vor dem Verhungern. Für einen Moment reizte es ihn, sie zu besteigen und mit ihr davonzugaloppieren. Aber er hatte zu wenig Erfahrung im Reiten, um das ohne Sattel zu riskieren, und wie weit würde er mit dieser Mähre schon kommen?

Sein Blick flog hinüber zu den wartenden Männern. Die Schmeißfliegen wurden langsam ungeduldig, das konnte er spüren. Ein Ruck schien durch sie zu gehen, als die Tür aufging und der Jude mit dem gelben Hut herauskam. Er schien guter Dinge zu sein, und auch die Schultern waren nicht mehr ganz so zusammengesunken wie bei seiner Ankunft.

»Da ist er!«, hörte er einen der Männer schreien. »Auf ihn – Brüder! Greift ihn euch!«

Überraschend schnell lösten die Schmeißfliegen sich

von den Wänden und rannten auf den Juden zu. Der war überrascht, versuchte erst nach links zu fliehen, dann nach rechts, doch die Angreifer waren zu zahlreich. Ein halbes Dutzend grimmig dreinblickender, offenbar zu allem entschlossener Männer umkreisten ihn und schnitten ihm damit den Weg ab. Zwei packten ihn und warfen ihn zu Boden. Einer begann nach ihm zu treten.

»Nie wieder wird einer von euch unsere Brunnen vergiften!«, schrie er dabei. »Dafür sorgen wir!«

Die Krähe war auf einmal dicht hinter ihm.

»Lass ihn in Ruhe!«, sagte er und drückte zur Unterstützung seiner Worte sein scharfes Messer gegen den Schenkel des Mannes. »Sie machen doch nicht die Pest, du Dummkopf!«

Für einen Moment war der Überraschte ganz starr, dann jedoch kamen zwei seiner Kumpane und zerrten die Krähe weg. Der wand und drehte sich, wie der Alte es ihm beigebracht hatte, und schaffte es, sich zu befreien. Das Messer in der Hand, hielt er sich die Angreifer vom Leib.

Ein Stück weiter warfen sich inzwischen zwei weitere auf den Juden, der noch immer am Boden lag, und schlugen mit den Fäusten auf ihn ein. Zunächst blieb er stumm und versuchte sich gegen sie zu wehren, so gut es ging, dann jedoch schienen sie ihn ernsthaft getroffen zu haben, denn seiner Kehle entrang sich ein tiefer, lauter Schrei.

»Gib es ihnen!«, rief die Krähe. »Lass dich nicht unterkriegen! Ich bin gleich bei dir …«

Ein Schlag in den Rücken raubte ihm den Atem. Einer der Männer hatte einen Knüppel gezückt, mit dem er auf ihn eindrosch, als wollte er ihm das Lebenslicht auslöschen. Die Krähe duckte sich, doch jetzt trafen die Schläge schmerzhaft seinen unteren Rücken.

Mit letzter Kraft drehte er sich zur Seite, bekam seinen Peiniger zu fassen und stieß ihm das Messer in den Schenkel.

Der Mann jaulte auf. »Das Schwein hat mich gestochen. Fasst ihn!«

Zwei seiner Kumpane packten die Krähe und drehten ihm das Handgelenk um, bis ihm schwarz vor Augen wurde. Das Messer entglitt ihm, fiel zu Boden.

»Hört sofort auf!« Eine tiefe Männerstimme drang nur allmählich in die Agonie der Krähe. »Ich bin Vincent de Vries, Medicus des Erzbischofs. Wenn ihr nicht sofort von diesem unschuldigen Juden ablasst, werde ich dafür sorgen, dass ihr alle miteinander in den Frankenturm gesperrt werdet!«

Ben Baruch erhielt noch ein paar lustlose Tritte, dann zogen sich die Männer zögernd zurück.

Die Krähe konnte wieder nach Luft schnappen.

»Die Pest ist die wohl furchtbarste Seuche der Menschheit«, fuhr der Medicus fort. »Jeden kann sie treffen: dich, dich, mich. Keiner ist gegen sie gefeit. Aber sie verbreitet sich nicht durch vergiftete Brunnen. Wer das behauptet, ist dümmer als ein kopfloses Huhn.«

»Jeder weiß doch, dass die Juden schon immer unser Unheil wollten«, begehrte ein Magerer mit einer Hakennase auf. »Sie haben schon früher das Wasser vergiftet und mussten dafür brennen. Warum sollten sie es nicht wieder tun?«

»Es ist ja einfach, die Schuld auf andere zu wälzen, wenn man verzweifelt ist. Aber die Juden sind an der Pest ebenso wenig schuld wie wir Christen. Das mit den Brunnen ist nur eine gemeine Lüge.«

Die Krähe rappelte sich mühsam auf. Dort drüben im Staub glitzerte sein Messer. Er machte ein paar Schritte, dann bückte er sich möglichst unauffällig, um es wieder an sich zu bringen. Dabei schoss ein scharfer Schmerz in sein Handgelenk, das immer mehr anzuschwellen schien. Er biss sich auf die Lippen, um nicht zu stöhnen.

»Woher wollt Ihr das wissen?«, schrie ein Mann dem Medicus entgegen.

»Weil ich schon in so einigen Städten gewesen bin, in denen die Pest gewütet hat. Und in manchen hat es gar keine jüdische Gemeinde gegeben. Was sagt ihr jetzt?«

In die Gesichter der Männer malten sich erste Zweifel, aber sie waren noch nicht zum Nachgeben bereit.

»Wer will uns dann vernichten, wenn es nicht die Juden sind?«, schrie einer. »Etwa Gott, weil wir gesündigt haben?«

»Es ist eine Krankheit«, sagte Vincent. »Keine Strafe. Wer von uns möchte sich anmaßen, den Willen des Schöpfers zu kennen?«

»Dann müssen wir also warten, bis wir sterben?«, sagte der Jüngste. »Ist das alles, was wir tun können?«

»Esst nicht vom Geschirr der Befallenen! Tragt nicht deren Kleidung! Verbrennt alles, was mit ihnen in Kontakt war, und bestattet die Toten rasch! Betet zum Allmächtigen, dass er euch verschonen möge! Und jetzt geht nach Hause zu euren Familien!«

Grummelnd und murmelnd standen sie zusammen, dann löste sich der Erste von der Gruppe. Zögernd zerstreuten sich auch die anderen. Die beste Gelegenheit für die Krähe, wieder Deckung zu suchen. Dort drüben der Torbogen war genau das, was er brauchte.

Mendel ben Baruch erhob sich, klopfte sich den Staub von den Kleidern und hustete mehrmals.

»Ich dachte schon, mein letztes Stündlein wäre angebrochen«, sagte er und bewegte vorsichtig seine Arme. Dann streckte er erst das rechte, schließlich das linke Bein. »Ohne Euch, Medicus de Vries, und diesen mutigen jungen Mann …« Er schaute sich um. »Wo ist er denn auf einmal? Gerade war er doch noch da. Dabei dachte ich für einen Augenblick, er sei mit Euch verwandt! Die Locken, die Nase, seine ganze Gestalt – ist Euch das nicht aufgefallen?«

»Nein«, sagte Vincent. »Ich habe keine Familie mehr. Leider.«

»Aber er kann sich doch nicht in Luft aufgelöst haben!« Mendel drehte sich langsam um die eigene Achse.

»Offenbar doch«, sagte Vincent. »Kümmert Euch lieber um Euch selbst! Seid Ihr verletzt? Wie ein Rudel Wölfe sind sie über Euch hergefallen.«

»Wölfe jagen nur, wenn sie hungrig sind«, sagte Mendel ben Baruch. »Das unterscheidet sie von uns Menschen. Nein, außer dem Schrecken und ein paar blauen Flecken ist mir nichts Ernsthaftes zugestoßen. Jetzt stehe ich zweimal in Eurer Schuld.« Er griff in seine Tasche, zog das kleine Gefäß hervor. »Seht doch! Wie durch ein Wunder ist es unversehrt geblieben. Miriam wird sich freuen, wenn ich ihr Linderung verschaffen kann.«

Dann fiel sein Blick auf die Stute, die den Schweif eingeklemmt hatte, als ob sie sich fürchtete.

»Aber das ist doch …«, rief er und ging langsam auf sie zu. »Peppi, die Stute, die ich der Witwe Arnheim besorgt habe!« Er schüttelte den Kopf. »Wie kommt Ihr an dieses Pferd? Und wieso ist es in solch einem schlimmen Zustand?«

»Sie hat die Stute von Euch?«, fragte Vincent zurück.

»Ich war der Einzige, der ihr damals helfen konnte«, sagte Mendel ben Baruch. »Ohne ein Pferd hätte sie ihren Weinausschank auf der Stelle schließen müssen. Was ist mit Johanna Arnheim? So antwortet doch, ich bitte Euch! Sie würde doch niemals zulassen, dass ihre Stute …«

Sein Gesicht war so sorgenvoll, dass Vincent beschloss, ihm zu vertrauen.

»Das hat ihr Schwager zu verantworten«, sagte er. »Ihm habe ich das Pferd vorhin abgekauft, damit er es nicht weiter misshandelt. Allerdings weiß ich jetzt nicht recht, wohin damit.«

»Überlasst es mir!«, sagte Mendel ben Baruch. »Ich werde dafür sorgen, dass die Stute gesund gepflegt wird. Ist ihr Zustand wieder gut, bringe ich sie Euch zurück – das Mindeste, was ich für Euch, meinen doppelten Helfer in der Not, tun kann!«

»Damit würdet Ihr mir einen großen Gefallen erweisen«, sagte Vincent. »Ihr findet mich in der Marzellenstraße.«

Mendel begann den Hals der Stute zu streicheln, was sie sich sichtlich gern gefallen ließ. Danach kraulte er sie zwischen den Ohren.

»Und die Witwe Arnheim?«, fragte er schließlich. »Fast traue ich mich nicht mehr, noch einmal nach ihr zu fragen. Sie ist nicht mehr im Lilienhaus?«

Vincent schüttelte den Kopf.

»Wo ist sie dann?«, flüsterte Mendel ben Baruch.

»Betet für sie!«, erwiderte Vincent. »Mehr könnt Ihr gerade nicht für sie tun.«

»So schlimm?« Ben Baruchs Gesicht wurde blass.

Vincent nickte. Dann kam ihm plötzlich etwas in den Sinn. »Ihr seid also im Lilienhaus gewesen?«

»Sie hat es sich nicht nehmen lassen, mich hereinzubitten.« Mendel ben Baruchs Stimme verriet ein Quäntchen Stolz.

»Dann habt Ihr auch die alte Magd gesehen? Sabeth ist ihr Name.«

»Ja, damals allerdings nur im Vorbeihuschen. Sie hat auf den Boden gestarrt, und doch hatte ich den Eindruck, ihr sei nichts entgangen.«

»Damals?«, beharrte Vincent. »Ihr habt das eben so seltsam betont. Weshalb?«

»Weil sie mir wieder begegnet ist. Vor einigen Tagen.« Mendel schluckte, als sei es ihm unangenehm weiterzureden. »Es wird erwartet, dass wir Juden diesen Bezirk meiden, das weiß ich wohl. Doch manchmal führt der Weg uns eben daran vorbei.«

»Wo habt Ihr Sabeth gesehen?«, drängte Vincent.

»Auf den Stufen des Doms. Sie war am Betteln. Und eine weiße Katze saß ganz in ihrer Nähe.«

❖

Und wenn er niemals wiederkommt?

Die Zelle war nicht so schwarz wie das Loch, aber dennoch unheimlich genug. Feuchtigkeit hatte die Pritsche mürbe werden lassen. Tiefe Risse durchzogen das alte Holz, ließen es bei jeder Bewegung, die Johanna wagte, aufstöhnen wie eine geplagte Greisin.

Ihr Leben lag nun in seiner Hand.

Wieso hatte das unbarmherzige Schicksal ihr ausgerechnet jenen Mann geschickt, den sie geliebt, verloren und verflucht hatte?

Er hatte sich verändert. Nein, Vincent war noch immer derselbe, der damals ihr Herz zu Splittern zertreten hatte.

Sie fand keine Ruhe, sosehr sie sich auch darum bemühte.

Die paar Bissen Brot, die sie hinuntergeschlungen hatte, schienen wie ein zäher Klumpen in ihrem Magen zu liegen. Sie musste zu Kräften kommen – doch wie sollte sie das anstellen?

Das bösartige Elfengesicht des Grewen erschien erneut vor ihr. Dann vermischte es sich mit Hennes' schwammigen Zügen. War er nun da angelangt, wo er immer schon sein wollte – im Lilienhaus, das einst seinem Bruder gehört hatte?

Sie spürte ein Ziehen im Unterleib und erschrak. Der

Monatsfluss – er würde doch nicht ausgerechnet hier viel zu früh einsetzen!

Das Ziehen wurde stärker, schwoll an zu krampfartigen Schmerzen, die sie lange vergessen hatte. Vergebens versuchte Johanna, sich gegen sie zu wehren, doch je mehr sie kämpfte, desto mehr ergriffen sie von ihr Besitz.

Es fühlte sich an wie das Einsetzen der Wehen, doch die konnte, die *durfte* sie nicht kennen! Sie hatte niemals ein Kind geboren. Selbst wenn sie ihre Fingerspitzen ins Feuer halten müsste, das und nichts anderes würde sie schwören.

Doch die Erinnerung war stärker. Ein dunkles Köpfchen, nass, vom Fruchtwasser verklebt. So sehr hatte sie sich vor diesem Augenblick gefürchtet, doch als er da war, fühlte sie sich plötzlich überglücklich. Große Augen, deren Farbe schon nach wenigen Wochen von Blau nach Grün wechselten. Niemanden auf der Welt hatte sie je so geliebt.

Um niemanden so tief getrauert.

Vincent durfte nichts von dem Kind erfahren, das hatte sie schon damals beschlossen, auch wenn sie sicher gewesen war, ihm niemals wieder zu begegnen.

Johanna presste ihr Gesicht gegen den Kleiderärmel, der muffig und armselig roch und ihr trotz allem einen Hauch von Zuversicht schenkte.

Sie hatte diesen unvorstellbaren Schmerz überlebt. Sie durfte auch jetzt nicht zugrunde gehen.

❧

Nicht der Medicus zog schließlich mit dem geschundenen Pferd davon, sondern der Jude mit seinem spitzen gelben

Hut. Wer wusste schon, was die beiden miteinander ausgehandelt hatten!

Die Krähe wartete ab, bis zwei weitere Männer die Apotheke betreten und wieder verlassen hatten, dann ging er selbst hinein.

Der Apotheker musterte ihn skeptisch.

»Wie kann ich Euch helfen?«, fragte er schließlich.

»Mein Handgelenk tut weh«, sagte die Krähe. »Ein paar Spitzbuben sind mir vorhin zu nah gekommen.« Er streckte ihm den rechten Arm entgegen. »Habt Ihr ein Mittelchen dagegen? Ich brauche nämlich meine Finger.«

»Ihr wart in die Rauferei vorhin verwickelt?« Mechthus' Körperhaltung verriet tiefstes Misstrauen.

»Wenn Ihr viele gegen einen Einzigen ›Rauferei‹ nennen wollt, lautet meine Antwort Ja.« Der Blick der Krähe flog zur angelehnten Tür, die tiefer ins Haus führte. »Ist Ennelin noch da? Ich müsste kurz mit ihr sprechen.«

»Was wollt Ihr von meiner Tochter?«

»Ist schon gut, Vater.« Geschwind kam Ennelin herbeigewatschelt. »Ich kümmere mich um den Herrn.«

»Du kennst ihn?« Der Apotheker stand da wie festgefroren.

»Ein Badegast«, sagte sie schnell. »Du kannst dich ruhig weiter um die Zubereitung der Medikamente kümmern.«

Sie wartete ab, bis ihr Vater nach nebenan verschwunden war. Dann neigte sie sich der Krähe entgegen, so weit ihr Bauch es erlaubte.

»Was wollt Ihr hier?«, zischte sie. »Ihr hättet mir nicht folgen dürfen!«

»Ich musste«, sagte er mit seinem schmelzendsten Lächeln. »Außerdem tut mir mein Handgelenk weh, als wäre ein schwerer Karren darüber gefahren.«

»Ich weiß nichts.« Ennelin drehte ihm den Rücken zu und begann, in verschiedenen Schüben zu kramen. Schließlich kam sie mit einem Töpfchen zurück, das sie öffnete. »Ringelblumensalbe«, sagte sie. »Messerrückendick aufgetragen. Das wird die Schmerzen nach und nach lindern.«

»Warum nur kann ich Euch nicht glauben?«, sagte die Krähe. »Ihr kennt Johanna – ich weiß es!«

»Ihr seid doch viel zu jung für sie!«, entfuhr es ihr. »Auch wenn das Alter es gut mit ihr meint, so ist sie doch eine reife Frau. Warum geht Ihr nicht lieber Eurer Wege und vergesst sie?«

»Ist das nicht einzig und allein meine Angelegenheit?« Sein Herz klopfte plötzlich so stark gegen die Rippen, dass er Angst bekam, es würde im nächsten Moment herausspringen. »Wo ist sie? Sagt mir endlich die Wahrheit! Wo kann ich sie finden?«

Ennelin schaute sich um, als wollte sie sich vergewissern, dass niemand zuhörte.

»Ihr kommt ohnehin zu spät«, sagte sie dann mit dumpfer Stimme. »Da, wo sie jetzt ist, kann niemand zu ihr.«

»Was sollte mich daran hindern?«, fragte die Krähe mit einem frechen Lachen. »So lange suche ich schon nach ihr!«

Ennelin wurde noch leiser. »Im Frankenturm soll sie schmoren. Und als Giftmörderin alsbald am Galgen baumeln.«

Die Krähe lehnte sich gegen die Theke. An liebsten hätte er laut aufgeschrien oder wie wild um sich geschlagen. Niemand durfte sich seiner Rache in den Weg stellen – niemand!

Er spürte Ennelins besorgten Blick, was ihn nur noch elender machte.

»Ich wollte Euch schonen«, sagte sie. »Deshalb habe ich bislang geschwiegen. Diese Frau bringt Männern kein Glück …«

Er schlug mit der Hand auf den hölzernen Tresen, ohne sich um den stechenden Schmerz zu scheren, der dabei wie ein Gewitter durch sein Gelenk fuhr.

Dann drehte er sich um und rannte wie von Teufeln gejagt hinaus.

Belas Küsse hatten an Glut verloren, und manchmal kam es Rutger Neuhaus vor, als langweile sie sich regelrecht, wenn er sie berührte. Wo waren die köstlichen Stunden der Lust geblieben, in denen sie sich hitzig und unersättlich auf ihm bewegt hatte, einzig und allein bestrebt, ihm immer neues Vergnügen zu bereiten?

Gab es einen anderen Mann, der ihr im Kopf herumspukte?

Bela lachte nur, als er sie darauf ansprach, fuhr sich mit der Hand durch die Haare und ließ die Brüstchen blitzen. Nicht ein vernünftiges Wort bekam er aus ihr heraus.

Es half nichts, ihr das Doppelte für ihre Gunst zu geben. Nicht einmal die dreifache Summe, die er ihr ins Mieder steckte, brachte die frühere Bela wieder zum Vorschein.

Die Pelze lagen irgendwo in einer Ecke; selbst die schwere Silberkette, die er ihr umlegte, schien sie nicht weiter zu interessieren. Manchmal ertappte er sie sogar dabei, dass sie herzhaft gähnte, während er sie bestieg.

Und dennoch gelang es ihm nicht, von ihr zu lassen.

Als sei er mit einem Zauber belegt, der ihn unauflöslich an sie band, besuchte er nach wie vor das Haus am Berlich, inzwischen nahezu täglich. Es kümmerte ihn nicht, was die Leute dazu sagten, und die Leichenbittermiene seiner Frau übersah er geflissentlich. Inzwischen hatte er es sogar aufgegeben, seine Besuche in die Abendstunden zu legen, wo nur noch wenige Menschen auf den Gassen unterwegs waren. Ja, selbst wenn übereifrige Klatschmäuler es seinem adeligen Halbbruder weitertragen würden, so war es ihm herzlich egal.

Der Gedanke an Bernhard ließ ihn seinen Mund verziehen. Der Kanzler des Erzbischofs ahnte nicht, wie sehr er ihn im Kampf gegen die Ketzer unterstützte – auf seine Art freilich. Mit seinen Methoden.

Was ihm allerdings missfiel, war, wie langsam sie dabei vorankamen. Seit dem Ausbruch der Pest waren die Ketzer um einiges vorsichtiger geworden, schienen sich zu verstecken wie eine Rattenbrut, die das Feuer floh, das sie ausräuchern sollte. Keiner mehr, der noch öffentliche Reden über den Missstand der Kirche geschwungen hätte. Niemand, der sich frank und frei zum neuen Glauben bekannte. Selbst die Übereifrigsten, die früher kaum eine Gelegenheit ausgelassen hatten, sich in ihren Schmähungen hervorzutun, schienen jäh verstummt. Es war, als hätte die

Seuche allen das Maul verschlossen. Dabei sollten sie es doch weit aufreißen, damit er sie aufspüren und zur Strecke bringen konnte!

Besonders schmerzhaft dabei war, dass die Kleine aus dem ersten Pesthaus weiterhin so beharrlich schwieg. Er selbst konnte sich diese Nele ja nicht vornehmen, ohne sich zu verraten, aber sowohl Christian als auch Ruch waren mit ihren Befragungen keinen Schritt weitergekommen. Nicht einen Namen hatte sie bislang ausgespuckt, kein einziges Haus, in dem heimliche Bibelstunden abgehalten wurden, preisgegeben. Dabei wusste er, dass ihre tote Mutter zu den eifrigsten Ketzerinnen gehört und die Tochter von klein auf zu den Zusammenkünften mitgenommen hatte.

Vielleicht musste man den Druck auf Nele erhöhen, damit sie endlich redete, sie erneut einsperren, hungern lassen oder anderen Strafen aussetzen, die sie gefügig machen würden. Doch die Kleine war listig und zäh, das hatte sie bereits bewiesen. Es konnte dauern, bis sie sie endlich so weit hatten, wertvolle Zeit, die ihm durch die Finger rann.

Er gedachte nicht, länger untätig zu bleiben. Ein Zufall war ihm dabei zu Hilfe gekommen, eine Gelegenheit, die er beim Schopf packen würde – auch wenn sie Gefahren in sich barg.

Während er seine Bruche schloss und dabei Bela beobachtete, wie sie sich zwischen den Laken rekelte, als sei sie mehr als erleichtert darüber, endlich wieder für sich zu sein, stimmte Rutger sich innerlich auf das ein, was vor ihm lag.

Ob sie ihn im letzten Augenblick abweisen würden?

Er setzte auf das Mitgefühl der jungen Badersfrau, die

ihm diese kühne Idee eingegeben hatte, als er mithörte, was sie einer anderen Frau aufgeregt zugezischt hatte.

»Soll ich morgen wiederkommen?«, fragte er, während er die Münzen auf das Bett zählte. »Sag wenigstens, dass du Sehnsucht nach mir hast!«

Bela leckte sich die Lippen wie eine satte Katze.

»Du tust doch ohnehin, was du willst«, sagte sie gleichgültig.

»Und genau dabei werde ich auch bleiben!«

Es enttäuschte Rutger, dass sie nicht einmal aufstand, um ihn zur Tür zu bringen, aber er ließ es sich nicht anmerken. Mit großen Schritten stapfte er hinaus in den kühlen Herbstabend.

Der Weg in die Hohe Straße war nicht lang, und doch war es unangenehm, gegen den kalten Wind zu kämpfen, der ihm in die Kleider fuhr. Ihm graute vor den langen dunklen Nächten, die jetzt bald wieder anbrechen würden, vor der Einsamkeit, die ihn in der Nähe seiner Frau überfiel, mit der er sich nichts mehr zu sagen hatte. Mehr als einmal hatte er schon überlegt, sich ihrer auf die gleiche Weise zu entledigen, wie er es mit den Ketzern vorhatte, doch bislang war er stets davor zurückgeschreckt.

Als er die Apotheke erreicht hatte, überfiel ihn ein seltsames Prickeln. Und wenn er sich verraten würde? Er wusste doch so wenig von der Irrlehre, der sie anhingen!

Dann aber atmete Rutger Neuhaus tief aus und klopfte an die Tür.

Zu seiner Überraschung öffnete ihm nicht die Schwangere, wie er gehofft hatte, und es war auch nicht das spitze

Gesicht ihres Vaters, das ihm durch den Spalt entgegenlugte.

»Ihr wünscht?« Ludwig Weißenburg klang alles andere als erfreut.

»*Sola gratia*«, erwiderte Neuhaus, seine einzigen lateinischen Worte, die er sich mühsam eingeprägt hatte.

Die Türe bewegte sich um keinen Deut. Und wenn sie ihre Losung inzwischen geändert hatten?

»Wollt Ihr mich nicht einlassen?« Rutger Neuhaus zwang sich zu einem bittenden Lächeln.

»Ausgerechnet Euch?«, entgegnete Weißenburg voller Misstrauen. »Meine Frau hat mir nichts davon gesagt. Und einen wie Euch hätte ich am allerwenigsten hier erwartet.«

»Das hat sie sicherlich bloß vergessen.« Rutgers Lächeln wurde breiter, wenngleich ihm die Mundwinkel dabei wehtaten. »Ihr seid über mich erstaunt? Dann kennt Ihr Eure Bibel wohl nicht gut genug. Steht nicht schon in der Heiligen Schrift geschrieben, dass Jesus den reuigen Sünder tausendmal mehr liebt als jeden Gerechten?«

Noch immer versperrte die kräftige Gestalt Weißenburgs ihm den Zugang. Finster starrte er ihn an.

In diesem Moment beschloss Rutger Neuhaus, dass der Bader der Nächste sein würde.

❧

Er musste es wenigstens noch einmal versuchen, auch wenn er schon dreimal vergebens zum Dom gelaufen war. Jetzt, da der Abend sich über die Stadt senkte, war die Anzahl der Bettler, die hier herumlungerten, deutlich gesunken. Doch sosehr Vincent sich auch nach allen Seiten umschaute, eine Frau, die Sabeth hätte sein können, entdeckte er nirgendwo.

Während der Wind ihm hässlich unter den Mantel pfiff, entschloss er sich, zum letzten Mal zur Westpforte zu gehen.

Dort schmiegte sich ein schmales Mädchen an einen älteren Mann, beide so abgerissen und ärmlich, dass sie sein Mitgefühl erregten.

»Kennt ihr eine Sabeth?«, fragte er, während er ein paar Kupfermünzen herauszog und dem Mädchen in die schmutzige Hand drückte.

»Wer soll das sein?« Der Bettler kam plötzlich so nah, dass Vincent unwillkürlich zurückwich. »Habt Ihr nicht gesehen, wie schön meine Hilla ist? Für sechs Pfennig könnt Ihr sie gleich haben. Und für zwanzig die ganze Nacht.«

Das Mädchen streckte ihm die knospenden Brüste entgegen, als hätte sie sich schon viele Male zuvor beliebigen Männern angeboten, während der Vater ihr einen aufmunternden Klaps auf den Hintern versetzte.

»Zeig dem Herrn, was du zu bieten hast!«, sagte er. »Komm schon, stell dich nicht so an!«

Er wollte die eigene Tochter verkaufen, die fast noch ein Kind war und höchstens zwölf oder dreizehn Jahre zählte.

»Bleib mir damit vom Leib!«, sagte Vincent abwehrend. »Die Frau, die ich suche, ist mindestens fünfmal so alt …« Er verstummte.

Was wusste er eigentlich von Sabeth? Nicht mehr als den Namen und dass die weiße Katze ihr gefolgt war. Er hatte nichts in der Hand, gar nichts. Sie konnte sich längst an der Seuche infiziert haben oder war an Austrocknung oder Hunger gestorben. Vielleicht war sie sogar in den Rhein gestürzt, weil sie jegliche Orientierung verloren hatte.

»Sechzehn Pfennig«, sagte der Bettler. »Weiter kann ich nicht runtergehen, das werdet Ihr doch verstehen! Es muss schließlich für uns beide reichen, und was glaubt Ihr, was für einen Hunger so ein Mädchen haben kann!«

Sie war so ausgezehrt, dass ihr Gesicht einem winzigen Dreieck glich. Die Arme dünn wie Stecken, die Taille so schmal, dass zwei große Männerhände sie mühelos umspannen konnten.

Vincent kramte nach einem Gulden, den er dem Mädchen fest in die Hand drückte. Er wusste, dass der Vater ihn ihr abknöpfen würde, sobald er ihnen den Rücken zugedreht hatte, aber er brachte es nicht über sich, sie ohne Verdienst stehen zu lassen.

Ein feiner Regen setzte ein, der die letzten Bettler nach und nach vertrieb. Vincent hielt sich die Hand vor die Augen.

Dort drüben, im Süden, erhob sich die erzbischöfliche Hacht, wo Johanna gefangen war, nicht mehr in der dunklen Kammer des Schreckens, aber doch in einem kalten, menschenfeindlichen Verlies.

Er hatte zwei Kleider gekauft und den Bottich vom Dachboden geholt, als könnte er sich sicher sein, dass sie leben würde. Was aber, wenn der Plan misslang und der Grewe sich trotz aller Argumente uneinsichtig zeigte?

Was er vorhatte, war höchst unsicher und gefährlich zugleich. Niemand konnte wissen, zu welchem Ergebnis es führen würde.

Plötzlich fühlte Vincent sich so ausgehöhlt, dass es ihm unmöglich schien, weiter nach Sabeth zu suchen. Doch auch sein einsames, dunkles Haus, in dem nur trockenes Brot und ein paar alte Käsestücke auf ihn warteten, zog ihn nicht weiter an.

Er bog in die nächste Gasse, bis er vor einer Schenke stehen blieb. Stimmengewirr und Lachen drangen bis auf die Straße, und auf einmal überfiel ihn die Sehnsucht, sich unter die Menschen zu mischen und nicht länger allein zu sein. Er zögerte, bevor er die Schwelle überschritt, weil er sich an das erinnerte, was er den anderen zu predigen pflegte, doch nun war ihm die Angst vor Ansteckung ganz egal. Trinken wollte er, essen, unter Menschen sein!

Die Schenke war niedrig und vom Feuer rauchgeschwärzt. An einem Spieß briet ein knuspriges Ferkel, dessen leicht süßlicher Geruch ihm das Wasser im Mund zusammenlaufen ließ.

Das Gelächter schwoll an, während er sich nach einem Platz an einem der Tische umsah. Er saß bereits, als er den wahren Grund für das Johlen und Grölen erkannte, das von einem hohen, jämmerlichen Wimmern übertönt wurde, das von einem Tier stammte.

»Lasst das Vieh in Ruhe!«, rief Vincent und sprang auf. »Das könnt ihr doch nicht machen!«

»Und ob wir das können! Wird lustig sein, dabei zuzusehen, wie sie schwarz wie die Hölle wird«, krakeelte eine offensichtlich angetrunkene Frau.

Sie hatten die Katze mit allen vier Läufen an einen Spieß gebunden und machten Anstalten, sie ebenfalls ins Feuer zu halten – bei lebendigem Leib!

»Nicht Mieze!«, schrie eine alte Frau mit aufgelösten Silberhaaren, die ein starker Kerl lachend auf den Stuhl niederdrückte, damit sie sich nicht rührte. »Das dürft ihr nicht! Sie gehört doch meiner Johanna …«

In Vincents Kopf überschlugen sich die Bilder.

Die Katze war weiß – bis auf ein schwarzes Mal neben dem Maul. Sie schrie und jaulte in Todesangst, wie er es noch nie zuvor erlebt hatte.

»Ich kauf sie euch ab«, schrie er so laut er nur konnte. »Und die nächsten beiden Runden gehen auf mich. Einverstanden?«

»Die nächsten drei«, verlangte die Frau mit schwerer Zunge. »Wenn du uns schon um unser Vergnügen bringen willst. Gebt ihm das Vieh – soll es ab jetzt doch ihn zerkratzen!«

Die Katze hielt still, als er sie von den Schnüren befreite, dann zog sie ihm blitzschnell die Krallen über die Hand und verschwand wie ein Blitz unter einem der Tische.

Die alte Frau schaute ihn mit leerem Ausdruck an.

»Du bist Sabeth?«, fragte Vincent leise. »Johannas alte Magd?«

Keinerlei Reaktion. Ebenso gut hätte er zu einem Stein sprechen können.

»Du bist doch Sabeth«, wiederholte er. »Sabeth aus dem Lilienhaus?«

Ein unmerkliches Nicken. Etwas in den Augen der Alten schien sich zu verändern.

»Hennes Arnheim hat gesagt …«

»Hennes Arnheim ist ein böser Mensch«, fuhr sie ihn an. »Er will nicht mehr, dass ich dort wohne. Dabei ist es doch mein Zuhause …«

»Vergiss ihn!«, sagte Vincent. »Komm, ich nehme dich mit!«

Er reichte ihr die Hand, um ihr das Aufstehen zu erleichtern, und sie ließ es sich gefallen.

»Wer bist du?«, fragte sie, als er sie zur Tür führte. »Ein Engel?«

Er musste lachen.

»So hat mich bislang noch niemand genannt«, sagte Vincent. »Und ich zweifle sehr daran, ob es auch zutrifft.«

»Ein Engel«, beharrte Sabeth, um deren Beine auf einmal die weiße Katze strich, als wollte sie den Aufbruch keineswegs versäumen. »Ich weiß es ganz genau. Und meine Johanna hat dich geschickt.«

Graf Bornweg war in dunkelroten Samt gekleidet, als wollte er mit seiner Kleidung zusätzlich auf das hohe Amt des Blutgerichts hinweisen – und er schien ausnehmend schlechter Laune. Überdeutlich war ihm anzumerken, dass er Vincents Vorhaben für überflüssig, ja anmaßend fand, etwas, das ihm die kostbare Zeit stahl, anstatt die Delinquentin schnell und zügig dem Galgen zuzuführen. Hätte es nicht das Schreiben des Erzbischofs gegeben, das Vincent diesem mit Engelszungen abgeschwatzt hatte, er hätte alles gewiss nach wenigen Augenblicken beendet.

Für alle Fälle hatte Vincent es auf den Tisch gelegt.

Hermann von Wied besaß eine großzügige, ein wenig kindliche Handschrift, die schon von Weitem ins Auge stach. Das erzbischöfliche Siegel am Ende des Schreibens ließ zudem keinen Zweifel über die Echtheit aufkommen.

Mit grimmiger Miene wandte der Grewe sich Johanna zu. »Seid Ihr bereit zu gestehen, Witwe Arnheim?«

»Nein«, erwiderte Johanna mit überraschend klarer Stimme. »Denn ich bin unschuldig.« Sie vermied, an sich hinunterzuschauen. Sie wusste auch so, welch ein Bild des Jammers sie abgeben musste in dem alten, unförmigen Kleid, mit dem abgesäbelten Haar, dem Schmutz, den Eisenfesseln. Wenigstens hatte sie ihr Halsband. Kurz vergewisserte sie sich, ob es auch richtig saß.

Bornweg gab ein Schnauben von sich, in dem seine ganze Missbilligung lag.

»Wozu habt Ihr diese Männer hergebracht, Medicus?«, raunzte er. »Und beeilt Euch mit Eurer Antwort! Denn meine Geduld ist schon jetzt am Ende.«

Vincent nickte Weinsberg aufmunternd zu.

»Ich bin Hermann Weinsberg«, begann dieser, während sein Gesicht vor Aufregung fleckig wurde. »Rektor der Kronenburse. Seit Langem kenne ich Johanna Arnheim, und ich habe auch den Glasmaler gekannt …«

»Und weiter?«, unterbrach ihn der Grewe.

»Ich bin gekommen, um für sie zu bürgen. Niemals hätte sie ihren Mann getötet.«

»Das wisst Ihr so genau, weil Ihr stets mit dabei wart?« Die Stimme des Grewen troff vor Spott, während Weinsbergs Schecke dunkle Schweißflecken bekam, so aufgeregt war er.

»Er ist ein ehrbarer Bürger Kölns«, kam Vincent dem Rektor zu Hilfe. »Und einen weiteren habe ich ebenfalls hergebeten: Meister Dietrich Hantsch, Glasmaler wie der verstorbene Severin Arnheim.«

Er bückte sich, hob einen Korb hoch, dem er verschiedene Gefäße entnahm, die er auf den Tisch stellte. Dann streifte er sich dicke Lederhandschuhe über.

»In diesem ersten Topf befindet sich Flusssäure«, sagte er. »In eben jener Verdünnung, wie sie Glasmaler verwenden. Das ist doch richtig, Meister Hantsch?«

Der Glasmaler nickte.

»Gut.« Vincent nahm ein Stück Brot und träufelte mittels einer Pipette einen Tropfen der Säure darauf. Dann hielt er es in Richtung des Grewen.

»Riecht Ihr es?«, fragte er.

»Selbstverständlich.« Bornheim wich zurück. »Bleibt mir bloß vom Hals mit diesem Gift!«

»Ihr riecht es also. Selbst aus dieser Entfernung. Sagt mir, wie sollte dann jemand davon essen, ohne es zu merken?«

Bornwegs kleiner Mund wurde noch schmaler.

»Sie wird es natürlich verdünnt haben«, zischte er. »Oder sie hat es unter stark gewürzte Speisen gemischt – fragt die Mörderin, nicht mich! Sie kann am besten mit dem Gift umgehen.«

Vincent griff nach dem zweiten Topf.

»In diesem Topf ist die Säure nur noch ein Drittel so

stark wie im ersten«, sagte er. »Und auf diesem Teller habe ich geschmorten Braten, mit reichlich Salz und ordentlich Pfeffer abgeschmeckt.« Er träufelte gleich mehrere Tropfen aus dem zweiten Säuretopf auf das Gericht. Dann streckte er es dem Grewen entgegen. »Riecht Ihr etwas?«

Wieder wich dieser zurück, dieses Mal stumm.

In Johanna flackerte ein winziges Flämmchen der Hoffnung auf.

»Ihr riecht es also«, sagte Vincent. »Das ist gut. Und ihr würdet es niemals in den Mund stecken. So wiederhole ich meine Frage: Wie hätte man jemandem ohne sein Wissen etwas …«

»Genug!«, schrie der Grewe. »Ich werde nicht zulassen, dass Ihr die Würde dieses Verhörs weiter schmäht mit Euren Broten, Braten und Töpfen. Habt Ihr verstanden? Was Ihr hier vorbringt, überzeugt mich in keiner Weise. Wenn sie es ihm nicht so verabreicht hat, dann eben auf irgendeine andere Weise.« Wie ein aufgebrachter Troll fuhr er zu Johanna herum. »Gesteh endlich, Sünderin! Und lass uns dieses lächerliche Schauspiel hier beenden!«

Johanna spürte, wie ihre Beine sie nicht länger tragen wollten.

»Ich bin unschuldig«, flüsterte sie, während die Hoffnung in ihr erlosch. »Ich hab meinem Mann kein Leid zugefügt.«

Der Grewe machte eine ungeduldige Geste, als wollte er Johanna zum Schweigen bringen.

»So kommen wir nicht weiter«, sagte er. »Ich hätte niemals auf Euch hören und sie in der *camera* lassen sollen, bis sie endlich Vernunft annimmt. Ich werde den Scharfrichter rufen lassen, damit er sie …«

»Einen Augenblick noch, Graf Bornweg!« Vincents Stimme war noch tiefer als sonst. »Ich bitte Euch, Meister Hantsch ein paar Fragen stellen zu dürfen.« Er streckte die Hand in einer bittenden Geste aus und stieß dabei wie zufällig an das Schreiben des Erzbischofs, das er schnell wieder gerade rückte. »Seine Antworten können Licht ins Dunkel bringen.«

Für einen Augenblick sah es aus, als wollte der Grewe schon den Kopf schütteln. Dann fiel sein Blick auf die erzbischöflichen Zeilen, die Vincent ihm förmlich unter die Nase geschoben hatte, und er nickte knapp.

»Drei«, sagte er. »Und fasst Euch kurz!«

Johanna begann zu frösteln. All ihre Körperhärchen stellten sich auf.

»Ihr könnt die linke Hand nicht mehr gebrauchen, Meister Hantsch. Weshalb?«, begann Vincent.

»Ein paar Tropfen Flusssäure sind darauf gespritzt, in die Haut eingedrungen und haben meine Knochen zerfressen. Drei Tage lag ich auf Leben und Tod. Doch ich habe Glück gehabt. Meine Hand ist zwar unbrauchbar, ich aber lebe.«

»Ist das ein Einzelfall?«, fragte Vincent weiter.

»Keineswegs«, versicherte Hantsch. »Jeder Glasmaler hat mit dieser Substanz zu tun. Du kannst so vorsichtig sein, wie du willst – irgendwann bekommst du doch etwas davon ab. Es reicht schon, sie ständig einatmen zu müssen. Sie schädigt die Lungen, führt zu Kurzatmigkeit und Bluthusten, auch wenn du kein einziges Tröpfchen davon verschluckt hast.«

»Kommt zum Ende!«, drängte der Grewe.

»Letzte Frage«, sagte Vincent, ohne sich beirren zu lassen. »An welcher Krankheit ist Severin Arnheim gestorben, dessen Werkstatt Ihr gekauft habt?«

»Das kann ich Euch ganz genau sagen, denn ich habe sein Dahinsiechen über Monate beobachtet«, sagte Hantsch. »Arnheim litt an eben jener Krankheit, die wir alle so sehr fürchten – Lungenschwäche, Kurzatmigkeit, Bluthusten. Er wusste, dass er sterben muss. Und er wusste auch, woran. Unser Handwerk hat ihn getötet.«

Für einen Moment war es so still im Raum, als hätten alle den Atem angehalten. Johannas Blicke flogen zu Vincent, der plötzlich so erschöpft wirkte, als hätte er einen hohen Berg erklommen. Dann räusperte sich der Grewe mehrmals.

»Das alles mag ja durchaus zutreffen«, sagte er. »Doch die Unschuld der Arnheimerin ist für mich damit noch lange nicht erwiesen.«

»Ihre Schuld aber auch nicht«, schrie Vincent und machte einen Satz nach vorn. »Ihr habt nichts gegen sie in der Hand – außer diesem verdammten Topf.«

»Vergesst nicht die Anschuldigung eines ehrbaren Bürgers …«

»Ein Schwager, der auf das Lilienhaus scharf ist, das ihr gehört. Und das er bereits bezogen hat, so eilig war es ihm damit. Wie ehrbar ist das?« Nur mit Mühe gewann Vincent seine Fassung zurück.

Der Grewe zuckte die Schultern.

Johannas Knöchel wurden weiß, so fest schob sie ihre Hände ineinander. Ihre Lippen bewegten sich stumm, als spräche sie zu sich selbst.

»Warum lasst Ihr nicht ein Gottesurteil entscheiden?«, sagte Vincent plötzlich. »Soll doch eine höhere Macht über ihre Schuld oder Unschuld bestimmen!«

Er lief zu Johanna, die ihn erschrocken anstarrte, griff nach ihrem Band und riss es mit einem Ruck herunter.

»Seht Ihr das?«, rief er. »Jene Narben, die sie versteckt? Die Pest hat sie gezeichnet, jene Seuche, die derzeit auch in Köln wütet. Zu Hunderten sterben die Menschen, vielleicht bald schon zu Tausenden. Steckt sie ins Pesthaus und lasst sie dort den Dienst an den Kranken tun, zu dem sich sonst kaum jemand bereit erklärt. Ist Johanna Arnheim unschuldig, wird sie überleben, denn dann ist Gottes Gnade mit ihr. Ist sie aber schuldig und wird infiziert, erleidet sie den grausamen Tod, den sie verdient.«

Der Grewe begann schief zu lächeln.

»Ein Vorschlag, der Seiner Exzellenz durchaus gefallen könnte«, sagte er, »obwohl der Erzbischof sonst vielerlei Neuerungen zugeneigt ist. Ein Vorschlag, dem auch ich kraft meines Amtes zustimmen könnte. Allerdings nur unter bestimmten Voraussetzungen: Ihr persönlich seid dafür verantwortlich, dass sie dort ankommt. Zudem hat sie jegliches Recht auf ihren einstigen Besitz verwirkt. Und sie darf das Pesthaus unter Androhung der Todesstrafe nicht verlassen, solange die Seuche wütet.«

Plötzlich schien Pech auf Johannas Schultern zu tropfen,

schweres, heißes, stinkendes Pech, das sie versengte und immer weiter zusammenschrumpfen ließ. Es war, als ob etwas sie in den Boden drückte. Machtvoll. Unbarmherzig. Wie lebendig begraben zu werden, so fühlte es sich an.

Und nichts anderes war es ja auch.

Kein Wort hatte sie mit ihm gewechselt auf dem Weg von der Hacht in die Marzellenstraße, und selbst als sie im Haus angekommen waren, blieb Johanna stumm wie ein Fisch. Die Büttel, die sie begleitet hatten, warteten vor der Tür. Der Grewe wollte sichergehen, dass seine Anordnungen auch befolgt wurden.

Vincent führte Johanna in den kleinen Raum neben der Küche, wo der Bottich stand. Auf einem Stuhl lagen Tücher, Strümpfe, mehrere Hemden und zwei einfache graue Kleider. Ein Topf mit Seifenschaum stand daneben. Ebenso ein Paar neue Holzpantinen.

»Das Wasser ist jetzt heiß genug«, sagte er. »Ich lasse es dir gleich bringen.«

»Wozu?« Johanna fuhr zu ihm herum. »Damit ich sauber gewaschen zur Hölle fahre? Du schickst mich ins Pesthaus – lieber wäre ich auf der Stelle tot!«

»Du wirst nicht sterben. Die Pest, die du überlebt hast, hat dich immun gegen eine neue Ansteckung gemacht.« Er war schon an der Tür.

»Du weißt gar nichts!« Sie packte die Pantinen, warf sie ihm hinterher. »Ich hasse dich. Verschwinde! Ich wünschte, ich wäre dir niemals begegnet.«

Sie sank neben dem Bottich zusammen. Da hörte sie ein leises Tapsen, das immer näher kam. Dann ertönte ein zartes Gurren.

»Mieze!« Johanna hob die Katze hoch und begrub ihre Nase in dem weichen Fell. »Was machst du denn hier?«

»Er hat sie gerettet«, sagte eine kratzige Frauenstimme. »Aber sie sucht dich. Immer.« Zwei Eimer wurden abgestellt. »Bin schon viel zu alt zum Schleppen.«

»Sabeth!« Johanna schubste die Katze weg und stand auf. »Du bist auch hier!«

Sie drückte die alte Frau so fest, dass diese aufschrie und sie wegschob.

»Brichst mir ja alle Knochen!«, sagte Sabeth. »Und stinkst zum Gotterbarmen!« Dann streckte sie ihre Hand aus und berührte Johannas Kopf. »Dein Zopf?«, fragte sie mit hoher Stimme. »Und das Band …«

»Brauch ich jetzt nicht mehr«, sagte Johanna. »Ich muss ins Pesthaus, hast du davon schon gehört?«

Die hellen Augen wurden trüb.

»Musst dich waschen.« Sabeth verfiel in ihren üblichen Singsang. »Waschen. Waschen. Waschen …« Sie tänzelte hinaus.

Johanna goss den Inhalt der Eimer in den Bottich. Vor der Tür standen vier weitere, gefüllt mit heißem Wasser, die sie dazufügte.

Dann zog sie sich das Kleid vom Leib und ließ sich in die lang entbehrte Wärme gleiten.

Er hätte sie niemals beim Abtrocknen beobachten dürfen, fühlte sich elend dabei und widerwärtig – und doch musste er es tun.

Vincent presste das Auge enger an das Astloch.

Ihr Körper war knochig, hatte die lieblichen Rundungen der Jugendzeit verloren, die ihn damals halb um den Verstand gebracht hatten. Aber noch immer gehörte er jener Frau, die er mit Leib und Seele geliebt hatte.

Die langen, wohlgeformten Beine. Die schlanken Fesseln. Die schmalen Füße, kaum kleiner als die seinen – wie oft hatte er sie damit aufgezogen!

Das Haar floss nicht länger als goldener Schleier über ihren Rücken, doch nun, da die kurzen Strähnen vom Schmutz befreit waren, umschmeichelte es ihren Kopf wie ein glänzender Helm.

Als sie sich umdrehte und er die Brüste zu sehen bekam, musste Vincent sich abwenden. Rund und schön waren sie, fülliger als in seiner Erinnerung, mit rosigen Spitzen, die ihn erregten.

Erneut nahm er seinen verbotenen Posten wieder ein.

Als hätte sie etwas gespürt, zog Johanna sich das Tuch vor den Leib und ließ es nicht mehr los, bis sie aus dem Bottich gestiegen war.

Zu seinem Leidwesen bekam er nicht viel mehr zu sehen als ihr Gesäß, das noch immer so fest wirkte wie in jenem längst vergangenen Basler Sommer, der sein Leben verändert hatte.

Einen kurzen Moment noch schimmerte ihre Haut wie ein helles Perlenspiel. Dann verschwand sie unter dem

Hemd. Schließlich im grauen Kleid, das ihr bis über die Knöchel reichte.

Sie schlüpfte in die Strümpfe, holte sich die Pantinen, die sie ihm hinterhergeworfen hatte, und zog sie an.

Unvermittelt riss Johanna die Tür auf. Gerade noch rechtzeitig war Vincent zurückgewichen.

»Ich bin so weit«, sagte sie. »Du kannst mich an der Pforte zur Hölle abliefern.«

Dass er sich das Handgelenk verletzt hatte, schien Nele zu rühren. Plötzlich war ihre Scheu verschwunden und machte einer fast schon übertriebenen Fürsorglichkeit Platz, als sei er ein verwundetes Kitz.

»Wer hat dich so zugerichtet?«, fragte sie, beugte sich über ihn und musterte die enorme Schwellung.

»Sie waren viele – und ich nur einer«, sagte die Krähe knapp. Es wäre ihm lieber gewesen, er hätte sie mit anderem beeindrucken können. »Ich mag diese Feiglinge nicht, die sich zusammenscharen müssen, um sich stark zu fühlen.«

»Und ich mag es nicht, wenn jemand Freunde verrät.« Neles Stimme hatte auf einmal etwas Spitzes. »Mit solchen Menschen möchte ich nichts zu tun haben.«

»Freunde?«, sagte er gedehnt. Unter diesem Begriff vermochte er sich nichts Rechtes vorzustellen. Es gab Gefährten, mit denen man eine Zeit lang unterwegs war. Kumpane, mit denen man sich etwas teilte. Zechbrüder, die einem dabei halfen, die Unbilden des Lebens zu vergessen. Spießgesellen, wie jene Bande, mit der er sich gerade herumtrieb. Aber Freunde?

»Menschen, mit denen man gleiche Vorlieben teilt«, erklärte Nele. »Denen man vertrauen kann. Die einem helfen, wenn man in Not gerät. Die an das Gleiche glauben wie man selbst. Freunde eben. Ich werde denen nichts verraten, und wenn sie mich töten. Gar nichts!««

Sie hatte so leidenschaftlich, so überzeugt gesprochen, dass er sie überrascht musterte. Sie musste etwas erlebt haben, das ihm verborgen geblieben war. Aber hatte sie nicht auch eine Mutter gehabt, die sich bis zum Tod um sie gekümmert hatte, während seine ihn weggeworfen hatte wie hartes Brot, das man an die Schweine verfüttert?

Er bekam Lust, sie zu schütteln, damit sie endlich ihre Illusionen vergaß. Im nächsten Moment wollte er sie an sich reißen und ihren Mund mit wilden Küssen bedecken.

»Du bist noch ein Kind«, sagte er, stand auf und fing an, kleine Äste ins Feuer zu legen, damit es weiterbrannte. »Kinder reden so.«

»Ich bin kein Kind mehr, Jakob. Und das weißt du.«

Wie sanft sie seinen Namen aussprach! Eine heiße Woge lief von seinem Hals bis zu den Lenden – und tiefer.

»Ich mag es nicht, wenn du mich so nennst«, sagte er. »Jemand könnte es hören ...«

Jetzt stand Nele so nah vor ihm, dass er nur noch ganz flach atmen konnte.

»Ich will dir zeigen, wer ich bin«, sagte sie leise. »Du brauchst mir nichts über dich zu erzählen, obwohl ich sehr gern mehr über dich wüsste.«

Sie lächelte. Ihre Zähne schimmerten hell. Ganz aus Schatten und Mondstaub schien sie zu bestehen wie die Fee, die ihn lange in seinen Träumen besucht hatte.

»Schweig!«, sagte er schnell. »Ich will deine Geheimnisse nicht hören.«

»Und die deinen nicht mit mir teilen?«

»Hör auf!«, sagte er, damit nicht wieder das Dunkel in seinem Inneren aufzog, das vertraute Gefühl, außerhalb zu stehen. »Ich muss mich schützen.«

»Auch vor mir?«, kam nicht minder geschwind ihre Antwort. »So wenig Mut hast du?«

Jetzt blieb er sprachlos.

Nele nahm den Zweig aus seiner linken Hand und warf ihn ins Feuer. Danach legte sie ihm die Arme leicht auf die Schultern. Die Ärmel ihres Kleides waren nach oben gerutscht.

Ihre Haut an seiner Haut.

Ein köstlicher Schmerz schien seinen ganzen Körper zu erfassen. Jakob schloss die Augen, weil er es sonst nicht hätte ertragen können.

Er brannte.

Drittes Buch

Der Falke

SIEBEN

Zwei Rabenkrähen kamen am frühen Morgen angeflogen, als Nebelschwaden das steinerne Rondell der alten Hinrichtungsstätte noch gnädig verhüllten. Groß und blauschwarz ließen sie sich auf dem dreischläfrigen Galgen so selbstverständlich nieder, als sei er ihr Zuhause.

»Da war jemand noch früher wach als wir«, versuchte Ita einen Scherz. Hennes hatte kaum ein Wort über die Lippen gebracht, seit sie das Ehrentor passiert und die Stadt verlassen hatten. »Jetzt verstehe ich, warum man diesen unheimlichen Ort Rabenstein nennt!«

Mit Leichenbittermiene sah er sie an.

»Ich hätte es durchaus noch länger im warmen Bett ausgehalten.« Der übervolle Leiterwagen, den er murrend gezogen hatte, erhielt einen wütenden Schubs. »Nicht einmal eine ordentliche Morgensuppe habe ich im Bauch. Was willst du denn jetzt schon hier? Ist doch noch keine Menschenseele weit und breit zu sehen!«

»Was sich bald ändern wird«, sagte Ita. »So eine Hinrichtung will in diesen Zeiten doch kaum einer verpassen. Und geh gefälligst behutsamer mit meinen Kostbarkeiten um – ist alles bares Geld! Heute wird mein großer Tag. Das habe ich im Blut.«

Mit schmalen Augen beobachtete sie, wie er den Leiterwagen mit ein paar Steinen fixierte, damit er nicht wegrollte, und dann damit begann, Bretter für einen provisorischen Stand auszuladen. Schließlich nahm er Hammer und Nägel zur Hand und zimmerte alles zusammen.

»Nicht so weit abseits«, kommandierte Ita, als er das wacklige Etwas aufstellen wollte. »Da sieht mich ja keiner!«

»Ein wenig Platz solltest du dem Scharfrichter schon gönnen«, knurrte Hennes zurück. »Lass mich also in Ruhe meine Arbeit verrichten!«

»Von Pelzen verstehst du eindeutig mehr«, kommentierte sie schließlich das Ergebnis. »Aber ich will fürs Erste zufrieden damit sein.«

Der windschiefe Stand sah aus, als würde er die nächsten Stunden kaum überstehen. Sollte ein Kunde sich zu stark aufstützen, konnte alles unter ihm zusammenkrachen. Trotzdem fing Ita an, ihre Schätze auszulegen. Ganz vorn kam das Billigste, das jeder sich leisten konnte: getrockneter Beifuß und Geißklee, dazu Sträußlein von Pestwurz. Wacholderöl in dicken Tontöpfchen, um das Holz der Bettstatt zu tränken, in der man schlief. Leinensäckchen, gefüllt mit grob geschnittenen Breitwegerichblättern, die man sich um den Hals hängen oder an den Körper binden konnte, um die Pest abzuwehren.

Ab der Mitte wurde es kostspieliger. Hier breitete Ita Diptam, Pimpernell und Blutwurz aus, die weitaus schwieriger zu beschaffen waren. Daneben stellte sie bauchige kleine Tongefäße, in die sie ein Pulver aus Aloe, Myrrhe und Safran gefüllt hatte, das bei Sonnenuntergang mit Essig einzunehmen war, ihre Spezialmischung, die besonders häufig verlangt wurde. Hausgemachten Theriak bot sie in schmalen Glasfläschchen an, die schnell leer sein würden, was bedeutete, dass die Kunden unweigerlich wiederkommen mussten, wenn sie sich dauerhaft schützen wollten.

Ihre wertvollsten Schätze jedoch trug sie am Körper, in einer Art Bauchladen, der zwar lästig war, weil er sie unbeweglich machte und die schmalen Gurte in ihre Schultern schnitten, gleichzeitig jedoch garantierte, dass keiner sich ungefragt bedienen konnte. Nachdem sie ihn mit Hennes' Hilfe umgeschnallt hatte, wurde sie langsam ruhiger.

»Jetzt können sie kommen«, sagte sie. »Ich bin für alle Fälle gerüstet.«

Als hätten sie sie gehört, trudelten nach und nach immer mehr Schaulustige ein. Der Pestfluch, der auf Köln lag, hatte die Menschen in die Häuser verbannt. Zum ersten Mal seit Wochen trauten sie sich wieder in größerer Anzahl hervor. Ein paar besonders Vorwitzige wagten sich sogar in die Kesselkuhle, eine Bodensenke, wo vor Jahren die beiden Protestanten öffentlich verbrannt worden waren.

»Hab ich's dir nicht gesagt?«, rief Ita, als Bäckersleute Berge von salzigen Brezeln und süßen Schnecken anboten, während ein Stück weiter fleißig Metkrüge entkorkt wurden. »Nur der frühe Vogel fängt den Wurm. Schau dir nur einmal an, wie weit hinten die stehen müssen! Umsatz werden sie trotzdem machen. Essen und trinken wollen die Leute schließlich immer. Und weißt du was? Ich hab auch schon ein riesiges Loch im Bauch.«

»Wie kannst du jetzt nur an Essen denken?«, sagte Hennes, der von Augenblick zu Augenblick unbehaglicher dreinschaute. »Gleich muss der Karren eintreffen. Dann laden sie sie aus, und wir werden Zeuge, wie Johanna der Henkersstrick umgelegt wird …«

»Wenn sie tot ist, brauchst du dir um dein Lilienhaus keine Sorgen mehr zu machen«, entfuhr es Ita, die seine Aufregung mit einem Mal kaum noch ertragen konnte. »Du wolltest doch, dass sie stirbt.«

»Du etwa nicht?« Ihre ungewohnte Heftigkeit schien ihn zu erschrecken. »Sag jetzt bloß nicht, dass es dir leidtut!«

»Ich wäre anders vorgegangen«, wich sie aus. »Aber nun ist es, wie es ist, und wir werden das Beste daraus machen.« Ita legte den Kopf ein wenig schräg. »Komm nicht zu oft in meine Nähe, solange so viele Gaffer herumlaufen, versprichst du mir das?«

Seine Lippen wurden schmal.

»Aber zum Herschleppen hab ich dir sehr wohl getaugt! Und mein Haus scheint dir auch zu gefallen. Oder sollte ich mich da etwa täuschen?«

Ita warf ihm eine Kusshand zu und verdrehte dabei kokett die Augen.

»Dass du immer gleich aus der Haut fahren musst! Es ist der Mann, der mir gefällt – ich denke, das solltest du inzwischen wissen. Für meine Arbeit brauche ich nun einmal Ruhe und Sammlung. Wie sonst soll ich die Menschen vor Krankheit und Bedrängnis schützen?«

Grummelnd verzog er sich, während sie sich hinter ihrem Stand postierte und ein gewinnendes Lächeln aufsetzte. Nicht einen Augenblick zu früh, denn schon näherten sich die ersten Interessenten.

»Ihr wollt der Seuche entrinnen, der Hinrichtung beiwohnen – und gleichzeitig das eigene Leben schützen? Dann seid ihr nicht umsonst gekommen!«, rief sie so laut, dass noch mehr Leute aufmerksam wurden und zu ihr drängten. »Kommt her, her zu Ita, die wird euch helfen!«

Die preiswerten Kräuterbündel verkauften sich so rasch, dass sie immer wieder nachlegen musste, aber auch Diptam und Theriak gingen zügig über den Brettertisch. Besonderes Interesse jedoch fanden die blutroten Säckchen in Itas Bauchladen, Spezialamulette, über deren geheimen Inhalt sie verschwörerische Andeutungen machte, wenn einer vor dem unverschämten Preis zurückzuckte, den sie dafür verlangte.

»Das Feinste vom Feinen! Selbst Fürsten und gekrönte Häupter tragen meine Amulette um den Hals und schützen sich somit vor einem schrecklichen Ende. Ja, wer der Pest entkommen will, muss eben ein wenig tiefer in die Tasche greifen ...«

Inzwischen war es so voll geworden, dass der Platz vor dem Galgen einem Jahrmarkt glich, wenngleich Gaukler oder Spielleute an diesem Tag verboten waren. Auch schlich allerlei Gesindel herum, wie Ita schon bald erkannte, die das lange Unterwegssein zu einer aufmerksamen Beobachterin gemacht hatte. Ein Hüne mit einem blinden Auge fiel ihr auf, der einen langen dunklen Mantel trug, in seiner Begleitung ein anderer, dessen Wange aussah, als hätte ein Krallentier ihn gezeichnet. Ein paar Weiber schienen zu ihnen zu gehören, eine pralle Dunkelhaarige, die sich an fremde Männer drängte, um an ihre Börsen zu kommen, dazu eine schmalere Braune, die offenbar weniger geschickt beim Taschendiebstahl war und irgendwann rasch Fersengeld geben musste, weil ein dicker Mann ihr mit lautem Fluchen nachsetzte.

»Ich brauche ein Pestamulett.« Die Stimme eines jungen Mannes ließ Ita zusammenfahren, noch mehr aber der Blick in seine Augen. Grün waren sie, weit auseinander liegend, mit dunklen Wimpern, die ihre ungewöhnliche Farbe unterstrichen. »Das Allerbeste, das du zu bieten hast!«

»Dich kenn ich doch«, brachte sie mit einiger Anstrengung hervor, obwohl ihre Kehle auf einmal staubtrocken war. »Im Haus am Berlich hab ich dich neulich erst gesehen.«

Er zuckte die Achseln und begann am rechten Ohrläppchen zu zupfen, eine Geste, die ihr so vertraut war, dass sie aus Versehen beinahe aufgeschrien hätte. Seine Fingernägel fielen ihr dabei ins Auge, bis aufs Fleisch abgekaut, eine Angewohnheit, von der sie ihn damals vergeblich mit eingeriebenem Kümmelöl abbringen wollte.

»Kann sein«, sagte er. »Aber für eine Hübschlerin bist du wohl schon zu alt.« Sein Blick wurde schärfer.

Trotz der morgendlichen Kühle begann sie am ganzen Körper zu schwitzen. Die Rabenkrähen hatten den Galgen verlassen, flogen nun dicht über ihren Köpfen und begannen zu krächzen, als wollten sie den drohenden Untergang mit ihren rostigen Rufen bekräftigen.

Hatte er sie erkannt?

Sie wusste genau, wer er war. Er war noch sehr klein gewesen. Aber wer konnte schon sagen, was Kinder in diesem Alter behielten?

Sein Gesicht war um einiges schmäler als in ihrer Erinnerung, die Nase prägnant. Noch immer besaß er jene vollen roten Lippen, die er schon damals unwillig verzogen hatte, wenn etwas nicht nach seinem Willen gegangen war. Inzwischen war freilich aus dem aufbrausenden Kind, das vor Wut geweint oder sich zu Boden geworfen hatte, um seinen Kopf durchzusetzen, ein junger Mann geworden, dessen muskulöser Körper verriet, dass er sich sehr wohl verschiedenster Angreifer zu erwehren wusste.

»Ich heile Menschen, die in Not sind«, sagte Ita, jedes einzelne Wort bedächtig abwägend. »Egal, ob sie nun Könige oder Huren sind. Wie viel willst du denn ausgeben?«

»Nur das Allerbeste!«, wiederholte er, deutlich unwilliger, während sie nicht aufhören konnte, ihn weiterhin anzustarren. »Bist du taub?«

Was er wohl sagen würde, wenn der Karren mit der Verurteilten anrollte?

Würde er sie erkennen – und was dann?

Ita kramte in ihrem Bauchladen und zog dann etwas heraus.

»Ich hätte da eine Alraune in Form eines Kruzifixes.« Sie zögerte einen Augenblick, dann aber fuhr sie fort. »Getränkt mit dem Blut eines Gehängten …«

»Kannst du behalten!«, fuhr er sie an. »Sonst noch was?«

»Durchaus, durchaus«, murmelte sie.

Die Feder vom Erzengel Gabriel würde sie ihm gewiss nicht zeigen – und wenn sie ihn früher noch so oft in den

Armen gewiegt hatte. Plötzlich hatte sie wieder seinen frischen Kindergeruch in der Nase, von dem sie damals nicht genug bekommen konnte. Nach Sonne hatte er geduftet, nach Heu, nach Leben. Manchmal hatte sie sich sogar vorgestellt, es sei ihr eigener Sohn, der sich Schutz suchend an sie schmiegte und mit ihren Haaren spielte, kurze, köstliche Augenblicke, von denen sie gelegentlich bis heute träumte.

»Bist du eingeschlafen?«

Diesen arroganten Tonfall hatte er eindeutig von seiner Mutter. Mit einem Mal waren Itas rührselige Anwandlungen verflogen. Nichts als ein fremdes Balg war er gewesen, das Kosten verursacht und sie in erhebliche Schwierigkeiten gebracht hatte, bevor sie endlich wieder zur Besinnung gekommen war und den einzig vernünftigen Entschluss getroffen hatte.

»Keineswegs«, erwiderte sie. In einiger Entfernung glotzte Hennes unverwandt zu ihnen herüber. Fehlte gerade noch, dass er angelaufen kam und sich einmischte! »Nimm das rote Säckchen mit dem blauen Band! Damit fährst du gut.«

So wie er aussah, blieb er sicherlich nicht lang allein. Die Schönheit seiner Mutter hatte sich mit etwas Dunklem, Männlichem gekreuzt, das ihn unwiderstehlich machte.

Wie viele Herzen er schon gebrochen haben mochte? Auch darin war er offenbar ganz der Sohn seiner Mutter.

»Für deine Liebste?«, fragte sie auf gut Glück.

Es gefiel ihr, dass er plötzlich verlegen wirkte, was ihn jünger machte und sie noch sicherer werden ließ.

»Nun, dann werden Safran, Moschus und Krötenpulver ihre schützende Wirkung tun, darauf kannst du dich verlassen! Ein Pestkranker könnte seine Hand auf sie legen oder sie sogar inniglich an sich drücken – und sie würde trotzdem gesund bleiben. Selbst diesem schrecklichen Husten, der das Blut in die Lungen drückt, wird sie damit entgehen. Ich bekomme dann zwanzig Albus von dir.« Endlich hatte sie zu ihrem üblichen Geschäftston zurückgefunden.

»Zwanzig Albus? Das ist ja reinster Wucher!«, beschwerte er sich, während er umständlich nach den Münzen kramte.

»Ist sie dir das etwa nicht wert?«, konterte Ita. »Lass sie das bloß nicht hören! So etwas mögen wir Frauen nämlich nicht.«

»Sie kommen, sie kommen!«, schrie eine schrille Frauenstimme. »Ich sehe schon den Grewen, den Henker, die Büttel, den Karren …«

Graf Bornweg, in dunklem Tuch mit grünem Barett, ritt einen braunen Wallach, dessen stattliche Höhe ihn noch winziger erscheinen ließ. Hinter ihm schritt der rot gewandete Scharfrichter, gefolgt vom schwarzen Henkerskarren, den eine Schindmähre zog. Je zwei Büttel flankierten ihn.

Die Verurteilte stand schwankend und klammerte sich so fest an die Stäbe des Karrens, dass ihre Knöchel an den gefesselten Händen weiß hervortraten. Den Kopf mit den schmutzig blonden Stoppeln hielt sie gesenkt. Ihr graues Armesünderhemd wies keine verräterischen Brandspuren auf. Offenbar hatte man darauf verzichtet, sie unterwegs zusätzlich mit glühenden Zangen zu malträtieren, wie es vielfach Brauch war.

Manche Zuschauer schienen deshalb enttäuscht zu sein.

»Hängt die Mörderin!«, schrie ein Mann. »Lasst sie endlich baumeln! Nie wieder soll sie Gelegenheit erhalten, einen Unschuldigen zu vergiften!«

Als sei sie sich erst bewusst, wo sie sich befand, hob die Verurteilte langsam den Kopf. Die vielen Gaffer ringsumher, die sie feindselig anstarrten, schienen ihr keine Angst einzujagen, im Gegenteil, sie stand trotz ihrer offensichtlichen Hinfälligkeit und Schwäche plötzlich aufrechter.

Sie riss den Mund auf, blieb aber zunächst stumm.

»Unschuldisch?«, stieß sie schließlich hervor, so ungeschlacht und rau, als habe sie schon seit Wochen nicht mehr gesprochen. »Nein! Er hat den Tod verdient. Isch bereue nischtsch – gar nischtsch!« Ihre Augen, mit denen sie die Menge beschwörend musterte, waren riesengroß und dunkelbraun.

»Aber das ist sie nicht«, hörte Ita ihren Kunden plötzlich stammeln, während ihr ein Schauer nach dem anderen über den Rücken lief, weil sie zutiefst erschrocken gerade das Gleiche gedacht hatte. »Das ist doch nie und nimmer …« Er schüttelte den Kopf und fuhr sich dabei mit der Hand über das Gesicht, als wollte er etwas wegwischen.

»Hingerichtet wird heute Lenne Wagner, angeklagt und überführt des Giftmordes an ihrem Ehemann Bertram Wagner.« Die helle Stimme des Grewen war eisig. »Waltet Eures Amtes, Scharfrichter, und bringt sie, wie das Urteil lautet, vom Leben zum Tod.«

Für einen Moment hatte Ita ihm den Rücken zugedreht, um keines der Worte des Grewen zu versäumen, auch wenn ihr jedes davon wie ein Stich in die Magengrube fuhr. Als sie sich wieder ihrem besonderen Kunden zuwenden wollte, war der Stand leer.

Das Säckchen war verschwunden. Und er dazu.

Zudem hatte er sie betrogen: Nicht eine Münze lag auf dem billigen Brett.

Obwohl Hennes ihr keine Ruhe ließ, wartete Ita ab, bis der Scharfrichter seine Verrichtungen nahezu abgeschlossen hatte. Noch immer baumelte die Giftmörderin am Galgen, eine besondere Anordnung des Grewen, der verfügt hatte, dass sie erst gegen Abend abgeschnitten werden sollte, um die Abschreckung zu verlängern.

Ita hätte durchaus fröhlich sein können angesichts der Münzen, die nun in ihrer Schatulle klimperten, aber trotz des enormen Erfolgs fühlte sie sich müde und bedrückt. Ein feiner Regen hatte eingesetzt, der über kurz oder lang ihren Wollumhang durchdringen und noch schwerer machen würde. Außerdem musste sie zusehen, wie sie ihre restlichen Schätze möglichst wohlbehalten zurück in die Stadt bekam, denn die Kunden würden bald in die Schwalbengasse kommen, um Nachschub zu kaufen.

»Wann ist die nächste Hinrichtung angesetzt?«, fragte sie den Scharfrichter, als sie zu ihm trat, während er die kärglichen Habseligkeiten der Toten sortierte. »Mir ist zu Ohren gekommen, dass noch eine Gefangene im Frankenturm einsitzt, die ihren Mann getötet haben soll. Arnheim lautet ihr Name. Johanna Arnheim.«

»Wüsste nicht, was Euch das angehen sollte«, erwiderte er, ohne den Blick zu heben. »Oder seid Ihr etwa eine Verwandte?«

Hinter dem Scharfrichter machte Hennes ihr beredte Zeichen, sie aber ließ sich nicht davon beirren. Sie holte eine dicke Silbermünze hervor und ließ sie spielerisch durch die Finger gleiten.

»Verwandt? Keineswegs.« Sie hüstelte. »Ich kenne sie lediglich von früher, das ist alles.« Sie hüstelte abermals. »Bin übrigens durchaus interessiert an Schelmbein und Armesünderfett. Bevor Ihr die Knochen oder die kostbare Schmiere an irgendwelche Gauner verschleudert, verkauft sie lieber an mich! Ich bezahle ordentlich und weiß wenigstens, was man damit anfangen kann.«

Sie hatte sein Interesse erregt, das erkannte sie daran, dass er mehrmals aufschaute.

»Eine Münze ist immer sehr allein«, sagte er schließlich. »Zwei fühlen sich miteinander schon bedeutend wohler. Aber erst wenn sie zu dritt sind, kommt Stimmung auf.«

»Ich werde Euch gewiss nicht enttäuschen.« Ita ließ kurz die zweite Münze aufblitzen. »Sobald meine Töpfchen voll sind, erhaltet Ihr den Rest. Aber enttäuscht mich nicht! Wann werdet Ihr die Witwe Arnheim hängen?«

»Vorerst gar nicht.« Er griff so schnell nach dem Geld, dass sie es nicht mehr zurückziehen konnte.

»Was könnte Euch daran hindern?«, fragte sie ungläubig, weil sie die unerwartete Nachricht erst verdauen musste.

»Das Vögelchen ist ausgeflogen.«

»Geflohen?« Itas Stimme zitterte leicht, während Hennes hörbar nach Luft rang. »Aus dem Kerker? Wie kann das sein?«

Der Scharfrichter schüttelte langsam den Kopf.

»Dann hat man sie freigelassen? Aber sie gilt doch als schuldig!«, fuhr Ita fort.

»Von einem Freispruch war nicht die Rede.«

»Diese Hexe darf nicht entkommen!«, schrie Hennes aufgebracht, der auf einmal kein Halten mehr zu kennen schien und sich vordrängte, obwohl Ita es ihm streng untersagt hatte. »Sie hat meinen Bruder auf dem Gewissen und wird seelenruhig weitermorden, das ist mehr als sicher. Vielleicht bin ja ich der Nächste!«

»Seid unbesorgt.« Der Scharfrichter deutete auf die Gehängte, die im Wind schaukelte. Die Raben hatten wieder ihren Platz vom Morgen eingenommen. Wie schwarze Steinfiguren saßen sie auf dem Galgen. »Die da fährt vermutlich gerade zur Hölle. Johanna Arnheim ist dort bereits angelangt.«

»Was wollt Ihr damit sagen?«, fragte Ita. »So werdet doch endlich deutlicher!«

»Man hat sie ins Pesthaus verbannt. Dort muss sie schuften, bis die Seuche vorbei ist.« Sein Blick war ausdruckslos. »Wisst Ihr eigentlich, wie viele jetzt Tag für Tag daran krepieren? Das überlebt niemand lange. Nicht einmal eine, die am liebsten mit dem Teufel zum Tanzen geht.«

In Gedanken hatte Johanna wie Lenne die Gerichtsglocke gehört, die zu bimmeln begann, sobald ein Todesurteil verkündet wurde. In Gedanken war sie gefesselt zusammen mit ihr zum blauen Stein auf dem erzbischöflichen Hof geschlurft, an den alle Todeskandidaten dreimal mit dem Rücken gestoßen wurden, als Zeichen der hochrichterlichen Gewalt, die der geistliche Stadtherr besaß. In Gedanken hatte sie neben ihr den Henkerskarren bestiegen, der Lenne in einer letzten Prozession von ihrem Haus in der Sterngasse, wo die Nachbarn Zeugen ihrer Schmach werden sollten, über die Hohe Gasse und Ehrengasse führte, bis sie schließlich Seite an Seite das Ehrentor erreicht hatten. Sobald der Rabenstein in Sicht kam, verschwammen Johannas Bilder.

Sie konnte und wollte sich nicht die Einzelheiten vorstellen, wie Lenne der Strick um den Hals gelegt wurde und man sie zwang, die kurze Leiter hinauf zum Galgen zu steigen. Aber sie fühlte deren Todesangst im eigenen Körper und wachte schreiend auf, weil sie das Gefühl hatte, ihr Hals werde unbarmherzig von einem dicken Seil zusammengepresst.

Hatte Lenne es trotz allem nicht besser getroffen als sie selbst, die hier lebendig begraben war? Johanna hasste das Pesthaus, das unter der Pacht von Ludwig Weißenburg stand.

Und sie hasste Vincent dafür, dass er sie hierher gebracht hatte.

Die harte Arbeit erschöpfte sie schon nach wenigen Tagen. Am liebsten hätte sie sich zu einer Kugel zusammengerollt, wie sie es als Kind manchmal getan hatte, bis all das Schreckliche vorüber war. Doch das Schreckliche ging nicht vorüber, sondern nahm im Gegenteil zu, von Stunde zu Stunde, von Tag zu Tag. Die Seuche hatte sich in der ganzen Stadt ausgebreitet. Wie eine hässliche Bestie hielt sie Köln mit Zähnen und Klauen gefangen. Inzwischen gab es im Pesthaus keine freie Pritsche mehr, obwohl so viele dahingerafft wurden, denn kaum wurde ein Toter hinausgetragen, flehten schon die nächsten frisch Erkrankten um Einlass. Manchmal fanden sie in den ersten Morgenstunden einen Sterbenden vor der Schwelle, den jemand im Schutz der Nacht dort abgelegt hatte.

Es schien keine Freundschaft mehr zu geben, keine Familienbande.

Die Räder der Pestkarren, die die Toten holten, waren nicht mehr mit Lumpen umwickelt. Inzwischen war ihr Knarren und Rumpeln in den Gassen Tag und Nacht zu hören. Längst wurden die Bretter knapp, die man für ordentliche Särge brauchte. Leichen wurden in schmutzige Tücher gewickelt und bestenfalls mit einem hastigen Kreuzzeichen in eilig aufgeworfenen Gruben versenkt.

In diesen dunklen Wochen stellte das Pesthaus zur roten Pforte für viele die letzte Hoffnung dar, eine trügerische Hoffnung freilich, denn obwohl alle arbeiteten, bis ihre Rücken krumm waren und ihre Hände von Seifenlauge brannten, kamen sie gegen das Sterben nicht an. Zwei weitere Frauen waren als Pestmägde gedungen, um die Kranken zu waschen, zu betten und zu füttern. Tag für Tag räucherten sie die Räume mit Wacholderholz aus, obwohl sie den Glauben an dessen Wirksamkeit mehr und mehr verloren.

Eine der Pestmägde war die Schwarze Marusch aus dem Haus am Berlich, die wiederholt Freier bestohlen hatte. Sie war aufgeflogen und vor die Wahl gestellt worden, zur Strafe im Pesthaus zu dienen oder die rechte Hand zu verlieren. Ihre einstmals rabenschwarzen Haare waren inzwischen gräulich und matt, die üppigen Hüften kindlich schmal geworden, weil sie keine Zeit zum Kämmen mehr hatte und vor Ekel oft keinen Bissen hinunterbekam. Die zweite hieß Grit, stammte aus Andernach und war ein wenig schwer von Begriff, was bedeutete, dass sie vieles missverstand oder schlichtweg vergaß. Staunend sah sie dabei zu, wie sich direkt vor ihren Füßen kleinere und größere Missgeschicke zutrugen, die dann andere für sie beseitigen mussten. Auch sie war beim Stehlen aufgegriffen worden. Sie hatte sich damit mühsam über Wasser gehalten, seit ihr Mann verstorben war. Man hatte sie eingesperrt und wieder freigelassen, worauf sie abermals ertappt wurde. Sie trank gern, und manchmal überkam Johanna der Verdacht, die vielen Humpen Wein, die sie im Lauf ihres Lebens in sich hineingeschüttet haben mochte, hätten ihr Gehirn vernebelt und den Verstand schrumpfen lassen.

Tröstlich dagegen war, dass Sabeth wieder in Johannas Nähe war. Sie war ihr ins Pesthaus gefolgt, obwohl Vincent ihr einen Platz bei sich angeboten hatte.

»Wo Johanna ist, da ist auch Sabeth«, hatte sie gemurmelt. »Eine nie ohne die andere!«

Und tatsächlich begann ihr Aufenthalt im Haus zur roten Pforte mit einer erfreulichen Reihe klarer Tage. Zusammen mit Mieze, die hier ebenfalls heimisch wurde, ging Sabeth von Pritsche zu Pritsche, tupfte die Fiebernden mit Tüchern ab, die sie mit kühlem Wasser getränkt hatte, summte ihnen kleine Lieder vor oder saß einfach neben ihnen und hielt ihre Hand.

Johannas Aufforderung, Handschuhe zu tragen oder eine Maske aufzusetzen, quittierte sie mit einem lauten, spröden Lachen.

»Wenn der liebe Gott mich will, holt er mich so oder so zu sich. Ich warte jeden Tag darauf, weißt du das eigentlich?«

Marusch und Grit dagegen befürchteten ständig, sich anzustecken, schüttelten sich vor Abscheu, wenn sie die Laken der Kranken wechseln mussten, und hatten tausenderlei Ausreden parat, um so heikle Tätigkeiten wie das Verbinden oder das Ausleeren der Pisstöpfe an Johanna abzuschieben. Zwar befolgten sie zähneknirschend, was der Bader ihnen eingeschärft hatte, benutzten Handschuhe und Masken, aber nur widerwillig und eher nachlässig. Anfangs war Ludwig noch jeden Tag ins Pesthaus gekommen, doch jetzt, da die Niederkunft seiner Frau nahte, ließ er sich seltener sehen. Nicht einmal die Nahrungsmittel brachte er selbst vorbei, sondern ließ sie von einem Knecht anliefern.

Manchmal dachte Johanna, es habe vor allem mit ihr zu tun. Sein Erschrecken, als die Büttel sie im Pesthaus abgeliefert hatten, war echt gewesen. Er schien sich zu schämen, etwas eingerichtet zu haben, das ihr nun zum Verhängnis wurde.

»Dass ich dich hier sehen muss, Johanna! Niemals hätte ich damit gerechnet.« Als er die Maske abnahm, stand ihm das Entsetzen über ihren geschorenen Kopf, die dunklen Augenschatten und die abgemagerte Gestalt überdeutlich ins Gesicht geschrieben. »Was haben sie dir nur angetan?«

Es half ihr, dass sie das alte Halsband wieder angelegt hatte, auch wenn der Samt inzwischen abgeschabt und räudig geworden war. Es zu berühren war wie eine Erinnerung an ihr altes Leben, das sie für immer verloren hatte. Ans Lilienhaus zu denken verbot sie sich. Doch wenn sie einmal nicht aufpasste, flog ihre Sehnsucht trotz alledem dorthin.

»Ich lebe«, hatte sie knapp zu Ludwig gesagt. »Eine Mörderin, wie Hennes behauptet, bin ich nicht. Aber das muss ich dir ja wahrscheinlich nicht sagen.« Sie wandte sich ab, denn ihre Augen wurden auf einmal doch feucht. »Wo soll ich schlafen?«

»Unterm Dach«, erwiderte er verlegen. »Es kann dort jetzt allerdings kalt werden. Und die Kammern sind sehr beengt. Hätte ich gewusst, dass eines Tages du …«

»Was für die anderen Pestmägde gut ist, taugt auch für mich«, sagte sie rasch.

Da wusste sie allerdings noch nicht, wie unbarmherzig die dunklen Stunden sich auf sie senken, wie grausam all jene Ängste, die sie im Loch ausgestanden hatte, sich ihrer erneut bemächtigen würden. Fast dankbar nahm Johanna hin, dass sie in vielen Nächten so gut wie gar nicht zum Schlafen kam, weil die Kranken schrien und stöhnten, sich fiebernd hin und her warfen, nach ihren Liebsten riefen – oder starben.

Am Morgen danach freilich fühlten ihre Glieder sich an, als habe jemand flüssiges Blei in ihre Adern gegossen, und die Lider waren so schwer, dass sie sie kaum noch aufbekam. Wie benommen ging sie zwischen den Pritschen umher, vernahm selbst durchdringendes Röcheln und lautes Wimmern nur als schwaches Stöhnen.

»Du wirst nicht lange durchhalten, wenn du so weitermachst«, ermahnte Vincent sie kopfschüttelnd, als er das Pesthaus besuchte. Er nahm, während er in der Küche mit ihr redete, seine Maske ab, was ungewöhnlich für ihn war.

»Hast du mich nicht zum Sterben hierhergeschickt?«, konterte Johanna, die seinen prüfenden Blick kaum ertragen konnte.

»An der Pest wirst du nicht sterben«, entgegnete er. »Das, was du unter deinem Band versteckst, schützt dich davor. Bleib trotzdem bei Maske und Handschuhen, wenn du mit den Kranken zu tun hast! Sonst könnten die anderen Verdacht schöpfen.«

»Woher willst du wissen, dass ich nicht an der Pest sterbe?«

»Weil ich es oftmals beobachtet habe: Wer die schwarzen Beulen einmal überlebt hat, erkrankt nicht mehr an ihnen. Du bist immun gegen die Seuche, Johanna. Hätte ich sonst den Grewen auf das Gottesurteil gebracht? Das konnte ich doch nur tun, weil ich mir sicher war.«

»Du könntest auch andere Gründe gehabt haben.« Ihre

Augen leuchteten giftig grün, wie immer, wenn sie wütend wurde. »Als ich jung war, hast du mich verraten und verlassen. Als ich angeklagt war, hast du mir das Band vom Hals gerissen und dafür gesorgt, dass ich in diese Hölle verbannt werde. Was kommt als Nächstes, Vincent de Vries? Willst du dabei zusehen, wie sie mich bei lebendigem Leib als Hexe verbrennen?«

»Niemand wird dich verbrennen. Ein Gottesurteil steht über einer Anklage zur Hexerei«, sagte er.

»Und wenn nicht? Wie könnte ich ausgerechnet dir trauen?«

»Und das fragst du?« Vincent fegte mit zorniger Geste einen Topf mit Milch vom Tisch. »Du hast mich damals doch nur benutzt, um dein reiches Apothekersöhnchen eifersüchtig zu machen! Wie hieß er gleich noch mal? Herbil? Herden? Jetzt weiß ich es wieder: Hermann! Warum hat dieser Hermann dich eigentlich nicht zum Weib genommen? Weil ihm gerade noch rechtzeitig klar wurde, welche Natter er sich da ins Bett holen würde?«

Johannas Lippen begannen zu zittern, danach ihre Hände.

Mit Fäusten hatte der Oheim sie traktiert, als sie ihm eingestehen musste, dass sie den Apothekersohn nicht heiraten konnte, an den Haaren aus dem Haus geschleift hatte er sie und schließlich bei den Magdalenerinnen eingesperrt. Sein Plan, zu den reichen Familien der Stadt aufzusteigen, war nicht aufgegangen, das hatte er sie bitter spüren lassen. Schon damals war sie wie lebendig begraben gewesen – und hatte doch die Hoffnung gespürt, die in ihr wuchs.

Das und nur das gab ihr schließlich die Kraft, von dort zu fliehen, auch wenn die Sorgen und Nöte, die sie plagten, danach erst richtig anfingen.

»Du weißt nichts von mir«, sagte sie mühsam beherrscht. »Gar nichts! Und das soll auch so bleiben.«

Ein Schatten ging über Vincents Gesicht, und zu ihrem eigenen Erschrecken wurde Johanna klar, wie anziehend sie ihn noch immer fand. Sein dunkles Haar war inzwischen von Silberfäden durchzogen, er hatte seine Backenzähne verloren und reichlich Falten um Mund und Augen bekommen – und doch sah sie ihn noch immer barfüßig über das kühle, taubedeckte Gras rennen, als seien erst ein paar Stunden vergangen und nicht so viele Jahre. Mit seinen frechen Liedern und Sprüchen hatte er damals wie ein leuchtender Blitz die Enge gesprengt, in der sie gefangen gewesen war, ihr eine Zukunft ausgemalt, die so freundlich und vielversprechend war, dass sie mit jeder Faser ihres Seins daran glauben wollte. Noch heute hatte sie das Quaken der Frösche in den Ohren und spürte, wie ihre Hände vor Aufregung eiskalt wurden, als er sie zum ersten Mal berührte.

Inzwischen war das Zittern in den Knien angelangt. Sie hätte ihn ohrfeigen können, mit Fäusten auf ihn einprügeln, um danach in seine Arme zu sinken und dem gleichmäßigen Schlagen seines Herzens zu lauschen. Weder Severin noch Ludwig hatten jemals ähnliche Gefühle in ihr ausgelöst.

Sie wandte sich ab, um sich nicht zu verraten.

»Die Kranken warten«, sagte sie steif. »Hast du nicht

neulich behauptet, du könntest Pestbeulen öffnen, sobald sie reif sind? Im zweiten Zimmer liegt ein Junge, bei dem sind sie inzwischen fast so groß wie Hühnereier.«

Vincent setzte die Maske wieder auf und folgte ihr.

Drei Kranke lagen auf den Pritschen, zwei davon schon halb in Agonie. Vom dritten Bett kamen leise Schmerzenslaute. Die Luft in dem kleinen Raum war zum Schneiden.

Obwohl ein kalter Wind ging, lief Vincent zum Fenster und riss es auf.

»Lüften müsst ihr«, sagte er zu Johanna. »Und zwar regelmäßig. Hier stinkt es ja wie in einer Räucherstube!«

»Der Bader meinte, wir sollten …«

»Der Bader ist ein rechtschaffener Mann, aber beileibe kein Medicus«, sagte Vincent scharf. »Wenn ihr euch an das haltet, was ich sage, werdet ihr mehr Menschen helfen können.« Er drehte sich zur Wand. »Ist er das?«

»Ja«, sagte Johanna. »Anderl, so heißt er. Zwölf Jahre ist er alt.«

Vincent beugte sich tiefer über den Jungen und berührte seine Stirn. Danach überprüfte er den Puls.

»Seine Pupillen sind erweitert«, sagte er. »Und der Puls stolpert, beides untrügliche Zeichen der Krankheit. Warum ist er nicht bei seinen Eltern?«

»Beide tot. Die Tante hat ihn hergebracht, als sie die ersten Beulen an sich selbst entdeckt hat.«

»Wo sind die Beulen?«, fragte Vincent.

»An meinem Bein«, sagte Anderl, als habe er jetzt seine Sprache wiedergefunden. »Und sie tun höllisch weh.«

Johanna schlug die Decke zurück.

Die schwärzlichen Beulen an der Innenseite des rechten Schenkels hatten tatsächlich die Größe von Hühnereiern. Auch die umgebende Haut war bläulich verfärbt.

»Muss ich sterben?«, flüsterte der Junge.

Vincent legte ihm die Hand auf die Wange.

»Das bestimmt Gott allein«, sagte er. »Aber ich will versuchen, dabei zu helfen, dass es noch eine ganze Weile bis dahin dauern wird. Du musst jetzt sehr tapfer sein, versprichst du mir das?«

Anderl nickte.

»Ich brauche Schröpfgläser«, sagte Vincent zu Johanna. »Wenn möglich, drei. Eine Schüssel mit Essigwasser und saubere Tücher.«

Sie verschwand und kam nach einer Weile mit den Gläsern und der Schüssel zurück. Die Tücher hatte sie sich unter den Arm geklemmt.

»Ich dachte, du würdest ihn schneiden«, sagte sie, während er das Schröpfglas auf die dickste Beule presste.

»Manchmal geht es auch so«, sagte Vincent. »Nimm seine Hand und lenk ihn irgendwie ab!«

Johanna begann leise auf Anderl einzureden, während Vincent den Druck verstärkte.

Auf einmal schrie der Junge laut auf.

Die dunkle Beule hatte sich geöffnet. Stinkender grünlich gelber Eiter floss heraus.

»Ein ordentlicher Anfang«, sagte Vincent lobend. »Jetzt schau zu, wie ich die Wunde säubere!« Er wusch die Ränder mit Essigwasser aus, obwohl Anderl dabei wimmerte und mit den Zähnen klapperte.

Dann setzte Vincent das nächste Glas auf die zweite Beule, die ebenfalls aufbrach. Anschließend wollte er die dritte auf die gleiche Weise öffnen, doch sie schwoll zwar an, blieb aber geschlossen.

»Was wirst du jetzt tun?« Johanna hatte jeden seiner Handgriffe genau verfolgt.

»Wir könnten abwarten, ob sie von allein aufgeht. Doch er würde vermutlich besser und schneller heilen, wenn das ganze Gift auf einmal aus seinem Körper wäre.«

Vincent holte sein Messer aus der Tasche. Es konnte nicht ganz mit der Schärfe desjenigen aufwarten, das man ihm gestohlen hatte, aber er hatte es in den vergangenen Tagen schon mehrmals erfolgreich anwenden können.

»Es wird jetzt noch einmal sehr, sehr wehtun«, sagte er zu dem Jungen und reichte ihm ein zusammengedrehtes Tuch. »Darauf solltest du gefasst sein. Beiß fest hinein, wenn du es nicht mehr aushältst! Nicht anders hat deine Mutter es gemacht, als sie dich zur Welt brachte.«

Er beträufelte die dritte Beule mit Essigwasser, dann setzte er das Messer an und schnitt.

Ein dumpfer Ton kam aus Anderls Kehle, der nur noch wenig Menschliches hatte. Das Gesicht des Jungen wurde aschfahl. Er ließ das Tuch fallen und klammerte sich an Johanna.

Der Eiter, der aus dieser Beule floss, war dunkelgrün, zäh und stank noch widerlicher.

»Jetzt hast du es erst einmal geschafft«, sagte Vincent, während Johanna behutsam die Wunde säuberte. »Zweimal am Tag müssen die Verbände gewechselt werden. Gebt ihm Hühnersuppe, das wird ihn kräftigen! Ich sehe morgen wieder nach ihm.«

»Muss ich jetzt nicht sterben?«, krächzte der Junge.

»Wer so tapfer ist wie du, hat einen besonders tüchtigen Schutzengel«, sagte Vincent. »Bete zu ihm, dass er dich weiterhin so gut beschützt!«

»Wird er überleben?«, fragte Johanna, als sie das Krankenzimmer verlassen hatten. Das verschmutzte Essigwasser goss sie vor der Türe aus. Die Tücher mit dem Eiter und Blut warf sie auf den Wäschehaufen, den sie in einem gesonderten Verschlag verwahrten.

»Wenn die Wunde sich nicht neu infiziert, wenn er wieder zu Kräften kommt, wenn jemand sich seiner annimmt …« Vincents Stimme klang plötzlich müde. »Es gibt so viele unbekannte Wenns! Die Seuche ist listig und stark – und wir sind noch immer unwissend und schwach.« Er klopfte gegen den Verschlag. »Was geschieht mit der Pestwäsche?«

»Wird verbrannt«, sagte Johanna. »Sobald genug davon zusammengekommen ist. Schätze, auch das wird an mir hängen bleiben, weil Marusch sich dafür zu fein ist und bei Grit zu befürchten stünde, dass sie uns aus Schusseligkeit das Haus über dem Kopf anzündet.«

»Vielleicht wird es irgendwann einmal anders sein. Doch bis dahin bleiben wir die Verlierer.« Er griff nach seiner Tasche. »Ich muss weiter. Auch in der erzbischöflichen Küche soll jemand schwer erkrankt sein.«

Sie blieb am Fenster stehen, während er in den Abend hinausging, mit wehendem Mantel und großen, ungeduldigen Schritten, die ihn immer weiter von ihr entfernten.

⁂

Sie hatten die Krähe dazu bestimmt, die Wäsche ins Baderhaus zu bringen, doch er hatte davon nichts wissen wollen. Ruch war wütend geworden und hatte ihn dazu zwingen wollen, doch die Krähe war einfach aufgesprungen und weggerannt, um sich bis zum nächsten Morgen irgendwo zu verstecken. War er immer schon unstet und sprunghaft gewesen, so waren seine Stimmungsschwankungen seit der Hinrichtung noch extremer geworden. Stundenlang saß er grübelnd am Feuer, stumm, tief in Gedanken versunken. Dann wieder schüttete er das Bier krügeweise in sich hinein, grölte und krakeelte, bis man ihn irgendwann betrunken wegschleifen musste.

Für die Einbrüche in die Pesthäuser war er so gut wie gar nicht mehr zu gebrauchen, so ungelenk und plump, wie er sich dabei anstellte. Manchmal war Christian schon der Gedanke gekommen, die Krähe lege es regelrecht darauf an, dass sie ihn zurückließen, damit er ungestört eigene Wege gehen konnte.

Einzig und allein Nele schien einen Zugang zu ihm zu haben. Dass sie sie wieder eingesperrt hatten, um sie endlich gesprächig zu machen, brachte die Krähe derart in Rage, dass er beinahe die Tür eingetreten hätte. Sie ließen ihn kurz zu ihr, hielten aber zu zweit vor dem alten Badehaus Wache, damit er auf keine Dummheiten verfiel. Als sie ihn schließlich wieder von ihr wegzerrten, baumelte um ihren Hals ein rotes Säckchen, das sie an sich drückte, als hinge ihr Leben davon ab.

Natürlich hatten sie das Säckchen anschließend persönlich in Augenschein genommen. Das wertlose Pulver, das sie darin entdeckten, konnte sie ihretwegen behalten.

Was sollten sie nur mit ihr anstellen? Rutger Neuhaus verlor allmählich die Geduld.

Dabei war der ursprüngliche Plan nahezu perfekt gewesen: Ohne den Schutz der Mutter würde das Mädchen einknicken und nach und nach alle Ketzer benennen, die dann auf spezielle Weise einer nach dem anderen unschädlich gemacht werden konnten.

Doch sie hatten sich verrechnet. Je mehr sie Nele zusetzten, desto verschlossener wurde sie, als spüre sie genau, was von ihrem Schweigen abhing. Einen allerletzten Versuch wollte Christian noch wagen. Sollte auch der fehlschlagen, lag ihr Schicksal endgültig in Neuhaus' Hand.

Während Christian, der für die Krähe einspringen musste, sich dem väterlichen Haus näherte, überfiel ihn eine seltsame Mischung aus altbekannter Beklommenheit und einem niemals zuvor empfundenen Gefühl von Genugtuung. Niemals war er mit ihm zufrieden gewesen, dieser weibergeile Vater, der den frühen Tod der Mutter zum Anlass genommen hatte, sich nach Herzenslust mit anderen Frauen zu vergnügen. Ob blond, ob braun, ob hässlich oder schön – jede, die seine Badestube betrat, war ihm wichtiger und wertvoller gewesen als der eigene Sohn, der sich angesichts der ungenierten Balzerei bald nur noch als lästiger Störenfried empfunden hatte.

Aus diesem Grund hatte er auch die ersten kleinen Diebstähle begangen, wertloses Zeug an sich genommen, das er eigentlich gar nicht brauchte. Nur um zu spüren, dass auch er Mut und Geschicklichkeit besaß, ganz und gar nicht der Tölpel war, als den der Bader ihn so gern vor anderen hinstellte.

Irgendwann war er dann Ruch begegnet, dem Hünen mit dem blinden Auge, der ihn regelrecht in die Lehre genommen und ihm beigebracht hatte, was ein Dieb und Räuber wissen musste. Christian blieb immer öfter von zu Hause weg, was der Vater anfangs mit Prügeln ahndete, sobald er ihn zu greifen bekam. Bis Christian schließlich zurückschlug, so hart, dass Ludwig Weißenburgs Lippe aufplatzte und er tagelang ein dickes Veilchen mit sich herumtragen musste. An jenem Tag war Christian auch auf den Luchs gestoßen, dessen Krallen ihm ins Gesicht gefahren waren, als er versucht hatte, ihn zu töten.

Die Narben trug er seitdem wie seinen kostbarsten Schmuck. Sie waren zu seinem Zeichen geworden, das inzwischen viele Türen zierte, aus denen der Tod in die Stadt sickerte. Wenn er die Furchen am Türrahmen hinterließ, fühlte er sich unbesiegbar. Früher hatte er vor den Leuten gezittert. Jetzt waren sie es, die ihn zu fürchten hatten.

Als der Bader ihm später zufällig auf dem Markt begegnet war, wich er zurück, als sei ihm ein böser Geist erschienen. Sein Sohn war tot, das wusste inzwischen die ganze Stadt. Mit Macht wollte er ungeschehen machen, was einst gewesen war. Alles hatte er auf Anfang gesetzt, die Hochzeit und das neue Kind, das seine blutjunge Frau ihm bald gebären sollte.

Doch Kinder konnten sterben. Und Frauen ebenso.

»Fahr zur Hölle, Vater!«, murmelte Christian. »Mein Zeichen wird dir den Weg weisen.«

Der Todesbote beschleunigte seine Schritte und lächelte.

Von Tag zu Tag wurde die Schwangerschaft nun beschwerlicher, und doch hatte Ennelin es fertiggebracht, sich gegen Ludwig durchzusetzen. Inzwischen konnte sie Köln nicht mehr verlassen, wie er es seit Wochen vergeblich gefordert hatte, weil ihr Bauch so groß und prall wie eine Frucht kurz vor dem Platzen war.

Seine Furcht vor einer verfrühten Geburt hätte beinahe auch sie angesteckt, doch wenn die Angst sie zu überkommen drohte, zog sie rasch das kleine Bild mit dem heiligen Sebastian heraus, das sie der Heilerin in der Schwalbengasse abgekauft hatte, zu der die halbe Stadt pilgerte.

»Leben werdet ihr, leben!«, flüsterte sie den Ungeborenen zu. »Und eure Eltern mit euch!«

Es erleichterte sie, dass Ludwig seltener nach dem Pesthaus sah und das meiste einem Knecht überließ. Am liebsten wäre es ihr gewesen, wenn er jene verseuchte Stätte überhaupt nicht mehr betreten hätte – aber wie wäre das möglich gewesen, da sie sie doch ernährte?

Seit die Einnahmen aus dem Badebetrieb versiegt waren, musste sie zum ersten Mal in ihrer Ehe sparen. Ihre stolze Mitgift war gänzlich in den Ausbau des Pesthauses geflossen. Damals war Ennelin dies richtig erschienen, weil Ludwig ihr mit glühenden Wangen vorgerechnet hatte, wie diese Investition sie unabhängig und reich machen könnte. Mittlerweile hatte sie gelernt, dass das Haus zur roten Pforte ein reiner Zuschussbetrieb war, der gierig jede Silbermünze wieder auffraß, die er gerade abgeworfen hatte. Natürlich hätte Ennelin zu ihrem Vater gehen und ihn um Geld bitten können, doch dazu war sie zu stolz.

Dem Apotheker ging es ohnehin nicht gut. Er fieberte, war matt und klagte über schreckliche Gliederschmerzen. Voller Sorge kam die Mutter zum Baderhaus gelaufen, um der Tochter ihr Herz auszuschütten, bar jeder Bissigkeit, die sie sonst so gern an den Tag legte.

Ennelin hatte sie beruhigt und getröstet, und doch wollten die bösen Gedanken, die sie kurz gestreift hatten, sie nicht wieder verlassen. Und wenn die Pest, die in letzter Zeit so viele aus ihrer heimlichen kleinen Gemeinschaft dahingerafft hatte, auch nicht vor dem Apotheker haltmachte? Der Bäcker, der Drucker, der Sattler, der Goldschmied und ihre Familien – konnte es Zufall sein, dass so viele aus ihren Reihen gestorben waren?

Unruhig ging sie zurück in die Küche, um nach dem Linseneintopf zu schauen, den sie aufgestellt hatte. Sie hatte eindeutig zu viel Holz nachgelegt. Im Topf brodelte es wie wild, und als sie den Deckel anhob, schoss ein dunkelbrauner Strahl auf ihr Kleid. Ausgerechnet jetzt – wo sie doch ohnehin kaum noch etwas zum Anziehen besaß, worin ihr Bauch passte!

Ennelin schob den Topf zur Seite, verbrannte sich dabei

Mittel- und Zeigefinger und schrie vor Schmerz auf. Sie watschelte zur Tür, riss sie auf und atmete erleichtert die kalte Spätherbstluft ein.

Dann stutzte sie plötzlich. Wer hatte ihnen da ein Geschenk auf die Schwelle gelegt? Dankbare Badekunden, die die entspannenden Stunden in der Wanne oder dem heißen Dampf vermissten?

Gerade wollte sie sich nach dem Kleiderbündel bücken, als Ludwigs missbilligende Stimme sie zurückhielt.

»Wann wirst du endlich anfangen, dich zu schonen?« Seine Lippen streiften kurz ihre warme Stirn. »Ich kann nicht verstehen, wie unvorsichtig du noch immer bist!«

»Ich bin schwanger, nicht krank«, sagte sie mit einem Anflug von schlechtem Gewissen. »Ich kann mich nicht die ganze Zeit schonen. Auch wenn ich noch sehr jung bin.«

»Unser Sohn soll gesund zur Welt kommen, und gesund will ich ihn aufwachsen sehen. Darauf kommt es jetzt an.« Sein Fuß stieß gegen das Bündel. »Was soll das überhaupt sein? Lumpenware? Wir sind doch keine Bettler, denen man abgelegte Kleider zukommen lässt!«

Der Haufen war in seine Einzelteile zerfallen.

»Sieh doch nur, wie schön!«, rief Ennelin. »Ein grünes Kleid, wie ich es mir schon lange gewünscht habe. Und weit genug scheint es auch zu sein. Ich glaube, das könnte sogar bis zur Geburt passen!«

»Meine Frau muss nichts von anderen Leuten auftragen«, sagte Ludwig grimmig. »So weit sind wir noch lange nicht. Das ganze Zeug wird weggeworfen!«

»Aber doch nicht diese schönen Windeln! Wie fein und

zart das Leinen ist, hast du das nicht gesehen? Damit würde unser Sohn besonders gut schlafen.«

Widerwillig ging Ludwig in die Knie und zupfte den Haufen weiter auseinander.

»Und was ist das hier?« Anklagend hielt er ein Mieder in die Höhe. »Rotz? Oder sogar Blut?« Es folgte ein Rock, dann ein grünliches Kinderwams, das einmal einem kleinen Jungen gehört haben mochte. »Das ganze Zeug hat schon jemand angehabt – und gründlich eingeschmutzt!« Er raffte das Bündel zusammen. »Kommt alles in den Ofen. Wer weiß, woher es stammt.«

Schmollend ging Ennelin neben ihm in die Küche, wo er den Topf zur Seite schob und die Kleider nach und nach ins Feuer stopfte.

»Man hätte alles waschen können«, sagte sie, während ein seltsamer Geruch sich ausbreitete. »Und anschließend wieder in Gebrauch nehmen. Wer weiß, wie lange wir uns noch leisten können, so verschwenderisch zu sein.«

»Das sagst ausgerechnet du, die Apothekertochter?«, fuhr er sie an. »Dein Vater hat doch Geld wie Heu! Wenn er nicht so gottverdammt knauserig wäre und mehr davon herausrücken würde, könnte es sehr viel einfacher für uns sein.« Er wischte sich den Schweiß von der Stirn.

»Hör auf zu fluchen! Ich mag das nicht«, sagte Ennelin. »Und das weißt du ganz genau. Kein guter Christ missbraucht den Namen des Herrn, und wenn du zu uns gehören willst, musst auch du dich daran halten. Mein Vater ist krank. Und meine Mutter außer sich vor Sorge. Außerdem hat er uns doch schon mehr als genug gegeben. Ohne seine Unterstützung hättest du niemals das Pesthaus pachten können.«

»Manchmal wünschte ich, ich hätte meine Finger davon gelassen. Es ist ein Fass ohne Boden, frisst mehr, als es abwirft. So viele sterben, ohne auch nur einen Groschen bezahlt zu haben, und ihre Angehörigen, falls sie überhaupt noch welche haben, denken nicht daran, für die Schulden aufzukommen.«

»Geld, Geld, immer nur Geld«, sagte Ennelin ungewohnt scharf. »Ich kann es schon nicht mehr hören! Ist das alles, woran du denken kannst?«

»Geld ist wichtig. Sehr wichtig sogar. Das wirst du auch noch merken, wenn es ausgeht«, sagte Ludwig mit grimmiger Miene. »Aber wer wie du bislang niemals darben musste, braucht vielleicht länger dazu.«

In ihre Augen kam ein wachsamer Ausdruck.

»Muss ich dann vielleicht glauben, du hättest mich lediglich wegen meiner Mitgift genommen – und hängst heimlich noch immer an dieser Johanna, zu der du über Monate geschlichen bist?«

Plötzlich war sein Gesicht wie eingefallen.

»Weißt du, was ich manchmal mache, seit ich weiß, dass man sie verhaftet und eingesperrt hat?«, fuhr Ennelin fort, während sie die Hände schützend auf den Bauch legte, als sollten die Ungeborenen nicht hören, was jetzt kam. Die kräftigen Tritte gegen die Bauchwand waren seltener geworden. Manchmal überkam sie die schreckliche Angst, dass die Kinder nicht mehr lebten. Dann aber setzten die Bewegungen zum Glück wieder ein. Es wurde immer enger für die beiden, damit tröstete sie sich, um nicht den Mut zu verlieren. »Ich weiß, dass es nicht richtig ist, und schäme mich dafür, weil eine gute Christin dies niemals tun würde. Und trotzdem kann ich nicht anders – dem gütigen Gott dafür danken, dass sie bald sterben wird.«

Wortlos wandte Ludwig sich ab und wollte hinaus. Ennelin bekam ihn gerade noch am Ärmel zu packen.

»Sie wird doch bald sterben?«, fragte sie eindringlich.

»Gott zürnt uns, das zeigt Er uns mit jedem Tag. Die Karren schreien es uns zu, die die Leichen wegbringen, und die leeren Häuser mit dem Pestkreuz, die unsere Stadt verunstalten. Das große Sterben will kein Ende nehmen. Mütter und Kinder weinen und klagen. Wir müssen uns fragen, womit wir diesen Zorn des Herrn verdient haben, und was wir tun können, um Ihn wieder zu besänftigen.«

Vincent starrte auf den Erzbischof in seinem blutroten Ornat, der in der dämmrigen Kirche wie eine Fackel leuchtete. Hermann von Wied machte wahr, was er so lange angekündigt hatte: seine Predigt, mit der er die Gläubigen Kölns aufrütteln wollte. Allerdings hielt er diese nicht im Dom, wohl um den Unwillen der Domherren nicht noch mehr zu reizen, die ihn beim Papst anschwärzen könnten, wie Bernhard vom Hagen befürchtete, sondern in St. Laurentius. Herumgesprochen hatte es sich dennoch. Die Kirche war brechend voll. Dicht gedrängt standen die Menschen und lauschten atemlos.

Was für eine ausgezeichnete Gelegenheit für die Seuche, reiche Ernte zu halten!, dachte Vincent grimmig. Und du selbst kannst dich ebenfalls anstecken. Die Würde des Gotteshauses verbot Maske und Handschuhe, während er gleichzeitig als Leibarzt des Erzbischofs nicht fehlen durfte, sollte sich dessen Befinden aufgrund der ungewohnten Aufregung verschlechtern.

Unwillkürlich rückte Vincent ein Stück von Longolius ab, der neben ihm stand und mit glänzenden Augen jedes Wort aufsaugte. Dessen Stern war im Begriff, beim Erzbischof glänzend aufzugehen, während sein eigener am Sinken war. Zwar schluckte der Erzbischof noch immer die Leberarzneien, die er ihm verordnet hatte, enthielt sich bestimmter Speisen und konnte sich daher einer spürbaren Verbesserung seiner Gesundheit erfreuen – doch von der Offenheit und Begeisterung, mit der er den neuen Medicus empfangen hatte, war kaum noch etwas übrig geblieben.

Der Tag, an dem Vincent sich für das Gottesurteil eingesetzt hatte, um Johanna vor dem Galgen zu retten, hatte die Wende gebracht.

Oder hatte der Erzbischof, der nur zögernd und nach langem Überlegen zugestimmt hatte, schon früher Vorbehalte gegen ihn entwickelt, die er aber noch für sich behalten hatte? Ein Gottesurteil gehörte der alten Zeit an, von der sich von Wied mit aller Macht absetzen wollte. Nur das Drängen des Grewen, der der Giftmörderin einen langen, möglichst grausamen Tod wünschte, hatte ihn schließlich zum Einlenken gebracht.

Inzwischen war der Umgangston gegenüber Vincent knapp und äußerst verhalten, dicht vor der Feindseligkeit.

Lag es daran, weil dieser sich niemals zu Konfessionsfragen äußerte, während Gisbert Longolius mehr oder minder unverblümt seine Sympathie für die protestantische Reform zum Ausdruck brachte? Oder war sein Konkurrent im Werben um die Gunst von Wieds noch weiter gegangen? Bislang hatte Vincent ihn nicht als großen Kenner der Seuche eingeschätzt. Was aber, wenn er ebenfalls wusste, dass Johanna gegen die Pest immun war, weil sie sich schon einmal mit ihr infiziert hatte?

Der Kragen des neuen Rocks, in den Vincent sich heute für den Kirchgang gezwängt hatte, wurde ihm auf einmal zu eng. Und auch der Weihrauch, der vor der Predigt üppig gespendet worden war, machte ihm zu schaffen. Schon eine ganze Weile war er zu abgelenkt gewesen, um der Predigt zu folgen, als die laute Stimme des Erzbischofs ihn plötzlich aus seinen Grübeleien riss.

»Das Wort des Herrn – auf das Wort müssen wir uns berufen! Die Heilige Schrift ist die Quelle. In ihr steht geschrieben, was uns zum Heil führen kann. Wir sind abgewichen vom rechten Weg, dafür leiden und büßen wir. Einzig und allein die Gnade Gottes kann uns erretten.«

Longolius hob die Hände, als wollte er im nächsten Augenblick Beifall klatschen. Neben einer Säule entdeckte Vincent den rundlichen Rektor der Kronenburse, der für Johanna gebürgt hatte. Hermann Weinsbergs Augen waren weit aufgerissen, und der Mund stand ihm offen, als könnte er nicht fassen, was er gerade vom geistlichen Stadtherrn Kölns zu hören bekam, während Kanzler vom Hagen finster dreinschaute. Seine Hände waren zu Fäusten geballt.

Der Erzbischof war weit gegangen – sehr weit.

Jeder, der ihm Böses wollte, konnte ihn nach diesen Worten als Anhänger Luthers diffamieren. Jeder, der nicht mit diesen Ketzerthesen in Verbindung gebracht werden wollte, musste sich eigentlich in Sicherheit bringen.

Dieser Ansicht schien zumindest der Mann zu sein, der unweit des Kanzlers stand. Er war mittelgroß und leicht verfettet, er hatte einen genusssüchtigen Mund und die schweren Lider, die ein ausschweifendes Leben oftmals hinterließ. Sein Mantel war pelzverbrämt. Auch die Ärmel hatten breite, helle Pelzstulpen. Als er den Kopf zur Seite drehte, fiel Vincent die gekrümmte Nase auf – und eine geradezu verblüffende Ähnlichkeit mit dem Kanzler. Für dessen Sohn war er zu alt. Von einem Bruder hatte Bernhard vom Hagen jedoch niemals etwas erwähnt. Allerdings hatten sie bislang auch kaum Anlass gehabt, sich über persönliche Dinge auszutauschen.

Der Mann hatte die Lippen so angeekelt verzogen, dass sein Gesicht einer Fratze glich. Er wartete nicht ab, bis die Messe vorüber war, sondern bahnte sich mit Remplern und Püffen zielstrebig seinen Weg durch die Menge, als sei das sein gutes Recht, bis er endlich das Portal erreicht hatte und nach draußen verschwand.

Als Nächstes würde der Erzbischof noch Bibeln in der Volkssprache drucken lassen und sie unter die Leute verteilen!

Mit jedem Schritt wuchs die Wut in Rutger Neuhaus.

Er wollte keine Stadt, in der die Ketzer regierten und alles karg sein würde, ohne die Pracht und Üppigkeit des gewohnten katholischen Gepränges. Wer sollte dann noch seine kostbaren Stoffe kaufen, seine ausgesuchten Weine trinken?

Bernhard schien der gleichen Ansicht zu sein, auch wenn die Jahre am Hof ihn mehr Beherrschung gelehrt hatten. Doch niemals zuvor waren seine Lippen so schmal, war sein Blick so finster gewesen.

Man musste dafür sorgen, dass all das ein möglichst rasches Ende nahm!

Am besten wäre es gewesen, die Seuche direkt in das erzbischöfliche Palais zu tragen, doch Rutger wusste von seinem Halbbruder, wie gut bewacht die Tore waren. Bis er die passende Lösung gefunden hatte, würde er noch intensiver als bisher die Anhänger der Irrlehre aufs Korn nehmen – und jeden ausschalten lassen, der ihm dabei im Weg stand.

Eine fette Ratte rannte quiekend dicht an ihm vorbei, und er wäre beinahe über sie gefallen. Rutger Neuhaus zog den pelzbesetzten Saum seines Mantels vor das Gesicht.

Was war aus dieser stolzen Stadt geworden!

Die Gassen starrten vor Dreck, der im Regen zu einem schleimigen dunklen Brei aufgequollen war. Bis zum Knöchel reichte er ihm beinahe; die schönen Stiefel aus Hirschleder, die er heute zum ersten Mal trug, waren bereits so versaut, dass kein Schrubben und Bürsten sie noch retten konnten. Es stank bestialisch nach Kloake und Urin, als wäre wochenlang kein Goldgräber mehr unterwegs gewesen. Sogar der Rhein schien sein übliches Blau verloren zu haben. Gräulich gurgelte er in seinem Bett, so ausladend und bedrohlich, dass das nächste Hochwasser nur noch eine Frage von Tagen schien. Die Lagerräume wären abermals gefährdet, die Brühe würde in die Keller dringen und sein Weib wieder so lange zetern, bis er es nicht mehr ertragen konnte.

Es gab nur einen einzigen Ort in Köln, wo er all diese Unbilden vergessen konnte – zwischen Belas sahnigen Schenkeln.

Als wären seine Füße klüger als er, hatten sie schon den Weg zum Berlich eingeschlagen. Doch das Hurenhaus erschien ihm im kalten Regen noch schäbiger als sonst, und als Conrat Wolter nach dem Klopfen missmutig öffnete, sank Rutgers Vorfreude auf die sinnlichen Wonnen jäh in sich zusammen.

»Eigentlich sollte ich keinen von euch geilen Böcken mehr hereinlassen«, murmelte Wolter, während er den Weg zum Vorraum freigab, der heute gähnend leer war. Nicht einmal richtig warm war es, obwohl der kleine Ofen laut vor sich hin bullerte. »Die Franzosenkrankheit habt ihr mir schon angeschleppt. Wer weiß, ob ihr mir jetzt nicht auch noch die Pest ins Haus tragt!«

Für seine Unverschämtheiten hätte er ein paar Backpfeifen verdient oder einen kräftigen Tritt in den Wanst. Doch Neuhaus entschloss sich, seine Kraft für Wichtigeres aufzuheben.

»Ohne uns könntest du auf der Stelle zusperren«, erwiderte er kühl. »Mich interessiert nur eines: Ist Bela frei?

Und versuch bloß nicht, mir wieder ein anderes deiner verfilzten Weibsbilder anzudrehen. Bela will ich, sonst keine, verstanden?«

»Seid Ihr denn auch wirklich gesund?« Conrat Wolter beäugte ihn misstrauisch. »Mir ist zu Ohren gekommen, dass man diese schwarzen Beulen, die den Tod bringen, nicht nur unter den Achseln, sondern auch an den Beinen haben kann. Eigentlich sollte ich ja verlangen, dass Ihr den Mantel auszieht und die Hosen runterlasst, damit meinen Mädchen bloß nichts zustößt. Und teurer muss ich auch werden in diesen düsteren Zeiten schwerer Verluste. Die Schwarze Marusch, eine meiner Besten, hab ich hergeben müssen, weil ihr Freier so knickrig seid, dass sie einigen von euch in die Taschen greifen musste, um auf ihre Kosten zu kommen.«

»Ich hab bislang immer doppelt und dreifach bezahlt«, raunzte Neuhaus, der allmählich die Geduld verlor, ihn an. Wahrscheinlich hatte der Hurenwirt mit ihr unter einer Decke gesteckt, aber was ging ihn das an? »Bring mich jetzt zu Bela – sonst siehst du mich hier nie wieder.«

»Ihr müsst Euch noch ein Weilchen gedulden«, versuchte Wolter einzulenken. »Aber sie wird gleich so weit sein. Wollt Ihr inzwischen einen Becher Wein?«

Rutger nickte, obwohl er den Sauerampfer kaum hinunterbekam. Wie er es hasste, hier herumzusitzen, während sie einen anderen Kerl befriedigte! Aber draußen war es noch unwirtlicher. Und zu gehen, ohne bekommen zu haben, wonach es ihn verlangte, wäre ihm wie eine Niederlage erschienen.

Aus den Kammern drangen verräterische Geräusche: Lachen, Klatschen, die Stimme eines Mannes, der einen fremdländischen Frauennamen rief, wieder und immer wieder.

Dann ein kehliger Schrei, der ihn zusammenzucken ließ. So schrie nur Bela, wenn sie die höchsten Höhen erklomm!

Wenige Male war es ihm gelungen, sie dazu zu bringen. Die meiste Zeit hatte sie die Beherrschung behalten und sich ganz und gar seiner Befriedigung gewidmet. Trotzdem war es, als hätte er soeben einen Fausthieb in den Magen erhalten.

»Wer ist gerade bei ihr?«, fragte er, als Wolter mit dem Wein kam.

»Irgend so ein junger Spund«, sagte der Hurenwirt, bevor er sich wieder verzog. »Kommt ziemlich oft in letzter Zeit.« Er zwinkerte ihm verschwörerisch zu. »Die haben deutlich mehr Ausdauer als unsereins.«

Jetzt ließ Rutger Neuhaus Belas Tür nicht mehr aus den Augen.

Eine halbe Ewigkeit schien zu verstreichen, bis sie endlich aufsprang und den geheimnisvollen Freier ausspuckte. Beinahe hätte Neuhaus einen Schrei ausgestoßen, als er erkannte, wer Bela soeben solche Wonnen bereitet hatte – der, den sie Krähe nannten.

Er wirkte so abgerissen wie immer, hatte sich zum Schutz gegen die Kälte und Nässe ein altes Lodenstück um die Schultern gewickelt und strebte so zügig der Tür zu, dass er keine Augen für den Wartenden hatte. Im Laufen nestelte er an seiner Hose, was Neuhaus als besondere Provokation empfand, als wollte der junge Mann ihn mit aller Macht auf das aufmerksam machen, was er gerade vollbracht hatte.

Das wirst du mir büßen, dachte Neuhaus grimmig, als die Krähe draußen war und er sich von dem unbequemen Hocker erhob. Ich will mir eine Überraschung für dich ausdenken, die du so schnell nicht mehr vergisst!

Bela lag, als er hereinkam, im Bett, so verstrubbelt und abwesend, als wäre sie gerade erst aufgewacht. Es missfiel ihm, dass sie sich lediglich aufsetzte, anstatt wie gewohnt aufzuspringen und ihn überschwänglich zu begrüßen.

Träumte sie noch den Umarmungen der Krähe hinterher? Dann würde er ihr zeigen, was ein echter Mann vermochte.

»Hast du mir etwas mitgebracht?«, fragte sie träge, während sie den Mund aufriss und ungeniert wie ein müdes Kätzchen gähnte. Ihre Augen waren verschwollen.

Hatte sie geweint? Konnte die Krähe Bela zum Weinen bringen?

»Hätte ich denn Anlass dazu?«, fragte er, während er seinen Mantel über den einzigen Stuhl legte und die besudelten Stiefel vorsichtig abstreifte. »Pelze und Silber besitzt du bereits und weißt es nicht zu schätzen. Kleider brauchst du höchstens zum Ausziehen. Wenn du also scharf auf Gold bist, musst du mir schon etwas anderes bieten als diese öde Gleichgültigkeit der vergangenen Wochen.«

»Es ist kalt«, sagte sie anklagend. »Und das Essen wird immer scheußlicher. Nachts laufen Ratten über meine Füße. Es tropft von der Decke. Wir dürfen nur noch alle zwei Wochen baden. Wenn dir wirklich etwas an mir läge, wie du immer behauptest, hättest du mich schon längst von hier weggebracht.«

Das konnte nicht von ihr stammen! Die Krähe musste ihr solchen Unsinn eingehämmert haben. Hatte etwa er vor, mit Bela das Weite zu suchen?

Ein Grund mehr, ihr und ihm zu demonstrieren, wer das Sagen hatte.

»Wer stopft deinen hübschen Kopf nur mit solch dummen Gedanken voll?« Rutger entledigte sich seiner Hose und schlüpfte zu Bela unter die Decke. »Ich kann dich auch hier nach Strich und Faden verwöhnen, wenn du mir endlich wieder die Bela zeigst, die mich ganz verrückt gemacht hat.«

Er wollte sie enger an sich ziehen, doch sie stieß ihn zurück.

»Einmal Hure – immer Hure?«, fragte sie mit dieser neuen spröden Stimme, die er gar nicht mochte. Wo war ihr Gurren geblieben, dieses tiefe, aufreizende Locken, von dem er nicht genug bekommen konnte? »Du machst es dir ganz schön einfach, Rheinmeister! Glaubst du vielleicht, ich will in dieser Bruchbude versauern, bis ich Warzen im Gesicht habe, meine Brüste bis zum Nabel hängen und ich einen Buckel mit mir herumschleppen muss?«

Mit einem langen Kuss wollte Rutger sie zum Schweigen bringen, doch sie drehte den Kopf blitzschnell zur Seite.

Seine Küsse verweigerte sie, die der Krähe dagegen genoss sie offenbar – und noch vieles mehr, das nur ihm zustand. Wand sie sich unter dem jungen Mann? Schlang sie ihre Schenkel um ihn, um ihn noch tiefer in sich zu spüren? Warf sie die blonden Locken nach hinten und schrie?

Es gelang ihm nicht mehr, diese verstörenden Bilder aus dem Kopf zu bekommen, die ihn zu lähmen drohten. Bislang hatte es ihm nichts ausgemacht, Bela mit anderen Männern zu teilen. Doch dies hatte nur gegolten, solange er sicher sein konnte, bei ihr an oberster Stelle zu rangieren.

Plötzlich empfand er ihren Geruch als abstoßend.

Hatte er die ganze Zeit über in süßen Träumen geschwelgt – und sie war niemals etwas anderes gewesen als eine durchschnittliche Hübschlerin? Dann würde er sie ab jetzt auch so behandeln.

Gereizt begrub er sie unter seinem massigen Körper und zwängte ihr mit dem Knie die Schenkel auseinander. Als er in sie drang, war sie trocken, ganz und gar nicht das einladende Paradies, nach dem er gedürstet hatte, was ihn noch wütender machte. Es gefiel ihm nicht, dass Bela wie eine Tote unter ihm lag, während er immer wütender in sie stieß. Noch weniger gefiel ihm, dass sie zur Decke stierte, als er schließlich von ihr wegrollte.

Seine Lust, wenn man überhaupt von einer solchen reden konnte, war jämmerlich gewesen, keineswegs der aufregende Weg in steile Höhen, der seinen Körper zum Vibrieren brachte, sondern lediglich das Ablassen eines Drucks, den er jetzt wieder herbeisehnte, so leer fühlte er sich innerlich. Genauso gut hätte er daheim sein kaltes Weib besteigen können – und das, ohne einen Haufen Münzen dafür bezahlen zu müssen.

Er fröstelte, als er aus dem Bett stieg, und war froh, als er wieder in seiner Hose steckte. Den Kotstiefeln versetzte er einen wütenden Tritt. Doch wenn er nicht barfuß nach Hause laufen wollte, blieb ihm nichts anderes übrig, als sie wieder anzuziehen.

Rutger Neuhaus nahm seinen Mantel und warf eine Handvoll Münzen auf den Stuhl – Kupfermünzen, keine aus Silber.

»Du bist dein Geld nicht mehr wert, Bela«, sagte er. »So gehen Huren zugrunde, und das schneller, als du dir vorstellen kannst. Besinn dich eines Besseren! Dann könnte ich es mir vielleicht noch einmal überlegen. An verbrauchtem Fleisch habe ich keinerlei Interesse.«

Sein Groll wuchs, nachdem er Conrat Wolter mit ein paar scharfen Sätzen weggebissen hatte. Und er wuchs weiter, als er vor dem Hurenhaus den Kürschnermeister heranschleichen sah, begierig darauf, sich in den Reigen von Belas Freiern einzureihen. Das konnte er Arnheims verdruckster Miene und dem verlegenen Gruß entnehmen, den er ihm entbot.

Als Johanna die Krankenkammer ohne Maske betrat, begann Anderl zu lächeln, zum ersten Mal seit Tagen. In der Nacht waren die beiden Männer auf den anderen Pritschen gestorben, ein Anblick, den sie ihm nur zu gern erspart hätte, doch die Enge des Pesthauses verbot eine Sonderbehandlung. Schon jetzt waren die Lager mit zwei neuen Kranken besetzt, einem dicken Mann, dessen Arme und

Beine rote Geschwüre bedeckten, während die schwarzen Beulen noch klein und knüppelhart waren, und einem Jungen, der bereits im Delirium lag und unaufhörlich nach seiner Mutter schrie.

»Muss er denn sterben?«, fragte Anderl und hielt die Decke fest, die Johanna zurückschlagen wollte.

Sie entschied sich für die Wahrheit.

»Ich fürchte ja«, sagte sie. »Seine Beulen wollen nicht aufgehen, sind aber nicht reif genug, um sie aufzuschneiden wie bei dir. Und jetzt lass mich an dein Bein, sonst kann ich es nicht verbinden!«

Er machte keinerlei Anstalten, ihrer Aufforderung zu folgen.

»Was hast du?«, fragte sie, als seine Wangen immer röter wurden. »Neue Schmerzen?«

Er schüttelte den Kopf.

»Die Alte soll es machen«, sagte er. »Die mit der weißen Katze.«

Jetzt erst begriff Johanna. Noch vor Kurzem wäre es ihm egal gewesen, doch jetzt, nachdem er sich auf dem Weg der Besserung befand, war es ihm peinlich, sich vor ihr zu entblößen.

»Das geht heute leider nicht«, sagte sie. »Sabeth hat blaue und graue Tage, und seit gestern sind leider wieder die grauen angebrochen. Am Morgen hat sie nicht einmal mehr mich erkannt. In diesem Zustand kann ich sie nicht an deine Wunden lassen.«

Anderl ließ die Decke los und starrte an Johanna vorbei an die Wand.

Sie löste die Verbände. Die Wundheilung ging gut voran, soweit sie es beurteilen konnte. Anderls Körper, eben noch steif und voller Abwehr, entspannte sich, als Mieze mit einem Plopp auf die Pritsche sprang und sich zu seinen Füßen legte.

»Sie mag mich«, sagte er mit glänzenden Augen und konnte Johanna auf einmal wieder ansehen. »Sie kommt mich fast jede Nacht besuchen. Werde ich wirklich wieder ganz gesund?«

»Das wirst du!«, sagte Johanna.

»Woher willst du das wissen? Weil der Medicus es gesagt hat?« Seine Verehrung für Vincent war schier grenzenlos. »Aber was, wenn die anderen hier im Zimmer mich wieder anstecken?«

»Das werden sie nicht«, sagte Johanna.

»Woher weißt du das?«, fragte Anderl.

Sie zögerte kurz. Aber der eine Kranke schnarchte und der andere war in Welten, zu denen niemand mehr Zugang hatte. Dann löste sie ihr Band.

»Deswegen«, sagte sie. »Siehst du die Narben?«

Er nickte.

»Es sind die gleichen, die du am Bein bekommen wirst. Sie sind hässlich, aber ein Segen. Wer einmal die Pest überlebt hat, ist künftig vor ihr gefeit.«

Hinter Anderls Stirn begann es zu arbeiten.

»Bis zum Rest meines Lebens?«, fragte er nach einer Weile.

»Bis zum Rest deines Lebens«, bekräftigte Johanna. »Was aber nicht heißt, dass dich keine anderen Krankheiten befallen können. Du musst auf dich achtgeben. Das müssen wir alle.«

»Trägst du deshalb keine Maske wie die anderen Frauen?«, wollte er wissen.

»So ist es«, sagte Johanna. »Aber manchmal setze ich sie trotzdem auf. Man muss seine Geheimnisse nicht allen auf die Nase binden. Und das würde ich auch dir empfehlen.« Sie hatte das Band wieder angelegt und beugte sich vor, um das Laken glatt zu streichen.

Plötzlich spürte sie seine Finger an ihrem Hals.

»Warum hast du keine Haare mehr?«, fragte er leise.

»Sie haben sie mir zur Strafe abgeschnitten«, sagte sie. »Aber sie waren im Unrecht. Es wird dauern, bis sie wieder lang sind.«

»Du bist trotzdem schön«, sagte Anderl. »Ich mag deine Augen und die Art, wie du dich bewegst. Es sieht aus wie ein Tanz. So, als würdest du innerlich die ganze Zeit summen.«

»Wie recht er hat«, hörte sie Vincent sagen und fuhr wie ertappt zu ihm herum. »Das ist mir auch gleich aufgefallen, als ich sie zum ersten Mal gesehen habe.« Er wandte sich dem Jungen zu. »Aber ich warne dich, denn sie ist mehr als gefährlich. Man bekommt diese Frau nicht mehr aus dem Kopf, egal, wie niederträchtig sie sich auch benimmt.«

Seine Worte waren hart gewesen, doch die Stimme hatte weich dabei geklungen, fast sehnsüchtig. Wider Willen machte Johannas Herz einen kleinen Sprung, bevor sie sich wieder zur Nüchternheit zwang.

Ihn zu lieben hatte ihr beinahe den Tod gebracht. Ihn zu

verlieren so vieles in ihr zerstört, dass ein Teil in ihr seitdem taub geblieben war.

Weder Severin noch Ludwig hatten diesen wiedererwecken können. Warum fühlte es sich ausgerechnet jetzt an, als beginne er sanft zu pulsieren?

Lautes Rumpeln ließ alle zusammenfahren.

Eine Maskengestalt stand inmitten der gezackten Scherben des Tontopfes, den sie gerade hatte fallen lassen. Zu ihren Füßen breitete sich trübe grünliche Brühe aus. Von der Größe her konnte es nur Marusch sein, die die Angewohnheit hatte, sich leise wie eine Katze anzuschleichen, um besser lauschen zu können, während die kleine Grit so tapsig herumpolterte, dass sie schon von Weitem zu hören war.

»Da drüben ist gerade wieder einer krepiert«, sagte Marusch abfällig und streckte die Hände in den speckigen Lederhandschuhen weit von sich. »Ich mag das widerliche Pestzeug nicht schon wieder wegtragen. Kommst du, Johanna? Wir müssen den Leichenwagen rufen, sonst vergiftet er noch uns alle!«

»Bin gleich da«, sagte Johanna. »Schließ schon mal die Kammer auf!«

Es passte ihr nicht, dass Marusch die schlimmsten Arbeiten ständig anderen zuschob. Aber noch viel unangenehmer war, dass sie neuerdings wie ein Schatten an ihr klebte.

Der Medicus gefiel ihr, das war unübersehbar.

Hatte sie anfangs noch versucht, Vincent durch Hüftwackeln und obszöne Scherze auf sich aufmerksam zu machen, was gründlich misslang, so beschränkte sie sich mittlerweile auf bissige Bemerkungen, sobald sie ihn zu Gesicht bekam, und wenn er nicht im Pesthaus war, arbeitete sie so langsam, dass man Angst bekommen musste, sie würde mittendrin einschlafen.

»Man hat mich in die Hölle verbannt«, sagte sie, wenn Johanna versuchte, sie anzutreiben, weil sie selbst wieder einmal nicht wusste, wo sie zuerst hinlangen sollte. »Aber dass ich dem Teufel auch noch freiwillig den Arsch küsse, kann keiner von mir erwarten!«

Die Schwarze Marusch ahnte etwas von Vincent und ihr, auch wenn Johanna ihr kein Wort über früher verraten hatte. Zu giftig waren ihre Blicke, zu oft kam sie grundlos herein, sobald die beiden in einem Raum waren. Nicht einmal nachts gab sie Ruhe. Wenn Johanna hochfuhr, weil sie einen der Kranken rufen hörte oder die Glöckchen zu bimmeln begannen, die sie neben den Pritschen angebracht hatte, fand sie Marusch oft vor ihrer Kammer, zusammengekauert, um ja nichts zu verpassen. Und jedes Mal schien sie bitter enttäuscht, sobald die Tür aufging und Johanna allein herauskam.

Doch wie erst hätte sie reagiert, wäre sie nicht allein gewesen?

Aus dem Argwohn wurde allmählich Hass, das bekam Johanna von Tag zu Tag deutlicher zu spüren. Und es gab nichts, was sie dagegen hätte unternehmen können.

❦

Beim letzten Mal hatte Wolter Hennes glatt abgewiesen unter dem Vorwand, Bela sei zu müde und fühle sich krank.

Dabei hatte er doch genau gesehen, wie Rutger Neuhaus aus dem Hurenhaus gestürmt kam. Besonders glücklich hatte der Rheinmeister allerdings nicht auf ihn gewirkt. Aber vielleicht hatte die Lust in ihren Armen ihn derart strapaziert, dass er gezeichnet aussah.

Ita schien zu spüren, was er vorhatte, jedenfalls drangsalierte sie ihn mit bohrenden Fragen, die er schließlich mit einer Lüge abwehrte. Er müsse einen Jäger treffen, der ihm Hermelinfelle in Aussicht gestellt habe. Wenn besonders schöne darunter wären, sei ihre Aussicht auf einen Winterkragen nicht übel, setzte er noch hinzu, weil ihre Miene noch immer verdrossen wirkte. Sie brauche nicht auf ihn zu warten, es könne spät werden.

Seit dem Tag der Hinrichtung hatte er sie nicht mehr lachen sehen, und wenn er ehrlich sein sollte, war auch ihm das Lachen vergangen, nachdem er erfahren hatte, dass Johanna nicht gehängt worden war. Zwar hatte er die Angelegenheit mit den Schreinsbüchern längst in Ordnung gebracht. Das Lilienhaus gehörte jetzt ihm, so stand es verbrieft und besiegelt. Alle Pelze lagerten im Gewölbe, und er konnte sich die beschwerlichen Fahrten zum alten Lager ersparen, wo dreistes Gesindel sich seiner Kostbarkeiten bedient hatte.

Doch an sein Glück vermochte er dennoch nicht wirklich zu glauben. Der Gedanke, Johanna im Pesthaus an der Gereonstraße zu wissen, verließ ihn keinen Augenblick.

Was, wenn sie von dort floh und eines Tages fordernd vor ihm stand? Wenn sie anklagend mit dem Finger auf ihn wies, weil er sie angezeigt und in den Turm gebracht hatte? Wenn sie versuchte, sich an ihm zu rächen, weil er ihr Leben zerstört hatte?

In seinen Träumen geschah dies bereits, was dazu führte, dass er matt und erschöpft erwachte und sich durch die Tage schleppte wie ein Greis. Für die Trampeltonne besaß er nicht mehr genug Kraft. Er hätte sie alleine bedienen müssen, weil die Pest seine Gesellen dahingerafft hatte und es so gut wie aussichtslos schien, in diesen dunklen Zeiten neue zu finden. Aber auch das Schaben und Nähen ging ihm nur noch mühsam von der Hand, als sei er mit einem Schlag um viele Jahre gealtert. Nicht einmal das Verkaufen machte ihm noch Spaß. Er, der stets davon geträumt hatte, im Gewölbe des brüderlichen Hauses Kunden zu empfangen, reagierte gereizt, wenn jemand an die Pforte klopfte, bediente ihn nachlässig, fast fahrig und fühlte sich erleichtert, wenn er ihn wieder verließ, sogar wenn er nichts gekauft hatte.

Anlass zur Sorge gab es durchaus, denn die anhaltende Pestwelle hatte die Anzahl der Kaufwilligen drastisch reduziert. Dabei war der Spätherbst seit jeher seine beste Zeit gewesen, jene frostigen Wochen vor Weihnachten, wenn die Kälte sich immer tiefer in die Knochen fraß und manch einen zum Erwerb von Pelzen trieb, die er sich eigentlich kaum leisten konnte. Doch in diesem Jahr war alles anders, und manchmal überkam Hennes der Gedanke, dass es auch an Ita liegen könnte, die mit ihren Amuletten, Kräutern und Wässerchen in sein Leben geplatzt war wie eine Gewitterfront an einem schwülen Sommerabend.

Er begehrte sie nicht – und landete doch regelmäßig an

ihren großen Brüsten. Er liebte sie nicht – und kam doch nicht von ihr los, zumal sie ihm ihre Glückspillen verabreichte, deren berauschende Wirkung im Lauf der Zeit allerdings schwächer und kürzer zu werden schien.

Trotzdem hatte er ihr einige stibitzt, um mit Bela endlich wieder jene Wonnen zu genießen, die er nun schon so lange entbehren musste. Er wusste genau, in welchem der unzähligen Kästchen und Töpfchen Ita sie verwahrte, die sie in sein Haus geschleppt hatte, ohne ihn um Erlaubnis zu fragen. Krakenhaft hatte sie sich immer weiter im Lilienhaus ausgebreitet, und als er sie nach ihrem Domizil in der Schwalbengasse fragte, lediglich geantwortet, dass dies nun ganz im Dienst ihrer Heilkunst stehe. Dort biete sie ihre Schwitzkuren an, die Menschen vor dem sicheren Untergang bewahren könnten; dort lagerten auch ihre kostbarsten Substanzen, die jeden, der sie benutzte, vor Pest und Unheil schützten.

Sein Haus schien immer mehr ihr Haus zu werden, was ihm missfiel. In den letzten Tagen hatte sie sogar von Verlobung geredet, ein Gedanke, der ihn schaudern ließ, weil sie beileibe nicht die Frau war, die er bis zum Lebensende an seiner Seite haben wollte.

Allein deshalb musste er zu Bela, und kein Hurenwirt der Welt sollte ihn heute von diesem Vorhaben abbringen. Noch auf dem Weg zum Berlich würgte er drei der Glückspillen hinunter, was ohne Wein nicht ganz einfach war und seinen Mund pelzig machte. Doch er wollte bei der Schönsten kein Risiko eingehen, sondern sich stark und jung fühlen.

Fortuna schien ihm gewogen, denn Bela war wieder gesundet und frei. Allerdings unterzog Wolter ihn gleich bei der Ankunft einer nervtötenden Befragung nach seiner Gesundheit, bevor er ihn zu ihr ließ, was sich wie Mehltau auf seine fiebrige Vorfreude legte.

Bela zog einen Flunsch, als sie ihn erblickte, als hätte sie mit einem anderen Besuch gerechnet. Hennes zog den hübschen kleinen Muff heraus, den er für sie aus rötlichem Fähenfell genäht hatte, nachdem sie sich im letzten Winter öfter über zu kalte Finger beschwert hatte.

»Du wirst wunderbar damit aussehen«, sagte er. »Wie eine Prinzessin.«

Sie musterte sein Geschenk kurz, dann ließ sie es gelangweilt zu Boden gleiten.

»Das Übliche?«, fragte sie knapp, als sei sie eine Marktfrau, die ihren Stand bald schließen müsse.

Er schluckte.

»Meine Taschen sind voller Geld«, sagte er, weil er Johannas Reserven bis zur allerletzten Münze geplündert hatte. »Ich kann die ganze Nacht bleiben, wenn du willst. Lass Wein kommen und Braten, dann können wir zusammen feiern, solange wir nur wollen!«

»Mir ist nicht zum Feiern zumute.« Sie hockte sich auf die Bettstatt und zog die Beine an wie ein Kind.

»Ist es die Seuche, die dich bedrückt?« Hennes setzte sich neben sie.

Wie zart sie war, wie fein! Als hätte ein begabter Maler all das Blau und Gold für sie verschwendet, das auf frommen Bildern sonst allein der Gottesmutter gebührte.

Bela schüttelte den Kopf.

»Was ist es dann?«, fragte er weiter.

»Ich bin es leid«, stieß sie hervor. »Gründlich leid, kapierst du? All diese Männer, all diese Vorlieben, all das, was sie von mir verlangen! Ich will nur noch einem gehören. Einem, der mich versteht und zum Lachen bringt. Einem, der mich so liebt, wie ich bin.« In ihren großen Augen schimmerten ungeweinte Tränen.

Wie lange hatte er auf diesen Augenblick gewartet!

Die Pillen des Glücks ließen das Blut in seinen Adern rauschen. Sein Kopf wurde leicht und frei.

»All das wird in Erfüllung gehen, meine Prinzessin«, flüsterte er, bevor er sich eiligst aus der Hose schälte. Sie schien gar nicht zu merken, was er tat, sondern starrte die Wand an. »Nein, meine Königin! Jetzt bin ich ja bei dir – ich, dein König.«

Mit diesen Worten warf er sich auf sie.

Bela schien aus einem Traum zu erwachen und versetzte ihm eine schallende Ohrfeige.

»Bist du verrückt geworden?«, rief sie. »Du zerquetschst mich ja!«

Verdutzt hielt er inne, dann aber begriff er. Das war wohl der Auftakt zu einem neuen Spiel, noch köstlicher und aufregender als alles, was er bisher kannte.

»Ja, schlag mich, meine Schöne!«, rief er. »Kratz mich, beiß mich – und ich werde dich im Gegenzug lieben, bis dir die Sinne vergehen!«

»Damit?«, sagte Bela mit einer kratzigen Stimme, die er noch nie von ihr gehört hatte. Es klang abfällig und ernüchterte ihn jäh.

Hennes schaute an sich hinunter. Sein Geschlecht war schlaff wie ein Stück Schweinsdarm.

»Mach ihn wieder munter!«, sagte er und verachtete sich dafür, dass es kläglich klang. »Keine andere als du weiß besser, wie das geht.«

Sie beugte sich über ihn.

Genießerisch schloss er die Augen. Gleich würde er ihre weichen, vollen Lippen spüren, die sich um sein Geschlecht schlossen …

Stattdessen biss sie kräftig zu.

Mit einem Schmerzensschrei packte er sie bei den Haaren und riss sie weg.

»Das machst du nie wieder!«, schrie er. »Das wirst du niemals wieder wagen …«

Das Wort blieb ihm in der Kehle stecken, als plötzlich die Tür aufging und Ita auf der Schwelle stand.

»Hennes?«, sagte sie. »Bist du das? Mir war so, als hätte ich dich soeben gehört.«

Unter ihrem unbarmherzigen Blick schien sein Selbst immer weiter zu schrumpfen, bis er sich nur noch schmutzig und hässlich fühlte.

»Hat sie dich verletzt?«, fragte Ita weiter. »Sie ist kein gutes Mädchen. Ich dachte, das wüsstest du.«

In diesem Moment begann er, sie zu hassen.

Er hatte Nele zum ersten Mal geküsst, bevor er sich auf den Weg zum Pesthaus machte. Er musste sich hochstemmen, was viel Kraft kostete, doch diese Belohnung war jede Anstrengung wert. Es wurde kein langer Kuss, aber ein inniger, weil das Gitter des Backhauses sie trennte. Das Mädchen war seit ein paar Tagen hier eingesperrt, da es im alten Badehaus zu feucht geworden war. Nur so wenig von ihr berühren zu können machte sie noch kostbarer für ihn.

Denn das war sie inzwischen für ihn: kostbar.

»Du zitterst ja«, sagte er, als er wieder unten stand und zu ihr hinaufschaute. »Du wirst noch krank werden. Ich hasse sie dafür, was sie mit dir anstellen.«

»Ich kann gar nicht krank werden.« Nele deutete auf das Amulett, das um ihren Hals hing. »Dafür hast du doch gesorgt! Außerdem hält der Ofen mich warm. Pass lieber auf dich auf!« Ihre Stimme veränderte sich. »Wann werden wir endlich aufbrechen? Ich kann den Schnee schon riechen.«

»Bald«, sagte die Krähe. »Bald.«

»Solange es warm ist, denkt man, es würde immer Sommer bleiben«, fuhr sie fort. »Geht es dir auch so?«

Er nickte.

An diese Hoffnung hatte er sich geklammert, wenn er mit dem Alten unterwegs war, bis der nächste Winter sie überraschte. Er war oft krank gewesen in den ersten Jahren ohne festes Dach über dem Kopf, hatte gehustet, gefiebert und rote Pusteln auf dem ganzen Körper gehabt, die gejuckt hatten, dass er sich kratzen musste, als wollte er sich die Haut in Fetzen abreißen, von den Wanzen, Flöhen und Läusen, die ihre ständigen Begleiter gewesen waren, ganz zu schweigen.

Der Alte hatte nur gelacht, wenn er weinte, jammerte oder stöhnte.

»Das härtet ab, mein Kleiner«, hatte er gesagt. »Eines Tages wirst du mir noch dankbar dafür sein.«

So dankbar, dass ich dich im Fluss beerdigt habe, dachte die Krähe grimmig. In einem kalten, tiefen Grab, aus dem du niemals wieder auferstehen wirst.

»Jakob?«, hörte er sie rufen. »Was ist mit dir? Du siehst auf einmal so anders aus!«

Seinen alten Namen zu hören traf ihn immer noch wie ein Pfeil. Der Alte hatte ihn »Kleiner« genannt, auch noch, als er ihm nach einem langen Sommer über den Kopf gewachsen war. Später dann war er nur noch die Krähe gewesen. Die Art, wie Nele seinen Namen sagte, so eindringlich und besorgt, stieß eine Tür in ihm auf, die lange verriegelt gewesen war.

Plötzlich hatte er ihn wieder in der Nase, jenen feinen, weichen Geruch, mit dem seine frühesten Erinnerungen verbunden waren, und er konnte spüren, wie etwas seine Wange kitzelte – ein geflochtener Zopf, der im Sonnenlicht wie gesponnenes Gold schimmerte …

Er hatte sie noch immer nicht gefunden; alle Badehäuser der Stadt waren inzwischen geschlossen. Und keine Hinrichtung war angesetzt, das hatte er auch herausbekommen.

Wohin war sie verschwunden?

»Jakob?«, sagte Nele. »Wo bist du?«

»Hier«, sagte er. »Aber ich muss jetzt los, sonst bekomme ich Ärger.« Das Bündel, das er auf dem Boden abgelegt hatte, erhielt einen Fußtritt. Und dann sollte er ja auch noch diesen grässlichen Leiterwagen mitnehmen. Er hasste es, unnützes Zeug mit sich herumzuschleppen, aber sie hatten ihm eingeschärft, dass er sich schützen müsse, während er den Auftrag erledigte. Dieses Mal hatte er nicht wegrennen können, denn er wollte Nele nicht gefährden.

»Du gehst ins Pesthaus und raffst so viel von der schmutzigen Wäsche zusammen, wie du nur kannst!«, hatte Christian befohlen, während Ruch schweigend und finster daneben stand. »Und dann bringst du alles hierher – auf dem schnellsten Weg!«

»Warum machst du es nicht selbst?«, hatte er aufbegehrt. »Zu feige dazu?«

»Sollen wir deine kleine Freundin die Nacht über an einen Baum binden, damit Luchse und Wölfe sich in Ruhe bedienen können? Noch ein einziges Widerwort, und wir beginnen gleich damit!«

Unwillkürlich hatte er nach dem Messer getastet, das inzwischen zu seinem besten Freund geworden war. Weder Christian noch Ruch wussten, wie geschickt er damit umzugehen wusste. Wenn sie ihn weiterhin drangsalierten, konnten sie allerdings schnell eines Besseren belehrt werden. Doch jetzt gab es ja Nele, auf die er aufpassen musste. Das Messer würde vorerst an Ort und Stelle bleiben.

»Und wie soll ich da hineinkommen?«, lautete seine letzte Frage.

»Bist doch sonst immer so schlau.« Ruch bleckte seine langen gelblichen Zähne. »Dir wird schon das Richtige einfallen. Notfalls mimst du halt den Kranken! Nimm einen Klumpen Dreck und schmier ihn dir unter die Achseln – dann müssen sie dich aufnehmen.«

»Du bist zurück, bevor es dunkel wird«, hatte Christian hinzugefügt. »Sonst weißt du ja, was geschieht.«

Ob ihnen der Rheinmeister diesen Wahnsinn in den Schädel gesetzt hatte? Er war nach ihm im Hurenhaus gewesen, sicherlich wieder, um Bela zu besuchen. Sie hasste diesen Neuhaus inzwischen, weil er sich aufführte, als sei sie sein Besitz, das hatte sie ihm gestanden, und doch musste sie ihm doch zu Willen sein, wenn er dafür bezahlte.

Geweint hatte sie sogar, was der Krähe jenen Mann noch widerlicher erscheinen ließ. Die Bande war nichts als ein Haufen Handpuppen für ihn, die er nach Lust und Laune tanzen ließ. Doch die Krähe war zum Gehorchen denkbar ungeeignet, das hatte schon der Alte zu spüren bekommen, egal, wie viele Ruten er auch auf dem Hintern seines Zöglings zerschlagen hatte.

Er winkte Nele zum Abschied zu.

»Lauf mir bloß nicht davon!«, sagte er mit einem kleinen Lächeln.

Sie warf ihm eine Kusshand zu.

Dann machte er sich auf den Weg in die Stadt.

Die Wächter am Ehrentor winkten ihn so nachlässig durch, als sei es ihnen mittlerweile gleichgültig, wer die Stadt betrat oder wieder verließ. Einer von ihnen hatte ein rotes aufgedunsenes Gesicht und hustete, was die Krähe dazu brachte, nach wenigen Schritten stehen zu bleiben und Maske und Handschuhe herauszuholen.

Mit dem sperrigen Ding vor dem Gesicht war das Gehen um einiges schwieriger, weil es die Sicht einschränkte, doch nach und nach gewöhnte er sich daran, und irgendwann begann es ihm zu gefallen. Er konnte alles und alle sehen – und niemand wusste, wer er war.

Nur wenige Passanten hatten sich ähnlich vorgesehen; die meisten begnügten sich damit, sich ein Tuch vor den Mund zu pressen. Alle hasteten vorwärts, als ob sie gar nicht schnell genug wieder in den Schutz ihrer Häuser kommen könnten.

Als er in die Gereonstraße einbog, sah er die rote Tür schon von Weitem. Er wurde langsamer, schließlich blieb er stehen. Das Haus erschien ihm wie eine Festung. Wie im Himmel sollte er da hineinkommen? Wenn er ihnen aber nicht brachte, was sie verlangten, würden sie sich Nele schnappen und ihr wehtun.

Erneut setzte er sich in Bewegung, schleppend wie ein alter Mann, bis er schließlich vor der Tür angelangt war. Nach einem tiefen Atemzug klopfte er.

Eine ganze Weile geschah nichts, dann wurde geöffnet. Die Frau, die ihm entgegenstarrte, war groß und knochig. Ihr Haar von undefinierbarer Farbe hatte sie zu einem schlampigen Knoten zusammengedreht, der sich schon wieder halb gelöst hatte.

»Was willst du?«, raunzte sie ihn an. »Wir sind bis unter das Dach belegt. Nimm deinen Karren und troll dich wieder!«

Er kannte diese Stimme.

»Marusch?«, sagte er und zog die Maske herunter. »Was machst du denn hier?«

»Die Krähe!« Für einen Augenblick sah sie wieder aus

wie im Haus am Berlich, spöttisch, lebenslustig, anziehend. »Ich glaub es nicht!«

Sein Blick glitt über ihr besudeltes Kleid, die dünnen Arme, das vergrämte Gesicht.

»Du … arbeitest hier?«, fragte er.

»Sonst hätten sie mir die Hand abgehackt«, sagte sie bitter. »Du weißt ja, wie schnell und geschickt meine Finger stets waren! Jetzt muss ich in dieser Hölle ausharren, bis der Teufel persönlich mich abholen kommt.«

Ein einziges Mal war er ihr Kunde gewesen, bevor es ihn unwiderstehlich in Belas Arme gezogen hatte. Gerade dachten sie beide daran.

»Bist du wirklich krank?«, erkundigte sich Marusch. »Hier kannst du nur sterben, das musst du wissen – auf die schauerlichste Weise! Ich hasse sie dafür, dass sie mich zwingen, dieses Elend zu ertragen, dass ich die Pestkranken ansehen muss, berühren, waschen …« Sie schüttelte sich. »Verkriech dich lieber unter einen Baum, solange du noch kannst! Alles ist besser als das hier!«

»Was macht ihr mit der Wäsche?« Die Worte hatten sich einfach auf seine Zunge gedrängt.

»Mit den stinkenden, eitrigen Lumpen? Sie werden gehortet und dann verbrannt. Unser Medicus ist ganz streng damit. Aber ich rühre keinen Finger, auch wenn meine Leidensgenossin es noch so oft von mir verlangt. Führt sich auf, als wäre sie Frau Gräfin höchstpersönlich, dabei ist sie nichts anderes als eine stinknormale Pestmagd. Warum willst du das wissen?«

»Gib mir das Zeug! Ich werde das für dich erledigen.«

»Du willst die Pestwäsche?«, fragte Marusch ungläubig. »Wozu?«

»Frag nicht! Gib sie mir einfach – um der alten Zeiten willen!«

Sie zögerte, dann verzog sie ihren Mund.

»Warum eigentlich nicht?«, sagte sie. »Soll mir doch ganz egal sein, was du damit anstellst. Und jetzt schläft sie ohnehin gerade. Also komm!«

Die Krähe setzte die Maske auf und folgte ihr. Den Leiterwagen zog er nach sich. Mit Müh und Not bekam er ihn durch die Tür.

Drinnen roch es nach Wacholder und Tod. Der Gestank verstärkte sich, als Marusch eine Kammer aufschloss.

»Bedien dich!«, sagte sie, während er auf die Laken, Tücher und Verbände starrte, die wüst durcheinanderlagen. »Bin heilfroh um jedes Drecksteil, das mir aus den Augen ist.« Sie musterte ihn kurz. »Handschuhe hast du ja. Man kann nämlich sterben, wenn man das Zeug anfasst – behauptet zumindest der Medicus.« Damit ließ sie ihn allein.

Er musste seinen Widerwillen überwinden, um sich zu bücken und die Pestwäsche anzufassen. Selbst das feste Leder der Handschuhe erschien ihm plötzlich als Schutz nicht mehr zu genügen. Mit hastigen Bewegungen raffte er zusammen, was er zu fassen bekam, und warf es auf den Leiterwagen, der sich immer mehr füllte.

Weil er sich so schnell bewegte, schwitzte er, was hinter der steifen Maske unangenehm war.

Wie gern hätte er sie sich vom Gesicht gerissen!

Doch er musste ja möglichst unerkannt bleiben, um seine Rache zu vollziehen und um Nele zu schützen.

Plötzlich hörte er Schritte hinter sich.

»Bin gleich so weit«, rief er. »Dann bin ich wieder verschwunden!«

»Was machst du hier?«, hörte er jemanden hinter sich sagen.

Das war nicht Marusch – die Stimme besaß eine weiche Melodie, die er aus einem anderen Leben kannte. Er fuhr herum.

Die Frau war groß und mager. Eisgrüne Augen, die ihn wütend anblitzten. Die Nase, die Lippen, die Art, wie sie das Kinn reckte – alles war ihm bestens vertraut. Den schlanken Hals umschloss ein zerschlissenes Band, was ihr etwas Vornehmes verlieh.

Aber nirgendwo ein langer Goldzopf. Das Haar reichte gerade in ihren Nacken, war blond und unregelmäßig, als hätte jemand es abgesäbelt.

»Was machst du hier?«, wiederholte sie. »Leg sofort die Wäsche wieder zurück!«

Seine Handflächen begannen zu jucken. Sollte er sein Messer herausziehen und auf der Stelle alles beenden? Alles in ihm sehnte sich danach.

Aber warum vermochte er dann den rechten Arm plötzlich nicht mehr zu bewegen?

»Wer bist du?« Sie schien keine Angst zu haben. »Wer hat dich hereingelassen?«

Sie kam auf ihn zu und streckte die Hand aus. Um ihm die Maske herabzuziehen?

Das konnte er nicht zulassen!

Er versetzte ihr einen Stoß, der sie nach hinten taumeln ließ, und einen zweiten, stärkeren. Sie verlor das Gleichgewicht, fiel auf den Rücken.

»Marusch!«, schrie sie. »Grit – zu Hilfe! Räuber!«

Er packte die Deichsel des Leiterwagens und drängte sich an ihr vorbei. Eines der Räder rollte dabei über ihren Fuß.

Wieder schrie sie, vor Wut und Schmerz. »Wo seid ihr denn? Helft mir doch …«

Pestlumpen fielen heraus, so blindlings hastete er zur Tür, riss sie auf und zwängte den sperrigen Wagen hinaus.

Dann begann er zu rennen, so schnell es das Gefährt erlaubte.

ACHT

Die anderen Pestmägde kamen erst angelaufen, nachdem der Dieb schon verschwunden war. Johannas Steiß tat von dem Sturz empfindlich weh, aber ihr Zorn über den Eindringling, der sie zu Boden gestreckt hatte, ließ sie alle Schmerzen vergessen.

Bei ihren Befragungen kam sie nicht weit. Grit hatte in der Küche gesteckt, um nach der Suppe zu sehen, die übergekocht war, weil sie wieder einmal nicht aufgepasst hatte, und wollte nichts gesehen oder gehört haben. Marusch zuckte die Achseln und stellte sich dumm.

»Irgendwie muss er hereingekommen sein«, sagte Johanna, die immer wütender wurde, weil sie genau wusste, dass eine von beiden log. »Wie ein Geist hat er jedenfalls nicht ausgesehen.«

Der Mann mit der Maske war schlank gewesen, aber alles andere als ein Hänfling, denn sie hatte seine Kraft gespürt, als er sie gestoßen hatte. Und jung, verdammt jung sogar – sonst hätte er nicht so behände davonrennen können.

Ungefähr in dem Alter, in dem …

Sie verbot sich weiterzudenken. Jahrelang hatte sie heimlich mitgezählt und nach Kindern Ausschau gehalten, die sein Alter gehabt haben könnten, hatte Vergleiche angestellt, die die alten Wunden stets von Neuem aufgerissen hatten.

Sie hatte niemals ein Kind geboren.

Warum nur war es so schwer, daran zu glauben?

Verdrossen gingen die drei wieder zurück an die Arbeit. Die Stimmung unter den Pestmägden war noch gereizter als sonst.

Einzig Sabeth, offenbar gerade dabei, dem tiefen Tal der grauen Tage zu entrinnen, setzte ein vielsagendes Lächeln auf.

»Die Dinge kommen zurück«, sagte sie, während sie Anderl dabei half aufzustehen. »Das Rad dreht sich, das ewige Rad. Du musst nur warten können.«

Er klammerte sich an sie, wollte sie gar nicht mehr loslassen und weinte nach Mieze, die irgendwohin verschwunden war. Aber sie mussten ihn nach Hause schicken, weil sie sein Bett dringend für die nächsten Kranken brauchten, die schon um Einlass bettelten. In der Stadt schien sich herumzusprechen, dass nicht alle starben, die hier aufgenommen wurden, wenngleich die Zahl der Toten, die sie auf dcn Leichenwagen hieven mussten, nach wie vor erschreckend hoch war. Von einem der Kranken, der anfangs noch halbwegs hatte sprechen können, bevor das Fieber ihn in andere Welten entführte, hatten sie erfahren, dass zwei weitere Spitäler Kölns nun ebenfalls verpflichtet waren, Pestkranke aufzunehmen, doch Entlastung spürten sie keine.

Die Tante, die Anderl hergebracht hatte, konnte ihn nicht mehr holen kommen, weil die Seuche sie in der Zwischenzeit hinweggerafft hatte. Zum Glück lebte noch sein Pate, ein knorriger Schuster mit freundlichen Augen, der den Jungen an der Pforte in Empfang nahm und künftig bei sich behalten wollte.

Als die rote Tür sich hinter den beiden geschlossen hatte, schien es plötzlich noch dunkler im Haus geworden zu sein. Es war, als sei mit dem aufgeweckten Jungen auch die Hoffnung gegangen, die sie doch so dringend brauchten, um diese triste Zeit zu überstehen. Alles in Johanna sehnte sich danach, es Anderl nachzutun, einfach in den kalten Regen hinauszulaufen und diese Schrecknisse, diese Pein, dieses sinnlose Sterben für immer hinter sich zu lassen.

Doch wie weit würde sie kommen, eine Frau, die es wagte, sich durch Flucht dem Urteil des Allmächtigen zu entziehen? Wenn man sie aufgriff, wäre sie verloren. Der Galgen wartete noch immer auf sie, das vergaß sie niemals.

Aber starb sie nicht auch hier – jeden Tag ein klein wenig mehr?

Johanna lehnte die Stirn an den Türrahmen, um nicht allen Mut zu verlieren. Wenigstens gab es eine junge Seidenweberin, deren Beulen so reif schienen, dass sie womöglich von selbst aufgehen würden, und einen älteren Mann, bei dem Vincent demnächst versuchen wollte, sein Messer anzusetzen.

Schon wieder Vincent!

Es missfiel Johanna, wie häufig sie inzwischen an ihn denken musste, auch bei den niedrigsten Arbeiten. Er hat dich verraten, als du ihn am dringendsten gebraucht hättest, sagte sie sich, während sie im Hof einen Holzstoß schichtete, um die Wäsche zu verbrennen. Ohne ein Wort, ohne eine Erklärung ist Vincent damals verschwunden, hat dich dem Oheim und seiner kalten Rache überlassen, gegen die du machtlos warst – vergiss das niemals!

Wieder sah sie sich in der alten Fischerhütte kauern, die plötzlich der Oheim betrat und nicht der Geliebte, auf den sie stundenlang vergeblich gewartet hatte.

»Er kommt nicht mehr, dein feiner Student«, hatte der Oheim mit schmalem Lächeln gesagt. »Basel hat er den Rücken gekehrt und dich vergessen. In der nächsten Stadt wartet schon das nächste Liebchen, so sind sie, diese jungen Tunichtgute, die jedem Rock hinterherrennen, wenn er sich nur schnell genug hebt. Wirst du jetzt endlich wieder Vernunft annehmen? Hermann will dich noch immer zur Frau. Darüber solltest du glücklich und dankbar sein!«

Fassungslos war sie ihm in sein düsteres Haus gefolgt, wie betäubt, weil ihr Herz sich noch immer weigerte anzunehmen, was ihr Kopf längst begriffen hatte.

Vincent war fort.

Sie hatte ihn verloren. Und wusste nicht einmal, weshalb. Das war, bevor die Zeit begonnen hatte, ihr aus den Händen zu gleiten, schnell wie ein Fuchs in der Nacht …

Mit aller Macht zwang Johanna sich in die Gegenwart und den nebeligen Novembertag zurück. Das Feuer war inzwischen stark genug, um die ersten Wäschestücke darauf zu legen. Sobald sie endlich frisches Stroh bekamen, würde sie das alte ebenfalls in die Flammen werfen. Gierig fraß das Feuer sich durch den Stoff, während dichter, dunkler Rauch aufstieg und es widerlich zu stinken begann.

Sie trat ein paar Schritte zurück und versuchte, nur noch ganz flach zu atmen. Ganz gezielt hatte der Maskenmann zugegriffen, als ob er es einzig und allein auf den Verschlag abgesehen hätte. Nichts sonst im Haus schien ihn interessiert zu haben. Was konnte er mit der verseuchten Wäsche anfangen, außer sich selbst die Pest zu holen – und wer wollte das schon?

Aber er hatte eine Maske getragen und Handschuhe. Er war also vorbereitet gewesen, wusste offenbar, worauf er sich einließ, wenn er mit den Sachen hantierte. Was nur den Schluss zuließ, dass das Sudelzeug nicht für ihn bestimmt war, sondern für andere.

Handelte er aus eigenem Impuls oder hatte jemand ihn geschickt? Dieser Gedanke war so abenteuerlich, dass Johanna ihn zunächst wieder verwarf. Doch er hatte sich in ihrem Kopf festgesetzt und ließ sich nicht mehr daraus vertreiben, auch nicht, als sie später das Fleisch schabte, das sie den Kranken als zusätzliches Stärkungsmittel in die Suppe gaben.

»Bald werden wir sie mit Mäusekot füttern müssen«, sagte Grit anklagend. »Und auch für uns wird nichts anderes mehr übrig bleiben. Seit drei Tagen hat der Baderknecht sich nicht mehr sehen lassen. Denkt er vielleicht, wir können vom Beten und Büßen satt werden?«

Sie hatte recht. Die Vorräte gingen zur Neige – und keine von ihnen durfte nach draußen, um sie wieder aufzustocken.

Was, wenn sie hier inmitten der Pestkranken verhungerte?, fragte sich Johanna. Würde das dann als Gottesurteil ausgelegt werden, das ihre Schuld bewies?

»Weißenburg lässt uns nicht im Stich«, sagte sie um einiges zuversichtlicher, als ihr tatsächlich zumute war. »Er hat kein schlechtes Herz – und außerdem braucht er uns.«

»Sei dir da bloß nicht zu sicher«, sagte Marusch höhnisch. »Was sind wir schon wert? Nichts, gar nichts! Hab ein Mäuslein husten hören, es soll ihm selbst schlecht gehen. Da vergisst man solche wie uns schon mal.«

Eine kalte Hand schien nach Johanna zu greifen.

»Woher hast du das?«, fragte sie.

»Da wo ich herkomme, lernt man, Augen und Ohren offen zu halten, sonst übersteht man es nicht lange. Würde dir übrigens auch nicht schaden!« Sie schwenkte den Pisspott, den sie ausschütten sollte, so heftig, dass ein ordentlicher Schwall davon auf Johannas Pantinen schwappte. »Wer nämlich zu eifrig nach den Sternen greift, übersieht gerne den Kothaufen vor den eigenen Füßen.«

Der Vater war gestorben, ohne das Bewusstsein wiedererlangt zu haben. Grete Mechthus berichtete es ihrer Tochter, die mit aufgerissenen Augen zuhörte. Die Apothekerwitwc war abgemagert, ihre Haut wirkte grau, die Wangen waren brennend rot, als hätte sie sie mit Karmin übertüncht. Sie sah aus, als hätte sie selbst Fieber.

»Jetzt wird er dein Kind niemals sehen«, brachte sie stockend hervor. »Dabei wollte er ihm doch eines Tages alles übergeben!«

»Zwei«, murmelte Ennelin. »Es sind zwei, und sie wollen bald zur Welt kommen, das kann ich spüren. Wirst du bei mir sein, wenn es so weit ist?«

Grete schien sie gar nicht zu hören.

»Nicht einmal ein ordentliches Begräbnis hat er bekommen.« Ihre Stimme zitterte vor Empörung. »Auf diesen entsetzlichen Leichenkarren haben sie ihn geworfen, der Tag und Nacht durch die Gassen rattert – wie einen Sack verdorbenes Mehl. Er, der sein ganzes Leben dafür gesorgt hat, dass die Menschen wieder gesund werden, muss nun mit lauter Fremden in einer stinkenden Grube liegen!« Schluchzend sank sie ihrer Tochter in die Arme. »Am besten wäre es, sie legten mich gleich mit dazu. Was soll denn nun werden ohne ihn, der alles entschieden und geordnet hat? Solange er noch klar war, hat er für alles vorgesorgt. Auf die Bibel musste ich ihm versprechen, das Haus auszuräuchern und alles zu verbrennen, was er berührt hat. Einen ganzen Tag hat es gedauert, bis die Mägde damit fertig waren.«

»Kann Walter dir nicht weiterhelfen, der Vater immer wieder zur Hand gegangen ist?«, schlug Ennelin vor. »Er ist einer von uns, ein ehrlicher Mann, der Gottes Wort achtet. Und er kennt all die Kräuter und Arzneien. Er kann rühren, mörsern und mischen und weiß auch mit Kunden gut umzugehen. Dann müsstest du die Apotheke nicht zumachen …«

»Ja, wenn du nur ein Junge geworden wärst! Oder wenigstens Walter zum Mann genommen hättest! Er wollte dich schon, da warst du noch ein Kind – aber du hattest ja seit Jahr und Tag nichts anderes im Kopf als deinen verlebten katholischen Bader!«

Ennelin strich ihrer Mutter über den Kopf, um sie zu beruhigen, doch nichts wollte helfen. Der Schmerz Gretes war so bodenlos, dass für die Trauer der Tochter kein Raum schien. Und noch etwas behielt Ennelin lieber für sich: dass Ludwig ebenfalls unwohl war. Seit drei Tagen schon lag er im Bett, wollte nichts essen, klagte über brennenden Durst und Gliederschmerzen. In einem Anfall von Verzweiflung hatte sie ihm das Hemd nach oben gestreift und den Körper, der ihr so vertraut war, gründlich wie ein Medicus inspiziert. Doch von schwarzen Beulen war zu ihrer ungeheuren Erleichterung nichts zu sehen gewesen, weder am Hals noch unter den Achseln oder in der Leiste.

Erst nach Tagen war ihr eingefallen, dass sie vor lauter Sorge das Pesthaus und seine Bewohner ganz vergessen hatte. Sie beauftragte den Knecht, auf dem Markt einzukaufen. Danach schickte sie ihn abermals los, damit er aus dem Badehaus neue Leinenvorräte holte und sie mit den Einkäufen zur Gereonstraße brachte. Ludwig, den sie um Rat fragen wollte, schien das alles nicht zu kümmern. Die Lider halb geschlossen, dämmerte er vor sich hin.

Plötzlich jedoch schreckte er auf.

»Hab den Jungen gesehen«, sagte er. »Die gleichen Augen wie Johanna. Warum hat sie mir nie gesagt, dass sie einen Sohn hat?«

Etwas Bitteres schoss Ennelin in den Mund. Es ging ihrem Mann so schlecht – und noch immer hatte er nichts anderes im Sinn als diese blonde Hexe.

»Die Witwe Arnheim hat keine Kinder.« Ennelin drückte ihn in die Kissen zurück. »Das musst du dir eingebildet haben. Und reg dich nicht so auf! Das macht dich nur noch kränker.«

»Hat sie doch!«, beharrte Ludwig. »Der junge Mann, der im Badehaus nach ihr gefragt hat. Erinnerst du dich nicht mehr?«

»Er war viel zu alt, um ihr Sohn zu sein«, widersprach sie. »Wahrscheinlich jemand, dem sie den Kopf verdreht hat wie so vielen anderen auch.«

»Hab ihn angelogen.« Ludwig ließ sich nicht beirren. »Etwas an ihm hat mir Angst gemacht. Dabei war er ihr Sohn – Johannas Sohn! Und er hat sie so dringend gesucht.«

»Dann wird er sie spätestens wiederfinden, wenn sie am Galgen baumelt.«

War das wirklich ihre eigene Stimme, so grausam und hart? Wie um die hässlichen Worte wiedergutzumachen, strich sie über ihren Bauch. Ihr beide werdet mich niemals suchen müssen, dachte sie leidenschaftlich. Weil ich euch nämlich niemals verlassen könnte.

»Warum hasst du sie so sehr?«, flüsterte Ludwig. »Sie nimmt dir doch nichts. Du bist meine Frau. Du bekommst mein Kind, während Johanna ...« Er stieß einen wilden Schmerzenslaut aus. »Mein Bein – mein Bein steht in Flammen! So hilf mir doch!«

Zuerst blieb Ennelin vor Schreck ganz starr. Dann aber zog sie zögernd seine Decke weg. Sein Hemd war nach oben gerutscht, entblößte die Beine und das Geschlecht. Sie liebte seinen Körper, wurde nicht müde, ihn zu streicheln und zu kosen.

Jetzt aber hielt ihre Hand auf halbem Weg inne. An der Innenseite des rechten Schenkels sah Ennelin drei längliche schwarze Beulen.

»Du darfst nicht sterben!«, rief sie. »Du musst doch deine Kinder groß werden sehen!«

»Ist sie es?«, wisperte Ludwig. »Hat sie mich erwischt?« Er versuchte sich aufzurichten, um an sich hinunterzuschauen, was ihm nicht gelang. »Dann lass mich liegen und flieh zu deiner Mutter! Ich sterbe, du aber musst dich sofort in Sicherheit bringen!«

»Den Teufel werd ich tun«, sagte Ennelin. »Ich lauf jetzt zum Medicus in der Marzellenstraße. Meister de Vries soll dir helfen. Und wenn ich dafür den letzten Krümel aus der Apotheke klauben muss!«

Sie warf sich ein Tuch um und verließ das Haus.

Doch von laufen konnte, wie sie schon nach wenigen Schritten zu spüren bekam, keine Rede sein. Es blieb ihr nichts anderes übrig, als breitbeinig zu watscheln, stets darauf bedacht, dass die gewaltige Kugel, die sie inzwischen mit sich herumzuschleppen hatte, sie nicht zum Stürzen brachte.

Der kurze Weg bis in die Marzellenstraße erschien ihr unendlich. Während sie sich durch den zähen Matsch vorankämpfte, begann Ennelin heftig zu schwitzen, trotz des kalten Windes, der ihr unter die Röcke fuhr und ihre Hände klamm werden ließ.

Wie ein Häuflein Elend erreichte sie schließlich das Haus des Medicus. Ein Schild neben der Tür zeigte ihr, dass sie richtig war. Das aufgemalte Zeichen war ihr nicht fremd – der Stab des Äskulap, der verriet, dass hier ein Heilkundiger wohnte. Der alte Mechthus war ein gebildeter Mann gewesen. Sobald seine Frau nicht in der Nähe war, konnte er manchmal vergessen, dass er nur eine Tochter hatte, und er ließ sich dann dazu hinreißen, Ennelin

Dinge zu erzählen, die eigentlich nicht für die Ohren eines unschuldigen Mädchens bestimmt waren.

Sie nahm sich ein Herz und klopfte.

Als nichts geschah, legte sie ihr Ohr an die Tür und klopfte erneut. Alles war still. Der Medicus konnte beim Erzbischof sein, im Pesthaus, bei einem Kranken – gib, heilige Muttergottes, die du alle Kinder schützt, dass er zu Hause ist, betete sie stumm.

Als Vincent de Vries schließlich öffnete, wirkte er zunächst ungehalten. Sobald er jedoch erkannt hatte, wer Einlass begehrte, veränderte sich seine Miene.

»Ist etwas passiert?« Er winkte sie herein, in ein Zimmer, das ein Kamin warm und gemütlich machte. Er war am Schreiben, das verrieten die säuberlich gestapelten Blätter, der Gänsekiel, den er auf dem Tisch abgelegt hatte, und der herbe Geruch nach Galläpfeltinte, den Ennelin von ihrem Vater kannte. »Im Pesthaus? Aber dort dürftet Ihr ja gar nicht hinein …«

»Ich störe«, sagte Ennelin, »und entschuldige mich dafür. Aber Ihr müsst sofort kommen! Ludwig … Er hat die schwarzen Beulen!« Sie schlug die Hände vor das Gesicht und begann zu weinen.

»Wann habt Ihr sie zum ersten Mal gesehen?«, fragte Vincent, und seine ruhige Stimme tat ihr trotz ihrer inneren Aufgelöstheit gut.

Tränennass sah sie ihn an.

»Gerade eben«, sagte sie. »Er liegt schon seit drei Tagen, aber da waren noch keine Beulen, das weiß ich ganz genau.« Sie schniefte, versuchte sich zu fassen. »Ist das ein gutes oder ein schlechtes Zeichen, dass sie sich so spät zeigen?«

»Das kann man bei dieser Seuche nicht sagen.« Vincent klang plötzlich grimmig. »Sie narrt und foppt uns, wo sie nur kann. Manchmal glaube ich, es gibt nicht nur eine Pest, sondern ein Dutzend verschiedener.«

»Schreibt Ihr darüber?«, meldete sich trotz des Kummers die Apothekerstochter in ihr. Sie schielte zu den Blättern.

»Nein«, sagte Vincent. »Da geht es um die andere Seuche, die die Menschheit geißelt. Seit Jahren arbeite ich schon daran. Und habe noch immer nichts entdeckt, um sie endgültig niederzuringen.«

Sie wusste sofort, wovon er redete.

»Im Badehaus haben wir die Patienten wochenlang purgiert und im Dampf schwitzen lassen«, sagte sie. »Doch genützt hat es nichts. Ludwig freilich meinte ...« Ihre Augen hingen an Vincents Gesicht. »Rettet ihn – ich flehe Euch an!«

Besorgt schaute er sie an. »Der Bader fiebert?«

»Ein wenig. Sehr heiß ist er nicht.«

»Die Beulen sind hart?«

»Ich habe sie nicht berührt.«

»Natürlich. Verzeiht die dumme Frage!« Sie sah, wie er ihren Bauch musterte.

»Es kann jetzt jeden Tag so weit sein«, sagte sie. »Noch immer vor der Zeit, aber sie wollen nicht mehr warten. Werdet Ihr mit mir kommen?«

»Ihr dürft Euer Haus nicht mehr betreten, und das wisst Ihr«, sagte Vincent. »Nicht bevor die letzte Spur der Seuche daraus verbannt ist. Reinigen und Brennen, etwas anderes kennen wir bislang leider noch nicht. Und pflegen dürft Ihr ihn auch nicht. Nicht in Eurem Zustand.«

»Ludwig im Stich lassen?«, rief sie. »Niemals! Nicht, solange noch ein Funken Atem in mir ist.«

»Wollt Ihr ihn *und* sie verlieren?«, fragte er eindringlich.

Sie schüttelte den Kopf.

»Nein«, murmelte sie. »Das würde ich nicht überleben.«

»Vergesst bei allem Kummer nicht das Pesthaus!«, fuhr er mahnend fort. »Weißenburg ist der Pächter. Solange der Bader krank ist, tragt Ihr die Verantwortung – für Insassen und Mägde.«

Ennelin sank in sich zusammen. Gerade noch rechtzeitig schob er ihr einen Hocker unter.

»Wie kann Gott so grausam sein?«, flüsterte sie. »Wie so hart unsere Sünden bestrafen?«

»Gott schickt uns die Krankheiten nicht«, sagte Vincent. »Sie entstehen unter den Menschen, wenn wir auch noch nicht wissen, wie. Das predige ich in jeder Vorlesung meinen Studenten. Und sie starren mich jedes Mal genauso entgeistert an wie Ihr.«

Er holte seine Tasche.

»Habt Ihr einen Ort, wo Ihr für ein paar Tage unterkommen könnt?«, fragte er. »Euer Vater, der Apotheker …«

Sie wurde noch bleicher.

»An der Pest verstorben«, sagte sie. »Aber meine Mutter blieb bislang verschont. Sie hat alles verbrannt, womit er in Berührung gekommen war. So lautete sein Letzter Wille.«

»Ein kluger Mann«, sagte Vincent. »Jemand, der seine

Kunst verstand. Dann seid Ihr immerhin versorgt, wenn Eure Stunde kommt.«

»Aber Ludwig …« Schwerfällig kam sie nach oben. »Wer wird sich um ihn kümmern?«

»Ich lasse ihn ins Pesthaus bringen«, sagte Vincent. »Dort kann ich jeden Tag nach ihm schauen.«

»Den Bader – in sein eigenes Pesthaus!«, rief sie gequält. »Gebettet, gefüttert und gewaschen von jenen Weibern, die …« Sie verstummte.

Das Gesicht des Medicus war auf einmal streng.

»Ihr solltet die Frauen achten, die diese Arbeit verrichten!«, sagte er. »Auch wenn sie es nicht aus freien Stücken tun. Sie riskieren ihr Leben, um andere vor dem Tod zu retten. Gelingt es nicht, so trifft sie keine Schuld. Die Seuche tötet – die Pestmägde sind machtlos, und manchmal verzweifeln sie daran.«

»So habe ich es noch nie gesehen.« Ennelin spürte, dass sie sich schämte. »Ich habe nur nachgeplappert, was die anderen sagen. Jetzt komme ich mir auf einmal ganz lächerlich und dumm vor.«

»Es ist nicht dumm, sich zu irren«, sagte Vincent. »Es ist nur dumm, dabei zu verharren.«

Sie hatten ihm den Leiterwagen aus der Hand gerissen, kaum war er wieder zurück ins Lager gekommen.

»Ein Teufelskerl bist du!«, rief Christian immer wieder, während die Frauen respektvoll um die Krähe schlichen, als sei er mit einem Mal auf ihrer Gunstleiter ein großes Stück nach oben gerutscht. »Ein richtiger Teufelskerl – wusste ich es doch! Jetzt wird der Rheinmeister nichts mehr zu meckern haben und ordentlich was springen lassen.«

In ihrer anfänglichen Freude war ihnen gar nicht aufgefallen, dass der Wagen alles andere als voll war.

Ruch, der sich bislang zurückgehalten hatte, brachte die Sache als Erster auf den Punkt.

»Und das soll alles sein?« Mit seinem Handschuh, so schwarz, als habe er in einem Rauchfang gehangen, hielt er ein besticktes Frauenhemd in die Höhe. Fleißige Hände mochten tagelang die Blüten und Ranken angebracht haben, jetzt aber war es zerknittert und fleckig. »Diese paar windigen Hemden und Verbände? Das Pesthaus ist voll bis unters Dach. Sie sterben dort wie die Fliegen. Da muss doch ständig Sudelzeug anfallen. Versuch mir also nicht einzureden, du hättest nicht mehr zusammenraffen können, wenn du nur gewollt hättest ...«

Schweigend starrte die Krähe ihn an.

Das Messer glühte in seinem Versteck, als wollte es sich bis zum Knochen brennen.

Er hatte sie gefunden – und nicht getötet.

Was ging ihn das Geschwätz dieser Halunken an?

Bis auf das Halsband und den fehlenden Zopf hatte sie ausgesehen wie damals, nur ein wenig älter. Als ob Kummer und Einsamkeit sich heimlich in ihrem Gesicht eingenistet hätten. Oder hatte sie diese traurigen Linien um Augen und Mund schon gehabt, als sie ihn verkauft hatte?

Auf einmal war er sich nicht mehr sicher. All die Jahre hatte die Erinnerung so klar vor ihm gestanden wie ein funkelnder Kristall, der immer schärfer und reiner wurde, je mehr er ihn drehte und polierte.

Auf einmal aber war alles verschwommen. Sogar der Erinnerung an Geräusche und Gerüche, die ihn so lange qualvoll verfolgt hatte, mochte er auf einmal nicht mehr trauen.

Würden seine Sinne wieder klar werden, wenn sie nicht mehr atmete?

»Hast du deine Zunge verschluckt?«

Ruchs Faust traf sein Brustbein. Er taumelte, weil er unvorbereitet gewesen war, fing sich aber schnell wieder.

»Antworte gefälligst, wenn ich mit dir rede – oder ich mach dich wirklich stumm!«

Was wollten sie noch von ihm? Nur wegen Nele war er überhaupt noch hier.

»Sie haben es nicht gerade freiwillig rausgerückt.« Die Krähe spuckte jedes Wort einzeln aus. Was ging es den Einäugigen an, dass er unterwegs jede Menge verloren hatte, weil es ihm nicht schnell genug gehen konnte, möglichst weit weg zu kommen?

»Mit einem Haufen Weiber wirst du ja wohl noch fertig werden! Und hast du nicht vor uns damit geprahlt, dass du in jedes Haus kommst? Beweis es!« Sein Tonfall wurde lauernd. »Oder sollen wir Nele heute Nacht in die Flussauen bringen? Ist es das, was du möchtest?«

Wie sehr er ihn anwiderte!

Schlagen hätte er ihn mögen, treten, würgen – der Alte hatte ihm ein ganzes Repertoire an Handgriffen und Fußtritten beigebracht, die nur noch von seiner Geschicklichkeit mit dem Messer gekrönt wurden.

Aber er musste seine Wut für die Rache aufsparen, die es zu vollenden gab. Sie sollte endlich büßen für das, was sie ihm zugemutet hatte – Jahre des Hungers und der Kälte, Jahre von Angst und Demütigung. Die Schläge des Alten und seine gierigen Hände, die ihn begrapscht hatten, wenn er im Suff seine Geilheit ausleben wollte – bis der Junge endlich groß und stark genug gewesen war, um sich dagegen zu wehren.

»Du wirst also noch einmal gehen. Und kommst gefälligst mit einer ordentlichen Ladung zurück, verstanden?«, drang Ruchs Stimme wie aus weiter Ferne zu ihm.

Die Krähe nickte.

Er würde sie töten.

Doch zuvor sollte sie zu spüren bekommen, wie es war, wenn die Angst einen nicht mehr verließ.

❦

Drei Tage hatte sie ihn in Frieden gelassen, und für ein paar köstliche Momente hatte Hennes schon geglaubt, er sei sie für immer los. Doch dann war Ita erneut im Lilienhaus aufgekreuzt, aufgetakelt wie für einen Feldzug, den sie nicht verlieren wollte. Sie trug ein verblichenes rotes Kleid, das ihr früher einmal gepasst haben mochte, jetzt aber über Busen und Hüften derart spannte, dass er die Nähte förmlich krachen hörte. Ihr Haar war frisch gefärbt, leuchtete grell auf dem kantigen Kopf. Niemals zuvor hatte sie so viele Ketten übereinander getragen, noch nie war sie in eine Wolke derart betäubender Düfte gehüllt gewesen. Zwei prall gefüllte Beutel hingen von ihren Schultern, die sie keuchend ablegte, bevor sie eine Vielzahl von Töpfchen und Fläschchen herauszerrte und ungefragt vor Hennes auf dem Tisch verteilte.

»Was soll das werden?« Misstrauisch beäugte er das bunte Durcheinander. »Willst du deine Heilerei jetzt etwa in das Lilienhaus verlegen?«

»Du gefällst mir nicht mehr.« Sie trat einen Schritt zurück, kniff ein Auge zu. »Und das schon seit geraumer Zeit. Wie steht es um deine Verdauung?«

Hennes presste die Lippen aufeinander, ganz und gar nicht gewillt, ihr darüber Auskunft zu erteilen.

Ita nickte, als hätte sie eine ausführliche Antwort erhalten.

»Also schlecht«, sagte sie vielsagend. »Nichts anderes hab ich befürchtet. Und dein Schlaf? Wie sieht es damit aus?«

Alle paar Stunden wurde er wach, lag lange mit brennenden Augen in der Dunkelheit, voller Angst, der Geist von Johanna würde über ihn kommen und sich an ihm rächen.

Sie nickte abermals, während er noch immer stumm geblieben war.

»Die Glieder?«, fuhr sie fort. »Sie schmerzen und sind schwer, habe ich recht? Und es brennt beim Wasserlassen? Dazu kommt ein Pfeifen im Kopf, das schlimmer wird, je mehr du dich dagegen zu wehren versuchst? Und das Gefühl, als würden unsichtbare Hände deinen Schädel zusammendrücken?«

Woher wusste sie das? Es war ja beinahe, als könnte sie in ihn hineinschauen wie in einen gläsernen Menschen!

»Dagegen müssen wir vorgehen«, sagte Ita. »Zumal du solch gefährlichen Umgang pflegst. Deshalb bin ich hier.«

»Ich weiß nicht, wovon du redest«, entfuhr es Hennes, während eine neue unbestimmte Angst in ihm aufstieg.

»Ich glaube, das weißt du ganz genau.«

Geschäftig begann sie zu kramen, öffnete das eine Töpfchen, schnupperte daran, schloss es wieder, um beim nächsten und übernächsten auf die gleiche Weise zu verfahren. Dabei wackelte sie mit dem Kopf und gab leise Schnalzlaute von sich.

»Was tust du da eigentlich?« Am liebsten hätte er sie gepackt und mit all ihrem seltsamen Krimskrams hochkant hinausgeworfen, doch etwas hielt ihn davon ab.

»Nach deiner Heilung suchen, was sonst?«, erwiderte Ita, als sei es das Selbstverständlichste auf der Welt.

»Aber ich bin doch gar nicht krank!«

»Dann soll es dabei bleiben, meinst du nicht auch?« Endlich schien sie das Richtige gefunden zu haben: zwei länglich gedrehte Pillen, die sie ihm reichte. »Hinunter damit!«, befahl sie. »Auf einen Streich!«

»Ich will nicht wieder dieses Zeug«, spreizte er sich.

»Das ist nicht zum Fliegen«, sagte Ita. »Sondern wirkt gegen das Gift, das die kleine Blonde dir als Andenken hinterlassen hat.«

»Bela?«, stammelte er. »Aber Bela würde doch nie ....«

»Wie einfältig ihr Kerle doch seid!«, sagte Ita verächtlich, während sie ihm einen Becher reichte, den sie mit dem Inhalt einer Tonflasche gefüllt hatte, die ebenfalls aus ihrem Bestand stammte. »Ein hübscher Hintern, zwei feste

Brüstchen, eine freche, flinke Zunge – und schon wähnt ihr euch im Paradies. Dabei habt ihr soeben Bekanntschaft mit dem Höllenschlund gemacht.«

»Bela ist keine …«

»Die halbe Stadt dürfte ihr schon beigewohnt haben, wenn das überhaupt ausreicht«, unterbrach sie ihn harsch. »Wolter strapaziert sie bis zum Letzten. Was glaubst du, was all diese Männer ihr hinterlassen haben – Nektar und Ambrosia? Sicherlich nichts, was du im Paradies wiederfinden möchtest.«

Die Angst breitete sich in seinem ganzen Körper aus. Hennes griff nach dem Becher und schluckte die riesigen Pillen.

»Austrinken!«, kommandierte Ita. »Komplett!«

Er gehorchte. Es schmeckte so bitter, dass es ihm den ganzen Mund zusammenzog.

»Widerlich!«, klagte er. »Willst du mich vergiften?«

»Nur was wehtut, hilft«, sagte sie ungerührt. »Ohne Opfer kein Gewinn. Dieses uralte Gesetz wirst auch du nicht außer Kraft setzen.«

Schweiß stand auf seiner Stirn, was ihr nicht entging.

»Du solltest dich besser hinlegen«, sagte sie. »Nur so kann die innere Reinigung ungestört ihren Lauf nehmen. Ich bringe dich hinauf.«

»In die Bettstatt?«, versuchte er sich zu wehren. »Jetzt, am helllichten Tag?«

»Hat dich das jemals im Hurenhaus abgehalten? Und bist du inzwischen nicht alt genug, um zu wissen, was dir guttut?« Ihre Stimme hatte die Härte verloren, klang auf einmal sanft, beinahe lieblich. »Du brauchst wahrlich jemanden, der sich deiner annimmt, Kürschnermeister, sonst wärst du hoffnungslos verloren.«

Seine Beine sackten ein, als er sich erheben wollte, was ihn zum eigenen Erstaunen nicht einmal sonderlich erschreckte.

»Ich kann nicht mehr gehen«, lallte Hennes.

»Dafür hast du ja mich!« Mit erstaunlicher Geschicklichkeit zog sie ihn hoch und schob ihn weiter zur Treppe, die sie mit vereinten Kräften bewältigten.

In der Schlafkammer angekommen, bugsierte sie ihn aufs Bett. Dann begann sie ihn auszuziehen.

»Will nicht«, versuchte er sich zu wehren, doch weder Arme noch Beine wollten ihm noch gehorchen.

»Wirst du wohl brav sein?«, sagte sie in dem launigstrengen Ton, in dem eine Mutter mit ihrem unartigen Kind redet, während sie seine Hose abstreifte und sein Wams aufknöpfte. »Sollst dich doch frei fühlen, ganz und gar unbeschwert!«

Jetzt, da sie die Ketten abgelegt hatte, fiel ihm zum ersten Mal der breite helle Streifen am Hals auf, den sie bislang verborgen hatten. Ein Band wie bei Johanna, dachte er, während seine Fingerspitzen zu vibrieren begannen, als steckten sie in einem Sack voller Ameisen. Die eine trägt es aus Samt, die andere aus Haut.

Seine Zunge fiel nach hinten. Und waren das überhaupt noch seine Lippen, die sich so dick, so samtig weich anfühlten? Selbst beim besten Willen hätte er jetzt nicht mehr sprechen können.

Dafür schien sein Gehör auf wundersame Weise verändert, war so empfindsam geworden, dass er sogar die Holzwürmer in der Decke schmatzen hörte. Neben ihm war ein Rascheln, als würden Lagen feinster Seide gekräuselt.

Dann spürte er, wie Ita seine Männlichkeit umfasste und mit einer kühlen Flüssigkeit bestrich. Sein Glied schnellte nach oben, so groß, so hart, so stark wie nie zuvor.

»Das kann nur ich«, hörte er sie flüstern, während das Rascheln immer lauter wurde, bis der ganze Raum davon erfüllt schien. »Ich allein. Solltest mir auf Knien danken, dass ich mich deiner erbarme!«

Er gab ein undefinierbares Grunzen von sich, das sie zu erheitern schien, denn sie begann zu kichern.

»Das willst du? Meinethalben! Wenn du dir mehr als alles andere wünschst, dass ich Bela bin, so soll dein Wunsch heute wahr werden.«

Sie kniete sich über ihn und ließ die Röcke wieder fallen, eine geheimnisvolle rote Höhle, in der nur sie und er zu Hause waren.

»Du und ich werden jetzt Hochzeit halten«, murmelte sie. »Auf besondere Weise. Meiner sollst du dich erinnern bis zum letzten Atemzug – das gelobe ich hiermit feierlich!«

Er vernahm ein Rauschen wie von dunklen Flügeln.

Dann explodierten grelle Lichter hinter seinen Lidern.

Irgendwann erwachte Hennes.

Neben ihm lag ein weiblicher Rücken, der von einem seltsamen Muster gezeichnet war. Wie Schlangen, dachte er, als er näher heranrückte, um besser sehen zu können. Breite, große Schlangen, die aus einer Grube krochen, ineinander verknäuelt, wulstig und von einem schwärenden Rot.

Obwohl ihm davor graute, streckte er die Hand aus, um sie zu berühren.

Die Frau zuckte zusammen, als habe sie einen Schlag erhalten, und bedeckte sich hastig.

Er wollte, dass sie sich umdrehte, um ihr Gesicht zu sehen, doch die Lider waren noch immer zu schwer und sanken ihm wieder herab.

Als er wieder erwachte, war es dunkel geworden und so still, dass das Schlagen des eigenen Herzens ihm überlaut erschien.

Sein Mund war wie ausgedörrt. Sogar das Schlucken fiel ihm schwer.

»Bela?«, flüsterte er.

Alles blieb still.

Johanna entdeckte den toten Marder, als sie zwei Tage später die Pisspötte leeren wollte. Noch im Halbdunkel stieß ihr Fuß an etwas leblos Pelziges, und sie erschrak so sehr, dass sie einen spitzen Schrei ausstieß und die Tür wieder zustieß. Drinnen begann sie halblaut zu zählen und hörte nicht eher wieder damit auf, bis ihr Herz nicht länger wie ein gefangener Vogel gegen die Rippen schlug. Dann öffnete sie die Tür ein zweites Mal und zog den Kadaver mit spitzen Fingern herein.

Dass es kein Geschenk war, erkannte sie, als sie ihn im Schein der Ölfunzel näher betrachtete, die sie jetzt bis weit in den Morgen hinein brauchten. Wer den Marder erlegt hatte, hatte sich nicht damit begnügt, ihn zu töten. Die Ohren waren ihm abgeschnitten worden. Ein Pfeil steckte in seiner Brust. Am meisten aber traf sie das Band, das um seinen Hals geschlungen war – aus grünem Samt, allerdings in wesentlich besserem Zustand als das, das sie trug.

Hennes, war ihr erster Gedanke.

Hennes, der ihren Tod herbeisehnte, damit sie ihm niemals wieder in die Quere kommen konnte. Hennes, dem es leicht von der Hand ging, Tiere zu töten.

Dann jedoch überkamen Johanna erste Zweifel.

Sie hatte alles verloren und er alles erreicht, wonach er gegiert hatte: das Lilienhaus, den Rest der Silbermünzen, ihre Verdammung in diesen Höllenschlund und die Schmach, die seitdem auf ihr lag. Weshalb sollte er da noch im Schutz der Dunkelheit zum Pesthaus schleichen, um ihr Angst zu machen?

Doch wenn er es nicht war, wer könnte es dann gewesen sein?

Seltsamerweise kam ihr als Nächstes der Maskenmann in den Sinn, den sie in seinem Tun gestört hatte. Sein Wagen war nur halb voll gewesen, als er mit den Pestlumpen hinausgestürmt war, und er war handgreiflich gegen sie geworden, was seinen Zorn darüber verriet.

Hatte er vor zurückzukehren, um sein Werk zu vollenden – und der massakrierte Marder sollte zeigen, was ihr blühte, wenn sie sich ihm noch einmal in den Weg stellte?

Jetzt bereute Johanna, dass sie Vincent nichts von dem Einbrecher gesagt hatte. Dass die anderen Mägde geredet hatten, schloss sie aus. Grit war mit ihren Gedanken längst anderswo, und Marusch hatte, wie sie vermutete, allen Grund, den Mund zu halten.

Sie setzte sich, weil ihr plötzlich leicht schwummrig wurde.

Wenn Marusch den Mann einmal hereingelassen hatte, konnte sie es auch ein zweites Mal tun. Vielleicht kannte sie ihn von früher. Vielleicht hatte sie längst gewusst, dass er kommen würde. Vielleicht …

»Johanna?«, hörte sie plötzlich jemanden kläglich rufen. »Wo bist du?«

Sie stand auf, schloss den Wäscheverschlag auf und stieß den Kadaver mit dem Fuß hinein, bevor sie erneut abschloss. Den Schlüssel hatte sie mit einem Band an ihrer Schürze befestigt. Der Maskenmann würde sie niederschlagen müssen, bevor er ihn an sich nehmen konnte. Aber vielleicht hatte er ja genau das vor.

»Ich komme«, sagte sie und betrat die Krankenkammer, in der Ludwig Weißenburg lag.

Ihr Schreck, als Vincent ihn spät in der Nacht zu ihnen gebracht hatte, war inzwischen tiefem Mitgefühl gewichen.

Der Bader lag auf Leben und Tod, das wussten inzwischen alle im Pesthaus zur roten Pforte. Die Krankheit schien bei ihm einen besonders schlimmen Verlauf zu nehmen. Inzwischen saßen die schwarzen Beulen nicht nur am

Bein, auch die Achseln und sogar der Hals waren befallen. Sein kräftiger Körper, auf den er stets so stolz gewesen war, schien innerhalb kürzester Zeit zusammengeschrumpelt. Verdorrt wie ein Hutzelmännchen krümmte er sich auf der Pritsche, verzehrt von brennendem Durst, den nichts und niemand zu stillen vermochte.

Grit und Marusch ekelten sich und waren mehr als erleichtert, als Johanna sich erboten hatte, seine Pflege allein zu übernehmen. Es machte ihr nichts aus, krügeweise Getränke an sein Lager zu schleppen, seine Binden zu wechseln oder ihm den Topf für die Notdurft unterzuschieben, weil er sich kaum noch bewegen konnte. Anfangs schien er nicht recht bemerkt zu haben, wer ihn da umsorgte, nannte sie abwechselnd Ennelin oder Agnes, wie seine erste Frau hieß.

Erst in der letzten Nacht hatte Ludwig sie erkannt.

»Dass ausgerechnet du mein Todesengel werden würdest …« Seine abgezehrten Hände waren auf die Decke zurückgesunken. »Wir hätten glücklich werden können, du und ich. Doch etwas stand immer zwischen uns.«

»Schone dich!« Johanna hatte ihm ein kühles Tuch auf die glühende Stirn gelegt. »Zu viel reden kostet zu viel Kraft.«

»Wozu?«, hatte er gekrächzt. »Es ist doch ohnehin bald vorbei.«

Seitdem rief er immer wieder nach ihr, als würde es ihn beruhigen, sie in seiner Nähe zu wissen. Und auch die Männer auf den anderen beiden Pritschen fingen an, lauthals nach Johanna zu rufen, als wäre sie der letzte Halt in einem dunklen Meer voller Angst.

Sie war todmüde und schweißnass, als Vincent eintraf.

Zusätzlich zur Maske und den Handschuhen hatte er einen langen schwarzen Mantel angelegt, der ihn förmlicher als sonst wirken ließ. Alles, was Johanna ihm hatte sagen wollen, erstarb bei diesem Anblick.

Er beugte sich über den Bader und untersuchte ihn. Dann richtete er sich langsam wieder auf, schaute zu Johanna und schüttelte den Kopf.

»Die Wahrheit«, flüsterte Ludwig. »Das seid Ihr mir schuldig. Meinen Sohn …«

»Wenn kein Wunder geschieht, werden Eure Kinder ohne Euch das Licht der Welt erblicken.« Vincents Stimme war warm. »Es sind zwei, wie ich annehme – oder Eure zarte junge Frau müsste schon einem Riesen das Leben schenken.«

»Meinen Sohn hab ich verstoßen«, fuhr Ludwig fort. »Christian. Ersetzen wollte ich ihn, deshalb schlägt Gott mich mit der Pest. Nicht mein einziges Vergehen. Ich bin ein Sünder. Wasser, bitte Wasser …«

Johanna stützte seinen Kopf, damit er ein paar Schlucke trinken konnte. Dann ließ sie ihn wieder zurücksinken.

»Johanna?«

»Hier bin ich. Noch immer bei dir.«

»Deinen Sohn hab ich belogen.«

Im ersten Augenblick glaubte sie, sich verhört zu haben. Doch der Bader umklammerte ihr Handgelenk, als wollte er sichergehen, dass sie ihn auch verstand.

»Er war bei mir. Im Badehaus. Er hat nach dir gefragt. Er war so groß. Und schön.«

Sie riss sich los.

»Hör auf damit!«, sagte sie rau. »Ich habe keinen Sohn.«

»Er hat deine Augen, Johanna«, beharrte er. »Daran hab ich ihn gleich erkannt. Verzeih meine Lüge! Aber er hat mir Angst gemacht …« Sein Mund klappte auf. Von den Augen war nur noch das Weiße zu sehen.

»So hilf ihm doch!«, sagte sie zu Vincent. »Er hat das Bewusstsein verloren.«

Sein Blick lag schwer auf ihr. Was würde er sagen? Wonach sie fragen?

Wortlos sahen sie sich an, bis lautes, forderndes Klopfen beide zusammenfahren ließ.

Johanna lief zur Pforte – und erstarrte.

Eine Gestalt in einem dunklen Umhang, das Gesicht verhüllt – der Maskenmann war zurück!

Der Schreck war so groß, dass ihre Füße wie angewurzelt waren. Dann aber erkannte sie, dass sie sich getäuscht hatte. Die Gestalt war sehr viel kleiner. Außerdem wölbte sich unter dem Stoff eine gewaltige Kugel.

»Ich will zu Ludwig«, hörte sie Ennelin sagen. »Um mich von ihm zu verabschieden. Das bist du mir schuldig!«

»Ich kann dich nicht hereinlassen«, sagte Johanna. Sie wollte die Tür wieder schließen, doch Ennelins Fuß, den diese dazwischengeschoben hatte, hinderte sie daran.

»Er ist mein Mann. Und immer noch Pächter dieses Hauses. Du wirst tun, worum ich dich bitte.«

War das wirklich noch das junge Gänschen, das sie stets als unreif und albern abgetan hatte? Plötzlich schien eine ganz andere Ennelin vor ihr zu stehen.

»Du darfst dich nicht anstecken«, sagte Johanna. »Das bist *du* deinen Kindern schuldig.«

»Ich werde mich nicht anstecken.« Ennelin zog den Fuß heraus und stemmte sich gegen die Tür, damit sie offen blieb. »Deshalb bin ich ja von Kopf bis Fuß verhüllt. Und jetzt lass mich endlich durch!«

Im nächsten Augenblick gab sie einen Schrei von sich und krümmte sich zusammen.

»Es tut auf einmal so weh! Bis in den Rücken hinein, als ob ein Messer in mir wühlt. So hilf mir doch – ich sterbe!«

»Das sind die Wehen«, sagte Johanna, der nun nichts anderes übrig blieb, als nun doch zur Seite zu treten und Platz für sie zu machen.

»Aber was ist das?« Fassungslos schaute Ennelin auf die Pfütze zu ihren Füßen. »Ich hab doch nicht …«

»Das Wasser ist gebrochen«, sagte Johanna. »Deine Kinder kommen!«

Mit vereinten Kräften hatten sie Ennelin in Johannas Kammer getragen und alles an Decken herangeschleppt, was sie finden konnten, denn unter dem Dach war es kalt. Die Wehen folgten inzwischen in regelmäßigen Abständen aufeinander, die der Gebärenden nur noch kurze Verschnaufpausen erlaubten. Ennelins rötliches Haar war schweißnass, ihr rundes Gesicht vor Anstrengung fleckig.

Sabeth schien die Niederkunft in Hochstimmung versetzt zu haben.

»Ein Kindlein kommt zur Welt«, murmelte sie, während

sie hinunter in die Küche lief und wieder hinauf, um Leinen und frisches Wasser zu bringen. Nichts, was man ihr hätte zweimal sagen müssen. Auch nach Stunden blieben ihre Augen aufmerksam und klar. »Das große Rad, es dreht sich ohne Unterlass. Ein Kindlein bringt Licht ins Todeshaus.«

»Ihr macht es sehr gut«, ermunterte Vincent Ennelin, wenn der Mut sie verlassen wollte. »Obwohl ich wünschte, wir hätten eine Wehmutter, die Euch beistehen könnte.«

»Im Pesthaus?«, fragte Johanna, die immer seltsamere Gefühle überkamen, je weiter die Geburt voranschritt. Auf ihrer Brust lag eine schwere Last, die sie ungewohnt kurzatmig machte. »Wer wäre da wohl schon gekommen?«

Dann begann Ennelin wie wild zu schreien. »Es zerreißt mich – das überlebe ich nicht!«

Johanna lief zum Kopfende des Lagers und legte ihr die Hand auf die Stirn.

»Bald hast du es geschafft«, sagte sie tröstend. »Das Köpfchen ist schon zu sehen. Noch ein paarmal pressen – dann ist es da.«

Ennelin schrie und weinte und stöhnte und presste.

Noch einmal schrie sie. Dann glitt zwischen ihren Schenkeln ein schleimiges Kind hervor. Vincent klemmte die Nabelschnur ab und durchschnitt sie. Danach hob er das Neugeborene behutsam hoch.

Ein lauter, zorniger Schrei ertönte, der alle aufatmen ließ.

»Ein Mädchen«, sagte er. »Ein schönes, rothaariges Mädchen!«

»Ein Mädchen!«, sang auch Sabeth, nachdem sie die Kleine gesäubert und eingewickelt hatte. »Das Rad, das ewige Rad …«

Ennelin streckte die Arme nach ihrem Kind aus und begann zu weinen.

Der Druck auf Johannas Brust wurde so groß, dass sie sich umdrehen musste.

»Leg sie an!«, sagte Sabeth. »So muss man es machen.«

Ennelin folgte gehorsam, und die Kleine begann sofort zu nuckeln. Ein Strahlen ging über Ennelins Züge.

»Aber das Zweite«, sagte sie plötzlich, als habe sie sich gerade erst wieder daran erinnert. »Es sollten doch zwei werden!«

»Eins nach dem anderen«, sagte Vincent, dem die Erleichterung über den bisherigen Verlauf ins Gesicht geschrieben stand. So jung sah er plötzlich aus, so gelöst, dass Johanna noch elender zumute wurde. »Ruht Euch ein wenig aus! Ihr werdet Eure Kraft noch brauchen.«

Nach einer Weile begann Ennelin wieder leise zu stöhnen.

»Es geht weiter«, sagte sie. »Ich spüre erneut Wehen.«

»Nimm ihr das Kind ab, Jo«, sagte Vincent. »Sie muss sich ganz dem hingeben, was jetzt ansteht.«

Der Name traf sie wie ein glühender Pfeil. Dazu kam die Wärme des kleinen Körpers, der nun in ihren Armen lag. Johanna spürte, wie alle Dämme in ihr brachen. Plötzlich versank alles um sie herum in einem Meer von Tränen.

Sie konnte nicht mehr aufhören zu weinen, auch als schließlich der Junge geboren wurde, zarter und kleiner als sein Schwesterchen. Er schrie nicht, sondern gab nur einen Laut von sich, der sich wie Räuspern anhörte. Als Sabeth ihn säuberte, begann er leise zu quengeln.

»Da ist er, Ludwig, dein Sohn«, sagte Ennelin tränenüberströmt, als Sabeth ihr den Neugeborenen an die Brust legte. »Mein kleiner toter Bruder, der zu mir zurückgekommen ist. Ich werde ihm den Namen meines Vaters geben: Wenzel. Und gleich damit anfangen, ihm von dir zu erzählen.«

Johanna weinte noch immer, als sie nach unten ging, während Vincent sich um die Nachgeburt kümmerte.

Die Kranken waren ungewöhnlich ruhig, als hätten sie gespürt, was sich über ihnen gerade vollzog.

»Wenn es immer so wäre, könnte man es beinahe aushalten.« Seufzend erhob Marusch sich von ihrem Hocker. »Nur der Bader hat wieder zu krakeelen begonnen. Am besten schaust du gleich nach ihm, denn ich leg mich jetzt endlich aufs Ohr.« Sie zog sich die Maske vom Gesicht. »Aber du heulst ja! Hat dich das Gebären dort oben so mitgenommen?«

Ludwig warf sich unruhig hin und her.

»Sie holen mich«, schrie er. »Lass sie nicht rein! Ich will nicht … will noch nicht …«

Johanna legte ihm die Hand auf den Arm.

»Spürst du mich?«, fragte sie. »Ich komme gerade von deinen Kindern. Zwei sind es, ein Mädchen und ein Junge.«

»Sie leben?«, flüsterte er.

»Beide gesund und munter«, versicherte Johanna.

»Und Ennelin?« Sie musste sich tief über ihn beugen, um ihn noch zu verstehen. »Ist sie …«

»Wird ihnen eine gute Mutter sein«, hörte Johanna sich zu ihrer eigenen Überraschung sagen. »Eine sehr viel bessere, als ich jemals …«

Ein schwerer, rasselnder Atemzug, dann fiel Ludwigs Kopf zur Seite.

Johanna blieb neben ihm sitzen, die Hand auf seinem Arm. Manche glauben ja, dass die Seele zum Fenster hinausfliegt, wenn sie sich vom Körper löst, doch selbst wenn das zutrifft, überlegte Johanna, darf ich Ludwig jetzt nicht verlassen. Er war keiner der üblichen Pesttoten, die sie so schnell wie möglich wegbrachten, um Platz für die nächsten Kranken zu schaffen. Ludwig hatte ihr Trost im Leben geschenkt, deshalb war es richtig, ihm etwas davon im Tod zurückzugeben.

Er war ihr Freund gewesen, ihr Geliebter, ihr Vertrauter. Er hatte ihr Vincent zurückgebracht, auch wenn es nicht seine Absicht gewesen war.

Er wollte ihren Sohn gesehen haben – doch das war unmöglich.

Eine ganze Weile verharrte sie so, während ihre Tränen allmählich versiegten. Jetzt erst bemerkte sie die Gestalt, die leise hinter sie getreten war.

»Er ist gestorben«, sagte sie, während sie sich umdrehte. »Ludwig ist tot, aber die Kinder …«

Vincent schloss seine Arme fest um sie.

Er kam nicht mehr. Plötzlich war Bela sich ganz sicher.

Und auch die anderen, die zu ihren Stammkunden gehört hatten, würden sie nicht weiter aufsuchen. Die Geschwüre, die sie an ihrem geheimsten Ort ertastet hatte, verrieten ihr, dass ihre besten Tage vorüber waren.

Wem von ihnen hatte sie dieses Malheur zu verdanken?

Der Krähe, die ihr das Herz aus dem Körper gerissen und so lange darin herumgepickt hatte, bis es ganz zerrupft und blutig geworden war?

Dem Rheinmeister, der sie mit Silber und Pelzen bestechen wollte, damit sie vergaß, wie sehr er sie verachtete?

Dem Kürschner, den die eigene Gier so mickrig und klein gemacht hatte, dass er zum Kapaun geworden war?

Oder war es einer der zahllosen namenlosen Männer gewesen, die Wolter ihr geschickt hatte, damit die Münzen in seiner Lade weiterhin fröhlich klingelten?

Sie alle bezahlten nicht dafür, dass sie mit ihnen schlief. Sie bezahlten dafür, dass sie wieder gehen konnten, sobald ihre Lust gestillt war.

Bela fühlte sich plötzlich so müde, dass sie am liebsten nie mehr aufgestanden wäre. Doch sie musste aus dem Haus, auch wenn Wolter die Schrecknisse der Pest, die draußen in allen Winkeln lauerte, in immer neuen schaurigen Einzelheiten ausmalte.

Jene Ita, die ihr Abscheu entgegenbrachte, weil sie jung und schön war, hatte in geheimnisvollen Andeutungen von einem Wundermittel gesprochen, das die Lustseuche besiegen könne. In ihren Augen hatte Bela gelesen, wie sehr sie Geld liebte. Sie hatte einiges zurückgelegt, einen geheimen Vorrat, von dem nicht einmal der Hurenwirt etwas wusste. Sie packte alles, was sie besaß, in einen kleinen

Samtbeutel. Vielleicht würde der Klang von Silber Itas Abneigung in Geschäftssinn verwandeln.

Als sie nach einem passenden Gewand suchte, fiel ihr auf, wie dürftig ihre Garderobe war. »Du brauchst Kleider nur zum Ausziehen« – die hochnäsige Stimme Neuhaus' schepperte hässlich in ihren Ohren. Nicht einmal ordentliche Stiefel für den Winter besaß sie, musste sich in dünnes Schuhwerk zwängen, das Schmutz und Nässe schon ganz rissig gemacht hatten.

Du weißt nichts von mir – gar nichts!, dachte sie trotzig, während sie sich mit Ösen und Schnüren abmühte. Vielleicht kommt die Krähe ja doch noch zurück und trägt mich auf ihren Schwingen weit fort.

Jetzt legte sie sich den Silberfuchs um den Hals, den Neuhaus dem Kürschner vor Monaten für sie abgeluchst hatte, auch wenn jegliche Freude daran längst erloschen war, und setzte sich zudem das silbrige Mützchen auf. Sie schlang sich das dickste Wolltuch um, das sie besaß. Dann steckte sie den Samtbeutel in den Muff, den Arnheim bei seiner wilden Flucht zurückgelassen hatte.

»Du willst ausgehen?«, fragte Conrat Wolter erstaunt. »Bei diesem Wetter?«

»Bin ich vielleicht deine Gefangene?«, entgegnete sie gereizt.

»Schon gut, schon gut!« Noch war er bestrebt, ihr nach dem Mund zu reden, weil er stets daran dachte, wie viel sie ihm einbrachte. »Aber schlepp mir bloß nicht die schwarzen Beulen an oder sonst irgendeine Krankheit! Heute ist es sehr ruhig, aber morgen …«

Sie ließ ihn einfach stehen.

Die kalte Novemberluft kühlte die innere Hitze. Daran hätte sie es eigentlich schon früher merken können: an den Händen und Füßen, die trotz der schäbigen Bude, in der sie untergebracht war, nie mehr richtig kalt geworden waren.

Bela war in schnelles Gehen verfallen. Je eher sie bei Ita ankam, desto rascher würde sie es hinter sich bringen.

Ihre Aufregung wuchs. Würde sie ihr *palo santo* verabreichen, zwei Worte, die Bela behalten hatte, obwohl sie aus einer anderen Sprache stammten?

Sie blieb stehen, schaute sich suchend um. Die Schwalbengasse hatte sie erreicht. Doch welches war noch einmal das Haus?

Dann fiel ihr plötzlich wieder das heimliche Prusten der anderen ein. Im ehemaligen Hurenhaus hatte die Heilerin sich eingemietet. Jetzt hätte Bela nicht einmal mehr die Eulenklaue an der Tür gebraucht, um sich zurechtzufinden.

Sie klopfte an.

Ita öffnete.

»Bela?« Ihre dichten Brauen schnellten nach oben. »Was willst du? Pestamulette? Die muss ich erst wieder anfertigen, so zügig, wie man sie mir aus den Händen reißt.«

»Ich brauche deine Hilfe«, sagte Bela. »Ich habe Geld dabei. Viel Geld …«

»Schöne Pelze«, erwiderte Ita. »Komm herein!«

Die Küche, in die Bela beim Vorbeigehen nur einen kurzen Blick werfen konnte, schien ein buntes Sammelsurium von Töpfen, Kräuterbüscheln und Gewürzen zu sein, doch der Raum, in den Ita sie schließlich führte, war überraschend karg.

Ein Tisch, zwei Stühle, eine Truhe. In der Luft hing der Geruch nach Verbranntem.

»Also?«, sagte Ita, während Bela sich beklommen setzte.

»Im Haus am Berlich hast du von einem bestimmten Holz gesprochen«, begann Bela vorsichtig. »Da dachte ich …«

»Es hat dich tatsächlich erwischt?« In Itas Augen trat ein seltsamer Glanz. »Ihr denkt alle, ihr wärt unverwundbar, aber das seid ihr nicht.« Sie begann ihre Hände zu kneten. »Wie lange schon?«

»Das weiß ich nicht genau.«

»Ach, du lässt nur die geilen Kerle schauen und machst die Augen zu, wenn du dich wäschst oder streichelst?«

»Zwei Wochen«, sagte Bela. »Vielleicht auch länger. Es sind …«

»Lass mich raten! Gelbliche Geschwüre, habe ich recht? Unter den Armen hast du harte Knötchen, und die Gelenke schwellen an wie bei einem alten Weib?«

»Woher weißt du das?«, fragte Bela beklommen.

»Weil ich alles darüber weiß. *Alles!* Es ist nicht mehr ganz so frisch, wie du denkst. Das Teufelszeug besitzt die tückische Eigenschaft, zu verschwinden und genau dann wieder aufzutauchen, wenn man sich in Sicherheit wiegt und hofft, alles sei nur ein Trugbild gewesen.«

In Belas Augen schimmerten Tränen.

»Ich werde alles verlieren«, sagte sie. »Die Männer. Meinen Platz bei Conrat. Die anderen Mädchen …«

»Und mehr als das«, sagte Ita mit kaltem Lächeln. »Deine Schönheit. Die zarte Haut, auf die du so stolz bist. Das, was man Gesundheit nennt. Zuletzt vielleicht sogar den Verstand. Ich kenne einige, die im Narrenturm gelandet sind. Aber vielleicht hast du ja Glück und bist schon vorher tot.«

»Warum hasst du mich so?«, flüsterte Bela.

»Ich hasse dich nicht. Wenn man innerlich gestorben ist, kann man nicht mehr hassen.« Ita ließ sich auf die Tischkante sinken. »Ich war auch einmal wie du, und das ist noch nicht einmal so lange her. Mag sein, nicht ganz so schön, aber doch ein anziehendes, fröhliches junges Ding. Ein wenig übermütig vielleicht, ein wenig zu leichtgläubig, wie viele eben sind, die im Badehaus arbeiten, wo man das eine tun und das andere nicht unbedingt lassen muss. Doch das änderte sich von einem Tag zum anderen. Plötzlich hatte ich für ein Kind zu sorgen – in schweren Zeiten. Das hat mich noch waghalsiger gemacht. Die Rechnung ließ nicht lange auf sich warten.«

Sie schob die Glasperlen zurück, deutete auf ihren Hals.

»Band der Venus, so nennen es die Eingeweihten«, sagte sie. »Und es erspart dir das kostbarste Geschmeide. Noch mehr davon gefällig?«

Sie drehte sich zur Wand, schnürte ihr Mieder auf. Dann ließ sie es bis auf die Hüften sinken.

Bela presste sich die Faust vor den Mund, um nicht aufzuschreien.

»So wird es auch bei dir früher oder später aussehen«, sagte Ita. »Schlangen, die aus einer Grotte kriechen, wuchernd, nässend, in immer neuen Verrenkungen. Vielleicht kommen sie die Beine herauf. Oder sie nisten sich auf deinen Brüsten ein. Vielleicht ist es die Scham …«

»Sei still!« Bela war aufgesprungen und hielt sich die Ohren zu. »Ich will das nicht mehr hören. Gib mir dein verdammtes Holz, und lass mich in Frieden!«

In aller Seelenruhe schnürte Ita das Mieder wieder zu.

»Warum sollte ich das tun?«, sagte sie. »Und lass dir bloß nicht einfallen, einer Menschenseele davon zu erzählen! Man würde es dir ohnehin nicht glauben.«

»Weil ich dir Geld dafür gebe. Und Pelze – hier!« Bela riss sich den Silberfuchs vom Hals und warf ihn auf den Boden. Das Mützchen flog hinterher. »Nimm alles, was du willst! Ich sage kein Wort – zu niemandem. Versprochen!«

Ita rührte keinen Finger.

»Hennes Arnheim schenkt mir jeden Pelz, den ich mir wünsche«, sagte sie. »Und Geld habe ich mehr als genug. Die Kölner sind verrückt nach meinen Amuletten. Wenn die Pest noch länger dauert, bin ich eine reiche Frau.« Ihre Augen waren hart und glänzend wie Obsidian. »Was sonst kannst du mir anbieten?«

Bela starrte sie an wie eine Erscheinung. Beelzebub stand vor ihr, in weiblicher Gestalt. Sie zweifelte nicht einen Augenblick daran.

»Meine Seele?«, flüsterte sie.

»Die kannst du behalten. Mir reicht die eigene, so schwarz und faulig, wie sie inzwischen ist.«

»Mein Leben?«

»Das hast du schon weggeworfen.« Ita stieß ein teuflisches Lachen aus. »Noch ein Geheimnis, das ich mit dir teilen will: Wenn man sich erst einmal daran gewöhnt hat, lebt es sich die ersten Jahre nicht einmal so übel damit – vorausgesetzt allerdings, man landet nicht in der Gosse wie du. Und jetzt geh! Ich habe Wichtigeres zu tun.«

Bela griff mit zittrigen Händen nach ihrem Muff und floh.

In der Dunkelheit fand er ihren Mund und ihr Haar. Johanna war leidenschaftlicher, als er es in Erinnerung hatte, zerrte an seinen Kleidern, als könne es ihr nicht schnell genug gehen, ihn zu spüren. Vincent war nach der ersten Umarmung, die beide sprachlos gemacht hatte, fortgegangen und mitten in der Nacht wiedergekommen, weil er es ohne sie auf einmal nicht länger ausgehalten hatte.

Nur im Hemd empfing sie ihn an der Pforte, eine Lampe in der Hand, als hätte sie bereits auf ihn gewartet. Nebenan stöhnten und ächzten die Kranken, in Johannas Kammer schlief Ennelin mit ihren neugeborenen Kindern. Sie schafften es gerade noch treppauf bis in Sabeths winzigen Verschlag.

Dort sanken sie auf die schmale Pritsche, ein Knäuel aus Armen, Händen, Beinen, Mündern. Mieze, in ihrer nächtlichen Ruhe gestört, verzog sich mit leisem Fauchen.

»Und wenn Sabeth schlafen gehen möchte?«, fragte er zwischendrin.

»Sie wacht bei Ennelin«, sagte Johanna. »Heute ist die

blaueste ihrer Nächte seit Jahren. Vielleicht wird es niemals wieder so werden.«

Er lachte, dieses große, hungrige, unbekümmerte Lachen, das sie so lange vermisst hatte, und zog sie noch enger an sich.

Jeden Augenblick konnte Marusch hereinschneien oder Grit, weil einer der Kranken unruhig wurde. Jemand konnte sterben, Ennelin würde Hilfe brauchen oder Sabeth erneut ins bodenlose Grau sinken – doch das alles kümmerte die beiden nicht. Es gab nur noch diesen Mann und diese Frau, die sich wiederfanden und ganz neu entdeckten.

Wieder waren sie in der alten Hütte, während draußen das Laub in den Bäumen raschelte und der große Fluss sein blaues Lied sang, jung, verliebt, trunken von einer Zukunft, die noch vor ihnen lag. Gleichzeitig aber war es dunkel und kalt, es roch nach Krankheit und Tod, und die Zeit hatte unverwechselbar ihre Spuren auf ihnen hinterlassen.

Damals hatten sie getastet und gesucht. Alles war neu gewesen, ein aufregendes Spiel in immer neuen Facetten. Jetzt lagen Sorgen und Bitternis hinter ihnen, Angst und Fremdheit.

Der Geruch anderer Körper. Das Bewusstsein von Trennung und Tod.

Es gab kein zärtliches Verweilen, sondern nur diese eine verzweifelte Lust, die nach Erfüllung schrie. Seine Hände waren fordernd, und sie gab ihnen nur, was sie wollte, während sie ihre Fingernägel tief in sein Fleisch grub.

Mittendrin griff Johanna nach ihrem Band, als könnte

sie es keinen Augenblick länger ertragen, und riss es sich vom Hals. Vincent bedeckte ihre Narben mit heißen Küssen, während sie sich ihm entgegenbäumte.

Es war kein Spiel, sondern Kampf, ein Kräftemessen, wie sie es noch nie zuvor miteinander betrieben hatten, und je länger es dauerte, desto heftiger wurde es. Sie schwitzten, sie stöhnten, sie ächzten, ineinander verschlungen und dennoch zwei Pole, die sich abstießen und unentwegt zueinander strebten.

Schließlich sank er auf ihr zusammen.

»Du musst fort«, murmelte sie, als ihr Atem wieder ruhiger geworden war. »Du bist schon viel zu lange hier.«

»Gleich.« Er hinderte sie am Aufstehen. »Du hast ein Kind geboren, Johanna?«

»Woher willst du das wissen?«, fuhr sie ihn an.

»Dein Verhalten während Ennelins Entbindung hat es mir gezeigt. Und die silbrigen Streifen auf deinem Bauch. Ich habe dich heimlich beim Baden beobachtet. Ich konnte nicht anders.« Er machte eine kleine Pause. »Der Bader hat gesagt …«

»Der Bader hat sich geirrt. Mein Sohn ist tot. Tot!« Abermals begann sie zu weinen, als hätten die Tränen nur darauf gewartet, endlich wieder fließen zu können. »Er war keine fünf, als er starb, damals in Freiburg, wohin ich geflüchtet war …«

»Unser Sohn?« Seine Stimme schwankte zwischen Hoffnung und Furcht.

»Jakob.« Sie nickte. »Ich wusste es erst, nachdem du schon fort warst.«

»Du hast ihm trotzdem den Namen meines Vaters gegeben?«

»Damit er wenigstens irgendetwas von dir hat«, sagte Johanna. »Aber das hätte ich gar nicht tun müssen. So ähnlich war er dir, als hätte ein Bildhauer das gleiche Gesicht noch einmal in Klein geschnitzt. Mit der Arbeit im Badehaus hab ich uns beide durchgebracht. Alle mochten meine Hände, was mich davor bewahrt hat, anderes tun zu müssen. Bis die Pest kam – und ihn mir genommen hat.« Ihre Hände flogen zum Hals. Sie wurden erst ruhiger, als sie wieder ihr gewohntes Band angelegt hatte.

»Du musstest an seinem Grab stehen?«

»Wie denn!« Schluchzend sprang sie auf. »Ich war doch selbst dem Tod näher als dem Leben! Ich hatte ihn einer Frau anvertraut, die schwor, sie würde sich seiner annehmen, und sie dafür bezahlt, damit es ihm gut bei ihr ging. Doch als ich die Pest überlebt hatte und ihn bei ihr holen wollte, war Jakob …« Sie konnte nicht mehr weiterreden.

»Jo!« Erneut wollte er sie umfangen. »Meine Jo!«

»Geh jetzt!« Johanna schob ihn weg. »Die Arbeit wartet. Und niemand darf dich hier sehen.«

»Ich komme wieder.« Er griff nach Mantel und Maske. »Sobald ich beim Erzbischof war. Ennelin muss mit den Säuglingen zu ihrer Mutter gebracht werden. Und wir beide …«

»Vergiss es!«, sagte Johanna spröde. »Wir hatten niemals eine Zukunft. Und so wird es bleiben.«

Bevor er etwas sagen konnte, packte sie das Öllicht und lief vor ihm die Treppe hinunter. Betreten folgte er ihr.

Sie wandte den Kopf zur Seite, als er sie küssen wollte, und öffnete die Haustür, als könnte es ihr auf einmal nicht schnell genug gehen, ihn los zu sein.

Dann stieß Johanna einen gellenden Schrei aus.

Auf der Schwelle lag ein gehäutetes Tier. Daneben sein buschiger Schwanz, dessen pelzige Pracht das rohe Fleisch noch bedrohlicher machte. Das Schlimmste jedoch war das breite grüne Samtband, das man um seinen Hals gelegt hatte.

Vincent trug noch ihren Geruch an sich, als er das Palais des Erzbischofs erreichte, was ihn mit einem Gefühl wilder Genugtuung erfüllte. Sie waren vereint gewesen – doch was war danach alles geschehen!

Ein Sohn war ihm geschenkt und wieder genommen worden.

Schließlich der grausliche Fund auf der Schwelle.

Johanna hatte ihm auch von dem ersten Kadaver erzählt und in stockenden Halbsätzen von dem Einbrecher berichtet, der die Pestwäsche gestohlen hatte.

Sie schwebte in großer Gefahr, das wussten sie beide. Die verstümmelten Tiere auf der Schwelle waren unmissverständliche Botschaften. Zweimal waren sie schon abgelegt worden – was würde als Drittes kommen?

Aber wie konnte er sie schützen, in diesem Haus voller Grauen und Tod?

Zerstreut nahm er die Grußworte des Prälaten entgegen, der ihn an der Pforte in Empfang nahm und hinauf zum Erzbischof führte. Wie nicht anders zu erwarten, war der Kanzler bei ihm, Gisbert Longolius ebenfalls, der ungewohnt blass aussah.

»Was für eine Ehre, Euch wieder einmal in meinen Räumen begrüßen zu dürfen, Medicus de Vries!« Die Ironie in von Wieds Stimme entging keinem der Anwesenden.

»Ich komme, sobald Ihr nach mir verlangt, Exzellenz«, gab Vincent zurück. »Und dies war in letzter Zeit leider nicht gerade oft der Fall.«

»Man hört, Ihr kämpft geradezu unermüdlich gegen die Seuche. Das Pesthaus in der Gereonstraße soll beinahe Euer zweites Zuhause geworden sein.« Die tief liegenden Augen des Erzbischofs funkelten boshaft. »Sogar die Studenten beginnen bereits zu murren, weil vor lauter Praxis die Theorie zu kurz kommt.«

»Die Kranken sind die Praxis«, sagte Vincent scharf. »Das sollten sie frühzeitig begreifen. Was nützt alle Theorie, wenn wir diese Menschen nicht gesund machen können?« Sein Tonfall veränderte sich. »Wie geht es Euch, Exzellenz? Ihr wirkt frischer. Und das Gelb aus Euren Augäpfeln ist auch verschwunden.«

»Ich fühle mich wohl«, sagte von Wied. »Und ich brauche meine Gesundheit dringender denn je – in diesen Zeiten des Umbruchs. Ihr habt meine Predigt gehört?«

»Jedes Wort, Exzellenz.«

»Hat sie Euch gefallen?«

»Gefallen?«, wiederholte Vincent gedehnt. »Bestürzt hat sie mich. Zum Nachdenken gebracht. Aufgerüttelt. So würde ich es eher beschreiben.«

»Da seht Ihr es!« Voller Begeisterung war der Erzbischof von seinem Sessel aufgesprungen. »Habe ich es Euch nicht gesagt?« Das galt Bernhard vom Hagen. »Das Volk versteht mich, und ich verstehe das Volk. Es will nicht länger unter den alten Missständen leiden.« Er ballte die Hände zu Fäusten. »Und den Worten werden alsbald Taten folgen. Die fähigsten Reformer will ich nach Köln holen, Martin Bucer, Philipp Melanchthon, Erasmus Sarcerius und viele andere, die unserer geliebten Stadt neue Impulse geben werden.«

»Eure geliebte Stadt ächzt unter der Pest«, sagte Vincent. »Hunderte sterben. In den Gassen häuft sich der Unrat. Familien brechen auseinander. Gesindel raubt und stiehlt, was es nur kriegen kann. Keiner kann dem anderen mehr trauen. Das ist es, worunter das Volk gerade leidet. Die Menschen verlieren alle Hoffnung. Und wir Heilkundige können nur wenig dagegen ausrichten.«

Die Hände von Wieds sanken herab.

»Ich werde mir von Euch nicht den Mut nehmen lassen, Medicus de Vries«, sagte er. »Ebenso wenig wie von anderen.« Bernhard vom Hagen schwieg weiterhin verbittert. »Wir beide werden wieder enger zusammenrücken müssen.«

»Wie darf ich das verstehen, Exzellenz?«, fragte Vincent, innerlich alarmiert.

»Sprecht, Medicus Longolius!«, befahl der Erzbischof. »Sagt es ihm selbst!«

»Mein Vater ist schwer erkrankt«, sagte der Leibarzt. »Sein Herz und zahlreiche Unpässlichkeiten machen ihm zu schaffen. Und da auch meine Mutter bereits betagt ist, ruft mich die Sohnespflicht zurück nach Utrecht. Ich will dabei sein, wenn er die Augen schließt. Das bin ich ihm nach einem Leben fern der Heimat schuldig.«

»Wir können also auf Euch zählen?«, fragte der Kanzler, an Vincent gewandt.

»Ihr konntet stets auf mich zählen«, erwiderte dieser. »Wenngleich ich kein Mensch bin, der sich gerne einsperren lässt. Freiheit allein hat mich alles gelehrt, was ich heute beherrsche – Freiheit zu reisen, Freiheit zu sehen, zu lernen und wieder zu verwerfen. Und das lasse ich mir von niemandem nehmen!«

Er hatte so leidenschaftlich gesprochen, dass alle Augen auf ihn gerichtet waren. Man hörte nur noch die Scheite im Kamin ächzen, sonst war es totenstill geworden.

»Manchmal macht Ihr mir ein wenig Angst, de Vries«, brach der Erzbischof schließlich die Stille. »Wisst Ihr das eigentlich?«

Vincent räusperte sich. Solange er hier war, musste er mit von Wied auskommen. Besser, ihm einen Schritt entgegenzugehen, als ihn zum Gegner oder gar Feind zu haben.

»Seid unbesorgt, Exzellenz«, sagte er. »Solange der Vogel nicht in den Käfig muss, ist durchaus mit ihm auszukommen. Lasst uns als Erstes den Stand Eurer Arzneien begutachten. Ihr solltet stets reichlich Vorrat halten, damit sie Euch niemals ausgehen. Und jetzt, da Apotheker Mechthus verstorben ist …«

»Es gibt bereits einen Nachfolger«, sagte Longolius.

»Walter Eckes. Der wird die Apotheke im Namen der Witwe weiterführen.«

»Dann werde ich ihn aufsuchen«, sagte Vincent. »Mit der Witwe Mechthus habe ich ohnehin zu reden.«

Der dritte Kadaver musste der schrecklichste werden.

Doch das Töten fiel ihm zunehmend schwerer. Keines der Tiere hatte ihm etwas getan, und es half nichts, dass er insgeheim bei ihnen Abbitte leistete, bevor er ihnen das Fell über die Ohren zog. Das Messer leistete ihm dabei gute Dienste, sein heimlicher Freund, ohne den er sich nackt und bloß gefühlt hätte.

Die Krähe spürte, dass sich etwas zusammenbraute.

Marusch hatte ihn nicht wieder ins Pesthaus gelassen. So war ihm nichts anderes übrig geblieben, als in verlassenen Häusern auf die Suche nach Wäschestücken zu gehen, die er als Beute ausgeben konnte. Andere vor ihm waren schneller gewesen und offenbar gründlicher, sodass sein Ertrag eher mager ausfiel.

Christian hatte dies mit einem Achselzucken abgetan und sich dann wieder schweigend ans Feuer gesetzt. Der Bader war gestorben, sein Vater, wie die Krähe erst jetzt erfahren hatte. Infiziert von den Pestlumpen, die der eigene Sohn ihm vor die Tür gelegt hatte.

Die Krähe hatte sich niemals allzu viele Gedanken darüber gemacht, wozu dieses Sudelzeug gut sein sollte, das sie auf Neuhaus' Anordnung stehlen mussten. Jetzt aber konnte er nicht länger die Augen davor verschließen.

Sie schleppten den Tod aus dem einen Haus, um ihn in das nächste zu tragen – zu Menschen, die in der Bibel lasen und an das Wort Gottes glaubten, so wie Nele. Deshalb hielten sie sie gefangen, wie sie ihm gestern Abend in atemlosem Stakkato zugeflüstert hatte, als er sich zu ihrem Gitter gehangelt hatte. Damit sie ihre Glaubensbrüder und -schwestern preisgab und somit das Todesurteil über sie fällte.

»Aber ich rede nicht«, hatte sie gerufen. »Denn das Wort ist heilig. Mit dem Wort hat Gott die Welt erschaffen. Niemals werde ich es mit Füßen treten – und wenn sie mir Nase und Ohren abschneiden!«

Eine große Angst war in die Krähe gefahren, auch wenn er nicht so genau verstand, was sie damit meinte. Denn das könnten sie ihr durchaus antun, wenn sie weiterhin uneinsichtig blieb, wie Ruch es mit zynischem Lächeln nannte, und noch viel mehr.

Es machte ihn unruhig, dass dieser Neuhaus schon wieder ins Siechenhaus gekommen war. Dass er sich mit Christian und Ruch in eines der leeren Zimmer verkrochen und sogar den Wein abgelehnt hatte, den er sonst so gern bei ihnen soff.

Etwas braute sich zusammen.

Er spürte es mit allen Sinnen, etwas Böses, Dunkles, das Nele galt.

Wie konnte er da noch länger auf der Lauer liegen?

Der dritte Kadaver war schließlich nur eine Frage der Zeit. Schon jetzt würde sie zittern und beben, sobald sie an das grüne Band an den geschändeten Tieren dachte, jenes Band, das auch sie um den Hals trug.

Es galt ihr, ihr allein. Das würde sie längst begriffen haben.

Die Krähe verließ das Versteck und lief zum Hof zurück.

Eigentlich hatte er ins Hauptgebäude gehen wollen, um zu sehen, was die Männer heimlich trieben, doch irgendetwas brachte ihn dazu, als Erstes das alte Backhaus anzusteuern.

Zu seiner Überraschung war die Tür nicht verriegelt wie sonst, sondern stand angelehnt, eine Gelegenheit, die er sich nicht entgehen lassen konnte.

Nele?, wollte er schon rufen. Ich bin's, Jakob. Doch die Worte blieben ihm im Hals stecken.

Nele stand mit dem Rücken zur Wand, zu Füßen ihr Kleid, das inzwischen vom Ruß so schmutzig war, dass man die ursprüngliche Farbe nur noch ahnen konnte.

»Herunter mit dem Hemd!« Die Stimme des Mannes war kehlig. »Hab dir ein schönes neues mitgebracht, das dir viel besser stehen wird.«

»Ich zieh mich nicht weiter vor Euch aus«, rief Nele. »Und verraten werde ich auch nichts, damit Ihr das nur wisst!«

»Und ob du dich ausziehen wirst!« Neuhaus machte einen Schritt auf sie zu. »Es soll direkt auf deine glatte Haut kommen, hast du mich verstanden? Damit es dich so schützend einhüllt wie ein Totenhemd.« Dann begann er zu brüllen. »Runter damit! Sonst mache ich es.«

Sie schaute so ängstlich drein, wie er es noch nie an ihr gesehen hatte.

Neuhaus schwenkte das Hemd wie eine Trophäe.

Das dunkle Leder seiner Handschuhe ließ es noch weißer erscheinen. Weiß war es, mit Blüten und Ranken sorgfältig bestickt, ein Schmuckstück geradezu, wäre es nicht …

Die Krähe erstarrte. Er selbst hatte es aus dem Pesthaus gestohlen und Ruch damit verächtlich vor der Nase herumgewedelt.

»Komm, fass es an, Mädchen!«, lockte Neuhaus. »Es ist ganz zart und fein. Wie für dich gemacht.«

»Nein, Nele, nicht!«, entfuhr es der Krähe. »Nicht anfassen!«

Neuhaus drehte sich zu ihm um.

»Wen haben wir denn da?« Die fleischigen Züge drohten ihm zu entgleiten. »Den fleißigen kleinen Stecher aus dem Hurenhaus! Kannst die Braut dort gern haben, wenn du unbedingt willst – aber die hier gehört mir.«

In seiner Rechten blitzte ein Dolch, mit dem er blitzschnell Neles Arm ritzte. Blut sprudelte hervor, tropfte auf den Boden.

»Hilf mir, Jakob!«, schrie Nele in Todesangst. »Er ersticht mich!«

Die Krähe sprang auf Neuhaus zu, der das Pesthemd wie einen Schild vor sich hielt.

»Soll ich dich auch gleich damit erledigen?«, schrie der Rheinmeister. »Im Tode vereint, unsere jungen Liebenden, welch herzergreifendes Bild!«

»Gar nichts wirst du!«, schrie Jakob zurück. Schneller und leichter als der Ältere, tänzelte er wie besessen vor diesem herum. »Lass das Hemd sofort fallen!«

Er hatte ebenfalls sein Messer gezückt und streckte es Neuhaus entgegen.

»Ich denke gar nicht daran. Sie wird sterben – auf qualvolle Weise wie all die anderen Ketzer. Aber davon verstehst du nichts, du hirnloser Bastard!«

Ein Wort, das Jakob viel zu oft zu hören bekommen hatte, bevor er sich in die Krähe verwandelt hatte, vor deren scharfen Krallen sie alle Angst hatten. Wut stieg in ihm auf, gleißend hell, wie er sie sonst nur kannte, wenn er an seine Mutter dachte, die ihn für ein paar Silberlinge verkauft hatte.

»Das sagst du nicht zu mir!« Sein Fuß schnellte vor, traf Neuhaus exakt zwischen den Beinen. »So schnell wirst du nicht mehr ins Hurenhaus laufen!«

Der Rheinmeister krümmte sich, um den Schmerz abzumildern. Dabei verlor er den Dolch. Das Hemd hielt er weiterhin umklammert, als sei es mit ihm verwachsen.

»Bastard«, keuchte er. »Bastard. Bastard … der einzige Name, der für dich taugt!«

Ein harter Knierempler brachte ihn auf den Boden.

Dann besann Jakob sich auf das, was der Alte ihm beigebracht hatte: die Nieren, der Magen, die Lunge. Seine Tritte kamen erbarmungslos und regelmäßig, bis Neuhaus endlich verstummt war.

»Nele«, schrie Jakob, »lauf weg. Mach, dass du fortkommst! Wenn der Hundling wieder zu sich kommt …«

Sie setzte sich in Bewegung, doch Neuhaus hatte sie beide getäuscht. Als Nele an ihm vorbeiwollte, packte er ihren Knöchel und brachte sie zu Fall. Während sie längs hinschlug und vor Schmerz aufschrie, holte er das Pesthemd unter sich hervor und presste es auf ihre blutende Wunde.

»Du wirst sterben«, zischte er. »Ihr alle werdet sterben! Erst dann bin ich zufrieden.«

Jetzt gab es kein Halten mehr für Jakob. Er warf sich auf ihn, hob den Arm, um mit dem Messer zuzustechen.

Neuhaus jedoch hinderte ihn daran. Mit eisenhartem Griff hielt er Jakobs Arm umklammert, schnitt so die Blutzufuhr ab, bis die Hand kraftlos hinuntersank und das Messer freigab. Dann wälzte er sich auf Jakob.

»Macht doch Spaß, unter mir zu liegen«, keuchte er, während seine Hände an Jakobs Gurgel fuhren und zudrückten. »Das hat Bela auch immer gefallen. Wenn ich hier mit dir fertig bin, wird sie wieder angekrochen kommen. Und was meinst du, was ich dann mit ihr mache?«

Hinter Jakobs Augen wuchs eine grellrote Flamme. Seine Beine begannen zu zucken. Er spürte, wie es unter ihm nass wurde.

Sein Hals steckte in einer Zwinge, die sich immer enger zuzog. Mein Band aus Eisen, dachte er.

Dann zerstoben alle Gedanken.

❦

»Ich hab ihn umgebracht, Jakob. Er ist tot.« Zögernd nur, wie Nebelfinger, drangen diese Worte zu ihm.

Er röchelte, fasste sich an den Hals, spuckte. Die Eisenzwinge war verschwunden. Doch noch immer konnte er spüren, wo und wie sie ihn umklammert hatte.

»Hörst du mich?« Es klang wie Weinen. »Ich dachte, er

tötet dich. Da hab ich dein Messer genommen und es ihm in den Rücken gestoßen, wieder und immer wieder. Bis er grunzend von dir abgefallen ist.«

»Nele?«, sagte er, während er sich mühsam aufrichtete.

»Ich war es, Jakob. Ich hab ihn umgebracht. Obwohl Gott doch verboten hat, Menschen zu töten.«

Neben ihm lag Neuhaus, regungslos. Sein blaues Wams hatte mehrere Einstiche, aus denen Blut gelaufen war.

»Du warst das?«, fragte er verblüfft.

»Mit deinem Messer«, bekräftigte sie. »Aber das hab ich dir doch schon gesagt. Hier. Steck es wieder ein! Ich will es nicht mehr sehen.«

Jakob gehorchte, erst nach und nach war er wieder in der Lage, seine Gedanken zu ordnen.

»Und deine Wunde?«, sagte er.

»Halb so schlimm«, versicherte sie. »Es beginnt schon zu verkrusten.«

»Aber er hat dich mit dem Hemd dort berührt …« Inzwischen war die Erinnerung zurückgekehrt.

»Und wenn schon!« Sie versuchte ein Lächeln. »Und das ganze seltsame Zeug, das er gefaselt hat. Aber ich bin nicht schwach geworden. Ich habe keinen verraten.« Dann wurde ihre Stimme zu einem Wispern: »Muss ich jetzt in die Hölle, weil ich ihn erstochen habe? Das ist doch eine Todsünde …«

Ihm brach schier das Herz, als er nach einer Antwort suchte.

»Ist es nicht«, sagte er. »Das war Notwehr, Nele, blanke Notwehr. Er hätte uns beide getötet, mich und dich, wenn du ihm nicht zuvorgekommen wärst. Und er wird dich vielleicht noch …« Er hielt inne.

»Was hast du denn, Jakob?«, fragte sie besorgt. »Du siehst auf einmal ganz elend aus.«

Schweigend starrte er sie an. Wie sollte er ihr sagen, dass das Hemd den Tod in sich trug?

Dass er es eigenhändig aus dem Pesthaus gestohlen hatte?

Dass er inzwischen durchschaute, was ihren Glaubensgenossen drohte?

Der, der diesen teuflischen Plan ersonnen hatte, konnte ihn nicht weiterspinnen, dafür hatte Nele gesorgt. Wenn Jakob einmal in seinem Leben an himmlische Gerechtigkeit geglaubt hatte, dann in diesem Augenblick.

Doch was war mit ihr? Musste sie für ihren Mut, ihre Entschlossenheit nun mit dem Leben bezahlen?

Er liebte sie, das begriff er, als er sie in ihrem blutbespritzten Hemd und den aufgelösten Haaren vor sich sitzen sah. Mehr als alles auf der Welt. Nie mehr wollte er sie verlieren.

»Steh auf!«, sagte er. »Wir müssen weg!«

Doch das Hochkommen fiel ihm mehr als schwer, und Nele taumelte noch stärker als er. Dennoch gelangen ihnen ein paar wacklige Schritte in Richtung Tür.

»Nicht ganz so hastig!«, sagte Christian, der plötzlich den Ausgang versperrte. »Ich wollte nach euch sehen …«

Nele gab einen kleinen erschrockenen Laut von sich.

Jetzt erst entdeckte Christian die reglose Gestalt auf dem Boden.

»Aber das ist ja Neuhaus«, sagte er und kam näher. »Was habt ihr getan? Ihr habt ihn doch nicht etwa …« Er beugte sich zu dem Toten hinunter.

Im Bruchteil eines Augenblicks musste Jakob sich entscheiden.

Nele zurücklassen – unmöglich! Doch wenn er bei ihr blieb, wären sie beide Gefangene, der Willkür der Bande auf Gedeih und Verderb ausgesetzt.

Ihr Schrei brachte die Entscheidung.

»Lauf, Jakob, lauf!« Noch nie hatte ihre Stimme so schrill geklungen. »Du hast doch nichts getan …«

Jakob warf ihr einen letzten verzweifelten Blick zu. Dann spannte er jeden Muskel seines Körpers an – und rannte.

Seine Lungenflügel brannten, als die kalte Luft durch sie strömte. Sein Hals war innen und außen wund. Doch obwohl er seine Verfolger hinter sich herkrakeelen hörte, blieb er erst schwer atmend stehen, als er an der Ehrenpforte angelangt war.

Der Wächter warf ihm einen zerstreuten Blick zu. Zu oft hatte er den abgerissenen jungen Mann jetzt schon kommen und gehen sehen, ebenso wie die anderen Elendsgestalten, die ihn manchmal begleiteten. Es wurden mehr, von Tag zu Tag. Manchmal schien die ganze Stadt nur noch aus ihnen zu bestehen.

Mit einer müden Geste winkte er Jakob hinein. Danach setzte er seinen Humpen an und leerte ihn in einem Zug.

NEUN

Das kleine Mädchen schrie, bis Ennelin es wieder beruhigt hatte, während aus Wenzels winzigem Mund Quietscher kamen wie von einem Kätzchen, das sich nass gemacht hat. Die hellen Laute drangen Johanna in die Haut wie ein Haken, der durchs Fleisch fährt.

Genauso hatte damals Jakob geklungen, den sie in einer Kammer des Freiburger Badehauses zur Welt gebracht hatte. Ulrich, der Bader, kümmerte sich nach der Niederkunft um alles, was nötig war: zwei Zimmer in einem windschiefen Haus, in das wenig später auch Ita ziehen sollte. Ihre Arbeit zwischen Wannen und Feudeln musste sie allerdings nicht lange verrichten, weil Ulrich hinter das Geheimnis ihrer begabten Hände kam, von dem sie selbst bislang nichts gewusst hatte. Schon bald strömten Frauen und Männer von nah und fern zu Johanna, um sich von Schmerzen befreien zu lassen, die ihnen das Leben schwergemacht hatten und die wie durch Zauberspiel verschwanden, wenn sie sie lang genug an der richtigen Stelle durchgewalkt und geknetet hatte.

Natürlich wurden die anderen Bademägde rasch misstrauisch. Eifersüchtig beäugten sie Johannas Sonderstellung, dichteten ihr Männergeschichten an und scheuten nicht einmal davor zurück, sie einer heimlichen Liebschaft mit Ulrich zu verdächtigen, der doch nichts anderes als ein väterlicher Freund war, Geschäftssinn besaß und rasch bemerkt hatte, wen ihm da ein gnädiges Schicksal ins Haus geweht hatte.

In Johannas Leben hatte es damals nur einen einzigen Mann gegeben – Jakob, den sie mit jeder Faser ihres Seins liebte. Ihr Kind war außergewöhnlich, und selbst die stumpfesten Menschen schienen das zu bemerken. Er konnte alles in seiner Nähe zum Leuchten bringen, war so aufgeweckt und neugierig, dass er alle Altersgenossen bald übertraf.

Aber dachten das nicht alle Mütter?

In Ennelins rundem Gesicht, das wie der Vollmond über ihren Kindern schwebte, lag so grenzenloses Glück, dass Johanna sich abwenden musste, weil sie den Anblick nicht länger ertrug. Sobald sie an ihren toten Mann dachte, konnte die junge Wöchnerin allerdings erneut in Tränen versinken. In raschem Wechsel taumelte sie von einem Gefühlszustand in den anderen, und beides war für Johanna ähnlich schwer auszuhalten.

»Ich danke dir, Ludwig«, hörte sie sie murmeln. »Für alles. Ich war nicht immer gerecht zu dir.«

»Ich auch nicht«, sagte Johanna knapp.

»Und … hat ihn schon der Karren …« Sie konnte nicht weitersprechen. Dass Geburt und Tod sich an einem Tag berührt hatten, würde sie ein Leben lang mit sich herumtragen.

»Dazu sind wir verpflichtet«, sagte Johanna. »Aus Rücksicht auf die Lebenden. Aber er ist in Frieden gegangen. Seine letzten Worte haben dir gegolten und den Kindern, Wenzel und …«

»Elisabeth«, sagte Ennelin. »Wir können sie Sabeth rufen.«

Ein Vorschlag, der Johanna sehr gefiel, auch wenn sie es jetzt nicht zeigte.

Der kleine Junge begann zu saugen. Ennelins Gesicht verzog sich.

»Das tut ordentlich weh«, sagte sie. »Dabei dachte ich, er sei der Schwächere von beiden.«

»Kann später noch schlimmer werden«, sagte Johanna. »Wenn sie erst einmal größer sind und mehr Kraft haben. Manchmal denkst du, sie ziehen dir die Brustspitze gleich mit hinein in ihren gierigen kleinen Schlund.«

Ennelins Augen ruhten aufmerksam auf ihr.

Als sei ihr jetzt erst bewusst geworden, was sie da soeben gesagt hatte, fing Johanna an, Leinentücher penibel zusammenzufalten. In der Eile hatten sie alles zusammengerafft, was sie hatten finden können, doch war es nur eine Lösung, die die Not geboren hatte. Dieses unfreiwillige Wochenbett im Pesthaus musste so schnell wie möglich ein Ende haben.

»Wirst du es nach unten schaffen?«, fragte sie, ohne Ennelin anzusehen. »Grit und ich nehmen dir die Kleinen ab; Marusch kann dich führen. Aber ihr müsst weg von hier – dringend!«

»Es *war* dein Sohn, Johanna«, sagte Ennelin unvermittelt. »Ich wollte es Ludwig nicht glauben, weil ich voller Ängste und Vorbehalte gegen dich war. Aber der Junge hatte deine Augen. Und er hat dich gesucht.«

Wenzel schien eingeschlafen zu sein. Dafür meldete

nun Elisabeth erneut lautstark ihre Ansprüche an. Johanna tauschte die Positionen der Kinder, dann war das Weinen eifrigem Nuckeln gewichen.

»Er ist später noch einmal zu mir gekommen«, fuhr Ennelin fort. »Er muss mir heimlich bis zur Apotheke gefolgt sein. Es war der Tag, an dem Medicus de Vries aufgebrachte Männer daran gehindert hat, einen Juden zu erschlagen, dem sie die Schuld an der Pest zuschieben wollten. Hat er dir nichts davon erzählt?«

»Wir haben anderes miteinander zu bereden«, sagte Johanna steif. »Dinge, die das Pesthaus betreffen.«

»Ihr habt so – vertraut gewirkt. Aber da muss ich mich wohl getäuscht haben.« Ennelin klang alles andere als überzeugt. »Dein Sohn hat dabei auch etwas abbekommen, nachdem er tapfer gegen die Angreifer vorgegangen war – allein. Ohne eine Spur von Angst. Ich hab mich anschließend um seine verletzte Hand gekümmert.« Sie schluckte. »Und ihm zuletzt verraten, dass du im Turm sitzt.«

»Und wenn schon«, sagte Johanna scharf, obwohl ein seltsames Gefühl in ihr aufstieg. »Ihr irrt euch alle! Mein Sohn ist tot. Gestorben vor vielen Jahren.«

»Dann muss Gott der Allmächtige einen zweiten jungen Mann erschaffen haben, der mit deinen Augen durch die Welt läuft und ausgerechnet nach einer Johanna sucht«, sagte Ennelin. »Kommt dir das nicht merkwürdig vor?«

Sie wollte das nicht mehr hören. Und doch kreisten ihre Gedanken unablässig darum.

Während Johanna die Morgensuppe für die Kranken

ansetzte, kamen ihr Bilder in den Sinn, die so bunt und lebendig waren, dass sie die Gegenwart ganz vergaß.

Jakob, der zum ersten Mal schwankend auf sie zugelaufen kam, strahlend wie ein Sieger. Jakob, der jedes Lied nur einmal hören musste, um sich die Melodie einzuprägen. Jakob, der sich zunächst vor Vögeln gefürchtet und in ihrem Schoß verkrochen hatte, später aber nicht damit aufhören konnte, die Vögel aufmerksam zu beobachten.

»Ein Falke möcht ich sein, wenn ich einmal groß bin«, hatte er zu ihrer Überraschung eines Tages gesagt, da war er gerade vier Jahre alt gewesen. »Denn Falken, die sind groß und frei …«

Der Gestank nach Verbranntem holte Johanna unsanft in die Küche zurück. Sie musste alles wegkippen, den Topf mühsam scheuern und noch einmal von vorn beginnen. Dabei bemerkte sie, dass die Vorräte erneut zur Neige gingen.

Was würde aus ihnen werden, jetzt, da Ludwig nicht mehr lebte und Ennelin im Wochenbett lag? Grete Mechthus, inzwischen ebenfalls zur Witwe geworden, wie Johanna erfahren hatte, würde kaum in der Lage sein, das Pesthaus für die Tochter weiter zu betreiben. Was nichts anderes hieß, als dass dringend ein neuer Pächter gesucht werden musste. Doch wer sollte das übernehmen – in einer Stadt, in der so viele dem Tod geweiht waren?

Und wenn niemand sich finden würde?

Johannas Hände begannen plötzlich zu zittern, während sie die Näpfe mit der Hafersuppe füllten. Bedeutete das erneut Turmhaft für sie? Oder noch schlimmer, den Galgen? Oder musste sie das gar nicht mehr erleben, weil der geheimnisvolle Rächer, der verstümmelte Tierkadaver anschleppte, um sie in Angst und Schrecken zu versetzen, dafür sorgen würde, dass sie zuvor starb?

Sie schaffte es, diejenigen Kranken zu füttern, die noch ein paar Löffel essen konnten. Nach Kurzem war es ohnehin bei den meisten auch damit vorbei. Dann schrien sie nur noch nach Flüssigkeit, weil das hohe Fieber, das die Pest mit sich brachte, ihre Körper zu verbrennen drohte. Ein Mädchen war darunter, keine fünfzehn, die Johanna ganz besonders ans Herz gewachsen war. Dass ein paar Löffel zwischen ihren aufgesprungenen Lippen verschwanden und danach nicht sofort wieder erbrochen wurden, nahm Johanna als gutes Zeichen, auch wenn Vincent ihr gesagt hatte, dass er bei diesem Fall äußerst skeptisch sei, weil die Beulen hart blieben wie grüne Blütenkapseln und keinerlei Tendenz zum Reifen zeigten.

Danach nahm sie ihren ganzen Mut zusammen und öffnete die Pforte.

Die Schwelle war leer. Kein dritter übel zugerichteter Kadaver, wie sie insgeheim befürchtet hatte.

Doch es war lediglich ein Aufschub. Etwas sagte Johanna, dass der Geheimnisvolle wiederkommen würde.

❦

Drei Nächte in verlassenen, zum Großteil verwüsteten Häusern hatten Jakob innerlich ganz elend werden lassen. Dass zwei von ihnen das Zeichen der Bande aufwiesen, verstärkte sein Unwohlsein. Von klein auf war er an das Herumziehen gewohnt, doch selbst in den schlimmsten Jahren hatte der Alte darauf geachtet, dass sie ein Dach über dem Kopf hatten, sobald es strenger Winter wurde, mochte es noch so schäbig oder undicht sein. Die kalten Monate brachten die Menschen näher zusammen. Händel und Zwist, sonst täglich Gast bei denen, die nichts oder fast nichts besaßen, wurden seltener. Man half dem anderen, schon weil man niemals wissen konnte, ob man nicht morgen selbst dessen Hilfe benötigen würde.

Manchmal hatten sie sich mit anderen Bettlern zusammengeschlossen, einmal sogar in einem Franziskanerkloster, wo die frommen Brüder ihnen im leeren Schweinestall Unterschlupf gewährt hatten, bis die schlimmsten Stürme vorüber waren. Damals hatte er sich oft danach gesehnt, endlich allein zu sein – befreit von dem Alten, den er mehr als den Teufel hasste, aber auch vom Schmatzen, Furzen und Stöhnen der anderen, dem Gestank der ungewaschenen Leiber und der Not, die aus ihnen quoll, sobald sie den Mund aufmachten und ihr verfahrenes Schicksal beklagten.

Jetzt jedoch, zwischen diesen leeren Mauern, die von Krankheit und Tod kündeten, sehnte Jakob sich regelrecht danach zurück. Sogar die Gemeinschaft der Bande, die er erst verabscheut und gemieden hatte, begann er beinahe zu vermissen – vor allem jedoch Nele, die er bei ihnen zurückgelassen hatte. Die Sorgen um sie wollten kein Ende nehmen, verfolgten ihn bis in den Schlaf und setzten sich wie ein Alb auf seine Brust, sobald er die Augen wieder aufschlug.

Der Mann, den sie erstochen hatte, war alles andere als ein Bettler oder Vagant, nach dem kein Hahn krähte. Mochte Rutger Neuhaus auch ein Widerling gewesen sein, der ständig im Hurenhaus verkehrte, obwohl er verheiratet war, mochte er auch finstere Ziele verfolgt haben, die Leid und Verderben für viele brachten, sein Tod würde doch großes Aufsehen in der Stadt erregen.

Hatte Christian nicht sogar einmal behauptet, der Rheinmeister sei mit dem Kanzler des Erzbischofs verwandt? Dann konnten sie seine Leiche erst recht nicht sang- und klanglos im Fluss verschwinden lassen, was alles nur noch schlimmer machte.

Christian und Ruch würden Nele bestimmt hinhängen, sie würden sonst selbst in Verdacht geraten – Nele, die, weil sie an das Wort glaubte, niemals log, selbst wenn sie damit ihren eigenen Untergang heraufbeschwor.

Des Mordes würde sie angeklagt und in den Turm geworfen werden, genauso wie Johanna. Doch im Gegensatz zu dieser, die auf wundersame Weise dem Galgen entkommen war und stattdessen im Pesthaus steckte, würde es für Nele kein Entrinnen geben.

Zu jeder Hinrichtung, an der ihr Weg vorbeiführte, hatte der Alte ihn geschleppt, um seine Erziehung zu vervollkommnen, wie er mit hässlichem Grinsen behauptete. »Sieh ganz genau hin, Kleiner!« Noch immer glaubte Jakob seine Hand im Nacken zu spüren, die ihn unbarmherzig nach oben zwang. »Und mach gefälligst die Augen weit auf, damit dir nichts entgeht! So wirst auch du eines Tages enden, wenn du nicht genau das tust, was ich dir sage.«

Wie wild begann Jakob mit den Armen zu rudern, so durchfroren fühlte er sich auf einmal. Feuer zu schlagen hatte er auch in diesem Haus nicht gewagt, obwohl er die dazu notwendigen Materialien nach langer Suche schließlich aufgetrieben hatte. Wenn er so weitermachte, würde er sich binnen Kurzem Husten und Fieber zuziehen.

Plötzlich lachte er laut auf. Da stand er in einem Gespensterhaus, aus dem sie womöglich erst vor wenigen Tagen die letzten Pesttoten gekarrt hatten, und machte sich Sorgen um seine Gesundheit! Jeder in Köln konnte sterben, heute, morgen, übermorgen. Die Pest holte sich, wen sie wollte, ob jung, ob alt, ob Greis, ob Kind. Lange hatte er sich auf die Zeit verlassen, weil sie ihn eines Tages zur Mutter führen würde, damit er seine Rache stillen konnte, daran gab es für ihn niemals einen Zweifel. Doch nun erschien ihm die Zeit zum ersten Mal als Feind, der gegen ihn arbeitete.

Der nächste Kadaver war längst fällig, doch wie konnte er sich um dergleichen kümmern, wo es jetzt um Nele ging?

Vielleicht hatten sie sie inzwischen vor den Grewen geschleift, während er sich wie ein Tier verkroch, das seine Wunden leckte. Vielleicht quälten sie Nele auf brutale Weise, um ihr mehr zu entlocken. Vielleicht hatten sie sie sogar …

Er verbot sich weiterzudenken.

»Jakob?« Auf einmal glaubte er zu hören, wie sie nach ihm rief. Doch warum klang ihre Stimme so kraftlos und schwach? »Jakob, wo bist du …«

Wie hatte er sie bei der Bande zurücklassen können?

Er musste von Sinnen gewesen sein, ganz und gar der haltlose Träumer, als den der Alte ihn immer beschimpft hatte, bevor er seinen Stock auf ihm tanzen ließ, bis die Haut platzte. Noch heute sah man die Narben auf seinem Rücken, wenn man genau hinschaute. Bela hatte ihn einmal danach gefragt, während sie spielerisch die Fingerkuppen darüber gleiten ließ, um ihn erneut zur Lust zu locken. Er hatte rasch abgewiegelt, weil er sich für seine Schwäche von damals schämte.

Aber der Alte war tot.

Und er würde seinen Fehler endlich wiedergutmachen.

Jakob stopfte sich den Brotkanten in den Mund, den er aus einer Backstube gestohlen hatte. Dann kletterte er aus dem Fenster, durch das er am Vortag eingestiegen war.

Unterwegs beschloss er, einen Abstecher zum Markt zu machen, weil sein Hunger inzwischen so groß war, dass er ihm schon ein Loch in den Magen gefressen hatte – so jedenfalls fühlte es sich an. Hier fiel immer etwas ab, wenn man es geschickt genug anstellte. Unnötig Kupfer auszugeben hatte er nicht vor, denn die Pesthäuser, in denen er untergeschlüpft war, waren so leer gewesen, dass er nicht eine einzige vergessene Münze darin entdecken konnte, um seine mager gewordenen Reserven endlich wieder aufzufüllen.

Wie zufällig stieß er gegen einen Stand und brachte doch nur ein paar leicht verschrumpelte Äpfel ins Rollen, die er eilig aufsammelte. Von rohen Kohlblättern bekam man nur Durchfall, das wusste er seit Langem, und auch die Zwiebeln und Rüben, die man lang kochen, dünsten und braten musste, um ihnen Geschmack zu entlocken, reizten ihn nicht. Da waren die Küchlein schon verführerischer, die ein Stück weiter im heißen Schmalz schwammen.

Jakobs Mund wurde wässrig vor Gier, während er darauf zusteuerte.

»Bist du nicht der junge Mann von der Apotheke?«, hörte er plötzlich jemanden sagen und duckte sich unwillkürlich.

Er hatte vergessen, sich unsichtbar zu machen! Sein bohrender Hunger war stärker als die alte Vorsicht gewesen.

»Du bist es. Ich hab dich gleich wiedererkannt.« Es war der Jude mit dem gelben Hut, der ihm den Weg verstellte. »Damals warst du so schnell verschwunden, dass ich …«

»Ich bin auch jetzt in Eile«, sagte Jakob, dem immer unbehaglicher zumute wurde. »Lasst mich durch!«

Er tastete nach dem Messer. Noch ein Wort – und er würde …

»Nicht, bevor ich dir meinen Dank ausgesprochen habe. Du warst sehr mutig. So etwas findet man selten in diesen dunklen Zeiten. Das habe ich auch dem Medicus gesagt, dem du so ähnlich siehst. Seid ihr Verwandte?«

Was faselte er da?

Inzwischen erinnerte sich Jakob wieder: Er war dem Juden beigestanden, weil er es hasste, wenn viele heimtückisch über einen Einzelnen herfielen, nicht mehr und nicht weniger.

»Welcher Medicus?«, fragte er unwillig, weil der Jude keinerlei Anstalten machte, sich zu bewegen.

»De Vries. Der Leibarzt des Erzbischofs, ein bemerkenswerter Mann, dem man sich guten Gewissens in die Hände begeben kann. Im Pesthaus zur roten Pforte soll er wahre Wunder vollbringen.« Sein Lächeln wurde breiter. »Weißt du, dass ich die Stute wieder aufgepäppelt habe? Johanna Arnheims Stute. Du würdest sie kaum wiedererkennen, so gut hat sie sich inzwischen erholt. Das bin ich dem Medicus schuldig, denn schließlich hat er ja meine Miriam von den wilden Blattern kuriert.«

Ein Medicus, dem er ähnelte. Eine Stute, die zu stehlen er versäumt hatte, sonst stünde er jetzt besser da. Johanna! Irgendeine Miriam, von der er zum ersten Mal hörte – und Nele, die auf ihn wartete, während er hier …

»Ich *muss* weiter.« Jakob wollte an ben Baruch vorbei, doch der Jude versperrte ihm noch immer den Weg.

»Nimm wenigstens das«, sagte er und drückte Jakob etwas in die Hand. »Du siehst aus, als könntest du es brauchen.«

Ein blanker Gulden, so glänzend, als sei er frisch geprägt worden. Jakob schob ihn zu seinem Messer und lief weiter zur Großen Budengasse. Hier gab es alles, was Frauen liebten, Kämme, Spiegel, Bänder, Döschen, Garne. Unter anderen Umständen hätte er sich hier nach einem kleinen Geschenk für Nele umgesehen, doch er musste ja weiter und durfte sich nicht im Nebensächlichen verlieren.

Die Augen auf den schlammigen Boden geheftet, in dem manch Frauenschuhabsatz stecken zu bleiben drohte, hetzte er voran, bis er geradezu in jemanden hineinrannte. Er erkannte Bela am Geruch, noch bevor sie ein Wort von sich gegeben hatte. Sie hielt einen Besen in der Hand, den sie wohl gerade gekauft hatte. Beinahe hätte er gelächelt, denn er hatte sie noch nie mit einem Besen gesehen. Sie starrte ihn an, dann begann ihr Gesicht sich leicht zu röten.

»Du kommst nicht mehr«, sagte sie mit belegter Stimme.

Der silbrige Pelz mit den dunkleren Spitzen um ihren Hals vibrierte bei jeder Bewegung. Sie hatte ihn einmal für ihn auf ihre nackten Brüste gelegt. Er dachte noch immer gern daran, doch die Erregung, die er bislang stets dabei gespürt hatte, war verflogen.

Erst blieb er ganz starr, schließlich nickte er.

»Liegt es am Geld?«, fragte sie.

Er schüttelte den Kopf.

»Habe ich nicht all deine Wünsche erfüllt?«

»Doch«, sagte er. »Immer. Aber …«

»Lass mich raten! Du hast eine neue Braut gefunden. Eine, die schöner ist als ich. Die zur Kirche geht und fromme Lieder kennt. Eine, die dein Herz gestohlen hat …«

»Hör auf!«, verlangte er. »Es ist so, wie es ist.«

»Es ist so, wie es ist«, wiederholte sie leise.

Ihre Augen lagen tief und waren dunkler als in seiner Erinnerung, der Blick wie nach innen gerichtet. War sie schwanger? Oder krank?

»Ich muss weiter«, sagte er. »Ich darf mich nicht aufhalten lassen.«

Sie gab einen Laut von sich, der wie ein Seufzer klang. Dann griff sie nach seiner Hand.

»Eines noch«, sagte sie. »Deinen Namen! Ich lass dich nicht fort, bis ich endlich weiß, wer du bist.«

»Jakob«, sagte er.

Dann machte er sich behutsam frei und ließ sie stehen.

Die Strecke bis zum Ehrentor, die seine Füße inzwischen auswendig kannten, so oft waren sie sie schon gelaufen, erschien ihm heute doppelt so weit. Es lag nicht an dem starken Wind, dem er sich entgegenwerfen musste, um vorwärtszukommen. Sein Herz war es, das die Schritte so schwer und mühsam machte, sein Herz, das ihm zuschrie, dass er ein Feigling war, der Nele im Stich gelassen hatte, als sie ihn am meisten gebraucht hatte.

Es begann zu dämmern, als er den Siechenhof erreichte, was sich als günstig erweisen konnte. Jetzt würden sich alle um die Feuerstelle im großen Haus versammeln, die das offene Feuer der milden Herbstmonate abgelöst hatte. Fast glaubte er das Wild zu riechen, das an Spießen über der Glut gebraten wurde, und sein Magen, der nach dem Brotkanten nur die paar Äpfel abbekommen hatte, zog sich hungrig zusammen.

Wo war Nele? Befand sie sich überhaupt noch auf dem Gelände?

Er pirschte zum Backhaus. Die Tür war verschlossen, doch seine Kräfte reichten gerade noch aus, um sich nach oben zu stemmen und durch das vergitterte Fenster zu schauen.

Drinnen war alles verlassen und leer, als hätte hier niemals ein Kampf stattgefunden. Weder eine Leiche noch eine Spur von Nele.

Hielten sie sie in einem der Keller gefangen? Dann

konnte es Stunden dauern, bis er sie finden würde, wenn nicht Tage, denn unter den verschiedenen Gebäuden des Siechenhofes gab es angeblich unterirdische Verbindungen, die einem Labyrinth glichen. Ruch hatte öfter davon erzählt, in diesem lauten, prahlerischen Tonfall, den er immer dann anschlug, wenn er sich vor den Frauen ins beste Licht setzen wollte.

Und wenn er sich inzwischen Nele auf »seine Weise« vorgenommen hatte, wie er zu sagen pflegte? Jakobs Zuversicht sank weiter. Diesem Einäugigen, dem jegliches Gefühl abhandengekommen zu sein schien, traute er noch weitaus Übleres zu als Christian, der ebenfalls kaum Skrupel kannte.

Sie konnten Nele vergewaltigt haben, wüst misshandelt, halb totgeschlagen …

So mutlos hatte er sich nicht mehr gefühlt, seit er den Alten und dessen Schikanen für immer hinter sich gelassen hatte. Jetzt kroch er weiter, gebeutelt von der Angst, zu spät zu kommen.

Der ehemalige Stall – leer. Auch in der Scheune fand er sie nicht.

Plötzlich rollte Gerhild laut fluchend ein Bierfass über den Hof. Blitzschnell warf er sich auf den Boden und rührte sich nicht mehr. Der Leiterwagen, mit dem sie ihn zum Pesthaus geschickt hatten, verdeckte ihn weitgehend. Aber was hatten sie mit dem Karren angestellt? Windschief und krumm war er, mehrere Stäbe herausgebrochen, als hätten sie ihre Wut an dem leblosen Ding ausgelassen.

Inzwischen war Jakob beim einstigen Badehaus angelangt, Neles erstem Gefängnis. Mutlos trat er gegen die Tür, überzeugt, dass sie es ihm nicht so einfach machen würden, und war überrascht, als sie unter seinem Fuß nachgab.

»Nele?«, flüsterte er. Inzwischen war es so dunkel, dass seine Augen sich erst an das wenige an Licht gewöhnen mussten. »Nele, bist du da?«

Ein Laut traf sein Ohr, der ihn erstarren ließ. Es klang wie das Wimmern eines Welpen, den man in einen Sack gesteckt hat, um ihn zu ersäufen.

Oder wie ein Mensch in größter Not.

»Nele!«, rief er. »Ich bin es, Jakob!«

Das Wimmern wurde lauter. Er lief zu der Ecke, aus der es kam.

Nele lag auf einer dünnen Strohschicht, die Augen halb geschlossen. Eine stinkende Pferdedecke war über sie gebreitet.

Aber weshalb war die Tür nicht abgeschlossen und sie unbewacht?

»Jakob«, flüsterte sie, als er sich neben sie kniete. »Jakob – geh weg! Du musst sofort weggehen!«

»Ich denke nicht daran«, sagte er. »Jetzt, wo ich dich endlich gefunden habe. Und wenn, dann nur mit dir. Setz dich auf – ich bin gekommen, um dich zu holen.«

Nele bewegte den Kopf, als wäre sie zu schwach zum Reden.

Plötzlich schoss die Angst Jakob ins Gedärm: das Pesthemd und ihre offene Wunde – aber das konnte, das *durfte* nicht sein!

Nele schien zu spüren, was in ihm vorging, denn sie begann, sich unruhig zu bewegen.

»Geh weg!«, wiederholte sie. Ihre Hand berührte das Pestamulett zwischen ihren Brüsten, dann fuhr sie zum Hals. »Es hat mich nicht geschützt, Jakob, es taugt nichts.«

»Was redest du da?«, sagte er, während ein Schwindel ihn zu erfassen drohte. »Es *muss* dich schützen – sie hat es doch versprochen!«

Nele schüttelte den Kopf, als könnte sie gar nicht mehr damit aufhören.

»Du darfst mich nicht anfassen. Nirgendwo! Es sind die schwarzen Beulen. Ich werde meiner Mutter bald folgen.«

Die Nachrichten, mit denen Vincent ins Pesthaus zurückkehrte, klangen nicht schlecht, und dennoch empfand Johanna keinerlei wirkliche Erleichterung. Walter Eckes wollte nicht nur die Apotheke an den Vierwinden übernehmen, sondern sich zusätzlich um die Pacht des Pesthauses bewerben. Bis der Magistrat dies bewilligt hatte, führte er es in Ennelins Namen weiter. Essen, Stroh, Leinen, alles, was die Kranken und die Pestmägde brauchten, würde auch weiterhin bezahlt und angeliefert werden, weil die Witwe Weißenburg ihre Dankbarkeit erweisen wolle.

Witwe Mechthus, Witwe Weißenburg – wie viele unzählige weitere Witwen gab es noch in Köln? Das große Sterben schien seinen Zenit noch nicht erreicht zu haben, das bekamen sie im Pesthaus nachdrücklich zu spüren. Vincent versuchte seine Kunst des Beulenöffnens an zwei weiteren Kranken, doch dieses Mal gelang es ihm nicht, sie zu retten. Ein junger Zimmermann starb unter den Händen des Medicus, eine ältere Frau, schon sehr geschwächt von einem harten Leben voller Entbehrungen, verschied nur ein paar Stunden nach dem riskanten Eingriff. Johanna beschwor Vincent, wenigstens das Mädchen vor dem Tod zu bewahren, was er mit resigniertem Schulterzucken beantwortete.

Keiner von ihnen mochte reden, nachdem man die Leichen mit einem Tuch verhüllt hatte. Johanna nahm die Öllämpchen und trug sie in die Küche zum Auffüllen. Vincent folgte ihr und wartete, bis sie Marusch hinausgeschickt hatte. Sie sollte den Totenkarren anhalten, der durch die Gassen fuhr. Widerwillig räumte sie das Feld. Ihr ganzer ausgemergelter Körper drückte Missmut aus.

Nun erst schob Vincent die Maske beiseite, obwohl er doch niemals vergaß, alle anderen im Pesthaus genau davor zu warnen.

»Ich hasse es, ohnmächtig zu sein«, sagte er, so müde, dass Johanna noch beklommener zumute wurde. »Sie sterben, und wir können nichts dagegen ausrichten. All diese Kräuter, Bänder und Amulette, an die sie sich bis zum letzten Augenblick klammern, retten sie nicht. Nicht einmal ihre Gebete tun es. Und ich vermag es ebenso wenig. Medicus nennen sie mich? In Augenblicken wie diesen komme ich mir vor wie ein Schlächter.«

»So habe ich dich noch nie gehört«, sagte sie.

»Aber so sieht es in meinem Innersten aus. Was soll ich den Jungen in der Burse beibringen? Dass wir unwissend und hilflos sind? Verloren in einem unendlichen Meer der Ahnungslosigkeit? Und dass Menschen zu Bestien werden können, sobald sie die Nähe des Todes spüren? Soll ich sie das wirklich lehren?«

»Ludwig ist getröstet gestorben«, sagte Johanna. »Auch wenn kein Geistlicher bei ihm war. Seine Kinder werden leben. Ich bin froh, dass sie das Pesthaus endlich verlassen haben.«

»Weil sie dich dann nicht länger an Jakob erinnern?«

Johanna presste die Lippen aufeinander. »Ich muss mich um frisches Leinen kümmern«, murmelte sie und wollte an ihm vorbei.

Vincent ließ sie nicht gehen.

»Sprich mit mir!«, bat er. »Lass mich endlich die Last deines Herzens teilen!«

»Wie könnte ich das?«, gab sie zurück. »Zu viel ist geschehen.«

»Du kennst mich. Du könntest lernen, mir wieder zu vertrauen.«

»Du bist ein Fremder für mich«, widersprach sie heftig. »Gekannt habe ich dich vor vielen Jahren – zumindest habe ich das zu jener Zeit geglaubt. Danach war ich allein. Und bin es bis heute geblieben. Severin hat das gewusst und es so hingenommen, weil er mich geliebt hat. Dafür bin ich ihm bis heute dankbar.«

»Manchmal ist es leichter, mit Fremden zu reden«, sagte er.

»Aber nicht über Jakob – unseren Sohn!«, schrie sie, um gleich danach die Hand auf den Mund zu pressen. Gehetzt sah sie sich um. Wenn Marusch sie gehört hatte, würde alles nur noch schwieriger werden.

»Jetzt hast du es zum ersten Mal gesagt.« Seine Augen ließen sie nicht mehr los.

»Und wenn schon?«, sagte Johanna bitter. »Es ändert ja doch nichts daran. Weder essen noch schlafen konnte ich, nachdem ich von seinem Tod erfahren musste, so verzweifelt war ich. Mit Gott und allen Heiligen habe ich gehadert, weil sie mich verschont und ihn zu sich genommen haben. Hätte Severin mich nicht wie herrenloses Strandgut aufgelesen und mit nach Köln genommen, ich …«

Er wollte sie berühren, Johanna aber wich zurück.

»Hör auf!«, sagte sie. »Auch das bringt die alten Zeiten nicht wieder zurück. Ich bin schon lange nicht mehr das Mädchen mit dem goldenen Zopf, das du einst begehrt hast.«

»Wer bist du dann?«, fragte er. »Sag es mir, Johanna!«

»Das fragst du? Dabei weiß es doch keiner besser als du!« Ihre Augen wurden hart. »Verdammt in dieses Haus bin ich, bis das Sterben endlich endet oder ich selbst gestorben bin. Wer auch immer mir die Tierleichen auf die Schwelle legt, er hat recht mit dem, was er tut: Eine Leiche bin ich schon jetzt, eine Leiche, die noch atmet und spricht – aber wie lange noch, Vincent, wie lange?«

Sie hatte ihn vor den Kopf gestoßen, und als er gegangen war, gebeugt, als hätte er auf einmal viel mehr Jahre zu tragen, bereute Johanna die Heftigkeit ihres Ausbruchs. Auch damit würde sie Jakob nicht mehr lebendig machen, und an das Gerede von Ludwig und Ennelin, sie hätten einen jungen Mann mit den gleichen Augen wie sie gesehen, konnte und wollte sie nicht glauben.

Keiner war damals dabei gewesen, als der Schwarze Tod in Freiburg gewütet hatte, als ganze Gassen verödeten und kaum noch Leben in der Stadt gewesen war. Schwankend, unfähig, sich lange auf den Beinen zu halten, hatte Johanna das Pesthaus verlassen. Eine Überlebende, die ab jetzt verbergen musste, was hinter ihr lag, wollte sie nicht als Hexe gebrandmarkt werden, die mit übernatürlichen Mächten in Verbindung stand und anderen Böses antun konnte.

Unter Tränen hatte Ita ihr damals gestanden, dass Jakob gestorben sei, obwohl sie alles versucht habe, um ihn zu retten. Himmel und Hölle hatte sie dafür als Zeugen beschworen, sich vor Johanna zu Boden geworfen und sie um Vergebung angefleht, die sie ihr allerdings nicht erteilen konnte, ebenso wenig wie sich selbst. Übergangslos war Ita in Verwünschungen verfallen, und schließlich hatte sie sie verflucht.

Neben der grenzenlosen Leere, die danach in Johanna Einzug gehalten hatte, war es vor allem dieser Gedanke gewesen, der sie seitdem nicht mehr losließ: Hatte sie zu lange gewartet, um sich der Wahrheit zu stellen, und Jakob in dieser Zeit des Hoffens und Bangens angesteckt?

Trug somit sie die Schuld an seinem Tod?

Als sie schon drauf und dran war, zu Rattengift zu greifen, um ihm zu folgen, weil sie ein Leben ohne ihn nicht länger ertrug, war Severin Arnheim im Badehaus erschienen, ein Mann der Tat, nicht vieler Worte, der sie nach wenigen Tagen gefragt hatte, ob sie ihm als Braut nach Köln folgen wolle. Zu ihrer eigenen Überraschung hatte Johanna eingewilligt.

Das Schicksal hatte ihr an Severins Seite eine Verschnaufpause gewährt und unerwartet sorglose Jahre geschenkt, in denen die tiefe Wunde sich nach und nach wie in einem Kokon verpuppen konnte und Johanna wieder in der Lage war zu leben, zu lächeln, ja sogar wieder so etwas wie Liebe zu empfinden.

Nun jedoch, mit Vincents Rückkehr, war der Kokon aufgebrochen.

Die Wunde war alt, aber noch ebenso tief wie damals. Und sie hatte erneut zu bluten begonnen.

Schon nach den ersten Schritten überfiel Jakob die schiere Verzweiflung. Obwohl Nele kaum noch Fleisch auf den Knochen hatte, ließ sich der Leiterwagen nur mühsam ziehen. Das alte Gefährt ächzte unter der bescheidenen Last; die Räder knarrten und quietschten, als wollten sie im nächsten Moment abfallen. Zudem war die Deichsel so morsch, dass Jakob Angst hatte, sie könnte im nächsten Augenblick brechen oder splittern.

Sehr weit würden sie so nicht kommen, das war gewiss!

Und besonders schnell waren sie ebenfalls nicht. Wenn die Bande ihre Flucht bemerkte, würden sie sie rasch einholen. Schweißgebadet wandte er sich immer wieder um und hielt nach Verfolgern Ausschau.

Fast ebenso große Sorge bereitete ihm, dass aus Neles Mund so gut wie kein Ton mehr kam. Am Ehrentor, als die Kranke unter der alten Pferdedecke ganz verhüllt gewesen war, hatte er es noch als Vorteil empfunden, weder Rede noch Antwort stehen zu müssen und sich einfach durchzuschleichen, wie er es schon viele Male getan hatte. Doch inzwischen blieb er immer wieder stehen, schlug die Decke zurück und betrachtete ängstlich das aschfahle Gesicht, das immer mehr zu verfallen schien.

Wohin mit ihr?

In eines der verlassenen Häuser durfte er sie nicht bringen, denn das hätte unweigerlich Neles Tod bedeutet, so schwach und hoch fiebernd, wie sie war. Aber in einem Gasthaus konnten sie sich in Neles Zustand ebenso wenig einquartieren.

Ins Haus am Berlich?

Ganz kurz streifte Jakob diese waghalsige Idee, bevor er sie kopfschüttelnd wieder verwarf. Hurenwirt Wolter würde ihn hinauswerfen, wenn er mit einer Pestkranken dort auftauchte, und Bela …

Der Gedanke an sie fühlte sich an wie ein Splitter, der ins Fleisch eingedrungen war und dort zu eitern begann. Er hatte sie zutiefst enttäuscht, wenngleich er nicht genau wusste, womit. Der Plan, eines Tages zusammen wegzugehen, war immer nur von ihr gekommen, niemals von ihm. Er hatte sich nicht vorstellen können, so etwas auch nur in Betracht zu ziehen – bis er Nele begegnet war.

Sie durfte nicht sterben!

Aufgewühlt von seinen Gefühlen, zog Jakob so stark an

der Deichsel, dass sie abbrach. Mit dem kurzen Ende ließ der Leiterwagen sich nicht mehr lenken.

Jakob bückte sich, schlug die Decke zurück. Nele atmete nur noch ganz flach, war wächsern wie eine Tote, was die schwarzen Beulen an ihrem Hals noch bedrohlicher aussehen ließ. Jakob fasste unter sie, bis er ihren Körper halbwegs sicher zu greifen bekam. Dann richtete er sich langsam wieder auf. Bis zur Gereonstraße waren es nur noch ein paar Ecken. Und hatte er insgeheim nicht schon von vornherein gewusst, dass das Pesthaus sein Ziel war, wo der Medicus angeblich wahre Wunder vollbrachte? Mit Nele auf den Armen näherte er sich dem Haus zur roten Pforte.

Aber dort drinnen war ja sie – *sie!*

Sie kann dich nicht wiedererkennen, versuchte er, sich Mut zu machen. Du hast die Maske nicht abgenommen. Alles, was du immer wolltest, ist noch immer richtig. Du wirst deine Rache stillen – aber erst muss Nele überleben!

Jakobs Herz begann wie wild zu schlagen, was nicht allein an der Last auf seinen Armen lag. Er zögerte, atmete tief aus. Dann schlug sein Fuß gegen die Tür. Einmal. Zweimal. Dreimal.

»Bist du verrückt geworden? Du weckst ja unsere Sterbenden wieder auf!« Die Frau mit der Maske, die ihm öffnete, ein Öllicht in der Hand, war die Schwarze Marusch, was ihn unendlich erleichterte. »Du schon wieder?«, sagte sie missmutig. »Brauchst du wieder Wäsche? Das schlag dir gleich mal aus dem Kopf! Du ahnst ja nicht, was hier seitdem …« Sie hielt inne, starrte auf Nele. »Ist sie schon tot?«, fragte sie. »Dann muss sie gleich auf den Karren.«

»Sie lebt, das siehst du doch! Wohin kann ich sie legen?«

»Du kommst mir hier nicht mehr rein«, sagte Marusch. »Ich will nicht noch einmal den Ärger von neulich haben. Kannst du überhaupt bezahlen?«

»Sobald sie ein Bett hat«, sagte er.

Marusch begann ins Haus zu rufen. »Grit! Sabeth – so helft mir doch!«

Zwei Frauen, die ebenfalls Masken trugen, kamen angelaufen, eine davon alt, wie Jakob an ihrem gebeugten Rücken erkannte. Mit Kraft und Routine packten sie Nele an Armen und Beinen und trugen sie nach drinnen.

Von Hoffnung und Angst gebeutelt, schaute Jakob ihnen hinterher.

»Der Medicus muss sie wieder gesund machen«, sagte er. »Er wird sie doch wieder gesund machen?«

»Zaubern kann der Medicus auch nicht«, sagte Marusch, während sie ihre Hand fordernd ausstreckte. Nach einigem Zögern gab er ihr den Silbergulden des Juden, was ihr zu gefallen schien. »Außerdem macht diese Johanna ihm dauernd schöne Augen. Geschoren hat man sie, und jung ist sie auch schon lange nicht mehr, aber Männern den Kopf verdrehen, das kann sie noch immer.«

Sie wollte die Tür schließen.

»Halt!«, rief Jakob. »Nicht so schnell! Und wie erfahre ich, wie es um Nele steht?«

»Komm morgen wieder!«, sagte Marusch. »Nach dem Mittagsläuten. Da schläft Johanna meistens, weil sie bis in die Morgenstunden bei den Kranken hockt. Dann kann ich dir vielleicht mehr sagen.«

Er musste am Hurenhaus vorbei, um die wenigen Schritte zur Schwalbengasse hinter sich zu bringen, und wieder beschlich ihn beim Gedanken an Bela ein seltsames Gefühl. Sie war so anders gewesen bei ihrer letzten Begegnung, in sich gekehrt, beinahe traurig.

Sollte er seinen Vorsatz brechen und bei ihr vorbeischauen?

Jakob ging schnell weiter, bevor er es sich anders überlegen konnte. Besser die Wut bewahren, die in ihm brodelte. Auf die Frau, die sein Leben zerstört hat. Auf Neuhaus, der Nele den Tod geschickt hat. Und auf die Kramerin, die wertlosen Plunder gegen die Pest verkaufte.

Seine Faust schlug gegen die Tür mit der Eulenkralle.

»Aufmachen«, schrie er. »Aber schnell!«

Itas Augen wurden schmal, als sie ihn erkannte.

»Komm ein anderes Mal wieder!«, sagte sie. »Nicht bei nachtschlafender Zeit!« Eilig wollte sie zurück ins Haus, doch weil sie den Leuchter schief hielt, tropfte Kerzenwachs auf ihre Hand. Sie begann zu fluchen.

Blitzschnell war Jakobs Fuß in der Tür. Drinnen versetzte er ihr einen Stoß, der sie ein ganzes Stück in den engen Gang stolpern ließ.

»Was willst du?«, rief sie. »Wenn du mich noch ein einziges Mal anfasst, schreie ich das ganze Viertel zusammen!«

»Macht dir wohl Spaß, was?«, sagte Jakob. »Mit der Angst der Menschen zu spielen. Mir hast du ein sündteures Pestamulett angedreht. Und was hat es gebracht? Nichts. Gar nichts!«

»Und was hast du gemacht?«, keifte Ita zurück. »Diebstahl nennt man so etwas. *Ich* bin die Geschädigte. Gabe gegen Gegengabe – hast du in deinem elenden kleinen Leben noch nie etwas davon gehört?« Dann wurde sie leiser. Eine Spur von Verbindlichkeit kehrte in ihre Stimme zurück. »Ist das Liebchen krank geworden? Bist du deshalb gekommen? Dann bist du genau an der richtigen Adresse.«

Sie lief in ein fensterloses kleines Zimmer und begann unter unzähligen Töpfen und Näpfchen auf einem Tisch zu wühlen.

Jakob folgte ihr.

»Hier!«, sagte sie schließlich und streckte ihm ein Tongefäß entgegen. »Schlangenhaut, Nieswurz, Kröteneier und noch ein paar weitere Zutaten, die allerdings zu geheim sind, um sie dir auf die Nase zu binden. Nicht gerade billig, das muss ich gleich vorausschicken. Aber wirksam! Wenn du damit die schwarzen Beulen um Mitternacht einreibst, kann sie …«

Er schlug ihr das Gefäß aus der Hand. Der Ton zerbrach. Etwas Weißliches quoll auf den Boden.

»Ich kenne dich«, sagte Jakob drohend.

Für einen Augenblick war sie wie erstarrt, dann warf sie den Kopf zurück, sodass die Ketten an ihrem Hals klirrten, und lachte.

»Ich weiß genau, wer du bist.« Etwas zwang ihn zum Weiterreden.

»Du verwechselst mich«, sagte sie, während ihr Lächeln mehr und mehr gefror.

Die Narben auf seiner Brust begannen zu brennen.

»Du wirst nie ein Falke sein.« Hatte sie das zu ihm gesagt? Aber wann? Das musste früher gewesen sein … sehr viel früher …

»Was ziehst du denn auf einmal für ein Gesicht?«, sagte sie. »Ich bin es, Ita. Ita. Ita!«

Ita. Ita. Ita …

Das hatte vor langen Jahren ein kleiner Junge gesagt, der zu klein gewesen war, um den Namen Marita richtig auszusprechen.

»Ita«, wiederholte er jetzt langsam, als kehrte mit jeder Wiederholung auch die Erinnerung zurück. »Ita. Ita. Ita … *Ich* hab dich so genannt!«

»Du irrst dich«, hörte er sie wie durch eine Nebelwand sagen. »Ich hab dich nie zuvor …«

Dann riss der Nebel plötzlich auf – er sah. Hörte. Und roch.

Etwas Rotes, vom dem unablässig Wasser tropfte – das war ein Loch im Dach gewesen, in das sie einen ihrer alten Unterröcke gestopft hatte. Eine Kammer, deren Wände sich enger um ihn schlossen – das hatte er empfunden, weil seine Mutter fort war und nicht wiederkam. Ein Geruch, der sich tief in ihn eingenistet hatte – so roch sie noch heute, süßlich, lau und abgestanden. Raue Hände, die ihn wegrissen – die hatten dem Alten gehört, der ihn in Empfang genommen hatte. Das Gefühl, im nächsten Moment ersticken zu müssen …

»Du hast mir etwas in die Suppe getan«, sagte er. »Das mich schläfrig machen sollte, damit ich nicht weine. Aber du hast zu viel erwischt. Der Alte hat nämlich Angst bekommen, er hätte eine Leiche gekauft. Da hat er mich am Hals gepackt und …«

Er näherte sich ihr. Jetzt stand sie mit dem Rücken zur Wand. Ihr Gesicht war voller Schatten.

»Ich wusste, dass du kommen würdest«, sagte sie. »Seit ich dich im Hurenhaus gesehen habe. Ja, ich hab dich wiedererkannt und gehofft, dass du dich nicht mehr an mich erinnerst. Und im gleichen Atemzug hab ich es mir gewünscht.« Sie gab ein krächzendes Lachen von sich. »Deine festen Ärmchen um meinen Hals. Dein roter Mund, der unentwegt geplappert hat. Die Geschichten, die du hören wolltest, bevor du einschlafen konntest. Manchmal hab ich mir sogar vorgestellt, ich sei deine Mutter. Und wenn ich damals nicht …« Sie verstummte.

»*Du* hast mich an den Alten verkauft.« Seine Stimme war blankes Eis. »Und all die Jahre dachte ich …«

»Johanna? Die lag im Pesthaus«, sagte Ita. »Aber das hat sie mir nicht verraten. Ich hatte dich am Hals und wurde selber krank. Was sollte ich tun? Ich brauchte das Geld.«

»Und dafür hast du mich diesem alten Widerling übergeben. Für ein paar Silberlinge!«

»So viel war es gar nicht«, sagte sie bitter. »Er hat mich ordentlich runtergehandelt, weil du so klein und dünn warst. Und zwei gesunde Augen hattest …«

»Sei still!« In Jakobs Hand blitzte das Messer. »Ein Wort noch …«

»Ach, abstechen willst du mich?«, sagte Ita. »So wie den Rheinmeister Neuhaus, den man am Ehrentor mit lauter Stichwunden im Rücken gefunden hat?«

Er bekam plötzlich kaum noch Luft. Waren sie schon hinter Nele her? Würden sie sie aus dem Pesthaus zerren und im Turm krepieren lassen?

Etwas in seinem Ausdruck schien sie stutzig zu machen.

»Du kennst Neuhaus?«, sagte sie. »Ja, du kennst ihn. Und du weißt auch, dass er tot ist. Lass mich überlegen: Bist du vielleicht sogar dafür verantwortlich? Hast du ihn umgebracht, weil du auf sein Geld aus warst? Oder hattest du saubere Komplizen, die ...«

»Schweig!« Jetzt schrie er. »Ja, er hat den Tod verdient – tausendmal! Ebenso wie du. Bete noch einmal, wenn du das nicht längst verlernt hast! Und dann stirb!«

Jakob holte aus, doch in diesem Moment griff Ita nach dem Leuchter und schleuderte ihn nach ihm. Heißes Wachs troff in seine Augen, er schrie auf, rieb und rieb, um wieder sehen zu können.

Erstaunlich behände war Ita an der Tür und schlug sie zu. Dann drehte sich ein Schlüssel im Schloss.

Halb blind trommelte er mit den Fäusten von innen dagegen.

»Ich schlag die Tür ein, wenn du nicht aufmachst«, schrie er. »Lass mich raus!«

»Das schaffst du nicht«, rief sie triumphierend. »Ist die dickste im ganzen Haus! Und ein Fenster zum Fliehen gibt es auch nicht. Du wirst hier warten, bis ich die Büttel geholt habe. Denen kannst du dann in aller Ruhe erzählen, wie du Neuhaus ermordet hast.«

»Du musst es tun, Vincent, bitte!« Unter der Maske klang Johannas Stimme dumpf. Er hatte sie gezwungen, sie anzulegen, denn gestern war einer der Kranken hustend und Blut spuckend verstorben. Außerdem hatten sie das Mädchen, Johannas besonderen Schützling, ebenfalls auf den Totenkarren werfen müssen. »Ihre Beulen sind groß und prall. Sieh doch nur …«

»Nele?« Er beugte sich tiefer über die Pritsche. »Nele, hörst du mich?«

»Du kennst sie?«, fragte Johanna erstaunt.

»Ihre Mutter war die erste Pestkranke, der ich in Köln begegnet bin. Nele hat mich um Hilfe gerufen. Am nächsten Tag wollte ich wieder zu ihnen, doch da waren sie spurlos verschwunden.« Vincent richtete sich auf. »Tod und Teufel habe ich in Bewegung gesetzt, um herauszubekommen, wo sie sein könnten. Und jetzt liegt sie hier vor mir …«

»Hilf ihr, Vincent!«, sagte Johanna. »Jetzt erst recht.«

»Und wenn sie dabei stirbt? Sie ist so schwach und fiebert hoch.«

Als schienen die Stimmen durch ihre Agonie zu dringen, begann Nele den Kopf hin und her zu bewegen.

»Jakob?«, murmelte sie. »Jakob, wo bist du?«

»Hast du das gehört?«, flüsterte Johanna. »Sie hat Jakob gesagt – Jakob.«

»Ich bin ja nicht taub«, sagte Vincent. »Schnell, die Schröpfgläser, Essigwasser und sauberes Leinen!«

Er verfuhr wie all die Male, und doch kam es Johanna vor, als wären seine Hände noch behutsamer.

»Ich wünschte, ich könnte die Handschuhe dabei ausziehen«, sagte er zwischendrin, als spürte er, was in ihr vorging. »Oder sie müssten aus geschmeidigerem Material sein. Aber es wird auch so gehen.«

Als die erste Beule aufbrach und der Eiter auszufließen begann, kam Sabeth herein. Wortlos ging sie zum Kopfende der Pritsche und legte ihre Hand auf die Stirn des Mädchens.

Johanna wusch die Wunde mit Essigwasser aus.

»Die zweite bereitet mir mehr Sorgen«, sagte Vincent. »Sie ist härter. Ich werde schneiden müssen.«

Sein Messer durchdrang die Hülle. Der Eiter war dunkler und stank noch fauliger. Johanna säuberte auch diese Wunde, dann legte sie die Verbände an.

»Gib ihr ein wenig von dem Schlafmohn«, sagte Vincent, der das Pesthaus inzwischen mit einigen Elixieren und Substanzen aus der Apotheke zu den Vierwinden ausgestattet hatte. »Nur ein paar Krümelchen. Ruhe wird ihr jetzt guttun.«

Johanna nickte Sabeth zu, damit sie sich ihnen anschloss. Doch als die Alte ihre Hand zurückziehen wollte, erwachte erneut die Unruhe in Nele.

»Bleib bei ihr!«, sagte Johanna, innerlich noch immer aufgewühlt, während sie mit Vincent hinausging. »Vielleicht denkt sie, du bist Jakob.«

»Jakob«, sagte Sabeth. »Ich bin jetzt Jakob.«

»Wir müssen Nele nach ihm fragen«, sagte Johanna.

»Das werden wir«, sagte er. »Doch zuvor muss ich zum Erzbischof. Er scheint unpässlich zu sein, so jedenfalls hat der Bote sich ausgedrückt. Da kann er noch unleidlicher werden als sonst.«

»Du glaubst nicht daran?« Johanna streifte die Maske ab.

»Nichts in der Welt würde ich lieber tun. Aber er ist tot. Hast du mir das nicht immer versichert? Und Jakob heißen viele.«

»Ich weiß«, sagte sie heftig. »Unzählige Male hab ich es mir gesagt. Aber ich bin nie an seinem Grab gestanden. Und habe niemals seinen Leichnam beweint. Ich hatte mein Kind in die Obhut einer anderen Frau gegeben, weil ich ins Pesthaus musste und nicht wusste, ob ich jemals wieder herauskommen würde. Wenn Ita damals gelogen hat …«

»Ita?«, unterbrach er sie. »Üppig, mit einem derben Gesicht und gefärbten Haaren?«

»Du kennst sie?«, fragte Johanna fassungslos. »Woher?«

»Sie ist mir schon auf der anderen Rheinseite begegnet«, sagte er. »Als ich nach Köln kam. Und später wieder. Ita ist die Buhle deines Schwagers.«

»Hennes und Ita …«

»Im Lilienhaus«, bekräftigte Vincent. »Als ich deine Stute geholt habe. Und der hast du unseren Sohn anvertraut?«

»Früher nannte sie sich Marita und war Bademagd wie ich auch. Ita, das stammt von Jakob. Als er noch zu klein war, um ihren richtigen Namen zu sagen. Er mochte sie. Und ich dachte, sie ihn auch …«

»Danach werde ich sie fragen«, sagte Vincent so zornig, wie sie ihn noch nie zuvor gehört hatte. »Danach und nach vielem anderen!«

»Du gehst zu ihr?« Johanna lief ihm nach, obwohl Marusch schon wieder große Ohren bekommen hatte. »Du weißt, wo du sie findest?«

»Ich werde sie finden«, sagte Vincent. »Und zum Reden bringen, das verspreche ich dir!«

Mit Riesenschritten verließ er das Pesthaus, er lief nicht, er rannte, egal, ob die Leute dem Mann im dunklen Mantel und mit der Tasche hinterherschauten oder nicht.

Plötzlich hielt er inne. Sollte er doch lieber zuerst zum Lilienhaus?

Aber da würde sie Hennes Arnheim als Unterstützung haben, vorausgesetzt, dieses Pack wälzte sich noch zusammen in den Laken.

Die Schwalbengasse lag näher, daher entschied Vincent sich dafür. Die Tür mit der Eulenkralle schien ihn wie magisch anzuziehen.

Als er davor stand, riss er die Kralle wütend ab. Dann schlug er fest gegen das Holz.

»Ihr?«, fragte sie überrascht und setzte sofort ein wohlfeiles Lächeln auf. »Dass Ihr den Weg zu mir findet – welche Ehre!«

Heute trug sie nicht das billige, abgeschabte Rot wie üblich, sondern ein schlichtes dunkles Kleid, das sie fast ehrbar wirken ließ. Allerdings saß das Gewand reichlich eng, besonders an den halblangen Ärmeln, was sie mit üppigem Spitzenbesatz zu kaschieren versuchte. Das Gegenstück dazu bildete ein schweres Silberkreuz, das auf ihren Brüsten baumelte.

Ita trat zurück, um ihn hineinzulassen.

»Womit kann ich Euch helfen?« Ihre Stimme vibrierte erwartungsvoll.

»Mit der Wahrheit«, sagte Vincent. »Allein deswegen bin ich hier.«

»Die Wahrheit?«, wiederholte Ita gedehnt. Ihre Augen begannen zu flackern. »Was genau …«

»Ein Wort, das Ihr kaum zu kennen scheint.« Er sprach nun schneller und härter. »Ein Wort, das Euch vermutlich nie sonderlich geläufig war. Was habt Ihr mit Jakob gemacht, den Johanna Euch einst anvertraut hat?«

»Ach, jetzt hat sie auch noch Euch vor ihren Karren gespannt?« Itas Lächeln missglückte. »Selbst am Galgen wird sie es noch schaffen, Männer zu …«

»Was ist mit Jakob?«, donnerte Vincent. »Und spannt meine Geduld nicht auf die Folter, sonst könntet Ihr es bitter bereuen! Er ist gar nicht gestorben, damals in Freiburg, wie Ihr es Johanna weisgemacht habt, nicht wahr? Was ist stattdessen mit ihm geschehen?«

In ihrem Gesicht zitterte und zuckte es, als ginge innerlich ein Gewitter nieder, dann wurde sie plötzlich fahl.

»Ich habe ihn an einen Bettler gegeben«, sagte sie. »Wie seinen eigenen Sohn wollte er ihn behandeln, das hat er mir hoch und heilig versprochen …«

»Ihr habt ihn verkauft?«, schrie Vincent.

»Viele Bettler kaufen sich Kinder, um den Reichen das Herz zu öffnen«, sagte Ita. »Und ihm scheint das Leben in Gottes freier Natur ja auch nicht geschadet zu haben. Groß ist er geworden. Und ansehnlich – der echte Sohn seiner Mutter.«

»Woher wollt Ihr das wissen?« Vincents Stimme war leiser geworden, aber umso gefährlicher.

»Weil ich ihn wiedergesehen habe. Jakob ist hier – in Köln. Weiß der Himmel, wie es ihn hergetrieben hat!« Sie zog einen Flunsch wie ein junges Mädchen.

»Wo ist er?«, fragte Vincent. »Wo?«

»Genau da beginnen die Schwierigkeiten.« Ita schien jedes Wort zu genießen, denn sie ähnelte auf einmal einer satten Katze, die gerade den Sahnenapf ausgeschleckt hat. »Es scheint nämlich, als habe er eine große Dummheit begangen.«

»Was soll das heißen? Werdet deutlicher!«

»Rheinmeister Rutger Neuhaus ist ermordet worden, der Bruder des erzbischöflichen Kanzlers. Ziemlich rasch hat man Räuberpack der hinterlistigen Tat verdächtigt, und inzwischen kennt man sogar den Täter – Jakob! Deshalb sitzt er auch in der erzbischöflichen Hacht, bis man ihn verurteilt.«

In Vincent war Dunkel aufgezogen, ein Gefühl, zu spät gekommen zu sein und kläglich versagt zu haben. Würgen hätte er dieses Weib können, schütteln, ohrfeigen – aber allein sie zu berühren wäre ihm unmöglich gewesen.

»Der Himmel wird Euch für alles strafen«, sagte er stattdessen. Er konnte es keinen Augenblick mehr länger mit ihr unter einem Dach aushalten. »Für Eure Lügen, für Eure Betrügereien, für das Leid, das Ihr Johanna und Jakob zugefügt habt aus Neid, Gier und Missgunst …«

Sie machte eine Geste, als wollte sie seine Worte wegwischen. Dabei blieb ihr Spitzenbesatz am Kreuz hängen und riss entzwei. Die hässlichen roten Geschwüre auf ihrem Unterarm leuchteten wie in Blut getaucht.

»Der Himmel hat Euch schon bestraft«, sagte Vincent. »Ihr habt die Lustseuche schon seit Jahren? Nun, dann kommen die schönsten Zeiten jetzt auf Euch zu.«

»Wird es wieder vergehen?« Ihr Blick hing an seinem Gesicht. »Wie oft hab ich darum gebetet! Ich kann nichts dafür. Eines Tages bin ich damit aufgewacht.«

»Und habt die Krankheit sicherlich ungeniert an viele Männer weitergegeben?«, sagte er scheinbar ruhig.

»An den einen oder anderen«, sagte sie vage. »Möglicherweise.«

»Auch dazu werdet Ihr bald keine Gelegenheit mehr haben! Hässliche Schlangen krümmen sich auf Eurer Haut. Die Augen versagen ihren Dienst. Dafür werdet Ihr Dinge sehen und hören, die es gar nicht gibt. Eure Erinnerung setzt aus, Arme und Beine werden taub. Greift ruhig in die Flamme – denn Ihr werdet keinen Schmerz mehr empfinden, während Ihr gleichzeitig alles unter Euch lasst …«

»Seid Ihr der Leibhaftige?«, flüsterte Ita.

»Ein Medicus«, sagte Vincent. »Meine Arbeit über die Lues ist beinahe beendet. Doch Ihr werdet die Drucklegung nicht mehr erleben.«

Damit ließ er sie zurück.

Ita sank auf einem Hocker zusammen, unfähig, sich zu rühren, auch noch, als die eiligen Schritte, mit denen er sich von ihr entfernt hatte, schon längst verklungen waren.

Jetzt verließ die Kälte sie keine Stunde mehr. Bela legte den Pelz nie mehr ab, auch nicht zum Schlafen, wenn man das hellwache, fieberhafte Grübeln, das sie Nacht für Nacht durchlitt, überhaupt so nennen konnte.

Dem Hurenwirt hatte sie eine schlimme Erkältung vorgegaukelt, an die er halbwegs glaubte, auch wenn sein Misstrauen bereits geweckt war, das sah sie an seinen Augen.

»Hast dir genau die richtige Zeit zum Krankwerden ausgesucht«, polterte er. »Ausgerechnet jetzt, wo es kalt wird und die Männer so gern ein kuscheliges Plätzchen zum Aufwärmen haben. Nächste Woche schick ich dir die Freier wieder – und dann will ich keine Ausreden mehr hören!«

Sie hatte rasch genickt, als wäre alles in bester Ordnung.

Nächste Woche, dachte Bela, während sie den Besen nahm und mit ihm das Zimmer fegte. Nächste Woche wirst du bereits zusammen mit mir in der Hölle braten.

Ihr Hals brannte. Im Mund hatte sie neue eitrige Stellen entdeckt. Sie war so müde, als hätte sie zwanzig Männer hintereinander gehabt, dabei hatte sie sich von keinem mehr anrühren lassen, seit sie bei Ita gewesen war. Ihre Gedanken verschlangen sich in immer neuen Verästelungen, beinahe wie die Schlangenbrut, die sie auf Itas Rücken gesehen hatte.

Dabei musste sie doch umsichtig vorgehen, Schritt für Schritt, damit ihr Plan gelang. Sie hatte sich für den Nachmittag entschieden, wenn die anderen Huren in die Stadt zum Einkaufen gehen würden. Dann wäre sie mit Conrat allein. In letzter Zeit hatte er sich angewöhnt, schon vormittags mit seinem Fusel anzufangen, das kam ihr entgegen. Meistens wurde er so müde davon, dass er laut schnarchend auf der Ofenbank lag.

Jetzt schien die Zeit auf einmal stehen zu bleiben. Belas Hände wurden feucht, so fest hielt sie den Besenstiel umklammert.

Endlich hörte sie Schritte, Rufen.

»Und du willst wirklich nicht mit?« Trine steckte ihre spitze Nase ins Zimmer. Dann kam sie hereingeflattert.

»Zu müde«, sagte Bela schnell. »Wird Zeit, dass ich wieder ganz die Alte bin!«

»Leihst du mir ausnahmsweise deinen Pelz?« Trines Blick wurde begehrlich. »Draußen ist es schweinekalt.«

Heute nicht, wollte Bela schon sagen, dann aber nahm sie den Kragen vom Hals und gab ihn ihr.

»Ich bring ihn auch unversehrt zurück«, jubelte Trine. »Versprochen!«

»Schon gut.« Bela wollte nur noch, dass sie endlich ging.

Ohne den Fuchs fühlte ihr Hals sich auf einmal schutzlos an. Sie beschloss, nicht mehr lange zu warten, legte sich aufs Bett und rollte sich ein.

Nach einer Weile nahm sie den Besen und ging hinaus.

Conrat schnarchte, den Kopf auf dem Tisch, als hätte er es nicht einmal mehr bis zur Bank geschafft.

Bela öffnete die Ofenklappe und starrte in das Feuer. Die Flammen züngelten und leckten, wie lebende Wesen kamen sie ihr vor. Es würde schnell gehen, das hatte ihr einer verraten, der früher ab und an dem Scharfrichter zur Hand gegangen war. Er hatte sich deshalb geschämt, sie ihn aber mit dem Hinweis getröstet, dass sie vom gleichen

Holz seien, denn auch das Hurenhaus unterstand ja dem Henker. Nicht einmal Hexen müssten auf dem Scheiterhaufen lange leiden, hatte er ihr versichert, weil der Rauch sie schon zuvor ohnmächtig machte.

Der Besen in ihrer Hand schien schon jetzt zu brennen, und sie zögerte ein letztes Mal, bis sie ihn ins Feuer steckte und geschwind wieder herauszog. Das Stroh, aus dem er gebunden war, brannte lichterloh.

Bela hielt die Flamme weit von sich, bis sie wieder in ihrem Zimmer war. Dann hob sie das Laken hoch und steckte die Bettstatt in Brand.

Die Flammen griffen um sich, rasend schnell. Die Kälte aus Belas Gliedern verschwand. Sagte man nicht auch, dass Feuer alles reinigt, was schlecht und faul gewesen war?

Bela warf den Kopf in den Nacken. Ob es in der Hölle noch heißer sein würde? Frieren jedenfalls müsste sie jetzt niemals mehr.

❦

Wie sollte er es anfangen? Wie konnte er den Erzbischof dazu bringen, etwas zu tun, wozu er unter normalen Umständen niemals bereit wäre?

Grübelnd und voller Zweifel erreichte Vincent die Trautmanngasse. Der Tag war trocken, aber grau. Wie eine Festung erhob das Palais sich vor ihm, eine Trutzburg, die er nie und nimmer bezwingen konnte.

Und doch musste es gelingen!

Jakob durfte nicht sterben und Johanna den Sohn zum zweiten Mal verlieren.

»Ihr seid ausnehmend blass, Medicus«, sagte der Prälat, der ihn wie gewohnt nach oben führte. »Dabei müsst Ihr doch Seiner Exzellenz beistehen!«

»Wie geht es dem Erzbischof?«, fragte Vincent.

Der dicke Kopf des Prälaten schien fast zwischen den massiven Schultern zu verschwinden.

»Er klagt«, lautete seine Antwort. »Und hatte wohl eine miserable Nacht. Aber jetzt, da Ihr gekommen seid …« Mit einer Verneigung zog er sich zurück.

Hermann von Wied war noch im Nachtgewand, wenngleich er einen pelzverbrämten Samtmantel darüber geworfen hatte. Seinen Kopf schmückte ein Barett aus braunem Brokat.

»Ihr kommt spät«, sagte er mit jämmerlicher Stimme. »Sehr spät. Dabei hätte ich Euch so sehr gebraucht! Alles tut mir weh – der Mund, die Glieder, der Kopf. Ich fiebere und bin so matt, als hätte mir jemand Gift ins Essen gemischt.«

»Ihr habt noch immer Euren Vorkoster?«, fragte Vincent erschrocken. Wenn der Bischof jetzt starb, wäre Jakobs Schicksal besiegelt.

»Natürlich«, mischte sich Bernhard vom Hagen ein. Auch er ein Bild des Jammers, der Bart erstmals nicht penibel gekämmt, die Augen blutunterlaufen, als habe er die ganze Nacht durchgezecht. »Martin Weigand würde lieber selbst auf der Stelle tot umfallen, als einen Fremden an das Essen Seiner Exzellenz zu lassen. Die Speisen waren einwandfrei. Die Getränke ebenfalls. Wir haben alle davon gegessen.«

»Ja, wenn ich nur irgendeinen Bissen hinunterbekäme«, rief der Erzbischof. »Mein Magen ist wie zugeschnürt, aber Durst habe ich, entsetzlichen Durst.«

Eine Saite begann in Vincent zu klingen.

So etwas Ähnliches hatte neulich schon jemand gesagt – vor nicht allzu langer Zeit. Dann fiel es ihm wieder ein: Der Jude war es gewesen, Mendel ben Baruch, der sich so sehr um seine Miriam gesorgt hatte.

Eine Idee begann in Vincent Gestalt anzunehmen, verrückt und eigentlich undurchführbar, aber das Einzige, was vielleicht machbar wäre.

»Ich muss Euch gründlich untersuchen, Exzellenz«, sagte er. »Allein. Ihr kennt ja inzwischen meine Methoden.«

»Geht nur!«, rief Hermann von Wied seinem Kanzler zu. »Ihr habt ja ohnehin noch vieles zu erledigen. Sein Halbbruder ist ermordet worden«, fügte er an Vincent gewandt hinzu. »Stellt Euch nur vor! Aber der Täter scheint uns schon ins Netz gegangen zu sein.«

Vincent gelang es, die Miene nicht zu verziehen, bis vom Hagen das Gemach verlassen hatte.

»Bitte nehmt als Erstes das Barett ab«, sagte er dann.

»Das Barett?« Der Erzbischof begann nervös zu zwinkern. »Weshalb? Ist mein Kopf denn auch krank?«

»Genau das möchte ich ja untersuchen.« Vincent beugte sich über den teilweise schon kahlen Schädel.

»Könnt Ihr mich bei der Gelegenheit nicht gleich ein wenig kratzen?«, rief Hermann von Wied. »Es juckt nämlich ganz entsetzlich.«

Auf der blassen Kopfhaut zeigten sich Dutzende von

rötlichen Erhebungen in allen nur denkbaren Größen und Schattierungen.

»Habt Ihr diese Beulen schon länger?«, fragte Vincent ruhig und holte die Handschuhe aus seiner Tasche.

»Beulen?«, rief der Erzbischof erschrocken. »Von welchen Beulen redet Ihr? Und weshalb zieht Ihr auf einmal Eure Handschuhe an?«

»Von den Beulen auf Eurem Kopf.« Vincent nahm nun auch die Maske heraus und setzte sie auf. »Und ich wette, nicht nur dort werde ich sie finden. Bitte zieht den Mantel aus und streift das Hemd nach oben!«

»Ich soll mich vor Euch entblößen, während Ihr dieses entsetzliche Ding vor dem Gesicht habt? Niemals!« Wie ein bockiges Kind verschränkte von Wied die Arme vor der Brust.

»Bitte, Exzellenz!« Vincent legte all seine Angst, all seine Sorgen um Jakob und Johanna in seine Stimme. »Um Euretwillen – tut, worum ich Euch ersuche!«

Hermann von Wied begann vor Angst zu schlottern. Nur mit Mühe gelang es ihm, den Mantel abzustreifen. Seine Hände, mit denen er das Hemd nach oben stülpte, schienen ihm kaum noch zu gehorchen.

Dünne Altmännerbeine kamen zum Vorschein, mit schmalen, knochigen Knien und aderdurchzogenen Schenkeln. Der Bauch darüber, der einst stramm gewesen sein mochte, hatte sich in ein welkes Häuflein Haut verwandelt – alles bedeckt mit kleinen roten Pusteln.

»Ihr könnt Euch wieder bedecken, Exzellenz«, sagte Vincent. »Ich habe gesehen, was ich sehen musste.«

Eine lange Pause.

»So redet doch«, rief der Erzbischof und griff nach Vincents Ärmel. »Es ist doch nicht …«

»Ich fürchte doch, Exzellenz«, erwiderte Vincent und war froh, dass die Maske sein Gesicht verdeckte.

»Die Pest? Und Ihr seid ganz sicher?«

Vincent nickte bedeutungsschwer.

»Aber das hieße ja, dass ich … ohne Köln reformiert zu haben!« Hermann von Wied sank auf die Knie. »Womit habe ich das verdient, gütiger Gott? Deinen Knecht abzuberufen, bevor er Dein Werk verrichten kann?« Flehend streckte er Vincent die Arme entgegen. »Rettet mich, Meister de Vries! Lasst nicht zu, dass ich so elend verende – um der Stadt willen!«

»Eine Möglichkeit gäbe es da vielleicht«, sagte Vincent langsam. »Ein neues Mittel aus dem Orient, das wahre Wunder bewirken soll …«

»Her damit!«, rief der Erzbischof und erhob sich ächzend. »Egal, wie teuer es auch sein mag, bringt es mir!«

»Mit Geld ist es nicht zu bezahlen.« Jetzt kam es auf jedes Wort an. Vincent hatte vor Aufregung zu schwitzen begonnen. Maske und Kleidung klebten inzwischen an ihm wie eine zweite Haut.

»Was soll das heißen? Wie kommt man dann daran?«, drängte von Wied.

»Das könnte ich für Euch erledigen. Aber nur unter einer Bedingung.«

»Welche Bedingung? So redet doch endlich!«

»Entlasst den jungen Mann aus der Hacht«, sagte Vincent. »Dann werde ich das Mittel besorgen.«

»Den Mörder entlassen? Seid Ihr von Sinnen? Aber weshalb denn?«

»Noch ist er nicht verurteilt. Und wer weiß, vielleicht hat er die Tat ja gar nicht begangen.«

»Das behaupten sie alle. Und reden dann doch unter der Folter. Nein, Meister de Vries, alles andere – aber das geht entschieden zu weit!«

Schweigend ging Vincent zu seiner Tasche und schloss sie.

Es war ein Versuch gewesen, nicht mehr. Und doch hatte er für einen Augenblick das wahnwitzige Flämmchen der Hoffnung gespürt. Er hatte alles auf eine Karte gesetzt – und verloren.

»Ihr wollt gehen und mich so zurücklassen?«, rief der Erzbischof. »Ihr seid mein Leibarzt. Das dürft Ihr nicht!«

»Ich werde alles für Euch tun wie für die anderen Pestkranken auch«, sagte Vincent mit bleierner Stimme. »Was leider nicht allzu viel ist. Wir müssen zunächst abwarten, wie sich die Beulen weiter entwickeln …«

»Damit ich sterbe wie sie alle? Zu Tausenden faulen sie schon in den Gruben! Nein, wartet, de Vries, ich muss überlegen.« In fiebriger Hast wischte er sich über das Gesicht. Dann wandte er sich ihm zu. »Die Wahrheit, de Vries!«, forderte er. »Und nehmt endlich diese schreckliche Maske ab, damit ich Eure Augen sehen kann. Warum soll ich ihn entlassen?«

Vincent gehorchte. Schweigend starrten sie sich an.

»Er ist mein Sohn«, sagte er schließlich. »Ich weiß es erst seit einigen Tagen.«

Hermann von Wied schloss die Lider. Als er sie wieder öffnete, waren seine Augen wässrig.

»Das ist Erpressung«, sagte er. »Niemals sollte ich mich darauf einlassen. Wann könnt Ihr mir das Mittel bringen?«

»Heute Abend«, sagte Vincent. »Wir sollten keine kostbare Zeit verlieren.«

»Wer sagt mir, dass es tatsächlich wirkt?«

»Ich. Der Arzt, der Euer Leberleiden kuriert hat. In medizinischen Angelegenheiten könnt Ihr mir vertrauen. Die Beulen verschwinden – und Ihr werdet leben. Das schwöre ich bei der Seele meiner verstorbenen Mutter. Allerdings wird es ein paar Tage dauern.«

»Erst das Mittel – dann der Gefangene. Anders kommt der Handel nicht zustande.«

»Genau so hatte ich es mir gedacht«, bekräftigte Vincent.

»Der junge Mann wird die Stadt verlassen?«

»Mein Wort darauf!«, sagte Vincent, während der Knoten in seiner Kehle immer größer wurde. So vieles war noch zu tun – und ihm blieben nur noch ein paar lausige Stunden.

»Und wie soll ich meinem Kanzler die ganze Angelegenheit erklären? Immerhin wurde sein Halbbruder erstochen!«

»Durch Flucht hat sich der Täter der Anklage entzogen. Ihr lasst den Jungen in den Frankenturm überführen – und dabei sucht er das Weite. Euer Leibarzt, der ihn begleitet hat, wurde niedergeschlagen.« Vincents Stimme veränderte sich. »Ihr müsst sofort Euer Bett aufsuchen, damit Ihr halbwegs bei Kräften bleibt, denn das Mittel ist sehr stark. Bleibt allein, lasst niemanden in Eure Nähe, denn es wird nur für einen reichen!«

»Scheint, als hättet Ihr an alles gedacht.« Der Erzbischof lächelte bitter. »Was, wenn ich nicht krank geworden wäre? Hättet Ihr dann mich niedergeschlagen, um Euren Sohn zu befreien?«

Vincent blieb die Antwort schuldig.

»Wir sollten keine Zeit verlieren«, sagte er schließlich. »Jede Stunde zählt.«

Der Anblick der Geschwüre an seinem Geschlecht ließ starke Übelkeit in ihm aufsteigen. Das also hatte Ita gemeint, als sie ihm den Trank eingeflößt und vorgegaukelt hatte, sie sei Bela, mit der er Hochzeit feiere!

Hennes sah es nicht zum ersten Mal. Als er noch regelmäßig das Badehaus besuchte, hatte es mehrere Männer gegeben, die derart gezeichnet waren. Weißenburg hatte sie in gesonderten Wannen baden lassen, keine der Mägde durfte sie anfassen.

Wenn er sie berührte, rann aus den Geschwüren eine dünne, durchsichtige Flüssigkeit. Ob darin das Gift steckte, das andere krank machte? Oder war es doch der faulige Wind, der die Seuche von einem zum anderen trug?

Es gab kein Entkommen. Hennes wusste es längst.

Er kannte Männer, die seit Jahren an dieser Krankheit

litten, hatte mit eigenen Augen gesehen, wie sie das Laufen, das Reden, ja schließlich sogar das Denken verlernten, bis sie im Narrenturm landeten, wenn inzwischen ihr Vermögen aufgebraucht war, oder in einer Kammer versteckt wurden, solange es noch jemanden gab, der auf ein Erbe hoffen durfte.

Kein Medicus konnte sie heilen, keine Arznei von ihr kurieren, nicht einmal das heilige Holz, von dem Ita so geschwärmt hatte, weil sie damit die Verzweiflung der Erkrankten ausbeutete und es ihr viel Geld einbrachte.

Er hatte nicht vor, so zu enden – weder im Narrenturm noch in einer Kammer, wo er auf die Gunst anderer angewiesen wäre. Dass Ita noch einmal in seine Nähe kommen könnte, war der schlimmste aller Gedanken.

Langsam, gemessenen Schritts wanderte Hennes durch die Räume des Lilienhauses, das er mehr als alles andere begehrt hatte, vom oberen Stockwerk bis hinunter ins Gewölbe, wo seine Felle lagerten.

Er brauchte keine Kerze, um sich zurechtzufinden, obwohl die Dämmerung schon nahte. Er wusste auch so, wo Hermelin lag und wo Fuchs, wo Zobel sich bauschte und glatter Marder nun vergeblich auf lüsterne Frauenblicke warten musste. Er ließ Iltisse, Kaninchen und Fehe liegen, bis er schließlich bei den Otterfellen angelangt war.

Sein alter Meister hatte immer behauptet, eine nackte Jungfrau müsse ein paar Wochen lang auf ihnen schlafen, um das Haar besonders sanft zu machen. Doch für solchen Unsinn blieb ihm nun keine Zeit mehr. Nahezu blindlings griff er nach dem schönsten Fell, rauchgrau, mit ein paar dunkleren Streifen, die ins Bräunliche gingen. Diese kräftigen Raubtiere waren in der Lage, sich über viele Stunden im kalten Wasser aufzuhalten, ohne jemals zu frieren. Er konnte nur hoffen, dass ein wenig von ihrem Schutz auch auf ihn übergehen würde.

Gebückt wie ein Greis schlich er die Treppen wieder hinauf, nahm seinen Mantel und legte sich das Fell um die Schultern. Wenn jemand ihm unterwegs begegnete, würde er den Kürschnermeister Arnheim sehen, zielstrebig unterwegs, wie man es nicht anders von ihm gewohnt war. Beinahe schien es, als sei auf seinem letzten Weg auch etwas von der alten Betriebsamkeit in ihn zurückgekehrt.

Er hörte den Fluss schon von Weitem. Dass der Rhein so hohes Wasser führte, war für seine Zwecke nur dienlich. Doch als er schließlich am Ufer stand, wurde ihm doch ängstlich zumute.

Sagte man nicht, dass die Nymphen die Seelen Ertrunkener mit Steinen beschwerten, damit sie nie wieder zum Licht aufsteigen konnten? Andere behaupteten, sie fräßen sie mit ihren spitzen Zähnen auf, aus Rache, weil sie bis in alle Ewigkeit ins Feuchte verbannt waren.

Severin hatte ihm diese und andere Geschichten erzählt, als sie noch klein gewesen waren und nebeneinander im Bett gelegen hatten. Plötzlich vermisste er den Bruder so sehr, dass sein Herz sich zusammenkrampfte.

»Verzeih!«, murmelte Hennes, während er den Mantel ablegte. »Ich wollte immer so sein wie du – und hab es doch niemals geschafft.«

Ein kalter Wind fuhr ihm unter die Kleider, doch es

wurde besser, als er den Pelz wieder um die Schultern spürte.

Der Otter würde ihn nicht enttäuschen, wenigstens der nicht.

Hennes zog die Schuhe aus, weil es ihm seltsam erschienen wäre, in Schuhen zu sterben, und watete in den Rhein. Das Wasser war so eisig, dass es seine Füße wie mit Nadeln stach, doch er ließ sich nicht beirren, watete weiter und immer weiter.

Als ihm die Fluten bis zur Brust reichten, sprang das Eisenband, das sein Herz zusammengepresst hatte. Plötzlich war er wieder ganz frei und leicht.

Der nächste Schritt riss ihm den Grund unter den Füßen weg. Eine große Welle schwappte über seinen Kopf.

Der Otter, war sein letzter Gedanke. Der Otter!

Dann trieb nur noch ein dunkles Fell auf dem Wasser.

Mendel ben Baruch hatte ihn schon verstanden, da war Vincents Anliegen noch nicht einmal ganz ausgesprochen gewesen.

»Ihr braucht eine lammfromme Stute?«, hatte er gerufen. »Auf der Stelle? Ihr sollt sie bekommen!« Er setzte ein zufriedenes Lächeln auf. »Wie das Schicksal so spielt, steht gerade so ein Tier in meinem Stall. Ich soll es für einen guten Freund verkaufen – zu einem wahrhaft anständigen Preis. Kommt!«

»Ist das Johannas Stute?«, fragte Vincent erstaunt. »Ich hätte sie gar nicht wiedererkannt.«

»Ja, das ist sie.« Mendel begann zu strahlen. »Früher hieß sie Pepi, aber das hat der Witwe Arnheim nicht so recht gefallen. Das Pferd neben ihr ist Sternchen. Und ich glaube, die beiden mögen sich.«

Über den Preis wurden sie schnell handelseinig. Mendel ben Baruch schien den immensen Druck zu spüren, unter dem sein Besucher stand.

»Ihr müsst weiter«, sagte er. »Soll ich Euch bis ans andere Ufer begleiten? Mit zwei fremden Pferden auf der Fähre …«

»Wenn Ihr das tun würdet!« Vincent war erleichtert.

Auf dem Wasser blieben beide still, doch als das Ufer immer näher kam, begann Mendel zu reden.

»Ich werde Euch vermissen«, sagte er. »Euch und die Witwe Arnheim. Das Leben war sehr hart zu ihr. Ich hoffe, sie wird es besser haben, sobald Köln hinter ihr liegt.« Er hielt kurz inne. »Miriam und ich werden auch weggehen«, fuhr er fort. »Nach Aachen. Dort müssen wir nicht am anderen Ufer siedeln. Freunde und Verwandte erwarten uns bereits.«

Die Fähre legte an. Mendel führte die Tiere an Land.

»Und jetzt?«, fragte er.

»Zum Pesthaus«, sagte Vincent. »Aber Ihr müsst doch sicherlich zurück.«

»Und ob! Miriam mag es nicht, wenn ich zu spät zum Essen komme. Aber es gibt Ausnahmen, keine Ausreden, wohlgemerkt. Und sie ist klug genug, das eine vom anderen zu unterscheiden.« Er nahm seinen Hut ab, kratzte sich ausführlich am Kopf und setzte ihn wieder auf. »Ihr könntet Hilfe gebrauchen?«, fragte er.

»Und ob!«, sagte Vincent. »Ich muss eine Schwerstkranke in mein Haus bringen und eine alte Frau, die manchmal sehr verwirrt ist.«

»Sabeth!« Mendel begann zu lächeln. »Ihr habt sie also gefunden.« Er nickte Vincent aufmunternd zu. »Worauf wartet Ihr noch?«

Den Alten neben sich zu wissen ließ für kurze Zeit alles möglich erscheinen. Doch sobald das Haus mit der roten Tür in Sicht kam, sank Vincents Mut erneut.

Was sollte er Johanna sagen? Wie ihr diese verrückte Idee schmackhaft machen? Was, wenn Jakob ihm kein Wort glaubte? Was, wenn es gar nicht ihr Sohn Jakob war, den sie in der Hacht gefangen hielten?

Das Herz wurde ihm schwer, als er anklopfte und Johanna ihm öffnete. Sie war bleich. Nur ihre Augen leuchteten intensiv grün.

»Wo warst du die ganze Zeit?«, fragte sie. »Stell dir vor, Nele ist erwacht! Sie kennt Jakob. Sie liebt ihn. Und er lebt! Er hat sie aus den Fängen einer Bande befreit ...«

»Später, Jo, später!« Der Name war ihm ganz einfach über die Lippen gegangen, und jetzt wehrte sie sich nicht länger dagegen. »Du musst mir jetzt ganz genau zuhören, versprichst du mir das?«

Sie nickte beklommen.

»Wo können wir reden, ohne dass uns jemand hört?«, fragte er weiter.

»Im Verschlag«, sagte sie prompt. »Inmitten der Pestwäsche.«

»Dann komm!« Er zog seine Maske hervor und wartete, bis sie aufgeschlossen hatte.

»Der Erzbischof hat die Wilden Blattern«, sagte Vincent, kaum war die Tür hinter ihnen zu. »Ich aber habe ihm eingeredet, es sei die Pest und ich besäße das einzige Mittel, um ihn vor dem Tod zu bewahren.«

»Weshalb?«

»Jakob sitzt in der Hacht. Unser Sohn! Angeklagt des Mordes. Das Opfer ist Neuhaus, ein Bruder des erzbischöflichen Kanzlers.«

»Woher weißt du das?«, wisperte sie.

»Von Ita«, sagte er bitter. »Und vom Erzbischof höchstpersönlich.«

»Dann werden sie ihn hängen? Oder wie mich in die *camera silentia* sperren? Das dürfen sie nicht, Vincent – nicht auch noch ihn!«

»Dazu wird es nicht kommen. Denn um an das Mittel zu gelangen, muss der Erzbischof ihn freilassen.«

»Einen Mörder? Niemals!«

»Genauer gesagt, er wird ihn nicht an der Flucht hindern«, versicherte Vincent. »Das hat er versprochen. Und uns auch nicht – davon weiß er allerdings noch nichts.«

»Aber ich darf doch das Pesthaus nicht lebendig verlassen …«

Er legte einen Finger auf ihre Lippen.

»Damit dies alles gelingt, müssen wir äußerst klug und besonnen vorgehen. Es ist viel, was ich von dir verlange. Wirst du mir vertrauen und es tun?«

»Alles«, flüsterte sie. »Alles – wenn ich ihn nur zurückbekomme!«

Hermann von Wied hielt sich an die Abmachung, zumindest sah es so aus. Er lag in seinem Bett, auf einen Berg von Kissen gestützt, und atmete schwer.

»Wenn doch alles nur endlich schon vorüber wäre!«, sagte er stöhnend. »Ich bin am Verdursten. Und das Jucken wird immer unerträglicher. Wenn mir jemand gesagt hätte, dass es Schlimmeres als Schmerz gibt, ich hätte ihn für wahnsinnig erklären lassen.«

»Es ist Schmerz«, versicherte Vincent hinter seiner Maske. »Und er kann noch schlimmer werden, bis die Beulen reif genug sind.«

»Und was dann? Ich habe gehört, dass sie bisweilen von selbst aufbrechen. Das werden sie doch, wenn Ihr mir das Mittel verabreicht habt? Oder müsst Ihr mich schneiden?« Panik lag in seiner Stimme.

»Keine Sorge! Ich werde Euch jetzt das Wundermittel aufbringen«, sagte Vincent. »Ein frommes Gebet dazu, inbrünstig gesprochen, kann nicht schaden. Ihr werdet schnell Linderung verspüren, aber Ihr müsst eisern bleiben, nicht reiben oder gar kratzen und immer wieder nachtupfen, sonst kann ich für die Heilung nicht garantieren.« Er räusperte sich. »Bitte entblößt Euch, Exzellenz!«

Schweigend kam von Wied der Aufforderung nach.

Vincent öffnete den Salbentopf. Der Vorrat war alles andere als knapp bemessen, aber auch nicht zu reichlich, damit der Erzbischof keinen Verdacht schöpfte.

»Wie komme ich zu meinem Sohn?«, fragte Vincent, bevor er den behandschuhten Finger in die Salbe steckte, die Walter Eckes in der Apotheke für ihn angerührt hatte.

»Der Prälat wird Euch hinbringen«, stieß der Erzbischof hervor. »Von der Hacht führt ein unterirdischer Gang zum Frankenturm. Von dort kann er fliehen. Sollte er allerdings morgen in der Stadt aufgegriffen werden …«

»Niemand wird ihn aufgreifen.« Vincent begann die Salbe zu verteilen. Josephskraut stellte ihren Hauptbestandteil dar, das bei den Wilden Blattern schmerzmildernd wirkte und das Jucken erträglicher machte. »Spürt Ihr schon etwas?«

»Mhm«, murmelte von Wied mit geschlossenen Augen. »Ja, es wird in der Tat ein wenig leichter. Aber was tut Ihr jetzt?«

»Das ist speziell für den Kopf«, sagte Vincent und hoffte, dass die Wirkung des süßen Mandelöls Entspannung bringen würde. »Morgens und abends, aber immer nur ein paar Tropfen.«

Er trat von der prunkvollen Bettstatt zurück.

»So weit zu meinem Teil unserer Abmachung. Und nun zu Eurem, Exzellenz«, sagte er mit einer knappen Verbeugung.

Der Erzbischof nickte.

»Eines noch«, sagte er. »Die Mutter Eures Sohnes – kenne ich sie?«

»Ich denke nein, Exzellenz«, erwiderte Vincent und brachte das Kunststück fertig, seine Stimme ein letztes Mal untertänig klingen zu lassen. »Aber sie ist eine sehr besondere Frau.«

»Dann geht! Geht endlich!« Als Vincent schon an der Tür war, fuhr der Erzbischof noch einmal auf. »Ich werde

Euch doch wiedersehen?«, fragte er mit seltsamem Unterton.

»Das gebe der gütige Gott!«, erwiderte Vincent, den Blick fest auf den wartenden Prälaten gerichtet. »Ich bin Euer Leibarzt, Exzellenz. Und wünsche angenehme Nachtruhe!«

Stumm brachte der Prälat Vincent in die Hacht, ein Weg, den dieser nun schon zum zweiten Mal zurücklegen musste. Hatte er damals um Johannas Leben gebangt, so fürchtete er sich nun vor der Konfrontation mit Jakob.

Sie hatten sich noch nie gesehen.

Was, wenn nun ein gemeiner Mörder vor ihm stand, einer, der die Rettung gar nicht wert war?

Nicht der Scharfrichter, sondern ein Wächter schloss auf, was Vincent beruhigte. Der Gefangene war offenbar aufgesprungen, als er die Schritte gehört hatte.

»Ihr seid das!«, rief er. »Wir kennen uns. Damals, vor der Apotheke …«

Er war seinem eigenen Sohn begegnet, ohne zu wissen, wer er war!

Mendel ben Baruch hatte recht gehabt. Jakob war wie ein Abbild seiner selbst in jungen Jahren. Nur die Augen hatte er von Johanna, große, klare Augen von bezwingendem Grün.

»Was wollt Ihr hier?«, fragte Jakob.

Zu Vincents Überraschung trug er keine Eisenfesseln. Nur die Hände waren mit einem Kälberstrick aneinandergebunden.

»Dich an einen anderen Ort bringen«, sagte er.

»Wozu?« Argwohn verdunkelte Jakobs Gesicht.

»Frag nicht, komm!«, drängte Vincent. »Nele geht es gut«, zischte er. »Die Beulen sind auf.«

»Wer sagt mir, dass Ihr nicht lügt?«

»Niemand. Und jetzt komm!«

Er stieß ihn vor sich her, die Treppen hinunter, die in den Bauch der Erde zu führen schienen. Dann öffnete sich der schmale Gang. Da beide ungefähr die gleiche Größe hatten, mussten sie sich beide bücken, um nicht mit dem Kopf an den Fels zu stoßen.

Plötzlich blieb Jakob stehen.

»Das ist doch eine Falle«, sagte er. »Wenn Ihr mich hier unten absticht, wird niemand nach mir suchen. Keinen Schritt gehe ich mehr!«

»Du wirst gehen«, sagte Vincent. »Und zwar rasch. Nele wartet auf dich. Und Johanna, deine Mutter.«

»Johanna?« Abermals hielt Jakob inne. »Aber ich hab ihr doch die toten Tiere gebracht! Weil ich dachte …«

»Ich weiß.« Vincents Stimme war weich. »Nicht Johanna hat dich verkauft, sondern Ita. Das hat sie mir selbst gestanden.«

»Woher wisst Ihr das alles?«, schrie Jakob. »Seid Ihr Gott?«

»Nein«, sagte Vincent. »Ich bin dein Vater, Jakob. Und jetzt komm! Wir müssen uns beeilen!« Er zog sein Messer heraus, um die Fesseln durchzuschneiden, und mühte sich zunächst vergeblich durch den dicken Strick.

»Mein Vater?« Jakob schien kurz den Atem anzuhalten. »Und Ihr lügt nicht?«

»Dein Vater. Und ich lüge nicht.«

»Dann hätte ich da ein weitaus besseres Messer anzubieten«, sagte Jakob. »Aber es ist so tief in meiner Tasche versteckt, dass ich es ohne Hilfe nicht herausziehen kann. Rechts – und du musst sehr tief graben!«

Vincent wühlte nach dem Messer. Eine tiefe Falte stand zwischen seinen Brauen, als er es zutage befördert hatte und wiedererkannte. Dann begann er zu lachen.

»Du Hundling«, sagte er. »*Du* hast es mir gestohlen! Damit kann man Leben retten. Zum Beutelabschneiden ist es viel zu schade.«

»Nenn mich niemals wieder so!«, kam die scharfe Antwort. »Wirst du das versprechen?«

»Wie soll ich dich denn dann nennen?«, fragte Vincent.

»Jakob. Einfach nur Jakob.«

Johanna presste sich an die Wand. Das schmutzige Laken, das sie vorbereitet hatte, lag wie eine Schlange zu ihren Füßen. Normalerweise zwang sie Marusch zu dieser Arbeit, weil diese sich nur zu gern vor allem drückte. Heute jedoch hatte Marusch über schlimmes Zahnweh geklagt, und Johanna hatte mit Grit zwei Leichen auf den Karren gewuchtet und sich dann mit einer gemurmelten Entschuldigung zurück ins Pesthaus verzogen.

»Mehr habt Ihr nicht?« Die Stimme des Goldgräbers klang rau vor Erschöpfung.

»Heute nicht«, hörte sie Grit antworten. »Morgen bestimmt wieder. Wir haben zwei, denen geht es sehr schlecht.«

Johanna vernahm, wie der Goldgräber auf den Bock kletterte. Gleich würde die alte Mähre weiterzockeln.

Johanna riss das Fenster auf. Noch stand der Karren direkt unter ihr.

Sie schlang das Tuch um sich.

Vincent, dachte sie, Jakob – ich komme!

Dann sprang sie mitten in den Leichenhaufen.

EPILOG

AACHEN, MÄRZ 1541

Eiskalt, dazu dieser bestialische Gestank, der in die Poren dringt.

Sie versucht sich zu bewegen, doch das Laken, in das sie sich gewickelt hat, umschließt sie fest wie ein Leichentuch – eine Tote unter vielen anderen. Der Stapel wird immer höher.

Jetzt ist sie unter Leichen begraben.

Arme, Beine, alles starr.

Plötzlich wird das Halsband eng wie eine Eisenfessel.

Sie würgt, will schreien, aber die Stimme gehorcht ihr nicht mehr.

Wird sie jetzt auch noch stumm sein?

Voller Entsetzen reißt sie die Augen auf …

Nur langsam beruhigte sich das rasende Pochen ihres Herzens, doch Hände und Füße waren eiskalt, wie immer, wenn diese Bilder sie quälten.

Morgensonne schien durch das Fenster und malte ihre

Kringel auf den dunklen Boden. Das Bett war weich und warm. Neben ihr lag Vincent, der sie besorgt betrachtete.

»Wieder dieser Albtraum?«, fragte er leise.

Johanna nickte.

»Der Leichenkarren war das Schlimmste von allem«, sagte sie. »Neben ihnen, unter ihnen, zwischen all den Toten liegen zu müssen – als gehörte man schon zu ihrer Welt.«

»Ich weiß«, sagte er. »Aber wie hättest du sonst aus dem Pesthaus kommen sollen?«

Sie wandte sich ihm zu. »Wird das denn niemals aufhören?«, fragte sie. »Nicht einmal jetzt, wo ich bei dir und in Sicherheit bin?«

»Deine Seele muss es erst ganz verstehen«, erwiderte er. »Dann kann sie eines Tages auch dem Kopf glauben, der das behauptet. Aber ich kenne ein erprobtes Mittel, das alles beschleunigen kann. Willst du es ausprobieren?« Seine Augen begannen zu lächeln.

»Wieder eines deiner Wundermittel?«

»*Das* Wundermittel«, sagte er. »Komm her!«

Sie schmiegte sich in seinen Arm, spürte seine Brust, die noch immer so hart und knochig war wie die des jungen Mannes, den sie einst in Basel geliebt hatte. Und sie hörte seinen Herzschlag, was sie ruhiger werden ließ.

»Besser?«, fragte Vincent nach einer Weile.

»Viel besser!«, sagte Johanna.

»So gut, dass ich dir mein Hochzeitsgeschenk überreichen kann?« Er fasste unter das Kissen und zog ein Kästchen hervor.

»Was ist das?«, sagte sie.

»Mach es auf! Dann wirst du es sehen.«

Sie löste sich aus seinem Arm, öffnete den Deckel. Auf dunklem Samt lag ein fünfreihiges Halsband aus Silber, das vorn mit einem großen grünen Stein besetzt war.

»Wie schön es ist!« Johanna versuchte, es sich anzulegen.

»Lass mich das machen!« Seine Hände öffneten das Schloss. Dann spürte sie sie an ihrem Hals. »Jetzt wirst du niemals wieder ein Samtband brauchen.« Sein Lächeln vertiefte sich. »Es sei denn, du legst eines Tages die alte Angst ganz ab und trägst kein Band mehr.«

»Ich weiß nicht, ob das gehen wird«, sagte Johanna. »Inzwischen ist die Angst wie ein Teil von mir.«

»Auch nicht damit?« Jetzt ruhte seine Hand auf ihrem Bauch, der sich schon leicht wölbte. »Der Achat, den du nun trägst, hat seit jeher Mutter und Kind geschützt.«

Ihre Augen wurden feucht.

»Du wirst doch jetzt nicht zu weinen anfangen!«, sagte er scherzend. »Wo ich mir Tag für Tag solche Mühe gebe, dich glücklich zu machen!«

»Hier in Aachen war ich glücklich«, sagte Johanna. »Du konntest endlich deine Aufzeichnungen abschließen. Und jetzt sollen sie auch noch gedruckt werden. Dass wir es überhaupt bis hierher geschafft haben – mit Jakob und der kranken Nele und mit Sabeth …«

Die Tür öffnete sich mit einem Knarzen. Mieze kam hereinspaziert und legte sich auf den Sonnenfleck.

»Ich denke, du hast in deiner Aufzählung noch jemanden vergessen«, sagte er. »Ich jedenfalls bin noch nie zuvor mit einer Katze in der Satteltasche geflohen.«

»Er wird uns doch nicht weiter verfolgen, oder?«, fragte Johanna.

»Hermann von Wied? In Basel werden wir vor ihm sicher sein. Die Bürger dort halten nicht allzu viel von Erzbischöfen. Nele wird sich in der Stadt wohlfühlen. Sie träumt davon, Jakob von ihrem Glauben zu überzeugen. Ob es ihr gelingen wird? Ich bin mir nicht sicher.«

»Aber der Weg dorthin ist weit. Und Sabeth hat nicht mehr viel Kraft. Die letzten Tage war sie ganz in ihrer Welt.«

»Da wird sie nun immer häufiger sein, Johanna. Und uns eines Tages ganz verlassen. Doch sie lächelt oft und weint nur noch ganz selten. Ich denke, sie mag ihre Welt – und das Rad, von dem sie immer spricht, das Rad, das große Rad. Jetzt dreht es sich erneut. Aber wie wird es für dich sein? Dort zu leben, wo alles begonnen hat?«

»Der Oheim ist schon lange tot«, sagte sie. »Ebenso wie jene alte Johanna, die er zu den Magdalenerinnen verbannt hatte. Und die neue Johanna ist nicht mehr allein.«

Ihre beiden Hände lagen ineinander verschlungen. Sie spürte die zarte und gleichzeitig feste Berührung seiner Finger.

»Und Jakob?«, fragte er.

Sie seufzte. »Seine Finger sind immer noch viel zu flink. Gestern, auf dem Markt, habe ich beobachtet, wie er zwei Kämme verschwinden ließ. Einfach so im Vorübergehen. Als sei nichts geschehen. Als ich ihn aufgefordert habe, sie zurückzulegen, ist er wütend geworden.«

»Die waren für Nele«, sagte Vincent. »Gib ihm Zeit!

Nele hat ihn Zärtlichkeit gelehrt. Seine kleine Schwester wird ihm Geduld beibringen.«

»Woher willst du wissen, dass es ein Mädchen wird?«

»Weil ich es mir wünsche. Und weil wir schon einen Sohn haben.«

»Ich könnte wieder mit dem Weinhandel beginnen«, sagte Johanna. »Und Jakob könnte mir dabei helfen. Einen Gelehrten wirst du doch nicht mehr aus ihm machen. Das Schreibenlernen macht ihm gar keine Freude. Aber mit Zahlen kann er gut umgehen.«

»Vor allem mag er es nicht, wenn man über ihn bestimmt. Hast du das noch nicht bemerkt? Das hat er nämlich zu lange erleben müssen – auf die allerübelste Weise.«

»Hat er dir davon erzählt?«, fragte sie.

»Nein. Und das wird er wohl auch nicht. Vielleicht muss seine Mutter auch lernen, Geduld zu haben. Sie hat einen starken Willen. Aber nicht alles geht nach ihrem Kopf.«

»Gilt das nicht auch für seinen Vater?«, fragte sie scherzend. »Der, der immer alles besser weiß?«

Er lachte. »Deine Zehen sind schon wieder eiskalt.«

Vincent fasste unter der Decke nach ihren Füßen und begann, sie zwischen seinen Händen zu wärmen. Dann spürte er ihre kühlen Finger in seinem Nacken, die ihn am Ohr kitzelten, sich weitertasteten und seine Lippen berührten.

Ihr Bein begann zu zittern. Seine Hände glitten über das Fußgelenk, streichelten ihre Waden, dann die Schenkel.

Als er in ihr Gesicht schaute, entdeckte er ihr schönstes Lächeln.

»Wir sollten die Tür zumachen«, sagte Johanna.

HISTORISCHES NACHWORT

EUROPA UND DIE PEST 1348–1720

Wer fürchtet sich vorm schwarzen Mann?
Niemand!
Wenn er aber kommt?
Dann laufen wir davon ...

In meiner Kindheit kannte nahezu jeder dieses Spiel. Ich selbst erinnere mich noch genau an das leichte Grausen, wenn ich als eine der wenigen »Überlebenden« der geballten Macht des »schwarzen Mannes« und seiner schon geschlagenen Helfershelfer gegenüberstand. Doch kaum jemand weiß (noch), dass in diesem scheinbar harmlosen Fangspiel das geballte Wissen Europas zusammengefasst ist, wie man der tödlichen Bedrohung durch die Pest – dem Schwarzen Tod – als Einzelner entgehen kann: allein durch Flucht.

Die Infektion

Mehr als 300 Jahre wütete die Große Pest, deren Höhepunkt von 1348 bis 1351 dauerte und die in regelmäßigen

Abständen wiederkehrte und in Europa und Asien ihre Opfer forderte – wahrscheinlich die einschneidendste demografische Katastrophe, die die Menschheit erlebte. Die Seuche stammt ursprünglich aus der Hochebene zwischen Nordindien, Pakistan und der Gobi-Wüste, wo der Überträger, der Bazillus Pasteurella pestis, noch heute endemisch im Blut von einigen Nagetieren lebt. Der Floh nimmt das Blut infizierter Ratten auf; in seinem Magen findet der Bazillus ideale Lebensbedingungen. Er vermehrt sich in Windeseile und füllt den Flohmagen schließlich ganz aus. Sein Wirt kann immer weniger Nahrung aufnehmen und speichern, wird immer angriffslustiger und infiziert schließlich wahllos nicht nur seine Lieblingsnager, sondern auch andere erreichbare Warmblüter. Die Infektion geschieht entweder durch die bazillusverseuchten Exkremente, die der Floh neben dem Stich auf der Haut hinterlässt und die das Opfer durch unbewusstes Kratzen selbst in die Einstichstelle einbringt, oder durch die direkte Übertragung mittels des Saugrohrs eines restlos mit Bazillen gefüllten hungrigen Flohs, der beim Einstechen einen Teil seines Mageninhalts erbricht.

Die Ausbreitungsfähigkeit des Bazillus hängt von der Population der vorhandenen Nagetiere ab, auf deren Kosten er und sein Wirt, der Floh, leben. Aber selbst eine längere Hungerperiode ändert wenig: Rattenflöhe können ein halbes Jahr ohne Nahrung überleben – und mit ihnen der Bazillus. Zu einer weltweiten Epidemie kann diese Krankheit nur werden, wenn ihre Transportmittel, die Nager, in hinreichender Zahl vorhanden sind und selber transportiert werden – was erst passierte, als die Hausratten, für die jeder kleine Bach eine unüberwindbare Grenze darstellt, Stege erkletterten, die in Schiffsbäuche führten.

Nach Europa kam die Hausratte erst auf den Schiffen und mit den Karawanen der frühen Händler und verursachte bereits am Ende der Antike ein großes Sterben (mehrmals zwischen 550 und 750). Die zweite Welle, 1348 bis 1351, ging als »Schwarzer Tod« in die Geschichte ein, forderte eine unvorstellbare Zahl von Opfern (man geht von bis zu einem Drittel der europäischen Gesamtbevölkerung aus) und zog im Tempo eines schnellen Reiters mit circa 70 Kilometern pro Tag von Stadt zu Stadt, von Handelsplatz zu Handelsplatz. Es war eine Krankheit der Städte, die sie entvölkerte. Dass die Städte überlebten, lag lediglich an dem Nachschub an Menschen, der nach dem Abklingen jeder Pestwelle vom Land kam.

Formen der Erkrankung

Wo die Pest auftrat, war sie mörderisch. Denn die mittelalterlichen Städte mit ihren Holzhäusern, Scheunen, Schuppen und dem entsprechenden Mangel an Hygiene waren ideale Zufluchtsorte für die Hausratten und ihre Flöhe. Die häufigste Infektionsform war die Beulenpest, auch Bubonenpest genannt. Die berüchtigten Beulen bildeten sich zuerst in den der Stichstelle benachbarten Lymphknoten, bevor sie sich über den ganzen Körper verteilten. In den ersten Wochen nach Ausbruch betrug auch bei dieser Form die Todesrate um die 90 Prozent. Je länger die Epidemie dauerte, desto größer war die Wahrscheinlichkeit, sie zu überleben, eine Chance, die allerdings nur bestand, wenn die Pestbeulen innerhalb von 7 Tagen aufgingen (oder kunstgerecht geöffnet wurden) und dann abheilten.

Diese Chance war den Menschen, die an der Septischen Pest litten, verwehrt. Sie starben, noch bevor sich die verräterischen Beulen zeigten, innerhalb von 1 bis 2 Tagen – alle. Und noch etwas Verheerendes kam dazu: Sie konnten die Krankheit über den normalen Menschenfloh *Pulex irritans* auf andere Menschen übertragen.

Ebenso hoffnungslos war für die Betroffenen die Lungenpest (Noch heute sagt man, wenn jemand niest: »Gesundheit« – das stammt aus jenen dunklen Zeiten). Diese entstand durch die unglückliche Verquickung von Lungenentzündung und Beulenpest, übertragen durch Tröpfcheninfektion. Der Tod trat in der Regel binnen dreier Tage ein – auch ohne äußere Kennzeichen.

Pest als Dauerzustand

Die Pest in all ihren unterschiedlichen Formen war kein einmaliges Menetekel wie eine Sturmflut oder ein Erdbeben, sondern ein Dauerzustand, der Europa 300 Jahre in Atem hielt, bis sie schließlich nachließ und – bei uns – ganz verschwand. Man kann sich ihr Auftreffen auf die übervölkerten Städte des späten Mittelalters und der frühen Neuzeit nicht grausam genug vorstellen. Erklärte man sie 1348 vor allem als Folge einer verheerenden astrologischen Konstellation, so sah man später in ihr eine Strafe Gottes, der seine sündigen Kinder mit dieser Geißel züchtigen wollte.

War sie mit Buße, Sühne und Selbstkasteiung abzuwenden? Das tägliche Sterben in den Häusern und auf den Straßen sagte das Gegenteil.

War sie dann vielleicht gar keine Gottesstrafe, sondern übles, gemeines, hinterlistiges Menschenwerk? Und wenn ja, wer war daran schuld?

Betrachtete man 1348 noch die Juden als Verursacher, die aus kultischen Gründen ihr Wasser stets aus Flüssen geschöpft hatten (»Brunnenvergifter«), und verfolgte und tötete sie mit kirchlich geschürtem Hass, so mussten später andere Randgruppen der Gesellschaft als Übeltäter herhalten. Anfängliche, klar definierte Prozesse gegen die »Pestbereiter«, die nach landläufiger Meinung nachts umhergingen und die Türklinken mit »pestbringender« Salbe (was auch immer man sich darunter vorzustellen hatte) beschmierten, gingen nahtlos über in die Hexenprozesse, die sich als eine Art »Nebenepidemie« der Pest überall in Europa ausbreiteten, Pogrome von »unten«, die zu einer Zeit einsetzten, als es den modernen Staat noch gar nicht gab, und die zur Vernichtung des anderen, des Nachbarn, ja sogar eines Familienmitglieds führen konnten.

Pest und Religion – oder die Geburt des Protestantismus

Priester und Mönche gehörten zu den zahlreichsten und frühesten Opfern der Pest, falls sie es nicht vorzogen zu fliehen, die ihnen anvertraute Herde in der Stunde der Not alleinzulassen und damit auf Dauer dem Verhältnis zwischen Kirchen und Gläubigen schweren, nie wiedergutzumachenden Schaden zuzufügen. Die Kirche erlitt durch die Pest doppelten Verlust: Einerseits verlor sie ihre besten

Leute, solche, die ausgeharrt hatten und den Verängstigten beistanden, denn gegen die Pest gab es damals nur ein Mittel – weglaufen. Wer blieb, nahm ein ungleich höheres Risiko auf sich als der, der sich egoistisch davonmachte. Genau zu der Zeit, als Risse in der katholischen Kirche auftauchten, verlor sie durch die Pest ihre überzeugendsten Vertreter vor Ort. Andererseits konnte die Kirche es nicht wagen, die Priester, Nonnen und Mönche aus den pestgefährdeten Bezirken abzuziehen.

Das einfache Volk, dem Mittel und Wege fehlten, sich in Sicherheit zu bringen, sah der Flucht der weltlichen Reichen schon zornerfüllt genug zu und brachte keinerlei Verständnis dafür auf, dass jetzt auch noch geweihte Gottesleute es im Stich ließen. Und wenn Priester und Ordensleute genau wie andere erkrankten und starben, hieß das dann nicht, dass die Kirche in all ihren Gliedern ebenso sündig sein musste wie all die anderen Menschen?

Die Unfähigkeit der Kirche, der Pest ihre übernatürliche, »gottgewollte« Bedeutung zu nehmen, die Unfähigkeit, auf die realen Ängste der Menschen einzugehen, schadete ihr und ihrem Ansehen mehr als alle gelehrte Kritik in den vorangegangenen Jahrhunderten. Die Starrsinnigkeit und der Bürokratismus, mit dem die Kirche Glaubensdinge verwaltete, aber nicht behandelte, trieb Gegner aus den verschiedensten Lagern zusammen: gebildete Theologen und ihre Schüler, Anhänger der neuen Volksfrömmigkeit, Humanisten, antipäpstliche Fürsten und viele andere.

Die Ursachen der Kritik waren vielfältig: religiös und national, sozialkritisch und wissenschaftlich. Einig war man sich nur in einem: Die Christenheit musste um ihrer eigenen Rettung willen wieder dorthin zurück, woher sie einst gekommen war – zum Urchristentum, zur Nachfolge Christi in Armut und Demut vor Gott. Die Kirche in ihrer hierarchischen Struktur wurde als der neue Sündenfall verstanden. Es wurde gefordert, die Christen sollten sich ausschließlich auf das einzige Mittel zurückbesinnen, das die alte Ordnung wiederherstellen könne: die Nachfolge Christi, wie sie in der Heiligen Schrift überliefert sei.

Die Kirche allerdings reagierte auf diesen allgemeinen Ruf nach Reformen mit noch mehr Bürokratie, noch mehr Rigidität, verstärkten Strafandrohungen und dem Verbrennen von Menschen, die sie als Ketzer gebrandmarkt hatte. So kam die Stunde des Mönches Martin Luther, der die Kritik seiner Zeit in drei Leitthesen zusammenfasste:

- *sola scriptura:* Nur die Schrift ist die echte Überlieferung des Wortes Gottes (nicht Erklärungen der Päpste oder Konzile).
- *sola gratia:* Nur die Gnade Gottes hat die Christenheit durch Christi Tod befreit (nicht die Gnadenmittel der Kirche).
- *sola fides:* Nur durch den Glauben allein kann der Mensch frei werden (nicht durch Fürsprache der Kirche oder der Heiligen).

Vor Gott, so Luther, ist jeder Mensch gleich und frei. Der Glaube allein führt den Menschen zu Gott. Gottes Gnade nimmt den gläubigen Menschen an. Den Weg dahin findet er über die Heilige Schrift – was für eine Revolution!

Maßnahmen gegen die Pest: das Pesthaus

Natürlich versuchten die gebeutelten Städte, diverse Maßnahmen gegen die Pest zu ergreifen. Infizierte Häuser wurden mit Kreuzen gezeichnet, an anderen Orten entfernte man die Kranken, solange die Seuche noch nicht überhandnahm. Die ersten Pesthäuser oder Pesthospitäler entstanden oft in Anbindung an die örtlichen Universitäten. Aus Italien kam die Idee und Erfahrung der Quarantäne (40 Tage Isolierung der Kranken, um Ansteckung zu vermeiden). Da man aber keine näheren Kenntnisse über den Ansteckungsweg besaß, schlug das leider oft fehl, weil man infizierte Kleidung (Flöhe!) nicht konsequent genug entsorgte und mit der Quarantäne sogar das Gegenteil bewirkte.

Trotzdem bezeugen die Quellen eine höhere Überlebensquote der Kranken in Pesthäusern, wohl weil dort die Pflege besser war. Die Frauen, die diese ausführten, wurden Pestmägde genannt. Einige von ihnen scheinen die Beulenpest überlebt zu haben, was ihnen einen gewissen Nimbus eintrug; sie stellten Erfahrene dar, die sogar für eine Zahl von Jahren gefeit gegen Ansteckung schienen. Trotzdem war man mit Anschuldigungen gegen sie schnell bei der Hand. War nicht doch der Teufel oder das Böse im Spiel, wenn sie überlebten? Bestahlen sie nicht die Kranken, die wehrlos in ihrer Hand waren? Oder bereicherten sie sich an Testamenten, aufgesetzt in der Stunde höchster Not?

Die Achtung für die Pestmägde war eine überaus zweischneidige Angelegenheit, das steht fest, zumal dann, wenn der weitaus größere Einfluss eines Arztes dazukam, dem man mehr vertraute. Auch bei den Ärzten scheint das Spektrum weit: Vom abergläubischen Theoretiker, der sich selbst rasch in Sicherheit brachte, bis zum sozial eingestellten Forscher, der vor Ort blieb und um neue Erkenntnisse rang, scheint alles vertreten gewesen zu sein.

KÖLN, DER ERZBISCHOF UND DIE PEST

Hermann von Wied

Köln, größte Stadt im mittelalterlichen Deutschland, mit 12 Türmen, die an das himmlische Jerusalem erinnern sollten, führte gegen seine Stadtherren, die Erzbischöfe, einen erbitterten Kampf, der erst 1475 mit der Erhebung zur freien Reichsstadt beendet sein sollte. Nach zahlreichen Aufständen gegen die Patrizierherrschaft war bereits 1376 eine ständische Verfassung in Kraft getreten, die sich auf die Gaffeln (Zünfte) stützte.

Dennoch blieb der jeweilige Erzbischof und Kurfürst natürlich eine mächtige Person mit großem Einfluss. Hermann von Wied (1477-1552) krönte 1520 zusammen mit den Erzbischöfen von Mainz und Trier Karl V. in Aachen feierlich zum Kaiser und ließ bei den anschließenden Festlichkeiten in Köln die Schriften Luthers offiziell verbrennen. Im Jahr darauf stimmte er auf dem Reichstag zu Worms für die Ächtung Luthers. 1523 verbot er das Lesen und Verbreiten der Schriften des Reformators; »Irrgläubige« wurden verhaftet und aus Köln ausgewiesen. 1529 stimmte er auf dem Reichstag zu Speyer für die Einberufung einer Kirchenversammlung zur Wiederherstellung des Religionsfriedens. Im selben Jahr, am 28. September, loderten Scheiterhaufen in Köln: die evangelischen Bekenner Peter Fliesteden und Adolf Clarenbach fanden als Ketzer im Feuer den Tod.

1531 wurde Ferdinand I., ein Bruder Karls V., zum deutschen König gewählt, eine besonders unter den evangelischen Fürsten äußerst umstrittene Wahl; dennoch salbte Hermann den Gewählten. 1532 wurde Hermann Administrator des Fürstentums Paderborn und stellte die Ruhe dort mit Truppengewalt her. Im gleichen Jahr erließ er ein scharfes »Edikt wider alle Neuerungen in Sachen Religion«. Alle »geheimen Versammlungen der neuen Lehre« waren in der Erzdiözese verboten, »Winkelprediger ohne Gnade unnachlässig zu strafen«, und die Beamten wurden angewiesen, »solches Unkraut auszurotten und zu vertilgen«.

Dann kam der Umschwung. Enttäuscht über die geringe Beachtung seines »Handbuchs zur christlichen Lehre« (veröffentlicht 1538) und nach gescheiterten Religionsgesprächen öffnete sich Hermann von Wied den Ideen des elsässischen Reformators Martin Bucer und unternahm Anstrengungen, in Köln eine Reform durchzuführen.

Würde das katholische Köln nun protestantisch werden?

Die große Pestwelle, die die Stadt im Sommer 1540 erfasste, hielt diese aufsehenerregenden Ereignisse erst einmal auf ....

Die Pest in Köln 1540/41

Im Sommer des Jahres 1540 wurde Köln einmal mehr von einem anhaltenden Massensterben heimgesucht. Ein detaillierteș Bild des Seuchenausbruchs vermitteln die Aufzeichnungen Hermann von Weinsbergs, der auch als Figur in meinem Roman als Rektor der studentischen Kronenburse eine Rolle spielt. Nach einem glutheißen, trockenen Sommer mit verheerenden Ernteergebnissen (aber gutem Wein), der zudem viele Tiere verenden ließ, kam es zu den ersten Pesterkrankungen. Bittmessen und Prozessionen vermochten die Seuche nicht aufzuhalten, selbst eine vom Magistrat verordnete Reinigung der Sickergruben führte zu keiner Verbesserung, ebenso wenig die Bemühungen, der frei laufenden Schweine in der Stadt Herr zu werden. Gleichzeitig versuchte man, das Problem streunender Hunde zu beseitigen; ein in Turmhaft verwahrter Scharfrichterknecht wurde freigelassen und mit der rohen Aufgabe des Hundeschlagens betraut. Diese Beschlüsse zur Verbesserung der katastrophalen hygienischen Bedingungen zeigen vermutlich nur die Spitze des Eisberges. Niemand wusste wirklich, was man machen sollte.

Das Peststerben hielt an und nahm weiter an Intensität zu; nach dem Jahreswechsel starben an manchen Tagen 200 Menschen. Es kam zur Lähmung des öffentlichen Lebens, weil unter anderem sechs Schöffen des Hochgerichts starben und ebenso drei Bürgermeister. Auch unter der Kölner Geistlichkeit hielt der Tod reiche Ernte. Als die Epidemie im Spätsommer 1541 ihren Höhepunkt erreichte, wurden nicht nur alle Badehäuser, Gerichte und Bursen geschlossen, sondern auch das Läuten der Sterbeglocken auf eine halbe Stunde zu Mittag beschränkt.

Das Kölner Pesthaus zur »roeden Portzen« (Zur roten

Pforte) in der Gereonstraße platzte aus allen Nähten, und seine Kapazitäten waren rasch ausgeschöpft. Trotzdem drängten viele zur Aufnahme, weil es sich rasch herumgesprochen hatte, dass die Überlebenschancen dort dank besserer Pflege günstiger waren – vorausgesetzt, man war an der Spezies Beulenpest erkrankt.

Welche ergreifenden Szenen mögen sich dort abgespielt haben, bis die Epidemie im Herbst 1541 endlich erlosch? Man kann sich das gesamte Spektrum von Emotionen vorstellen, von Mitgefühl und Liebe über Gier und Neid bis hin zu Wut und Hass …

Dichtung und Wahrheit

Erzbischof Hermann von Wied und sein Kanzler Bernhard vom Hagen sind historische Persönlichkeiten, wenngleich ich mir bei ihrer Charakterisierung einige dichterische Freiheiten erlaubt habe. Von einem unehelichen Halbbruder vom Hagens ist nichts bekannt. Rutger Neuhaus entspringt meiner Fantasie.

Ebenfalls in Köln bezeugt ist Gisbert Longolius, Gelehrter und Medicus, der auch als Leibarzt des Erzbischofs tätig war, bevor er Köln schließlich wieder verließ.

Eine weitere historische Person ist Hermann Weinsberg, dessen biografische Aufzeichnungen ich noch heute jedem ans Herz legen kann, der sich mit dem Köln der frühen Neuzeit eingehender beschäftigen möchte. Er beschreibt den Alltag und seine Nöte so bildhaft und eindringlich, dass man wie durch ein Fenster in sein Leben blicken kann.

Die Melaten-Bande, von der ich in meinem Roman erzähle, hat es so in den Jahren 1540/41 nicht gegeben, obwohl bekannt ist, dass damals immer wieder größere Banden im Kölner Raum ihr Unwesen trieben. Ich habe mir erlaubt, gewisse Anleihen bei der »Großen Siechenbande« zu nehmen, die mehr als ein Jahrhundert später in der Gegend um Köln, Aachen und Düsseldorf Angst und Schrecken verbreitete. Deren Mitglieder waren auf Raub und Mord spezialisiert und setzten sich größtenteils aus gesunden Insassen von Leprosenhäusern zusammen, bis sie schließlich verhaftet wurden und fast alle am Galgen endeten.

Wo einst Leprosenhaus und Hinrichtungsstätte waren, erstreckt sich heute der große Melatenfriedhof von Köln. Sein Name weist noch auf die frühere Verwendung hin – abgeleitet von *malade* (französisch »krank«). Eine Führung durch diese Oase der Ruhe und des Friedens kann ich jedem empfehlen.

AUSGEWÄHLTE LITERATUREMPFEHLUNGEN

Klaus Bergdolt: Der Schwarze Tod in Europa. Die Große Pest und das Ende des Mittelalters, Verlag C.H. Beck, München 2000

Ders.: Die Pest. Geschichte des Schwarzen Todes, Verlag C.H. Beck, München 2006

Carl Dietmar: Das mittelalterliche Köln, J. P. Bachem Verlag, Köln 2006

Heinz Finger/Anita Benger: Der Kölner Professor Gisbert Longolius und die Reste seiner Bibliothek, Universitätsbibliothek Düsseldorf, 1989

August Franzen: Bischof und Reformation. Erzbischof Hermann von Wied in Köln vor der Entscheidung zwischen Reform und Reformation, Verlag Aschendorf, Münster 1971

Johann Jakob Hässlin (Hg.): Das Buch Weinsberg. Aus dem Leben eines Kölner Ratsherrn, Prestel Verlag, München 1961

Franz Irrsiegler/Arnold Lasotta: Bettler und Gaukler – Dirnen und Henker. Außenseiter in einer mittelalterlichen Stadt, dtv, München 1989

Ute Kaltwasser: Heiliges Köln – sündiges Köln, Greven Verlag, Köln 1985

Elisabeth Mick: Köln im Mittelalter, Greven Verlag, Köln 1990

Peter Schuster: Das Frauenhaus. Städtische Bordelle in Deutschland 1350 bis 1600, Verlag Ferdinand Schönigh, Paderborn/München/Wien/Zürich 1992
Claudia Stein: Die Behandlung der Franzosenkrankheit in der frühen Neuzeit am Beispiel Augsburgs, Franz Steiner Verlag, Stuttgart 2003
Birgit Tuchen: Öffentliche Badhäuser in Deutschland und der Schweiz im Mittelalter und der frühen Neuzeit, Michael Imhof Verlag, Haldersleben 2003
Otto Ulbricht (Hg.): Die leidige Seuche. Pestfälle in der frühen Neuzeit, Böhlau Verlag, Köln/Weimar/Wien 2004
C. Varrentrapp: Hermann von Wied und sein Reformationsversuch in Köln, Nachdruck, Leipzig 1878
Manfred Vasold: Die Pest. Ende eines Mythos, Konrad Theiss Verlag, Stuttgart 2003

DANKSAGUNG

Ich bedanke mich bei Dr. Stefan Pongratz, dessen liebevolle Unterstützung und kluge Fragen immer wieder zu überraschenden Ergebnissen führen.

Vielen Dank an meine liebe Freundin Dr. Sabine Hohmann für alles. Und noch mehr.

Danke an Gesine Hirsch, Meisterin der Spannungsdreiecke, die zudem immer ein offenes Ohr für mich hat.

Danke an Dr. Laura Pachtner, die bei der Grundstocklegung der entsprechenden Literatur hilfreich war.

Herzlichen Dank an meine wunderbaren Erstleserinnen und -leser Hannelore, Moni, Babsi, Elena, Stefan und Michael – macht solchen Spaß mit Euch!